每个得知自己要离开赛场
的运动员，
都会满心不舍，
甚至为此哭泣。
哭不舍，哭不甘，哭后继无人，
哭梦想还未起飞就要逝去。

张挺想，今天踢的好开心，
能献上这样的表演，
然后大家都这么喜欢，
这种感觉好幸福
我都快要不想离开这里了。

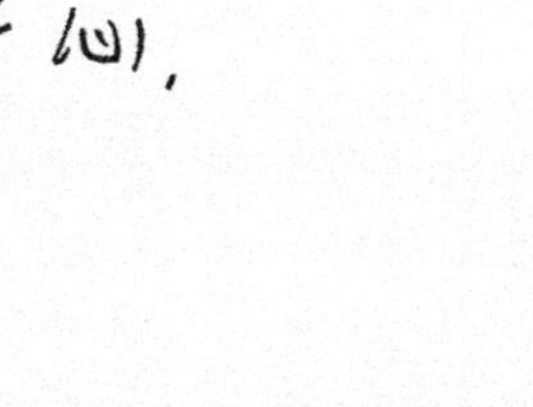

菌行 著

花滑 2

湖南文艺出版社
HUNAN LITERATURE AND ART PUBLISHING HOUSE

博集天卷
CS-BOOKY

果然，在冰上的你才是最耀眼的。

秦雪君 & 张珏

此时的黄莺和关临其实都还很稚嫩，但在这一刻，张珏在他们身上看到了世界冠军的影子。

黄莺 & 关临
双人滑"欢迎光临"组合

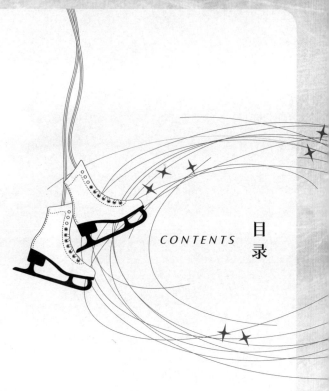

CONTENTS 目 录

谢谢你们让我看到这个项目的光辉，它不仅优雅而美丽，还有你们这些美好的人，能与你们竞技是我的荣幸。

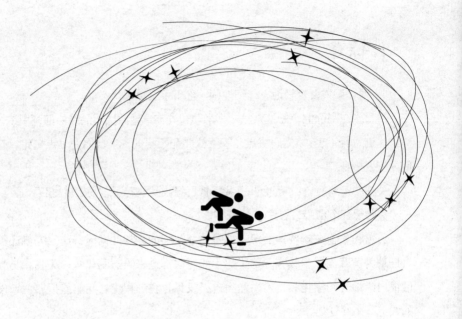

一　升组

1. 惊喜

"不对，眼线要轻轻地、仔细地画，你下手太重了。"

黄莺坐在座位上，任由弗兰斯·米勒和关临拿她做试验品练如何画眼线。

沈流看着手表："你们快点，等下就要开始测试赛了，你们早点搞定，孩子们才能去热身。"

关临严肃地回道："等会儿，我好像已经找到诀窍了，马上就好！"

黄莺想翻个白眼，忍住了。

黄莺和关临在新赛季的短节目是弗兰斯编的，与此同时，这位编舞还很负责任地为黄莺设计了妆容。鉴于他不能每次都过来给黄莺化妆，关临和马教练便很自觉地开始学化妆，不说能到自己设计妆容的程度，起码能把弗兰斯设计的妆记下来并复制。

在他们所处的环境里，会化妆且水平靠谱的人真的不多，女队那边还好一点，双人滑这边，马教练教技术可以，化妆时却总是忍不住手抖。弗兰斯让他试了一次，他直接把黄莺化成了蜡笔小新，最后只能让关临接过重任。

张珏也不是会化妆的人，他妈妈张青燕女士由于颜值过高，从年轻到现在一直没咋碰过化妆品，家里只有保养品。张珏毕竟是个男孩子，更加不会化妆了，但即使不化妆，他也是赛场上最惹眼的靓仔。

不过他带妆表演的那套《大河之舞》的海报卖得还不错，为队里创造了不少经济效益，也让领导大方地增加了张珏今年在考斯腾、编舞方面的预算。

弗兰斯今年在中国待的时间挺长，他是国家队请过来在集训期间给大家做表演培训的老师。

作为一个在役期间成绩不怎么样的退役选手，弗兰斯掌握的技术的最高难度仅有 3A，最好的大赛成绩是花滑大奖赛总决赛第五名。和许多有国籍优势的欧美选手一样，在跳跃天赋不足的情况下，他的表演分一直不低，表现力真的可以，节目的内容充实饱满有内涵，滑行也不错。加上审美好，有绘画功底，总能自己设计出很漂亮的造型，所以在退役时他也积攒了数量可观的粉丝。

等终于化好妆，张珏打量了一下黄莺："怎么除了眼睛，其他地方都没变过？"弗兰斯收拾着化妆盒："本来就只用强调眼睛，小孩子不适合大浓妆，这样就很好了。"

张珏眨巴眼睛，到一边活动关节去了。沈流提醒他："注意膝盖一定要活动好，我可提醒你，今年比赛的时候少用你那套伤膝盖的落冰方法。"张珏无辜地回视："可是如果我摔了，比赛就翻车了啊！"

沈流左右看看，凑到张珏耳边小声说："成年组第一年，翻车就翻车，你看寺冈隼人去年连总决赛都没进，也没人为这个骂他啊！你的未来更要紧，又不是滑了这一年以后都不滑了。"

张珏咧嘴一笑："可惜不花不来参加测试赛，不然我还可以叫弗兰斯给他化妆。他不是一直吹自己的化妆手法不分肤色年龄，能将所有人的颜值都提升百分之二十吗？"

沈流嘴角一抽："行了，你别埋汰①师弟的肤色了，其实不花就是黑了点，五官还是可以的。这话你可别在他面前说，那孩子一直觉得自己不帅，为这事还自卑过。"

张珏震惊："啊？他有什么好自卑的？他明明已经帅过起码百分之八十的男人了，还帅得特阳刚，我不知道多羡慕他。"

他们一边说着，一边做好热身活动。

就算从今年测试赛开始，张珏就要和成年组一起比赛，他的手臭属性却一如往常。这次大家抽签的形式是把手伸进箱子里摸数字球，张珏上台前，宋城特意将一颗转运珠挂在他的脖子上，但张珏伸手一掏，1号球，周围一群人都笑了起来。

总教练孙千也不断地摇头："张珏啊张珏，他这个手气是彻底没救了。"

宋城也叹气："连转运珠都救不了。"

好在不管运气有多差，张珏都可以在赛场上赢得漂亮。

他今年的短节目是由弗兰斯创作的《再会诺尼诺》。这是一支探戈舞曲，风格偏成熟，是阿根廷国宝级作曲家皮亚佐拉为父亲所作的挽歌。这其实是一首

---

① 方言词，表示讽刺、挖苦。

带着哀伤的道别曲，理论上来说并不适合张珏这种小学生体型的男孩去演绎。

张珏才升组，和刚升起的太阳差不多，道什么别啊？

按照惯例，许多选手都会在成年组第一个赛季沿用青年组的节目。从孙千到宋城都希望张珏能够沿用已经得到冰迷们的认同与好评，生机勃勃且感染力极强的《秋日》与《大河之舞》。

结果张珏在世青赛结束后的采访上，张嘴就把自己要在新赛季滑新节目的话放了出去，完全不给领导们劝说的余地。为了这事，张珏再次写了检讨，并被老舅拿《猫咪心事》卷成一卷抽了屁股，抽一下弹一下。

然而等看完他在测试赛的表演后，孙千还是松了口气。

"那种道别的忧伤和探戈自带的情态确实有表现出来，这孩子做了不少功课吧？"

宋城应道："张珏专门去报了探戈班，张俊宝也跟着去学了。两人光笔记都做了十几页纸，把什么部分要怎么表现都写得清清楚楚，细节抠得特别好。弗兰斯都快被他们整崩溃了，能出这个效果也正常。"

一分耕耘，一分收获，从古至今都是如此，运动员在场下的心血最后都会体现到赛场表现上。

孙千想，至少在表演方面，张珏还真是从没让他失望过，跳跃也稳，不愧是他看好的王牌。他还没欣慰完呢，男单王牌就把 3lz+3lo 的连跳跳空成了3lz+2lo。

教练们纷纷面露尴尬："现在还是赛季初，孩子在节目上的熟练度还不够，状态还没滑出来，等回去以后我们就给他加训。"

孙千："也不必给孩子太大的压力。"

而且就算失误了，张珏的底子在那儿摆着，光四周跳就让他和其他人拉开巨大的分差，最后以 84 分取得了短节目第一。

孙千还特意鼓励小朋友："小玉，你集训这阵子是不是又长高了点？不错，不仅表现力越来越成熟，人也大了。"

一米五八的张珏敬了个礼："谢谢教练的夸奖，其实我都希望自己别长了，不然身体重心都要歪掉了。"

孙千一秒变严肃："长还是要长的，男孩子不能太矮。"

一米五八的男单运动员确实太矮了，以张珏现在的身高，孙千觉得再长个

10厘米就差不多了。这孩子身体比例好，骨架小，一米六八看起来也美观，而且只要没过一米七五就算不上高，对技术影响也不大。

君不见一米七七的伊利亚和一米七六的寺冈隼人现在跳跃技术都很高吗？

张珏干笑两声，心想他真发育起来，孙千肯定就不是现在这个想法了。

孙千："从这个赛季开始，你要参加的就都是成年组的比赛了，张珏，要加油啊！"

听到这话，张珏站直，认真地说："是，孙指导，我会在赛场上全力以赴的。"能滑多久滑多久，能拼到什么程度就拼到什么程度，作为运动员，张珏已经有这样的心理准备了。

旁边的江潮升说道："张珏，你也不要压力太大，注意身体健康，在赛场上奋斗的人也不止你一个，今年除了你还有三个孩子升组了。喏，你看现在就上场了一个。"

张珏转头看去："是石莫生还是金子瑄？"

石莫生作为魔都队的男单王牌，今年也被送进了国家队，他本就比张珏大两岁，的确到了国内大部分男单选手升组的年纪。

至于金子瑄，则是在张珏出现前最被看好的接班一哥的人选。他比石莫生还要大一岁，上个赛季还上了大奖赛青年组的加拿大分站赛的领奖台，从实力到岁数都该到成年组了。

不知道是不是张珏的错觉，金一哥的玻璃心好像比他印象里要好了那么一点点，抽风[1]没那么猛了。

张珏这一眼望去，石莫生和金子瑄的确站在候场区，上场的却是另一人。

樊照瑛，J省省队前男单选手，黄莺和关临的队友，两年前因韧带撕裂退役，退役前据说已经练出3A，连跳能力比金子瑄更好，心态更稳，本是所有人看好的青年组一哥。

就在此时，这个早早退役、消失于人海中的少年，穿着全新的考斯腾，以新晋成年组男单选手的身份，再次踏上了冰场。

他的开场跳跃是3A，张珏看着樊照瑛轻快地跳起，落冰时虽跟跄了一下，却硬是稳了下来，而且完全没有慌乱，继续之后的表演。

---

[1] 此处形容像抽风一样状态不稳定。

黄莺靠在旁边:"樊哥从去年下半年就恢复训练了,上个月刚把 3A 练回来,怎么样,是不是很惊喜?"

张珏回头,已经长到一米四七,比上赛季高了半个头的黄莺双手插兜,对他露出一个灿烂的笑容。

同样高了一点,从一米六五长到一米七的关临提着运动包。男单的测试赛结束后,就轮到双人滑上场了。大家都是一起在国际赛场上并肩作战过的人,交情相当不错,关临和张珏对了一拳,和张珏解释着:"照瑛说要回来的时候,我们都惊讶极了,他家里反对他回这里,但他的意志特别坚定。他说即使因为伤病,他以后的上限会很低,但只要还能滑下去,他就不想放弃。"

听到这话,张珏心里一动,悄悄握紧了拳头。

2. 选站

比完测试赛时,张珏收拾好冰鞋、训练服,正准备回酒店休息,就听见有人叫他。

"张珏,我们要去聚餐,你来吗?"

张珏抬头,看黄莺站在门口朝他招手,后面站着关临、金子瑄、石莫生、樊照瑛、米圆圆、陆晓蓉。

石莫生是这次聚会的发起人,他解释道:"陆晓蓉去年升组,咱们今年也都进了成年组。教练说至少在索契周期,国内的花滑就靠咱们撑了,以后大家在赛场上碰面的次数不会少,就一起吃个饭嘛!"

张珏哦了一声,和沈流打了个招呼,背着包跟他们走了。走的时候,他发现樊照瑛和陆晓蓉很自然地牵着手,张珏眼珠一转,凑到黄莺边上,小手指不着痕迹地一抬。

"莺莺,他俩是……?"

黄莺挤眉弄眼:"他俩都满 18 岁了,不算早恋。"

张珏:"我没说他们早恋,但他俩啥时候在一起的啊?我记得他们不是一个省队的。"

樊照瑛是 J 省的,陆晓蓉是 L 省的,这两人咋回事啊?

关临俯身和张珏分享八卦消息:"就全锦赛那会儿,樊照瑛已经恢复训练有一阵子了。那次他也去看比赛，饭后我们几个聚餐，然后聚餐的时候，樊照瑛就开了个不怎么合适的与男女性别相关的玩笑，陆晓蓉当时脸色就变了，立刻表达了不快。"

张珏不解："我问的是他们怎么在一起的，不是问他们以前怎么吵架的。"

关临挥手："没吵没吵，樊照瑛一听，也发觉自己不对，立刻就道歉了。我们都被他那个干脆劲惊了一下，然后樊照瑛还解释说他学校里不少男生都这么开玩笑，陆晓蓉发火以后他才知道不合适，还说发觉做错事立刻就道歉并不丢人，然后他俩就干了一杯。"

黄莺接话："不是酒啊，他们干的是果汁，这一杯果汁干完，在聚会的后半段，他俩就一直在聊，还交换了电话号码。"

聊着聊着，这两人就走到一起了。

黄莺："晓蓉姐说，樊哥能立刻道歉还不认为这丢人，说明他不是大男子主义，认识久了，又觉得樊哥很有礼貌，教养很好，很值得深入发展。"

张珏："原来如此。"

张珏的后爸曾和他说过，有教养的男生是很讨女孩子喜欢的，尤其现在网络上牛鬼蛇神到处跑，在不断有人抛出性别对立言论的情况下，正常人都显得格外珍贵。

许岩说这些话的本意是提醒张珏，不能正义感一上来，就不管不顾，要冷静。

不过樊照瑛是真正的有教养的男生，张珏认为陆晓蓉眼光很棒，并在心里祝他们幸福长久。

他们去的是京深海鲜市场，先买海鲜，然后去排档里加工。

店老板的蒜蓉扇贝蒸得特别好，尤其是撒上他们自制的剁椒，一口咬下去，鲜美辛辣的味道在舌尖绽开，美滋滋。作为运动员不能吃过多辛辣的食物，张珏只克制地吃了两个，便转而去吃清蒸花螺。

大家都是同一个项目的运动员，聊的话题自然也和花样滑冰分不开。

石莫生提起选分站的事："只有上赛季世锦赛前十二名，可以确保有参加两个分站的比赛名额。上赛季世青赛、大奖赛青年组总决赛的前三名可以保证至少一站的比赛名额，我们这种青年组不出彩的，只能多比几场 B 级赛积累积分，提升世界排名，才能提高申请分站的成功率。"

"张珏，你比 B 级赛吗？"

张珏说："我会去参加加拿大的秋季杯。"

黄莺笑嘻嘻的："我和临哥也去，教练说让我们在 B 级赛找找成年组赛场的感觉。"

金子瑄掰着手指："中国站有三张外卡①，只要我们能自己申请到一站，然后用外卡参加中国站，就能参加两站分站赛。"

只有参加了两站分站赛，才有希望积累到足够参加总决赛的积分。

张珏喝着果汁，很干脆地说："我已经申请到美国站和俄罗斯站了，不需要外卡。"

言下之意，三张外卡，金子瑄、石莫生、樊照瑛和董小龙可以争一争，张珏不参与。

石莫生对他咧了咧嘴："那可真是谢谢你啊！"

张珏竖大拇指："不客气。"

沈流以前也是这样，只要感觉还行就会申请两个分站，避开外卡的竞争，给自家人留出位置，这次也是他提醒张珏这么做的。正所谓一哥需要有担当嘛！

吃完饭了，樊照瑛说要带他们去唱卡拉 OK。张珏作为歌王，才进包厢就被推到话筒前，他也不客气，点了几首摇滚就开唱，接着樊照瑛和陆晓蓉合唱情歌，使劲地给大家喂狗粮②，场面热热闹闹的。

因为教练们不许孩子们回去太晚，他们也就玩到晚上 9 点为止，樊照瑛不停地接着来自各位教练的电话，承诺会好好把未成年的几个送回去，张珏靠在一边喝酸梅汤。

正是夏季，酸梅汤里加了冰块，喝起来挺爽。张珏咳了几声，黄莺就把杯子拿走："张珏，别喝了，万一喉咙发炎的话，你又不方便吃药。"

张珏捂着喉咙，点点头。

他也没觉得自己的喉咙不舒服，但第二天起来的时候，张珏发现自己说话的声音的确哑了一点。一开始他都没感觉，只是出门晨跑结束，回去的路上顺便买香蕉的时候，张珏张口说了句"阿姨，给我拿点香蕉"，才察觉到不对。

他轻咳几声，想清清嗓子，感觉声音还是哑。

---

① 外卡指在体育比赛中由非常规途径获得的参赛名额。

② 网络用语，指情侣在单身的人面前表现出恩爱的状态，使人嫉妒。

就在这时，有人在边上提醒他："娃儿，别咳了，你这是倒仓①，哦不，变声。多喝水，吃润喉糖。"

张珏转头，就看到一位老爷爷。他提着个袋子，窄肩细腰，细眉长眼。明明瞅着五十来岁，鬓发灰白，一双眼睛却可以用清澈含情来形容，而且张珏总觉得他这张脸看着莫名眼熟。

不过老爷爷没说错，张珏被他一提醒，也想起自己确实到了这个年纪。他低声说了谢谢，提着香蕉离开。

那老爷爷站在原地，看着张珏的背影，啧啧赞叹："这身条儿真好，唱歌也好听，嗓子的底子好，倒完仓以后不得了。"

水果摊老板将几个梨子放到秤上："许叔，您认识那孩子？"

许叔回道："是家里的娃，他爹得管我叫二大爷，不过我上回和孩子见面的时候，他还在亲娘怀里吃奶呢。"

老板调侃："我看这孩子长得好啊，教好了准又是个角儿。"

许叔说："人家已经成角儿了，只不过不是我们这一行的角儿。"

张珏自然不知道偶然遇到的老爷爷和自己有什么关系。变声不是长个子，他膝盖没疼，说明长得最猛的那个时期还没到，便干脆抓紧时间努力练四周跳。

任何竞技项目的难度都是不断发展提升的，张珏对这点看得明白，他深知如果想进一步提高竞技水平的话，就不能只有一种四周跳。

一种四周跳只能在节目里使用两次，如果练出新的四周跳，他就可以在自由滑里排第三个四周跳了。

他现在的 4S+3T 已经大成，甚至连 4S+1lo+3S 的夹心跳都能做，教练组认为他的 4S 技术已经成熟，也支持他将 4T 的练习排上日程。

然而就在这时候，所有人都发现了一个问题。

擅长刃跳的张珏，在跳点冰跳时，其实是没法维持刃跳时的转速的。

如果张珏不管不顾地使劲往高了跳，并努力转体，跳出一个足周的 4T，那他一定无法落冰。如果他想落冰，那么高度就不够，在转满四周前就要落在地上，然后摔得满地乱滚。

要改进这些不足，他势必要再次开启增重训练。但赛季已经开始，现在增

---

① 指戏曲演员在青春期发育时嗓音变低或变哑。

重的话，张珏能否保住自己的转速就成了问题，如果不增重，他就出不了 4T。

张俊宝咬着指甲："简直是死结。"

沈流扯了他一下："别啃了，指甲都要秃了，小玉这个问题不是一时半会儿就能想出法子的。目前世界上拥有两种四周跳的男单选手不超过 3 个，张珏还小，咱们暂时不用着急。"

张俊宝压低声音，声音急促地反驳："我怎么可能不着急？你是不知道这次我们去京城集训的时候，孙指导和我们说，上头希望小玉好好比，争取在世锦赛带回起码 3 个名额！还要成为我们在索契的夺牌点之一。这事宋总教练也知道，不然我们怎么会在这时候支持小玉去练 4T，你以为我之前就不知道他力量不足的问题吗？"

如果张珏能在本赛季的世锦赛拿到前两名，中国男单在明年的索契冬奥会就能有 3 个参赛名额，如果他进前十，就只能带回两个。

如果张珏拿到前四，而和他同国的队友也能进前八的话，两人的名次相加就小于 13，依然能给本国带回 3 个名额，可问题就在这里，独苗一哥张珏并没有可以进入世界前八的队友。

国际上裁判对亚洲选手总是会时不时压分，张珏如果不能建立起技术优势，在成年组的世锦赛上，争奖牌就是一件不可能的事。

张俊宝压力山大 ①。

从今年上半年金梦和姚岚退役后，张珏就成了体育局在冬季运动方面主推的运动员。关注花滑项目的冰迷都能明显感觉到他在冰演里一直被放在最显眼的位置，各方面资源给的是冬季项目里的最高档，接的代言和广告也是最好的。

上头把这些东西给出来，是要张珏出成绩的！

"宋总教练和孙指导的压力都很大，张珏说他没问题，但我看他现在正面临力量不足的困境，怎么可能不急？万一这孩子只是嘴上不说，心里压着这些事，影响到他的比赛状态可怎么办？"

张俊宝心说这事整的，但凡领导们只是给个指标，他都不用这么急，毕竟指标年年有，也没说每次都要完成。但这次上头是先把资源给了，甚至加大了花样滑冰的推广力度，为冬奥会做预热，然后才提了要求，这番操作就连孙指

———————

① 网络流行词，形容压力像山一样大。

导都觉得压力大了。

砰,张珏又摔了一跤。

沈流看张珏拍拍屁股爬起来的淡定样子,安慰张俊宝:"师兄,我知道你关心张珏,但他真没那么脆弱,你要相信他。"

张俊宝摇头:"我现在算是明白你当年在这个位置上的压力有多大了。"

独苗不好当啊,在大家都重视的同时,也意味着所有的压力都要这棵苗独自扛起。

3. 叮嘱

10 月 16 日,美国,特拉华州,肯特郡。

张珏被时差击倒,趴在老舅背上睡得昏天黑地,从机场到大巴上,再从大巴上到酒店,全程保持着睡眠状态。看他睡得这么好的样子,张俊宝十分羡慕,年轻人的睡眠质量真好。

他们也是运气好,前两天肯特郡还电闪雷鸣,下着大雨,今天就变成了阳光灿烂的大晴天。阳光透过玻璃窗落在身上,暖洋洋的,特别适合睡觉。

沈流翻开笔记本:"这里最有名的餐厅是英式餐厅,英式的不好吃啊!"

张俊宝很从容:"没事,我带了蒜、榨菜还有方便面,英式菜不好吃就不吃呗!"

他们有存粮!

黄莺拿出手机拍下张珏靠着张教练睡觉的侧影:"小玉睡得口水都流出来了,正好流到张教练的衣服上。"

这是他们团宠的黑历史,收藏价值可高了。

"欢迎光临"组合和张珏在本赛季还是选了相同的分站,因为不仅是张珏愿意给国内其他男单选手留大赛机会,他们也愿给其他双人滑选手留机会。

虽然对很多小选手来说,成年组第一站应该是本国的分站赛,但他们都是比惯了大赛的,也就无所谓在不在家门口比赛了。

黄莺和关临最开始也没想到他们能稳稳申请到两个分站,但可能是他们两个有抛四周、捻转,在冰迷之中很被看好,所以申请的分站回复给得相当痛快。

张珏醒过来以后,人还没清醒,沈流就搬了个凳子坐在他面前:"张珏,我先和你说个事。"

张珏："什么啊？"

沈流："我想你也感觉到了，现在上面给你的宣传资源呢，在冰雪项目里真的已经算很多了，国内对花样滑冰的关注度，还有对你的关注度都是在上升的。"

张珏点头："嗯，然后呢？"

沈流："这些资源之所以落在你头上，主要是因为有一位体育局的领导在孙指导的推荐下，看了你的《大河之舞》。他算是孙指导的上司，说今年会关注你的比赛，看你是否具备成为冬奥会夺牌点的能力，所以你要悠着点。国外的赛事主办方都很会玩，如果他们再邀请你唱歌的话，你可以唱'GG.Bond'，但不能唱'Cherry Bomb'。"

张珏懂了。他伸出大拇指："了解，我今年的表演滑本来就很规矩嘛！"

沈流嗯了一声，嘀咕着："你啊，除了第一年让米娅女士给了建议，后来都是自己决定滑什么曲子，而且年年风格都不一样。"

很多选手都有固定的风格，张珏却一直在尝试新的东西。真要说的话，他身上也只有身高变化最小了，不过这娃现在也快一米五九了。近两个月张珏好像比以前长得快了点，而且开始变声，应该是快要发育了。

沈流起身："我去给你热牛奶，这样你发育的时候膝盖可以少疼点。我当年就是练得太狠，钙质又没补充好，发育期痛得要死，后来也比其他人更容易受伤骨折。"

张俊宝赞同道："对，骨骼健康对运动员来说尤其重要，你从现在开始要给我使劲地补充蛋白质和钙质。"

张珏参加的美国站和俄罗斯站，分别是2012—2013赛季的第一站和第四站，而作为第一站的美国站，共有27名男单选手参赛。

好巧不巧，去年称雄大奖赛、欧锦赛、世锦赛，把瓦西里都压住的麦昆就在这一站。除此以外，今年升组的安格斯·乔、尤文图斯、崔正殊也会过来。

"对了，崔正殊好像只申请到了一站，他们的滑联也没给自家男单一号运作一张外卡，让他有两次参赛机会。"张珏掰指头，"等到俄罗斯站，我就能和伊利亚、美晶、梦成他们再见面了。可惜隼人报的是中国站和日本站，而妆子又退役了。"

他还挺喜欢和朋友们在赛场上碰面的。

黄莺说："尹美晶和刘梦成是哈萨克斯坦目前最有希望在索契夺得奖牌的运动员，是种子选手呢，所以你们在总决赛肯定还能再碰上的。"

张珏心想可不是吗，这赛季开始前，那两个人就把欠他的钱还清了，可见发展得不错。张珏趁机把自己的存款理了理，发现居然还不少，于是在父母的支持下，张珏在中农大附近物色了一套房子。

83平方米的两室一厅，虽然是二手房，但房龄没超过5年，装修完好，好好打扫，买好家具电器就可以直接住进去了。

正好张珏现在念高二，后年就能搬进去，到时候大学四年就不用和别人一起挤宿舍了。不过现在张珏是把那套房子以人情价租给了秦雪君，房租五百元一个月，水、电、燃气和网络的费用由租客自负。毕竟房子这玩意不住便荒掉了，就算进了小偷张珏也不知道，还不如让熟人住着保存点人气。

张珏也不操心房贷的事，作为运动员，他的津贴足以支付每个月的房贷，何况他还有代言费。

这时候无论是谁，都将这一场分站赛视为与往常没什么区别的比赛，但等他们坐着大巴到赛场的时候，他们立刻就被场馆外的气氛惊到了。

张珏进入场馆自然是走的选手通道，而现在几十个冰迷挤在通道大门的两边，殷切地看着马路，甚至还有好几个记者抱着器材站在附近。

这是要干什么啊？

就在此时，有人尖叫："他来了！"张珏回头，就看到一辆SUV停在后面，现年24岁的欧洲男单一哥、意大利花滑的骄傲——麦昆先生从车上走下来。闪光灯亮起，有女孩尖叫着，粉丝们拥过去表达喜爱之情，而麦昆熟练地给他们签名，跟粉丝合影，看起来就和明星没什么两样。

不过话说回来，麦昆的粉丝群体不仅数量多，人也都挺好，其中几位明显五六十岁的阿姨特别慈爱，送了他一件手工编织的毛衣，麦昆当场就脱了外套换上，并和她们拥抱贴脸。

这一幕实在很友爱，很温馨。

沈流忍俊不禁，他告诉张珏："麦昆的父母都是意大利排名第一的大学的教授，他自己大学念了医学，从青年组开始就被夸情商高、教养好，有一阵子他是教练口中'别人家的孩子'，我师兄则是反面教材，师兄可讨厌他了。"在役期间抽过烟、喝过酒、打过架，检讨写了一沓的张俊宝说："和我外甥说我的黑历史很有意思，是吧？"自从张珏出生后，他就把这些臭毛病都改了！他已经改了！

沈流想起这位师兄曾有过和篮球队大个子打成平手，最后一起进了医院的传闻，顿时坚定地回道："没有！"

接着旁边又响起阵阵惊呼，大家看去，才发现是世界排名第三的意大利女单选手海伦娜也下了车。她有一头浓密的棕色鬈发，容颜艳丽妩媚，这会儿有个男粉丝举着玫瑰花向她求婚，保安很快过来把那人给架走了。

"他们都是这个项目最受欢迎的运动员，海伦娜是在役女单选手里最漂亮的，去年接了一个品牌的化妆品代言，收入在福布斯运动员排行榜里进了前一百。"

沈流摸摸张珏的小脑袋："欢迎来到成年组的世界。对了，我提醒你，晚上不许出酒店，如果在酒店里碰到人想要拉着你回房间或者带你出去玩，你绝对不许跟着走，懂吗？"

张俊宝扯他一下，然后等到张珏走到前面的时候，他听到老舅和沈流断断续续的交流声。

"你和他说……干吗？"

"他也15岁了，我肯定要提……万一让别人占便宜怎么办？有些人渣就爱挑小孩子下手，觉得他们什么都不懂，好欺负。"

保护未成年人是成年人的责任，自从花滑圈内出了刘梦成那事，张珏的教练们就把他看得可严了。

4. 请客

为了腾出时间倒时差，张珏是到会场比较早的运动员，崔正殊比他晚到两天。去吃早饭时，崔正殊就在餐厅门口听到惊喜的叫声。

"正殊，你好呀！"

崔正殊转头，就看到张珏跑过来，双手抓住他的两只手使劲地摇。

崔正殊沉默一下，忍不住笑道："张珏，你长高了不少嘛！"

上次见面的时候，张珏的身高还不到一米五五，现在和崔正殊站在一起，已经只差4厘米了。

张珏抬头挺胸："没错，我已经一米五九了！"

身高已经固定在一米六三的男子汉崔正殊说:"走吧,我请你吃早饭。"

张珏应了一声,高高兴兴地拉着崔正殊去吃早餐。英式早餐其实味道还行,烤番茄、黄油炒蛋、香肠、茄汁黄豆、薯块、丹麦卷,虽然热量很高,却可以开启一个精神满满的早晨。

但张珏很克制,他吃到四分饱,然后使劲拿蔬菜塞满肚子里的剩余空间。说他节食吧,他没让自己饿着,但这种使劲吃低热量蔬菜的做法,很明显是在控制体重。

崔正殊好心提醒他:"你已经到了随时会发育的年纪,该摄入的蛋白质和碳水化合物还是不能少的。"

张珏对他笑笑:"我知道啊,等比赛的时候我会吃饱的,主要是我现在跳跃很依赖转速,吃胖了就不好跳了。"

崔正殊:"你别主动和我说你的技术弱点啊!"他们可不是一国的,这种事就不要告诉他了。

张珏不解:"为什么不能说?我们是花滑项目的,还是单人滑,我们不用在赛场上直接对抗,都是自己滑自己的。你知道我的弱点,你还能往我嘴里塞一堆食物把我变胖吗?"

崔正殊心想,这么说也没毛病,可如果他的教练在旁边听到张珏自己承认自己的技术弱点的话,绝对能原地跳起。虽然崔正殊也不知道这有什么好高兴的,知道别人的弱点,并不能让崔正殊赢张珏,他进入成年组更早,但现在的世界排名也只在前二十到二十四之间徘徊,连分站赛的领奖台都没上过。

相比张珏、寺冈隼人、伊利亚这样还没升组就已经被看好的超级新星,崔正殊自认是远远比不过的,但他并不嫉妒。天赋是与生俱来的,基因占了起码百分之八十的功劳,那三颗超新星明显天赋异禀,而他自己的天赋只能说是普通人里的天才,可他现在也靠着努力练出了3A,可见普通人也有发光的能力。

"你知道吗?萨伦打算彻底退出商演,在加拿大安大略省的科腾俱乐部担任教练了。"听到萨伦这个名字时,张珏想了好一会儿,才想起对方是1994年冬奥会的男单铜牌获得者。

他点头:"然后呢?"

崔正殊单手托腮:"你觉得我在这个赛季结束后,去找他做教练怎么样?"

思考了很久,为了在花样滑冰这个项目上更进一步,崔正殊决心去异国他乡寻求蜕变的机会。但顶级教练的价格太贵，学生又太多，未必会专心培养他，所以有一枚冬奥会奖牌在手，以赛场表现力精彩绝伦闻名，但作为教练还寂寂无闻的萨伦无疑是个好人选。

对方在 1994 年滑的《柯里昂》至今仍然是经典，崔正殊知道自己的表现力平淡，正需要这么个人来改进他的不足，而他极有可能是第一个主动投到萨伦门下的学生，对方肯定对自己尽心尽力。

张珏也点头赞同："很好啊，虽然还没看过你们合作的样子，但我觉得你们会很合拍。"

主要比起被现任教练折磨到可能年纪轻轻就重伤退役，还不如早点脱离魔爪，而且崔正殊本就有退役后去加拿大做教练的打算，投到萨伦门下岂不是两全其美？

"对了，这个给你。"崔正殊将一个半个巴掌大的布囊交给张珏，布囊通体明黄，上面有一颗彩虹色的星星，张珏下意识要拆，被拦住了："不能拆，不然符咒就不灵了。"

崔正殊严肃地叮嘱张珏："这是我妈在我申请渥太华大学时求的，制作符咒的大师很有名气，而且在制作前还沐浴焚香祈祷了很久，这枚符咒可是价值 30 万韩元呢。"

张珏："那不就是 1000 多块人民币了吗？好贵重的礼物，我不能收。"

张珏从不会轻易收价值超过 200 块的礼物，连吃零食都要有来有往，别人今天请，他改天就找机会还回去。

崔正殊："我已经得到渥太华大学的 offer，还申请到了延迟入学，所以这个就用不着了。我记得你还是高中生，所以把符咒送给你，祝你逢考必过，想要什么大学的 offer 就能拿到什么大学的 offer，顺便看看能不能救救你的签运。"

不知道为什么，明明崔正殊是个才 19 岁的青年，张珏却在他身上看到了和宋教练如出一辙的慈爱。

宋教练也从老家的白仙那里给他求过转运珠呢，虽然没什么用，而且身为社会主义的接班人，他相信迷信要不得，可他们的心意是好的啊！

十分感动的张珏伸出双手，满脸不好意思地接下这份礼物。

每个分站的抽签形式都不一样，肯特郡的赛事主办方用马克笔在绿叶上写下数字，让运动员去摸。张珏在被叫到名字以后，上台举起一片叶子，才看了一眼，便无奈地叹气，将叶子举起来，示意第一个上场的倒霉蛋又是他。

崔正殊面露震惊。怎么可能？那可是早归大师手工制作的符咒，明明就很灵验的啊，为什么连他都救不了张珏的运气？！迷信青年的三观都快被张珏的运气颠覆了，在他略带迷信的思维中，如果连早归大师都救不了这个运气，那岂不是说如果他带张珏去拉斯维加斯赌大小，然后一直买和张珏相反的，就能发家致富了吗？

而张珏才下台，在他之后上去抽签的麦昆就一脸赞佩地夸他："你的运气真是名不虚传。"

麦昆此时对张珏的赞佩是真心实意的，在他看来，这个小朋友的签运一直如此差，却还能称雄青年组，甚至在伊利亚和寺冈隼人升组前就赢过他们，心态和实力都强到没话说。将心比心，若是他自己从青年组开始一直签运奇差的话，早就心态崩溃了。

朋友打趣张珏的运气问题还好，但麦昆在张珏的心里是不熟悉的人，听他这么一说，张珏难免心中不爽。张珏哼了一声，跳下台，小跑着回到自己的座位，黄莺和关临一起安慰他。

麦昆却很喜欢这个小运动员，他决定邀请张珏参加他和朋友间的聚会，然后他就被沈流瞪了一眼。那个在役期间就从不接受任何人暧昧邀约的 Shen 看他的眼神和碰到瘟疫一样，面带僵硬的微笑，迫不及待地就要把他赶走。

麦昆也是真的脾气好，被人这么驱赶也没恼，就扒着门框努力解释："我发誓，我只是带他去吃饭，我知道有个地方的烟熏鱼特别干净、安全和好吃。只吃饭，其他的什么都不干！他才 15 岁，你要相信我是个正经的绅士，我不会带坏他的！"

这个"花花公子"还挺清楚自己是什么德行。

沈流心说他还不知道这个项目是什么情况吗？张珏那个长相压根不安全！

张俊宝喊住沈流，走上前："我很愿意我家的孩子多认识一些同行，毕竟他不能永远在我们的羽翼下。"沈流不服气地插嘴："他能！我能护着他到他退役，甚至在他退役后继续护着他！"

张俊宝朝他翻白眼，转头和麦昆交换了联系方式，叮嘱张珏不许碰酒精，在外要讲礼貌，别给人添麻烦，就挥挥手放行了。

麦昆有些受宠若惊，他知道自己这种人在很多家长看来都不是值得托付的，但张俊宝很干脆地放行了。

他当然不知道张俊宝的真实想法。张珏和他亲妈一样，是完全不能忍受他人欺负的暴躁脾气，不发火则已，一发火立马化身凶暴鳄鱼，更别说他拥有连田径省队的总教练都夸赞不已的短跑天赋和耐力，时不时就去散打队打沙袋、学格斗，还是个已经 15 岁的大男孩。

张俊宝在这个年纪早就能拿着板砖在群架中一对七了，张珏拥有自保之力，实在没必要拘在家里。

沈流仍不放心："师兄！"

"我们不能因为惧怕可能存在的坏蛋，就不让女孩穿漂亮裙子，不让漂亮男孩出门交友，而且那些运动员没听说有什么劣迹，都是好好比赛的人。"张俊宝很淡定，"走吧，晚饭只有我们两个吃了，张珏不在，吃饭就不用注意那么多了，我请你去餐厅吃战斧牛排？"

沈流沉默一会儿。"晚上吃牛排会不消化，但……"他笑了笑，"师兄请客，哪怕吃完要便秘三天，我都要去。"

张俊宝招招手："什么便秘三天，你不是拉什么都特别顺畅吗？尤其是比赛之前，经常拉稀，秦大夫那时候还被你逼得去研究如何用针灸治肠胃疾病。"

沈流的笑容缓缓消失。

麦昆找的餐厅就在湖边，风景很好，抬头就能看到湖。餐厅外有块空地，上面铺了木板，种了各类植物。来参加聚会的男单运动员其实不多，加上张珏也只有五个人。麦昆介绍，他们都是法语系的男单选手，除了麦昆，另外三人分别来自比利时、瑞士以及加拿大的魁北克。

也不知道这家伙明明是个意大利选手，怎么就和法语系的选手混得这么熟，张珏都不知道麦昆为什么把他带过来。

"这是小鳄鱼，大卫，你商演曾和他一起跳过群舞，记得吗？"

19 岁的比利时男单选手大卫·卡酥莱对张珏友善地微笑。他是个棕发的雀斑男孩，看起来有点腼腆，但张珏知道他是麦昆之后最被看好的欧洲男单选手之一，因为他会四周跳，哪怕没那么稳定。

握手的时候，张珏注意到他的右手有一道紫色的瘀斑，不过花滑选手总是容易摔，身上有伤痕很正常，张珏也没往心里去。

在上菜前，他们说了不少话，麦昆是意大利的一号选手，他在商演领域很受欢迎，而且乐意拉自己的朋友们去自己的商演品牌演出，张珏也得到了他的邀请。除此以外，他们还提起了有关国际滑联规则变化的趋势，毫无疑问，现在男单项目已经越来越注重跳跃了，以后一定会是四周跳的时代。

"这么一说，小鳄鱼的优势会很大，你是现今唯一一个可以在进行四周跳时使用 Rippon 姿态的人，独一无二。"

大家都是运动员，现场也没俄罗斯人，大家便没点酒水，只要了一扎苹果汁。店家用来装苹果汁的是陶壶，大卫主动接过给朋友们倒果汁的任务。张珏立刻站起来接过陶壶："我来吧，在我的家乡，这种情况下，应该让最小的来。"他说着，快速而稳定地将果汁倒好，把杯子分出去。

麦昆举杯，愉快地喊道："为了如此愉快的晚餐，干杯！"

张珏也觉得这是个愉快的夜晚，因为烟熏鱼肉真的很好吃，还有淋了蜜糖的松饼和千层面等美味。但当他被麦昆送回去的时候，他发现自己今晚是喝不上老舅的爱心热牛奶了。

因为张俊宝居然喝醉了。

5. 嗯嗯

张俊宝醒来时就看到张珏黑得不行的小脸。

张珏把绿豆汤重重地搁在他面前，凶巴巴地道："快喝！"

"嘿，你这是和老舅说话的态度？"张俊宝知道自己昨晚喝高了，外甥肯定不乐意，这会儿也心虚，但他不愿意在小辈面前尿，把绿豆汤一喝，也往床头柜上一搁，没敢用力。直觉告诉他，张珏现在很火大。

老舅喝完汤了也不敢下床，就盘腿坐着，而张珏沉默地用那双清澈的眼睛看着他，过了好一阵子，在张俊宝想要逃出房间喊沈流来救场的时候，张珏才叹了口气，说道："以后别喝了，不然我怕我没法给你过七十大寿。"

张珏眼眶红红地看着老舅："我还想在我六十多岁的时候去蹭你八十大寿的寿面，你一定得给我活到那个时候，我都做好给你养老的准备了，你得给我这个机会，知道吗？"

看到小孩眼里的泪光，本来想把这事糊弄过去的张俊宝终于慌了。

张珏的调皮劲大家都知道，有时候翻车了被教练抽屁股还能继续笑嘻嘻的，张俊宝就没见他真怕过什么，眼泪更是多年没见了，他当年被恶毒钟点工打掉一颗门牙的时候都没哭过。现在小孩眼眶一红，老舅的心和揪起来似的，他立刻指天发誓，此生不再沾一滴酒精。

张珏立马把眼泪一收，拍着大腿："行，这可是你说的，我记着了。"

张俊宝内心生出一种自己被算计的感觉，他咳了一声："行了，这事到此为止，你也别说给我养老什么的，这事轮不着你。我有养老金，再不成，我将来也会生小孩呢，别看你舅舅单身到现在，只要想找绝对找得到。"

张珏想，老舅要是没酗酒，作为教练也算事业有成，如果运气好点碰上特别喜欢他这种类型的女孩，说不定就真脱单了。

毕竟最近两年，他们每次一起去国外商演，老舅只要一出场，到处都是吹口哨的。

张俊宝不知道自己外甥的小脑袋瓜里有什么念头，只是转移话题："和麦昆在一起玩得开心吗？"

张珏："开心啊，他说等到了休赛季，他希望带着他的"Romance on the Ice"到中国来表演，他应该挺馋中国市场的。"

张俊宝哦了一声："他是这样的性子，交朋友时心很诚，但也会凭着友谊获取些利益。你放心，他人品还是不坏的，除了爱泡夜店没什么劣迹，你别和他学那些不好的就行。"

沈流对麦昆的评价就是，这人约的都是同类，但性格识趣，教养和情商没话说，跟他做生意和做朋友、情人都不会不快，所以和他交好不是坏事。

张珏虽然调皮，但在老舅心里是个靠谱孩子，张俊宝叮嘱两句就放心了。

心事一放，老舅往床上一倒，滚了滚，趴着抱头，念念有词："哎哟，昨儿个喝多啦，脑袋疼啊，我衣服谁给换的？"

他身上穿的是鳄鱼造型的珊瑚绒睡衣，跟张珏那套是亲子款，穿起来特别舒服，但张珏应该没那么大的力气给68公斤的老舅换衣服。

张珏："是沈哥给你换的，我打了热水给你擦身，不然你一身味儿太冲了。脑袋疼的话，我给你揉揉？"

张珏手里端着绿豆汤，进来的时候没多余的手关门，沈流这时一推门，就看到张珏在给张俊宝按脑袋。张俊宝嘴里一直喊着用点劲，看表情明显舒服得不行。

沈流笑了笑，说道："师兄，小玉，我给你们带了早饭。"

张俊宝慵懒地应了一声："嗯。"

下午，比赛正式开始，张珏老早就被带到冰场，张俊宝跨坐在椅子上，上半身靠着椅背，没精打采地看张珏热身。

不远处，麦昆跳了一个陆地3A，落冰还挺稳，但沈流告诉过他们，麦昆是著名的3A"失误大户"，这么多年以来，他的比赛可以总结为"3A成了，比赛就赢了；3A崩了，就只能拿银牌"。

这和麦昆年轻时，意大利国内好教练不多，以至于他在训练时受过严重的背伤有关系。据说此人一跳3A就背疼，去年他在世锦赛赢瓦西里的时候都是打了封闭上的。

按年纪算，麦昆在男单选手里也不算小了，之所以一直在役也是因为后继无人，他一退，一线赛场就没有意大利男单选手的身影了。独苗一哥都不容易，这一点放在谁身上都一样。

成年组赛场自然比青年组热闹得多，哪怕在热身室，也能时不时听到场上的掌声。因为麦昆和海伦娜的存在，美国站的上座率高达百分之七十五，在花滑赛场已经算不错了。

沈流："小玉要是去参加中国站的话，赛场上座率绝对能比这里还高。"

如果赛场在东北的话，估计去看张珏滑冰的人都能把场馆给挤满了。

张俊宝："你现在说这个没用，要申请中国站都是明年的事了。"

过了一会儿，张珏听到崔正殊的名字，立刻跑了出去，站在视野开阔的候场区看着一米六三的韩国一哥上场。

他的教练依然是那副大腹便便、看起来阴沉严肃的模样，在运动员上场前一句话没说，运动员的水瓶被随意地搁在地上。好在崔正殊看上去也不在乎，他虽然矮，但身材比例不错，脸很可爱，身上的考斯腾也算得上精致。

沈流摁住他的肩膀："他今年滑的是《图兰朵》，音乐选得不错，就是和麦昆撞了曲，但愿他能发挥好，不然等下会很尴尬。"

这么一想，其实张珏要自己选曲也挺好，这小子在音乐方面的品位没话说，哪怕技术上浪到翻车，表演却从来不崩，而且他很少和人撞曲，撞了也不怕尴尬。

沈流说得没错，崔正殊本就没有太大的技术优势，他最高难度的两组跳跃是 3A+2T 以及 3A 的单跳，表现力一如既往地平淡，在这样的情况下，观众们对他的表演也并不热情，只是在跳跃成功时鼓鼓掌。

但崔正殊一如既往地稳健，跳跃难度不高，却很少失误，这就让他在结束表演后，成功地排到了目前的总积分榜第二位。

分站赛强者不多，此时最后一组还没上场，不出意外的话，崔正殊进入本次比赛的前十名是没有问题的，有趣的是，张珏看到了萨伦坐在观众席第一排。

哎哟，看来这两人已经有联系了。

下一个上场的，便是比利时小哥大卫。

这家伙是个极限运动爱好者，张珏昨天跟他们吃饭时听说，大卫在来比赛前，又去攀岩了一回，而且差点掉下去，要不是被队友抓住了手腕，这人不说去世，也绝对参加不了这个比赛了。文静秀气的外表，狂野不羁的内心，说的就是大卫·卡酥莱。

也就是比利时没别的男单选手，大卫的教练只能忍他了。

话说这家伙好像还是个洞穴潜水达人，还曾义务援救困在洞穴深处的一群参加夏令营的小孩，也是个好人。

等又上去了一个人，就有工作人员上冰修补冰面，过了一段时间，接着就轮到张珏了。

张珏脱掉外套，露出里面的紫黑相间的考斯腾，他的左边是天鹅绒质地的紫色，腹部深紫，到肩部却已经渐变成白色，右边则是深黑，到右肩和手臂时，则成了半透明的黑纱，后颈开了一个不深的 V 字，看起来更加轻巧。

与这套考斯腾相对应的是一双纱质手套，左手紫色，右手黑色，而且无论是手套还是考斯腾，他身上的水钻多得惊人，如同满天星河落在上面。

按黄莺的说法，张珏这就是乌鸦审美，特喜欢亮晶晶的东西。

他扶着教练的手轻巧地在冰上跳了跳，转身，张俊宝上前，将他往前一推。

江潮升也在此时对着话筒说道："现在上场的是去年的花样滑冰大奖赛总决赛青年组冠军、世青赛冠军，拥有三项青年组世界纪录的我国男单选手张珏，一个 15 岁的小将。之前他在加拿大的秋季杯进行了自己成年组的首秀，当时拿了银牌，冠军是法国的男单选手马丁，现在是张珏在成年组的第二场比赛，他的短节目是《再会诺尼诺》，一首由皮亚佐拉创作的探戈舞曲。"

赵宁："是的，张珏是目前国内的男单选手之中，舞蹈功底相当好的一个，芭蕾已经练到了专业水准，其他舞种也有涉猎，乐感相当好。而且他每年都会挑战不同的风格，因此他的节目总是令人十分期待。"

6. 探戈

张俊宝、沈流在赛前都叮嘱过张珏，不要有压力，咱们是才进成年组的新人，做好自己就够了。

这是让张珏做好心理准备，省得这孩子面对上个赛季才称雄大奖赛、欧锦赛、世锦赛的麦昆，一旦输了心理落差太大。毕竟张珏在青年组赢惯了，之前在秋季杯输给了马丁就已经十分不甘，亲近的人都知道，他心里憋着一股劲呢。

孙千在张珏于青年组第一次战胜寺冈隼人、伊利亚的时候，就评价"张珏从来不是看到对手有个世界冠军的名头，就会为此认怂的人，他敢拼，也有拼的实力和底气"。

沈流抱着印有"学习女排精神"字样的热水壶和卡通鳄鱼毛巾、纸巾站在场边，心里还有些担忧。这小子心态已经调整过来了吧？真的没问题了吧？不会一激动就为了赢然后把成功率不足百分之五十的招数拿到比赛里用了吧？

张俊宝还在那里嫌弃张珏今年的考斯腾："他这衣服太闪了，颜色也没选对，小孩子穿什么紫色和黑色啊，太老气了，我说了让他继续穿红色，他又不肯。"

沈流心想：不，师兄，我觉得小玉穿衣服的品位比你好多了，就你那个大红大紫大绿加秋衣样式的考斯腾风格，完全是浪费孩子的脸。

另一边，由于意大利有两名著名运动员都在美国站比赛，因此意大利体育台也开始解说这场比赛。

他们的王牌解说员皮诺用平静的语调说道："《再会诺尼诺》是经典的探戈舞曲，在花样滑冰中曾被多次演绎，其中包括冰舞的 GP 组合在 1995 年世锦赛的表演滑，加拿大冰舞组合斯蒂芬妮和朱林在青年组的自由滑，中国女单陈竹在 1998 年的短节目……"

他报了一串名字，充分说明虽然张珏这赛季没和别人撞曲，但花滑圈里滑过《再会诺尼诺》的相当多。准确地说，是滑过皮亚佐拉老爷子的作品的人很多，热爱皮亚佐拉作品的人早已遍布全球。

已经变为老冰迷的陈思佳坐在电视前，满心不解："他今年怎么就滑探戈了呢？"探戈不应该是已经成熟的人去滑效果更好吗？

张珏表现力再好，一想起他在学校里被人叫"珏哥"，月考考到年级前五十名被老师夸奖时叉腰仰头的模样，陈思佳就没法想象这小朋友成熟起来的样子。

毫不夸张地说，张珏在很多冰迷眼里的形象类似于哪吒，性烈如火、疾恶如仇、战斗力爆表。拖把就是他的火尖枪，冰刀便是他的风火轮，是个长不大的少年小英雄。

而张珏不知自家冰迷的心思，他专心地捶着大腿和臀部肌肉群，深吸一口气，套着黑纱手套的右手轻扶左肩，左手放于身后，双眼直视前方。

活泼的小鳄鱼在这一瞬间忽然消失了，仅看外表，他还一身孩子气，脸上带着婴儿肥，气质却在这一刻完全变为成熟。那甚至不像是演出来的，而是一个居住在孩子躯壳中的成人展露自己的真面目，成熟、冷淡，搭配张珏与生俱来的仙气飘飘的外表，竟是美到令观者心中一惊。

手风琴声响起，许多人都感觉意外，因为张珏居然选择了皮亚佐拉演绎的原版《再会诺尼诺》，而这也正是最悲伤压抑的版本。

这是送给父亲的永别曲，有部分乐迷认为，这首曲子是不是皮亚佐拉最好的作品不好说，但绝对是最好的之一。皮亚佐拉自己也承认，在创作这首曲子时好像被天使围绕着。

女单选手海伦娜靠在教练身边，微笑着评价："大胆的选择，他对自己的表现力太有信心了。"

她的教练摇摇头："目前为止他还没让人产生不和谐感，这已经足够令人惊讶了，他的外表原本是和这首曲子完全不搭的。"

他的第一跳是3lz+3lo。伴随着清脆的点冰声，少年以深外刃起跳，举着双手完成了3lz，接着又直接以右脚单脚起跳，跳成了3lo。

皮诺评价："完美的连跳节奏。"

这位以严谨风格著称的解说员一边嘴上夸着，一边心里惊奇。

张珏的跳跃在他看来绝对属于低空跳跃了，高度相较于其他男单选手来说并不出彩，他的技术却没有其他低空跳跃的选手那么粗糙，反而周数充足，干净得一点毛病都挑不出来。

他喜欢技术干净、不玩偷周错刃的选手，加上张珏的连跳节奏感的确好，仅这一跳，便让皮诺对这位小选手多出一分好感。

而当他看到张珏的第二跳，也就是 3A 时，皮诺对张珏的印象就更好了。

张珏的 3A 质量居然比他的连跳更好！

在这个小选手身上，他看到了一种扎实的力量，不强，却足够稳。

伴随着音乐，冰上的少年进入蹲转，他在旋转时抱着头，像是在痛哭，又像在逃避现实，直到小提琴加入，他才缓缓站起。

一段流利的步法在冰上展开，即使没有言语，观众们也可以通过音乐以及少年的肢体语言感受到一些情感。他就像是一个才失去了父亲的孩子，站在童年生活过的地方，满心悲伤地回忆着过往，追忆逝去的人。

在花样滑冰项目之中，张珏的滑行用刃绝不是最好的，甚至连一流都算不上，可他是罕见的能在做步法表演时令人移不开眼的运动员，因为他在表演时就像是投入了灵魂，加上肢体柔软，在舞蹈时令人陶醉，美感与情感兼具，撇开滑行技术不谈，没人能说张珏的表演不够艺术。

而对张珏自己来说，这是他献给过往的道别曲，其实他也常常怀疑现在的一切不是真实的，甚至一度以为自己是一个缸中之脑，而周遭的一切只是电脑程序塑造的美好世界。于是他只能在艰苦的训练中寻找真实感。

直到现在，他终于觉得一切都是真的了。

花样滑冰是真实的，他正在以前从未到过的异国他乡比赛是真实的，正在逐渐长大的许德拉、正在缓慢老去的父母也是真实的。完全没老、今早出门还被便利店老板误以为是高中生的舅舅当然也是真实的。

回忆随着表演在他心中展开。

张珏想起那个恐怖的梦，梦里老舅去世时，自己耳边响起的就是《再会诺尼诺》。

张珏并不是专业的探戈舞者，在《再会诺尼诺》中，他没有表现出任何与热情、激情相关的情绪，甚至比起过往的表演，他这次表现得过于理性和冷静了，但他的确是在抒情。

随着步法的进行，表演中的悲伤也越来越少，只留下温暖的爱意与音乐一同在冰面上流淌。这正是张珏对这个节目的立意，他会永远铭记过往，可他也会看向未来。

唰啦——冰刀离开冰面，少年再次起跳，这次是他标志性的跳跃——举双手4S。

惊人的转速让无数第一次现场观看张珏比赛的冰迷发出惊呼。

旁观的麦昆睁大眼睛："他的转速比去年又快了一些。"

少年比去年好像也瘦了一点，就像是刻意控制过体重一样，所以他的转体轴心更细，转速更高，这个4S也完成得更加游刃有余。

"他应该是目前世界上最擅长4S的运动员了。"

直到张珏落冰，冰刀刮过冰面，溅起冰屑，并在冰上画出一道椭圆线，少年进入躬身转。八周的躬身转后，便是单手抓着浮足冰刀提过头顶，然后停下，双臂展开。

大约过了两秒，掌声响起，然后越来越密集。

大卫呆呆地看着张珏的身影，好一会儿，他才转头问同伴："节目结束了吗？这就结束了吗？"同伴带着意犹未尽的表情："对，结束了，你说他怎么就结束了呢？"

大卫眨眨眼，面露赞同："是啊，如果这不是短节目，而是自由滑就好了。神啊，他真是表演得够精彩！我竟然都沉浸进去了！"

这个节目并不是那种特别有激情，能带着观众们一起打节拍的类型，但越看越有味道，绝对是精品。

张珏下冰时，就听到麦昆在和他的教练说话："他的编舞是弗兰斯·米勒吗？我明年能也找米勒编舞吗？"

沈流将毛巾丢到张珏的脑袋上，调侃道："恭喜你，又给弗兰斯拉了一笔生意。"

7. 商机

张珏身披番茄炒蛋配色的运动外套坐在候分区，手里捧着他那个显眼的热水壶，喝一口热乎乎的水，舒了口气。

沈流看他一眼，又看一眼，最后还是没忍住问道："你这水壶到底是谁给的?"张俊宝随口接话道:"他外婆。"张珏:"嗯,是我外婆给我妈,我妈再给我的。"

沈流怀疑这个热水壶的年纪比自己还大,这种带着"学习女排精神"字样的物件在20世纪80年代女排三连冠后最流行,而他是1987年生的。但想起张珏在省队训练的时候,还经常捧着家里人给的搪瓷杯到处溜达的老干部模样,他也懒得吐槽了。

他夸小朋友:"你小子别的不说,选曲的能力真挺好,在这方面从没翻过车。"

15岁滑这种悲伤风格的探戈舞曲都不翻车,表现力也是好得让人以为张珏不是中国的花滑男单选手了。反正沈流在役那会儿,只被人夸过跳跃,表现力一直都被吐槽是"只会打广播体操",哪怕他的表现力在国内还算得上不错。

重点在于"打"广播体操,而不是"跳"广播体操,意思就是他比正常跳广播体操的人还要肢体僵硬、情感匮乏,最后只能狂练四周跳保证分数,快退役那会儿才在表现力方面有了点进步。

接着他就因伤退役了。

老舅在役那会儿表演分其实一直不低,可惜由于髋骨的伤病,他的跳跃难度一直上不去,因此被困死在了三线。

大外甥张珏的身板比张俊宝好,老舅摸着自家宝贝蛋的脑袋:"你这次滑得不错,应该不会比《秋日》的分数低。"

《再会诺尼诺》的情感表达虽然没有《秋日》那么直白,但比《秋日》更经得住细品,编舞能力比去年更上一层楼的弗兰斯将节目构建得非常精致,加上运动员本身的情感为节目增添了丰富的内涵,张俊宝觉得这个节目的分数不会低于85分。

如果张珏不是第一个出场的话,老舅甚至敢大胆预言,张珏这次短节目能上90分!

一直对所有人吝于夸赞的皮诺这时也夸赞道:"这是我在这个赛季开始后,看到的第一个愿意一直记在脑子里的节目。这位中国选手的技术风格十分独特,他是少有的依靠转速完成跳跃的男单选手,柔韧性很强,可以做到许多女单选手都无法做到的单手提刀贝尔曼旋转,而且非常擅长表演,未来可期。"

央视五台的赵宁则说道:"《再会诺尼诺》,如泣如诉,张珏用一支冰上的探戈为我们讲述了一个哀而不伤的故事。"

江潮升："张珏这个孩子光看长相就自带古典和优雅的气质。H省的宋总教练就说过，这孩子只要不说话，就会给人一种冷峻的感觉，让人以为他的性格很成熟和忧郁。所以别看他本人的性格很活泼，其实他演绎这样的曲子是有优势的。"

这话说得不少熟悉张珏的冰迷都憋不住笑，可不是吗，张珏看起来仙气飘飘的前提，就是他千万别张嘴，不然大碴子味儿的东北话一出，什么仙气都没了。

过了一会儿，大屏幕上出现张珏的得分。

技术分：52.17

表演分：37.95

最终得分：90.12

沈流叫了声好，两个手掌啪啪地拍起来。

别看这个分数没张珏去年打破青年组短节目世界纪录时的90.8分高，要知道现在可是赛季初，张珏又是第一年升组，裁判们给这种没国籍优势的新人打分都十分克制，只要张珏稳住自己的表现，这个分数是还有上涨余地的。

哪怕是伊利亚这样的俄系太子，在升组第一年的大奖赛首秀上，也只拿了87分呢。

而且别看国际滑联里有不少偏心的黑心裁判，刚正不阿的裁判也有那么几个，比如现在正坐在技术裁判席上的卢金。虽然这家伙是俄罗斯人，但在瓦西里这种俄系一哥比赛的时候，卢金挑起毛病来也从来没客气过。

张珏这次的技术分能打到50分以上，说明他的技术已经标准到连卢金这种严谨的裁判都抓不到问题的程度，想当初沈流四周跳标准得堪称教科书，但在某次状态不好的比赛时，也被卢金狠抓了一回，最后那个4T的GOE只有0.25，想想都心酸。

反正从20世纪90年代到现在，单人滑的选手们只要看到裁判席上有卢金，就没有心里不发怵的。

"不错，又clean了一次短节目，走吧。"

分数看完了，张俊宝就带着张珏离开kiss&cry，找了个视野开阔的地方坐着看比赛。张珏身上又罩了件老舅的皮夹克，头上戴顶毛线帽，因为一会儿还要药检，一直捧着杯子喝水，看起来就很像老干部。

麦昆在张珏之后上场，他今年的节目是《西贡小姐》里的名曲"Sun and Moon"，这家伙很擅长表演深情款款的样子，滑的时候场上好多女冰迷看得眼都移不开。

张珏还听到沈流和舅舅讲八卦新闻。

嗯，舅舅坐在中间，张珏和沈流分别坐他的左边和右边，所以这两人说悄悄话的时候，还以为专心看节目的张小玉注意不到呢。

沈流："麦昆是目前花滑项目里，最擅长滑情歌的男人，他在表演滑里滑过不知道多少情歌，所以女粉丝特别多，但他从来不会跟粉丝交往。听说以前有粉丝买通了酒店工作人员溜进他的房间里，脱光了躺在他床上，他都愣是好好地给人披上衣服送回去了。"

张俊宝："你不是说这人是花花公子吗？"

沈流："我在一次男单运动员聚会上听他说过，他讲究的就是你情我愿，那种对他有粉丝滤镜的他绝对不碰，不然他会感觉自己像个骗人感情的人渣。"

张俊宝："这么一说，他还真有点原则。"

老舅这下对张珏和麦昆来往的事更加放心了，那家伙既然连送上门的粉丝都不碰，张珏这个未成年人就更安全了。

张珏心想：沈哥看起来是个书香气满身的斯文人，没想到也这么八卦。他这时也是一心二用，耳朵听着身边两个长辈说话，眼睛依然看着场上。

别看现在世界上除了张珏，没人能玩举手的四周跳，包括麦昆，但这批经验丰富的老选手的综合能力都不差，不管滑行还是旋转，都比张珏强到不知道哪里去了。

大家的状态在赛季初都没达到巅峰，但张珏判断，麦昆这次短节目的步法绝对能拿到4级，旋转有一组出现了轻微的不稳定，大概会是2级到3级的样子，但另外两组也能拿到4级。而且比起"低空高速"的张珏，麦昆是典型的力量型选手，跳起来又高又远，四周跳的高度达到68厘米以上，让4S的高度最高也只能到52厘米的张珏羡慕不已。

他也想跳那么高，可他就是办不到，毕竟他的腿细细的，能挂住的肌肉只有那么点，力量真心有限，打架够用，跳68厘米就不行了。就算勉强自己跳到那么高，落的时候他也站不稳。

当节目结束的时候，场上响起了阵阵热烈的掌声。张珏看到旁边一个棕发女孩跳起来，拿着一个编了朵向日葵和百合的花环朝前方冲去，扔到了冰面上，而麦昆捡起花环戴在头上，对女孩抛了个飞吻。

接着几声"啊——"的尖叫声响起。

张珏默默地捂住耳朵，他想，和麦昆比赛有点费耳朵。

不过不知道怎么回事，在张珏和麦昆之后，其他上场的选手就像是约好了一样，不是这里打滑一下，就是那里摔个屁股蹲。等这次短节目结束，张珏是第一，麦昆是第二，第三是比利时男孩大卫·卡酥莱，而第四名居然是崔正殊，这就很让人吃惊了。

大卫已经升组三年，之前一直没什么起色，今年的首战看起来却相当不错，甚至给人一种他即将崛起的感觉。大卫来自单亲家庭，妈妈早逝，去年爸爸出车祸后，他想继续滑冰就必须自己赚钱。他还是个大学没毕业的小男孩，只有通过拍极限运动的视频来赚打赏钱。

但仔细想想，就算参加了极限运动，他在比赛里依然表现得很好，心态相当稳。作为比利时第一个拿到世青赛冠军的男单选手，要是能专心滑冰的话，他绝对是不逊于伊利亚和寺冈隼人、张珏的超级天才。

崔正殊比大卫更加寂寂无闻，他能拿到第四，则更让人觉得这是走了好运，而在观众席上的萨伦摸摸下巴，道："这小子的稳定性果然和他说的一样好。"

花样滑冰粉丝论坛 - 男子单人滑
"HOT"特拉华州留学生现场的美国站赛场直播。
…………

85L

啊！小可爱短节目第一了！

86L

好厉害，这个男孩真的比短节目从来不输！世界第一照样拉下马！

87L

也不能说拉下马啦哈哈，但暂时拿到领先优势是真的，而且这优势比较小，麦昆是 89.5 分，小鳄鱼和他的分差只有 0.62 分，等自由滑的时候，裁判打 GOE 时稍微抬抬手，这点分差立刻就没有了。

88L

楼上是对的，麦昆这次要不是有个旋转出了失误，连跳时卡了一下，小可爱应该连这点优势都拿不到。

…………

网友们对张珏的成年组大奖赛第一战的表现都表示满意，而他们聊着聊着，话题又不知不觉转到了教练组，最后大家竟然开始争论起到底是斯文的沈教练更帅，还是拥有胸肌的张教练更帅。

正在浏览帖子的白小珍看到这里，回头对自家作为冰雪运动中心商务对接事务领导的老爸喊了一声："爹啊，有新商机，你来看看！"

白素青回头："啥？咱们冰雪运动还有张珏以外的新商机啊？先说好，要开辟海外粉丝购买渠道这事已经让我焦头烂额了，不是大商机别打扰你爹我！"

白小珍："真的是商机啊！运动员的商业价值不该局限于现役的那批，老爹你快来看！"

B. 哮喘

男单短节目后就是女单短节目。张珏去做了个药检，顺便拿了小奖牌，接受了一群记者的采访和拍摄后回来，正好赶得上看女单最后一组的短节目。

马教练也带着黄莺和关临坐在位置上，和沈流分享业内传闻："美国站最厉害的女单选手就是海伦娜了，原本意大利的花滑水平也就那样，但不知怎么回事，在索契周期像开了挂①一样出了麦昆和海伦娜，不过这两个运动员都是伤病多的类型，赛场压力恐怕很大。"

沈流作为前一哥感触极深："独苗压力都大，伤病率也高，毕竟没人分担压力，有时候受了伤也要咬牙继续比赛甚至全勤一个赛季，身体怎么受得了？"

马教练："所以领导这不是让杨志远一直跟着张珏吗？张珏去哪儿比赛杨志远就跟到哪儿，赛前拉伸赛后按摩全少不了，这待遇多好啊！"

沈流："那是因为张珏平时也练得狠，不让队医跟着不放心啊！别看他刚才

---

① 此处形容像使用作弊程序一样超水平表现。

在短节目跟开了挂似的，这小子平时可没少受伤，也就是赛季开始前，我们给他降了训练量，他才看起来是个囫囵样子。"

一说这事，老舅面露心疼："可不，小玉休赛季那会儿狂练 4T，额头都摔破了，还缝了针。"

马教练也叹气："我们家娃儿也苦啊，樊照瑛本来就是伤退的，这次回来，光是为了把技术捡回来就不知道摔了多少次，他那伤还不和定时炸弹似的，指不定啥时候就炸上一回？黄莺还在过发育关，不想丢单跳就只能使劲练，脚踝都伤了好几次了。"

别看双人滑的核心技术是抛跳，也就是男伴把女伴抛出去，女伴在空中转体后落冰，可他们也是要单跳的。在当下的成年组双人滑赛场上，一线选手的单跳都是 3T 起步，黄莺本就不擅长单跳，发育关一来，她的单跳能力差点丢掉，现在上比赛时也经常单跳出问题。

关临本就个头不高，抛小学生体型的女伴还算从容，女伴一发育，单跳还出问题，这男伴的日子便也跟着不容易起来。国内已经有了她在拖累男伴，最好给关临换个单跳没问题的女伴，好在索契冬奥会上拿到稳妥的成绩的言论。

可想而知这对小选手现在的压力有多大。

马教练搂着俩孩子："莺莺和小临是一起长大的，莺莺第一天学滑冰时，就是小临牵着她，都组了有十年了。他俩不想分开，我也舍不得拆，但上头还真有听到那些言论后考虑拆档的，要是他们这赛季拿不到好成绩，拆档的概率就大了。"

黄莺笑了笑，靠着教练，坚定地说道："教练，你放心，我和临哥会一起加油的，我们绝不会分开。"

关临用力点头："嗯！要是他们硬拆，我和莺莺就不滑了。"

此时的黄莺和关临其实都还很稚嫩，但在这一刻，张珏在他们身上看到了世界冠军的影子。张珏心想，放心，你俩拆不了，敢拆你们的人都会被孙指导骂回去呢。而马教练被关临这话吓了一跳："臭小子，这话可别乱说，想写检讨了你？"

关临连忙解释："没，我又不是张珏，对写检讨没兴趣。"

突然被提及的张珏脸色一沉，他起身走到关临和黄莺中间挤着坐下去，如同强行分开鸳鸯的讨嫌棍棒。

根据赛程，第二日是双人滑的自由滑，以及冰舞的创编舞，由于都是双人项目，关注他们的冰迷便少不了传说中的 CP 粉。

花滑的冰迷虽然嗑CP①，却不会为了嗑CP骂人，甚至在张珏眼里，他们是所有CP粉中最惨的那批。

毕竟，为了用CP感提升裁判印象分，不少双人滑和冰舞的搭档都会适当地暧昧一下，也算是增强节目效果。等他们退役的时候，如果弄假成真了还好，爱情的大船最终成功驶向终点，CP粉也看到了圆满结局，心满意足。但如果这对搭档从始至终只是工作伙伴，暧昧也只是工作的一部分的话，退役之时，便是爱情的大船沉入海底之时，届时CP粉一片哭号之声，其惨状令人不忍直视。

反正冰舞的朱林和斯蒂芬妮在退役后就立马撇清关系，接着朱林迅速订婚，结婚生子，粉丝们只能一边哭一边剪了一堆《真相是假》的视频，纪念自己嗑CP嗑到翻船的青春。

好在花滑项目的运动员炒CP是为了裁判缘，借此圈钱的不正经运动员却没有出过。竞技运动嘛，大家都靠实力吃饭，粉丝们除了投入真情实感地为他们哭一哭，平时还是正儿八经地关注事业，顶多出点现场观赛的门票钱，彼此之间还是相当和谐友爱的。

等到这一天的比赛结束，差不多是晚上9点，张珏回到酒店准备睡觉，却突然再次被WADA（世界反兴奋剂机构）的官员敲响房门。

张珏打着哈欠开门，一眼就看到那个表情冷漠的金发大叔，他无奈地说道："怎么又是你们啊，说吧，这次又是谁药检出了问题，然后导致我们全体运动员要一起被你们飞检的？"

金发大叔："没有检查全体，我们只检查各项目短节目排名前十的运动员。"

而张珏是男单的短节目第一，甭管是飞检还是常规检查，都逃不掉，来，喝水吧。

张珏熟练地拧开水瓶开始使劲地灌，一边灌还一边问："我之前的药检都没问题吧？"

金发大叔用带冰碴儿的语气回道："没有，但还是要再检查一次。"

张珏："睡前喝这么多水很容易水肿的啊，你们下次能找个白天过来吗？"

另一个药检官员随口回道："像你这种明天要比赛的运动员，都是我们第一批检查的，罗森说待会儿我们再去找其他不用比赛的，估计要折腾到晚上12点呢。"

---

① 网络词，指对自己喜欢的情侣或CP表示支持与喜爱。

罗森就是那个表情冰冷的金发大叔，听他同伴的说法，这家伙似乎还挺体贴运动员的。

等到第二天上午合乐的时候，张珏才从麦昆、大卫那里得知，原来是安格斯·乔出事了。

张珏意外地道："他怎么就出事了，我记得这人说有哮喘病，一直都是合法吃药的啊？"

大卫和麦昆对视一眼，左右看看，才俯身凑到张珏耳边："他那个哮喘是假的，而且他为了增肌练出四周跳换了新药，肾出了问题，昨晚就入院了。"

张珏很蒙："他练四周跳干吗？三周跳还不够吗？"

麦昆神情微妙："该怎么说呢，原本是够的，但是在两年前吧，美国有个 12 岁的小孩子因为看了你的比赛，决定走上花滑之路，然后他就开始比赛。他的天赋好，在去年的全美比赛上拿出了不比安格斯低的配置。"

美滑联内部觉得这个白皮肤的天才少年更值得捧，于是安格斯·乔的待遇开始下降，他原有的跳跃配置就真的不够了。

在这种情况下，安格斯·乔可不就着急了吗？他那个爹拿儿子立学霸运动员人设[1]，赚了两笔代言费后越发舍不得这个金钱来源，就弄来了违禁药品，最后把儿子吃出问题来了。

这就是张珏造成的蝴蝶效应，使劲扯一扯的话，还真和他有点关系。

张珏震惊："可是 12 岁才开始练的话，对花滑来说已经迟了吧？"

麦昆和大卫异口同声地回道："你不也是 12 岁才开始练的吗？"

张珏很努力地解释，他的确是 12 岁才开始做运动员，可他有基础啊，他 8 岁就练出了所有两周跳并练成几种三周跳了，他还有很好的芭蕾基础，以及与生俱来的强大耐力、柔韧性。

这么说吧，他可是基础雄厚到空了四年，还能在进入青年组第一年就拿下世青赛冠军的人，而麦昆说的那个 12 岁小孩，哦不，现在应该是 14 岁的小孩了，却是 12 岁才零基础开始学习，这和他完全不一样吧。

可对美滑联来说，张珏本人基础好这事已经不重要了，他们要的只是一个和张珏一样，12 岁开始做运动员，两年不到就登顶国内赛的天才，并已经决定

---

[1] 网络流行语，指公众人物通过包装自己而塑造出的形象。

让北美系的裁判将这个天才在青年组捧到不输给张珏的位置上。

也就是说，他们希望那个孩子也能称雄青年组。

张珏不明白，运动员就是凭实力吃饭的行当，如果是伊利亚那种实力派的话，捧一捧就自然上去了，强捧的话，那群人也不怕最后翻车吗？

他挠挠头："好吧，那我问最后一个问题，那个据说是因为崇拜我才开始滑冰的小朋友，叫什么名字啊？"

"亚瑟·科恩。"

张珏没听说过这个名字，也就是说，有一个孩子，现在在他的影响下，成了一个运动员。撇开那堆破事，张珏居然感到了一点骄傲。

9. 迷弟

赛前合乐其实就是在冰场上把自己的节目滑一次，调整状态而已。升组以后规则有变化，比如自由滑的时间延长到了四分半钟（±10秒），跳跃也从七组增加到了八组，也就是五组单跳，两组二连跳，一组三连跳，总共12个跳跃。

时长和技术动作的增加也是很多小运动员才升组时无法适应的原因之一，他们的体力跟不上了。

张珏没有体力问题，可他浪啊，要做的动作多了，浪的余地可不就大了吗？虽然他在秋季杯没怎么浪，但最后还是翻车了，所以教练们还是挺担忧的。

好在赛前几次合乐，张珏的状态一直稳中有进，完全没有受到赛前紧张情绪以及药检的影响。

在张珏合乐的时候，麦昆在一边和同样在最后一组上场的大卫聊天："张珏的状态一直很好，尤其是表演时的感染力很强，所以有些黑粉①。你懂的，就是心理比较阴暗的那批人一直怀疑他是吃了兴奋剂才能情绪那么高昂。"

大卫哦了一声："可是他滑《再会诺尼诺》那种忧伤的、没有激烈情绪的曲子也很好，而且他要是吃药的话，就不该是现在这副样貌了。"

在张珏身上完全没有任何吃药后的亢奋，事实上在没有比赛的时候，这小子只要不张嘴，看起来就是个安安静静的、远离俗世的天使。

---

① 网络流行语，指基于利益对特定公众人物进行抹黑的群体。

而且他也没有鼓鼓的、一看就是吃药吃出来的肌肉，虽然能看到运动员应有的流畅的肌肉线条，但他的脸部线条柔和精致，甚至漂亮到不分性别，直到15岁都还没发育。

麦昆耸肩："所以啊，这孩子长得太漂亮，那些人就骂他是 ladyboy，他滑得好，那群人又怀疑他吃药，可其实那些药是会导致外表变化的，对他这种正在长身体的孩子影响尤其大。张珏要是真的吃了药，他就不该是现在的长相了。"

而且光看张俊宝对张珏的疼爱劲，麦昆就知道他绝对不会让张珏服药的。服药有风险，疼爱孩子的家长都不会那么干。

这么一看，张珏的状态好，完全就是运动员本身的心理素质过硬罢了。

结束合乐，运动员们去吃午饭，该午休的午休，下午4点，男单自由滑正式开赛，张珏里面穿着考斯腾，罩着外套，扶着墙将腿往头顶一掰，单足站着，张俊宝扶着他的腰。

"还能再把腿伸直一点吗？"

"可以，但还是疼。"

张珏尝试着将抬起的腿完全伸直，两条腿的开度达到180度，沈流询问："疼痛比以前有增加吗？"

"没有。"

沈流点头，在笔记上记着："可以，一般随着年龄增长，柔韧性是会退化的，咱家这个还没开始退化。"

其实就算沈流没问，张珏也能感觉到自己的柔韧性没退化，这也是张青燕女士给的好基因。

张女士是天生柔软灵活的类型，上个月去报了个瑜伽班，没怎么练就可以劈叉了，而张女士今年都36岁了。

而且在张珏的记忆里，大概是他才上小学的时候，张女士曾在遭遇飞车抢钱包的摩托车劫匪时，凭借强大的神经和力量，伸手钩住车上劫匪的脖子往后一拉，劫匪就连人带车翻了。

按照张俊宝的说法，张青燕是兼具力量、柔韧和反应力的运动天才，身体素质和专业运动员都有一拼。最令人羡慕的是，她明明没怎么锻炼，可是从张俊宝有记忆开始，他姐硬是从没生过病，就连张珏时常发作的鼻炎都没犯过，连感冒发烧是什么滋味都不知道。

底子这么好的张女士后来嫌弃做运动员要被限制饮食,跑去学了会计,也是运动界的一大损失。

张青燕是 20 世纪 90 年代的大专生,要不是离婚后想要离开伤心地,原本有一份学校分配的非常好的工作。但张女士也没放弃努力,在张珏小学时,她去考了专升本,去年考注册会计师,今年考研成功,英语比张珏说得还流利。

在张珏眼里,他妈妈就是个闪闪发光、一直奋发向上的女人。在张俊宝眼里,张珏的身体天赋仅有他妈妈的百分之五十,柔韧性很好,却没怎么继承到母亲出色的力量。然而就算如此,张珏的天赋在麦昆等很多顶级运动员看来,也是新生代中的佼佼者了。

"天降紫微星"的名头可不是白叫的。

张珏又活动了一番,便停止运动,就地劈叉,又开始拉腿。大卫站在旁边盯着张珏的脸看了许久,才回过神来,转头去看麦昆,却发现意大利一哥正闭着眼睛坐在角落里念念有词。他惊了一下:"真难得,那孩子才升组,居然就能激起麦昆的危机感了吗?"

这原本可是瓦西里、谢尔盖、马丁那批参加过温哥华冬奥会的顶级运动员才有的专属权利,连俄系太子伊利亚都没让麦昆这么紧张过。

不,应该说,其实现在大家都紧张,连大卫自己也是如此。他深吸一口气,将手腕处的绷带缠紧,最后一次整理了考斯腾,踏上冰面。

大卫的自由滑节目是柴可夫斯基的《六月船歌》,分明是优雅的曲调,却被他滑出了一种诡秘与危险的神秘感,就像是在溶洞之中探险。人类面对黑暗时总会有无法抑制的恐惧,可冒险中也有快乐与惊喜,比如在脆弱的洞穴生态系统中常见的新物种。

这首《六月船歌》被他滑成了哥特风的冒险诗歌,令观者耳目一新,感觉十分别致。

有冰迷曾经评价——大卫·卡酥莱的风格非常独特,他的节目就只有他本人才能滑出那个味道,因为除了他,再没有人拥有那样的人生。

他是一位无法被模仿的选手!

最重要的是,这位选手除了才升组的那个赛季,之后四周跳一直不行,成绩上不去,可又不甘心离开这个项目,也就是陷入了冰迷们常说的"二年级综合征"。

然而从本赛季开始，大卫在比赛中的 4T 一直都是成功的，甭管质量咋样，他的跳跃都落冰了，GOE 都是正的！

海伦娜摸着下巴："嗯，看来他是从困境中走出来了，能赶在索契赛季之前做到这点，他也挺努力的嘛！"

而在大卫之后，便是意大利一哥麦昆了。

张珏停止跳绳，站在候场区，认真地看着麦昆的一举一动，就像潜伏在河流中紧盯猎物的鳄鱼。

麦昆回头看张珏一眼，竟抛了个飞吻，也不知道是表达友好还是挑衅。

可沈流看到麦昆这个举动，却笑起来："和小辈比赛也这么认真，至于吗？"

他们说的认真到底是什么意思，张珏体悟得并不深刻，因为他在之前很少现场观看麦昆的比赛，可是当《图兰朵》中经典的曲调响起时，麦昆的气质变了。

这位当前排名世界第一的运动员，在张珏面前展现了他的实力。

《图兰朵》是意大利作曲家普契尼影响力最大的作品之一，讲述了元朝公主图兰朵与流亡的鞑靼王子卡拉夫的爱情故事。当然，那只是西方人幻想的东方故事，但依然是很多东方花滑运动员会选择的曲目。

比如老舅，他在年轻时也滑过《图兰朵》。

张珏本以为以麦昆的风格，这个节目由他滑起来，便该是卡拉夫王子对图兰朵深情地倾吐爱语。

但事实并非如此。

自由滑的时间只有四分半，节目中的音乐自然经过剪辑，不可能如歌剧那样完整，而麦昆剪进节目的音乐都是《图兰朵》中节奏最紧凑的段子，看起来居然还挺惊险刺激的。

"感觉到了吗？他的技术非常成熟，质量非常好，最重要的是，他很懂得如何向观众席展示自己作为成年男性的魅力与气概。"

张珏回头，歪着头，面露不解："气概？"

沈流蹲下，教导着："每个运动员的表演风格都是不同的，你像是体验派，擅长感受音乐的情绪，而麦昆就是典型的方法派，他用尽一切方法将自己塑造得更加接近自己想要演绎的角色。你看他的动作细节，都是奔着契合节目，把自己变成他想象中的卡拉夫去的。"

"这个意大利人的表演风格很细腻，这种细节方面的塑造值得你多学习，其他的就别学了。"沈流咳了一声，"你要是学他，我怕你妈把你的头敲破。"

张珏立刻笑出声，张俊宝扇了他一下："别不当回事，你要是真在外头学坏了，别说你，我和沈流一个都跑不掉，全都要进医院走一趟。"

谁都不敢小瞧张珏的亲妈张青燕女士。

麦昆的表演真的很精彩，而且比起还是小孩子外貌的张珏，冰迷们更喜爱麦昆这一款，所以女性冰迷们对他的表演反响热烈。张珏很能理解，毕竟，美国站百分之七十五以上的上座率，麦昆一人贡献了大半，许多冰迷就是冲着他来的。

不过在节目后半段，他还是摔了一个 3A+2T 的连跳。

沈流遗憾地叹气："这小子又栽在 3A 上了，不擅长就只在节目里放一个 3A 呗，怎么这么多年还没吃够教训呢……天！为什么他连 3S 都摔？他也没浪啊？"

经常浪的张小玉悄悄往旁边挪了挪。

好在摔了两个跳跃对冰迷们的热情影响不大，在节目结束时，冰上下起了一阵花雨，大把用塑料纸包好的花束被抛到了冰上，全是向日葵。据说这是麦昆最喜欢的花，所以他的冰迷在比赛开始前就把周边花店的向日葵买光了。

杨志远蹲下，捏了捏张珏的小腿："小玉，你这次身体状况挺好的，一点伤病都没有，吃饱喝足，正该好好干一场，你的对手比完了，去吧，准备比赛。"

张珏利索地把外套一脱，打了个寒战："有点冷。"

张俊宝拉着孩子往冰场入口走："动起来就不冷了，卖点力，你看麦昆表演得这么精彩，你要是表演得太平淡，冰迷们会打瞌睡的。"

少年被老舅熟练地一推，便到了冰面上。

此时冰上的花束已经被冰童清理干净，张珏作为男单自由滑的最后一名表演者，绕冰场滑了一周，才在最中间停住。

少年的自由滑考斯腾以白色为底色，浅绿色的珠子、水钻，以及暗纹形成的荆棘与藤蔓环绕着，越到腰部，这些荆棘与藤蔓便越深。将头发环成一束的额饰则是白色的荆棘状，戴在头上又莫名有点像头上长了根结构复杂的鹿角。

设计师在设计时说过，她给这套考斯腾定下的主题是"春神"，她希望张珏穿上这身衣服后，看起来像是民族神话中，在春季丛林的阳光中小憩的小小神灵，带着山野的幽深与诡奇，还有春季的温暖与悠然。

而弗兰斯·米勒为了实现这个造型，直接送给张珏一盒银色的闪粉，示意张俊宝给大外甥化妆时在他眼尾抹一抹，被拒绝了。张珏这样的帅哥，直接素颜上就够了！

在肯特郡最大的冰雪运动馆中，许多人紧紧地盯着张珏的侧影。

亚瑟·科恩双手合十说："他好帅。"

张珏真不愧是被媒体誉为当今世界上最美的花滑运动员！今年自由滑的造型简直绝了啊！亚瑟已经准备好了，只等官方出张珏在本赛季的海报，他一定要买！

央视五台，赵宁看了眼台本："好的，现在登场的就是我国小将张珏，他的自由滑节目是'April's Love Story'，翻译成中文就是《4月的爱的故事》，张珏在接受采访时明确说过，这里的love指的是单纯的爱，而不是爱情。"

江潮升："据说这次小朋友的自由滑音乐由他自己剪辑而成，原曲是三首不同的曲子，编舞是曾经的芭蕾首席米娅·罗西巴耶娃，她曾是世界一流的现代芭蕾大师，这次专门为张珏编了一支新舞，然后又改成冰上的节目。"

"值得一提的是，张珏之前就用这支舞，在今年9月魔都青少年芭蕾大赛中，取得了B组金奖。"

虽说花样滑冰被称为冰上芭蕾，但真的像张珏这样，直接在国内排名前几的舞蹈比赛里拿金奖的花样滑冰运动员，应该还算是少数。

江潮升是魔都人，在张珏参加芭蕾比赛的时候，他、陈竹、石莫生组队去现场观赛，最后惊讶地发现张珏在参赛的小选手里居然也是佼佼者。

这孩子并不仅是花滑厉害，连芭蕾也相当出色，而且尤其擅长用肢体语言表达自己的情绪，舞台控制力也很惊人。站在舞台上，他的存在感强得不可思议，张珏简直是天生的独舞者。

难怪就连米娅·罗西巴耶娃那样以严苛傲慢著称的女人，都会在退休好几年以后收他为关门弟子，甚至亲自为他编舞，在参赛之余带他认识其他出色的芭蕾大师，想必她对这个弟子疼爱得很。

二　第一针封闭

1口. 挑战

最初的背景音是嘎吱，嘎吱，就像是有人转动八音盒的旋钮，然后有什么开始动起来。

轻轻的风铃声响起，双手上举的少年以手掌带动手臂垂在腿侧，侧身回望，像是一株屹立在北方初春的雪松听到春季的呼唤。他一旋身，以一串连续捻转在冰上滑过。

才看完自己分数的麦昆惊讶了一下。

虽然还是抒情的节目，张珏却将表演风格换成了清爽利落，有点意思，看这小子考斯腾的背部用半透明的白纱，腰部又挂着条尤其显得腰细的银色腰带，他本以为张珏决定对诱惑风格下手了呢，没想到是清新风，但合适得让人移不开眼。

他原本觉得《再会诺尼诺》的哀而不伤、优雅成熟已经足够令人惊艳，没想到好戏在这儿呢。

接着张珏给观众们来了个更有意思的，他上身后仰，来了一段下腰鲍步，接着双臂向后一甩，再用力往前摆，腿部发力，带动着身体快速腾空。

咔！

一个足周且稳定的3A落冰，一道清晰的椭圆弧线随着冰刀滑过冰面而浮现在冰上。

两分钟前才在冰上接连失误了两次A跳的意大利一哥沉默三秒，还是继续认真地看这位小对手的节目，他的教练还在旁边念叨："麦昆，这孩子的A跳技术在新生代里排名第一。"

麦昆心想，是是，我知道他A跳比我强了。

跳跃前的衔接也是跳跃难度的一部分，毕竟在大部分人都要助滑好一会儿才能起跳的时候，选手在做一个高难度步法动作时突然唰啦一下就起跳，这可不就是实力的体现吗？

之前女单选手里出过以鲍步进 2A 的高手，也就是白叶冢妆子，把大家给震惊得不行，不少人都夸白叶冢妆子是女单 A 跳技术第一人，没想到张珏居然把更难的下腰鲍步进 3A 都给练出来了。

不过这种进入方式实在是和白叶冢妆子太像了，他眯起眼睛，却不知道在遥远的福冈，妆子披着衣服，靠着妹妹安静地看着这个节目。

白叶冢庆子感叹着："小鳄鱼居然真的在只看姐姐的比赛视频的情况下，就把这一招练出来了，太厉害了。"她夸奖的同时，张珏再次用出他的招牌的举手 4S。

又是一次干脆稳定的落冰，足周、延迟转体、举手三大要素集齐，且落冰的那一瞬正好在音乐的节点上，越来越多沉浸于《图兰朵》的冰迷被张珏拉到他的世界中。

这一场，无论是滑行、跳跃还是手臂的动作，都看起来太流畅了，分明是抒情，也让人感受到了表演者的感情，却一切都点到即止，并因此更添了几分余味。

尤其是滑行，张珏此时的滑速简直快到像要起飞，进入四周跳前根本没减速，反而进一步加速，令旁观的张俊宝看着都心里惊叹。

在身体处于全盛状态的时候，张珏的上限居然有这么高。

而当张珏以同样利落的方式跳完了一组 3lz+1lo+3S 时，许多人已经察觉到了些什么。

这个小朋友，今天好像是开着挂上场的啊……

张珏的老冰迷玛丽莎捏紧手中的横幅，就在她后面一排，亚瑟·科恩屏住呼吸，咽了咽口水。不愧是张珏，虽然美国媒体夸科恩是不逊于张珏的天才，但这样干净完美、堪称转速型跳法的极致的跳跃，只有这个东方少年才能完成。太可怕了，明明才升组第一年，他居然就已经展现出可以挑战世界第一的麦昆的力量了！

在张珏进入跳接燕式旋转时，音乐走到 1 分 20 秒，风铃声更大，且突然插进钢琴与小提琴的合奏。在偌大的洁白战场上，少年右足立于冰面，左足冰刀被拉到后肩，身体被掰成甜甜圈的形状，而在旋转时，他举起空着的那只手，从手腕蔓延至肩部的浅绿色纱质藤蔓随着旋转飘荡，画面飘逸而优美。

淡淡的绿意像是才化冻的溪流，又像是被风吹动的叶芽，都带着春意，配着音乐，这段展现春天的表演，带着难以言喻的美感。编舞的编排展现的是一个执着而坚定的追梦者，舞者却用爱意将这段梦想升华为生命。

看着这一幕，妆子想起比赛开始前，她和张珏的对话。

那时面对来探望术后的自己的小鳄鱼，妆子笑嘻嘻地说完自己的身体状况，便好奇地问他："下个赛季，小鳄鱼想要滑什么节目呢？"

张珏坐在床头削着苹果，想也没想便回道："短节目是《再会诺尼诺》。"

妆子惊讶："探戈吗？你居然又要挑战新风格，那自由滑呢？"

张珏面露苦恼："我决定好了在这个节目里想表达什么，但暂时还没有决定用什么音乐呢。"

妆子："那你想表达什么呢？和我说说吧，作为花滑选手，我积攒的音乐资源也很丰富，说不定可以给你提些好建议呢。"

然后张珏就告诉她："我想表达一个才从不幸中走出来，但仍然有些疲惫的人，因为在冰面上找到了新的梦想，认识了很多朋友，然后向着更高处攀登的故事。"

听到他的话，妆子想了想："听起来是个很好的故事，可是你在《再会诺尼诺》中已经很直接地抒情了一次，自由滑重复的话，你也会不满意吧？"

面对张珏的"你怎么这么了解我"的表情，她语调柔和地提议道："要不要用季节来暗喻这个故事呢？比如用冬天来比喻不幸，用春天的到来表明不幸离去，新的幸福到来？或者就定为 4 月，一个冬末春初的时节。音乐的话，我个人是想推荐一首挪威的民族风曲目给你，但光用这支曲子又有点悲伤，可能到时候要找人改编一下。原本要是没生病的话，我打算用它征战新赛季。"

她和张珏分享了那支名为"Appassionata"的曲子，张珏对她微笑："很棒的曲子，的确很适合花滑。改编的话，我自己就能做，做好了发给你，你满意我就用了。"

少年对她伸出手掌："就算没法亲自征战新赛季也没关系，我可以带着你的那份一起去滑，你的冬季也已经过去了，不是吗？"

后来，张珏真的使用了一首叫作"La Boîte à Musique"的曲子，还有经典的"Love Story"，剪辑出了超棒的赛用乐曲。

听到这段音乐时，她想了很多很多，直到看到张珏这个节目的时候，她才恍然，虽然这个节目在张珏的演绎下，就像带着冰雪气息的冷风，展现着乍暖还寒的春天，可春天就是春天啊！

那个曾经遭遇不幸的人，一定在最困难的时候，都不曾放弃对梦想的热爱吧。

自由滑有两套步法，分别是编排步法和接续步法，其中编排步法仅有 2 分的固定分值，在第一组旋转后，张珏进行的便是这组步法，在这里，他用了一段非常"女单"的燕式滑行。

少年双臂向两边打开，拥抱着风在冰上飞翔，飞速地滑过观众席前方的那块冰面，竟是在没有变换姿态的情况下，滑过了大半座冰场。充足的柔韧性让他可以游刃有余地在滑行时将浮足抬到高过腰部的程度，而在步法结束的下一瞬，他又立刻跳了组 3S+3T。

此时节目过半，从这里开始，每个跳跃的基础分都将乘以 1.1 倍，张珏却还剩下一组二连跳和三个单跳。

麦昆看到这里，情不自禁地赞叹道："非常大胆的编排，真不愧是青年组著名的体力大户。"

看那个 3S+3T 的位置，他就知道，只要情况许可，张珏完全可以把这组跳跃也压到后半段，这种仗着体力争取更多分数的做法也太爽了。

张珏之所以还没有把这组连跳压到后半段，是为了稳妥，对吧？这个孩子希望完成一个没有失误的节目，想要在这一站赢我。

意识到这一点，麦昆感到了战栗，他这回真是遇到强敌了！

张珏的教练组则更明白这小子做了什么。按照编排，原本这里应该是一组 4S+2T！ 3S+3T 分明在节目后半段，他们家的小鳄鱼为了得到更高的分数，临时把这两组连跳的位置换掉了！

果然，接下来张珏再次双足呈八字，以一个典型的 S 跳的起跳姿势完成了一个 4S，虽然落冰质量不太好，可也没耽误他接上 2T。

一组基础分高达 12.98 分的跳跃完成，让场馆内的气氛都变了。

在赛季初，大部分选手都不会使出全力，在所有男单选手都只会一种四周跳，而且只有麦昆、瓦西里等少数男单选手会在赛季初就往自由滑里放两个四周跳的时候，张珏这么做，简直就是明晃晃地表示，他想要在这里赢麦昆。

最可怕的是，他好像真有这个实力。

有部分电视台直接将镜头转移到麦昆的脸上停留几秒，见他还在认真地观看节目，才不甘愿地移开。

有两位偏向麦昆的欧系裁判眉头一皱，在张珏又跳成了 3F、3lo 时，分别只给了 0.1 和 0.3 的 GOE。

另一边，极为欣赏张珏干净规范的技术的卢金裁判，却难得宽容地给了较高的 GOE，在他看来，这就是符合张珏实力的分数，是他应得的回报。在三个裁判自己也不知情的博弈下，这两个单跳分别拿到了 0.85 和 1.1 的 GOE。

张珏也不知道围绕着自己的打分风波，他这会儿已经进入了节目高潮，也就是接续步法。

为了配合他正在走向成熟的躯体，米娅女士为他安排的步法再也没有青年组第一赛季的童稚与活泼，没有一丝一毫的忸怩与俏皮，而是英武且温柔，刚柔并济，在芭蕾赛事初次亮相时便征服众人。

当这个节目被改编为花滑自由滑，并展现在冰上时，更是大气，每个动作都带着浓烈的男性风采。

如沈流所说，麦昆在他的节目里展现他的气概，张珏也展现了自己的。

他用这个节目告诉所有人，他不是孩子，站在冰上的是一位成年组的男单选手，他足够强大，有决心，有自信，他不会因为自己的青涩与敌人的辉煌履历而退缩，更不会停下冲击冠军宝座的脚步。

也许麦昆的冰迷们，会为一个才升组的孩子想要赢他们心爱的世界第一男单选手而不快，可张珏就在这里，他的强大同样没有人可以否认与改变。

张俊宝看着张珏的身影，心中涌现一丝欣慰。

这正是一直以来他所期盼的，一位中国男单选手站在赛场上，对着世界冠军发起挑战，虽然这一刻来得出乎意料地早，可谁会嫌弃惊喜到来的时刻太早呢？

这孩子进化的速度，真的出乎所有人的意料。

沈流的手微微颤抖着，他的呼吸急促起来，和张俊宝一样，张珏正在做他们曾经梦寐以求想要做到却怎样都做不到的事情。

在最后一个跳跃——2A 成功落冰后，少年进入了躬身转，最后双手抓住冰刀往上一提。这次张珏没有为了逃避疼痛而仅用水滴形的贝尔曼旋转，他用力将腿最大限度地伸直，将一个开度 180 度的、如同烛台般笔直的贝尔曼旋转展现在世人面前。

最后，他双手向身侧打开，蓦然回首，露出一个带着锋芒的笑。

节目结束了。

在魔都，一位身材高挑、背脊挺直的老者看着电视，赞赏地点头："他几乎是完美的独舞天才，独自一人就能完成这样完整的舞蹈。"

他转头看着米娅，调侃道："最初看到这个孩子的时候，我下意识地以为他不是你的学生。米娅，你精通技巧，却过于严谨，以至于不善于情绪渲染。"

米娅女士冷淡地回道："风格与生俱来，与导师无关。"

赛场内，麦昆呆了几秒，看着在这场自由滑结束后异常安静的场馆，率先站起，举起一束向日葵，朝着冰面掷去，并用力鼓起掌来。

他输了，从短节目到自由滑都输了个彻底，其中有他自己失误的原因，可张珏滑得这么好，说明张珏有足够的资格争取这一场赛事的最高荣誉。

麦昆不希望这些为了自己而来的冰迷让张珏难堪，毕竟，花样滑冰出现一位这样出色的新人，难道不是这个项目的幸运吗？

渐渐地，那些沉默的冰迷才开始发出他们的声音，张珏冷静地行礼，捡起那束向日葵对麦昆挥了挥。啊，这个意大利人又朝他抛飞吻了。

2012—2013赛季，才升组的小将张珏，在美国肯特郡，clean了他的自由滑，完成了一场震惊所有人的成年组大奖赛首秀。

很多之前没怎么关注青年组的冰迷都被张珏惊呆了。天知道他们看到了什么！那可是包含了两个4S、一个3A的高难度配置，而且表演十分出彩！可这个看起来完全是孩子模样的东方少年却将这个节目近乎完美地演绎下来，一点失误都没有！哪怕是再偏向麦昆、大卫等欧美选手的冰迷，这会儿都得不情不愿地被张珏的实力所折服，更别提张珏本人的冰迷了。

亚瑟·科恩在节目结束后的那段沉默里胆战心惊，总觉得哪里不对，但在麦昆抛出花束后，他是第一个跟着一起鼓掌并大声叫好的人。

喜欢小鳄鱼的冰迷们试图用"bravo"和"amazing"淹没这个震惊全场的小将。亚瑟也对冰上的少年大喊："这个节目太棒了！"

要问迷弟的最高境界是什么，亚瑟小朋友表示：为了追星，决定把自己送上有偶像在的地方，比如领奖台。

冰迷：这大概就是粉丝界的楷模吧。

虽然张珏没听见他的喊声，又捡了两个小鳄鱼玩偶便下了冰，但亚瑟还是觉得张珏是他见过的最好的冰上表演者，再没有比他更好的了！

张珏喘着气，将玩偶和花束一股脑地塞给杨志远，小声和张俊宝抱怨："动起来是不冷了，可是一停下运动，热量流逝得比二德碗里的饭还快。"

张俊宝立马把一个红彤彤的毛线帽套到他脑袋上："那你多穿点。"

沈流欲言又止，终究没来得及阻拦张俊宝的动作。师兄啊，要保暖可以再加外套，别让孩子戴你的红帽子啦，张珏今天穿的考斯腾是绿色的，红和绿一配，什么天使都毁啦！

11. 新星

因为出现两次严重失误，所以意大利一哥麦昆的自由滑得分是 170.18 分。这个分数对麦昆本人来说比较寒酸，对其余运动员，尤其是很多青年组的运动员来说，哪怕是 150 分大关，也是他们可望而不可即的。

因为在索契周期之前的温哥华周期，国际滑联的规则更看重节目完成度，无数男单选手为求稳妥，都只在节目中上三周跳。那时候哪怕是成年组的一线男单选手，其自由滑也只能在 150 分到 160 分之间。

整个温哥华周期，硬是没有一个人触碰到自由滑的世界纪录——178.65 分，可见滑联规则一改，男子单人滑的发展都停滞了。

等到索契周期到来，一个又一个技术优势极大的新秀冒头，瓦西里、麦昆等人也处于职业巅峰期，瓦西里又将自由滑纪录刷新到 189.67 分，四周跳时代才真正地恢复活力。

但这个时候，也只有张珏、伊利亚、寺冈隼人这些天才，才能在青年组就去挑战 160 分，而张珏在升组前，又将青年组的自由滑世界纪录提高到了 160 分以上。可以预见的是，后来者们将要为了打破他的纪录而伤透脑筋。

这还是裁判们使劲打压作为亚洲运动员的张珏，不然他能在升组前就突破 170 分大关。

早在青年组，双四周跳配置对他来说就不是问题了！

沈流环住张珏的肩膀，紧了紧："别担心，你这次 clean 了节目，技术分绝对在 95 分以上，说不定还能冲个 98 分，但凡裁判给表演分时别太抠，你就能拿到你应得的。"

张珏的分数出来了。

技术分：94.04

老舅瞥沈流一眼："95 分以上？"

沈流尴尬地咳了一声。

张珏为了待会儿的尿检努力灌水，大家没说话，又看向其他分数项。

表演分：83.66

电视机前的寺冈隼人啧啧两声："这个打分，有点意思啊！"

张珏在青年组就有这个表演分了，现在人家都到成年组了，刚才的表演又那么好，居然连 1 分都不给涨？说好的升组以后会适当地涨表演分的呢？怎么到张珏身上就没了？

表演分五小项，滑行技术、步法衔接、完成度、编舞、音乐表现，张珏后三样都足以冲击满分。

他的教练坐在旁边喝了口茶："亚洲的花滑运动员涨表演分注定要比欧美的慢一点，他现在对抗的还是麦昆，裁判肯定会打压他。"

寺冈隼人摇头："这分数内行看了都不舒坦，竞技运动被这帮人搞成竞籍运动，麦昆心里恐怕也不舒服。"

事实证明他说的没错，看到张珏的分数，张珏本人没什么，麦昆心里也不爽得很，他还想和张珏搞好关系，看能否在将来打入中国商演市场呢。这些裁判不仅败他麦昆的人品，还可能败他的钱。

而张珏自由滑的最终得分是 177.7 分，加上短节目的 90.12 分，他的总分是 267.82 分，比位列第二的麦昆高出 8 分多。

没的说了，这枚美国站的金牌属于张珏，可这分数对才赢了世界冠军麦昆的张珏来说，就太寒酸了。

一线的男单选手只要 clean 双四周跳的自由滑，分数都会高于 185 分，张珏连个 180 分都没有，搞得好像不是凭实力夺冠，而是从人家指缝里捡了个金牌似的。

教练组和很多冰迷心里都不舒服，张珏这会儿却表现得很成熟，看过各种黑幕，他早就练就了出色的表情管理。

张珏对镜头露出一个神似察罕不花的憨笑，面带恰到好处的喜悦鼓了掌，站起来向观众席鞠躬挥手表示感谢，然后搂着教练乐呵呵地说等回去了想吃揪面片。

就连领奖的时候，张珏也从头到尾带着从容的笑，麦昆对他也挺友好，在张珏靠近领奖台时，十分主动地伸出手要扶他一把。

张珏当年第一次上世青赛领奖台时，直接摔得趴在领奖台上的画面太过经典，直接导致所有认识他的人，都觉得这孩子光靠自己上不去领奖台，需要人扶一扶，或者干脆将他抱上去。

张珏一挥手，往后退了两步，然后几步猛冲，一下跳上领奖台的最高处。

观众席响起一阵笑声，许多人忍俊不禁地看着他。

麦昆也笑，他小声说道："期待与你的下次比赛，我保证下次我会 clean 节目，光明正大地赢回来。"

张珏同样小声回道："你想多了，我已经光明正大地赢了你一次，就能这样赢你第二次。"

听到这话，麦昆一惊。意大利人在心里感叹，哇，原来这孩子不是没火气，只是没露在脸上而已，这情绪控制力可真不错。

不过大家脸上还是带着友善的表情，当红旗升起时，张珏认真地唱着国歌，然后将脖子上的金牌摘下来，对镜头高高举起。

张俊宝站在场边，手里捏着张珏的小分表，十分欣慰。

小分表是选手在赛后，可以从工作人员那里拿到的表格，里面记录了他们的每个技术动作的打分项，包括是哪个裁判给了高 GOE，哪个使劲压他们的分。不出张俊宝所料的是，张珏的确是被欧系裁判狠狠压了分，比如 2 号裁判和 5 号裁判。

他们大概是看完张珏节目前半段的表现，察觉到张珏今天状态绝佳，麦昆要输，在节目后半段就使劲压分，导致张珏后半段的 GOE 全不对劲。比如那个 GOE 只有 0.85 的 3F，是个懂行的都想骂娘。

他慢吞吞地说道："这两个眼瞎的玩意，抠成这样当什么裁判，去做生意早发家致富了！"

张珏跳跃的时候又是举手又是延迟转体，也符合滑联 F 跳的规范，就算起跳姿势奇怪一点，质量也摆在那里，连个 1 分都舍不得给？硬把他的 GOE 压到零点几有意思？

要不是他外甥的基础难度摆在那里，而且一点失误都没有，就裁判这个打分方式，怕不是要把他外甥踩到地里去！

沈流语气冷冷的："得了吧，师兄，GOE 都是算裁判们给出的分数的平均分，这分能埋汰成这样，说明肯定有人只给张珏 0.1 或者干脆是 0 分，这么抠的人，去做生意卖的东西肯定也短斤少两，没几天信誉就毁了。"

沈流也瞧不上某些裁判为了保他们家欧洲一哥的地位，就使劲欺负自家宝贝的举止。

这个结果就像是麦昆答错了题，却还是用 60 分的卷面拿了 85 分，而张珏考出了 120 分，最后裁判只不情不愿地给了 90 分一样，赢是赢了，可他们赢得憋气啊！

沈流提醒他："回去以后，把这个表格给孙指导看看，以后大奖赛要办分站赛的时候，上头就不会请这两个玩意了。卢金裁判虽然严苛，但技术标准的运动员都不用怕他，我今天对他另眼相看了。"

张俊宝点头："我明白。"

"老舅！沈哥！"

孩子欢快的声音响起，两位教练同时露出笑容。张俊宝张开怀抱，站在冰场出口将扑进他怀里的张珏一把抱起，转了两圈。

"好小子，今天滑得真不错，走，舅舅带你吃揪面片去，杨志远提前回去在酒店厨房找到了炒锅，咱们就吃炒面片。"

沈流提醒这两个易胖体质的人："你们悠着点，面食要少吃，不然又要发胖了，还有，别给孩子吃辣的，他变声呢。"

张珏顺手将金牌挂到他的脖子上："今天我是冠军，我最大，我不仅要吃面食，我还要吃饱。"

张俊宝沉默一下，露出一个阳光的笑容："那我得瞅瞅杨志远那个锅够不够大了。"

啪，路过的海伦娜慌乱地捡起水瓶，加快脚步跑了，张俊宝抱着大外甥蒙了。

"她怎么了？"

沈流面无表情："没什么，只是你和阿汤哥一样，个头不高，笑起来贼帅，把人家帅到了吧。"

美国站的比赛结束，黄莺和关临用《绿袖子》和《自由探戈》拿下双人滑项目的银牌，张珏则拿下男单的金牌。虽然都是被赶鸭子上架一样踩年龄线升组的新人一哥一姐，但他们交出了漂亮的答卷。

表演滑当天，张珏穿着一件白衬衫，一条喇叭裤，戴着护腕、露指手套，在聚光灯的笼罩下上冰。

当富有磁性的男声伴随着钢琴声唱着"Say You Say Me"，许多人都惊愕地发现，这位少年本赛季的表演滑居然是莱昂纳尔·里奇在 1985 年创作并演唱的 "Say You Say Me"。

这是一首拿遍金球奖、奥斯卡奖最佳原创歌曲的神曲，融合了美国乡村乐、摇滚等元素。歌曲前半段舒缓而悠扬，从 2 分 50 秒开始，节奏变快，情绪上扬，带来强烈的情绪冲击。

歌如其人，张珏就像歌词中所唱的那样，一直都相信自己，是一颗闪亮的星星，他相信自己能在黑暗中发光，因而能绽放耀眼的光芒。

而在索契周期，如张珏这般闪耀的新星竟还不止一个。

在美国站结束的五天后，加拿大温莎市，尹美晶携手刘梦成，以一曲"I See the Light"打破了冰舞项目创编舞的世界纪录，成为世界上第一对达成此等壮举的亚裔冰舞组合。

与此同时，伊利亚·萨夫申科在本站男单比赛上向瓦西里发起挑战，在比赛结束时，两人的分差已经只有 1.2 分，虽败犹荣！

有冰迷们欣喜地将这个时期称为群星升起之时。

至于闪亮的星星本人，在坐了十几小时的飞机，终于回到东北的黑土地上的时候，人还没从晕机、睡眠不足里清醒过来，就看到一个浑身通红的球形物体朝他滚了过来。

"哥！"

张珏睁大眼睛，看着圆滚滚的许德拉，捧着小脸惊恐地大喊："二德，我走的这阵子，你又吃了些什么啊？"

一位容颜秀美如碧湖粉荷的奻女站在旁边，脸上带着无奈："他最近和他爸学做炸物，然后带到乐队里请教他打鼓的师傅吃，失败品都进了他自己的肚子，然后胖了。"

此时冰天雪地论坛的讨论也热闹无比。

在热帖"我们的小星星"里，网友们先是分享了一下张珏的比赛海报，接着又一起夸了夸自家运动员今年真争气。

然后话题就开始变了，有说双人滑的莺妹由于发育又单跳出问题的，还有人眼馋张俊宝的胸肌的。

不知不觉中，花样滑冰在国内的热度也开始提升。

12. 戒酒

可以容纳上万人的魔都体育馆中，后台，来自世界各地约 18 个不同国家的教练、运动员、工作人员、记者忙碌地在走廊上穿梭着。

这里是 2012—2013 赛季的大奖赛中国站赛场，此时是 2012 年 11 月 2 日。

樊照瑛在角落里拉伸，石莫生坐在他旁边，两人对视一眼，都看到对方手里的香蕉。石莫生笑笑："教练给的。"

樊照瑛叹气："是啊，现在国内好多练花滑的，赛前都要来根香蕉，更有甚者还要跳绳，教练还说香蕉可以补充能量、提高耐力。"

石莫生面露无奈："谁不羡慕张珏那种可以把大部分跳跃往节目后半段压的体力，还有基础分乘 1.1 倍的加分？但这真不是一两根香蕉的事。"

H 省电视台做张珏纪录片的时候都说了，张珏的妈妈 30 多岁了，平时不怎么锻炼的人为了追个小偷还能一口气狂跑 3000 米呢，所以张珏的耐力强悍，极有可能是父母给的好基因，天生的。

但话是这么说，别说他们了，就连北美那位天才少年亚瑟·科恩赛前也要吃香蕉，除此以外，花滑项目近两年有不少选手都开始在跳跃时举手，这都成业内时尚了。

毕竟甭管北美的花滑圈再怎么炒亚瑟·科恩天赋过人，论大赛成绩的话，索契周期崛起的小将里，还真数张珏最能打。

青年组第一年世青赛赢下寺冈隼人和伊利亚·萨夫申科，青年组第二年变着花样破纪录，才进成年组就在分站赛把麦昆拉下马一次，顺道还把弗兰斯·米勒和米娅·罗西巴耶娃两位原本并不出名的编舞给捧红了。

他不仅能让编舞红，连他的教练都在退役后红了，舅甥俩一起去国外商演，签名都签不过来，收入在国内的花滑选手里也是第一档了。

冰雪运动中心主要搞竞技，赚钱不是主业，偶尔放出几千张张珏的赛场海报预售的消息，想着给自家小孩多赚双冰鞋的钱，一小时不到就能被抢光。要不是张珏是张俊宝的亲外甥，是个人都知道这墙脚挖不动，早就有其他教练试图抢人了。

石莫生又说：“金子瑄对香蕉过敏，可惜他这次没来，不然就可以看他眼馋我们吃香蕉的样子了。”

他们来中国站的名额是由测试赛结果决定的，张珏是毫无疑问的第一，但他压根没申请中国站。从他往下顺，第二名董小龙，第三名樊照瑛，第四名石莫生，金子瑄则因为在比赛时 3A 出现了失误，再次错失了一次大赛机会。

说起金子瑄，樊照瑛和石莫生也内心复杂，他们这位老对手啊，真算起天赋，在张珏崛起前，绝对是他们这一辈里最出众的，偏偏总在关键时刻掉链子。

自从一哥的担子被张珏扛起来后，连董小龙这员老将都松了口气，测试赛时难得爆发了一把，偏偏小金还是一副压力山大的样子，对比一下 H 省那位面对世界冠军麦昆都敢迎难而上的大心脏，金子瑄就是标准的玻璃心。

樊照瑛耸肩：“他一直这样，最近两年已经比以前好多了，上了赛场好歹能把节目完完整整地滑完，他小时候还有滑到一半直接哭出来的事迹呢。”

除了他们这些外卡选手，尤文图斯、大卫·卡酥莱、寺冈隼人、马丁等人也参加了中国站。

参加中国站的选手整体实力并不强，没有马丁在世界级比赛上常遇到的强敌，就算比赛还没开始，马丁的金牌也稳了，除非寺冈隼人能像张珏大战麦昆、伊利亚挑战瓦西里那样爆发一次。

不过大卫·卡酥莱是美国站的铜牌得主，如果他这次也拿了好名次的话，说不定能拿下总决赛的名额。

说来惭愧，张珏不参赛，其余本国运动员居然都没有在中国站夺奖牌的底气，这还是他们的主场呢。

“听说原本中国站的工作人员还想邀请张珏过来参加表演滑的，但张珏说要参加期中考试，所以就没来，也不知道他现在在干什么。”

"应该在复习吧,我记得他念的是 H 省特有名的重点高中,学业应该很重。"

他们猜测着自家一哥的日常,却不知道张珏一点考试的压力都没有,每天写完作业看完书,就准时到冰场报到。

自从美国站结束后,张珏便再次开启了和后外点冰四周跳,也就是 4T 死磕的日常生活。他最初练习四周跳时,其实也考虑过先练 4T,因为他身边有沈流这个"4T 教科书",但在确定自己的点冰跳天赋仅有刃跳的三分之一后,张珏就果断放弃了。

但是目前来看,他的 4S 完全依赖转速,如果有一天他的转速下降,这个跳跃很可能会丢。出于一种危机感,张珏一直没放弃练 4T。

然后就在本赛季开始后,张珏发觉自己似乎终于看到了一点练成 4T 的曙光。

老舅的增肌训练终于起了作用,现在的张珏在全力以赴的情况下,已经可以在冰上跳出足以完成 4T 的高度并勉强落冰了,沈流也在这时候给予了张珏莫大的帮助。

冰面上,在助滑之后,张珏左脚点冰,纤瘦的身体腾空转体,落冰时,冰刀重重地砸在冰上,溅起一片冰屑。

张珏双手打开,憋着全身的劲将身体稳住,沈流穿着冰鞋站在一边,脸上的表情宛如看到一场雪崩:"你这落冰简直是一场灾难。"

张俊宝目测了一下:"刚才的转体周数应该够 1400 度了,可惜落冰太差。"

沈流伸出双手:"来,张珏,扶着我的手。"

张珏乖巧地把两只手搭上去,沈流手臂一摆,带着孩子原地转了一圈,张珏顺着这个力道原地跳了个 1T。

"感觉到了没有?转体的时候,上身不仅要收紧,还要跟着发力。"

张珏苦着脸:"我发力了啊,我真的发力了!"

宋城补充道:"我觉得还是核心力量不足的问题,所以张珏的身体稳定性才在面对点冰类型的四周跳时不够用,能站住已经是他的身体协调性、反应速度出众的结果了。"

这小子在跳 4T 时根本落不稳,全靠冰刀接触冰面后身体快速反应,在落冰的一瞬间强行把身体调整成可以站稳的姿势。

张俊宝记笔记:"他现在就是凭着天赋强行让 4T 落冰,还是要练。明明别的选手都是练 4T 比较轻松，4S 却总是出不来，我们家这个却是可以靠自己出 4S，4T 练得艰难无比的类型，奇怪啊！"

沈流点头："对，必须继续加强力量训练，他再这么落冰，膝盖迟早要出问题。"

就在此时，张珏捂着喉咙咳了几声，张俊宝招手让孩子过来，捏着他的下巴："抬头，张嘴。"

张珏顺从："啊——"

"咽喉有点红啊，我记得你也没吃什么刺激性强的东西，怎么还这样？声音也变得怪怪的，和那种专门唱摇滚的女低音似的。"

张俊宝念叨着，摸出一片薄荷糖塞进小孩嘴里。

沈流摸摸张珏的头："毕竟孩子已经开始长身体了嘛，你看张珏原本大半年长不了多少，昨天测身高都快一米五九了，四舍五入一米六呢。"

说着说着，三位教练就把张珏赶到一边去练习规定图形，然后开始摸钱包打赌张珏将来能长到多高。张俊宝坚持说自家孩子能有一米七，沈流却觉得张珏顶多一米六八。

两人争了一会儿，最后决定谁输了谁给对方五十块，还要穿水手服。

宋城呵呵笑着："就张珏这长相，长到一米八的话看上去就完美了，他太漂亮了，没身高撑着，像个神仙妹妹。"

张俊宝反驳道："您可别开玩笑了，我们家就没有一米八以上的基因，张珏能有一米七我都谢天谢地了。"再说了，真长那么高，他的空中转速就废了，4S也要跟着废。

沈流哈哈一笑："他要能有那么高，我给您一百。"

张俊宝："他要能有那么高，我给两百！"

被教练拿来打赌的张珏正用冰刀在冰上画着一个几何图案，师弟师妹们跟在他后头。

除了大师弟察罕不花，还有张俊宝在赛季开始前新收的 12 岁女单小选手闵珊，以及 11 岁的男单选手蒋一鸿，他们都是在今年花滑考级时被张俊宝发现的苗子。在知道想收徒的是张俊宝后，两个孩子的家长就利索地把他们送到省队来了。

闵珊是个白嫩清秀的姑娘，她和张珏抱怨着："师兄，规定图形练起来好无聊啊！”

蒋一鸿扶了扶眼镜，也赞同地点头。

张珏无奈地回道："就算无聊也要练，练规定图形可以加强你们的滑行能力，这在比赛里很重要，像我就是小时候不耐烦练这个，加上空了四年，滑行基础不太好，现在步法都评不上4级。"

察罕不花歪头："可是我觉得师兄的滑行很好啊！特别能感染人心。"

"你说的那是表现力，和滑行不一样，师兄我的脚下功夫其实不好，能稳住3级的评价，都是编舞老师编的步法特别好，弥补了我技术不足的问题而已。"

张珏从不怕承认自己的不足，他耐心地带着师弟师妹们在冰上训练，成功起到了大师兄的表率作用。等训练结束的时候，闵珊还请他吃奶糖，接着她偷藏的一袋子大白兔奶糖就被张俊宝没收了。

老舅高高举着包装袋，粗声粗气地训话："你这丫头怎么回事？我说过不许偷藏零食了吧？练了花滑还想吃奶糖？"

闵珊是个喜爱甜食的姑娘，看着离她越来越远的奶糖，她立刻急得踮脚去够："教练好过分，还给我，不然我就不喜欢你了。"

张俊宝："不喜欢就不喜欢，不许吃糖就是不许吃！"

闵珊："我真的会不喜欢你的，还会把你新出的海报扔掉！"

众人安静了几秒，一边喝牛奶一边看热闹的张珏愕然地转头瞪着她。

老舅那个海报不是才出来不到一天，而且只贴在商店的门口，不对外售卖的吗？这姑娘的海报从哪里来的？

闵珊也意识到自己说漏嘴了不得了的事情，她转头就跑，张俊宝此时展现出了一种熟练得让人心疼的反应，他下意识地揪住闵珊的衣领，脸上浮现一抹羞恼的红晕。

"闵珊！你怎么回事？"好样的，他还以为张珏一个熊孩子已经够他操心了，没想到新收的女弟子也不是个让人省心的！

小姑娘脖子一紧，眼珠子骨碌碌地转，看到张教练那粗粗的手臂，她立马尿了，结结巴巴地辩解着："不……不是我揭的海报，是隔壁柔道队的李晓丫、王倩倩偷偷带回来欣赏，说是欣赏完了再还回去，我让她们也借我欣赏一天，不然我就告状。"

其余人：这姑娘得亏是没去做特务，不然她的同事一天不到就全被卖了。

这事说大不大，张俊宝不好意思真的计较，但也纳闷得很。等把海报要回来，他看着海报中的自己，十分纳闷地问张珏和沈流："你们说这事奇不奇怪，我就是身材好点，脸也就一般的水平，个头也不高，这海报有什么可看的？"

张珏的目光扫过海报中老舅锁骨里积聚的水珠，还有巧克力一样的腹肌，以及和宽肩大胸对比十分细的腰。对了，老舅还有个神奇的地方，就是他明明个头不高，身体比例却特别好，长手长脚，远远望去，视觉效果比实际身高能高出5厘米。

沈流则看着那张可以夸一句东方阿汤哥的帅气娃娃脸。张俊宝，你倒是摸着良心说一句，你除了身高，哪里一般了？

见这两人都不说话，张俊宝叹了口气，拧动车钥匙，破金杯车发出像是老头一边咳嗽一边嘶吼的诡异声音。"算了，赶紧送小玉回家睡觉，都9点了。沈流，送完这小子以后去吃烤串不？我请客。"

张珏抱着一只鳄鱼玩偶，撇嘴。等退役了，他也要去夜宵摊子吃烤串，吃到饱！

他警告他们："不许喝酒！沈哥，你帮我盯着老舅。"

张俊宝不情不愿："知道了，我不喝。"

老舅被张珏盯着戒酒，最后只能使劲吃肉泄愤，但没真的背着张珏偷喝，也是很乖了，而他这么乖是有条件的，比如张珏回家以后也要乖乖睡觉，不许熬夜给许德拉写什么歌。

虽然这小孩从小学声乐，不知道什么时候学会了吉他，本赛季还展现出了自己改编剪辑音乐、准备好赛用曲目的能力，但张俊宝还是觉得，就张珏那点三脚猫的水平，就算再努力也写不出什么脍炙人口的歌曲，不如专心睡觉，白天好好训练。

京城703医院，兰琨走进一间病房，就见到和自己长得一模一样的男人正往床头柜里塞一罐啤酒。

他冷笑一声："你藏什么？有本事你继续喝，喝到和咱爸一样入土。"

兰瑾没好气地把啤酒交给弟弟："我也就这点爱好了。"

兰琨看到他这副样子就来气，他毫不客气地训道："你怎么不想想这酒让你倒霉了多少回？你当年要没酗酒打老婆，燕姐能抱着小玉和你离婚？我至于被张俊宝拿板砖打进医院？"

"兰瑾我可警告你，医生已经说了，我们家有猝死的病史，喝酒只会增加猝死概率，你赶紧给我把抽烟喝酒熬夜的毛病全改了！以后也不许和白素青出去喝酒，这次要不是他儿子发现得及时，你当场就没了！"

他说了半天，没听到一句回答，一看，才发现这人居然已经睡着了。

兰琨憋了半天气，才不情愿地给兰瑾盖被子，愤愤地道："我真是欠了你的。"

自从燕姐走了以后，他哥这混不吝①的样子便愈演愈烈，也没人去管。这回张珏拿了美国站冠军，兰瑾看完比赛，又拉着好友出门吃饭喝酒，喝到一半和人起了争执，便直接抄扫把打了起来，虽然最后打赢了，但酒精上头，加上激烈运动、不良作息埋下的健康隐患等种种问题一起暴发，让兰瑾捂着心口栽在地上。

兰琨坐了好一阵子，想去找白素青要张珏的联系方式，把孩子叫过来看看，又觉得没脸打扰那孩子。他心里叹气："小玉和许岩那小子处得挺好的，现在正值赛季，不能这时候去扰乱他的生活，影响他的心理状态啊！"

想了想，他给儿子打了电话："兰润，你大伯住院了，在703这边，你要是不忙的话，每天来医院看看他……是心脏的问题，咱们家遗传……放心，你年轻，只要不连续熬夜还过度疲惫，这毛病当不存在就行。"

兰润苦笑："爸，我是摇滚乐队的贝斯手，夜场表演多正常啊，老板在创业，我也得多跑几个场子给他创收才行。你这么一说，我以后都不敢出门工作了。"

兰琨走出病房，眉头紧皱："那你自己也注意点，最近工作怎么样？早知道你现在这么累，当初我就不该让你和大伯学什么摇滚，他那只是玩票性质的，你现在却把这个当事业干……唉。"

兰润靠着墙："我挺好的，您放心，我以后会经常去看大伯。"

等挂了电话，他才蹲下，太阳穴一跳一跳地疼。凤鸣公司的老板是个好脾气的富二代，乐队的伙伴也很努力，但兰润作为组建乐队的核心人物，帮助老板建立公司的管理层之一，深知他们已经走入了困境。

他们的乐队并不具备原创能力，光是翻唱别人的歌能有什么前途？老板想给他们约歌，那些厉害的却瞧不上他们，好不容易要到的歌，却被对家力捧的

---

① 方言词，表示什么都不在乎。

"男神"元钦给抢了。

兰润喃喃地道："嘻，任何事业起步的时候不都是这么困难的吗？只能咬牙去挺了。"

他就是看不得元钦会唱个高音就觉得自己是华语乐坛新生代第一人，满脸华语摇滚已死、尔等速速拜服的蠢样。他不会拜服，不想接受那个私生活混乱的元钦抛出的橄榄枝，更不接受潜规则，不管这些选择会为他带来怎样的困难，他兰润都接着！

不过为了生命安全，兰润决定以后在努力的同时，也要减少熬夜，并多往水里泡枸杞。

13. 宠物

今年大奖赛的举办时间十分紧凑，中国站才结束，五天以后，俄罗斯站便要正式开启，所以张珏在魔都的赛事落幕后，便立马上了去莫斯科的飞机。

在飞机上的时候，沈流告诉他："你在这一站只会比在美国站更艰难，因为俄系裁判偏自家选手的力度，比欧美裁判只强不弱，而谢尔盖、伊利亚都在本站。"

在本赛季的六站分站赛中，俄罗斯站是公认的修罗场①，聚集了新生代最出色的三个小将，还有一个俄罗斯二哥。幸好瓦西里作为一哥，今年申请了加拿大站和日本站，要是他也来这修罗场里插一脚的话，张珏上领奖台的事都要打个问号。

"你要做好被压分的心理准备，我年轻的时候去那里比赛，有些观众为了支持瓦西里，还会嘘 clean 比赛的麦昆，喝倒彩，在他滑冰时大叫、干扰。我不是说他们在这一站也会这么干，但是……张珏，你听到没有？"

张珏靠在张俊宝怀里，呼吸均匀，一副成功和周公接头的样子，张俊宝拿毯子把他裹好，对沈流比了个嘘的手势："他难得在飞机上睡得这么好，有些事下飞机以后再说也来得及。"

---

① 形容惨烈的战场。

沈流找空姐又要了块毯子给张俊宝："你们休息，等到了地方，我再喊你们。"

他们一路睡到了莫斯科，下飞机的时候，张俊宝紧紧牵着张珏，生怕这傻小子在迷迷糊糊的时候被人流冲走。

老舅可不想出门比个赛，还要在外甥走丢后，跑到机场的服务中心，请他们放广播"请走失的中国儿童张珏立刻到中心来，你舅舅在这里等你"。那太丢脸了，而且如果张珏真的走丢，张俊宝真的去找人放广播，张珏能不能听懂俄罗斯味英语还是个问题。

幸好张珏这会儿没睡醒，一直乖乖跟着老舅的脚步，完全没有乱跑的意思。沈流拖着行李箱，杨志远背着个鼓鼓的背包，几个大男人将张珏围着带出机场。

等张珏终于清醒的时候，他们已经在车上了。

看他神情的变化，沈流举起手里的纸袋："醒了？来吃个三明治，到酒店以后你继续睡，明天早上起来，时差也倒得差不多了。对了，你能接受酸奶油的味道吗？"

俄罗斯的三明治里加了酸黄瓜和酸奶油，他还挺怕张珏吃不惯的，然而张珏之所以是易胖体质，不仅是因为他的肠胃功能好，更因为他从不挑食。

小孩吃完三个三明治依然意犹未尽，正要来第四个的时候，被张俊宝拦住了："你小子这饭量咋回事？怎么最近越来越大了？"

老舅纳闷着，将一根不知道什么时候买的新鲜黄瓜塞到张珏手里，示意他还没饱的话就吃这个，张珏没要这根黄瓜。身为一个总是用低热量蔬菜填肚子的易胖体质的花滑运动员，他有时候吃黄瓜吃得想吐，打个嗝都是黄瓜味。

他趴在窗户边上，看车外的俄罗斯街景，耳边是沈流的叮嘱声："小玉，记得不要单独出门，莫斯科这边有些混混，专挑落单的旅客打劫勒索，你又看起来特小，特好欺负。"

张珏嗯嗯应着，靠近酒店时，他看到刘梦成和尹美晶正从一家路边小店走出来，手里捧着个俄罗斯卷饼，这种卷饼被称为 Шаурма，是俄罗斯常见的街头小吃。

等大巴停了，张珏立刻跳下去，朝两位好友招手："嘿，美晶，梦成。"

尹美晶的眼睛亮起来，叫出了在日本学会的张珏的昵称："tama 酱！"

张珏也不在意，朝前跑去，准备拉起他们的手摇一摇，表达一番自己的思念，谁知在离刘梦成只有一米的地方，他突然被这位身材高大的冰舞男伴托着腋下往上一举。

咔嚓。

张珏回头，看到一个眼熟的日本记者对他竖起大拇指，白叶冢庆子站在旁边，也竖起个大拇指，还笑出一口白牙。

如果这世界上真的存在八字不合，小鳄鱼想，就是指自己和那个日本记者了。

怎么哪里都有你?!

庆子告诉张珏，俄罗斯分站青年组的比赛后天就会在圣彼得堡举行，她才坐飞机到这里，待会儿就要坐车去比赛场地了，小村记者就是和她一起来的。

扎着双马尾辫的小女孩绕着张珏转了一圈："原本来酒店只是想看看美晶姐的，没想到又能看到 tama 酱的名场面，真是赚大了！"

看她咯咯笑的模样，张珏差点没忍住掐她的小脸蛋，然后这姑娘又像是想起了什么，握拳对张珏喊了声"干巴爹"，然后解释这是姐姐托她转告给张珏的祝福。

张珏眨眨眼，摸出一颗巧克力递过去："吃吗？"这是他从老舅办公室拿出来的，发现的时候已经只剩最后两颗了，也不知道是老舅吃的，还是沈流吃的。

庆子欢快地伸手："要！"

看到这姑娘状态棒棒的，完全没有被舆论影响的样子，张珏也放心了。

因为是姐妹，庆子自然少不得被拿来做对比。她目前还没练出 3A，只有 3lz+3lo，以及日系选手常见的流畅滑行、乐感，还有非常出色的旋转，表现力也没有妆子成熟，自然有许多人认为庆子不够好，加上姐姐神秘退役，围绕庆子的记者简直太多了。

那位总是拍到张珏黑历史的小村记者还好，他和日本许多运动员都保持着很好的关系，属于大家很喜欢的新闻人，有些不良记者问的问题就难听多了。

不过张珏知道，庆子其实是一个典型的大心脏运动员。她不仅自由滑常常爆发，短节目也从不翻车，其稳定的发挥，必会在之后为日本女单争下多枚 A 级赛事的奖牌。

她是一个不输妆子的优秀运动员。

张珏在这里看到了美晶、梦成、庆子，却没有看到伊利亚、谢尔盖等本土运动员。"他们不是圣彼得堡人吗？来到莫斯科应该会住酒店才对的啊！"

沈流解释了一下，冰雪运动在俄罗斯人气很高，不少知名运动员退役后也可以上综艺节目，举办自己的商演，过得和电视明星一样。

而谢尔盖这种二哥级别的运动员自然赞助不少，所以便花钱在莫斯科买了公寓，而伊利亚则住在瓦西里在莫斯科的公寓。反正他们都有自己的住处，尤其是谢尔盖，那家伙是出了名的猫奴，家里养了只猫主子，在国内比赛的时候都会带着猫主子一起走，更不会住酒店了。

这话说得张珏羡慕不已："我也好希望花样滑冰在国内的人气能高一点，这样我也可以多赚点钱养我的房子了。"

张俊宝扇他一下："国内不是没综艺节目请你，但我和你说清楚，你不许参加那些节目，耽误训练的话，我就找你妈抽你。"

身上聚集太多目光对张珏这种小运动员来说未必是好事，关注意味着有夸赞也有诋毁，很容易就会让涉世未深的年轻人迷失其中，忘记作为运动员的本质就是训练，出成绩，挑战人类极限。

其实在美国站结束后，铺天盖地的"张珏赢了世界第一的麦昆"的言论便不绝于耳，上头的领导对张珏的期望也越来越高，本来只是把张珏当索契冬奥会的夺牌点看，现在怕不是都升级成夺金点了。

老舅怕张珏飘了。

殊不知张珏稳得很，他身上还有发育这个不定时炸弹，所以小孩的念头就是在长高前努力出成绩，除此之外的任何事对张珏来说都是虚的。

等发育关一来，别说四周跳了，他能不能保住 3A 都是个问题，到时说不定就要退役，从此以后在农大里种玉米，说不定还能研究太空玉米什么的。

这时候张珏还以为在比赛正式开始前，他是见不到俄罗斯的运动员了，谁知道合乐的时候，他感到一条柔软的、毛茸茸的大尾巴擦过小腿。

小鳄鱼低头，看到一只皮毛油光水滑的褴褛猫端庄地坐在他面前，它看起来有着丰厚的脂肪，以及一双清澈无辜的琥珀黄猫眼。察觉到张珏的目光，它两个尖耳朵抖了抖。

张珏咽了下口水，缓缓蹲下，试探着伸出手，下一秒，一个粉嫩的肉球印上张珏的手掌。

哇，它的爪子好软。

不远处传来温柔的呼喊声："妮娜，我的公主，你在哪儿？"

身披灰白相间皮毛的小胖猫甜美地叫了一声，朝着声音传来的方向跑去。

该怎么说呢，虽然已经有人和张珏说过谢尔盖是猫奴，可他叫自家猫的名字的那个语调，真的温柔到让人恶心，张珏的外婆看到他的时候都不会用这种语调说话。

不对，外婆是个脾气上来了能抄起扁担追着人跑两条街的彪悍女性，那换个形容方式吧，许爸爸叫张女士的语调都没这么深情，等等，好像真的有这么深情。

张珏看着那个正在亲狎褛猫的俄罗斯二哥，总觉得哪里不对，这时有人和他说："他喜欢猫，你别管就行了。"

这口音重到让人无语的英语……张珏回头，就看伊利亚牵着一只威风凛凛的哈士奇，带着与以往一样的冷淡表情看着他。由于这一人一狗的眼睛都是冰蓝色，所以被他们注视的时候，张珏莫名产生了一种自己面前是两只憨狗狗的错觉。

伊利亚指着狗："这是波卡。波卡，这是我的好朋友 tama 酱。"

张珏还没来得及吐槽"怎么连你也叫我 tama 酱"，就见波卡立起，两只前爪搭着张珏的肩膀，热情地朝他的脸蛋舔了一口。

张珏："……"

这只哈士奇的血统好纯。

不清楚是不是巧合，但俄罗斯的花滑运动员几乎每人家里都养了宠物，比如瓦西里，他家养的是鹦鹉，但据说他当初想养的是熊，但那位给他又当教练又当爹的鲍里斯老先生没同意，还把他给骂了一顿。

14. 生长

"据悉，花样滑冰大奖赛俄罗斯站正在莫斯科火热展开，谢尔盖·米哈伊尔耶维奇将是本次赛事的热门夺冠人选，伊利亚·萨夫申科在采访中谈及冠军的归属问题时，也坚定地表达了对金牌的渴望……"

沈流关了电视，感叹道："到了俄罗斯，到处都是弹舌音。"

不过这种因花样滑冰而出现的热烈氛围在其他地方也是感受不到的，毕竟是高纬度国家，冰雪运动的人气更高，尤其是俄罗斯，他们的花滑人才储备雄厚得都够办综艺节目了。

对张珏而言，这次俄罗斯站，却是又一场鏖战。

他起身走出房间，在走廊的尽头，张珏拉着一个装冰鞋的箱子站在电梯旁，张俊宝对他招手："快点，我们要走了，小玉兴奋得午觉都没睡，就等着出发了。"

比赛要开始了。

俄罗斯和中国有5小时的时差，俄罗斯站的男单短节目又是下午6点才开始，所以中国观众想看直播的话，就要等到晚上11点。

晚上10点30分，察罕不花偷偷从被窝里爬出来，套上厚厚的棉袄，开了电视，把声音调到最低。他裹着毛毯坐在沙发上的时候，就发现他哥站在客厅口。小朋友吓了一跳，白音却坐在他边上。

"你就等不得看回放是吧？也行，我就是提醒你一句，睡不够容易像你师兄一样长不高，等会儿睡前记得喝杯牛奶。"

察罕不花小声反驳："我才上初中，而且你都高三了，这时候你更应该去睡觉。"

话是这么说，两人都没挪屁股。

过了一会儿，察罕不花问他哥："你怎么也看师兄比赛了？"

白音随口回道："自打你滑冰以后，我就专门了解了一下这个项目，你师兄挺厉害的，我看在依靠转速做跳跃的运动员里，他是世界第一。"

平心而论，白音很喜欢自家小牛崽的大师兄，虽然同行是冤家，但张珏对他家老弟真的够意思，出门商演带着小牛崽，准备比赛节目时又帮忙剪辑音乐，要不是送运动员吃的怕出事，白音其实很想送张珏几条熏羊腿作为谢礼。

不是说吃什么补什么吗？练花样滑冰本就费腿，张珏腿那么细，就应该好好补补。

而且花滑这项目的打分机制十分微妙，张珏作为国内的最强者，势必是头一个面对那些不公的人。有他在前面顶着，并身先士卒地踏平那些道路，他之后的包括察罕不花在内的其他运动员才能走得更轻松。

所以别看张珏身板小，在白音看来，他还真是条汉子。

比赛前三组的实力都不算强，甚至有些花滑并不兴盛的国家派出来的选手只能做 3+2 的连跳，3+3 连跳都完不成。直到最后一组即将登场，两兄弟才齐齐精神一振。

他们知道，张珏马上就要出场了，他肯定是最后一组第一个出来的！

而张珏也不负众望，从候场区走出，摘了刀套上冰。张俊宝和他说着什么，张珏回身将手伸出去，扶着沈流的手掌跳了跳。

白音疑惑："他是不是长高了？这瞧着得有一米六了吧？"

察罕不花回道："师兄最近一个月是长得比以前快了点，不过只有一米五九，是因为穿上冰鞋，才导致人体的视觉比例被拉长的吧？"

所有人穿上冰鞋以后都是腿显得更长，人看着更高。身体比例好的人看起来本就比实际身高更高，而张珏的比例甚至符合最严苛的芭蕾舞者选材标准。

白音摇头，十分肯定地道："他绝对有一米六了。"他和张珏上次见面还是一个月前，这会儿感觉张珏不仅高了，身材也比以前看起来更瘦，是很明显的小男孩在抽条时的模样，联想起察罕不花说的张珏最近长得比以前快，这莫不是开始发育了？

镜头之下的张珏看起来与平时差不多，他捶了几次大腿，看起来很用力，应该是想更进一步激活肌肉群。

当他滑过冰面的时候，背景里到处都是举着俄罗斯运动员的应援横幅的粉丝，横幅上印着他们的半身像、头像。举着张珏的应援横幅、摇着小团扇的冰迷居然也不少，根据目测，起码不比到场的伊利亚的粉丝少。

白音敏锐地发现，张珏似乎已经有会满世界追着他看他比赛的运动迷了。

自赛季开始后一直备受好评的《再会诺尼诺》在俄罗斯站也没有掉链子。

张珏在短节目中的跳跃一如既往地稳定，而且节目里的悲伤少了，探戈味却更浓了，还多出一股爵士味。

创作了《再会诺尼诺》的皮亚佐拉是一位善于将更多元素融入自身作品，并以此升华作品的创作者，比如以"即兴"为特点的爵士，也数次被他运用到自己的作品中。

他有时会只写音乐的"骨架"，然后在演奏时把自己即兴的情绪填充进去，因此他在不同时期演奏同一首曲子，都能带来不同的感觉。

张珏也在表演时做到了这一点，除了作为节目骨架的技术动作，他的上肢舞蹈动作、手势、神情都有变化。最奇妙的是，就算他似乎刻意为节目增添了探戈的欢快、热情、深邃，但依然能让人感受到这个节目的内核是悲伤的。

就像很多冰迷评价的那样，张珏本赛季的短节目，是经得住细品和回味的精品。

编舞弗兰斯·米勒在看张珏的表演时，也觉得自己对张珏已经不能更满意了。距离美国站过去才多久啊，这个孩子的表演居然又细腻了几分，完成度越来越高了。

如果硬要说这个节目有什么不好的话，那可能就是张珏在旋转的时候，滑足的轴心偏移问题更明显了一点。

这是张珏的老毛病，冰迷都认同并习惯旋转便是张珏的阿喀琉斯之踵这一点。国内的冰迷甚至到本国滑联官网底下留过言，问啥时候把自家孩子送去瑞士做外训，瑞士的旋转可是国际驰名，备受冰迷群体的好评。

但旋转轴心偏移的小毛病还算不上翻车，张珏依然 clean 了自己的短节目，并拿到了 90.95 分。

这是一个很漂亮的数字，当前的短节目世界纪录是由麦昆在去年世锦赛上，用肖邦的《夜曲》创造的 94.75 分。

张珏对这个分数十分满意，张俊宝也是如此。等拿到赛后小分表后，沈流揉揉张珏的小脑袋，和张俊宝说道："这次的技术分比美国站那会儿低了 1 分，但跳跃的 GOE 都正常，说明这次只是裁判抓得严，表演分还涨了点，都有 39 分了。"

被裁判用最严厉的态度狠抓没什么，亚洲运动员对这一点都习惯了，只要裁判把该给的分数给他们，别压分就成。这么一想，俄罗斯站的裁判比美国站的还更讲规矩一点。

就在此时，张珏捂着肚子："我饿了。"

"怎么又饿了？你不是吃了晚饭才来比赛的吗？"张俊宝熟练地摸摸他的肚子，发现这娃的肚子居然真瘪了。这消化能力令老舅嘴角一抽。他摸了块黑巧克力给张珏："你先拿这个顶一顶，回去以后给你弄水煮白菜。别的不能给你吃，不然你今天的摄入量就超标了。"

张珏捏着巧克力，没精打采地跟着老舅去做尿检。

老舅不明所以，搂着他的肩膀："怎么啦？嘴上喊饿，给你东西又不吃，你刚才不是比得挺好的吗？开心点啊！"

过了一阵子，张珏蹲下，扶着膝盖，小心翼翼地说："我膝盖疼。"

其实从两天前开始，张珏就有了夜幕降临后关节微微泛疼的毛病，但疼得又不严重，而且有时候四周跳练过头了，他两条腿不是膝盖不舒服，就是髋骨不舒服，要么是脚踝不舒服，反正没个好的时候。直到今天午睡的时候，张珏直接疼醒了，然后他捂着膝盖想了好久，才发现这恐怕是生长痛，所以张珏比短节目的时候，心里就有点纠结。比完以后犹豫了好一阵子，张珏才对老舅说出实情。

张俊宝和沈流对视一眼，立刻异口同声地喊了个名字："杨志远！"

张珏是最后一组第一个出场的，在他之后出场的便是伊利亚，所以他们在后台检查腿的时候，依然能听到场上传来的一阵阵掌声，以及伊利亚今年的短节目《黑眼睛》的背景乐。

"没有受伤，疼的不是肌肉，是骨骼。"杨志远微微皱眉，拉着张珏站起，拿着把卷尺给小孩量身高，"160.9厘米，差不多161厘米了。"

张俊宝连忙翻开他记录张珏身体数据的笔记："他在美国站前才量的身高，那时候才159.3厘米！这才两周不到，怎么长得这么快？"

这小子开始发育了，两个教练和队医同时意识到这一点。

杨志远熟练地拿出暖贴贴在小孩的膝盖上，叮嘱两位教练注意给孩子补钙，并适当减少训练量。

队医说："男孩子发育的时候，是有一阵子长得特别猛，但这段时间不会太长，尤其是花样滑冰会对你们的身高发育造成影响。我估计张珏长个七八厘米就会停下来了。"

沈流也安抚着张俊宝："没事，小玉能赶在奥运赛季开始前发育也是好事，今年长到一米六八或者一米七，明年正好能适应新的身体重心去索契，要是他在奥运赛季过半的时候突然发育……"

想到这里，在场的三个大人同时打了个寒战。接着他们就开始商量如何为张珏修改训练项目，让他在身高长了好几厘米的情况下，实力不至于下降太多，好在世锦赛的时候取得像样的成绩，为中国男单拿下至少两个索契冬奥会的名额。

张珏捧着巧克力，看似乖巧地坐在椅子上，也不好说"你们还没意识到问题的严重性"。

如果张小玉预感没出错的话，他能长的可不是只有七八厘米。

15. 仿品

虽然来了生长痛，比赛也还是要继续。

做完检查的时候，男单最后一组的短节目比赛也结束了，张珏被通知去领小奖牌。

张俊宝这才想起一个问题："这小子第几啊？"

沈流用俄语问了几句，工作人员友善地回道："他是短节目第二名，仅次于谢尔盖，伊利亚是第三名，你们要一起去拿奖牌和接受采访。"

别看谢尔盖是世界级赛事上的万年老三，甭管瓦西里和麦昆争得怎么样，他都硬是插不进一脚，但他本身的实力真不差。

因为在国际赛事中其实有个默认的规则，就是滑联给各国一哥一姐的打分待遇肯定是最好的，这是因为各系裁判肯定都会将打分资源往最强的那个身上放，比如瓦西里作为俄系一哥，他的打分待遇仅有作为欧洲一哥的麦昆可以一比，二哥二姐们则又是一个档位。

谢尔盖的实力的确比瓦西里差一点，这些年被压在二哥的位置翻不了身，打分待遇一直不如瓦西里，只比伊利亚高一点点，但就算如此，他的打分待遇还比张珏要高出一点。

也就是说，中国一哥的打分，连俄系二哥都比不过，要不是张珏表现力好，他连伊利亚都压不下。俄系裁判这次没压张珏的分，可架不住两位俄系选手打分待遇好，GOE 随随便便破 2，表演分还不跟坐火箭似的往上涨啊？

可换个说法，中国并非单人滑强国，张珏还能在短节目上压住伊利亚，其实也出乎许多人的预料。因为沈流的赛前警告，张珏都做好自己这次只能拿铜牌回家的心理准备了呢。

但这事居然也没让俄罗斯的冰迷们不满，因为张珏才在美国站把俄系一哥瓦西里的死对头麦昆击败了一次，在部分人看来，麦昆只能拿分站赛亚军的事能让他们爽上半年。

俄罗斯冰迷快意恩仇，只要你赢麦昆，我们就是好朋友。

而且不少纯粹的冰迷都对这个才升组就固执地挑战世界冠军的小将很有好感，毕竟张珏的分数一点水分都没有，走到现在全靠实力。在竞技项目上，实力派永远不缺人气。

唯一让张珏和沈流苦恼的，大概就是在采访的时候，记者对他们说的都是弹舌音很重的英语。

沈流艰难地听了几句，就很坦诚地表示："我听得懂俄语，请说俄语吧。"

至于张珏，在美国站已经可以独立接受采访的他自从采访开始后，一直觉得自己在听别人讲外星语。虽然面带得体的微笑，但熟悉他的人都知道，这家伙在"神游天外"。

沈流看他这样，心中感叹，这娃连俄罗斯味英语都听不懂，日系英语恐怕更不行了，他明明是副教练，但这兼职翻译和外语补习班老师的日子也不知道何时才是个头。

等回去的时候，老舅摸着张珏的头，安抚着："你现在半个月就长高了近两厘米，长得太快，不舒服是肯定会有的，舅舅也是从你这个阶段过来的，你忍忍，长完就好了。"

说着说着，他还调侃起来："原本看你一直长不高，我还担心你练花滑影响到了发育。要是你一辈子都没长过一米六五的话，你妈妈绝对会敲破我的头的。"

沈流和杨志远也一起大笑，沈流还安慰张珏："放心，你顶多这么长两个月，我记得师兄当年就是在一个暑假猛长了6厘米，然后他的身高就没变过了。"

杨志远点着头："对，他当时也是一个月长3厘米，吓得教练吃饭都不香，结果说停就停了。你和你舅舅有不少地方都挺像的，长个子的进程应该也差不多。"

看着他们天真的笑脸，张珏心想，你们很快也要吃饭都不香了。

然后张珏服用钙片一片、牛奶200毫升，往床上一倒，闭上眼睛，睡觉。几小时后，张珏痛醒了，只觉得两条小腿都不舒坦，肚子还咕咕叫得震天响，一看时间，凌晨3点。

张珏差点忘了，自己在发育期间一直是个饭桶。他拉开自己的背包，往私藏零食的地方摸了摸，先摸出一张字条，上面是张俊宝龙飞凤舞的字迹。

"少吃点。"

张珏："……"

他捧着自己心爱的芋头干犹豫许久，还是将食物原样放回，抱着肚子在床上缩成一团。

花样滑冰里不乏一米八以上的男单选手，也的确存在身高超过一米八但依然能跳四周跳的人，比如一米八六的大卫·卡酥莱，但一口气长那么多肯定会对技术带来巨大的影响。就像大卫，身为比利时的男单紫微星，他在青年组时期没有敌手，结果进了成年组后，光发育关就让他倒霉了两年，而他在发育关只是狠长了 10 厘米便导致重心彻底失衡，一度连三周跳都稳不住。

可能再过几个月，他自己的竞争力就会落到比两年前的大卫还不如的程度吧，如果再胖的话，他的跳跃就真没救了。

张珏有意控制饮食，老舅却开始放开对张珏的饮食控制，他在早餐时往张珏的盘子里使劲塞肉："多补充蛋白质，回去以后你再多补点维生素 D，这是你人生中最后一次大幅度增长骨骼和肌肉的机会。男单选手的发育关过好了，力量会增强很多，错过这次机会，以后也不会再有了。你看沈流，就是当初被摁着没好好补，结果骨头都比别人脆些，摔个三周跳，就伤到了要退役的程度，可不能像他那样。"

沈流满脸赞同："是啊，现在是你的重要时刻，把骨头长结实了，职业寿命也会更长。以前你舅舅带了个叫霍小冰的女孩子，她在发育期节食过度，训练量太大，最后只长到一米五二，而且特别容易骨折，在你进省队前，她就因为受伤退役了。"

这么说着，他又给张珏剥了个蛋。

"多吃点，你体脂太低了，之前看你跳跃的时候都能看到腿部肌肉的筋，这点能量储备不够你长的，反正就这两个月多吃点，长完了身高再减肥也来得及。"

秉持着该补就补、健康最大的理念，两个教练充分发扬了食堂阿姨的精神，以至于张珏在早上吃下的食物，令同餐厅的其他运动员和教练侧目。

那两个中国教练疯了吧？张珏可是以 4S 为撒手锏的世界第一转速，让他吃这么多，万一胖了怎么办？

有人在路过时笑一声："猪。"

张珏没听懂，依然埋头大吃，沈流却不满地皱眉。

他会俄语已经不是秘密了，这人还当着他的面嘲讽张珏，真以为沈一哥不会发火吗？想当年他也是和张师兄一起打过群架的！

虽然身为教练为了几句口角就对外国运动员动手似乎不太好，但他一点也不介意去厕所里找个拖把往马桶里搅一搅然后恶心恶心这个小伙子。被屎味拖把恶心一下还好，这话要让张俊宝听见，小伙的脸怕是都要被板砖拍成方形的，比如当年的某个篮球队队员。

随后路过的谢尔盖就毫不客气地训斥了这个男孩："瓦季姆，没礼貌就闭嘴，他们是外国运动员，你在他们面前如此不得体，是想玷污我国运动员的对外形象吗？"

瓦季姆哼了一声："别拿大道理来压我，我只是说实话，没有花样滑冰运动员会吃得和他一样多。"然后他对张珏扬扬下巴，走了。

谢尔盖对他们点了个头："他只是个小角色，别理会就行了。"

接着谢尔盖也走了，要不是沈流听得懂俄语，就谢尔盖这成天谁欠他几百万的表情，怕不是以为这家伙是来找麻烦的。

沈流在心里摸摸下巴，没想到俄罗斯二哥人居然还不错。

张珏和张俊宝一起凑到沈流边上问："那小子刚才说些什么呢？"

沈流看着这一大一小如出一辙的凤眼，咳了一声："就是不相关的人说的无聊的话，你们别管就行了。"

张俊宝哦了一声，真就不再问这事，转头和张珏说："小玉，把鸡腿吃完，然后出去走走消消食。"

等到下午，男单赛事在6点准时开启。

张珏坐在椅子上，杨志远给他按摩小腿，张珏嘴里还抱怨："我胳膊也不舒服。"

许多正常人的臂展应该和身高差不多，但张珏属于臂展偏长的。

臂展长的身体天赋放在篮球项目上应该挺好用的，可惜张珏又比较喜欢踢足球，毕竟他那个个子打篮球还是矮了。

张俊宝给他用药包热敷手臂，熟练地给孩子顺毛捋："忍忍，等这两个月过完就好了，肢体修长是好事，看起来特别好看。"

外面正在进行比赛，后台有电视进行直播，方便选手们一边热身一边观看对手的表现。

张珏闲着没事，抬头去看电视，发现现在是第三组的比赛，正在登场的是早上那个冲他翻白眼的男孩子。那个男孩看起来很年轻，应该不超过20岁，黑发碧眼，有一张典型的斯拉夫族和鞑靼族混血以后的脸，身体纤瘦，目测不超过一米六五，而且留着及肩长发。

对方的身材和现在的我很像。张珏意识到这一点，接着他就发现这兄弟不仅体型和他像，连跳跃的跳法都一模一样，他居然也是个依靠转速的选手！

沈流见他饶有兴味的神情，随口说道："他是瓦季姆，俄罗斯的成年组男单选手，练过 4T，但没成功，从本赛季开始换了跳法，才能跳出还不算稳定的四周跳。"

杨志远疑惑地道："他是在学我们小玉吗？"

张俊宝看到瓦季姆在开场的 4T，肯定地说："他绝对学了小玉，不过他的跳跃质量没小玉好，起跳时踩刃了，周数应该差了 120 度，只是裁判没判而已。"

4T 是点冰跳，要求运动员用足尖的刀齿点冰，但有些选手会直接整个冰刀踩在冰上发力，这是很不规范的跳法。而裁判不判瓦季姆的踩刃点冰跳的原因也很简单，自家主场，只要不是被这个运动员得罪过，俄系裁判哪怕不给自家选手多加分，也会对一些失误睁一只眼闭一只眼。

张珏曾试过用踩刃跳法跳 4T，结果就是发力更轻松，落冰时也有余力调整身体，但最后他还是放弃这么做。有时候就算通过走捷径尝到甜头，但不规范的技术只会为自己的未来埋下隐患，用这种作弊的方式得到的奖牌戴起来也不会让人愉快。

张珏还是更愿意继续用规范的点冰技术和他的 4T 死磕下去。

瓦季姆的自由滑节目是《卡门》，他将黑发束起，用红色的发带绑好，穿着火红的考斯腾在冰上表演，并成功拿到了 163 分，似乎还刷新了他的职业生涯最高分。看到分数，瓦季姆立刻兴奋地和教练抱在一起。

在沈流的翻译下，张珏、老舅、队医知道了解说员在说瓦季姆拿出了一套突破之作，如果运气好的话，他也许会登上本次分站赛的领奖台。

但有意思的是，镜头很快就转到了正在候场的伊利亚身上。

伊利亚去年也滑了《卡门》，但他从未 clean 过这套节目，并被很多人评价"这个卡门一点也不热情，也不够吸引人"，于是他今年便将节目换成了伊戈尔·克鲁托伊的"Sad Angel"，俄系音乐配俄系美男，反而得到不少好评。

沈流皱眉："还领奖台呢，谢尔盖、伊利亚还有我们小玉又不是死人，轮不着他。"

张俊宝不解地看着他："你怎么很不喜欢他的样子？虽然他早上朝我们翻白眼，但咱们身为前辈可不能和小辈计较。"一个白眼的事，要是为了这个记恨人家就显得太心胸狭窄了。

沈流为了那个叫瓦季姆的小子不被板砖拍成方脸，硬是把到嘴边的话咽回肚子里，对张俊宝乖巧地点头："好的，师兄。"

张珏灌了口饮料，吃了颗止痛药，起身拉伸了下腿。

杨志远对他叮嘱道："尽量放轻松，太紧绷的话，以你的情况会很容易抽筋。"

张珏应了一声，接着最后一组的第一人也上了冰。

然后这场比赛就变得不对劲了。

在花滑赛事中有个诡异的现象——有时候选手们会因为竞争激烈而一起clean，最后打成修罗场，还有的时候，他们会一起摔，仿佛冰面受到了诅咒。反正好和坏两种情况总是扎堆出现。

而俄罗斯站的最后一组就很不幸地摔到一块去了。第一个上场的摔了两个跳跃；第二个上场的好点，只是在连跳时翻车；第三个上场的 3A 因周数不足而被裁判判为降组 ①，最后 3A 变 2A。

等到伊利亚出场，他在开场尝试四周跳时摔成滚地葫芦，全靠后头的连跳和 3A 把分数拉回来。

张珏就更绝了，他在做步法表演时突然来了个平地摔，然后在后半段彻底放弃连 3T 和 2T。他左腿抽筋，没法用左脚点冰了，他连跳 3lo 都是直接用右脚强行起跳。

最后一位出场的谢尔盖也没好到哪里去，他连续三个跳跃都出现失误，只是凭借着丰富的比赛经验，强行将落冰救了回来，有点像张珏在跳 4T 时，仗着强大的反应力和灵活的关节强行将身体调整成正确的落冰姿态。

clean 在花滑赛事里本就是非常难的事情，属于罕见情况，所以当运动员零失误完成节目时，观众们才会那么激动，因为在比赛里看到选手 clean 节目的概率和抽奖差不多，看到就是赚到。

而在俄罗斯站的自由滑中，最后一组选手的表现连他们自家的教练都没

---

① 在花滑赛事中，跳跃周数少于规定周数的 90 度会被判罚少一周。

眼看。

要不是张珏是在后半段才左腿抽筋，而且当机立断地用右脚承担了更多跳跃压力，强撑着把节目好好滑完的话，那位瓦季姆就真的要上领奖台了。

在外人看来，张珏这次也机灵了，他在察觉到不对后，是有临时降低后半段的跳跃难度的，这让他保住了节目完成度，并在最后以 3 分的优势，惊险地拿下了俄罗斯站的铜牌。

在他的分数出来的时候，张俊宝直接搂着自家孩子揉了一通，而沈流高兴地鼓着掌，眼睛瞥向瓦季姆所在的位置。

哇，这脸居然可以变得比察罕不花还黑，真是厉害。

此时张珏已经参加完两站分站赛，取得一金一铜，积累积分 26 分，在当前的积分排行榜上排第二。

在俄罗斯站之后，还有两站分站赛并未结束，届时积分榜想必还要有一场龙争虎斗，但按照惯例，26 分已经是一个铁定能把人送进总决赛的分数，这意味着年仅 15 岁的小将张珏，在升组第一年，便成功拿到了进入大奖赛总决赛的门票。

也就是说，在 2012—2013 赛季的前半段，张珏俨然已经战胜那些经验更丰富的对手，进入花滑男单项目最强的六人的行列。

张珏被老舅的胸膛挤得差点窒息，好不容易挣脱出来，他连忙站起对周围挥手。

有人对他大喊："tama 酱，love you！"

张珏回头，就看到穿着哈萨克斯坦国家队队服的尹美晶冲他挥着手，刘梦成两只手都拿着"伊利亚举高高张珏"的团扇。

镜头这时候也对准他们，大屏幕上出现两位顶级冰舞运动员的身影，连同那两把团扇，场馆内响起一阵善意的笑声，为几位运动员之间的友谊以及团扇上的图案而笑。

伊利亚的教练鲍里斯先生往那边看了一眼，眼前一亮，他拉着谢尔盖念叨："那个团扇的销量是不是很好？"

得到肯定的答复后，老教练便提议着："那要不你改天也去举一举那小鳄鱼？"

谢尔盖："……"他才不要卖那种黑历史周边产品！

想是这么想，在上领奖台的时候，谢尔盖和伊利亚都下意识地想去扶张珏，结果他们就看到张珏长腿一跨，利索地自己上了台子。

两人打量了张珏一番，然后谢尔盖发问："你是不是长高了？"

伊利亚更直接："你发育了吗？恭喜你。"

张珏礼貌地回道："谢谢。"但他并没有因为发育而高兴。

看着自家孩子的身影，张俊宝说："果然是长高了，我觉得他的裤腿都比以前短了点，但裤管空空的，这是营养全用来长个子了吧？"

沈流扶了扶眼镜："如果他要猛长7到8厘米的话，现在的考斯腾恐怕不能继续穿了，回去以后通知工作室给他做套新的备用吧。"

张珏杀入总决赛对国内冰迷们来说简直是天大的喜讯。说来令人唏嘘，国家这些年不是没出过技术强悍的单人滑选手，比如20世纪90年代拿过两枚冬奥会铜牌和世锦赛金牌的超级女单选手陈竹，总决赛人家也进了不少次。至于男单这边……很不幸，没有人能杀进总决赛。沈流本来快要战胜心态问题杀入一线了，结果因为一场伤病直接退役了。

张珏进入总决赛，是国内男单项目的一次历史性突破，大众欢欣雀跃的同时，也对小朋友在俄罗斯站的状态表达了担忧。

虽然clean一场比赛的难度很高，张珏的clean概率却还挺高的，他在俄罗斯站的表现可以说是前所未有的差，令不少冲着他的脸开始追比赛的伪冰迷很失望，甚至有人开始唱衰，言明如果他再这样，大家还不如转去喜欢俄罗斯新星瓦季姆。

瓦季姆也是转速派运动员，还很会在社交网络上给粉丝发福利，甚至发布写真，给人一种热情大方的感觉，让粉丝有种自己"被尊重"的快感。

结果不知怎么回事，网络上突然就开启了一场粉丝大战，有人开始声讨张珏，认为他过于"舅宝"，总是不接受国家队的征召，不肯换更好的国家队教练。看吧，技术出问题了吧？这肯定是他舅舅的执教能力已经不足以应付成年组赛事的缘故！

说出这些话的伪冰迷自然也是忘了，张珏留在省队的主要原因是他考上了H省最好的高中——H市三中，作为高中生，学业也是他生命中重要的一部分。这儿的老师很厉害，哪怕张珏在外比赛，也会通过网络远程关注他的学业，张珏也得以在比赛和学业中取得一个平衡，年级排名维持得不错。

如果他按照某些人的意愿离开这所一本率高达百分之九十五的好学校，那谁来替他学习和高考？别看张珏个头不大，他的志向可不小，985大学以下的学校他是根本不会考虑的。

张珏比俄罗斯站是在11月初，而大奖赛总决赛在12月初，也就是说在此期间，他会有大约一个月的时间进行最后的状态调整。

作为首位进入总决赛成年组的中国男单选手，趁着这时候好好进行特训，好在总决赛拼个好成绩其实算张珏作为一哥的责任。但是等他回国后，上至宋城，下至食堂阿姨，都发现张珏这个特训怕是搞不成了。

因为这熊孩子不仅正式进入了发育关，还长得贼猛，变化特别大。半个月不到，张珏穿惯的冰鞋就不能穿了，因为他在长个子的时候脚也跟着长，原来的冰鞋挤脚。

好嘛，对花滑选手来说特别折腾人的换冰鞋也要来一遭，简直是雪上加霜。

这还没完，张珏生动形象地展示了生长痛的最高境界，哪怕教练组尽可能地减少训练量，延长理疗的时间，张珏该疼还是会疼。

如果说孩子只是想装疼逃避训练，教练组都不会操心，顶多把他揍一顿，但张珏是真的疼。

半夜疼醒加饿醒对经历发育关的张珏来说已经成了常态，张青燕女士就不止一次半夜爬起来给孩子做水煮蔬菜填肚子，然后拿热毛巾给他敷关节。

等到总决赛的时间到来时，张珏脱了鞋也有一米六三的高度，成功和崔正殊一样高，但明眼人都知道他还有的长。

在出发前的最后一天，张珏坚持在冰场里滑了几圈，做了几组跳跃训练，才抱着敷腿的艾灸包在车后座睡了过去。

张俊宝看着后视镜里呼吸均匀、身体一起一伏的外甥，满心无奈："这熊孩子怎么疼成这样呢？我以前都没这么疼的，姐姐和姐夫也没这样。"

沈流想了想："是不是四周跳训练导致的？你们以前不疼，是因为你们以前没练过四周跳？"

张俊宝还真没练过四周跳，因为髋骨伤病，他在职业生涯后期连维持本来就有的水平都难。

就在此时，铃声响了起来。

"在无限延伸的梦想后面……"

顶着沈流"你居然还看《数码宝贝》"的质疑眼神,张俊宝轻咳一声,迅速接起电话,眼睛还瞥了下后边,确认张珏没被吵醒。

"喂,是谁啊?"

"是我,兰琨。"

一个时隔15年依然让张俊宝下意识想找板砖的声音响起。

张俊宝沉默许久,突然大叫一声,也不知道是想起了什么事,把副驾驶座的沈流都吓了一跳。

兰琨顶着老婆鄙夷的眼神,以一种瑟缩的姿势靠在墙脚,满脸恐惧又坚定地把话说了下去:"我看了电视,小玉是开始长高了吧?那啥,虽然我们十几年没见,但他好歹也是我侄子,我就提醒你一句啊,他接下来可能会长得有点猛,记得给孩子买点润肤的涂一涂,看看能不能让他少长点生长纹。"

"生长纹?"

兰琨戒备着,仿佛下一刻又会有一块板砖凌空飞来,把他的脸拍成方形,好几个月都不敢见人。这就和他哥看到折凳会头疼一样,都是张家姐弟给他们留下的心理阴影。

"就是长得太快的话,皮肤上会出现不好看的纹路,你记得给小玉护肤。"

张俊宝看着前方,半晌,他想起一件事,结结巴巴地问道:"你……你哥多高来着?十几年了,我把他的身高忘了。"

兰琨眉头一跳,回道:"我一米九一,我哥一米九三啊,怎么了?"

啪嚓。

张俊宝的手机落在方向盘上。

在姐姐和她前夫离婚15年后,老舅突然想起来,他们家小玉,亲爹不是许岩!

因为许岩姐夫和小玉感情太好、太亲近,他居然把这事给忘了!

16. 长腿

张俊宝,33岁,因为向姐姐张青燕询问她前夫的身高,被扇了后脑勺。

他捂着脑袋蹲在地上,满脸痛苦:"我只是不相信那两兄弟居然真有那么高,然后找你确认一下而已啊，干吗打我？"

张女士跷着二郎腿坐在沙发上，许岩将茶盅递到她手上，她便用杯盖刮了刮浮沫，吹了茶水，抿了一口："你明知道我想起那个人就满肚子火，还和我提他的名字，挨揍也活该。"

许岩好笑地道："那两兄弟的身高不是挺好记的吗？我都记得呢。"

张俊宝心说你肯定记得，谁能不记得自己讨厌了好几年的情敌的身高啊？

许岩是张青燕的大专同学，两人同龄，却被张珏的亲爹抢了先，但等他们一闹掰，许岩就立刻抓住机会和张女士跑回东北老家了，跑的时候还没忘记带上户口本，张珏才学会走，这两人就把婚事办了。

老舅一屁股坐在沙发上叹着气："主要是你对小玉太好了，搞得我都忘记他居然还有个生父了。"

想当年张青燕回东北老家的时候，身上的伤还没好全，她的父母年纪也大了，当时才19岁的张俊宝还在役，训练完了也没力气再照顾婴儿，结果就是许岩担负起了照顾还在襁褓里的张珏的责任。

他给张珏换尿布、泡奶粉，孩子半夜哭了闹了，他一句怨言都没有，爬起来抱着孩子哄，孩子病了是他背着孩子去医院看病。

等张珏能跑能说话了，他闯了祸是许岩出去跟别人赔不是，张珏上小学前是他接送张珏上幼儿园，张珏后来学滑冰、声乐、芭蕾，也是许岩努力赚钱带着张珏去找最好的老师。

滑冰且不说，张珏的声乐老师去过百老汇，芭蕾老师当年也是国内某芭蕾舞团的前首席，上这种好老师的课可贵了，以许岩和张青燕以前的经济能力，不是真疼孩子入骨，哪里会咬牙这么供？

继父做到这个地步，张珏都不觉得自己有别的爹，更别提张俊宝了。

张俊宝觉得许岩比兰瑾更有资格自称张珏的爸爸，毕竟他这些年在张小玉身上倾注的心血太多了。许岩和张青燕一年的花销加起来不超过3万，买件不算贵的新衣服都要犹豫好一阵子，可他们一年砸到张珏身上的钱从没有低于12万过，"小孩子花销少"这句话在张珏身上不成立，这小子绝对是纯正的吞金兽。

张俊宝一拍大腿："得，我们明天就要上飞机去俄罗斯，我先回去收拾东西，姐，你明天早点喊小玉起床。"

张女士不耐烦地挥挥手，许岩起身，嘴里说着："我笼子上蒸了几个翡翠包，你带几个回去，不当夜宵吃也可以放到明早当早饭。"

送走了老疙瘩，张青燕举起一本书对他挥了挥："来吧，我都考完研了，你这个专升本还没读完，这次再不过，两个孩子都该鄙视你了，你看看小玉和二德什么时候补考过？"

幸好孩子在学习方面随了她，如果张珏的脑子像兰瑾，许德拉的脑子像许岩，张青燕都不敢想自己要被家里三个学渣气成什么样。

许岩沉默一会儿，凑到妻子身边，摇着她的胳膊，声音变得格外动听："燕姐，这都晚上了。"

他那双清澈含情的桃花眼里闪过一丝情意，张青燕不为所动，她利索地将外套一脱，撩开长发，左臂、脖子、锁骨上全是公式。

"补完课再睡觉。"

许岩：你都这样了，我还能不拼了老命学啊？

…………

为了张珏的皮肤，张俊宝回家前还去超市逛了很久，最后在店员的推荐下，买了据说最温和无害、适用于各种肤质、最贵的身体乳回家。

闻起来一股幽幽的奶香，老舅闻了闻，摇摇头。

"唉，800块就买了这么点玩意。"

500毫升说少不少，但作为涂身体的乳液还真不多。一想起如果张珏继承了生父的身高，接下来要是不能长到一米七就停，恐怕要从扬子鳄长成恐鳄，老舅就觉得有备无患，反正这玩意说是成分温和无害，也涂不坏孩子。

然而老舅没想到的是，他花钱买了这么贵的身体乳，张珏本人却不乐意用带奶味的护肤品。

张珏一闻味道，立刻表示拒绝："我用我妈给的凡士林就行了。"

老舅捧着身体乳："你不用，那这玩意谁用？800块钱呢，总不能扔了吧？"

张珏："你自己用啊！三十多岁的人了，你也该保养一下了啊！"

虽然张珏心里清楚老舅有一张只要没被癌症折磨就一直能冒充大学生的俊美娃娃脸，皮肤也一直挺好，但他才不要用奶味的护肤品，太幼稚了。

老舅也不强迫他："我用就我用，但要是凡士林的效果不够好，你还得找我要这个。"

然后等他们一起出发去索契的时候，张俊宝莫名成了队伍里最引人注目的那个，一路上光是被人要电话号码的次数就超过了十次，等飞机落到俄罗斯情况才有所好转。

从机场到酒店，张俊宝收到的小字条有二十来张，其中有几张还是空姐给的，看来喜欢奶味帅哥的还真不少。

张珏用羡慕的眼神看着老舅，被羞恼的老舅拍了屁股："看什么看，去，给我倒时差去！"

张珏捂着屁股："有什么了不起的，字条收这么多，也没看你找到对象。"

张俊宝抬脚欲踹，张珏立马跑了，看他这精神百倍的样子，看来是已经从晕机中缓过来了。

除了张珏，关临、黄莺今年也进了总决赛，算是用实力证明了黄莺的发育关不会影响他们的大赛表现，徐绰今年也又一次进入大奖赛总决赛。孩子们去休息了，教练们却找了地方一起聊天。

马教练在看到张珏以后，就像是憋了许多话要说，张珏一跑，他立刻问道："张珏到底是长了多少啊？现在多高了？"

一提张珏的身高，张俊宝和沈流一起垮着脸："今早量的身高，163.2 厘米。"

昨天量的时候还是 163 厘米呢，今天就又往上冲了 0.2 厘米，没见过长这么快的。

一想起他们打的那个赌，两位教练心里都凉凉的，再这么下去，他们就要一起穿水手服叫宋城哥，还要给对方送上三百块钱了。

女装事小，丢脸事大，如果丢脸的同时还丢钱，那他们就亏大发了。张俊宝对兰家两兄弟的仇恨值都因此上涨了好几个百分点。

马教练不敢置信："可他上个月才刚刚一米六，怎么长这么快？他的跳跃重心还稳得住不？"

沈流虚弱地回道："目前为止还算稳得住，但跳 4S 的时候已经不敢举手了，我们都让他先保住跳跃，比赛的时候就别玩 Rippon 姿态了。"

其实就算他们不说，张珏现在都不敢浪了。在这个月里，张珏不光是为了适应新冰鞋而付出努力，还专门练了两套降难度的跳跃方案，就是为了保证大赛成绩。

赵教练提醒他们："你们要好好控制这孩子的饮食，发育期除了容易长身高，还要提防孩子横向发展。"

有关发胖这事，其实张珏和沈流现在反而不太操心。因为张珏的长高趋势太猛，不管食堂阿姨多么努力地给张珏补充营养，小孩的身板还是看着越来越瘦，仿佛已经没有多余的养分去长肉了，整个人瘦得和面条似的，体脂比发育前都要低一点。

今年进入大奖赛总决赛的几名男单选手除了积分排名第一位的瓦西里，还有张珏、谢尔盖、马丁、麦昆、大卫·卡酥莱。

伊利亚·萨夫申科本来在积分排行榜的第六位，但他因为有伤病临时宣布退出大奖赛总决赛，因此积分榜第七的大卫就顶了上来，这也是他进入成年组后首次进入总决赛。

而在冰舞项目中，尹美晶、刘梦成首次以积分榜第一的位置进入总决赛，朱林、斯蒂芬妮紧随其后，总决赛极有可能是他们两组以及美国的王牌组合瓜分领奖台。

除此以外，青年组的男单、女单的积分榜第一，分别是亚瑟·科恩与白叶冢庆子。

但无论是谁，他们在看到张珏时都先将目光放在了张珏的腿上，嘴上还要惊愕地问："你到底长了多少？"

这腿怎么看起来比以前长了一截？

原本张珏就是本项目出了名的身体比例好，穿上冰鞋以后更是显得两条细腿长长的，现在他不穿冰鞋，都和以往穿冰鞋的视觉效果差不多了。

虽然许多医生都坚定地说青少年发育的时候，身体和肢体是一起长的，但在民间还有个说法，就是小孩子会先长下半身，再长上半身，而这个民间说法放在张珏身上就显得如同真理一般。

根据他老舅的每日测量，张珏这一个月长高的 3 厘米，的确是有三分之二都长到腿上去了。

张珏目前的招牌旋转有两个，一个是贝尔曼旋转，还有一个是 Y 字转，也就是直立旋转时抬起一条腿，整个人看起来像是字母 Y。

这两个动作都很显腿长，所以当张珏做出这两个旋转的时候，不看他脚下偏移的轴心，仅看旋转姿态的美观度，在花滑项目上竟达到了前所未有的程度，令众人惊艳。

小孩子变化起来是真的很快，比如张珏，他在不知不觉间已经到了变声期的尾声，一个月没见，尹美晶就发现小鳄鱼的声音从记忆里清脆的童声，变成了清朗的男声。

那声音好听到什么地步呢，尹美晶找他说话，张珏嗯嗯地应着，她都觉得耳朵酥酥的。

17. 冰鞋

总决赛的举办地在索契，也就是 2014 年的冬奥会举办地。原本按照赛事规则，大家是按积分排行榜上的位次来决定出场顺序的，但今年好几个运动员积分相同，主办方干脆举行了抽签仪式，让张俊宝和沈流一起叹气。

原本张珏是积分榜的第二名，可以直接在倒数第二位上场，现在却又要……唉！

赛事主办方准备的抽签仪式类似于晚宴的模式，选手们穿着礼服，踩着红毯入场，坐在皮椅上等候工作人员喊名字，然后上去拿刻着数字的徽章。

张珏感觉自己好像提前参加了一场 banquet。

banquet 就是赛后宴会，选手们会穿着礼服在宴会上交友、合影，顺便和赞助商们交流一下，运气好直接就拉到新赞助了。

比如张珏就在去年的 banquet 上被日本的化妆品牌代表拉着说了挺久的话。虽然张珏全程没听懂日式英语，但沈流也在，原本差点就能谈好一款沐浴露的代言，但因为老舅坚决不肯让还是小孩子的张珏泡在满是泡泡的浴缸里抬起长腿，这事最后就黄了，这也是张俊宝被网络黑粉抨击得最多的一点。

那可是 ×× 堂呢，在花滑人气低到不行的中国，运动员能碰上好的代言机会多难得？全被这个不识趣的教练给搅了。

张俊宝的态度也很坚决，说他古板也好，但张珏是他的外甥，在张珏成年前，他绝不允许张珏用在镜头前裸露躯体的方式赚钱，有些钱不能赚就是不能赚！

像总决赛这种 A 级赛事结束后肯定是有 banquet 的，所以张珏提前准备了一套西装，参加抽签时正好用得上。

原本小孩在青年组那会儿不长个子，所以一套西装他穿了两年，今年却不得不买了新的。给他买衣服的米娅女士品位极佳，收腰的款式显得小孩身材越发修长，因为张珏抽条时体脂越来越低，她又给配了条皮带，省得裤腰太松。

当听到自己的名字时，少年轻快地走上台，在张珏亮相的时候，很多人都惊讶了至少1秒。

谁都没想到以可爱形象著称的中国一哥在逐渐长开后，居然是比伊利亚还高冷的气质。

不是说张珏的性格真的高冷了，但他就是长了一副冷峻仙君下凡的脸，伊利亚是高冷里带着憨态，约等于人形北极熊，张珏的冷峻在西方人眼里却和天使长提着战矛一样，往那儿一站就令人不敢接近。

直到张珏举起徽章，主持人一报数。

扑哧，尹美晶直接捂着嘴笑起来。

张珏还挺淡定，他一甩头，将遮住视线的刘海甩到脑后，从容地下台，坐在张俊宝身边的时候才垮着脸。

赛后，他看到刘梦成走过来，伸手欲托他的腋下，张珏正要躲，就看刘梦成摇了摇头："算了，你看起来太瘦了，万一不小心让你摔倒，你肯定会受伤的。"

张珏不解："不会啊，我的筋骨可壮实了，我舅舅还找靠谱的老中医配了药让我药浴呢。"

为了张珏能长出一副好身板，他们就差没给他喝壮骨酒了。这阵子他练四周跳也没少摔，但就算受伤也是皮外伤，张珏认为自己的身板很结实了。

刘梦成很坚定地退后："脂肪可以保护你不受伤，但你现在的体脂有百分之八吗？"

没有。

为了让他长脂肪，食堂阿姨甚至在上周煮了一壶奶茶给他喝，能想象吗？张珏作为一个花滑运动员，居然有幸在退役前喝到了奶茶！

然而他还是很瘦。张珏毕竟是运动员，力量在张俊宝来看就算再弱，仍然是比常人强很多的水准，所以在他瘦到一定程度的时候，腹肌的形状就出来了。

小孩把衣服一撩："我还有肌肉护体的啊，你们看。"

他现在可是拥有了梦寐以求的巧克力腹肌！

尹美晶的眼珠子都差点因为他这个动作凸出来。

没想到这小孩瘦得和面条似的，肌肉还挺足。美晶立刻数了下，发现小孩的裤子上方是六块清清楚楚的腹肌，甚至能隐约看到下面第七和第八块腹肌。

果然，这小子的转速快可不光是因为身体轻盈娇小，其实他的力量对这个身材和骨架而言已经算很强了。

沈流立刻冲过来把小孩的衣服撸回去，和尹美晶喊了声"sorry"，揪着张珏的耳朵走了。张珏也不嫌这个姿势丢脸，离开前还冲他们比了个胜利的手势。

尹美晶、刘梦成：果然，不管外表高冷到什么地步，这孩子的本质还是那个调皮小鳄鱼啊！

大奖赛开赛当天，张珏是六名男单选手里第一位出场的，少年穿着考斯腾出场时，再次把观众们惊了一遍。

电视前的陈思佳张大嘴："他换考斯腾了！"

原本《再会诺尼诺》的考斯腾是紫黑相间、满是亮钻如同洒了条星河的中性款式，现在基本款式没变，颜色却变成了纯黑，只有一条藏青色的纱带从肩部垂到后腰。背部有一个很深的 V 字形开口，当运动员活动手臂时，肩胛骨的内侧翘起，如同展翅的蝴蝶。

少年用戴着黑纱手套的手指理了理头发，回头看向教练组。

张俊宝对他竖大拇指。

别怕，尽管上，就算你因为发育关翻车了，教练们还是爱你的！

张俊宝也不知道张珏有没有接收到他的信息，但张珏之后露出的微笑他看到了。

沈流说："孩子的心态还是很稳的。"

杨志远将才从微波炉里拿出来的艾灸包揣进怀里保温，一边烫得龇牙咧嘴，一边回答他们的问题："张珏唯一的问题其实不是那新长的 3 厘米，而是他能不能适应新的冰鞋。以前美国的埃里克其实也在职业生涯巅峰期练出过 4S，但他后来换了双冰鞋，就把这个跳跃丢了，越是对这方面敏感的运动员，一换冰鞋影响就越大。"

张珏恰好是那种感官敏感到在脚踝绑了防扭伤的运动绷带都会觉得别扭的类型，这次换冰鞋受到的影响格外大，之前一周一直在适应新冰鞋，效果如何却不好说。

沈流喃喃地道："没事，他能进总决赛就是创造历史了，孩子才升组第一年，在大赛中失利是可以理解的。"

如果张珏之前没有赢过麦昆的话，他这么说还真没问题，但自从张珏赢了一次麦昆后，国内冰迷对他的期望越来越高，他在俄罗斯站只拿了铜牌就已经让一些冰迷说话不好听了。

虽然更多冰迷都认为是俄罗斯裁判在主场给自家选手打分太大方，张珏吃了这方面的亏，但张珏被发育影响也是冰迷们的共识。

张珏其实是他们家第一个拥有社交平台账号的人，但他开的都是没认证的小号，取的名字还是和他本人八竿子打不着的"我要考985"。张俊宝在网上被人骂"独裁""妨碍运动员接代言"的时候，也是张珏先发现的。

他不可能不知道冰迷们的言论，沈流也不知道他为此扛了多少压力。

张俊宝握紧拳头，直到张珏即将开始第一组跳跃。

3lz+3lo，要跳了……

张珏果断右足点冰，以标准的外刃起跳，落冰时挺明显地歪了一下，教练组心里一紧，接着就看到张珏果断换了起跳姿势。他没有在第二跳接需要稳定轴心但分值5.1的3lo，而是左足点冰，接了个分值4.3的3T。

然后少年转身，露出一种非常特别的神态，脸上的肌肉都在笑，唯独眼中没有一丝笑意，看起来像是强颜欢笑，实际上相当锋利，像是玫瑰的尖刺。

这一版的《再会诺尼诺》在张珏的演绎下，比两个分站版本的更具有攻击性，而且有更多探戈的气息，最重要的是，他没有失误。

张珏的临场应变，以及险些失误后迅速调整状态回归正常表演的能力让所有希望他赢的冰迷、教练都松了口气。

电视机前的孙千和江潮升说："要论稳定性，张珏算国内第一，冰舞不用跳跃，但他们的稳定性都没张珏这么高。"

别看这孩子浪，他在重要赛事中的表现从不让人失望！

直到候分结束，离开公众视野，走入选手通道的时候，张珏才蹲下，捂着脚踝倒吸一口冷气。

"杨哥，我第一跳落冰的时候脚崴了一下，您给我看看。"

18. 决意

在大奖赛总决赛这种重要赛事之中，任何镜头都以比赛为重点，所有人的目光都会放在正在比赛的运动员身上。

反正都是杀进总决赛的强者了，近几年的运动员，不管是老将还是新崛起的小将，都将技术和艺术性平衡得还行，所以他们的节目观赏性都不会差到哪里去。

按照惯例，青年组的比赛会放在下午比，成年组的比赛集中在晚上，亚瑟·科恩下午拿下了短节目的第二名，第一名的哈尔哈沙只比他高 1.3 分，赢得相当惊险。

哈尔哈沙的 3A 还不稳定，虽然能完成，跳跃质量却不高，而亚瑟的跳跃恰好完成得不错，所以他们的分差并不大。

张珏的大赛进程明显就没有他在青年组时期那么顺利。

青年组的张珏是随便浪，再怎么浪冠军还是他的。到了成年组，他很明显沉稳和保守了一些。在青年组，那种为了稳妥，临时将 3lo 换成失误率更低但分值也更低的 3T 是极难看到的，通常在短节目翻车的时候，他才在自由滑时不敢继续浪。

不过张珏的短节目大家都懂，再浪也很难翻车一回，就像是加了什么超级 buff① 似的，在世界冠军都时不时摔一跤的花滑项目里如同一个异类。

只有这次总决赛，明眼人都知道，张珏的状态怕是不好。

坐在他不远处的中国女单小选手也面露担忧，转头和教练说着什么。

徐绰："教练，张珏他……"

赵教练摇头："发育关，他长得太猛了，花样滑冰是很精密的运动，任何轻微的变化都会对运动员造成影响，张珏没法在短期内适应新身高很正常。"

她看起来满脸遗憾："如果我们的人才储备再深厚点，应该让张珏休赛，或者让别的选手先顶住他现在的位置，让他少点压力，安心过发育关，但问题是没人。他再怎么发育，在国内只有他一个拿得出手的男单运动员的情况下，这种大赛他绝对不能退。"

"现在就看他能不能控制住自己的发育了，真长得过头了，好好的苗子就废了。"赵教练的语气中不乏惋惜，毕竟一哥的天赋有多强大家都知道，全盛状态下甚至能去挑战麦昆，他要真被发育关击倒了，国内的教练起码得有 10 年不敢在选材的时候挑那种可能会长得太高的。

虽然张珏在发育前，也没人能料到他可以发育得这么猛。

① 网络词，指增益状态。

亚瑟听不懂她们的对话，他不舍地看着在场上表演的麦昆，一咬牙，放弃精彩的比赛，起身去选手通道里找张珏。

然后在一个没什么人的地方，他看到张珏坐在长椅上，伸着脚让队医为他冷敷脚踝。

他的脚踝上有一层淡淡的红色瘢痕，这是花滑运动员常见的冰鞋与皮肤长期摩擦导致的痕迹，脚踝也有轻微的变形。就算理论上才恢复训练三年不到，狂练四周跳也让张珏的脚逐渐变得与其他花样滑冰运动员一样。

那一刻亚瑟下意识地问自己，看到这样的脚会恐惧吗？他的脚还没有变成张珏那样。如果现在退出赛场，家境富裕、外貌英俊的他依然可以有轻松而耀眼的人生，不必在冰上摔来摔去，不必承受大量训练对身体的损耗。

可是奇怪的是，正是这一刻，坚定了他想要继续滑下去的心。

亚瑟崇拜的少年很勇敢，他在冰上沉醉于表演之中，为了胜利而拼搏的模样，让亚瑟想要接近他。

过了一会儿，张珏起身，被教练扶着慢慢走回赛场。

外面的比赛已经进行得差不多了，张珏这次只拿到了短节目第四，clean 了节目的瓦西里、麦昆、谢尔盖一起去领小奖牌，张珏则在教练组的陪同下继续观赛。

他很关注与自己一起来到索契的队友，也就是即将比双人滑短节目的黄莺、关临。

黄莺现在已经长到了一米五一，马教练同样没让女孩过度节食，该控制得控制，但高蛋白、高钙的营养餐没少喂。关临抛跳黄莺时明显比以前吃力得多，两个小选手的赛场表现却越来越稳定。最重要的是，黄莺在这个危险的阶段没有出现伤病，技术下滑也不严重，这就是最大的胜利。

他们正在适应新的体型与技术，而且表演比以前成熟许多。

沈流饶有兴致地摸摸下巴："这个赛季的挫折和困难让他们的默契更好了。"

他很清楚地看到这两个孩子在即将一起进行单跳的时候，甚至没有看向对方，就那么默契地跳了。

一个漂亮的 2A，作为单跳，这个难度放在成年组的总决赛里是绝对拿不出手的，因为除了他们，其余人的单跳都是 3T 甚至 3S，但只要单跳成功，接下来的抛捻转、抛跳、螺旋线、托举等技术动作就是他们追回分数的机会！

张俊宝夸道："老马带孩子还是有一手的，他和我一样，都是特别注重运动员长远发展的人，黄莺能碰着他也是运气好。"

杨志远感叹着："可惜这俩孩子天赋太好了，之前身体还没长成就急着出难度，硬是把抛四练出来。就怕他们以后伤病多，老马和我在飞机上说过，他特别担心这俩孩子的健康问题，还遗憾秦大夫退休了，又离他们省远，没法带孩子去秦大夫那儿做理疗。"

"没事，明年这俩孩子肯定要进国家队了，参加冬奥会的运动员肯定要有个国家队的身份，张珏到时候也一样，到了那里，好的医生肯定是有的。"

张珏疑惑："我也要去吗？可是我明年高考啊！"

张珏今年高二，冬奥会的时候高三，正好撞上了。

队医和两个教练都下意识地想反驳他说肯定是冬奥会更重要，接着又想起张青燕女士的脸庞，不由得齐齐打了个寒战。

完蛋了，明年还有个堪比张珏发育关的难关要过。

张俊宝心里苦，他心说自己怎么带个徒弟就和唐僧取经似的，一难未平，下一难已经开始招手，没完了还！

和张珏短节目差点翻车不同，黄莺和关临在短节目滑出了他们本赛季的最高分，硬是以新人的身份挤进短节目前三，开开心心地拿小奖牌去了。

虽然杨志远通过手法检查发现张珏受伤的右脚踝关节有松弛的现象，他的韧带绝对在崴那一下的时候出了问题，但没人提退赛的事情。

不是张俊宝没给国内打电话，宋城那边的回应是药片从瓶子里撒出来落了一地的声音，然后就是虚弱的一句"行吧，孩子扛不住就退赛，他的脚要紧"。

孙千那边的回应却是，只要张珏不是到了滑不了的程度，就努力把这一场滑完，成绩如何都没关系。

见今晚的比赛结束了，张珏扶着椅背缓缓起身，被张俊宝背着离开了场馆。

他的体脂变低了，体重却扎扎实实上升了不少，张俊宝背着他的时候就说："等你发育完，舅舅就背不动你了。"

张珏靠着张俊宝厚实温暖的肩膀，眯起眼睛："那到时候我背你呗。"

张俊宝呵呵笑："我要你背干吗？我又没伤到走不了路。"

张珏心想你是没伤到走不了路，可儿子对父亲做的事情，我全都愿意为你做，吃再多苦也没有怨言。他小声说："舅舅，你以前说想看到中国男单选手上大赛领奖台，我很快就能做到了。"

张俊宝回道："嗯，你量力而行，对我来说，还是你的健康更重要。"

沈流摸摸小孩的头发："对，以前没你，国内的男单也没见垮了，过来人的经验就是想滑得开心的话，千万不要给自己太大的压力，你啊，也别把自己太当回事，没你这比赛依然精彩。"

他们都知道作为教练应该适当地让孩子有紧张感，但人心都是肉长的，相处久了，张小玉的健康对他们而言早就比领奖台、荣誉更重要了。

张俊宝："小玉，舅舅还是那句话，咱们先观察一天，如果后天你的状态还是不行，那咱们就退赛，要挨骂我去挨骂。不怕告诉你，想当年老舅在役那会儿，写的检讨是你的三倍！"

然后他们就听到张珏长长地叹了口气："可是我妈妈说过，我的个子可能随我那个爸爸啊，现在不努力，以后说不定就没努力的机会了，万一我长完以后一米九呢？"

一米九。队医和两个教练心口抽痛了一下。

张俊宝深吸一口气，回道："你要相信你妈的基因，她会努力把一米九中和成一米七的。"

实在不行，一米七五他也能接受，就是张珏那个依赖转速的跳法肯定会废掉，以后能不能再滑出现在的水平就不好说了。

张珏要是发育以后沉湖①，估计伤仲永之类的话题也不会少，从顶级运动员跌落到二线的失落感对一个孩子来说也太沉重了。

这事对他们来说也是出乎意料的，因为张珏小时候跟着鹿教练学习的时候，还有进省队的时候都测过骨龄，主要是为了防止有些运动员伪造年龄，以大龄运动员的身份继续参加青年组的比赛欺负其他小朋友。当时医生一问张珏的父母身高，然后拿那个什么 CHN 法测，最后得出的结果，就是医生很委婉地说这孩子以后不会太高，然后让宋教练、张俊宝等人白高兴了这么多年。

直到最近得知了张珏生父的身高，张俊宝才从兰琨那里得知，其实他们两兄弟当年参加骨龄检测也是不准的。

张珏想，对他来说，发育期大概是他亲爹在他的一生中存在感最强的时候

---

① 此处形容陷入低谷或绝境。

了。还是老舅好，老舅就是他的心头宝，哪怕是为了老舅，正在对花滑越来越上心的张珏也打算好好在这个赛季结束前拼尽全力。

19. 封闭

男单的短节目和自由滑中间隔了一天，很多选手都会用这一天在冰上进行最后的训练，提升自己对场地的熟练度，以及最后一次磨合自由滑。

张珏以前也会这么做，但那是他以前没受过韧带拉伤这么严重的伤。

这会儿不能训练，光待在酒店里也没事可做，写作业吧，他早就把本学期所有的练习册都写完了，就连秦雪君邮寄的《5年高考3年模拟》也被他做完了，其他的比如全国卷真题之类的也做得差不多了。

张珏这么一想，才发现大概是因为平时在学校里的时间少，大部分时间要靠自学，所以他做起卷子来过于努力，很多知名卷子他都做过了。

按他这个发育趋势，发育完了以后继续滑冰的概率很低，明年专心复习的话，说不定还能去摸摸顶级高校的边，哪怕没上那两家名校，C9高校的希望应该不小，毕竟他本来就很聪明。在这里他还要感谢一下亲妈张女士贡献的基因，常言道孩子的智商有六成以上的概率随妈妈。

据说张珏的生父如果不是体育生的话，北京的任意一所大学的边他都摸不到，所以张珏本人就是很典型的遗传到了亲妈的智商。

张俊宝也聪明，别看他念的是体育大学，但那也是正儿八经的211工程院校，而且张俊宝在役期间作为运动员的成绩并不出色，他能上大学是靠高中最后两年的冲刺，以580分进北体大。

所以这个赛季不拼，下个赛季就来不及了吧。

张珏坐在床上想了会儿事情，他居然有种不好好睡觉，给正在努力长高的身体拖个后腿的冲动。

不行不行，花滑虽然重要，喜欢过头就不好了。

张珏闭上眼睛睡觉，然后又睁眼，挣扎了10分钟，最后败给年轻身体对睡眠的渴望。

第二天，凌晨4点，没有作业可以写、书也不想看的张珏打开房间里的电视，发现俄语对他来说比天书还难。电视里好像是在重播这个季度的通灵人大战，内容有点瘆人，张珏转头看窗外，又想起自己在外出比赛期间，居然很少出去逛街。

他不是那种特别安静的孩子，但只要开始比赛，张珏就会因为过强的好胜心而将大部分精力倾注到比赛上，也就是参加商演的时候会被主办方推荐去一些地方玩。于是他果断地给张青燕女士打了个电话，国内这时候是晚上 11 点，也不知道家里人有没有睡。电话接通，接电话的是许爸爸。

他气喘吁吁："小玉啊，什么事啊？你那边是凌晨 4 点，怎么没睡觉啊？"

关心了一通，张珏回道："爸，我今天没比赛，准备出去逛逛，你有什么要我带的？"

许岩沉默一会儿，报出一串名单。他拿出小本子记着："护手霜、面膜、涂抹式玻尿酸……"

家里的护肤品一直都是许爸爸在买，包括张女士的护肤乳、晚霜、眼霜、化妆水……张女士因为身体太好、气色红润，连腮红和口红都没怎么用过。

"要我带列巴或者俄罗斯肉肠吗？"

许爸爸："不用不用，宝贝辛苦了，妈妈还要给爸爸补课，所以就先挂了，拜拜。"

嘟——

他匆匆忙忙挂了电话，让张珏一脸莫名其妙，然后摇头晃脑地感叹："唉，幸好二德念书也是随了妈妈。"

要是许德拉像爸爸一样专升本还要补考的话，张女士抽小玉的晾衣架就要落在二德的小屁股上了。

张珏收拾了东西，等教练们一起床，就背着小书包站在门口，要求出门去玩。张珏现在没法自己走太远的路了，他需要坐骑。

张俊宝："你这就喊着出门？吃过早饭了没有？要不咱们吃了再走？"

张小玉说他吃过了，现在就想出去。

沈流认命地背着孩子先去了一趟酒店附近的肯德基，张珏吃了，他们可还没吃呢，老舅点了份土豆泥，当着张珏的面吃得很香，张珏也不恼，拿出他的小手机使劲地拍老舅的吃相。

自从手头有了点闲钱，他就给自己换了像素更高的新手机。

"老舅，你这个照片好看，要不要发微博啊？"

张珏给全家人都注册了微博，还分大号和小号，自从发现老舅也能接代言后，张珏就察觉到他身上的商机，觉得可以适当给老舅经营一下个人账号。

他老人家一直不脱单，嘴还硬，总是不肯承认他未来要靠张小玉养老，偏偏自己还不擅长理财，有钱都花到张珏身上，800块的身体乳说买就买，张珏就琢磨着给他多赚点养老钱备着。

大人不懂事，只能做小孩的多担待点了。

张俊宝头也不抬："你不是知道我的微博密码吗？你帮我发呗。"

张珏哦了一声，用老舅的账号发了条微博。

　　　张俊宝 V：H 省单人滑教练，# 早饭 #。

下面的评论区有一群粉丝大喊张教练发自拍，但张珏硬是没发。

沈流对此百思不得其解："小玉，你不是拍了你老舅的照片吗？干吗不发啊？"

张珏摇头："先饥饿营销，等到晚上再用我的号把老舅的照片发出来，粉丝们会更高兴的。"

虽然张珏水平一般，但该懂的东西他都懂，有些东西不能一下就放出来满足粉丝，获得得太容易，老舅的吃相再令人食欲大开，也会显得有点廉价。

沈流恍然大悟，觉得自己学到了。

张俊宝的正职毕竟不是微博达人，而是花滑教练，所以张珏虽然会用点小技巧，但也没给他"营业"过度，平时的更新频率也就维持在三天一次，有些还是张俊宝自己发的器械锻炼科普教学视频，给人的感觉就是这是个工作很认真的教练，只是因为年轻所以才会玩些年轻人玩的东西。

如果张珏真的想把老舅往网红的方向培养，这会儿绝对已经给他开推特了，在花样滑冰这个项目上，微博真不是主流平台，推特才是。

他不知道的是，他和老舅不开推特，沈流却是微博、推特小号齐全的人。

沈教练一边吃汉堡，一边趁着闲暇把两个社交账号都登录了下。国内有徐绰妈妈发徐绰出门比赛，体形维持得很好，发挥也越来越稳定的消息。国外，那位原本靠力量跳法一直出不了四周跳，靠转速才出四周跳的俄罗斯选手瓦季姆的教练则发了一条抨击瓦西里的粉丝赠送昂贵礼物的消息。

然后瓦季姆的粉丝还将谢尔盖的头P到一条狗身上,说是不满这位俄罗斯二哥一直不给他们家瓦季姆好脸色。

而这正是沈流关注俄罗斯所有花滑选手和教练的原因。俄罗斯花滑的恩怨情仇从20世纪80年代开始就一直很精彩,永远不会让人失望,光是关于他们的八卦新闻就足以让冰迷说上三天三夜。

在俄罗斯,英语并不是通用语,去打车的时候说英语没用,用手脚比画效率才更高,幸好沈流会说俄语,他那流利的弹舌音一出,司机大叔的友善指数立刻上升了好几个百分点,还冲沈流竖大拇指。

然后他们一起去了保尔·柯察金街,对,就是那个写下《钢铁是怎样炼成的》,塑造了保尔·柯察金这一不朽形象的作家曾经居住过的街道。张珏初中的时候为这本书写过起码3篇读后感,自然感情深刻,除此以外,索契的阿宏山塔楼的风景也不错。

阿宏山塔楼距离市区约3公里,从那里回来,这一天也就玩得差不多了,大家急忙忙去把想带回国的东西买了,路上还碰到同样在购物的白叶冢庆子。

小姑娘一边购物一边遗憾地告诉他们:"可惜我们没能在11月的第四周的周四过来,那时候正好能赶上'黑色星期五',到处都是大减价,好多商品直接打五折呢!我姐姐以前就碰到过一次'黑色星期五',她一天就买齐了我们全家一年的化妆品!"

张珏十分佩服:"她是怎么把那么多东西带回去的啊?"

庆子:"当然是邮寄啊,不过俄罗斯邮寄有点邪乎,有时候发挥特别好,比如寄化妆品那回,只用了一个月就到了,也不知道物流人员是怎么看懂我姐姐那照着别人的翻译画下来的地址的,但后来她寄一套锡器,直到现在也没到我们家。"

庆子感叹着:"他们的邮政比我们tama酱的自由滑还发挥不稳定呢。"

张珏:"有话好好说,不要讽刺我。"

庆子的加入让他们的购物旅程变得更加愉快,她有着姐姐分享的丰富的国外购物经验,熟知各种小知识,在没有什么英语标牌的地方,她能熟练地用肢体语言比画出自己的意思,而且大家凑到一起还可以享受满减优惠。

最重要的是,庆子提醒他们,在俄罗斯买东西,可以适当使用一些外币。比如人民币、美元都是很受欢迎的货币,这是因为卢布曾经遭遇过大幅度贬值,有些商家会觉得稳定性高的货币更加靠谱。花钱是世界上最解压的事情之一，甭管事后会不会后悔，至少把钱花出去的时候，心里真的很舒爽。张珏就是这样，游玩一天，又买了一堆东西，让他本来承担了不少压力的心脏轻松不少。

在路过某个应该是精品店的街边小店时，张珏看到橱窗里摆着特别漂亮的套娃，其中一个胸前是红十字，应该是个医生，还有穿着和服的娃娃头少女。

他从杨志远背上爬下来，一瘸一拐地蹦跶进去，把两个套娃拿下来，把其中一个递给庆子。

"喏，送你。"

庆子抱着套娃笑着点头："嗯，我会交给姐姐的。"

"不是给你姐姐的，我送你姐姐的是这个。"张珏将一串琥珀项链交给庆子，"套娃是给你的，你的成绩很不错，明年应该就要升组参加冬奥会了吧？加油。"

他和妆子是要好的朋友，但对这位不管是过发育关还是受了重伤都好好地扛着日本新女单一姐的位置的女孩，张珏心里也是很敬佩的。

他自己就正处于发育关，身上也带伤，也是本国项目的独苗一哥，太清楚这一切有多难扛了。这个女孩却独自挺着，而且她和妆子是亲姐妹，她姐姐有遗传的白血病，理论上来说庆子也不安全，她的心理压力不会小，但她从没让压力击垮自己。

庆子捂着嘴笑了起来，又用力地点头："嗯！也祝你早日渡过发育关！"

小姑娘后来请大家吃了她带过来的温泉蛋，飞机上不允许带生鸡蛋，但熟的可以，至于吃起来感觉像溏心蛋的温泉蛋……反正她是成功带过来了，张珏也觉得蛮好吃的。

事后老舅拍着他的肩膀，一脸沉痛地说："以后我再也不担心你个小东西找不到对象了。"

沈流赞同道："是啊，小玉说不定比我们还早脱单呢，但教练还是不许你早恋的，不然你妈不仅打你，还会打监管不力的我们。"

杨志远说："小玉本来就有一张不会做光棍的脸，成年以后应该会很受欢迎吧。"

张珏感觉莫名其妙，他当然很受欢迎啦，"帅哥"这个外号可不是他自己取的，是粉丝们在网上投票投出来的，连黑粉都不能否定他有一张完美的脸。他跪坐在床上，打开自己装自由滑考斯腾的箱子，将衣服拿出来站在镜子前比画，满意地点头，心想：很好，如此英俊的我明天也是赛场上最帅气的男人，我不上场是全世界冰迷的损失，我就应该去参加这场比赛，在实力退步前尽可能地献上更多精彩的表演，这才不辜负我这三年在冰上流的泪！

他给自己找了很多退赛的理由，也找了很多滑下去的理由，后者战胜了前者，于是他又继续给自己找了很多打封闭上场的理由，连"如此帅气的我不上场是全世界冰迷的损失"这种傻瓜理由都出来了。

其实归根结底，不过是他爱上了花滑而已。张珏下定决心，又一次去敲了教练组的门。

张俊宝打开大门，就看到外甥神情坚定地说："教练，让我打封闭吧。"

在这天之前，张俊宝幻想过无数次自家张小玉能够成熟起来，展现出一个决不放弃、会为了热爱的运动挑战一切困难的运动员的模样。

因为那意味着张珏终于真正爱上了花样滑冰，不会再满嘴要当偶像，要去成为让无数粉丝注视着他的大明星之类的话，声乐、芭蕾都不能再将张珏从花样滑冰这里夺走。

但他从没想过这一天的到来，会伴随着另一项几乎所有运动员都避不开的磨难——伤病。

他张张嘴，艰难地回道："张珏，封闭只要打了第一针，就会有第二针。"

"我知道。"

"你才 15 岁。"

"15 岁就不能豁出去追逐胜利了吗？"

"可这里是俄罗斯，是索契，你要面对的是瓦西里、谢尔盖，他们是主场作战，还有麦昆和马丁，他们都比你有优势。就算你打了封闭，在短节目落后的情况下，你觉得你能在面对这些人的情况下翻盘吗？"

张珏认真地看着他："让我试试吧，拼了可能会输，我输得起，不拼的话，我才会后悔。"

三　少年的倔强

20. 负责

张珏伤到的是韧带，根据检查，该部位有无菌炎症，而打封闭可以快速地减轻他的疼痛感。

杨志远给他注射前特意叮嘱过："张珏，我可以给你打这一针，但你给我记住了！第一，同一个地方在半年以内最好别打第二针封闭。第二，这只是缓解你的症状，不代表你的伤就好了，而且你受伤的是右脚，所以比赛绝对会加重你的伤势。"

3lz 和 3F 的点冰脚都是右脚，落冰时也是用右脚，可以说，除非是旋转和跳跃的方向与其他人相反的左利手运动员，否则大部分运动员最容易受伤也最伤不起的就是右脚。

张珏指天立誓："我发誓，回国以后一定好好养伤。"

杨志远呵呵一笑："我听很多运动员发过这样的誓，你要不要再听我说一说他们之中有多少毁誓的？"他自己就当过运动员，还能不清楚这个群体冲动起来是什么德行吗？

张珏讪讪地回道："这就不用了，我保证我会好好养伤。"

曾经多次发过类似的誓，但最后都打破誓言，注射封闭硬上比赛的沈流心虚地转过头去，老舅淡定地喝着柠檬汁。

他以前参加四大洲锦标赛那次也是打着封闭上的，他髋骨有伤，跳三周跳就疼，想在赛场上使出全部实力的话，不来两针都不行。

有了第一针封闭就有第二针，像张珏这种滑到 A 级赛事才打第一针的都是运气好加天才，大部分运动员只是为了抓住前往更高赛场的渺茫机会，就要开始打封闭了。

比如 H 省短跑队的现役王牌，当年只是为了在省队内部选拔赛跑出成绩，以获得参加全国赛的资格，就硬是在 14 岁的年纪打下第一针封闭。

作为运动员，他们的运动生涯是有限的，只要机会落在眼前，为了不辜负自己在训练场上的付出，他们也要拼尽全力抓住这次机会。

杨志远一针下去，张珏大声惨叫："啊！疼死啦！"

杨志远语气凉凉的："没办法，谁叫你伤的不是地方，脚踝的空间就这么大，打封闭肯定就更疼，你要是像张俊宝那样伤到髋骨，这一针下去疼痛感就轻多了。"

张俊宝连忙摇手："伤韧带已经够惨了，再来个髋骨，这瓜娃子都可以上国内运动员的比惨排行榜了。"

沈流："啥时候还有这个榜了？"

张俊宝："早就有了，你退役那年还进了前五呢，都说能完成四周跳的人栽在一个三周跳上贼冤枉。"

沈一哥也不想啊！他在温哥华冬奥会前伤到了膝盖，为了赶上冬奥会也是打过封闭的，但伤本来也没痊愈，繁重的四周跳训练再加上意外受伤，直接就让伤情严重到需要退役的程度了。

张珏疼得眼泪汪汪，可怜巴巴地趴进舅舅温暖的怀抱中。

张俊宝摸着他的头，不停地叹气："你挨了这一针，我心里也不好受啊！"

张珏有点感动地抬头，就听老舅补完下半句："这次你打封闭，我可没和你父母报备，等回去以后，你妈肯定不会放过我的。"

想起张女士的晾衣架子，张俊宝和张珏同时打了个寒战，为了逃避现实，他们一同灌下牛奶准备睡觉。张珏懒得走动，干脆在老舅的床上睡了一晚，早上起来的时候就发现他的脚不疼了。

张珏蹦了蹦，双手叉腰挺肚子，十分高兴："嘿，我感觉我现在的状态又回到美国站的时候啦！"他觉得自己又可以去挑战麦昆，甚至去挑战瓦西里、谢尔盖、马丁啦！

张俊宝也知道张珏只要能发挥出全部的实力，便能和那些顶级选手掰腕子，但他依然很不客气地扇了大外甥一下："韧带拉伤导致的关节松弛问题还没好呢，你给我悠着点，别以为打了封闭就万事大吉了。"

张教练退役前打过 11 针封闭，沈流退役前打了 9 针，和张珏这种伤病菜鸟相比，他们两个在这方面的经验就多了。

张珏哼唧着换上队服，将冰鞋、备用冰鞋、刀套、毛巾等塞进一个背包里。

由于考斯腾上面有很多亮钻和珠子，加上材料极度轻薄，其实是没有办法用常规手段洗的，尤其是自由滑的考斯腾，滑完以后张珏肯定会出一身汗，但处理考斯腾味道的方式也只有拿爽身粉去拍一拍。

张珏发育后身材变化大，这次又临时做了套新考斯腾，上面没有赛季过半时常见的浓烈的爽身粉味道，张珏爱惜地摸了摸上面的亮钻。

"以前还说等我有钱了，一个赛季做好几套轮着换，再也不穿爽身粉味道那么浓的考斯腾，没想到这个赛季提前达成目标了。"

说完，他又将考斯腾也细致地用塑料袋包好，才塞进背包里。

虽然看起来调皮，而且一直被教练组照顾，但六七岁就能踩着板凳给弟弟炒菜的张珏其实很擅长打理生活，收拾东西也井井有条。

张俊宝提醒他："多带一条毛巾，你上次只拿一条毛巾，擦了自己的脸又去擦脚，脏不脏？"

张珏委屈："可是我的脚又不臭，而且我是先擦脸才擦脚的，运动完了以后真的避免不了全身出汗啊，不擦也不舒服。"

老舅强硬地把一条嫩黄色毛巾塞进他的包里。

张珏不满："这是我垫枕头的毛巾。"

他总觉得外面的枕套洗不干净，外出时会带毛巾垫一垫，如果今天拿这条毛巾擦汗，他就不能再用它垫脑袋了。但在这种小事上，张珏是从来反抗不了老舅的。

沈流坐在一边："其实一般男单选手的考斯腾只要不超过850克就行，你倒好，直接要求考斯腾重量不能超过350克，女单选手才会要求把衣服的重量压到这么低。"

张珏："因为我现在还是要依靠转速去完成四周跳啊，衣服太重的话，我就转不动了。"

张珏脚往运动鞋里一捅，背上背包，拉着行李箱出发。

虽然他现在才163.5厘米，依然比张俊宝矮半个头，抽条后还瘦得和面条一样，沈流却发现张珏的背影已经给人很可靠的感觉了。

张珏赢麦昆的那一战虽说只是分站赛，却算得上本赛季前半段最具含金量的一战，因为这一战向整个世界的冰迷们展示了一件事——全盛时期的张珏强得连世界冠军都可以拉下马，这直接奠定了这个少年的地位。

赢了这一次后，张珏在全世界的裁判、教练、运动员、冰迷心里的地位都变得不一样了，原本他只是和寺冈隼人、伊利亚同一个档次的超级新人，但现在大家都把他和谢尔盖、马丁放在同一个台阶上。

越来越多的期待压在张珏的肩上，大家都想张珏赢，而且要赢得漂亮。

自从金梦和姚岚退役后，他就成了国内花滑赛事收视率的唯一保障，连黄莺和关临都比不得。

沈流想，如果是换了还在役的他来面对这些压力的话，这会儿他肯定开始因为肠易激综合征不停地跑到厕所拉肚子了，张珏却还有心情和他老舅扯毛巾的事。而且张俊宝说过，张珏已经做好拼尽全力却依然不能赢的心理准备。

他说他输得起，可他依然要拼。

拥有这样强大心态的张珏，以后一定会走到所有人想象不到的高度吧？

下午是青年组的比赛，亚瑟进行热身时，正好看到张珏迈着平稳的步伐走入场馆，铺了块瑜伽垫，坐在上面压腿。

他的脚伤已经好了吗？

亚瑟几乎没和张珏说过话，这时也不好凑上去关心对方，而白叶冢庆子却轻松地跑到张珏身边，抱膝坐下，和张珏说了好一会儿话才离开。

亚瑟在心中感叹着：真好啊，我也好想和偶像这样聊天。

直到教练叫他的名字："亚瑟，你等下就要上场了，现在就热身好了吗？"

亚瑟才反应过来，然后他就看到张珏抬头，两人的目光交会，亚瑟慌乱地移开眼神，装作若无其事地回答教练的问题："抱歉，教练，我还没热好身，您能帮我拉伸一下吗？我觉得大腿这里的肌肉太紧了。"

他有街舞的基础，但柔韧性并不出色，和张珏那种 200 度以上的开度没法比，贝尔曼旋转和甜甜圈旋转也都做不出来，只有提刀燕式旋转还可以勉强做一下，但没有柔韧性好的选手做起来美观。

不过他现在的教练巴伦先生很固执地让他练了这个旋转姿态，除此以外，他们还让他苦练 3A 和举手姿态。

亚瑟是个聪明孩子，他能理解缺乏单人滑人才的美国滑联迫切地希望本国出现一位天才少年，如果这个少年与大洋彼岸的新生代第一名张珏是同样的路线的话，冰迷们也会对他抱有更多的信心。

恰好亚瑟还有一张和张珏一样精致的脸，但他不会成为任何人的复制品，哪怕原型是他很崇拜的张珏也不行。

亚瑟深呼吸，将一双露指手套戴好。他本赛季的自由滑就是由街舞改编，因为有良好的底子，他的表演分不低。为了选曲的事，他还曾和教练争论许久。

他很喜欢花样滑冰，如果可以，他希望能和张珏一样拿着青年组的满贯升组，然后走到张珏的面前挑战对方。

哈尔哈沙跳了一次陆地2A，阿雅拉教练满意地点头："保持住现在的感觉。"

即使新生代的三大超新星全部升组，今年的大奖赛总决赛青年组比赛依然相当精彩。北美新晋一哥在有国籍优势、本身实力也经得住捧的情况下，硬是和这一届最被看好的冠军热门人选哈尔哈沙拼得十分激烈。

年轻运动员嘛，本来就是火气旺的年纪，拼得狠了，情绪一上来，两人之间的气氛也变得不那么友好。尤其是当哈尔哈沙艰难地拿下金牌，却硬是在比对手多一个3A的情况下只比对手多了1分的时候，他和阿雅拉的喜悦都显得像是挤出来的。

颁奖时他和亚瑟面对彼此时的笑容都格外僵硬，很明显就是出于礼貌才互相笑笑，他们连一句话都不想和对方说。

张珏看到这一幕还挺欢乐，他指着领奖台哈哈笑："他们的关系看起来不太好啊，你们看阿伦·海尔格站在他们边上，浑身都不自在的样子。"

这一届的大奖赛总决赛青年组男单铜牌得主是挪威一哥阿伦·海尔格，他也是瑞士前一哥旋转之王斯蒂芬的嫡传大弟子。

沈教练揉着他的小脑袋："寺冈隼人和伊利亚之间的关系也不好，阿伦·海尔格和克尔森也因为总是在大赛中比分紧咬，气氛紧张，也就你和谁都好。"

想想也挺神奇的，就算运动员原来的交情不错，但金牌只有一块，争夺得多了，关系肯定会恶化，加上媒体在旁边拱火，一副巴不得他们打起来，打出头条新闻的架势，很多体育界的对手都是王不见王、见了就冒火的相处模式。

唯有他们家小鳄鱼，不管比赛输赢，他的对手都不会讨厌他，交情深点的还会对他来个举高高，最后看着小鳄鱼气鼓鼓的表情快乐地笑起来。

这里特指某俄系太子和某哈萨克斯坦冰舞一哥。

就张珏现在的长势，等他长完，以后也没人举得动他了，这么一想还让人有点遗憾呢。

青年组男单自由滑之后便是青年组的女单自由滑。

　　这一届的夺冠热门人选有两个，分别是日本的新一姐白叶冢庆子，以及中国一姐徐绰。

　　说来有趣，在北美两国、日本、中国近几年都有过一哥一姐在青年组，全国冰迷盼他们速速升组的情况。但懂的人都明白，出现这种现象是因为成年组断档了，冰迷才会把注意力放在青年组选手身上，赌这些青年组的孩子以后能挺过发育关，在竞争激烈的成年组闯出一片天地。

　　张珏自升组后已经用实力证明了他是中国历代一哥中的最强者，目前已算一线男单选手，徐绰进成年组后能不能滑出头却还未知。

　　众所周知，男单选手发育还能增长力量属性，女单选手发育却主要是长胸和臀，运动能力大部分呈下降态势，所以女单选手的发育关比男单选手更难过。

　　徐绰看着娇小瘦弱，似乎是不容易长高变壮的，可有张珏这个先例摆着，许多冰迷已经不敢通过小选手未发育的身高体形判断他们的发育关好不好过了——张珏的骨架小，这本是公认的最不容易身高猛长的类型，可他还是猛长了啊！

　　小姑娘今年的自由滑曲目是赵教练去年提过的《卡门》，编舞是弗兰斯·米勒。

　　《卡门》本就是多位花滑前辈演绎过的曲目，可以借鉴学习的地方有很多，加上有顶级编舞编排节目，徐绰今年的表演有了明显的进步。

　　张俊宝看起来很遗憾的样子："她的2A在离开我的时候已经练得不错了。那时候我看她练3lo特别费力，老是勉强自己练这个容易出腰伤，所以是打算让她先跟着张珏试试练出3A的。"

　　但徐绰的妈妈认为女单选手能出3A的概率太低了，还是3F+3lo更好练，徐绰也因此失去了对3A的信心。

　　"这姑娘的骨架比张珏还粗壮一点，完全能挂住更多的肌肉，如果她能完全跟着我给的训练计划走的话，这会儿肯定能出3A。"

　　由于当下能出3A的女单选手少，所以只要练出这个跳跃，该选手在裁判那里的地位都会变得不一样，打分待遇也会更好，而且有这么个厉害的跳跃打底，横扫青年组也会轻松很多。

　　沈流拍拍他的肩膀："算了，孩子走现在的路线也挺好的，赵教练在陈竹退役后教了那么多代的女单一号选手，她的经验会更适合徐绰也说不定。"

张俊宝摇头："我只是可惜，徐绰的身体条件其实和白叶冢妆子很像，妆子那姑娘我们都近距离接触过对吧？她是很典型的力量型女单选手，你看她做跳跃多利索，力量强，控制力好，跳跃都看着比别人更轻盈美观。庆子的身体天赋没她姐姐好，相当于削弱版的妆子，可她也走力量型的路线，你看她现在都和徐绰不相上下，我敢肯定，以庆子的努力，还有她对体脂率的控制，这小女孩以后的发育关会非常好过。"

练肌肉对能量的消耗更大，所以肌肉足的运动员发胖的概率比不练肌肉的低，而且就算发育时长出更多的脂肪，只要力量足，也可以保持住更多跳跃能力。

近几年，张俊宝作为教练最被诟病的，就是他坚持的力量论在很多人看来并不适用于女徒弟，可他就是这么教了，甚至就连张珏每周也要花起码 10 小时跟着张俊宝做器械训练，但效果依然不明显，反而是靠转速出了 4S。

这就导致很多人，从黑粉到国内的部分业内人士都认为张俊宝坚持让孩子们练肌肉，是一种浪费孩子们的时间和潜力的做法。

要不是张俊宝是宋城的亲徒弟，宋城一直都对他多有维护，而且张珏本身的成绩也越来越好的话，张俊宝的压力会比现在更大。

资质优良的好苗子对教练们来说也是"财富"，想抢张珏的人可多的是。

徐绰赢下了金牌，小姑娘惊喜地抱着赵教练和母亲尖叫起来，张俊宝却总觉得不安。

他就是觉得徐绰看起来太瘦了，而这种过度的瘦，会对她的未来很不利。

不说别的，体脂太低是会干扰女性内分泌，甚至让她们不来月经的，徐绰现在 14 岁，她来过初潮了吗？她的发育是不是被高强度的训练人为推迟了？

反正白叶冢庆子肯定是来了，昨天这小姑娘还很自然地在回酒店的时候，在旁边的小商店里买了一包棉条。

张俊宝还知道庆子没有刻意节食过，只是会在渴望甜食和碳水化合物时，很有自制力地去用蔬菜和鸡肉、牛肉填肚子，这才是一个运动员应该有的健康饮食啊！

"老舅，你的训练理论是对的，我的成功就是你执教理念正确的最大证据。"

张俊宝愕然地转头，就看到张珏对他竖大拇指，小脸蛋上满是自信。

在张珏看来，老舅好歹是靠自己考进 211 高校的男人，专业水准肯定是过硬的。根据张珏的感受，他在跟鹿教练的时候只出了所有两周跳和两个三周跳，但老教练凶归凶，那种科班出身的素养让张珏打下了很好的基础。

至于张珏的其他三周跳、连跳、四周跳，则都是和老舅在一起的时候练出来的。

因为张教练的教导与爱护，在发育加换冰鞋等波折出现前，浪到进行四周跳都要举手的张珏居然没有出现过需要挨封闭的大伤！

因为在役期间长期与严重的髋骨伤势相伴，所以张俊宝在落冰时减少冲击力方面很有一套，他教孩子们如何发力，以及落冰时如何屈膝更能保护关节，这算是他的独门技术。

他还会在训练结束后像赶羊一样把孩子们赶到队医那里去，对他们的训练计划也控制得很严，熬夜算训练量都不是一两回。张珏因此特别担心他的肝，偶尔还会打电话催老舅睡觉。

四周跳是真的"值钱"，伤病率也是真的高，只挨了一针封闭的张珏在顶级选手里已经算伤病最少的那种了。就他所知，寺冈隼人在青年组就挨过封闭，伤病使得他升组以后成绩一直没冲上来，伊利亚今年也因膝伤退出总决赛。

老舅这样能保证健康还能带四周跳的教练放在十年后都是宝，只是当下大家看不出老舅作为教练有多牛。所以在察罕不花、闵珊、蒋一鸿长大之前，张珏会努力用实力证明老舅的牛。

练了那么久的4T，是时候拿出来向全世界的冰迷显摆了！

然后张珏又被敲了脑袋。

老舅对张小玉多熟悉啊，他一看这小子翘屁股，就知道他想放什么屁！

张俊宝凶巴巴地训他："兔崽子，你以为我现在还指望你拿什么成绩吗？先护好自己的脚吧！我告诉你，这次你要是还敢在比赛里浪，我就告诉你妈妈！"

听到这句话，满怀雄心壮志的张珏垮着脸，以肉眼可见的速度瘫软成一团。

21. 续费

瓦西里热身到一半的时候，就听到走廊里有人在哇哇地叫，他从椭圆机上下来，和谢尔盖一起好奇地走到门口。

"发生什么事了？"

然后他们就看到张珏捂着屁股大叫："我不管！我要跳 4T！"

他喊的是汉语，瓦西里和谢尔盖都没听懂，他们只看到小鳄鱼的教练崩溃地提着卷好的报纸追着张珏的屁股抽。

"不行！你现在连 4S 的轴都快稳不住了，跳什么 4T？还要不要脚啦？"

套用张珏的说法，原本 4S 和他关系十分稳定，大赛成功率是百分之九十以上，但自从张珏开始长高以后，4S 就开始和他闹情绪，虽然目前还没绝交，但他的朋友 4S+3T 已经走了，这时候再不迎 4T 这个新朋友进门，他们家就要被隔壁瓦西里家和麦昆家给比下去啦！

沈流在旁边满脸无奈地劝着："别吵了，师兄，现在周围都是外国人，你给小玉在外人面前留点面子，要打回去打。小玉你再蹦，当心你老舅现在就给你妈妈打电话！"

张珏被教练揍也不是一两回了，大家都习以为常地露出"原来是小鳄鱼又惹教练生气了"的表情，淡定地回去该干吗干吗。

谢尔盖还有心情提醒瓦西里："你记得穿运动内裤，别又像在日本站似的，看起来不文明。"

瓦西里："不提我的黑历史你会死吗？"

打完孩子，该热身热身，张珏只进行了拉伸，然后跪在一个瑜伽球上做了些平衡方面的训练动作，杨志远帮他舒展身上的筋骨，嘴上叮嘱着："记住，你本来就是关节很灵活的类型，现在韧带一出事，你的脚踝小关节就变得非常松弛，要注意这个地方。"

张珏在那边应着，张俊宝翻开笔记，上面是本次总决赛男单的短节目排名与分数。

瓦西里（92.6）、麦昆（92.35）、谢尔盖（88.94）、张珏（87.31）、马丁（85.5）、大卫（82.15）。

如果张珏想赢，他就必须跨过与瓦西里和麦昆之间的 5 分多的分差，相当于要追一个 3lo 或 3F 的基础分。这个盘不好翻啊！

唯一值得庆幸的就是这次比短节目的时候没人爆发。麦昆是短节目世界纪录 94.75 分的创造者，可他在本赛季一直没有滑出更好的成绩，而瓦西里和谢尔盖都更擅长比自由滑，不然真的被这种顶级选手拉开 8 分分差的话，张珏也不用妄想反超了，直接养伤等明年再战还差不多。

过了一会儿，大卫伸了个懒腰，换上冰鞋走了出去，他是短节目的最后一名，也是自由滑第一个上场的。

诡异神秘风格的《六月船歌》再次出现在冰场上。

身为目前世界上最高的一线男单选手，比利时一哥大卫·卡酥莱左脚用力点冰，大片的冰屑在他脚边绽开。他高高跳起，身体轴心在起跳的瞬间就看得出来是歪的，但他硬是保持着这种歪轴稳稳落冰，接着再次左脚点冰，跳了个3T。

这正是大卫的独门绝技——甭管跳跃的轴多歪，他都能神奇地落冰，这在全世界算独一份。只是在发育后，大卫一度失去了这个神技，没想到他今年又把这招练回来了。

张珏看出了他的打算："他要在自由滑里跳两个4T吗？"

果不其然，大卫的第二跳是4T单跳。这个因为发育关沉寂至少两个赛季的青年，在进入成年组总决赛后，毫不犹豫地增加了他的筹码！

杨志远看得都哎哟一声："这小子胆气很足，本来他在短节目就是因为四周跳的失误才落到最后一位的，没想到他还敢在自由滑增加四周跳的数量。"

在大卫之后上场的是曾在温哥华冬奥会拿下铜牌的法国一哥马丁，他和沈流同龄，今年25岁，在花滑男单选手里已经是无论什么时候退役都不稀奇的大龄人士了。

在去年，马丁因伤病发挥不佳，连总决赛都没进，明眼人都知道马丁强撑到现在，是因为法国除了他，没有其他男单选手有底气在今年的世锦赛拿到前十名，为自己的国家带回两个冬奥会名额，并有足够去竞争冬奥会领奖台的实力。他的师弟亚里克斯还未成长起来，今年只拿了中国站的第七名与日本站的铜牌，离一线还有不短的距离。

当马丁的自由滑音乐响起时，全场所有的冰舞选手都向他投去目光。

加拿大冰舞一姐斯蒂芬妮好奇地歪头："这是《我的心里只有你没有他》？"

冬奥会二连冠、冰舞大神级组合GP在参加1994年冬奥会滑创编舞时，就是以这首曲子作为配乐，在他们的演绎下，一曲缠绵的伦巴迷倒了无数人，也使彼时还年轻的GP组合在非常看重资历的冰舞项目中战胜无数前辈，拿下了那一届冬奥会的冠军。

看马丁的动作，他跳的也是伦巴。

这种老将不说能爆发多么强大的实力，但他们的心态普遍更稳，大赛经验丰富，所以很少像小将们一样抽风，发挥大多比较稳定。

马丁只上了一个 4T，应该是为了保护自己十分沧桑的膝盖把力气留到世锦赛使，但他的表演分很高，自由滑最终得分居然和大卫差不多。

大卫的自由滑得分是 176.9 分，总分 259.05 分。

马丁的自由滑得分则是 177.5 分，总分 263 分。

沈流："如无意外，马丁会在滑完索契冬奥会后退役。"

每次奥运会过后都会有一批人退役，也叫奥运退役潮，代表着无数老将终于撑不下去，离开了这个项目走向下一段人生。

张珏是短节目第四，现在轮到他登场了。

少年将外套一脱，露出其下以黑色为主色调的考斯腾。细碎的亮钻被贴成荆棘状环绕着他的肩、腹、腰，背部有大片若隐若现的藏青色薄纱，考斯腾是露肩款式，将运动员的身形衬托得越发轻盈纤瘦。

他扯了扯长手套，手背上的亮钻恰好是手肘处纱带的终点。

没刷信用卡，靠存款购票来索契现场观赛的弗兰斯·米勒坐在观众席前排，眯起眼睛："这是黑夜的春神？"

张珏两套考斯腾都换了，看来的确长高了不少，不过发育并没有影响小鳄鱼的颜值，那双明亮的眼睛越发摄人心魄，带着强烈的斗志。

许多冰迷看到张珏的新考斯腾时，都觉得自己被惊到了。

张珏上冰的时候，就听到一声响亮的口哨，他抬头，没找到吹口哨的人，却看到了不少举着横幅和应援团扇的人。

最显眼的是一幅手绘海报，上面是张珏穿着美国站的春神考斯腾，抱着小鳄鱼微笑的样子，这应该是照着他在领奖台上的照片画下来的。举着海报的则是一位戴着口罩和毛线帽的女孩。她穿着浅绿色的毛衣，脖子上围着圣诞树配色的围巾，外面披着米白色的毛呢大衣，她身后就是戴着口罩，举着小团扇的庆子。妆子居然也来现场了。

张珏愣了一下，脸上立刻绽开一个灿烂的笑容。他朝那边挥了挥手，那个区域的冰迷都激动起来，然后浅绿毛衣女孩更加用力地摇着横幅。

沈流对他伸出手："张珏，尽全力，滑一场不后悔的比赛就够了。"

张珏握住那只手，隔着挡板抱了抱沈流，沈流怔了一下，少年却已经转身离开。

这次他没有让舅舅去推他的后背，而是完全凭着自己的意志奔赴赛场。

张俊宝在他身后说道："孩子长大的速度真快，不是吗？"

沈流微笑起来："是啊，可惜他这次也不会乖乖听我们的话。"

张俊宝仰天长叹："他要真的浪翻车了，大不了我和他一起挨揍呗。"

沈流听明白了，张俊宝是真的疼外甥，必要的时候甚至愿意和张珏一起面对张女士的晾衣架子。

现在他们也只能一起祈祷张珏别翻车了，如果张珏真的如他自己所说，在打完封闭以后，感觉身体回到了美国站时期的全盛状态，那么这场比赛，他未必没有争冠之力！

全盛时期的张珏，就是冠军级的花样滑冰运动员！

江潮升神情凝重地看着张珏的身影，张珏发育这件事不是秘密，现在国内稍微关注花滑的人，都知道张珏因为长高太快，不得不临时找人赶制了新考斯腾。

尤其是这个孩子前天还因为受伤，导致教练专门打电话回国向孙指导申请退赛，可见伤势不轻。

偏偏现在全国冰迷都希望张珏能拿出漂亮的成绩振奋人心，这孩子如果表现得不行，赛后要面对的舆论压力不会小。

在他身边，解说搭档赵宁对着话筒说道："好的，现在登场的是我国小将张珏，他的自由滑节目是'April's Love Story'。"

夜之春神静立于冰上，双手上举，触摸星空。

这次音乐的开头不再是八音盒的铃声，而是一串 Edvin Marton 版本"Love Story"开头的钢琴声。许多人露出意外的表情，张珏换音乐了？

张珏没有换音乐，他只是将自己的比赛用曲重新剪辑了一下，但主体依然是"Appassionata"的旋律。

清脆的点冰声响起，张珏腾空而起，转体，在空中收紧的身体在落冰的一瞬打开，如同花朵在冰上绽放。

这个跳跃在落冰以后的滑出不够漂亮，不仅没有游刃有余地用冰刀在冰上画出一道大弧线，甚至如果不是张珏脚踝和膝盖死命地拗着，他有极大可能会摔倒。

但是毫无疑问，张珏完成了一个足周的 4T！

观众席上的伊利亚嗖一下站起，瞪大眼睛。

寺冈隼人艰难地吐出一句"他练出第二种四周跳了"。

这怎么可能呢？正常运动员在发育关时期应该是出现实力下滑的，张珏明显在长高，重心开始失衡，而且个子变高意味着他的转体能力也会变弱，他是怎么在这种情况下练出新跳跃的？

只有少数经验非常丰富的老滑冰人才看出了端倪。

哈萨克斯坦花滑国家队总教练阿雅拉眯起眼睛："他至少进行过两年高质量的力量训练，所以在发育导致的体脂下降的情况下，他的力量反而可以带着他跳得更高。"

可惜这小子的核心力量没跟上，身高的增长又让他的重心、轴心开始一起失衡，所以张珏的落冰瑕疵有很多，但只要过了足周、落冰这两个最大的坎，其他瑕疵完全可以慢慢补。

谁叫张珏还如此年轻，这是最大的资本。在内行看来，张珏掌握新跳跃，对温哥华周期结束后的花滑男单项目而言简直是历史性的时刻。

温哥华周期，男单的跳跃能力一度下滑到只有三周跳的人都可以在冬奥会夺冠，温哥华冬奥会之后四周跳时代才逐渐复苏，但顶尖的男单选手依然大多数只掌握了一种四周跳，且顶多在自由滑上两个四周跳，瓦西里同时拥有 4S 和 4T，但他用得最多的还是跳起来更稳定的 4T。

直到这一刻，作为新生代的张珏成为除瓦西里之外，又一位拥有两种四周跳的男单选手，这几乎是宣告着在新的时代，如果不想被淘汰的话，就必须去练习更多的四周跳，因为总有天才不会安于现状，不断地挑战这个项目的极限。

很快，张珏开始了第二跳。唰的一下，一层冰雾在张珏的冰刀旁绽开，少年举着双手完成了一个 4S。

沈流惊喜地叫道："他的举手四周跳回来了！"

在不受疼痛的困扰后，张珏居然真的找回了最好的状态！

少年的表演依然感人，且比以前更多了几分英气，而他的跳跃比以前更加干脆，接下来的 3lz+1lo+3S 质量高得不可思议，张珏在发育前的训练中都很少跳得这么好过。

接下来的跳接燕式、甜甜圈旋转同样漂亮，张珏的柔韧性完全没有随着发育退化，做甜甜圈旋转时整个身体都变成一个圆，当镜头从上方拍摄时，那个流动的圆美得令人吃惊。

当他以燕式滑行开启编排步法时，妆子眼中的笑意也越来越深。也许是因为他们探讨这个节目时，她曾经建议张珏尝试燕式滑行，所以每次张珏在这里使用燕式滑行时，他都觉得这段步法是张珏为她编的。

就在此时，许多人都惊呼起来。正在做编排步法表演的张珏一个跟跄摔在冰上，他迅速爬起来，观众们也按照惯例，给摔倒后爬起的运动员鼓掌。

庆子眼中出现忧虑："tama 酱的脚好像受伤了，昨天连走路都不行，今天就上比赛还是太勉强了吧。"

光是开场那两个四周跳就已经够伤脚了，他的 4T 落冰方式也很伤腿。

妆子沉吟两秒："他应该是注射了封闭才上场的，别担心，既然他有胆量带伤登场，他就不会放任自己被伤势困住。"

果然，在摔完这一下后，张珏立刻起跳，完成了举双手的 3S+3T。

少年表演的分明是一首清新的抒情曲，可是在此刻，很多人居然莫名地将这曲自由滑与深情和热血结合起来。他看起来非常瘦弱，仿佛一阵风就可以把他吹倒，却在赛场上迸发出惊人的力量，每个跳跃都利落且干脆，展现出来的深情就像是夜晚拂过松竹的微风，飘逸，悠扬，温柔中带着不可摧毁的坚定。

张珏不是在表演，而是坦然地开放了自己的内心世界，让感情在他的表演之中自然流动。一支广阔冰面上的独舞，却被演绎出了壮美之感，尽显表演者内心情感的大气与真挚。

他表现的不是别人，而是自己，这反而为这场表演增添了难以言喻的震撼。

节目进入后半段时，少年的跳跃质量不减反增，他毫不犹豫地在所有跳跃中使用了举手和延迟转体，每个跳跃都看起来轻盈又美观。

他的跳跃高度也没以前那么低了，每次落冰时，他都会立刻屈膝以便减少落冰的冲击力，在尽全力的同时也保护好自己的身体，这份奇特的落冰技术，让俄罗斯男单总教练鲍里斯都生出一丝兴味。

他以前不曾见过这种落冰技术，但是当运动员不得不挑战更多高难度的动作时，在落冰时下更多功夫，琢磨细节处的技术以更好地保护关节是一种非常正确的做法，这绝不是一个恢复训练不到三年的孩子能琢磨出来的技术。

这孩子有一个好教练。

在张珏进入最后的躬身转加贝尔曼旋转时，全场观众已经纷纷起立鼓掌。

这是花样滑冰赛场的最高荣耀——standing ovation（全场起立鼓掌），张珏在热烈得几乎听不清音乐的会场中央完成了他的节目。

结束的那一刻，张珏一挥拳，场边的张俊宝也一拍挡板，和沈流对了个拳。

"好小子，他还真扛着伤把这场滑完了。"

江潮升激动地说道："我国小将张珏，在索契的冰山滑冰宫里献上了一场非常精彩的演出，并成功完成了后外点冰四周跳，他真是太争气了！"

赵宁同样兴奋地说道："没错，张珏从不让我们失望，总能一次又一次创造奇迹！"

张珏带着笑容优雅地行完礼后，便立刻以极快的速度滑到场边，高高兴兴地扑进教练怀里。

张俊宝搂着他，毫不吝啬夸奖："滑得好，这次跳得特别有劲。"

张珏笑嘻嘻的，抱完老舅又一把抱住沈流，沈流笑呵呵的："行了行了，滑得真好，来，给你吃巧克力。"

张珏这边高兴了，在张珏之后出场的对手们却都紧张起来。

鲍里斯对浑身紧绷的二徒弟谢尔盖说道："稳住心态，滑好自己的节目就行了。"

谢尔盖深吸口气，松开紧握的双拳："是，教练。"

他活动了关节，转身准备上场，就在此时，大屏幕上出现了张珏的自由滑分数。

技术分：96.67

表演分：86.95

张珏的自由滑得分是 183.62 分，加上短节目的 87.31 分，张珏的总分达到了 270.93 分，这也是他首次突破 270 分大关！

瓦西里看着大屏幕，突然冷笑一声，转头和鲍里斯说："他的后半段打分不对劲，裁判至少压了他 4 分 GOE，还有，他的表演分应该高于 90 分。"

但凡裁判没压后半程的 GOE，再给张珏把表演分打到 90 分以上，这次他的自由滑就应该冲上 190 分，而当前的世界纪录是 189.67 分，由瓦西里创造。

没人愿意让一个新人，在俄罗斯的地盘上打破俄罗斯一哥的世界纪录。

鲍里斯摇头，叫了弟子的昵称："瓦先卡，你先冷静下来，平复你的表情。"他警告道："别忘了明年就是索契冬奥会了，你身为俄罗斯的男单领头人，不能当着公众的面表达对主场裁判的不满。记住，你可以赞赏那孩子，但他是自己摔了那一跤，自己露出了破绽，让裁判们有理由压下他的节目完成分，进而导致他的表演分低于 90 分。多余的话就不要说了，别忘了，你不是不可替代的。"

俄系裁判的选择余地很大，就算在明年不捧瓦西里，他们还可以捧谢尔盖和伊利亚。瓦西里沉默了，就在此时，他又听见一阵惊呼，回头望去，正好看见那位偶尔凶巴巴，但大部分时间都很宠学生的帅气教练将小鳄鱼举起来转圈圈。

他们都喜气洋洋的，看起来对自己的成绩很满意。

瓦西里看了一会儿，叹了口气。他觉得自己的实力不差，完全有资格获得现在的分数和地位，但有时候他也挺羡慕小鳄鱼的。

毕竟那孩子的分数里永远没有一丝水分，没人会捧一个中国男单选手，而这也意味着张珏的一切成绩都是扎扎实实靠自己赢下来的，无论挂上什么奖牌，他都能问心无愧。

像瓦西里这种俄罗斯一哥，有时候哪怕他自己不情愿，俄系裁判都会给他加一些分数，尤其是临近俄罗斯主办的索契冬奥会，这种情况就愈演愈烈了。

女单还好，自从白叶冢妆子退役后，达莉娅一枝独秀，她最大的对手克拉拉还在过发育关，而海伦娜常常因为心态问题发挥失常，裁判不帮都没事。男单这边，瓦西里还真就没法彻底压住麦昆、马丁、张珏这群劲敌，所以他的压力也可大了。

瓦西里蹲下压了压腿，神情坚毅起来。Shen，虽然你退役了，可你培养出了如此优秀的学生，让我不得不面对更加强大的对手。

既然如此，我也会全力以赴！

22. 举吧

有件很奇妙的事情，那就是通常来说，新人上场比赛很容易因为紧张、压力大而表现失常。

远的不说，就说和张珏同国的金子瑄，如果张珏没有闪亮登场的话，金子瑄才应该是中国未来的花滑一哥，但他在很长一段时间里都抽风抽得中国冰迷们宁肯指望年纪更小的察罕不花。

金子瑄比张珏还大3岁，比察罕不花大6岁，也就是说，当金子瑄处于理论上是花滑运动员巅峰期的二十多岁时，大家把更多的期望放在了还是少年的察罕不花身上。

张珏上任何大赛都没什么新人会有的压力，从未因心态问题表现失常过不说，反而有不少老将被他打崩。

别看孩子只升组半个赛季，但他在美国站、俄罗斯站赢的可不是只有麦昆这样有名有姓的选手，大批一线、二线的老将因为他而心态崩溃，觉得新人如此厉害，自己作为老将连还手之力都没有，不如混完这个奥运周期就退役吧……

这不是夸张，而是切实存在的张珏对这些老将的冲击。

小屁孩长着一副可爱的面孔，瘦瘦小小的仿佛浑身都没二两肉，输给这么个萌娃，谁不得怀疑一下人生？只有和张珏关系很好的运动员才知道，小朋友其实是被张俊宝一手带出来的肌肉宝贝，一周锻炼时间8小时起步，虽然看着瘦，可他有巧克力腹肌啊！

咔嚓。依然萌的小鳄鱼咬下一块黑巧克力嚼嚼，坐在后排的尹美晶拍了下他的肩膀："tama酱，要不要吃马肉干？"

张珏伸手："要。"

刘梦成举起一个瓶子："tama酱，妆子说会场有点冷，她就先走了，庆子送她，这瓶浆果汁她没动过，你喝不喝？"

张珏又伸手："喝。"

杨志远瞥了一眼，总觉得就算只给张珏一张机票和10块钱把他送出国，这娃也不会饿着，最后还能快快乐乐地怀揣一堆零食被好好地送回家。

谢尔盖的自由滑选曲出自瓦格纳的歌剧《罗恩格林》，他的技术与表现力都不差，第一跳4T很有力道，是典型的俄系跳法，高得惊人，接着谢尔盖又举手跳了3A，并摔了一跤。

目前全世界只有张珏在正式比赛里完成过举手四周跳、举手3A，其余人不是没有尝试过，但都失败了。毕竟四周跳和3A本来就是赛场最高成功率也只有百分之六十到百分之七十的跳跃，对技术已经成型的运动员而言，举手这种相当于改技术的做法完全是和自己过不去。

张俊宝关注的却不是谢尔盖举没举手，而是"他足周了没？"。

沈流掐指一算："他刚才那一跳离 3A 足周的 1260 度应该还差 120 度，周数缺失超过 90 度，这个跳跃就要判降组了。"

原本谢尔盖想跳基础分值 8.5 分的 3A，如果能足周的话，即使因为摔跤而扣掉 3 分 GOE，还因为摔了个屁股蹲再减 1 分，最后也有 4.5 分，可如果跳跃被降组到 2A 的话，基础分就只有 3.3 分，那么扣完 GOE 和摔跤分，这个跳跃就相当于废了。

在花滑赛事中有个说法，叫作宁摔不空，意思就是只要周数转足了，摔了也比周数不足划算。

但当大屏幕显示出即时打分时，不少和沈流一样目光敏锐的人都面露了然之色，裁判没让谢尔盖这个 3A 降组。得，到底索契是人家俄罗斯的地盘，裁判死活要帮自家运动员也是没法子了。

沈流还听见旁边有个编舞在和一位教练聊天："幸好这赛季的世锦赛是在加拿大举办，在俄罗斯的地盘比赛太让人窒息了。"

那位教练的回答是："起码在索契周期，俄系都会死命捧自家选手，好让他们在索契夺冠更加名正言顺。你还没见过温哥华周期时，北美系为了捧那个连四周跳都没有的人，还直接推动滑联修改规则呢，瓦西里的金牌就被硬生生抢走了。"

打分黑幕不是只有俄系有，北美系、欧系同样不少，只是人家现在没有捧得起的选手，就显得俄系一家独大了而已。

若要论打分严厉公正，中国算一个，很多靠裁判的运动员去中国站比赛时都会被狠抓技术瑕疵，在其他地方比赛能上 170 分的选手去中国站脱一遍水，最后能剩 155 分都算运气好。

这也是为啥张珏迅速崛起时，没人觉得他作为新晋一哥不配现在的分数和地位，因为他一直拿着脱水的分数把那些带水分的运动员打得爬不起来，实在让人无话可说。

谢尔盖的自由滑得分是 172.39 分，加上短节目的 88.94 分，他的总分是 261.33 分，排在张珏、马丁之后，大卫之前。

张俊宝："这哥们好惨，在自家比赛还能拿这样的分数，回去以后会被教练揍吧？"

张珏："不，我觉得不是每个教练动不动就打孩子的。"

沈流瞥他一眼："因为不是每个孩子都欠打。"

整个花滑项目里像张珏这么调皮的小运动员真不多。

在谢尔盖之后上场的则是麦昆，这位表现力出色的老将有个特征，就是他从不在比赛里严重失误。张珏看得出来，麦昆的心理状态非常好，表演情绪饱满，比赛进行到后半段时，全场观众都开始为他打节拍。可麦昆在跳一个3lo时还是摔了一下，他受伤的身体不听使唤了。

张珏想起自己那个不受控制的平地摔，咀嚼巧克力的速度慢下来，直到麦昆做出结束动作，小孩才放下巧克力，啪啪鼓起掌来。

麦昆的自由滑是176.2分，加短节目92.35分，总分268.55分。比张珏低了2分多。

瓦西里比张珏大9岁，今年24岁，征战世界这么多年，他早已成为俄罗斯最受欢迎的男性运动员，人气极高，出场时全场都是加油的声音。

要论伤病的话，瓦西里不比麦昆少多少。他是张珏之前，世界上唯一一个同时拥有两种四周跳的花滑运动员，要拥有这样的实力，就代表着大量超高强度的训练。沈流说过，像这种带着伤病征战赛场的运动员，到退役时，他们的脚踝韧带、膝盖、髋骨几乎没有完好无损的。

瓦西里的节目是《钢琴别恋》，这是他首次挑战爱情主题的曲子，却意外地很动人。钢琴的声音回荡在空旷的冰上，还有一下又一下涌动着的海潮的声音。瓦西里的每个跳跃都踩在浪潮上，带着海洋的宽广与辽远，这是一位真正的冠军的表演，技术与艺术性兼备。

张珏痴迷地看着这个节目，眼中带着惊讶，这还是他在本赛季第一次感觉自己被一个节目打动。

"啊！"少年轻呼一声，看到瓦西里也摔了，大概是索契的冰面受到了诅咒。今天上场的选手有一个算一个，除了最后一名的大卫，其余人都有不同程度的失误。

瓦西里摔了3A和3S，但他的失误无损《钢琴别恋》的精彩。在比赛结束时，张珏和其余观众一样起立鼓掌，表现得跟看到好节目的冰迷一样高兴，完全不介意对手们的出色发挥也许会让他的奖牌飞走。

见他这种反应，沈流、张俊宝和杨志远都哭笑不得。

老舅面露无奈："这傻小子。"也不知道这大大咧咧的性格到底随了谁。

瓦西里的自由滑是 183.2 分，比张珏的 183.62 分还要低 0.42 分，仅看自由滑的分数，张珏居然是今天的最大赢家。遗憾的是张珏短节目表现一般，只有 87.31 分，而瓦西里的短节目有 92.6 分，加上自由滑，他的总分高达 275.8 分。

2012—2013 赛季的大奖赛总决赛男单项目的结果出来了。

瓦西里凭短节目优势拿下第一，首次升入成年组的张珏在自由滑缩小差距，一路追到第二名，麦昆则凭借优秀的表演排在第三位。

迪迦奥特曼的主题曲响起，伴随着"新的风暴已经出现"，沈流接起电话："喂，孙指导……是，小玉是银牌……"

接着《数码宝贝》的主题曲也响起来了，张俊宝接起电话："喂，宋教练……嘻，您别夸，那熊孩子浪得很，您夸得多了他立刻翘尾巴……"

《天马座的幻想》响起，杨志远也接了电话。

明明拿了奖牌却被教练和队医一起无视的张珏一阵沉默，转头。刘梦成下意识地抬手要抱他转几圈，又犹豫了。

张珏十分痛快地伸手："举吧举吧，你现在不举我，以后也举不动了。"

刘梦成从善如流地将人举起，单肩扛着张珏原地转圈，尹美晶在旁边笑呵呵地恭喜他："tama 酱，恭喜你拿到银牌，不过要让梦成哥举不动你，你还得再长 10 厘米呢，毕竟你现在比我还矮。"

张珏语气肯定地回道："放心，长得比你高对我来说还是很容易的。"

在落地时，张珏跟跄了一下，张俊宝连忙扶住他，张珏左脚站着，抬起右脚踢了踢。

他耸肩："有点痛，我好像又没法走路了。"封闭的效力本不会退得这么快，但架不住张珏刚才在自由滑里跳了太多次，伤势肯定加重了。

俄语是哈萨克斯坦的通用语，刘梦成现在就能说一口流利的俄语，在得知张珏不打算退出颁奖典礼后，他快速说了声"你们等等"，跑出去和赛事主办方的工作人员说了挺久，连比画带请求。工作人员被他帅气的脸蛋迷得晕头转向，硬是从不知道什么地方找了根拐杖过来。

原本主办方还有轮椅和担架，但张珏更想站着上领奖台，那就挂拐杖呗。

中国终于出了个可以上大奖赛总决赛成年组男单领奖台的一哥，按说也是创造了历史，可在颁奖典礼举行时，看着电视的中国冰迷却没一个笑得出来。

和还能穿着冰鞋绕场行礼的瓦西里、麦昆不同，张珏穿着平底运动鞋，挂着根明显高了的拐杖，一瘸一拐地上了红毯。

小孩对着银牌领奖台研究了一下，不知道该怎么上去，瓦西里摸摸他的头："我来帮你吧。"

麦昆拿过拐杖，然后瓦西里掐着张珏的腰，把他举上了领奖台。

张珏对他们露出感激的笑，心想，这大概是他参加的最后一次能被人举来举去的比赛了。

在领奖台上的时候，他听到瓦西里低声对他说了句话："你滑得很好，今晚你也是冠军。"

他惊愕地转头，看到两位前辈都对他露出充满鼓励的温和笑意。撇开黑幕，这两位都是真正热爱花样滑冰的运动员，对于张珏的出现，他们都是既兴奋又欣慰的。

麦昆对他握拳："好好养伤，期待与你在世锦赛再比一回，那时我会用上全力，让你再没法赢我。"

一股莫名的感动在张珏心中生出。他回道："谢谢。"

谢谢你们让我看到这个项目的光辉，它不仅优雅而美丽，还有你们这些美好的人，能与你们竞技是我的荣幸。

23. 扑通

张珏不会买飞机票，如果让他自己乘坐飞机，他可能连登机口都找不到，所以他更不知道，航空公司居然还会给有行动障碍的人提供特殊服务，比如说轮椅服务。

沈流在订飞机票的时候给张珏预约了个轮椅服务，等张俊宝把他从车上抱下来的时候，工作人员便推着轮椅过来，带着微笑请张珏上轮椅。之后他又被推进一个升降台被送入飞机，进了飞机又换到另一个轮椅上……

沈流摸着张珏的脑袋："我以前在国外比赛受伤的时候，就是坐轮椅回国的。"

张珏看着自己被包得严严实实的右脚，撇撇嘴。

等下了飞机，张珏没有第一时间回东北，而是先被张俊宝领着去了京城703

医院。随着汽车离那里越来越近，张俊宝脸上还浮现出一抹怀念之色。

自从想起来张珏那个从基因到酒瘾都格外糟糕的爹，张俊宝就记起来了，他好像还为了这事去和兰瑾的双胞胎弟弟兰琨打了一架，最后兰琨好像是小腿骨折，脸被砖拍成方形，他自己也胳膊骨折，就地进了医院治疗。

他忍不住和张珏回忆当年："我和你沈哥都在这医院躺过不止一回呢，我那个髋骨的伤，他那个膝盖的伤，都是在这边看的。有个柴医生，医术特别好，而且很细致耐心。"

就连张青燕和兰瑾打架打得瘸了一条腿的时候，也是柴医生给打的石膏。

沈流补充道："我去看膝盖的时候，柴医生已经升级成柴主任了，他还记得你呢，说你在他们医院门口和个一米九的大个子打架的画面，他一辈子都忘不了。"

沈流一边抹眼泪哭喊着"师兄"，一边背着张俊宝往医院里冲的画面，估计也给柴医生留下了深刻的印象，以至于时隔多年柴医生还能认出沈流。

张珏乐呵呵的："老舅你以前还和一米九的大个子打过架啊？真厉害，不愧是我老舅。"

张俊宝突然愣了一下，他尴尬地回道："是啊是啊，我以前可厉害了，但打架这事不值得学习，你小子不许和别人打架知道不？"

打架伤身，而身体是运动员最重要的资本，张珏现在可伤不起。

张珏露出乖巧的神情："我知道了。"

此时是下午 6 点 30 分，张珏觉得自己去了医院大概要挂急诊，在医院门口下车的时候，大家看到了带着冰冷的神情站在风中的张女士。

她黑色的及腰长发高高束起，美丽的脸上带着令人不敢直视的威仪，一身红色羽绒服鲜艳刺眼。时间在这一刻凝滞，张珏惊恐地一把抓住沈流的胳膊，力气大得沈流差点痛呼出声。

张俊宝双腿颤抖了几下，在张女士从背后掏出一把尺子的时候，他下意识地转头就跑，张青燕怒喝一声"哪里跑"，立刻追上去了。

张女士也是 36 岁的人了，且身高只有一米五八，更不是专业运动员，但她跑起来居然不比张俊宝这个身高一米七的前运动员慢。

只见她跑着跑着将鞋子一脱，往前一扔，张俊宝"哎哟"一声扑倒在地，张青燕往前冲了几步，尺子就往堂弟的屁股上挥。啪的一声，沈流甚至看到张师兄的屁股弹了弹。

"张俊宝！你好大胆！我把儿子交给你，你个兔崽子连他打封闭的事都敢不对我说？我还是通过电视才知道他要坐轮椅了！"

宋城不知道从什么地方冒出来，低声下气地劝着："青燕啊，俊宝不是故意的，你别打了。"宋总教练十分后悔，早知道张青燕过了这么多年还是这么个火暴脾气，在她打电话过来询问张珏伤势的时候，他就不说实话了。

想当年在张俊宝还是个豆丁的时候，就是张青燕骑着个自行车接送他训练，张俊宝闯祸打架也是张女士提着晾衣架来揍人和收拾烂摊子。别人打张俊宝，宋教练是肯定要发火的，张女士要收拾张俊宝，宋教练不仅不生气，必要的时候还愿意递个武器。

亲儿子打封闭上比赛，亲妈居然不知道，也难怪张女士恼火。

张俊宝用一种被背叛的眼神瞪着宋城："教练！"

咱们不是说好了等我回国亲自和姐姐解释的吗？你个浓眉大眼的怎么这就招了呢？

宋城摸摸光秃秃的大脑门，抹下来一层汗。他解释着："哎呀，青燕不想等你回来听你解释。"

她找上门问儿子的状况，宋教练也不敢不说。

张珏左右看看，觉得张女士暂时注意不到这里。他单脚跳起，拽着沈流小声而急促地说道："沈哥，情况紧急，你先带我到我妈找不到的地方。"

沈流默默地背着张珏往医院里面走，背后就传来张青燕的怒吼："张小玉，给老娘站住！"

沈流不敢动了。张女士，威武。

之后张俊宝捂着屁股去挂号，张女士把一张卡塞到张珏手里："还不知道你伤成什么样，在京城看病贵，这里面有十万，不够再和妈妈要。"

她黑着脸："练花样滑冰就是靠腿吃饭的，不管要多少钱，咱们都要把腿治好，现在我不揍你，你好好养伤。"意思就是把这顿揍推迟到伤愈了。

张珏感觉自己像是缓刑的囚犯，这会儿努力表现得乖巧以求减刑。

他拉着张女士的胳膊，讨好地露出一个甜甜的笑，用让宋城和杨志远都觉得腻的嗓音撒娇地叫了一声"妈妈——我的医药费，队里是给报的"。

张女士哦了一声，掐住张珏的脸，又捧着他的脸左看右看："怎么这么瘦了？你那百分之七的体脂，怕不是脸占三分之一，剩下三分之二在屁股上。"

张珏很想反驳他的脸蛋很小，只是胶原蛋白比较多所以才能掐出一坨肉，但他最后还是捧着妈妈的手掌，再将自己的下巴放上去，很努力地卖了个萌。

对亲妈卖萌，不丢人，这是求生欲！

张女士也不知道有没有被萌到，她去找护士要了轮椅，推着张珏先去看伤。

给张珏看伤的正是那位老舅和沈哥都说好的柴医生，他是个戴眼镜的大叔，看到张青燕、张俊宝这对姐弟以及沈流的时候露出了一言难尽的表情。

"你们怎么一起来了？"以前分批来他这儿看伤不说，现在还组团送个孩子过来？

张俊宝不好意思地笑了笑，指张珏："柴医生，这是我外甥，现在也练花样滑冰，在俄罗斯比赛的时候把右脚踝关节外侧韧带拉伤了，打了封闭硬上比赛，结果现在疼得路都走不了了。"

柴医生："也就是说，我看完你这一代的两姐弟，还要看你们家的第二代？"

张珏不解地回头："妈妈以前也来柴医生这里治过伤啊？"

张青燕、张俊宝、沈流、宋城想起了什么，异口同声地朝他喊："不关你的事！"

张珏有点委屈："不关我的事就不关我的事嘛，干吗这么凶？"

宋城使劲给柴医生使眼色，柴医生也不知道看没看懂，就蹲着给娃看病，又和杨志远交流了几句，就开了单子。

"脚踝和膝盖都查一下。"

大家都没料到张珏身上还有脚踝以外的事，面对他们的不解，柴医生摸摸张珏的膝盖："你们说娃有生长痛，但正常的生长痛不会让他痛到不喜欢别人碰，既然是练花样滑冰的运动员，娃的关节压力估计不小，查一下比较好。"

柴医生此话一出，两个教练的脸色都变了。

一通检查下来，医生诊断："慢性滑膜炎，不严重，保守治疗即可，建议卧床休息，按时做理疗。你们家小孩长得快，这会儿本来就生长痛严重，忽视膝盖滑膜的炎症也是可以理解的，但他现在不能再练四周跳了，加上韧带损伤，为了孩子的健康着想，他至少要歇一个月。"

和柴医生平时看到的那些骨头坏死，必须换人工关节的病患比起来，张珏这点毛病其实不重，完全没有住院的必要，回东北在老家的医院做理疗就行了，不需要占 703 医院宝贵的床位。甚至不去医院，让杨志远给张珏做理疗也行，毕竟杨队医水平也不差。

张青燕也支持张珏好好养伤，她摸着张珏的头发："那正好，孩子也临近期末考试了，这阵子就把心思都放在学习上。"

张珏愣了下，转头问教练："那全锦赛怎么办？"

花滑赛季通常是 9 月到次年 4 月，大奖赛总决赛在 12 月初，是赛季前半段的高潮与终点，之后张珏还要比国内赛，然后才能拿到 1 月末的四大洲锦标赛、3 月末的世锦赛的出战名额。

他的赛季还没结束呢。

沈流蹲着安慰他："没关系，全锦赛在一个月后，咱们时间充裕，先养伤。"

张珏沉默一会儿，提出另一个问题："可是以我现在的生长速度，如果一个月不训练，我的跳跃重心还能保得住吗？而且我也不可能养一个月，然后连一周的恢复训练都没有，就马上去全锦赛轻松夺冠，我没有那么厉害。"

之前没丢重心是因为他每天都坚持上冰训练，身体有个适应的过程。而且哪怕运动员没有处于发育期，长期不训练也绝对会导致竞技状态下滑，技术下降。竞技状态和技术都是要通过训练维持的！

沈流很想说你的底子很厚，国内没有人比你强，但他也不能打包票。

这就是运动员要面临的问题，不训练技术会丢，练吧，伤病又会拖着他们。有些运动员不顾伤病拼命训练，有的则放弃运动生涯选择退役，不知有多少人为这两者之间的取舍落过泪。

最后还是张青燕帮张珏做了决定。

她转头和柴医生说："医生，这样吧，孩子想恢复得快点，你们这儿治疗起来肯定比在我们老家强。我就留他在京城治到全锦赛开始，刚好我们家在北京有房，所以您看看能不能让小玉在医院住一晚，我去那边收拾一下，明天他早上理疗做完了，我就接他回去。"

柴医生头也不抬地写着病历："住一晚可以，之后娃就住在京城，然后每天来理疗是吧？"

张青燕连连点头："是。"

柴医生："他这个伤吧，我们也不能保证一个月内好，因为他韧带也有毛病，这个康复起来就慢了。"

张青燕十分干脆地回道："一个月内好不了也没事，就是觉得在你们这儿理疗可以让他更舒坦点。"

她和医生把事情商量好，回头掐住张珏的脸，表情一下变得十分可怕："听好，你期末考试的时候必须回去，要是成绩下滑严重的话，你之后也不用比什么四大洲锦标赛和世锦赛了。老老实实复习功课，听到没？"

张珏含混不清地回道："听到了，妈妈，小玉一定会好好学习。"

宋城叹着气："我去给孙教练打个招呼，你好歹是男单的一号选手，伤情得和他报备。"

而且他还没和孙千说张珏的生父有一米九三，所以张珏的发育关恐怕会很难过这事呢。

宋总教练走到楼梯间，坐在台阶上拨了个电话："孙指导，是这样的，张珏已经在 703 看过病了，他的伤势……还有他的发育关可能不太好过……"

宋城说了一通，就听到电话那边传来扑通一声。他顿了顿，站起来大喊："孙指导，孙指导？你还在听吗？你还好吗？"

张青燕正和张俊宝说着张珏留京这阵子由谁陪着，张珏也仰头给建议："沈哥和老舅肯定要有一个回 H 市，不然我师弟师妹没人管啊。其实他们不留下也行，我能照顾好自己的。"

沈流、张俊宝、张青燕、杨志远一起反驳他："不行，必须有人陪你！"

接着他们就听到外面传来凄厉的呼声。

"孙指导——"

24. 皮卡

张珏很快就因为旅程疲惫睡了过去，张俊宝给他盖好被子，离开了房间，神情凝重。

沈流跟在他身边："医生说他的滑膜炎不严重，养一个月就行了。"

张俊宝摇头："我不是因为这个心情不好，我只是依然觉得总决赛那会儿，我不该答应让张珏打封闭硬上的。"

沈流这时出乎意料地没有顺着张俊宝的话说："他已经是全世界掌握四周跳的男单选手里伤病最少的那一拨人了。师兄，我也自责，但是只要小玉继续在这条路上走下去，以后这样的情况就不会少。"

伤病是运动员最畏惧的敌人，偏偏所有顶级运动员都免不了和伤病相伴，而他们能做的，就是在身体被伤病击垮前，拼尽全力地绽放光芒，突破自身极限。

张俊宝看着窗外在风中摇曳的树影，眉间染上一抹阴郁："沈流，看到张珏滑出成绩，我很高兴，但是偶尔，我也会后悔把他带回赛场。他太要强了，在面对伤病时决不退缩，这会让他背负很多伤痛。"老舅也曾是运动员，而且他的性格和张珏相似，所以他更明白张珏以后会面对什么。

沈流回道："这就是为什么运动员需要教练。"他站在张俊宝身后，目光落在玻璃窗上，上面是张俊宝表情凝重的脸，他微笑着："张珏有两个好教练陪着他，必要的时候，我们会联手管住这小子，让他没法乱来。"

经过商议，回去带孩子的教练是沈流和宋城，张青燕收拾好张珏的房子也要回去照顾店里的生意，而张俊宝就留下来陪张珏治疗。

每个人都说让张珏不要操心治疗费用的事，上面会给他报销一部分。张青燕除了给张珏一张卡，还给他的小钱包里塞了厚厚一沓现金，就是让孩子别委屈自己，安心治疗就好了。

虽然嘴上总说着学习最重要，但当张珏做出选择时，张青燕也尽己所能地给了他最大的支持，对张珏来说，这就已经足够了。

703 这种顶级医院的床位都很紧张，去中医理疗室做治疗时，也最好是清晨就去，占个位置。老舅对此很熟练，他把张珏推到中医理疗室，又急匆匆地出门去买早饭，就在此时，张珏隔壁床的帘子拉开，一个眼熟的帅大叔看着他，似乎很惊讶。

张珏辨认了一下，连忙打招呼："兰教练，好久不见啊，您也身体不舒服吗？"

兰教练愣了一下，支支吾吾的："我……我寒气重，来拔罐治疗一下，待会儿就走了。"

他左右看了看，像是在警惕什么："你哪儿不舒服啊？"

张珏拍拍腿："就是点运动员常见的伤，不严重。"

兰教练应了一声："你是教练带着来治疗的吧？"

张珏点头："是啊，我教练、副教练、队医，还有我们省队的总教练、我妈妈一起陪我来的，不过现在就剩我教练了，怎么了？"

兰教练："没什么。"只是觉得你还挺受宠的，不过独苗受伤到要住院治疗，明年又是冬奥会，花滑队的领导估计吃饭都不香了。

他犹豫了一阵子，慢吞吞地问："你长高了吧？长了多少啊？"

这没什么好瞒别人的，瞒也瞒不住，张珏很坦诚地回道："长了快4厘米了吧。"

对花样滑冰这种精密的运动来说，一个月冲4厘米身高足以对重心造成很大的影响了，张珏能在总决赛的自由滑翻盘，从短节目第四追到银牌，完全是惊人的协调性以及适应力撑出来的。但加上受伤，他之后的状态就不好说了。

兰教练拔完了电针，快速穿好鞋、套上衣服就急匆匆地走了。

张珏觉着自己和人家不熟，因此也不在意这场巧遇，只坐在病床上让医生给他上电针，还被医生拿理疗灯照着，挺舒服的。

老舅带回来了豆沙和馒头，坐在床边开装着豆沙的塑料碗的盖子："根据运动员外食禁忌，你不能在外食用牛羊肉，包子和肉饼都不能给你买，那银耳粥里有莲子，也不能给你吃，凑合一下吃素吧，下次我从食堂那边给你带早饭。"

虽然张珏的编制还在H省，但孙千早就特批他在京城期间都可以去国家队食堂吃饭，算是给他解决了一个大麻烦。

张珏吃馒头也照样能露出满足的笑："这个老面馒头的口感好好，不过还是没老舅做的好吃。"

其实张俊宝手艺再好，和那些能开店做生意的还是有一段差距的，但孩子说好话，大人总是开心。

他揉揉张珏的头。

其实这孩子只要安安静静不说话，就像是神话里走出来的神仙似的，那叫一个吸睛，张俊宝推着他过一条走廊，十个路过的护士、病人里有九个都要回头。

随着张珏五官长开，他的面部轮廓也不再那么柔和稚气，显得更有锋芒。

别的不说，这小子还真是光靠脸就给中国的花滑项目揽了一批粉丝，而像这种本身的竞技水平和商业价值都高的运动员，对一个冷门项目而言，说是珍宝并不过分，也难怪孙指导听到他这发育关难过时，会激动到昂首一倒了。

张俊宝低声说道："张珏，你也听到柴医生说的，滑膜炎还好说，但韧带的伤不是一个月就能养好的，这次全锦赛，你不用强行去上。"

张珏随着咀嚼一动一动的脸颊顿了一下。

张俊宝继续说道："我知道你想赢，想上赛场为国争光，这是好事，值得鼓励，但还没到要你不惜一切付出健康的程度。韧带要是养不好，是要影响你以后长久的运动生命的。全锦赛不上，也就是错过这个赛季的四大洲锦标赛和世锦赛，但你还有以后。"

张珏眨眨眼："可是我不上世锦赛的话，明年咱们的冬奥会男单名额就只能拿一个了吧？舅舅，本来现在就有很多人觉得你不是好教练，不许我去国家队，限制我的四周跳训练时间，如果再让人知道你劝我退赛的话，你要背的骂名就越来越多了。你的领导也会骂你的，宋教练能为你背的锅也有限啊！"

张俊宝轻笑出声，他就知道，张小玉看起来是个熊孩子，其实心里把什么都看得明白。

就算不在乎网络上的言论，张俊宝也关注了张珏那个叫作"我要考985"的小号，看过他和那些斥骂自己的所谓黑粉大战三百回合时盖的高楼，并因此知道了有部分冰迷对他执教张珏的方式很不满。

但他还是觉得张珏的健康更重要："张珏，你有没有想过，一旦你坚持全勤这个赛季剩余的比赛，你带着伤还能在世锦赛有好的发挥吗？咱们就放弃这半个赛季，不比四大洲锦标赛和世锦赛也可以，以你的水平，明年测试赛、全锦赛绝对能以全盛状态出场，那个冬奥会名额一定是你的。

"到了冬奥会上，不管你身上还有没有伤，呸，绝对没有，但那个时候不管你要怎么拼，舅舅都不拦你了。"

冬奥会？等发育完了以后，他还能参加冬奥会吗？张珏什么话都没说。

做完理疗，张俊宝推着张珏离开医院。在一辆平平无奇的大众汽车前，一个身高一米九五的灰眼珠混血帅哥直挺挺地站着，他穿着一身军绿色的大衣，头戴一顶雷锋帽，看起来与他背后的车一样平平无奇。

他对张珏招招手，露出微笑："小玉，我来接你了。"

别看张珏可以穿着绿考斯腾戴老舅的红帽子在媒体的镜头下晃来晃去，但那其实是张珏仗着自己年幼又好看所以才随便穿，他的审美真的一直在线。

张珏看着秦小哥的造型沉默两秒，指着那辆车："这个是？"

秦雪君看起来有点骄傲："前阵子发了篇一区论文，学校奖励了奖学金，我买了辆新车。"

秦小哥今年 19 岁，目前在医院做规培。对这个年纪的年轻人来说，能自己养活自己，甚至靠自己全款买车，已经是一件挺了不起的事了。秦雪君虽然性格沉稳，但在张珏这个小朋友面前，还是不自觉地炫耀了一下。

张珏满心不解："为什么你要选这个车型啊？"

秦雪君很诚实地回道："我买车的时候给爷爷打了电话询问，然后爷爷说他没开过车，张教练有车，就让我问张教练，然后张教练给我的建议是买辆能装东西的车，实用。"

张珏："……"

他老舅一辆二手破金杯车开了起码 5 年，居然还有人向他询问如何买车？

真是活久了什么稀奇事都看得到。

不过张珏不得不马上承认这车真的很实用，前排坐人，后面放他的轮椅和行李，妥妥的。

之前张珏在京城买的那套二室一厅的房子，便宜租给了秦雪君，所以张珏在北京疗伤期间，就要和这位好友兼租客同住一个屋檐下了。

25. 加班

秦雪君是秦老大夫和米娅女士的孙子，他本人还给张珏支援了无数笔记，大家早就是好朋友了，而且和他住一起能蹭到学神的补习，所以在知道他们要住在一起的时候，连张女士都很高兴。

但真的住到一起后，张珏才知道其实秦小哥现在能回家的次数也不多，有时候他值完夜班回来，直接就趴在沙发上睡得昏天黑地。

秦雪君这样还算好的，很多规培生在规培三年期间也就是写写病历和手术时拉拉钩，像秦雪君这种有大牛导师带着上台做高难度手术，一区论文发了不止一篇的人，简直让一群医科生羡慕得眼泪直流。

但这条路走起来也是真的累。

"唉，学医不容易，辛苦了。"

张珏本来也没指望让秦小哥照顾自己，这会儿小声感叹着，顺手将一条薄被子搭在秦雪君身上，把那个在俄罗斯买的医生套娃放在茶几上，又自己转着轮椅去热牛奶。

家里有秦小哥亲自烤的列巴，味道和米娅女士做的一模一样，估计是他们的家传手艺。纯正的黑麦列巴咬起来有点硬，但这种脆脆的口感和纯正的麦香结合在一起也超级诱人。

将列巴片撕成块扔到牛奶里泡着，再一勺一勺吃下去，与热腾腾的牛奶一起滑入食道，张珏吃着挺开心。在得到秦雪君的许可后，他就将对方的列巴存货解决掉了三分之二，但作为报答，他也买了好几袋湾仔码头的饺子塞到冰箱里。

对了，这人忙归忙，居然还在阳台上种了不少菜，而且养得挺好，让张珏馋得很。

吃饱喝足，张珏揉揉肚子，转着轮椅出门，在小区的草坪旁边晒太阳，一边晒太阳一边跟着耳机里的声音念单词。晒太阳补充维生素D，促进生长发育嘛！

说起来，他似乎已经很久没有这么闲过了。

之前张珏一直拼命训练以取得更好的赛场成绩，训练完了还要翻书学习，忙忙碌碌的，仿佛没有歇下来的时候。毕竟张珏也只是个普通人，虽然运动和念书的天赋都不错，但如果不努力的话，奖牌和名校录取通知书也不会从天而降。

这次受伤却让他一下子空闲下来，只要好好养伤和看书就好，反而让人有些无所适从。从索契回国不到3天，张珏就开始怀念冰刀滑过冰面的声音，还有高强度运动导致的全身流汗，高速旋转带来的眩晕。

还有跳跃。跃起、转体、落冰、滑出，然后是教练的叫好声和观众席的掌声。

他摁了下MP3，耳机里的单词停留在"alive（活着）"。

一个嘟嘟的声音响起。

张珏转头看去，就看到一个穿着虎头鞋，走一步鞋底就嘟一声的幼儿。她扎着两个羊角辫，小手揣在袖子里，穿着一身小熊衣服，小脸被阳光晒得红彤彤的。

幼儿对漂亮哥哥咧开一个友善的笑容，伸出小手，上面躺着一块包装好的山楂片。

张珏左右看看，指着自己："给我吃的吗？"

幼儿表示："帮我开。"哦，原来小姑娘只是恰好缺个开包装的工具人，才找上了他。

张珏顺手把包装撕开，幼儿就俯身，捧着张珏的手，啊一口将山楂咬住，之后她就走了。她就那么走了。

张珏捧着包装，眨眨眼，默默地转着轮椅去扔垃圾。

就在这时，张珏收到了老舅发过来的短信。

老舅："我和宋教练商量了，还是会把你的名字报到全锦赛的参赛名单里，如果你在参赛前两天状态没恢复好，咱们就退赛，就算你能恢复，参赛期间也不可以用四周跳。"

发出这条信息也是张俊宝思考许久后的结果，他知道以张珏的性子，如果教练组一意孤行取消他的参赛资格，这熊孩子绝对能闹起来。

以前他强行减少张珏的四周跳训练时间的时候，这熊孩子也和他闹过，这次直接不许他在比赛时放大招，不知道张珏能不能冷静地接受现实。

老舅已经做好了战斗准备，谁知张珏这次却没什么意见。

"收到，谢谢老舅。"

他居然没闹。张俊宝又心疼了，以张珏的脾气，这得是伤成什么样才会连封印大招这种事都答应啊？

"俊宝，怎么样？"

张俊宝回过神来，对孙千点头："小玉肯定会恢复到可以参赛的程度的，谢谢您对小玉的关心，孙指导。"

孙千挥挥手，一脸憔悴："只要他能快点康复，就是对我最大的回报了。我有时候都觉得冰迷们说得对，咱们家的男单项目可能是受了什么诅咒，才会代代都不让人省心。"

张俊宝啪的一下站直："孙指导，您可是党员，要相信唯物主义！"

孙千："你也是党员，张珏每回抽签不也浑身戴满护身符吗？"

其实要不是国内参赛名额只有那么一个，必须是全锦赛的冠军才可以拿到赛季后半段的四大洲锦标赛、世锦赛的比赛名额的话，张俊宝连全锦赛都不想让张珏参加。

只是孙千也有顾忌，那就是张珏能不能在发育之下保住自己的技术。

他严肃地问张俊宝："俊宝，你老实回答我，如果张珏真的在世锦赛之前发育到一米七以上的话，他还能保住四周跳吗？"

张俊宝沉默了一下，缓慢地摇头："我不知道。"

哪怕是一米七三的沈流，在发育期间的跳跃也是不稳定的，他当时还只长了7厘米，张珏却绝不会只长7厘米。

孙千的心沉了下去，他翻开笔记本："那我也和你交个底，金子瑄练出4T了，董小龙和樊照瑛虽然有伤病问题，但他们的3A是稳的，石莫生也在练3A，在全锦赛开始前，他们会一起来国家队集训。"

别看沈流退役后国内男单一度断档，但新生代的男单运动员也不会甘心看着张珏一人发光，他们都在努力和进步。或许他们的表现力还不如张珏，但张珏也很难在受伤的情况下继续稳坐一哥的位置。

孙千叹着气："俊宝啊，你是国内少有的能教四周跳的教练，张珏又是我国第一个不仅练出四周跳，还没什么大伤病的孩子，所以有领导说，在他养伤期间，希望你去兼职一下集训的跳跃教练。你要是没空，我也可以帮你推掉。"

张俊宝握紧双拳，坚定地回道："不，我去，但我也有个冒昧的请求，就是我希望我的另一个学生察罕不花也可以加入这次集训。这孩子虽然只有12岁，但他已经把除3A以外的五种三周跳都练出来了，他很有潜力。这孩子的Rippon姿态是张珏亲自带着练出来的，我想在今年的全锦赛上，他会是少年组最耀眼的那个。"

正如张珏不是国内唯一的男单选手一样，他也不是老舅唯一的学生，当进步的机会到来时，张俊宝也会为其他学生竭力抓住，这是他作为教练的责任。

他深吸一口气，给察罕不花家里打电话："喂，是白音啊，是这样的，现在不花有个参加国家队集训的机会……"

张俊宝一边打电话，一边下定决心，在张珏伤愈之前，这事他要瞒着孩子，省得孩子难过，不能好好养伤。老舅不知道的是，在他挂了电话不到两秒后，察罕不花就跳起夺过白音手里的手机，拨通了张珏的电话。

正如张俊宝对孙千说的那样，察罕不花的举手技能都是张珏带着练的，除此以外，张珏还给师弟师妹们剪辑比赛的曲子，带他们一起练规定图形，所以孩子们和大师兄感情特别好。

别看张珏现在不打架了，但如果某天他要重回战场的话，这群孩子有一个算一个，都有提着折凳和大师兄一起上的思想准备。

小牛崽捧着手机，急促地说道："师兄，大事不好，有人要和我们抢教练！"

张珏听完师弟的汇报："这样啊。"

他脸上的笑意消退，但还是放缓了语速安抚师弟："不花，你别慌，没人和我们抢教练，国家队的集训对你而言是一次很好的成长机会，而且这说明有更多人发现我们教练的才华。

"这是好事，不过师兄要警告你，来集训的时候不可以忘记带书本，别忘了找老师要好未来一个月的作业，我会在你训练结束的时候给你补习文化课。"

张珏真的是个爱学习的好学霸，对师弟师妹们的学习也很关心。

挂了电话，张珏坐在原地沉默了很久，直到太阳下山，有一个篮球落在他身边，张珏回过神来，就看到一个矫健的身影抓住那个篮球，回身看着他。

"日落以后，外面的气温会下降很快的，你还不回家吗？"

张珏眨眨眼，发现这人居然只穿了一件 T 恤和运动裤，浑身都是汗，看起来像是才运动过。

他反问："你呢，只穿这么一点，还不回家啊？"

秦雪君对他露一个笑："正要回去呢，拿着。"

他将球抛进张珏怀里，推着他的轮椅往回走。

"你要不要吃火锅？我有一个电火锅，拿番茄熬个汤底，你不能吃外面的猪牛羊肉，那咱们只吃阳台上种的素菜也行，再煮个红薯粉，我还泡了腊八蒜，你吃不吃？"

他说的全是张珏爱吃的！

张珏心里馋得要死，脸上却是一副客气的模样："这……这不会很麻烦你吗？"

秦雪君想起方才少年落寞的身影，立刻拍胸部保证："不麻烦，就当是我报答你的套娃和帮我盖被子，而且我自己也很想吃火锅。"

然后他就看到张珏那双黑溜溜的眼珠瞬间亮了起来。这双眼睛还是这样最好看。

于是当老舅拎着从国家队食堂打包的肉菜回家，心里琢磨着怎么哄外甥的时候，就看到自家小孩和秦雪君热火朝天地涮火锅。张珏看到他，还手忙脚乱地从桌子底下摸出个小喇叭形状的东西，朝着他一按，啪，彩色的碎纸就喷了他满头满脸。

张珏坐在轮椅上对他绽开一个太阳花似的笑容："老舅，恭喜你成为国家队教练。"

张俊宝下意识地回道："我没加入国家队啊？"

张珏也傻眼："什么？可是不花打电话和我说你要去国家队做跳跃教练的，孙指导要了你的人，却没给你编制吗？"这和看视频不给一键三连又有什么区别？

他又语速极快地问道："那加班费呢？老舅你是和宋教练请了假来陪我的，现在你还在假期，却要给集训营那边上跳跃课，他们给你算好加班费了吗？"

张俊宝心想：对啊，孙指导还没和我说上课给多少工资的事呢。

26. 你谁

张俊宝来训练场的时候，孙千一脸憔悴，他唉声叹气地把张俊宝带进办公室。

"你算是 H 省省队暂时借调到我们这里的，加班费就按平时的 3 倍算，你在这里上一个月的课，我给你三个月的工资，所以能不能麻烦你外甥别再晚上 9 点打电话过来，唠叨整整半小时？我脑子都让他说蒙了。"

张珏说话不带脏字，但话里话外都是不能让他的老舅白打工，还有他那个法律法规背得十分流利，就像某个曾被黑心合同坑了无数次的打工仔一样熟记所有能维护自己的律法。

但张珏明明从出道到现在一直都是花滑队的大宝贝，谁舍得亏待他？

张俊宝十分不好意思地鞠躬："对不起孙指导，我家孩子打扰到您了。"

孙指导嘴上嘟嘟囔囔，心里还真不好意思和张俊宝计较，因为要不是张珏打这一通电话，他还真把给张俊宝开工资的事给忘了。

身为总教练，平时他调国家队哪个教练去干活都是一句话的事，也就张俊宝是例外，明明既能教四周跳，还琢磨出了顶级的落冰技巧，却偏偏不是他的直属手下。

谁叫顶级高校都不肯给他们花滑队的在役国际级运动健将开特招名额，以至于他们的一哥还要靠自己在老家读书，因而无法到京城入国家队，连带着张俊宝也不肯过来呢，真是便宜宋城那老小子了。

孙千也不是说自家一哥长了个有希望考名校的聪明脑瓜有什么不好，毕竟那娃脑子转得快，算起分数来也很快。张珏在大奖赛总决赛临时换跳跃配置的操作可是震惊无数人，被许多业内人士誉为运动员心态好、脑子灵的典范。

但凡他当时没换跳跃方案，或者没 clean 这套新跳跃构成的话，张珏都不能从短节目第四追到银牌。要知道那可是俄罗斯的主场，他的对手们有裁判帮忙，张珏自己却只能拿没有水分的分数。

孙千想，要是张珏没正处于发育关，或者没伤病的话就太好了，他好好的，自己也不用盯着年龄比张珏更大、心态还不稳的金子瑄，成天盼这孩子争点气做好一哥候选人了。

他说道："孩子们明天就到，你身为跳跃教练，打算教他们什么呀？"

张俊宝理所当然地道："当然是教跳跃时使用举手姿态还有落冰缓冲技术啊！"

孙千一惊，这可是张俊宝作为教练的招牌技术，他声音有点抖："你……你做训练计划之前，和张珏商量过没有？我记得举手技术是他和沈流一起完善的吧？"

在他的记忆里，沈流还是看到张珏举手，才开始钻研举手的技巧的呢。

张俊宝大气地一挥手："我和他说过了，他说没问题，还建议我主要教举两只手的 Rippon 技术，因为这个练熟了可以让跳跃的轴心更稳，Tano 只举一只手，身体两边发力不均匀，练起来更耗时间。他练举双手只用了一个月，举单手却是半年才适应的。"

"不过我的缓冲落冰技巧要求运动员本身的关节灵活、肌肉控制力好，所以还需要孩子们把柔韧性提上去，这是个水磨工夫。"张俊宝得出结论，"在一个月里就把这两项技术练熟是很难的，我只能教他们个大概。"

孙千心说我就喜欢你这样的实在人，这样就算要给张俊宝开高工资，孙指导也觉得物超所值了。

此时的孙指导还不知道这是因为他只给张俊宝安排了跳跃课程，所以张俊宝也只教举手和落冰，如果他让张俊宝做这次集训的总教练的话，张俊宝会把力量训练和表演的训练计划也做好。

张教练作为教练最擅长的是教举手和落冰吗？大错特错！他最擅长的明明

是力量训练，还有通过和运动员谈心，一起搜集表演曲目的资料，抓表演细节来提升运动员的表现力，调整他们的心理状态。

张珏这中国男单选手里表现力最强、史诗级大心脏的名号可不是纯靠天赋得来的，老舅作为教练也给他提供了许多援助呢。

第二天，察罕不花被他哥送到了京城火车站，白音左右看看，就看到离他们不到 10 米的地方，一个看起来似乎才大学毕业、身材奇好的娃娃脸帅哥被一个旅行团的外国美女帅哥围着搭讪。这群人说的是西班牙语，娃娃脸帅哥听不懂，急得满头大汗，直到一个黑发蓝眼的美人眼神如火地凑上前，用肩膀顶了那帅哥一下，那帅哥哇一声跳出去两米，正好瞟到白音和察罕不花，他眼前一亮，冲过来拽着两个黑乎乎的小伙子就跑。

"快走，那群人也不知道咋回事，对我推推搡搡的。"

白音满心羡慕，他从未见过张俊宝这种 33 岁了还这么受欢迎的奇男子。

把弟弟送到宿舍，白音就急匆匆地走了，说是家里的猫近几天要生产，要回去接生。

张俊宝看得连连感叹："养了宠物的人大概都这样，为了照顾自己的'毛孩子'，什么事都不愿意让别人干了。"见察罕不花不明所以的表情，他便解释道："你师兄可能是养伤的时候太无聊了，昨天去宠物店接了只奶茶仓鼠回家，取名叫纱织。"

张俊宝并不觉得这只仓鼠可爱，只觉得张珏是日剧看多了。

察罕不花疑惑："那师兄现在在干吗？"

张俊宝回道："带着弟弟游览京城风光。"

许德拉小朋友昨天就来到了京城，今天这兄弟俩就一起看故宫雪景去了，还带着弟弟去吃京酱肉丝和烤鸭。吃饭的时候，张珏一本正经地叮嘱弟弟："二德，我听妈妈说过了，我不在的时候，你学习不太用功，哥哥不拦着你玩，但玩不能耽误学习。"

许德拉咀嚼的速度慢下来，他不好意思地看着哥哥，小声说了对不起。

张珏眯起眼睛："和我道歉干啥，你学习不好，对不起的是你自己。"

许德拉喜欢音乐，最近试着自己写曲，还在网上和网友一起折腾剪辑音乐，又和父母缠着要了套架子鼓。这都没什么，但要是他的年级排名因此下降了，作为亲哥，张珏会立刻回东北老家，和妈妈一起用晾衣架给他一顿激烈的爱。

许德拉并未听到张珏的未尽之语，但他的直觉提醒着他，使他下意识地打了个激灵，颤巍巍地伸出手指："我会好好学习的。"

张珏满意地笑了，他亲自拿起筷子，夹着鸭肉、葱丝、黄瓜往面饼上一放，再蘸了甜面酱塞进许德拉嘴里："乖仔，哥哥也是为了你好。"

许德拉总是最听他的话，他不用功读书，父母也是先让张珏管，效果和张青燕动手管教差不多，正所谓长兄如父，张珏对弟弟也是一片关切。

许德拉害羞地笑着，靠着他哥坐："我知道哥哥对我最好。"

张珏又假装不经意地问："对了，那个和你一起在网上玩电音，还和你线下见面，说要拉你去娱乐圈做音乐的人叫什么名字啊？"

许德拉想也没想："他叫兰润，是凤鸣公司旗下乐队的贝斯手，你要上网的话应该认识他，他是国内最帅的贝斯手。"

张珏把这个名字记在心中，值得一提的是，他们之后还在饭店门口遇到了兰教练。

张珏惊喜地招手："兰教练，晚上好，您也来吃饭呀？身体好点了吗？"

兰教练愣了一下，支支吾吾地回道："我身体是好了不少，谢谢你关心啊！"

然后他脚步匆匆地进了饭店，张珏继续和许德拉在原地等秦雪君开车来接，过了一阵子，兰教练又跑出来，将一盒京八件塞给他："这是我侄子送的京八件糕点，但我不爱吃甜的，你拿去吧。"

张珏看着他，不解地问道："您衣服怎么了呀？怎么看起来这么乱？"

兰教练严肃地回道："好久没吃这家的炸酱面了，心里激动，我这人一激动就喜欢拉肚子，你也知道现在是冬天嘛，去厕所难免要脱个外套什么的。你放心，我拿糕点前洗过手的。"

张珏一窘，一激动就拉肚子怎么听起来是沈哥的特质？

他心里不好意思收一个不熟的长辈的礼，但兰教练这人特执着，直接把糕点盒往张珏手里一塞，转头便走，张珏坐着轮椅也不好追。

他和许德拉对视一眼，许德拉捂嘴笑："哥，这个兰教练好有意思，他也是教花样滑冰的吗？"

张珏连忙否认："不，他是篮球教练。"

许德拉点头："说起来要不是你叫他教练，我差点以为他是我在摇滚圈里认识的一个前辈呢。"

张珏好奇："前辈？"

许德拉严肃地回道："嗯，我之前在和网友见面的时候，就在见面的地方看到一个叫瑾叔的前辈，唱金属摇滚特别厉害，不过他是视觉系，妆化得和鬼一样。"

张珏闻言，立刻警告弟弟："别人怎么样我不管，你长大了不许玩视觉系，不然我就告诉妈妈，你听见没有？"

听到弟弟乖巧的回答，张珏松了口气，低头看着糕点盒，又开始发愁："甜食吃着容易发胖，我不能碰啊！"

许德拉心想这糕点八成要进自己的肚子了，正要说谢谢哥哥呢，就听他哥自言自语："二德都胖成球了，必须减肥，也不能吃这个，还是带回去让纱织和秦哥吃吧。"

许德拉震惊得睁大眼睛，抱着小肚子心口一痛。胖成球，就不能做让哥哥喂食的小宝贝了吗？

另一边，"兰教练"才走进饭店大门，一个和他一模一样的帅大叔就揪着他的领子往墙边推："兰瑾你不是人！抢我衣服就算了，还坏我名声！"

兰瑾哈哈一笑，熟练地一边挨拳头一边扯着兰琨到了离门更远的地方，撸袖子和他打了起来。兰润喝了口茶，在服务员震惊的视线中熟练地冲过去拉架，又和亲爸、大伯一起被赶出了饭店。

唉，为什么别人家的兄弟都那么友善，他家这对却动不动就打架？都是快四十岁的人了，老这么拳脚相向真的好吗？大伯你当年离婚的时候就害我爸脸被拍成了方形，当时还指天发誓说余生再不坑弟弟，咋今天又坑上了呢？

张珏并不知道自己就这么与假冒兰教练的生父见了一面。

1月1日，元旦佳节，这本是人们放假回家与家人共度佳节的日子，国家队集训却进行到了最后三天，气氛无比紧张，所有人都紧咬牙关拼命训练，期盼着在全锦赛比出好成绩。

早晨7点，石莫生做完陆地训练，正坐在冰场边上的椅子上系鞋带，旁边是聊着天的樊照瑛和陆晓蓉，周围突然变得十分安静。

有一道轻轻的脚步声越来越近，他抬头看向来人，瞳孔一缩。

来人提着冰鞋，对他们挥挥手："嘿，好久不见啊，我来做康复训练了。"

现场鸦雀无声，落针可闻，半晌，金子瑄艰难地问了一句话："帅哥你谁啊？"

27. 下滑

张珏在大部分人的印象里，是一个小学生体型的萌娃，可是现在，一个与金子瑄（168厘米）一样高的俊美少年站在众人面前。

虽然张珏比大奖赛总决赛那会儿只高了将近5厘米，可他身上那股过于精致带来的孩子气已经彻底消失，抽条带来的瘦削让他看起来带着一股十分男性化的精悍。

大半个月不见，这人仿佛脱胎换骨了一次。

张俊宝按住他的肩膀，比画了一下："今天体重多少了？"

张珏："早上起来称是43.5公斤。"

他真的在很努力地吃东西，但可能是养伤的时候关节不用再受到四周跳等高难度动作带来的冲击力，身高冲起来就更猛了，于是身体根本分不出其他养分长肉。

明明是易胖体质，吃得也很多，但张珏的体脂一直在百分之七左右徘徊，唯一的好事就是他的耐痛能力在这一个月里有了长足的进步。

一个月长将近5厘米，哪怕使劲补钙也免不了生长痛，那感觉就像是有人分别拽着张珏的头和脚往两边拉一样，疼得人根本没法好好睡觉。有时候张珏睡到一半疼醒了，迷迷糊糊间嚷着疼，和他睡一间的老舅就一骨碌爬起来，把药包放到微波炉里热个三分钟，然后按在张珏的膝盖上。

孙千教练看到张珏的时候，脸色也变了，一个月不上冰外加身高变化幅度过大，对滑冰技术可称得上是毁灭性打击了。

唯有张俊宝还很淡定地让张珏去换冰鞋，先上冰滑一滑，找一找感觉。

他拿出一张单子："规定图形两组，去吧。"

张珏上冰，一个没站稳，差点坐在冰上，让一直偷偷瞥这边的金子瑄差点叫出来。

差点摔倒的张珏却很淡定，他扶着墙滑了几步，就开始绕场滑行，等感觉回来了一点，他就在冰上用冰刀画几何图形。

在 20 世纪 90 年代之前，规定图形是赛场上必比的项目，对滑行功底要求很高，有许多运动员跳跃能力出色，规定图形却做不好，不少人都因此在比赛里吃了亏。1990 年后滑联取消了规定图形的比赛，但在花样轮滑的比赛里，还是可以看到规定图形的身影。

张珏这一批索契周期崛起的运动员里，几乎没人练规定图形，因为赛场不比这个，练起来就不划算，但张俊宝认为练习规定图形对提升运动员的滑行技术有巨大的帮助，加上张珏本人的滑行瑕疵有不少，就一直让他练了下来。

不过张珏也只会 8 种规定图形，而且练得不算好，比起枯燥的滑行训练，他总是更愿意将宝贵的精力和时间放在跳跃上。

第一天训练时，别人都在跳跃，张珏却被摁着只许做基础训练。作为 H 省省队的王牌，全队的中心焦点，现在他的教练只交代他该做什么，平时还要顾着其他运动员。

换其他人碰上这样的情况，内心定然会生出强烈的落差感，张珏却很平静，他稳得住，让不少旁观的教练内心暗暗赞许。这孩子如传言所说的一样体力惊人，即使没做跳跃训练，张教练给他的训练量也不小了，可是这个大半个月没运动的人做起来居然都不喘气，只是出了层薄汗，应该还留了不少余力，动作质量也很高。

这小子的心理素质、身体素质都超乎寻常地好。

直到训练快结束时，张珏才被允许在陆地上进行跳跃。

他以往做跳跃时轻盈得不行，像是鸟在飞一样，这次他做陆地 3S 时落地的声音却是惊雷一般，砰的一声响，动静大得所有人都回头看。

张珏落地时不太稳，张俊宝问他："膝盖和脚踝感觉怎么样？"

张珏诚实地回道："膝盖没问题，脚踝有点疼，但已经不妨碍跳跃了。"

韧带拉伤的恢复时间相对较长，一般以四周起步，张珏才歇了 24 天，能恢复到这个程度已经不错了。

也是在这时候，察罕不花提出一个问题："师兄陆地跳跃的高度好像比以前更高了。"

在有助跑的情况下，张珏的陆地三周跳跃高度大多是 55 厘米，更高的不是不能跳，但落不稳，这次他就跳得比以前高不少，落地时果然差点摔跟头。

张俊宝也意识到了这个问题，只是心里还不确定张珏是歇了太久，失去了对跳跃高度的控制力，还是真的腿部力量有了增强。

训练结束后，张俊宝带张珏去做了一趟体测。先是测力量提升了多少，然后是跳高、跳远……最后他把张珏领到跑道上："热身，跑100米试试。"

张珏不解："老舅，我一个滑冰的，你测我田径成绩就没必要了吧？"

在张珏体测时全程跟下来的孙千出声道："张珏，去跑。"

国家队总教练都发话了，张珏只好听话。

张珏的田径成绩一直不错，最擅长的3000米成绩接近国家一级运动员水准，每次参加校运动会都能轻松得第一。但短跑要靠爆发力，这是张珏的弱项，哪怕运动量一直很大，但他的短跑水平也只能接近二级运动员，顶多在校内运动会上嚣张一下，放在更高级的比赛上就拿不出手了。

但这次张珏跑完100米的时候，张俊宝按下手中的计时器，长长地叹气。

孙千瞟一眼，松了口气："爆发力比以前强多了，都说男单选手发育长力量，原本看张珏骨架那么小，柔韧性那么好，我还怕他会是例外呢。"

手计肯定会有误差，但11秒12也够惊人的了，张珏可不是专业的短跑运动员，跑起来没什么技巧，这个速度可以说是纯靠自身爆发力冲出来的。

张俊宝严肃地摇头："长力量是好事，但他之前空了二十多天没上冰，加上发育带来的体型变化，他对身体的掌控力会进一步下降。"

如果张珏是在休赛季发育的话还好，他们有的是时间来做调整，可现在赛季正进入后半段，后面的比赛一项比一项重要，张珏这时候实力下滑，带来的损失就太大了。

果不其然，第二天，张珏开始恢复跳跃训练，但他的三周跳成功率下降得简直让人惨不忍睹。

除了他最擅长的3A没丢得太狠，3lo和3S的成功率全部下降到百分之三十，反倒是以往不算厉害的3F、3lz还有百分之四五十的成功率。

四周跳的话，4S的成功率只剩下百分之二十，4T的成功率却还有百分之三十。

做完跳跃测试，张珏在旁边喘气，张俊宝看着训练表沉思。

"空中转速比以前慢了，需要身体协调性的刃跳丢失严重，身高变化让他的重心和以前不同。加上力量变强，他现在失去了对身体的控制力，跳跃轴心很容易发生偏移，但力量变强又让他的跳跃高度更高，所以点冰跳的成功率反而比刃跳高。"

他对张珏说："你要不要试试在全锦赛再换一次跳跃配置，张珏？"

张珏拧开水瓶，将里面的凉水通通浇到头上，然后把瓶子往旁边一丢，身旁的金子瑄往后一跳，看起来有点被吓到了。

听到教练的呼喊，张珏抬起头，翘起嘴角，逐渐长开的眉眼带着逼人的锋芒："我听着呢。"

这一幕看得旁观的马教练挑了挑眉。他是老滑冰人了，这一辈男单选手过发育关时是什么样子他都知道，但像张珏这种当着教练扔瓶子的暴躁脾气是头一回见。

这个看起来调皮捣蛋，而且一度被评为长得像个小女孩的孩子，恐怕才是这批男单运动员里性格最大胆和最具攻击性的。

28. 盖楼

运动员摔东西虽然少见，在这个行业里也不是没有。孙千还以为按张俊宝那个火暴脾气，张珏摔东西，他肯定是会发火的，但张俊宝没这么做，他只是淡定地挥挥手："金子瑄都被你吓到了，去和他道个歉，把垃圾扔了。"

张珏："哦。"他真的就这么听话地去把瓶子捡了回来，还拍了拍金子瑄的肩膀说了声"不好意思啊"，把瓶子精准地扔进可回收物垃圾桶里。

这小伙子居然完全没有"我才摔了瓶子再让我去捡回来扔到垃圾桶会很丢脸"的意识，周围人也目瞪口呆。

张珏看起来有主见到叛逆的程度，其实大部分事情都很乐意听张俊宝的话，原因很简单，他老舅有真才实学，张珏对老舅十分服气。

等他回来，张俊宝就很冷静地和他说起换全锦赛跳跃配置的事。

张珏以前对花滑没这么上心，趁着中午去踢足球那阵子早把老舅的脾气磨得差不多了，这才哪儿到哪儿啊，他还不至于为这点小事发火。

黄莺和队友嘀咕："张珏看起来成熟了好多啊！"

队友赞同地点头："是啊，完全是大男孩样了。"

由于长高的关系，虽然衣服因为材料的延展性还可以暂时不换，考斯腾的裤子却必须换了，不然张珏到了赛场上会露脚脖子，所以老舅就把他年轻时的裤子翻出来借给了张珏。

临时去买也不是不行，但张珏的腰太细了，正常的一米六八的男性穿的裤子让他来穿都会往下面滑，不系皮带都不行，也只有少年时代和张珏身材比例相近的老舅的裤子穿着正好。

同理，张珏的日常衣服也早就没法穿了，他现在穿的都是秦雪君从家里翻出来的小时候的旧衣服，张珏穿起来还松松垮垮的。但就算秦小哥的旧衣服等张珏长到一米八还绰绰有余，可张珏总不能天天穿别人的衣服啊！

于是在训练结束后，张俊宝又牵着张珏去了商场，到了二楼男装区，指着模特身上的衣服："自己挑，挑完喊我付账。"

张珏摸出自己红彤彤的猪猪侠钱包："我有钱啊！"

张俊宝扇他一下："少来，你买完房子以后每个月要还房贷，你有什么钱？"

背着20年房贷的张珏挺起胸膛："我真有钱，付完首付以后，我还在卡里留了5万块以备不时之需，衣服我可以自己买。"

别看张珏平时要出国比赛，服装费、编舞费、交通费、住宿费加起来不少，但这些都可以报销，加上张珏不抽烟、不喝酒、不玩奢侈品，还真没啥花钱的地方。

考虑到自己之后还要长高，张珏挑衣服的风格以单价便宜、穿着保暖方便为主，美观已经懒得考虑了。可能是个人条件太好的关系，穿上衣服后的视觉效果还是挺好。

毕竟就算再瘦，张珏也是实打实体脂率个位数的男人，他身材好啊！

回去的路上，张珏还特意去宠物店买了一包鼠粮："纱织很能吃，我要多备点。"

张俊宝哼了一声："你就宠她吧，全锦赛抽签就在明天，后天就比男单短节目了，你可悠着点，别'玩鼠丧志'了。"

如果在高难度的大奖赛总决赛拿下银牌，却在理论上没什么高手的国内赛翻车的话，场面不好看是一回事，舆论方面对于张珏因为发育而伤仲永的讨论也会越来越多。

张珏能否扛过发育关是张俊宝心中的隐忧，真让他操心到会说出口的，还是某种意义上比发育更可怕的舆论。这么多年来被舆论压得受不了，最后选择退役的运动员也不是一两个了，尤其是张珏这种独苗，比赛压力大，全项目的关注度九成都在他一个人身上。

张珏满脸淡定："别担心。"

周五，张珏参加了抽签会，当他上台的时候，许多没参加国家队集训的省队运动员都惊讶地窃窃私语。

"那是张珏吧？"

"居然长这么高了？感觉整个人大了一圈。"

"真的发育得好猛，他之前养了挺久的伤吧？实力不知道下滑了多少。"

张珏摸出个写着 19 的球。

"第四组第一位出场。"

带着闵珊、蒋一鸿、柳叶明等省队成员过来比赛的沈流捂脸："唉——"

女单短节目的比赛先于男单短节目开始，因为国内赛参赛的人数没国际赛那么多，国内的花样滑冰本就不兴盛，虽然赛事主办方还是意思意思分了少年组、青年组、成年组，但实际上女单赛事是打算在今天下午就把所有年龄段的短节目一起比完的。

12 岁的闵珊小朋友自然也要上场比赛。

身为张门三师妹，朝鲜族的闵珊有着与大师兄相似的调皮性格，曾有过因过于调皮被亲妈追着绕省队训练馆跑了一圈，最后被逮到当着全队的人暴揍的记录，据说是因为到队里训练前因为口角把邻居三胖子的门牙打掉了。

根据张俊宝执教张珏的经验，这孩子心脏应该也挺大的，因为在训练的时候闵珊就表现得格外大胆，什么跳跃都敢跳，完全没有怕摔的意识。

但遗憾的是，和看似纤瘦实则很有力量的徐绰不同，闵珊是真的力气不大，只能走传统女单选手的高转速路线。但她不节食，食堂阿姨怎么喂她就怎么吃，每周比其他同门多 10 小时的游泳训练，以运动的方式控制体重。

与此同时，闵珊也没有放弃练力量，经过努力，她现在的跳跃高度在同龄女单选手里也算得上中上水准，已经成功练出了除 3lz、3A 以外的三周跳，还把举双手练出来了。

用沈流的话说就是，"闵珊的上限没徐绰那么高，但她并非没有走上世界舞台的潜力"。

可惜这姑娘不太稳定，她的另一个缺点就是因为神经大条，与情感细腻的曲目契合度不高。今年给她选曲编舞的时候，张俊宝就特意建议小姑娘选比较活泼可爱的曲子，比如《杜鹃圆舞曲》。

闵珊妈妈很愿意听教练的建议，听完还说："教练您说滑啥咱珊珊就滑啥，对了，那啥考斯腾要我们找人做不？孩儿她爸就是做布料生意的呢，做这个特别方便，她师兄的考斯腾都能包了。"

闵珊的父母都是那种为了让老师多照应自家孩子一点，过年会提着价值上千的烟酒礼物上门的类型，为了让张教练开心，他们也完全乐意且有能力包下张教练他外甥接下来好几年的考斯腾制作。

张俊宝和闵珊碰到过的所有老师一般，严词拒绝了，内心感叹这年头家长不好做，这也太操心了。

正式比赛开始前，张俊宝让闵珊坐在一个板凳上，弯着腰给小姑娘梳了个花苞头，他将几个闪亮的发夹别好，嘴上叮嘱着："这是你的初战，到了赛场上好好把节目滑完，不怕啊，这点场面不算啥，教练和师兄师弟们都看着你呢。"

张珏点头："对对对，你是张门唯一的花儿，你比赛，我们全家支持。"

闵珊甜甜一笑，挽着张俊宝的胳膊熟练地撒娇："教练，要是我这次上了少年组的领奖台，你可不可以给我烤鱿鱼须吃？"

她知道张俊宝家里有烤炉，别问她为什么知道，因为那就是张俊宝为了宠外甥和徒弟专门买的。运动员不能外食，为了让他们打牙祭，张俊宝偶尔会从食堂那里拎一袋子食材，然后带着娃子们到家里烧烤或者涮火锅。

张俊宝答应："好好好，丫头，去热身吧。"

张珏伸手："来，把露娜给我。"

闵珊是《美少女战士》的粉丝，出门比赛，怀里还揣着个定做的黑猫露娜玩偶纸巾盒。

在别人看来，闵珊虽然只是个 12 岁的小丫头，排场却是全场第一。

有作为花滑第一帅哥的大师兄抱纸巾盒，黑皮小帅哥二师兄提外套，可爱的小师弟亦步亦趋地跟着。上场前，张教练和沈教练一人握她一只手，满脸慈爱的笑容。

所以比赛还没正式开始，国内冰天雪地论坛上已经出现了一个帖子。

冰天雪地 - 花样滑冰 - 女子单人滑

"灌水"

人在全锦赛现场，刚才突然特别想和张三妹交换灵魂，话说只有我一个人有这个念头吗？

+1、+2 的回复不断涌现，最后将这个帖子盖出了壮观的 6666 楼。

29. 猎豹

张俊宝熟练地一推，闵珊便借着他的力量朝前滑去，沈流和张俊宝看着她的背影，心里都有点欣慰。

最开始，他们的团队里只有张珏一个运动员，沈流和张俊宝两个人小心翼翼地带着这个天赋惊人的孩子，生怕浪费了张珏的天赋。

结果不知不觉间，张珏已经能在 A 级的成年组赛事里拿奖牌了，其他徒弟也渐渐长大了。

沈流和张俊宝聊着："近年不少好教练都跑到俱乐部去了，今年也有不少出彩的小孩是从俱乐部滑出来的。"

尤其是南边，自从那边经济发展好了，不少冰场盖了起来，许多好教练也往那边跑。发展到现在，一些俱乐部的综合实力已经不比省队弱了。

比如 H 省省队，他们现在是单人滑强势，但双人滑和冰舞就比不得俱乐部了。

张俊宝淡淡地说道："市场商业化，必然会带来新的机遇。"

他们聊的话题旁边的察罕不花和蒋一鸿都没听懂，听得懂的张珏靠着挡板，双眼紧盯闵珊的背影。在他后方的观众席上，一排少女举着相机、手机不停地拍，她们头上还都戴着猪猪侠的帽子。

自从张珏在和粉丝合影时，许德拉一通电话打过来，张珏那个"噜啦噜啦咧"的手机铃声暴露后，戴猪猪侠帽子、拿应援小团扇看比赛就成了他家冰迷的日常。

有女生拼命压低声音叫道："啊——弟弟好帅！"

她的同伴使劲点头："对！不过他的性格一直挺酷的，我回去以后就要拿他为主角原型写文章！"随着发育，张珏擅长吸颜粉的属性也跟着明显起来。

就算是之前没关注过男单，只是看到这家体育馆门口挂着"欢迎观看花样滑冰全国锦标赛"以及免费入场的标牌才进来的人，这会儿也忍不住向周围人询问:"你们认识那个站在冰场边抱着黑猫纸巾盒的小帅哥吗?"

小姑娘的节目配置是3lo+3T、3F、2A。

为了保证小运动员们的基础能力扎实,而非一味地拼更高难度的跳跃,国际滑联为青年组的运动员指定跳跃动作,比如今年的青年组赛事规则里就要求女单短节目必须上后外结环跳(lo)、后内点冰跳(F),每个节目都必须有阿克塞尔跳(A)。

闵珊的举手技能也是张珏带出来的,不过和总在连跳的第二跳举手的师兄不同,她总是在连跳的第一跳就举手,说不上谁的难度高,主要是习惯不同。张珏求稳,第一跳稳定落冰了,再视状态决定第二跳举不举。闵珊性格毛躁冒进一些,第一跳就举,一秒都等不得。

离开张门的徐绰自然也会举手,而且现在已经发展到了跳二连跳时,两次跳跃都能举手的程度。张珏也能这么做,但他认为如果两跳都要举手,举手的蓄力时间必然会影响连跳节奏与质量,所以很少这么做。

接着毛毛躁躁的闵珊毫不意外地差点在第一组跳跃翻车,拼死稳住跳跃后连跳的第二跳也只敢接2T了。

沈流摸了摸发际线:"师兄,不知道是不是我的错觉,咱们的徒弟好像都有点浪。"

不只是张珏和闵珊浪,察罕不花和蒋一鸿也是这样,遇到的对手越强,他们就越敢在比赛里上难度。三个小的还好,张珏尤其大胆,擅自在比赛里改自己的跳跃都不是一两次了。

张俊宝满脸淡然:"按宋教练的说法,教练和学生都是互相选择的,可能我们两个的气质就比较吸引这种小孩吧。"

有的教练就是会带出冷静理性的运动员,还有的教练就是会带出个性十足的"问题"儿童,隔壁乒乓球就有"秦门出儒将,肖门多血性"的传言,意思就是秦教练带出来的运动员都偏理性,而肖教练带出来的运动员则更霸气张扬。

张俊宝觉得他和沈流带出来的孩子也有很明显的共同特点,那就是都很自信,面对再强大的对手都不会怂,而且敢拼敢闯。这样也好,运动员就是要有拼劲,才能不断挑战极限啊!

所以等闵珊下来的时候,张俊宝都没骂她,只是叹了口气,张开怀抱。小姑娘立刻欢快地扑进他的怀里,还是等从张珏那里抽纸擦脸时,才被师兄的眼神吓得一激灵。

张珏："我告诉过你，你的 3lo+3T 还不稳定，所以在短节目中别举手，要浪等到自由滑浪。"

闵珊连忙露出讨好的傻笑，张珏翻个白眼，将外套披在她身上，然后看着闵珊挽着俩帅气的教练，开开心心地去了 kiss&cry。

毫不夸张地说，闵珊的教练组颜值是全场最高的，所以看她一手挽一个的场景，不少人都露出了羡慕的眼神。这就是张门一枝花的待遇。

小姑娘的最终得分是 59.55 分。这分数并不低，国内的裁判打分都严，给选手们的分数是"脱水"的，加上中国女单选手整体水平本就有限，所以徐绰去年在全锦赛夺冠时的短节目得分也才 62 分。去年的全锦赛女单短节目排名前十之中，第十名只拿了 42 分……

这就是徐绰冒头的时候会被视为希望之星的缘故，因为在全面低迷的中国女单选手里，能在世界舞台上和其他顶级女单选手 PK 的只有这么一个啊！

而闵珊一个 12 岁的小女孩才登场就能拿到 59.55 分，也充分说明了她的实力。

孙千和江潮升嘀咕："张俊宝和沈流带单人滑是真有一套，这几年教出来好几个不错的苗子。"

以张珏和徐绰为首的两人几乎垄断了国内单人滑的金牌，明眼人都知道徐绰在跟张俊宝之前也就点冰跳还行，3lo 和 2A 都差得和什么似的，跟了张俊宝才把刃跳、连跳也练好了。

最重要的是，国内别的单人滑选手训练时都是惦记着如何在全锦赛拿好成绩，对标的是其他省队的一哥一姐，而张俊宝手下的运动员甭管跟着他之前是什么水平，跟着他以后，比国内赛时都没什么压力，而且他们对标的都是国际舞台上的选手。层次都不一样。

就算张珏发育关过不了，孙千现在都特想让这两人进国家队做教练，可惜他们只跟着张珏走，张珏在哪儿这两个教练就在哪儿，谁都挖不动。

闵珊的比赛结束后，杨志远给闵珊做赛后放松，张珏转头去了热身室。

金子瑄、石莫生、樊照瑛等人已经开始热身，但张珏进来的时候，室内诡异地安静了几秒，直到张珏铺开瑜伽毯压腿时，热身室才恢复了原来的氛围。

陈竹和旁边的马教练小声说道："张珏这气质也是少见，我以前从没见过这么霸气的。"

马教练赞同："年轻一辈里就数这小子的冠军相最足。"

张珏具备极强的攻击性，升组第一年就敢朝麦昆、瓦西里这样的世界冠军发起挑战，胜不骄败不馁，赢得起也输得起，关键时刻果断坚定，有拼搏的血性。

和他一比，其他少年难免霸气不足。

旁边执教金子瑄的乔教练一脸无奈："张珏一过来，我家小瑄大气都不敢出，我都不知道他怎么那么怵张珏，明明张珏对他挺友好的啊？"

人还没上赛场，气势就先自动矮一头，这可怎么和人家竞争？有时候乔教练都想摇着金子瑄的衣领大喊："傻小子你给我醒醒，你已经 18 岁了，张珏比你还小 3 岁，你怕他干什么啊！"

砰的一声巨响，张珏的一个陆地 3A 落地。他是真的瘦，体脂已经低到了跳跃时，收紧的胳膊上能隐约看到青筋的程度，力量感相比以前却是肉眼可见地变强了，跳起来和小钢炮似的，视觉冲击力十足。

抗干扰能力比较弱的几个小运动员已经有点怵了，有个教练起身，拉着自家孩子去外面的走廊。既然张珏会影响到小孩，那他们就换地方。

陈竹看出来了，张珏今天带着一股狠劲，就像一头狼王在受伤后依然不打算放弃战斗，正缓缓地磨着爪子准备去对抗逆境呢。陈竹也曾是世界顶级女单运动员，深知国际赛事的强度与压力会对运动员造成多么巨大的损耗，张珏身上恐怕还带着伤。

金子瑄也是要在比赛里上 3A 的，他咬咬牙，也来了个陆地 3A，却因在转体时身体未收紧而摔了一跤。

张珏瞥他一眼，理都没理，平静地去找教练拿水喝。

沈流压低了嗓子问："你不是对他很友好吗？他摔了你怎么不去扶一下？"

他们家小鳄鱼不是走到哪儿都能交朋友吗？金子瑄那么玻璃心，摔一跤的时候要是有朋友扶一下，保管状态会好很多，沈流不信张珏看不出来这点。

张珏眼中流露出一丝不解："我是对他很友好，可这里是赛场，他是花样滑冰运动员，在这里摔倒后自己爬起来是基本素养吧？"

金子瑄要是在马路边上走着走着摔倒了，没的说，张珏会立刻把他扶起来，甚至背着他回家，但如果是热身的时候因为自身失误摔倒，而且他还没受伤的话，张珏为啥要管？

他自己还带伤出战，每次跳跃时都右脚韧带一扯一扯的，疼着呢，之前做陆地跳跃时也摔过，只要没受伤，张珏就拍拍屁股自己起来了。

沈流沉默半晌，心想他在役的时候性格要是有张珏一半坚强，都不至于因为心态问题经常失误了。

他们虽然没大声说话，但架不住金子瑄离得近，小伙子眼圈一红，心头莫名涌起一阵羞恼的情绪。他一骨碌爬起来，又跳了个举手的 3S，跳完了看向张珏，发现对方压根没抬头看他，只专心地往瓶子里倒止痛药粉。

张珏面不改色地仰头灌了半瓶子味道诡异的饮料，转头干呕了一下："我觉得整个脑袋都是紧绷的。"

张俊宝给他按了按："谁叫你昨晚没睡好，早和你说别看闪珊的比赛，抓紧时间补个觉，我知道你睡得着，腿还行不行？"

张珏回道："还行，撑不住的话我会主动退赛。"

张俊宝一字一顿地道："你最好说到做到。"

两人对了一拳，张珏从包里翻出考斯腾，将衣服一脱，体脂率仅有个位数的躯体展现。

他的左侧手臂、肩背有很重的青色，明显是摔出来的，从肩到腰还有紫到发黑的火罐印，后腰和右肩贴着膏药，左手肘还绑着纱布。就是这样一副纤瘦的躯体，却带着猎豹般的凶狠与精悍，没人知道张珏为了在回到冰上仅三天的情况下就将状态恢复到可以上全锦赛的程度付出了多少。

金子瑄只是知道，在集训营的最后一天，当所有人在傍晚提着行李准备离开时，他还能看到张珏在开着灯的场馆里继续训练。

四　扼住命运的咽喉

30. 指标

"接下来登场的运动员是 H 省的张珏。"

广播里传来张珏的名字,他拍打着自己的手臂,又捶了几下手臂和大腿。观众席有女孩忍不住尖叫,他回头,漫不经心地笑了笑,食指放在唇边。小女生立刻双手捂住嘴,团扇啪嚓一声落在脚边,她也舍不得弯腰去捡。

镜头拉近,陈思佳坐在电视前看着那张脸,张大嘴。

"张……张珏?"等会儿,这是张珏?他在一个多月前明明还是个让刘梦成举高高的萌娃,现在这个气质疏离冷淡的大帅哥是谁啊?

陈爸爸扶了扶眼镜,也一脸不敢置信:"这是张珏?"

国家队集训营众人经历过的感受,不少冰迷在六分钟练习的时候也经历了一遍。

其实在闵珊上场比赛的时候,已经有眼尖的冰迷发现张珏变化巨大,但真的看到这人穿着考斯腾上场时,还是忍不住又揉了揉眼睛。明明身高变化只有 5 厘米,怎么就和变了个人似的?

秦雪君就听到身后有人用颤抖的声音说:"花……花滑的国服第一美女没了。"

另一人坚定地反驳:"不,咱们的村花还在!"

秦雪君听懂了,他看着张珏上场的身影,抿了抿嘴,居然找不出反驳之词。他默默地从口袋里摸出一个鳄鱼贴纸贴到额头上,配合着脸上的"必胜"二字,一看就知道他是张珏的铁杆粉丝。

很快,在《再会诺尼诺》响起时,再没有人能够将目光从张珏身上移开。

张珏果然没有在短节目上四周跳,可比以前更加成熟的少年却将探戈演绎出全新的韵味。他就像是通过这支舞在吟诵一首诗。

即使有人夺取我的双腿,夺走我的舞姿,夺走我的语言和记忆,我也不会忘记我爱过你。

这场《再会诺尼诺》像一场悲伤的诀别。

最令人感到惊讶的是,在这个节目之中,张珏不仅完成了惊艳的表演,也没有出现任何技术层面的失误。即使他没有再使用举手的技巧，但这种表现对关注他的领导来说已经足够了。

孙千看着他："仅仅三天就恢复到这种程度，真是了不起。"

国内状态最稳定，最能让人放心地派出去比赛的，果然还是张珏。

不知是不是金子瑄的错觉，张珏下冰时，他的神情似乎很落寞，但他很快又振奋精神，戴好刀套，穿好外套，一手搭一个教练的肩膀到了 kiss&cry，还有心情对镜头比心。

樊照瑛突然感叹道："如果他没有同时被发育和伤势压住，你带着四周跳 clean 节目也赢不了他。"

金子瑄握紧双拳，不服气地反驳道："我承认他很厉害，但不用神化他，我不会因为他强就放弃争夺冠军的。"说完，小伙子就加快步伐走向冰场。

石莫生用胳膊捅了捅樊照瑛，调侃道："嘿，你故意激他？"

樊照瑛微微一笑："我就是看不惯他明明身体健康，天赋也属于顶级，在赛场上却老是那么屉，你说但凡咱们这一辈里多一个拿得出手的男单选手，那个伤号还需要这么死撑？"

他用大拇指对准张珏，凑到石莫生耳边说道："马教练在担任集训营副总教练的时候，和孙指导一起参加了上头的会议，领导说今年花滑男单至少要从世锦赛带两个名额回来，金子瑄再不争气，张珏怕是要挨第二针封闭了。"

半年之内挨两针封闭是绝对会影响运动生涯的，可上头把指标定下来了，能不能完成指标会影响到花滑在明年的预算，孙教练也是压力山大。但两个名额代表至少要有一人滑进世锦赛前十名，现在国内除了张珏，谁能拍胸脯保证自己稳进前十？除非金子瑄那个"万年抽风机"能把 4T 彻底稳下来，在世锦赛同时 clean 短节目和自由滑还差不多。

就在此时，观众席传来一阵欢呼，他们一起抬头看向大屏幕，发现张珏凭着 3A、3lz+3T、3F 的配置滑出了 87.5 分的全场第一高分。

张珏的技术分是 44.6 分，表演分则是 42.9 分，但有意思的是全场所有人，包括张珏的对手在内，硬是没人觉得张珏拿这么高的表演分有水分。

毕竟一哥在外头被压分是众所周知的事实，回到家里给个公正点的表演分又怎么啦？张珏的表演难道不值 42.9 分吗？他离满分可还有 7.1 分呢！裁判们一点也不觉得自己给一哥的分数有水分。

冰迷们看到这么高的分数也高兴得很，前排还有一群戴猪猪侠帽子的小姑娘齐刷刷地站起来，摇着一条巨大的鳄鱼挺肚子横幅。张珏站起来对她们示意了下，这帮激动的小姑娘才安静下来，又互相比着嘘的手势，看起来怪可爱的。

仅看人气，张珏也是全场第一，现场的冰迷有百分之八十为他而来。

石莫生看着金子瑄捶大腿的背影，无奈地说道："说句没出息的话，我要是领导，看过张珏的表演后，也不乐意把筹码放在其他人身上了。"

张珏的表演堪称艺术，而他们的表演在未经张教练的打磨之时是广播体操，打磨完了以后是优美的广播体操，不是说他们没进步，而是一个月的集训时间太短，张教练又是集训营的跳跃教练，没空给他们上表演课。

樊照瑛在表演方面的进步还是趁训练结束后，去敲张教练的房间觍着脸请教才得到的。

石莫生琢磨，等这个赛季结束，他得趁休赛季找机会再去张教练那里进修一番，别的不说，他的落冰技术还没练熟呢。

张珏看完自己的分数后，又站在场边看完金子瑄的短节目。

这位中国唯一能和他一斗的候选一哥在本赛季选择了《末代皇帝》作为短节目曲目，虽然外号"抽风机"，但今天的金子瑄就像打了鸡血一样，跳成了节目中的 4T、3A、3F+3T，赢得了职业生涯中的首次满堂喝彩。表演分的弱势让他最终以 84.71 分排在了张珏之后，不过对金子瑄来说，这是他的职业生涯最高分了。

小伙子在 kiss&cry 兴奋地跳起来，抱着乔教练蹦了蹦，又转头去找张珏，却正好看到张珏转身离开会场，仿佛他最好的表演在对方眼里不值一提。

一股强烈的不甘在金子瑄心中翻腾起来，还带着点委屈，他都这么努力了，张珏也不多看他一眼。

另一边，张珏离开人多眼杂的表演会场，在后台找了把椅子坐好，杨志远蹲在他面前，用冰袋给他敷着膝盖。

张珏咝了一声，苦笑："幸好不是滑囊炎的那种痛，就是生长痛我都快忍不了了。"

杨志远拍了拍他的膝盖："一个月长了将近 5 厘米，最近三天还死命训练，你不痛谁痛？感谢上天对你的厚爱吧，长这么猛居然都没什么生长纹，简直是奇迹。"

张俊宝十分骄傲地竖起大拇指："那是因为我提醒张珏记得擦身体乳。"

此时的老舅完全忘了提醒他的人，正是害张珏发育得如此迅猛的罪魁祸首的倒霉弟弟。

罪魁祸首正在大喘气："张俊宝总算离开了，他在场我都不敢摘口罩。"

兰润无语地说道："所以大伯你为什么要怕张教练呢？当年脸被板砖拍成方形的明明是我爸啊！"

兰瑾严肃地回道："你不懂，张俊宝虽然没用板砖拍过我，可他姐姐向我扔过折凳、饭桌、菜刀和电视机。当年离婚的时候我就写过保证书，余生绝对不去打扰小玉，万一张俊宝发现我违背了誓言，一个激动打电话把他姐姐叫过来，我就完蛋了。"

兰润："……"当年被收拾得那么惨，你居然都没想过戒酒，我要是青燕阿姨，我也不愿意让你接近小玉。

不过小玉看完金子瑄的节目就立刻退场了，都没见他看其他人的节目。虽然是没怎么实际接触过的堂兄弟，但兰润好歹也看完了对方过往所有的比赛，深知这位只比他小两岁的堂弟是个非常尊重对手的人，只要没特殊情况，他都会礼貌性地在选手的休息区看完比赛。

想起对方的伤病传言，兰润总有点担心。

唉，和因为打架过猛导致退役的大伯不同，兰润同学的爸爸是正儿八经因伤退役的，直到现在他爹还会在阴雨天捂着膝盖和脚踝喊疼，也不知道小玉好不好。

秦雪君坐在这两人身后，总觉得他们的对话有哪里不对。

张珏那边做完冰敷后，杨志远询问："你还能撑完自由滑吗？"

张珏捂着肩膀咝了一声："没问题，就是您得再给我两张膏药，我可能是昨天摔得太狠，现在肩膀快抬不起来了，搞得我在比赛里连举手都不敢做。"举手是可以帮助他稳定跳跃轴心的技术，不能使用这一招，张珏跳跃时总有种轴心快要脱离掌控的感觉。

全锦赛第一天结束，闵珊拿到了少年组女单短节目第二的排名。

张珏则一如既往地强势，即使没上四周跳，也以表演分的巨大优势排在了男单短节目第一位。

31. 想赢

根据赛程表，花滑四项在全锦赛的举办顺序是冰舞、女单、男单、双人滑，基本就是根据项目的人气与上头的重视程度安排，越被看重的越是在后头出场。

比如男单，在张珏出场前，一直都是花滑四项中第二个比的，就比冰舞好点。近两年人气赶超女单，甚至隐隐有可以与双人滑比肩的架势。遗憾的是国内双人滑有多个组合实力出彩，比起来也十分好看，男单却只有张珏一枝独秀，所以男单赛事的精彩程度一直无法与双人滑相比。

张珏溜达到场边，指着正在场上做抛3S的双人滑组合，问黄莺："那一对小朋友是哪儿来的？他们技术不错啊！"

黄莺被突然出现的声音吓了一跳，回头一看，拍着胸口松了口气："是你啊，那是我和临哥的师弟师妹，叫封菲和佘昇，今年才进青年组。"

她打量着张珏，忍不住说道："你怎么不去副馆做自由滑合乐呀？金子瑄今天可是一大早就去那边训练，一副迫不及待要打败你的样子。我告诉你，金子瑄实力不错的，你要是大意，说不定真要翻车。"

张珏无奈："你信不信我要是现在继续训练，我老舅能立刻把退赛申请交给赛事主办方？"他腿不好，练不了啊！"我去别的地方玩了，你们比赛加油啊！"说完这话，张珏就溜达走了。

黄莺莫名其妙："这人来干吗的？"

关临看他的背影一眼，了然地道："他无聊，到处走走散散心吧。"这人是出了名的精力旺盛、体力强悍，不能去冰上练习，别的激烈运动恐怕也被禁止了，除了溜达还能干吗？

张珏还能蹲着看老舅给闵珊梳包子头。身为张门一枝花，闵珊今年的短节目是弗兰斯·米勒编的，而她的自由滑《海岛之声》的编舞则是张俊宝。

一直只给孩子们编表演滑的张教练今年却不得不给徒弟编赛用节目，也是因为现实的逼迫。编舞是一件耗时耗钱的事情，如果找不到风格合适的编舞的话，运动员就没法好好地演绎节目。

比如张珏惯用的编舞米娅女士只擅长古典风格，并且非常挑合作对象，能被她看上眼的人特别少，而弗兰斯·米勒直言他的工作表排满了，能给闵珊编短节目都是看在张珏的面子上。

到最后，张俊宝干脆一撸袖子，自己上了。

闵珊的父母认为他们不懂花滑，所以女儿从训练到服装造型就全部交给教练来把控，教练怎么说女儿就怎么做。而在老舅的直男审美中，小女孩就要穿鲜艳的颜色，于是他给闪珊安排了一身嫩黄色的考斯腾，接着脑袋上梳包子头，用黄色的丝带系个蝴蝶结。

也不知道是小女孩年轻经得起随便打扮，还是张俊宝这次品位超常发挥，闪珊穿上这一身居然效果不错。

女单自由滑开始了。

"徐绰，安心热身。"听到教练的提醒，徐绰才回过神来，但眼睛一直忍不住盯着后台的电视。

张珏还是抱着纸巾盒靠在挡板边，屏幕里的闪珊伸出小手，张俊宝和沈流一人握住一只，带着鼓励的笑和她说了几句话。小姑娘面带自信的笑，连连点头。

到目前为止，闪珊最高难度的连跳是3lo+3T，虽然在短节目中差点翻车，但闪珊的跳跃质量其实很好，尤其是高远度，在女单选手之中算得上非常出色。

虽然是首次登上全国赛的舞台，但有一个世界瞩目的天才师兄在，闪珊一开始就获得了极大的关注，在短节目结束后，她被各台解说员评价为"是一个非常有天赋的女孩"。

而在看完她的自由滑后，解说员对她更是毫不吝惜赞美之词。

赵宁评价道："闪珊是一个柔韧性很好的女孩子，她的旋转非常出色，而且表演非常有灵气，带着小女孩的俏皮，很符合她的年纪。我敢说等明年徐绰升入成年组，闪珊将会接替她在青年组的位置，成为新的希望之星。"

其实徐绰现在的赵教练之前和上头说过几次，希望实力达到一定程度的运动员都进入国家队训练，好给他们更多的资源成长，比如京城队的米圆圆，还有H省队的闪珊。只是因为这两位运动员都对自己的教练感情很深，拒绝了国家队的邀请。

随着年龄的增长，徐绰也明白当年赵教练从省队要自己是有摘桃子的嫌疑的，但她在教导自己时尽心尽力，徐绰也不好意思不满。而且妈妈一直希望能培养出进入国家队的女子单人滑运动员，希望她能成为第二个陈竹，为此不惜卖掉在老家的房子带她来这里训练。

有时她会觉得自己是被爱意压迫到近乎窒息的工具人，手机被没收，也不能像其他同龄女孩一样拥有正常的校园生活，社交圈子仅限于教练、队友，有时她又为自己产生这样的念头感到愧疚。

闪珊继续跟着张教练是对的，因为小玉师兄总有高考完的一天，以他的能力，一定可以考到京城这边的好大学，到时候他们就会一起来国家队，闪珊那时候再跟过来也顺理成章。

妈妈为她绑好运动绷带："明年你就要升成年组了，按照米圆圆的水平，她在今年的世锦赛恐怕进不了前十，所以明年只有一个冬奥会名额。小绰，之后你不用发挥全力，适当地降难度，不拿冠军、不参加今年的世青赛也没关系，咱们优先保住你的膝盖。"

徐绰小声回道："可是我想赢。"她想赢这场全锦赛，她还想赢今年的世青赛，每一场比赛，她都想赢。

徐绰妈妈慢条斯理地劝着："小绰，听话，妈妈给的建议对你最好，我不会害你的。"

可是她和庆子约好了，她们要在世青赛再比一次！记忆中，留着娃娃头的少女对她展露灿烂而自信的笑脸，说："你真是个了不起的对手，世青赛再见吧，到时候我可不会输。"

她的知心朋友不多，庆子就算一个，徐绰真的不想放弃见到对方的机会。

当张珏摸着闪珊的脑袋，准备下场去热身时，张俊宝拉住他："过早热身会消耗过多体力，看完青年组的比赛再走吧。"

张珏顿了顿，转身找位置坐好，和昨天的金子瑄一样，今天的徐绰也和打了鸡血一样，上场就放大招，跳成了一个 3F+3lo，赢得了满堂喝彩。

张珏惊讶地发现，她的 3lz 起跳时变成了平刃。3lz 起跳时左脚应该是外刃，否则便不标准，这导致她被裁判判了用刃模糊，GOE 并不漂亮。

张珏面露不解："我记得这丫头的勾手跳技术很规范啊，怎么外刃压不下去了？"

张俊宝也纳闷："不知道，可能是受伤了吧？"

3lz 和 3F 是大部分冰迷都没法区分的跳跃，因为它们都是右脚点冰、左脚起跳，只有对花滑比较熟悉，眼神也比较好的，才能通过起跳时的左脚是内刃还是外刃来区分两种跳跃。

张珏之前就有过 3F 的内刃压不好的毛病，沈流过来后才将毛病改好，并自创出需要比别人多转 0.2 周的诡异跳法，但他的外刃无比标准。

哪怕到了国际舞台上，外刃用不好的人也大有人在，偏偏勾手跳的分数仅次于阿克塞尔跳，不少有国籍优势的人就开发出了一种得分妙法，叫一刃两用，不管跳 3F 还是 3lz，他们的刃都是平刃，只是裁判不管而已。但徐绰是没有国籍优势的，她这个外刃压不好，到了国际赛场上绝对要吃亏。

然而徐绰已经不是张门弟子了，张俊宝忧心也没用，张珏更是看完后就放下这事，转头自己热身去了。

虽然从脸上看不出来，其实张珏的心理压力也不小，好在他是短节目第一，因此自由滑会在最后一个登场。在他之前，樊照瑛、石莫生、金子瑄等其他成年组男单选手都纷纷登场比赛。

可能是昨天习惯了张珏的压迫感，今天小朋友们总算没有再出现由于畏惧张珏而热身状态不佳的问题，顶多大家都绕着这人走，偶尔听到惊雷般的陆地跳跃落地声，也只当室内在打雷。

张珏认真热身，偶尔抬头看电视，发现今年的男单选手居然都表现得挺争气。

樊照瑛完成了双 3A 的自由滑节目，石莫生也首次完成 3A，金子瑄完成了一个 4T 的节目，这就导致今年全锦赛男单首次出现了 3 个总分在 200 分以上的选手，金子瑄甚至拿到了 259 分，又一次刷新他的职业生涯最高分。

沈流看了一会儿，转头看张珏："你的对手都很努力，有没有什么想法？"

张珏面露犹豫，点评道："他们的体力都不行啊，明明节目前半段能完成高难度的跳跃，一到节目后半段，反而是更简单的三周跳翻车了。"

沈流："你就不紧张一下？"

张珏："我紧张什么？他们看到我才紧张吧？"

沈流想：张俊宝快来看看你外甥，他比你年轻的时候还狂！

张俊宝对张珏过于自信的心理状态没有意见，甚至抱有赞赏的态度，直到张珏在开场跳了个 4T，然后摔了一跤，他才一敲挡板，愤愤地骂了一句："这小兔崽子！"

张珏伤势不轻，教练组提前和他打过招呼，不许在全锦赛使用四周跳，结果他嘴上应了，真到了比赛里照跳不误。

而张珏摔完这个 4T，又立刻爬起来跳了个 3F。

其实在察觉到自己受伤以后，张珏就很清楚自己恐怕在本赛季都没法再完成双四周跳的自由滑配置了，但这不是他放弃争夺金牌的理由。

在比赛正式开始前，为了获得更高的分数，张珏和张俊宝一致认同要将分数更高的连跳压到节目后半段，但张珏心里明白，如果想要获胜，他需要至少一个四周跳。

四周跳的基础分是 10.3 分，哪怕摔了一跤，要扣 3 分 GOE 和 1 分的摔跤分，也还有 6.3 分，只要足周，跳 4T 依然比跳其他三周跳划算。

在其他人都出现了后半程失误的情况下，只要他能跳出一个足周的 4T，再保证其他跳跃不失误，加上他表演分的优势，他有获得胜利的机会！

此时很多人还没搞清楚一件事，那就是张珏与国内其他运动员的差别不仅仅在于是否拥有四周跳。

随着经历了更多的比赛，张珏越发明白用脑子滑冰是多么重要的事情，而强大的心理承受力也能保证他哪怕身处逆境，依然能冷静地思考如何翻盘。

这才是他和其他人的最大差距。

32. 争论

"我……我输了？"

金子瑄拼尽全力滑出了自己最好的状态，却仍然以 10 分之差败给了张珏。

当张珏的分数出现在屏幕上的时候，他面露失落与不解，看向教练："我为什么会输呢？明明我只在后半程摔了一个 3S，他却摔掉了开头的 4T，为什么他的技术分还能比我高 3 分？"

表演分不如人金子瑄认了，技术分不如人就真的令他想不通了。

乔教练摇头："输了就是输了，你输得不冤。小瑄，改改你的表情，这是你在国内赛拿到的最好的成绩，高兴点。"就算为没有夺冠而失落，也不要在镜头前失态。

然而金子瑄到底只是少年，颁奖典礼开始的时候，他的眼眶还是红红的。

张珏看他一眼，拿了铜牌的樊照瑛险些以为张珏要去安慰金子瑄了，结果张珏再次选择了冷处理，压根没理人家。

在铁血小鳄鱼看来，只是拿了亚军而已，即使不甘心，但这份不甘心运用好了也可以促使运动员在未来走得更远，所以让金子瑄自己消化这份情绪就好。

张珏踢了踢腿，眉头微皱。他在上领奖台时就歪了一下。樊照瑛连忙扶住张珏，金子瑄也跟着伸出了手，只是反应没樊照瑛快。张珏对他们笑笑，借着樊照瑛的力上了领奖台。

一个男冰迷看着这一幕，啧啧出声："到底是一哥，哪怕受伤发挥不好，裁判还是要力保，牛牛牛，从今天开始我得叫他珏皇了。"

旁听的一个女孩不解："裁……裁判打分不公平吗？我怎么觉得张珏滑得比金子瑄好很多呢？"

男冰迷摇头晃脑，一副显摆的表情："这你就不懂了吧？珏皇表演分高没错，可他开头就摔了分值最高的跳跃，结果技术分居然还能比金子瑄高 3 分，裁判打分时肯定摁计算机摁爆了吧？可惜，珏皇个头长那么猛，这发育关我估计是过不了了，最后还是金哥有希望扛起这个项目。"

他说着又往女孩身边挤了挤，身为男人，他就是看不惯张珏那样的小白脸，这次他好不容易将才 17 岁的大一学妹约出来，本是想趁着场馆冷，看能否抓住时机给她披件衣服。都说女孩子好哄一些，只要之后他再装一下温柔体贴，说不定就能追到她……

结果等到了地方后，这傻女人一直只顾着看张珏。唉，女人就是肤浅，只知道看脸。

这个男冰迷却不知道，17 岁的大一学妹早在高三时就成了小鳄鱼的铁杆冰迷，这次来现场观赛也是为了支持张珏，而这位男冰迷一直紧紧挨着她，甚至试图搂她的腰，这已经造成她生理层面的不适。

再一听他不停地说张珏的不是，女孩的拳头紧紧握着，差点直接给那人肥胖的丑脸一拳。

就在此时，一只精致的绣花鞋飞到男冰迷的后脑勺上，一个穿着汉服的小姑娘走过来捡起鞋子，露出不好意思的笑脸："哎呀，我听到这里有蛤蟆在叫，一时惊吓手滑，鞋子就飞了出来，见谅见谅。"

汉服女孩直接将男人挤开，悠悠地对女孩说道："有些人哪，就是一瓶水不满半瓶子晃荡，妹子，我和你解释一下为什么张珏能拿这么高的技术分。"

她解释道："在花样滑冰里有个规则，就是跳跃放在节目后半段完成，可以拿到基础分乘以 1.1 的加分，你看张珏是不是把包括连跳在内的五组跳跃都放在了后半段，而金子瑄却是把难度最高的两个单跳、三个连跳都放在了前半段？"

女孩一听，知道遇到了同道中人，立刻兴奋地点头："嗯！我知道，张珏就是靠这个拉开了基础分对吧？"

汉服女孩赞赏地点头："没错，张珏一直是很厉害的策略大师，算分水平是本国男单选手第一，他在去年 12 月的总决赛中就临场换了基础分更高的跳跃构成，然后一举拿下银牌，这些都有技术大佬分析过的。而且张珏会延迟转体和举手，这两样都可以提升跳跃的 GOE，所以算下来，他拿到技术分优势是符合规则的。"

汉服女孩又轻蔑地瞥那男冰迷一眼："张珏是拿脑子滑冰的，只是没脑子的人看不懂，还要散布谣言诋毁人家，又蠢又坏。"

17 岁的女孩用力点头："嗯，您说的没错！"

说着，两人当场交换了联系方式，汉服女孩拉着 17 岁的女孩去鱼苗① 大部队报到。

在之后的记者发布会上，张珏也很坦然地承认他这次获胜是因为使用了策略。他微微笑着："因为脚踝的伤势，我知道我的四周跳可能不稳了，而金子瑄和樊照瑛都是很有实力的运动员，想要赢他们，不动脑子是不行的。"

金子瑄受宠若惊地转头看着他，张珏居然觉得他很有实力？

一直以来，他内心既有点崇拜和敬佩在世界舞台上绽放光芒的张珏，又觉得张珏比自己小 3 岁就取得了如此成就，肯定瞧不起发挥不稳定的自己。种种纠结心态之下，他才会格外关注张珏的各种反应，并进行各种联想，纠结得如同一位言情小说的女主角。

但现在张珏一说他很欣赏两位对手，有条有理地把他们给夸了一遍，金子瑄既高兴又羞涩，脸上也带着真实到傻气的笑容。

台下的乔教练叹着气捂脸，沈流拍了拍他的肩膀，脸上满是同情。之前他一直觉得像张珏这种又调皮又精明的孩子已经算难带了，没想到金子瑄这种单纯到傻气的孩子更难带。

乔教练苦笑："沈流，你说这男孩的心理成长到底是怎么个过程？张珏明明才 15 岁，说话做事都像个大人了，我家那傻孩子却还浑身稚气。"

乔教练莫名觉得自己养了个让人操不完心的傻儿子。

沈流回道："我也不知道张珏是怎么长成这样的。"

张俊宝 18 岁的时候正是到处打架闯祸的年纪，那时候的省队一景就是张青燕接到宋教练的电话，提着晾衣架子过来收拾弟弟。

沈流自己的话，在他的记忆里，18 岁的他才练出四周跳，成为新一代中国

---

① 鱼苗为张珏粉丝群体为自己取的名字。

独苗一哥，那正是被压力压得每逢比赛都拉肚子的灰暗时期。

张珏虽然小了点，可天生的大心脏，以及父母言传身教带来的高情商，让他在许多地方都比同龄人成熟许多。

金子瑄还太年轻，心态不稳定可以理解，张珏那种大心脏才是特例。

随着全锦赛的落幕，冰天雪地论坛也开了好几个帖子。

第一个帖子自然是鱼苗小分队开的，主题是张珏发育后越来越帅了。

第二个帖子是分析张珏本次比赛的策略战术的，几个大佬在里面贴出张珏的小分表以及他的跳跃构成的精妙之处，大夸特夸张珏的头脑。

第三个帖子由小鳄鱼黑粉开启，主题是混账鳄鱼为什么长得那么帅，小白脸真可恶。

这个帖子的走向最为玄幻，最开始是一群人对这位大兄弟进行同情，接着就成了黑粉大骂鳄鱼的发泄地，接着鱼苗拥入与他们展开大战，然后又稀里糊涂演变成了辩论花样滑冰男单项目中谁的战斗力最高。张珏技能多但血条短，加上还有发育关这个难关，无数男粉丝认为珏哥很厉害，可在发育关和伤病问题解决前，他的战力连巅峰期的三分之二都没有，暂时只能算作准一线，而金子瑄反而因为掌握四周跳，有了冲击一线的资本。

鱼苗：呸！我们小鳄鱼才是最厉害的！

两方展开大战，一时间论坛腥风血雨，管理员火速连封十来个帖子才让这帮人安静下来。而在论坛大战的同时，一场争议也在花样滑冰的领导之中展开。

争议的主题有两个。

第一，张珏拿到了全锦赛冠军，那么按照惯例，赛季后半段的四大洲锦标赛、世锦赛的参赛名额应该都属于张珏，但张俊宝那边已经递交了资料，说明张珏由于全锦赛的比赛而导致韧带伤病复发，希望张珏放弃四大洲锦标赛的名额安心养伤。

他们到底是让这小子缺席四大洲锦标赛养伤，还是硬让他上呢？

第二，张珏的发育关来势凶猛，伤病也不轻，就算这次在全锦赛夺冠，可他没能在这场比赛里完成四周跳也是不争的事实。随着实力下滑，他能否在世锦赛找回实力还是个问题，为了这件事，上头现在分成两方。

左方认为让张珏放弃四大洲锦标赛，世锦赛依然派他上，毕竟除了张珏，国内没其他人能稳进世锦赛前十，稳稳拿下两个冬奥会名额指标。

右方则认为干脆让金子瑄全参加本赛季后半段的赛事算了，他也有四周跳，而且从他在全锦赛的表现来看，这小子还是有 clean 比赛的能力的，没看张珏都在记者发布会上夸了他一通吗？

孙千支持右方。在他看来，就算金子瑄在世锦赛翻车，只拿回一个名额，但等明年，张珏的伤病和发育关也该过完了，到时候让全盛状态的张珏去冬奥会夺奖牌不好吗？没必要在冬奥会开始前就使劲消耗自家王牌。

而领导们也有他们的考量。

一直以来，中国体育都有指标存在，比如参加冬奥会要拿回几金几银，某项目某运动员参加大赛要在保证起码夺银的情况下争金，等等。

其实这情况放哪国都一样，竞技运动是和平年代的战争，运动员们在赛场上拼搏不光是为了自己，也是为了国家的荣誉。

张珏对中国男单来说算天降王牌，但他血条太短，把他打在哪里就是个问题。

他们讨论了几个小时，最后张俊宝收到了来自孙千的短信："上面同意让张珏歇完四大洲锦标赛，世锦赛的话，会视金子瑄的表现再决定是否让张珏上场。"

言下之意就是金子瑄的表现可以的话，张珏这个赛季就可以一直歇着了。

张俊宝看着手机屏幕，露出一丝苦笑。

此时沈流推着轮椅，又送张珏去找了柴医生。

柴医生扶扶眼镜，看着检查结果露出苦恼的神情："你们家这个小朋友也是多灾多难啊，伤还没好就恢复训练，韧带这次必须踏踏实实再养一个月。还有，他这几天摔得太多了，左背出现了急性筋膜炎，需要理疗。"

张珏唉声叹气："一个月以后我肯定又要换冰鞋了，现在这双冰鞋我穿着就有点紧。"

这也是他在全锦赛完不成四周跳的重要原因——谁能穿着不合脚的鞋子去做四周跳这种世界级难度的跳跃啊？他又不是神仙！以他穿袜子不合脚都觉得到处不对劲的敏感度，这冰鞋一换，在适应时期恐怕又要面临容易受伤的问题。

张俊宝搂着他的脑袋揉了揉："养伤就养伤，韧带相当于运动员的半条命，我宁肯你放弃这个赛季，也不会再放任你带伤乱来了。"

张珏微微低头，蹭了蹭老舅温暖的手掌，忧郁地说出一句让两位教练精神紧张的话："也好，我要是再不回去准备期末考试，别说伤没好我不能上冰，我妈那关都过不去。"

张俊宝浑身一僵：对啊，他姐之前就说过，张珏要是期末考试退步的话，就必须停止训练了。

沈流惊恐地叫道："完了！我忘了给张珏准备期末英语考试复习资料了！"

张珏虽然聪明，可他从来不是那种不看书都能考第一的"学神"，在三中这种学霸遍地走的重点中学，但凡他有一门课拖后腿，都会导致他的年级排名大跌。

张俊宝结结巴巴："冷……冷静，我回去之前会去找小秦要他高中时期的数学笔记的。柴医生啊，您这儿还有事吗？没事的话我就带孩子回家复习功课了。"

柴医生目送他们着急地离开，不由得和同一个办公室的护士感叹："这年头当运动员也不容易啊！你看那个张珏明明都在世界级的比赛中拿奖牌了，比赛结束后还要为了考试发愁。"

冬季的东北街头总是刮着刺骨的寒风，而开了暖气的室内又干燥得不行，张珏拿出头悬梁、锥刺股的精神，在亲妈紧迫逼人的眼神下死命学习。

这也是他过得最累的一个期末，明明不需要参加训练，但一边坚持学习，一边给弟弟讲题，让张珏最后不得不带着黑眼圈去考试。

他还是坐着轮椅去考的，在考试开始前，班主任还夸了张珏一通"身残志坚"，让同学们学习他的精神。

张珏：等会儿，"身残志坚"是用在这儿的吗？就算班主任你是数学老师，也不要乱用成语啊！

他转头问同桌："我觉得我还没残废呢，侯天丰，你说对不对？"

谁知同桌看着他，露出微妙的表情，反问一句："其实我有一个问题，想问你很久了。"

"帅哥，你真的是张珏，对不对？"

张珏："啊？"

哪怕是同班同学，也没有看张珏比赛的义务，所以并非所有人都看到了他的外表变化，以至于当他坐着轮椅进入班级的时候，班里就有很多人用惊疑不定的眼神看着他，内心有着共同的疑问：这个坐轮椅的帅哥是谁啊？为什么看着那么眼熟？他怎么坐到张珏的位置上了？

"期中的时候，你考了个全年级第57名，这次是第56名，但你的期中总分是649分，期末却只有635分。"张青燕翻着张珏的成绩单，眉头松弛下来，"原本还以为你会下滑严重的，没想到考得还行。"

张珏战战兢兢地坐在轮椅上，心想自己可不得拼了老命地考吗？不然老妈提着晾衣架子冲过来，坐着轮椅跑都不方便跑。

他不自觉地瞥了许德拉一眼。

今年才上初中的二德小朋友期中那会儿还考了全年级第51名，期末却下滑到第90名，这会儿正举着两个小哑铃罚站呢。

许德拉现在念的是张珏以前念过的市重点初中，能在里面考到前一百名已经算不错了，但张女士从来不看横向成绩，她只看纵向成绩，也就是不拿孩子和别人对比，只看孩子对比曾经的自己是进步还是退步。

看完两个儿子的试卷，张女士收好卷子，得出结论："小玉好好养伤，伤好了再去训练，在那之前就去上声乐课吧。我给你交了报班费，可你都请了多少次假了？就算你要专心滑冰，好歹去把剩余的96次课上完。二德，去上补习班，新年开始前，我会找老师给你出套卷子，什么时候能考回600分以上，什么时候准你看电视。"

许德拉呜咽一声。

明年才进入青年组的察罕不花、闵珊这次分别拿了全锦赛第7名和第6名，期末考试也考得挺好，省队因此气氛极佳，宋城还特意和食堂阿姨打了招呼，要多包些饺子，方便这些孩子带回家过年时煮着吃。运动员不可以吃外面的肉，免得误食猪肉精，饺子也只能吃食堂做的。

2月6日，花样滑冰四大洲锦标赛在日本大阪正式开幕。

此时距离除夕还有三天，张珏坐在沙发上，优哉游哉地看着电视，嘴里叼着一根芋头条，肚子上躺着一只胖胖的奶茶仓鼠。他含含糊糊地说道："瓦西里、谢尔盖、伊利亚、麦昆、马丁都只能比欧锦赛，四大洲锦标赛其实只有隼人一个厉害角色嘛！"金子瑄只要正常发挥，不说夺冠，上个领奖台还是没问题的吧。"看他全锦赛表现得那么好，今年的状态也不错，是吧，纱织？"

他摸了一把仓鼠柔软的皮毛，纱织慵懒地趴在主人的腹肌上，耳朵抖了抖。

33. 黑幕

近年来，无论亚洲、美洲的冰迷们承不承认，花滑男单的强者的确都聚集在欧洲，这就导致欧锦赛强者云集，而四大洲锦标赛只要正常举办，冠军应该只有张珏。

毕竟按照赛季前半段的情况来看，张珏已经先后击败过麦昆和谢尔盖，顶级男单选手就瓦西里还坚挺着没输，但国籍优势的成分占了多少懂的人都懂。

在百分之九十的关注四大洲锦标赛男单项目的冰迷来看，张珏不夺冠还有谁夺冠？

于是寺冈隼人备战的时候，也将打败张珏写在了训练计划的最上方，时时刻刻鞭策自己，如果想要走向世界巅峰，这个比自己还小的中国少年就是他绕不开的最大强敌。

谁知道等比赛开始以后，一群冰迷以及一群运动员才发现张珏压根没来。

寺冈隼人看着中国队那边，米圆圆已经连续两年为中国的成年组女单出战，算是熟面孔了，双人滑的黄莺与关临也是寺冈隼人能叫得上名字的朋友，但男单那边过来的既不是张珏，也不是之前的董小龙，完全就是陌生人啊！

许多人互相打听着。

"张珏怎么没来参加四大洲锦标赛？"

"小鳄鱼不是拿了国内赛的冠军吗？他为什么不来？"

人不在江湖，却被无数江湖人提到的张珏打了个喷嚏，声乐班的刘老师拍了他一下："是鼻咽又不舒服了吗？我明明开了加湿器啊！"

冬天室内开暖气难免干燥，张珏一到冬天就老犯鼻咽炎，感觉鼻腔和咽喉火烧火燎的，他擦擦鼻子："我就是鼻子突然痒了一下，没不舒服。"

刘老师这才放心，将一张谱子塞到他手里："来吧，和诗雨姐姐对唱一次，她明年就要去美国留学，到时候打算去百老汇闯荡，在那之前得多练。"

张珏捧着谱子一看，发现居然是法语音乐剧版的《罗密欧与朱丽叶》里的经典曲目"Aimer"，为了方便语言天赋不佳的张珏顺利地把一首歌唱下来，歌词下面不仅有中文翻译，还有同音字标注。

张珏：大可不必，虽然我不懂法语，但《罗密欧与朱丽叶》作为音乐剧经典，里面好多曲子我都练过不知道多少遍了。

孟诗雨清了清嗓子，朝他招了招手，笑嘻嘻地说："来吧，你是我对唱过的最帅气的罗密欧了。"

音乐响起，少年微微低头，专注地看着少女，开口唱道："爱充满至臻之美……"

半晌，女声都没接上来。在张珏的眼神示意中，孟诗雨猛拍了自己的脑袋一下，满脸不好意思："抱歉，能再来一次吗？"

刚才被这个弟弟的帅气近距离冲击了一下，她差点没回过神来。而所有人都对她报以理解的微笑，原因无他，张珏回来上课的第一天，声乐教室的其他人都被"帅哥你是谁"这个问题困扰过。

背景音再次响起，刘老师听着少年少女的对唱，脸上带着一丝欣慰。

张珏在变声期开始后就停止上声乐课，她当时对此表示理解，然而令她没想到的是，张珏在完成变声后不仅回来了，声音也蜕变成有金属质感的厚实与通透，往高了唱又清澈嘹亮，开嗓后自带一种令人感动的感染力，细节处理得也很好。

外形条件也这么好，简直是老天爷赏饭吃。

刘老师满心遗憾地想，这么个歌唱天才怎么就跑去滑冰了呢？

等到课程结束，张俊宝来接人的时候，刘老师便试探着询问："张珏的伤好了没有啊？他要是有空，我这儿有个比赛的推荐名额。"

警报声在老舅的脑海中响起，他挤出一个笑脸："张珏没空，你看这孩子现在走路都一瘸一拐的，平时除了来您这儿上课，我们都不让他出门乱走，省得脚伤加重。"

刘老师锲而不舍："我可以开车接送他呀，孩子不需要走路。"

张俊宝见脚伤这个理由不好用，立刻转换话题："他明年就要高考了，孩子要兼顾学习和花样滑冰也挺累的。张珏啊，你还想再兼顾一项声乐吗？"

老舅饱含深情地看着大外甥，张珏努力憋住笑意，坚定地摇头："不了不了，滑冰和学习已经消耗完我的精力了，我没法再兼顾其他的。"

所以老舅，你真的不用担心我被声乐挖走，因为我现在已经对花滑十分投入了。

张俊宝对张珏的回答十分满意，他高高兴兴地带张珏上了破金杯车，熟悉的老头咳嗽一般的发动机声音响起。

张珏提议："老舅，你也攒了点钱了，要不要换辆新车？"咱不买贵的，换辆新的面包车也才三五万啊！

张俊宝嘿嘿一笑："知道了，先不说车的事，咱们先赶回去看四大洲锦标赛直播，男单短节目马上就要开始了。"

说到这里，舅甥俩心头同时涌起一阵忧虑。金子瑄没问题吧？

金子瑄首次出国比赛，看啥都稀奇，虽然练得起花样滑冰的家庭其实都不差钱，带孩子出国旅行也不是什么稀奇事，但金子瑄小朋友以前只去过一次泰国，来日本还是第一次。

他坐在热身区闭眼打坐，摆了几个瑜伽姿势。

据说沈一哥当年出门比赛紧张时，就会通过练瑜伽来调整心态。

孙千这次亲自带队参加四大洲锦标赛，这会儿就坐在一边叠着毛巾，小声和乔教练说话："其实比赛这事国外国内都一样，孩子上场前鼓励两句，等他比完下场就递个刀套，提醒他穿好外套，再给毛巾擦汗，放平心态就行。"

乔教练苦笑："我心态挺好的，怕就怕小瑄心态不行，他的大赛经验太少了。"

他怕金子瑄顶不住这场面，尤其是比赛还没开始，就有好几个运动员过来找张珏，什么崔正殊啊，寺冈隼人啊，尹美晶和刘梦成啊……后来还是白叶冢庆子路过，告诉他们张珏因伤休赛的事。

为什么白叶冢庆子知道张珏因伤休赛？那当然是因为白叶冢庆子之前请张珏帮忙修改剪辑她的自由滑音乐，偶尔还会打国际长途电话跟张珏聊天，庆子也因此得知了张珏的推特小号。

"我看了 tama 酱最近的动态，有说他因为受伤而不能上冰，闲来无聊只能在家摸仓鼠。"

于是日本一哥和韩国一哥又立刻找庆子询问张珏的小号。

旁听的孙千教练、乔教练、金子瑄也是通过这位日本一姐的嘴，才知道了张珏的推特小号名是"纱织的爸爸"，每隔几天都发仓鼠九宫格萌照。

但外国选手来中国运动员这边都只找张珏，这也从侧面说明其实大众认识的中国男单选手只有张珏一人，金子瑄在他们眼里就是一个无名小卒。

乔教练知道金子瑄的英语非常好，心里担忧这孩子会不会因为那群外国选手的对话产生心理落差感，进而影响到比赛。这孩子也不是一般人，其抽风概率冠绝乔教练的执教生涯。

但令人惊喜的是，金子瑄在全锦赛燃起的斗志似乎成功延续到了四大洲锦标赛。

他很冷静地跳了一个举手的陆地 3S，扶着栏杆后踢腿，之后一圈一圈地绕着场地快走。

金子瑄的签运一直很好，他抽到了倒数第二组的第二位出场，既不用因为首个出场而被裁判压分，冰面上也没有过多滑行导致的刮痕和点冰跳导致的小坑。

比起不是第一个出场，就是最后一个出场的张珏，金子瑄在出场位次和场地方面的优势简直大到不知道哪里去了。

当广播声叫出"representing China"时，无数冰迷用满含期待的目光看向场边，却发现站在那里的是一个陌生的少年。他当然也有着花滑项目常见的俊朗外表，却不是他们熟悉的小鳄鱼，冰迷们窃窃私语。

"他是谁？"

"中国今年派了两个人来参加四大洲锦标赛吗？"

"不，小鳄鱼好像没有来参加。"

金子瑄站在挡板前灌了一口水，转身朝冰上滑去。

寺冈隼人站在候场区拉伸着手臂，目光转移到金子瑄身上："《末代皇帝》？我记得这个节目是陈竹演绎的最为经典。"

后辈选择前辈演绎过的曲目进行致敬是常见做法，但在寺冈隼人看来，这个名为"Zixuan Jin"的少年实在是个过于典型的中国男单运动员。他很能跳，4T的点冰干脆，高远度出色，连跳也不错，轴心非常稳定，看得出基础不错，但旋转的速度不快，柔韧性不算好，滑行和表演都不够好。

胖墩墩的老头教练站在一边，慢吞吞地对寺冈隼人说道："像 tama 酱、陈竹那种擅长表演的单人滑选手在他们的国家之中才是例外，这个男孩技术不错，上领奖台应该不成问题，但表现力的弱势会让他缺乏冲击更高层次的能力。"

寺冈隼人应了一声，左右看看，找到了中国的摄像组，他小跑过去。央视记者舒峰正在拍摄，就看到主场的一哥跑过来，对着镜头挥了挥手，用标准的普通话向正看着电视的某个人打招呼："嘿，听说你受伤了，祝你早日康复，还有希望在世锦赛见到你。"

喝着大麦茶的张珏一顿，张俊宝用胳膊肘顶他一下："他和你说话呢。"

张珏捂脸："我知道。"他想寺冈隼人也挺乱来的，当着央视的直播镜头和他说话。

张俊宝靠着沙发也舒了口气："金子瑄表现得不错，第一次上这种级别的大赛就能 clean 短节目，比我想象的好多了。"

张珏低头用手机发着国际短信，嘴上应道："嗯，他是挺不错的。"

过了一阵子，金子瑄的分数出来了。

82.65 分，虽然没有国内赛那么高，不过在当下的国际赛场上，这已经是准一线的分数。

之后又上了几个选手，不出张珏所料的是，倒数第二组的选手里以拥有四周跳的金子瑄最强，他在排行榜的最高处待了挺久，直到最后一组出场，加拿大成年组的男单一哥萨莫夫凭着没有四周跳的节目一举拿下 86 分，之后美国现役成年组一哥麦克也用差不多的配置拿了 85.9 分。

金子瑄看着他们的分数，脸色变了。他喃喃地道："他们的分数怎么会这么高？"

论跳跃，他自认比这些人强得多，论表演，他们也没有好到可以一口气拿 45 分的技术分吧？这不是表演分比技术分还高了吗？

张珏的表演远胜他们，也从没有在国际赛场上拿过这么高的表演分。

孙千瞥他一眼："不要在意，你们的分差不大，而且这两个人的技术难度有限，到自由滑的时候，你可以很轻松地追回来。"孙指导没有直言这就是北美系为了面子好看，给自家选手意思意思了，但他认为金子瑄应该懂。

在金子瑄来参加四大洲锦标赛之前，已经在国际赛场上战斗了近三个赛季的张珏就一直面对着这样不公的打分环境，并靠着绝对的实力一直赢了下来，表演分也在他锲而不舍的努力下越来越高。中国运动员想要在花滑项目中崛起，就只能像张珏和双人滑的黄莺、关临一样，用实力打破一切不公。

金子瑄咬住嘴唇："可是如果我拼尽全力，都还不如他们的国籍优势的话，就算我在自由滑中再努力又怎样？"

他不是张珏，他的实力还达不到可以冲破黑幕的程度啊！

乔教练内心大叫一声不好，金子瑄的心态又在崩溃的边缘了！

此时张珏还不知道金子瑄的状态变化，因为他正忙着分辨俄味英语呢。

出于对他的担忧，在发现张珏缺席四大洲锦标赛后，才结束欧锦赛的伊利亚立刻一个电话打过来。张珏艰难地听明白了伊利亚的意思，回道："我没事的，就是比国内赛的时候伤到了，医生让我歇一阵子，不碍事。"

张珏说的是实话，他身上的伤都没严重到妨碍运动生涯的程度，反而是已经突破一米七大关的身高更让他发愁。

34. 赌约

2月8日，董小龙出了机场，先接了母亲的电话。

"妈，我先去老朋友家里送个礼，然后再坐车回村里过年，好，这次我能待到初四。"

其实要不是冻雾天气导致了航班延误，董小龙在昨天就能回到H市了。

毕竟比起前两年因为国内成年组的男单无人，必须拼尽全力去四大洲锦标赛、世锦赛撑场子，以至于无法在春节时回家，今年在全锦赛只拿了第四名的董小龙，完全可以回家过年。

他拦下出租车，说道："去大城小区。"

司机问道："靠近体院那个？"

董小龙微笑："对，是那个。"

沈流就住在那个小区里。

随着车辆的行驶，熟悉的街景映入眼中，董小龙脸上浮现一丝怀念，在还年轻的时候，他就经常坐在公交车上看街景，现在街景变了，他也变了。

他一度被誉为沈流之后最有希望完成四周跳的中国男单运动员，但在伤病出现后，董小龙拼尽全力也只能完成3A，对关节压迫更大的四周跳却是不敢想了，曾经满心希望的不羁少年，终究被现实摧残成安静内敛的模样。

快到地方的时候，董小龙瞥到一家巴洛克比萨，连忙喊道："停车。"

沈师兄喜欢吃比萨，他带一张比萨过去，师兄一定高兴。好师弟董小龙脚步轻快地上了楼，在302室门口一边拍门一边喊："沈师兄，我是小龙，我来看你啦，开门啊！"

接着他就听到清朗的回应："来啦。"

哐当，门内传来一声重物落地的声响，张俊宝怒吼："张珏，不许开门。"

唰的一下，门开了，张珏握着门把手满脸茫然地回头："为什么不能开？我已经开了啊！"

穿着水手服的张俊宝和沈流羞愤欲死，董小龙目瞪口呆……

这三个人到底在玩什么啊？

然而董小龙不得不承认，甭管他们在干啥，两位师兄的造型还是很棒的。

沈流戴着眼镜，皮肤白皙，看起来就像一位文静高挑的高中生，张俊宝则将衣服撑得紧绷，加上肌肉结实的腿，往那里一站活脱脱是个娃娃脸金刚，搭配惊恐的表情又别有一番惹人怜爱的感觉，与身材形成强烈的反差。呸，他在想些什么乱七八糟的东西？

张珏对董小龙不好意思地笑笑："舅舅和沈哥一个赌我只能长到一米六八，一个赌我顶多一米七，输的人要穿水手服叫对方哥，但我现在是一米七一，所以他们两个要一起履约了，董哥你喝点什么吗？厨房里有鲜榨橙汁和苹果汁。"

董小龙连忙回道："苹果汁，谢谢。对了，我带了比萨，但里面加了培根，你可能不能吃。"

就在此时，厨房里走出一个高大得让只有一米六五的董小龙不得不抬头仰望的男人，黑发灰眼，脸部轮廓分明。这位高大的混血帅哥用一口地道的京腔说道："什么比萨？我做了蒸虾肉丸和虾饺，小玉来吃啊。"

满屋东北话，唯一的京腔听起来简直格格不入，但秦雪君做的肉丸真的很好吃，他包的虾饺吃起来也鲜美得很。

董小龙一问，原来这人是秦大夫的孙子，小伙子在北京长大，过春节却还是会回老家这边来，恰好他还有一手不错的理疗技能，而且比较有空，就和张珏约好上门给他捏脚。

捏着捏着，沈流就请他到自己家吃饭，沈教练现在独居，过两天要回老家过年，年前聚餐也就只能趁这次了，秦雪君就很客气地提了几斤海虾过来，说要请大家尝尝他的手艺。

董小龙稀里糊涂就蹭到了一顿美味大餐，而他带来的比萨有三分之二都进了张俊宝的肚子。他这时候才知道，原来沈流喜欢吃的是水果比萨，张师兄更喜欢吃培根比萨。

他和张珏作为在役运动员不能碰这个，汤足饭饱之际，沈流随口问了一句："小龙，来年有什么打算？伤养得还行不？休赛季可以上商演吗？"

董小龙一怔："我伤养得很好，今年没上什么强度大的比赛，我的膝盖都恢复到可以跳 3A 的程度了，商演也不费事，可以上。"

沈流和张俊宝对视一眼："那正好，我们接到了白叶家庆子的邀请，6 月要去福冈参加 Fantasia of Love on Ice，你要是时间够，准备个亮眼的节目。"

对退役花样滑冰运动员来说，去商演赚钱是常见手段，所以他们大多在在役时就要准备足够亮眼的表演滑节目，让商演品牌对他们留下好印象，也算是为退役铺路了。

董小龙今年才 22 岁，但他的实力上限摆在那里。国内的年轻选手也在渐渐出头，再加上张珏同时被伤病和发育关压低了实力，金子瑄实力有限，今年中国男单能在世锦赛发挥出来的实力有限，顶天了拿下两个名额，反正没董小龙的份，继续滑下去也没意思。

当年张俊宝不也是在竞争 2002 年的冬奥会名额失败后，就动了退役的心思了吗？

在他的两位师兄眼里，他已经可以算是准退役人士，到底是一个省队出来的师兄弟，自然要在力所能及的范围内拉董小龙一把。

然而此时此刻，董小龙扪心自问，他想退役吗？不想。

他脸上带笑，嘴上说谢谢，但吃饭时显得非常克制，一点多余的食物都没碰。

张珏像是看出了什么，饭后还摸出一瓶钙片，倒了两片自己嚼着，又往董小龙那边一递："董哥，吃不？"

运动员吃钙片是常见情况，董小龙往嘴里一塞，发现奶味还挺重，定睛一看，青少年钙片，适宜于 12~16 岁的青少年。眼前这孩子已经比他高了 6 厘米，看到这情景，董小龙才意识到他只有 15 岁。

秦雪君自然地伸手："我也要，吃了以后继续长高。"

张珏又给他倒了两片："你都 19 岁了，早停止发育了，吃了也没用吧？当医生要那么高的个子干吗？"

秦雪君反驳："有俗语叫男人过了 20 岁还能再冲一冲，而且我平时会打篮球，个子高方便扣篮。"

张珏看着身高一米九五都扣不了篮，只能努力练三分的秦同学，笑了笑没说话。

两人又转移到沙发上，张珏开电视，调到了 H 省电视台，自从他滑出头后，H 省电视台就经常直播一些花滑赛事。

秦雪君抬起张珏的腿搭在自己大腿上，淡定地捏着。

张珏问他："我出门前特意洗了脚，怎么样，不臭吧？"

秦雪君点头："嗯，浓烈的姜味成功盖过了所有。"

张珏现在洗脚都是用他爸妈煮的生姜水，活血祛寒。

董小龙捧着一堆牛肉干、鸡肉干啃着，电视里是女单的自由滑。

白叶冢庆子今年 14 岁，下赛季才满 15 岁达到升组要求，这会儿自然也没资格代表日本参加索契冬奥会，加上四大洲锦标赛现在的竞争激烈度就是不如欧锦赛，他们看来看去，最后发现居然是哈萨克斯坦的一个女单选手最出彩。

沈流和董小龙聊天："这女孩子是阿雅拉的嫡系弟子，比哈尔哈沙入门还早，现在都 19 岁了。"

董小龙手一抖："不会吧？我看她的体型，还以为她没发育呢。"

沈流感叹："这就是老天爷赏饭吃，天生适合花样滑冰的体型，起初我和师兄以为张珏也是这种人，谁知道……"他瞥张珏一眼，满眼悲痛。谁知道这小子长势迅猛，让他和张俊宝亏得血本无归。

女单自由滑结束，这一天的四大洲锦标赛也接近尾声，双人滑的自由滑、男单自由滑、冰舞自由舞要到明天才会开始。

张俊宝领着俩孩子下楼，去停车场开车，说带张珏回家前，要送秦雪君、董小龙回家，反正也顺路。

就在此时，耳熟的猪猪侠主题曲响起，董小龙眼神微妙地看向张珏，见他十分自然地拿出手机："喂，我是张珏，请问你是？"

一辆载客的电动车驶过，董小龙拉了张珏一下："小心！"

张珏踉跄一下，在秦雪君和董小龙的搀扶下站稳，他右脚脚尖踮着，身体重心全压在左脚，站着。

"什么？金子瑄？"

35. 复训

乔教练从孙千那里要张珏的电话号码，也是出于一种已经拿自家徒弟没法子的无奈。

他捧着电话，好声好气、带着恳求对理论上是晚辈的张珏说道："是啊，他自从看完短节目打分，那股心气就好像没了，现在整个人打不起精神来。一般他这个样子，自由滑绝对会翻车。"

张珏：不是吧？他还指望金子瑄趁着今年的好状态拿个四大洲锦标赛的奖牌回来呢，不然以这人的抽风属性，真的能一直到退役都拿不到 A 级赛事的奖牌。

那种从青年组时期开始就最被看好，但就是每逢大赛必抽风，失去了一批又一批失望的冰迷，留下一批已经麻木但仍抱有微小希望的冰迷的情境，张珏想想都觉得好惨。

张珏："那您给我打电话，我现在也不能去替他比四大洲锦标赛的自由滑啊！"

人家比赛名单都报上去了，短节目都比完了，按照赛事规则，现在也不可能换人了。

何况张珏还没开始恢复训练，两次受伤造成的影响让他现在有点心理障碍，走路时都习惯性地把体重压在左脚上。他扶着秦雪君的胳膊，慢慢地将右脚放平。

乔教练："我把电话给他，你和他聊聊呗？"

张珏满脑袋疑问，应道："好吧。"

那边传来金子瑄的声音，他第一句话就是："你一直以来面对的就是这样恶劣的比赛环境吗？"

张珏嚼着牛肉干，含混不清地回道："什么恶劣？去国外比赛不是很好玩吗？有机会吃到国外的美食。交到朋友的话，他们还会寄礼物，邀请我去商演玩……"

以张珏的感觉来说，国际大赛除了比较累，因为面对高手们不上难度都赢不了，所以有点损耗身体，其他地方都挺好。

金子瑄苦笑："只有你才能这么轻松地应对比赛吧？"

张珏想了想，诚实地回道："倒也不是，我在青年组时期仗着天赋好肆意胡来，那时候只觉得不会滑一辈子的冰，所以没把这项赛事太放在心上。到了今年，我对滑冰越来越上心，偏偏对手没青年组那么好对付了，我自己的身体状况也不是很好，所以比赛的时候也会背负不小的压力。不过谁都会有压力，有时候背点压力不是坏事。"

金子瑄抱膝坐在椅子上，耳边是张珏的唠叨。

"比赛状态总会有起伏，哪怕是我也不能保证每次都比好，你看我不也有翻车过吗？我也不劝你放下压力，尽力就好，这次不成还有下次。"

金子瑄回道："张珏，就算别人不说，你我心里都明白，要不是你受伤和发育了，这次四大洲锦标赛的名额是轮不到我的。我拿着本来属于你的名额比赛，如果成绩不好，我会觉得对不住你，没脸见你，可我真的没法像你一样打破黑幕。"

这话说得张珏都不好意思了，他没想到金一哥是个这么喜欢往自己心里加负担的类型。他大大咧咧地回道："什么对不对得住我的，你又不是我老婆，不要有这种心理负担。"

董小龙和秦雪君同时露出惊讶的神情，张俊宝也嘴角一抽，要不是正在开车，他差点一巴掌扇在张珏后脑勺上。这小子怎么和人说话的？

金子瑄也一窒，然后张珏接下来的一句话就把他震住了。

"说白了，中国这么多人，练花样滑冰的选手也不少，你不行了领导大可以换人，樊照瑛、石莫生，还有董哥，谁不比你稳定？这次你要是翻车了，影响的是你自己的前途，和我也没什么关系。"

四大洲锦标赛的参赛限制没世锦赛、冬奥会那么严，这次中国没满额参赛是领导们做的决定，也不是说金子瑄就多无可替代了。

"我每次去国外比赛都知道，如果我翻车了，有的是人可以顶替我。你这次不就顶了我吗？所以金子瑄，你不要太把自己当回事，该怎么滑就怎么滑，比得好或坏都是你自己的事。"

虽然还是那么大大咧咧的语气，这段话却现实冷酷到让金子瑄一激灵。

张珏挂了电话，对后视镜甜甜一笑，老舅仰头冲他翻了个白眼。

董小龙沉默一会儿，随后才道："四大洲锦标赛比得如何的确只能影响金子瑄本人，但世锦赛比得如何，会影响到不少人。"

世锦赛的成绩会决定来年索契冬奥会的名额。

张珏没应这句话，反而问道："董哥，我这人说话直，问件事，您别觉得冒犯。"

见董小龙点头，张珏面露好奇："您之前说觉得身体状态在回升，看来是打算再滑几年了，对吧？"

董小龙微笑着点头："是啊，我从 4 岁开始滑冰，滑到现在都有 18 年了，实在没法想象没有滑冰的人生是什么样的，所以我打算再厚着脸皮多滑几年。"

张珏啧啧叹道："金子瑄要是有你这个心态，早该滑出头了。"

对张珏来说，一个人明明练出了四周跳，除了表演也没啥大短板，却总是连 A 级赛都进不去，也是挺无能的。

他靠着车后座，陷入了沉思。再有一周他就要恢复训练了，跳跃重心、旋转重心恐怕都要重新找，冰鞋也要换新的。距离世锦赛只有一个半月的时间了，身高还会继续长，他该怎么办呢？

对于让出四大洲锦标赛的比赛机会这件事，张珏并不是真的甘心，只是没法子阻拦而已。身为运动员，谁还没点心气了？要不是实在滑不了，谁乐意让别人替自己上场？

在车辆的晃动中，张珏闭上眼睛，慢慢地，他的脑袋就靠着秦雪君的臂膀，呼吸均匀起来。

张俊宝叹气："这小子爱在车上睡觉的毛病算是没治了。"

第二天，金子瑄在比赛中靠着技术分追回了短节目落后的几分，却因表演分劣势，仅仅拿下四大洲锦标赛的铜牌，但对一个之前在国际上寂寂无闻的年轻人来说，这已经是个足够优秀的成绩。

黄莺和关临也终于战胜了发育关，以15岁与18岁的年纪拿下四大洲锦标赛的金牌，彻底打消了上头拆档的念头。

颁奖典礼开始了，张珏关掉了电视，许德拉小心翼翼地叫了一声："哥哥？"

张珏回头对他露出一个笑："没事。"

一周后，张珏穿着新运动装、新运动鞋，提着新冰鞋走入场馆，同样过完春节来复训的柳叶明看着他，缓缓问了一句："帅哥你谁啊？"

张珏露出死鱼眼："你爷爷。"

柳叶明朝他扔了块巧克力："去你的，张珏，伤好了没？"

"好了好了，养了这么久怎么可能不好？"

在上冰之前要做陆地训练作为热身，张珏练了一会儿，场馆内也没有其他人过来。

柳叶明跳完一个陆地2A，对张珏说道："郑家龙要高考了，他妈妈让他退队，专心复习准备考试，这一次考不好，好像还打算复读。"

张珏点头："可以理解。"

身为运动员，如果没法在自己的项目里练出头，那么在家里经济条件允许的情况下，好好读书考个好大学才是出路。郑家龙的哥哥就是张珏听说过的那个在队内测试时打封闭，最后取得了参加全国赛机会的人。他在去年的全锦赛上拿了第四名，入选国家队，最后被招入了老舅的母校北体大，现在专攻接力跑，已经有了去国际大赛的机会。

"马晓斌去年不是骨折了一次吗？自从伤了那一次，他好多技术都练不回来了，所以滑完全锦赛以后，他也退了。"

张珏按下跑步机上的停止键，站在上面喘气。竞技运动，越到后面，身边的旧友就越少，而新的对手会越来越多，与此同时，会有无数的挫折一波又一波涌来，这就是现实。

张珏看着自己的手，心想，歇了这么久，体力好像也退步了。

他问柳叶明："你在练 3A？"

柳叶明停下，笑嘻嘻地问："你看出来了？"

张珏沉默一会儿，随后说："其实你的腿部力量很强，所以起跳的时候不一定要和我一样双手向后甩，我那么做是为了借力带动身体向前，你的话，可以试试纯靠腿部力量起跳。"

在他的认知里，3A 的技术本来就有不止一种，比如北美的花滑选手在跳 3A 时的起跳阶段，总是习惯性地用冰刀在冰上刮一下，这是最下等的跳法，成功率不高，而且冰刀一边刮一边起跳，有提前转体的嫌疑。

而在俄罗斯，俄罗斯单人滑教父鲍里斯又教出一位跳出 3A 的女单选手，但她就是纯粹靠腿部力量跳跃，起跳前双手几乎不动。

张珏换好冰鞋，踩上冰面。然后他摔了个倒栽葱。

36. 粉丝

巨大的落冰声响起，听着就像是一筐土豆砸在冰上，让教练组忍不住蹙眉。

"他现在多重了？"

"50 公斤。"

冰场上的少年高高跳起又落下，在冰上溅起大片冰花。

沈流皱起眉头："这落冰和刨冰机似的，动静太大了。"

张俊宝在笔记本上写了几笔："他不可能再像以前一样跳得那么轻盈，能只用两周就把所有三周跳练回来，第三周开始恢复四周跳训练已经不错了。"

张珏这次伤得太久，本来就没好好适应一米六八的身高，又马上坐上了轮椅，养伤期间身高和体重再次出现了变化，导致他重新上冰的时候连站都站不稳。所以在复训第一周，张俊宝压根就没让他练习跳跃，只让他先把滑行和旋转时的重心找回来。

到目前为止，张珏已经复训十几天，此时是 2 月 28 日，张珏的身高是 173 厘米，体重 50 公斤，已经恢复四周跳训练。

闵珊靠在挡板上，忧虑地说道："师兄的连 3lo 的技术还没找回来。"

还有四周跳，张师兄的 4S 已经彻底废了，成功率完全可以忽略不计，4T

的成功率则在百分之四十左右。原本闵珊最喜欢看的跳跃就是张师兄的举手 4S，现在却看不到了。

沈流按住她的肩膀，温和地安慰道："对花样滑冰来说，这是很常见的状况，体形的变化、受伤、换冰鞋都会让运动员不同程度地丢失技术。"

比如俄罗斯的现役一姐达莉娅，她在发育前号称俄系女单有史以来最有天赋的存在，曾在 14 岁的时候在训练中完成过 4T，结果换了双冰鞋，4T 立马就没了。

张珏这阵子不仅长高了，体重也从 43.5 公斤长到了 50 公斤，将近 7 公斤的体重变化，对花滑运动员来说可以视作毁灭性的灾难。

上头似乎也放弃了让张珏出战世锦赛的念头，目前已经准备好让金子瑄去世锦赛，只要他能把在四大洲锦标赛的状态拿出来，争一下世锦赛前十也不是没希望。

砰的一声，跳完一个 4T 的张珏在冰上滚了出去，后背撞在挡板上，发出让人心里一紧的声响，但张珏很快爬起来，进行下一次跳跃。

运动员的毅力强是好事，但老舅还是看着心疼，他叹了口气："其实也不用这么着急。"

张珏之前仗着自己放寒假，每天在冰上泡六小时，平时还会下冰锻炼，去游泳池练有氧运动。为了控制体重，元宵节当天，他一个元宵都没碰，成天与鸡胸肉、蔬果相伴，现在开学了依然每天来冰上练起码四小时，想想都觉得这孩子不容易，但有些话还是要说。

"张珏，有件事和你商量。"

张珏滑过来，平视舅舅："怎么了？"

张俊宝犹豫一下，提道："我知道你很想把跳跃练回来，但我还是希望你放弃那种拗着膝盖落冰的方式。我知道这可以提升你站稳的概率，在跳跃轴心歪的情况下依然落好，但再这么跳下去，你的脊椎、膝盖都会承受巨大的压力。

"我知道放弃这种落冰方式，会让你在剩余的赛季里实力大跌，甚至让你需要花费更多的力气才能捡回技术，但我们要看长远发展。"

训练结束后，张珏直接在张俊宝的车上睡得天昏地暗。原本要是张珏没长大的话，老舅会直接背着他回家，现在老舅却只能把张珏摇醒，让张珏自己上去。

看着背着包的少年心不在焉地上楼梯，老舅不放心地喊道："你上楼的时候睁开眼，别摔了啊！"

话没说完，张珏两只手抓着扶手，用一种灵异片主角常见的飘游姿态飘上了楼。

他进屋的时候，许岩捧着一碗蔬菜汤，笑呵呵地打招呼："我们小玉回家啦？吃点夜宵吗？"

张珏缓慢摇头："谢谢爸爸，我不吃夜宵，要睡了。"

他朝坐在沙发上看电视的张青燕和许德拉挥挥手："爸妈晚安，二德晚安。"然后他就飘进屋了。

张青燕提醒道："睡前要漱口！"

从屋子里传来张珏的声音："哦！"

许岩将碗往许德拉那里一推："喏，你不是晚饭没吃饱吗？这个给你。"

二德小朋友揉揉瘪瘪的肚子，正想说他这阵子吃减肥餐吃到吐，蔬菜汤也喝到吐，但又真的很饿，就捧起碗准备开吃，就在此时，一阵响亮的咕咕声响起。

大家面面相觑，二德连忙举手："不是我！"他没饿到这份儿上！

许岩和张青燕都是不减肥的，张女士体力好，每天拉着许德拉出门跑10公里，再和俩儿子一起吃了一个月的减肥餐就轻松瘦下来了，许岩一直都是窄肩细腰吃不胖的体质。

会这么饿的，也只有已经倒在卧室里的那位了。

张青燕忍不住看着许德拉："但凡你有你哥一半的毅力，你也该练出一副健美的身板了。"

还没变得健美，但已经瘦回正常体形的许德拉皱起眉头："可是我不是运动员啊，搞音乐只要长得不丑就行了，我们这一行看实力。"他做了个敲鼓的姿势。

"你妈我比起实力，更看重你的健康和成绩。"张青燕掐住他的小脸，"吃完东西后去跑步机上面走3公里，然后就可以睡觉了，你明天还要上早自习呢。"

早上6点45分，张珏坐着亲妈的路虎抵达校门口，他在车上吃完了一份夹着鸡蛋和番茄的三明治，将嘴一抹就背着书包冲进校园内，成功赶在6点50分前抵达教室，教室里早已是一片整齐的背书声。

张珏已经不坐第一排了，好在北方男生个子比较高，他这一米七三也不是班里最高的那一批，便被班主任调到第四排。

在他穿过座位与座位间的过道时，有几个女孩悄悄看他一眼。在以读书为主的重点中学，能让学霸们在早自习期间抽空分神去看的，那都是真帅哥。

陈思佳听到同桌小声说："他换发型了。中分，帅哥才能驾驭的发型，像年轻的古校长。"

陈思佳咳了一声："是啊！"

她悄悄地转头看张珏，发现这个人完全不在意周围人的目光，自顾自地翻出英语书朗读。

过了一阵子，应东梅女士捧着一沓试卷走入教室，脸色十分不好看。

她敲着桌子："同学们，这次的英语开学测试中，你们的平均分居然降到了132分，是全年级最低。我不知道你们在想些什么，但下学期就是高三了，你们现在退步，就要花时间去补退步的分数，相应地，准备高考的时间会变短，这笔账你们自己算算划不划算……"

应女士唠叨一通，学生们低下头，以往他们班做满分150分的卷子时，平均分都能拿到140分以上。唯有张珏全然不慌，从初中开始他就是拉低全班英语考试平均分的存在，但其他科目，比如数学、生物、化学之类的，他就是提高平均分的那批人之一。

"张珏！"

被喊到名字的张珏霍地站起："有！"

应女士拿起试卷递过来："141分，听力第一次没扣分，全班最高，有进步。"

班上一片哗然，张珏乐呵呵地在"牛×"的声音中走向讲台，路上还和几个同学击掌。领试卷的时候他还冲老师嘿嘿笑："谢谢老师，我能有今天多亏了老师的悉心教导。"

应东梅女士忍俊不禁地拍他一下："要努力把这个分数稳下来啊，别下回考试又被打回原形了。我听你们班主任说了，这次开学考试里就你最稳，最后一年再冲刺一下，那两所顶级的大学等着你。"

她话是这么说，心里也没指望张珏再抽更多的时间用来学习，孩子还是世界级的运动员，维持竞技状态也要费不少劲，看他额头上贴纱布、浑身膏药味的惨样，要在兼顾学习和训练的情况下维持现在的成绩，已经让他很辛苦了吧。

应东梅女士本就是刀子嘴豆腐心的那种老师，带这个学生近两年，看他不止一次带着伤争取荣耀的模样，怎么可能不心疼？

然而张珏本人动了心思。

他现在的花滑重心已经丢得差不多了，4S废了，本赛季最重要的收官之战——世锦赛也参加不了，舅舅还不让他继续使用他自己琢磨出来的提高落冰成功率的方式，与其这样，还不如把更多的精力放在学习上。

要是把全部精力放在学习上，说不定真能让他拿到那两所顶尖大学的录取通知书呢？

谁知道等到放学的时候，张珏就接到了来自宋城的电话。

"张珏，放学了没有？"

张珏收拾着书包："正要放学，我才下课，怎么了？"

宋城急促地说道："去和班主任请起码三天的假，我要带你去京城一趟，快！"

37. 担当

在前往京城的路上，老舅一直黑着脸，宋城往他怀里丢了一包海苔。

"你那是什么表情？张珏是体制里的运动员，平时免费训练还有津贴领，受伤的时候孙指导还上赶着去医院给他交医药费，关键时刻大家需要他去比赛，那他去一去也没什么嘛，再说还没定到底是让他上，还是让小龙上呢。"

正所谓养兵千日，用兵一时，张珏滑冰时一分钱不花，训练、场地、医疗、编舞、考斯腾的费用全部由上头报销，之前一直被当冰上项目的一哥培养，广告之类的商业资源都先给他。孩子开始比赛不到三年，青年组两年，成年组半年，赚的钱够他在京城的好地段买房，而且首付时一口气付了百分之五十，给的津贴够他还完每个月的房贷后还能在发育开始后连换两次考斯腾。

现在是你说不上就能不上的吗？

张俊宝当然知道宋城说的是实话，他也曾是国家队的一员，也曾打着封闭去比赛，他自己这么做的时候心里一点怨言都没有，反而跃跃欲试，觉得自己的机会终于到了。

可等轮到了张珏，张俊宝就舍不得了。

他转过头："张珏已经出现半月板磨损的情况了，我原本考虑让他再休息一阵子，他现在落冰全靠拗膝盖，使用得越多，对膝盖的伤害越大，这种状态一点也不适合去比赛。"

自己吃苦和让孩子吃苦，对家长来说是完全不同的。

金子瑄不是四大洲锦标赛比得挺不错的吗？不是都说好让张珏好好养伤、

好好过发育关了吗？他都准备让张珏改技术，全心全意过发育关，现在又给他来这么一下。

对花滑来说，有些技术一旦形成习惯了就特别难改，比如在俄罗斯就有个15岁的女单小选手跳3lz和3F时都是平刃，以至于她的3lz和3F压根分不清。但女单选手的职业寿命短，又临近冬奥会，她的教练就压根没给她改刃，反而让这个小选手一刃两用，在国内赛的短节目、自由滑中一共上了3个3lz混分。

除去分值8.5分的3A，分值6分的3lz已经是目前女单项目最高难度和最高分的单跳。能跳3A的白叶冢妆子消失了，其他人都是在3lz这个跳跃上下功夫，更厉害的就琢磨一下如何在连跳里连3lo。

改技术是风险非常高的事情，要是没改好，反而越改越差的话，还不如维持原状。但凡改技术的人，都要先做好低迷至少一个赛季的准备，冬奥会前改技术更是相当于走钢丝。

张俊宝也是考虑了很久，才决定趁着张珏在因发育导致的技术全面崩盘期给他把技术改好。像滑行时用刃不清楚、旋转轴心老是偏移、跳跃时轴心歪斜要靠拗膝盖才能落稳等毛病，都要赶在下个赛季开始前改完。

现在技术也不用改了，先去京城和董小龙、樊照瑛等其他男单选手比一场吧，谁叫金子瑄在四周跳的训练中摔得左臂脱臼、韧带拉伤了呢？

沈流脸上满是无奈："今年也不知道怎么回事，似乎在国际赛场上完成过四周跳的男单选手都由于各种原因伤病缠身。"

麦昆和瓦西里都是膝伤的老朋友了，谢尔盖的脚踝在俄锦赛前夕扭了，马丁的腰伤严重到连国内赛都没参加，这也让他的师弟亚里克斯头一次在法锦赛拿了冠军。

年轻一辈里，伊利亚因伤连大奖赛总决赛的参赛机会都不得不放弃，寺冈隼人伤到日锦赛开始前才恢复状态，张珏则是在本赛季坐了两个月的轮椅。

大卫·卡酥莱是最倒霉的那个，他没有因为花滑受伤，但前阵子有一群孩子不知道怎么回事迷失在洞穴里，而那个洞穴是溶洞，且有好几段路都被地下水覆盖，需要专业的洞穴潜水人士。

英勇的大卫去了，接着他就在救人的时候差点因为缺氧而选择急速上浮。在潜水时快速上浮会导致体内压力发生变化，最严重时会导致爆肺，要不是大卫出发前多带了一个氧气瓶，而他的队友又及时把氧气瓶丢给他，让他可以在原有的深度冷静地吸氧，慢慢上浮的话，他人恐怕都没了。

虽然大卫保住了一条小命，但在救出孩子后还是躺上了救护车，直到现在都没能出院，估计是赶不上世锦赛了。

沈流一通总结下来，张珏居然还不是最惨的那个，他的韧带拉伤已经好了，滑囊炎只要好好保养，未必会复发。筋膜炎、半月板磨损还有外伤对运动员来说十分常见，通过理疗也可以康复。而且张珏除了四大洲锦标赛，好歹把其他该比的比赛都比了，成绩也挺好。

"这都什么事啊？"张俊宝捂脸呻吟。

他看向张珏，发现这人盖着毯子睡得很香。

臭小子贼能睡，不知不觉就长得比他还高了，想到这里，老舅心里还有点酸酸的。他伸手给张珏盖好了毯子，张珏睁开眼，对他甜甜地笑了一下。

他侧头看着窗外，呢喃着："今天天气真好，在城市里的话，星星可不会这么亮。"

漫天的星星之下是层叠的云海，星光映在少年漆黑的眼中，哪怕隔着千万年，星辰的光辉依然如此灿烂。

"舅舅，我还是觉得改技术没什么意义，我还在长，最近体重越来越控制不住了，就算你花了大量的时间改好我的技术，我到时候也跳不动了。"

气氛冷下来，过了一会儿，张俊宝摸摸他的头，声音带着慈爱："不试试怎么知道呢？如果你改了技术以后还是跳不动，再考虑别的也不迟吧？"

张珏抬眼，看到舅舅眼中的鼓励："现在还没到放弃的时候。"

舅舅大概还以为他是因为坐了很久的轮椅折了心气吧，但看着这双眼睛，张珏也说不出别的话了。他勉强翘起嘴角："嗯。"

张珏的生长依然没有停止，他担心身高冲过一米七五大关后，他还有一个体重增长期，届时不管再怎么节食，他的体重都会增加到 65 公斤以上。这不是他自己可以控制的，而是身体就要这么长，一个接近一米八的大男人不可能一直保持 45 到 50 公斤的体重。那个时候，他大概连 4T 都保不住了吧。

他们是连夜去的京城，第二天下午到首钢体育馆。

孙千穿着厚厚的羽绒服坐在冰场旁边，神色憔悴："原本是不打算喊你们过来的，但现在情况特殊，世锦赛关乎冬奥会名额，你们男单如果不想明年为了一个名额在全锦赛争得头破血流，今年就必须有人在世锦赛滑出好成绩。"

四年一届的冬奥会是全世界最受瞩目的竞技赛事之一，冬奥会金牌是花滑项目含金量最高的奖牌，甚至对人才凋零的中国单人滑来说，哪怕只是拿到一块冬奥会铜牌，都够他们高兴一辈子了。

比如已经退役的女单前辈陈竹，她就是世锦赛金牌、冬奥会铜牌，现在是国内收费最高的教练之一。

樊照瑛看了张珏一眼，心情复杂。要不是这位正在发育而且有伤病，其实现在没人会为了世锦赛无人夺奖牌的问题发愁。但如果张珏的状态不足以出场的话，像他自己、石莫生、董小龙，只要给他们机会，他们也会在世锦赛拼尽全力。因为花样滑冰，尤其是单人滑本就是吃青春饭的，如果错过这一届，他们还不知道有没有下一届。

孙千看着少年们在场边热身的姿势，沉声说道："每个人滑一次自由滑，我们会视你们的表现决定接下来的世锦赛名额归谁，但无论是谁去，我都只有一个请求——为中国男子单人滑死守至少两个名额！"

气氛变得压抑起来。

张珏起身，露出一个调皮的笑："孙指导，出场顺序怎么算？是走程序抽一遍签，还是我直接第一个上啊？"

"先来抽签吧！"

抽完签，张珏第一个上了。

3月1日上午，金子瑄坐在病床上看着窗外，感叹了一句："京城的冬天总是雾蒙蒙的。"

"对雾霾的治理还要再等几年才能看到成效呢。"

他惊愕地回头，就看到一个穿着白色短款羽绒服的少年靠着门框，他双手都戴着露指手套，提着一个水果篮。

张珏意思意思敲了敲门："脚好点了没？"

金子瑄苦笑："起码一个月不能走动，坐吧。"

张珏拿过一个凳子坐好，修长的腿向两边伸直，两只手搭在椅背上："你小子可以啊，我原本以为我可以休赛专心学习考水木大学了，你摔这么一下，孙指导又把我叫到京城来了。"

金子瑄闻言立刻羞愧地低头："对不起。"

这话说得好像他真有什么地方对不住张珏似的，张珏死鱼眼："和我说对不起干吗？你受伤了没法比赛，辜负的是你自己啊，你在世锦赛前不好好保重身体，加训加出伤病来是为了什么啊？"

金子瑄："当然是为了冲进前十，为了我国的男单能有两个冬奥会名额，这样到了明年，说不定我们能一起上冬奥会。"

金子瑄摸过一个橘子剥着皮，头低着，说话的声音也越来越低："如果名额只有一个的话，那肯定只有你上了，可我不想等四年，我也不知道我还有没有下一个四年，其他人也不知道。包括你，张珏，你也未必有下一个四年，因为赛场就是这样难以预料，谁知道我们什么时候就伤了呢？所以当有人站在那个争取机会的位置上的时候，他就必须拼尽全力，帮其他人也铺好去更高处的路。"

运动员的巅峰期是有限的，如果错过这一届索契冬奥会，等到四年后，谁也不能保证自己还在役，多一个名额，就是给其他人更多的机会。

张珏没想到金子瑄居然还有这份责任感。

金子瑄又把橘子递到他跟前："吃吧。"

张珏下意识地回道："我不吃别人给的橘子。"

金子瑄："啊？"

张珏在去首钢体育馆前，特意到京城三院探望了金子瑄，去之前他以为自己大概又要安慰这位玻璃心一哥一次，结果反过来却被金子瑄上了一课。

只要在一哥的位置上，便必须担负起一哥的责任。

他们的成绩，将决定本国能否获得一块花样滑冰的奖牌，决定了本国是否能有更多运动员站上冬奥会的赛场，决定了中国去冬奥会的代表团里能不能再多两个人。

当人数庞大的冬奥会参赛代表团跟着开幕式的礼仪小姐走入会场时，这一切的背后是无数个运动员的努力。

张珏书桌底下有个电子秤，每天他都要在早上站上去，将自己今天的体重记录下来告诉教练。

最近看着上面飞涨的数字，他意识到顶级赛场离自己越来越远，而在大奖赛总决赛的那枚银牌，对他来说竟成了他在花样滑冰上最后的辉煌。

他没有下个赛季了，冬奥会他也去不了。

张珏自己也在犹豫，要不要把更多精力放到学习上，争取考上顶级的那两所大学之一。

他是对花滑上心，可他也不想吃没有文凭的苦，当他无法继续做一名顶级花滑选手时，考一所好大学，拿到好文凭才是通常意义上更稳妥的道路。张珏必须考虑现实，因为他需要生活。

但这个赛季的世锦赛对张珏来说依然有意义。他还没有从一哥的位置上彻底退下来，他还有能力通过这一届世锦赛送另外两个人去索契，那就让他再履行一次一哥的责任吧。

张珏暗暗打定主意，比完这一届再和舅舅提退役的事。

世锦赛将在 3 月 10 日开幕，张珏决定在那之前不顾健康地进行高强度的四周跳训练，去世锦赛最后一次燃烧自己！

38. 吸引

3 月 8 日，机场，尹美晶背着背包，坐在行李箱上用衣领扇风。

机场里的空调开得太热了，她的衣服也穿多了。

尹美晶准备脱一件毛衣，然后就有一个富有磁性的男声提醒她。

"到了外面会很冷，你还是不要脱衣服比较好。"

尹美晶回头，愣了一下，眼中带着不敢置信："你是……"

旁边的阿雅拉女士转头，也愣了一下，用惊疑的语气问道："请问您是？"

接着她们身边的哈萨克斯坦女单选手艾米娜羞涩地询问："您是有什么事吗？"

张珏："……是我，张珏！"见她们还在发愣，张珏不得不双手叉腰挺肚子，满脸悲伤："你们认不出我了吗？"

尹美晶、阿雅拉、艾米娜倒吸一口凉气。

"你是小鳄鱼！"

抵达加拿大后，张珏最常和人说的一句话就是："是我啊，小鳄鱼！"

通常在说这句话前，他都会看到别人用一种惊疑不定的眼神看着他，然后再用犹豫的语气问他："请问你是？"

然后张珏就不得不双手叉腰，无比傻气地做出自己标志性的动作。比起张珏这个名字，大部分外国人都是直接叫他小鳄鱼的，张珏只有说自己是小鳄鱼，这群人才能恍然大悟地意识到面前这个帅哥是熟人。

"哦，原来是你啊……等等？你怎么长这么大了？"

这种"帅哥你谁？"的对话重复多次，张珏才发现原来国外不记得自己名字的人居然有那么多。在这群人心里，他和"小鳄鱼"这个昵称已经是绑定状态了吗？

大奖赛总决赛时只有一米六三，现在已经一米七四的张珏十分纳闷，他的变化真的有那么大吗？

被提问的寺冈隼人、伊利亚超级无奈地对视一眼，同时用英语回道："是的，你的变化就是有这么大。"花滑第一大萌神变成花滑第一帅哥，这样的变化都不算大，他们也不知道什么变化才算大了。

他和伊利亚、寺冈隼人这次依然在酒店大堂重逢，当时张珏坐在沙发上赶作业，这两个人拉着行李箱竞速快走一样地走进大门。张珏看到他们，他们也看到了张珏，然后这两人只是顿了顿，就继续朝前走去。要不是张珏喊住他们，他们就和他错过了。

在世锦赛开始之前，有不少人都对张珏是否参加世锦赛抱有疑虑，毕竟这人之前只要去四大洲锦标赛走一趟，再正常发挥一次，这一届四大洲锦标赛的冠军都板上钉钉的是他。能让他放弃一定能夺下冠军的 A 级比赛，也只有伤情很严重这一个理由了。

重伤要康复起来都是不容易的，大家都以为张珏要缺席这个赛季，谁知等到抽签会当天，他还是来了。

当工作人员喊道"China, Jue Zhang"的时候，张珏顶着全场震惊的眼神走上了台。

这一刻，就算伊利亚听不懂法语，他也知道前排的麦昆指着张珏时说的是"他是小鳄鱼？"。

比利时一哥大卫·卡酥莱也大骇："他居然有这么帅。"

张珏还是戴着他的露指手套，脖子上还有一副耳机，上台时带着大大咧咧的笑，随手一摸。

最后一组第二位出场。

等会儿，第几位？

张珏拿着那个 2 号球张大了嘴，台下的伊利亚、寺冈隼人、崔正殊也激动起来。显灵了！

张俊宝后仰："今天各国神仙是合作了吗？"

张珏下台，一路走一路和别人击掌，时不时就有人站起来喊"give me five"。

寺冈隼人没说"give me five"，他一边伸手一边喊："嘿！tama酱，嘿！"

张珏和他击了一掌，乐呵呵地应道："唉！"

明明还没开始比赛，现场气氛已经喜庆得和张珏拿了奖一样，十分奇妙，让不少老将都忍俊不禁。即使已经不是大萌神了，大家还是很喜欢张珏。

正在拍摄的工作人员忍不住笑着道："小鳄鱼是不是年轻一辈的领头人不好说，但他一定是这一辈里最擅长吸粉的。"

但只要是看到张珏身高的人，也明白这个年轻人的跳跃重心算是毁了。

优秀的选手在跳跃时，他们从起跳到落冰的身体轴心都是稳定不变的，张珏现在的跳跃轴心却是从起跳到落冰能偏好几十度。

可张珏就是能落冰。在不考虑膝盖健康的情况下，张珏可以用他强大的协调性，强行让身体在落冰的一刹那调整成站稳的姿势。甭管轴怎么歪，跳跃能成立就行。

这就是张珏的做法，他忽视老舅的劝导，不顾一切地用他自创的落冰方式赢下国内的那场测试赛，又打算在世锦赛用同样的方式冲击名次。

张俊宝没骂他，只是用一种理解中带着心痛的眼神看着外甥。都是运动员，谁还不了解谁，他自己当年也是这副德行。

宋城站在场边调侃："知道我做你教练的时候是什么心情了吧？"

张俊宝仰天长叹："天道好轮回。不是不报，时候未到。"

当年他怎么折腾宋教练，现在张珏全加倍还到他身上了，连带着沈流和宋教练一起操心，孙指导也跑不了。

沈流感叹道："张珏这性子，来几个教练折腾几个教练，执教他以后，我头发都变少了，最近买了几千块的生发水在家里鼓捣。真不知道什么人才能治得住他。"

发型已经成了"地中海"的宋城总觉得这臭小子在影射自己。

张珏结束合乐后冰敷了一会儿膝盖，就要出门遛弯。

张俊宝朝他喊道："记得早点回来！别乱跑！迷路了记得喊警察叔叔！"

张珏头也不回地挥挥手。他有个从小养成的习惯，只要楼层不超过3楼，就喜欢走楼梯，他讨厌电梯内逼仄封闭的空间。

结果在楼梯间，张珏碰到个金发的小姑娘，看年龄绝对不可能是赛事主办方的工作人员，而且早上是男单选手合乐的时间，女单选手们不是在酒店休息，就是出门逛街。

他蹲着询问："你不是来比赛的运动员吧？"

小姑娘愣了一下，怯怯地摇头："我来找麦昆，他在吗？"

张珏："他的合乐在 30 分钟前就结束了。"

他在合乐结束后就挽着一个美女离开了场馆。

小姑娘十分失落，但不到两秒，她就变回原来大大咧咧的表情："我脚崴了，你可以帮我带朋友进来吗？"

张珏问道："你朋友背得动或者扶得动你吗？"

背不动也扶不动，小姑娘回想一下，遗憾地发觉自己的朋友是个瘦弱的女孩。

张珏无奈地蹲在她前边："你上来，我背你下去吧。"

身为大男人，总不能真把一个女孩丢在这里，但喊工作人员过来让她挨一顿骂的话似乎也有点小题大做。张珏把她送到楼下，让她打电话叫伙伴来接，就准备离开。

谁知女孩喊住了他："嘿，你等等，给我签个名吧。"她从背包里翻出一个本子递过来，认真地说道："我会在比赛时也为你加油的，你叫什么名字？哪个国家的？"

这样的粉丝行为其实很可爱，因为能说出这话，说明这姑娘起码不是狂热粉丝，没有因为自己喜欢某个运动员就不对其他运动员喊加油。她真诚地爱这个项目，愿意欣赏为之付出努力的运动员们。

但小鳄鱼在花滑男单选手里也不是寂寂无闻之辈吧？张珏再次意识到自己的变化对别人，尤其是对亚洲人有点脸盲的欧美人来说有多大。

他在本子上用英语写下"祝您健康快乐"这样最朴实真诚的祝福。

"加油就不用了，我最近状态不好，万一发挥不好会让很多人失望的。还有，以后别再溜到场馆内部了，被发现的话，大家只会说麦昆的粉丝没有素质，相当于给你喜欢的运动员抹黑，知道吗？"

他好心提醒一句，等到女孩的伙伴，一个黑色鬈发的拉丁裔女孩过来接她的时候他才放心地转身离开，结果又撞上了大卫·卡酥莱。

他还是那副棕发小雀斑的模样，笑眯眯地坐在一条长椅上，跷着二郎腿，单手托腮歪头看着张珏，天知道他在那里看了多久。

张珏左右看看，走过去，尴尬地打了个招呼："嘿，早上好。"

"早上好。"

大卫露出好奇的神情："你对女孩子很友好嘛，那个女孩很漂亮，如果你找她要电话号码的话，她一定会给你的。"

张珏连忙摇头否认："我不是因为她漂亮才帮她的，我也绝对不会找她要电话号码。"

"为什么？"大卫看起来很感兴趣，兴致勃勃地追问，"你是个很棒的男孩，那个女孩看起来年龄和你差不多，你们恋爱完美符合罗密欧与朱丽叶法案，不存在违法问题。"

不，存在，张珏内心这么回道。遵纪守法，人之本分，好男人嘴上不乱说话，心里不对小女孩起意。别说那姑娘看起来还是初中生，就算她是高中生，张珏也坚决不动那种心思！

他急匆匆地走了，大卫双手插兜，情不自禁地疑惑起来："可是他对女性都太礼貌了，如果真是这个年纪的男孩，再怎么礼貌，也会对异性好奇吧？"

而张珏呢？他背女孩子时用手腕托人家大腿，而不是用手掌，被冰迷表达喜爱之情的时候，从不会跟未成年、异性、儿童拥抱、贴脸和亲吻，和妆子、庆子、美晶这样的圈内好友相处时也会保持礼仪性的距离，以至于那些女孩对他再有好感，也从没想过和他进一步发展。

张珏和异性相处时很有避嫌的意识，这在大卫看来，就是家里的教养好到足以令许多父母上门取经。教养本就是魅力的一种体现啊！大卫突然想起自己因意外去世的父母，眼中闪过一丝惆怅。他也曾经有很好的爸爸妈妈。

39. 歪轴

赛前，张珏听沈流在耳边念叨："虽然你状态不佳，但参加世锦赛的运动员里也不乏死撑的伤号，你不是情况最差的那个，放轻松。"

张珏黑着脸："好，我知道了，我会放轻松的，教练您也放轻松，去旁边喝口水吧，乖。"

张俊宝把沈流推到一边，对张珏说："你别管他，他是头一回碰到自己的运动员带着这样差的状态上场，联想起自己在役时抽风的种种场景了。"

沈一哥，是一个职业生涯前期总是因为心理因素抽风，职业生涯后期又总因为伤病抽风的奇男子。沈流完全无法反驳张珏的吐槽，只能找了个瑜伽球坐着看张珏热身。

张珏又换考斯腾了，没法子，他都一米七四了，体重也暴增，总不能还让他穿原来的表演服，会把衣服撑破的。

少年在陆地上做了个舞蹈动作里的旋子，又踩着旋转板来了一组探海转，最后一屁股坐在地上，叹气："我现在真的好后悔小时候不乖乖上舞蹈课。我也不该调皮捣蛋，拉着同一个初级滑冰班的同学去踢足球，最后踢破老师办公室的玻璃窗；不该在练舞蹈和滑冰的基本功时走神或者磨洋工，一味地挑战高难度的动作。"

他一副悔不当初的表情："不然我现在起码旋转和步法不会太差，又能多一分胜算了。"

张珏后悔时吐露出来的话，全是他老师们的血泪。

他的现任主教练张俊宝在内心同情了几秒自己的前辈们，嘴上说道："行了，起来继续热身，待会儿就轮到你上场了。"

别看张珏的探海转质量不高，但在其他人看来，张珏在进入这组旋转时连换轴心都没有，说进就进了，这也是身体协调性好的一种体现。

哪怕发育导致重心偏移，张珏雄厚的天赋也没完全消失，休养回来后，他就死命地练习落冰技巧，战斗力不说恢复全盛时期，但运气好点的话，拼出接近原来的成绩还是没问题的，何况他这次抽签的时候还走了大运，心理状态也比原来预料的要好。

张俊宝觉得外甥不是完全没胜算。

这一届世锦赛男单最后一组的六人出场顺序为：麦昆、张珏、瓦西里、马丁、伊利亚、大卫。寺冈隼人则在倒数第二组，和他同一组的还有法国的亚里克斯、捷克的尤文图斯、俄罗斯的瓦季姆、美国成年组新任男单一哥布兰斯、西班牙小将罗哈斯。

俄罗斯来了三个人——瓦西里、伊利亚、瓦季姆。到底是滑冰强国，参加花滑四项各项赛事时都是满名额。

在张珏升组的前一个赛季里，董小龙只在世锦赛拿了第二十多名，于是到了这一届，他们的世锦赛名额就只有一个。领导们纠结不已，只能在内部找战斗力最强最稳的上，被派出来的那个也会心理压力更大。

不过就张珏从伊利亚那里艰难分辨出来的信息来看，伊利亚对于瓦季姆拿到最后一个世锦赛名额十分不满。

"他的 4T 不仅提前转体，还踩刃。瓦季姆通过这样极不规范的技术维持了更高的稳定性，但这样得来的稳定性并不光彩，而且他的跳跃高度也低……我不是嘲讽你的意思，你除了低没别的毛病，但如果按照规则严谨地打分的话，瓦季姆的分数不该比波波夫更高。"

总之，按照伊利亚的说法，他认为俄锦赛的裁判们打分不公正。让技术不干净的瓦季姆到国际赛上丢人是不明智的，而有关这第三个名额的最终归属，也在俄罗斯内部掀起了争议，许多人认为即使谢尔盖受伤，无法参加世锦赛，这个名额也不该轮到瓦季姆。

张珏对此只能耸肩，不对别人的家事多言是中国人的习性。

幸好中国的国内赛一直打分严格，裁判该怎么打分就怎么打分，该抓就抓，该判就判，在这种公正的环境里，只要有实力就可以过得很舒服。

后台的电视上直播着倒数第二组的男单选手们的表现，沈流一直看着电视，发现今年以伊利亚、寺冈隼人为首的这批小将都成长了。

"一代新人换旧人，自从国际滑联修改了规则后，努力攻克四周跳的小将们就开始崭露头角，而伤病缠身的老将们开始慢慢被淘汰。"

"寺冈隼人的伤病看来已经好了，短节目的四周跳完成得很漂亮，他的步法是目前国际上最好的，能和他比步法的只有青年组的加拿大小将克尔森。"张俊宝走到沈流身边说道，"寺冈隼人和克尔森的基础都很扎实，随着时间的推移，张珏的竞争力会越来越弱的，除非他改变自己。"

宋城压低了嗓音劝张俊宝："孩子在热身呢，你别在这个时候说这些。"

张俊宝往后看一眼，挥挥手："没事。"

张珏没受影响，宋城也跟着看了一眼，发现孩子正扶着墙单脚站着，另一条腿被掰过头顶，神情十分淡定。

谁叫张珏有颗大心脏呢？就算现在全场人嘘他，张珏都能面不改色地完成自己的表演，更别提老舅对他说的都是真心为他好的建议。接不接受老舅的建议是张珏自己的事，但感受这份善意进而斗志更强也是没问题的。

这下不仅是宋城，连孙千都对张珏的大心脏服气了。

在麦昆用一曲"Sun and Moon"赢得满场掌声后，他拿到了 88.15 分，排名第二，第一则是寺冈隼人滑出来的 88.65 分。

麦昆会落后于一个亚洲小将是所有人没料到的事情，他看着分数苦笑："我真是老了。"

在他之后，美国的布兰斯和西班牙的罗哈斯分别以 82.3 分、81.66 分位居第三和第四，而俄罗斯派出的瓦季姆则因为技术不干净，在国际赛场上被裁判狠抓规范，一个三周跳被判降组，只拿了两周跳的分数，最后排在了第十位。

此时张珏已经上冰。他拍打着自己的胳膊，活动肩背。转体速度和上身力量也有关系，张珏变重太多，想要尽可能地保住转体速度，就要看上肢力量了。

这会儿张珏的考斯腾又换了，纯正的红色包裹着少年纤瘦修长的身躯，他一仰头，双手上举，有冰迷举着团扇大喊"加油"。

昨天被张珏背过的金发女孩张大嘴："他是小鳄鱼？"

同伴不解地回道："是啊，他本赛季发育得很猛，昨天就有人在推特上发他的照片了，你不知道吗？"

金发女孩捂脸："他也变化太大了。"

通常花滑运动员是一个赛季换一次节目，有的人为求稳妥，甚至会在冬奥会前专门找昂贵的编舞做好节目，然后用一个赛季打磨，滑久了熟练度就上去了，下个赛季继续使用。而冬奥会出不得差错，用已经熟悉的节目最好。

张珏喜欢不断尝试新的东西，坚持每赛季换一次节目，但也没一赛季换两次节目的程度，所以他的短节目依然是《再会诺尼诺》。

金子瑄捧着平板电脑，焦急地喊道："教练，网又崩溃啦！直播卡得不行！"

隔壁床的病友好心说道："我的笔记本有信号，你开个蓝牙吧。"

樊照瑛直接抢过金子瑄手里的平板电脑："我手速快，我来，张珏就要上场了，幸好他这次抽到了第二，要是和以前一样第一个上场的话，我们已经错过他的比赛了！"

在张珏起手的那一瞬，很多人就体会到这套节目又变得不同了。

之前张珏演绎这套节目时，主要表达出一种哀而不伤的怀念、释然之情，可谓以情动人，节目细节抠得非常好，很经得住品味，赛季还没结束，就被广大冰迷评为本年度最佳节目前三名。但在这一次，他不仅展现了情，也表达出了探戈特有的舞蹈风味，肢体动作绅士又风流，却完全不显低俗，反而与那份怀念结合得恰到好处。

探戈该是张扬热烈的，哪怕表达哀戚的情绪，肢体语言也要缠绵悱恻。经过一赛季的打磨，张珏终于琢磨好了如何表演一支冰上探戈，肢体语言前所未有地缠绵，缠绵中又带着极有张珏个人风格的伶俐感。

特意飞到现场观赛的弗兰斯满脸惊讶："他居然把节目理解到了这个程度。"

这已经不是一个男孩的表演，而是一个男人的了！

沈流忧虑："他能适应新的节目跳跃构成吗？"

张珏原来的短节目跳跃配置是 3lz+3lo、3A 和 4S，但在发育后，他的连 3lo 技术就和 4S 一起废掉了。为了保证张珏不在世锦赛的赛场上摔成滚地葫芦，教练组硬着头皮将这三个跳跃改成了 3lz+3T、3A 和 3F。

谁知张俊宝听到沈流的话，却平静地回道："你做好他摔跤的准备就好。"

沈流："啊？"

张俊宝攥紧手里的鳄鱼纸盒。以张珏的个性，怎么可能甘心认命，放弃在短节目里使用 4T？如果真这么做的话，他就可以凭着表演分的优势，还有将所有跳跃压在节目后半段的做法，在自由滑拼一把世锦赛前十。

但如果是张珏的话，他一定会……

想起张珏自创的那种落冰技巧，张俊宝满心忧虑。

果然，进入了节目后半段，随着音乐接近张珏跳那个 3F 的节点，他提前开始了助滑。

啪的一声，张珏左足足尖重重点冰，跳出了令人惊讶的高度。

寺冈隼人睁大眼睛："他什么时候可以跳得这么高了？"

伊利亚张大嘴："他都长高这么多了，四周跳还没完全丢掉吗？"

伊利亚的教练鲍里斯遗憾地摇头："可惜，他的跳跃轴心从一开始就歪了。"

但在看到张珏落冰姿态的一刹那，这位老教练也露出和他的学生一样惊讶的神情："怎么可能？！"

运动员们在进行跳跃时会极力收紧身体，让身体轴心变得更细，以提高转速，这也是为何身材纤瘦的运动员更适合做跳跃。

在许多人惊讶的目光中，张珏用他那种拗膝盖的方式，强行落稳了这个四周跳，而在落冰的那一刻，他的双腿与手臂自然而优美地打开。

这分明是一个漂亮且轻盈的姿势，而此刻的张珏像是一个倔强的战士。

91.33 分，这就是张珏作为一哥，在世锦赛对所有人交出的答卷。

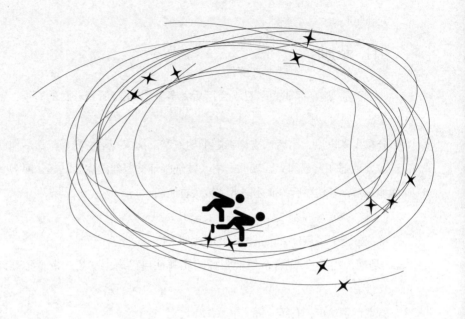

五　我不想离开

40. 鼓励

"太好了，这下起码短节目不会落后太多了。"张珏看到分数的时候，整个人狠狠松了口气。

分数出来以后，冰迷们立刻啪啪啪地鼓掌。沈流心里也高兴，然后他就感到一股力道摁在自己肩上，转头一看，发现张珏扶着他的肩膀站起，对观众席深深地鞠躬，好几秒后，他才站直，转头看他们。

"我该去赛后冷敷了吧？"

沈流察觉到了点什么，张俊宝反应比他更快，也起身应着。

"是啊，走吧。"说着，他把张珏的胳膊往自己肩上一搭，带着张珏离开kiss&cry。

张珏走了几步，右腿一抖，单膝跪在地上。

有惊呼声响起，孙千和宋城同时失声喊道："张珏！"

张俊宝连忙蹲下："怎么回事？你还能走不？要不要喊担架？"

张珏伸手，言简意赅："可以走，扶我一把。"

于是沈流和张俊宝分别站在张珏两边，两个人一起用力把张珏扶到后台。

看着他们离开的身影，伊利亚满脸忧虑："他受伤了。"

"用那种方式落冰，受伤是必然的，只看早或晚。"瓦西里捶着大腿，眼中含着敬佩。

伊利亚忍不住问道："他会退赛吗？"

瓦西里轻描淡写地回道："谁知道呢，他是 Shen 的弟子，他们身上都有一股倔强劲儿，我想在这种紧要关头，只要不是滑不动了，他都不会放弃。"

尹美晶捂住嘴，满眼心疼："他才 15 岁，怎么会伤得这么重？感觉他的情况和麦昆、马丁那批浑身是伤的老将一样，真让人没法放心。"刘梦成沉默地搂住她。

电视前，鹿教练的妻子回头大喊："老头子！你把张珏的分数看完再走啊！"

鹿教练中气十足地回喊："不看，就他那表现，稳进短节目前三，看分数没意义！"

"他拿了91.33分，个人新纪录！"卧室里没声，鹿夫人继续喊道，"但他后来平地摔了一跤，好像是受伤了！"

拖鞋在木地板上行走的吧嗒声急促响起，鹿教练穿着单薄的睡衣冲出来，完全看不出白天出门买菜时那拄着拐杖慢吞吞的模样。

电视屏幕里，镜头对准被教练扶着离场的张珏的背影。已经比张俊宝还高那么一点的少年单薄纤瘦，行走速度缓慢，侧脸紧绷，像是强忍着疼。

与此同时，粉丝在国内的冰天雪地论坛，以及微博花滑粉丝的聚集地都表达了担忧。

"天哪，走着走着跪地上，这是伤哪儿了？重不重？"

"现场观赛人员在此，一哥被扶到我看不到的地方了，目前还不知道情况，急死了！"

"如果真的不行的话，也只能退赛了，如果伤得很重还强行上场的话，运动员真的会废掉的。但是孙千也在现场，不知道他会不会为了冬奥会名额的事给张珏施压。"

"就看张教练挺不挺得住了，但愿他能挺住，如果我们珏哥受了重伤还要去比自由滑的话，我就真要对这个教练粉转黑了。"

"难说，如果张教练真是个有分寸的人的话，当初他就不该答应让一哥小小年纪练四周跳。没发育的时候就练四周跳，对身体损耗可大了，这帮教练都是为了成绩不顾运动员死活的。"

陈思佳一把合上电脑。明明张珏已经很努力地在赛场上拼出那么好的成绩了，如果因为伤势影响到之后的比赛的话，他也会很难过吧？

少女拿出小鳄鱼挺肚子的团扇，摸摸上面神气十足的孩子，想起那个在赛场上满是斗志的俊美少年，难过不已。她低声说道："做运动员好不容易，为什么要有伤病这种东西呢？"

…………

杨志远跑过来做检查："不是骨头的问题，膝关节向前活动异常，应该是前交叉韧带损伤，要带他去医院看看损伤程度。"

在食堂阿姨的努力，以及老舅的督促下，张珏发育期间一直在好好补充营养，再加上先天因素，他一直属于身子骨壮实的类型，哪怕用天赋琢磨出特伤膝盖的落冰技巧，但他除了半月板磨损居然也没啥大毛病。

韧带却没骨头那么硬，加上他这次跳 4T 的落冰姿势实在很难为人体组织结构，出问题也正常。

于是张珏又被扶着上车，去了当地的医院做更多的检查。医生看完检查结果，给的建议就是——伤得不轻，建议不要再做剧烈运动了，回去好好休息吧，现在这个程度还可以保守治疗，再严重的话就要上关节镜了。

还有，他跳 4T 时点冰的力气太大，左腿比目鱼肌也有拉伤，同样需要养。

男单短节目的比赛在晚上，按张珏的习惯，比完赛是要吃点东西的，张俊宝怕他长胖，一般就用清水煮些蔬菜，淋一点生抽给他，或者直接扔两个苹果。

这次他们看完急诊，张珏没有像以往一样找教练们要东西吃，只是坐在医院大厅听孙千和宋城轮番上阵劝他退赛。

宋城苦口婆心："韧带和关节一样，对运动员非常重要，自由滑的强度比短节目更大，你硬上的话，会对身体造成很大的伤害的。"

孙千言辞恳切："张珏啊，以你的天赋，放弃这一次世锦赛，回去好好养伤调整状态，等到下个赛季，你好好比，上冬奥会为国争光不好吗？名额这东西少一个就少一个。"

名额再多，上冬奥会的人再多，但说句难听点的，国内除了张珏也没人有本事夺得奖牌，去冬奥会顶多提升个存在感，以后走出去可以自称"我也是去过冬奥会的人"。

孙千压力不小，他也想完成上头给他的指标，可他更舍不得让好不容易撞上的紫微星为了名额把自己拼废了。张俊宝坐在一边没说话，沈流感觉到了什么，也不说话，就坐在张珏身边。

张珏左看看，右看看，咧开嘴笑："孙指导，我现在还在长，每天晚上睡觉腿都会抽筋甚至痛醒，而且我们家还有易胖的基因，这就代表如果我变成一个一米八的大个子，我的体重绝对会在现有的基础上再增加起码 10 公斤。"

孙千愣住了，这是他现在最不乐意听的话。他心里明白张珏那个据说除了贡献基因，没在孩子的成长过程中增加一分助力的生父，给张珏留了个对花滑选手来说多么麻烦的身高问题，但他又明白张珏说的问题很现实。

宋城看着张俊宝和沈流不吭声的样子，一股气从胸口涌出，他翻了个白眼，也气哼哼地坐下。

张珏继续说道："其实我已经有了预感，就是可能滑完这个赛季，哪怕我还能用现在的方式落冰，但到了那个时候，我大概也跳不动了。所以在退役之前，我想给我们国家多带几个冬奥会名额回来。"

张珏很诚恳，也很坚定，接着他就转头和张俊宝说："教练，我申请打封闭。"

杨志远瞥他一眼："打封闭很痛，而且你伤的地方不止一处，要打起码得两针。"

一个赛季打三针封闭，对任何运动员来说伤害都够大的了。虽然张珏这三针挨的不是同一个地方，但是哪个家长愿意看孩子为了点成绩就使劲打封闭？

人家孩子家长就在现场呢，杨志远觉得自己怎么都要拒绝一下。

谁知道张俊宝却点头："行，反正这次不打，你以后也未必有机会打了。"

姓兰的除了给儿子拖后腿，别的用处都没有，废物。幸好他姐早早把那家伙甩了，只是可怜他的小玉，长到 15 岁还要被那个废物连累，太惨了。

张俊宝本身就曾是运动员，在确认张珏打定主意要承担起一哥的责任时，他的内心可谓心疼与欣慰交织。

明明最开始带这孩子回到冰场的时候，张俊宝只是希望张珏能用自己的天赋为中国花滑带来更多的荣誉，但那时张珏总是一副对花滑不上心的样子，还趁午休的时候偷溜出去踢足球，把教练组气得够呛。

到了现在，他却如此坚定地要把花滑的旗帜扛起来。这孩子比了三个赛季，成长的不仅是技术和身高，还有内心，他已经是个男子汉了。

张俊宝站起来，看着孙千说道："张珏是个大人了，从他决定上世锦赛开始，我就知道他那种跳法迟早会给他带来伤病。孙指导，让他上吧，他知道这么做的后果是什么。"

短节目比赛结束时，张珏以 91.33 分位居第一，再次为他的"小鳄鱼比短节目从不翻车"传闻添加了一项铁证。

法国一哥马丁以 91.08 分紧随其后，瓦西里以 89.4 分位列第三。

然而张珏却缺席了小奖牌颁奖仪式。

大卫·卡酥莱用毛巾擦干汗水，看着采访区收拾东西的中国记者们，无奈地叹息。

他现在还没从潜水意外导致的身体虚弱状态中缓过来，在短节目中的 4T 摔得很惨，只排在了第 9 位，算是提前退出本届世锦赛的奖牌竞争行列。

和他不同的是，张珏自从 clean 了短节目，刷新个人得分新高后，不少人都觉得他能冲击领奖台，甚至是得到银牌，为中国男单带回 3 个冬奥会名额。（世锦赛前两名，以及参赛的两位选手排名加起来不超过 13，可以为本国拿到 3 个冬奥会名额）。

没想到这人居然在比赛时受伤。

大卫和亚里克斯都是法语系男单选手，交情一直不错，这会儿他就和亚里克斯感叹道："Jue 看起来是跳 4T 的时候伤到的，居然还能面不改色地做完最后一组旋转，走到 kiss&cry 的时候也没让人看出他受了伤，耐痛能力真强。"

亚里克斯点头应道："他一直这样，只是看起来可爱，其实是个不折不扣的硬汉。"

他的师兄马丁也是满身伤病，这个赛季开始前做过脊椎手术，比赛开始前又打了封闭。亚里克斯知道，这是因为他还太弱小，实力不足以争取冬奥会名额，师兄才不得不用这样的方式，为他铺平前往冬奥会的道路。

在来加拿大的飞机上，师兄和亚里克斯说过一段话。

"亚里克斯，自从萨伦离开后，我们的男单项目就衰败了。我在温哥华拿到铜牌其实也是美丽的意外，因为当时敢做四周跳的运动员很少，我恰好是其中之一，还正好在比赛里跳成了，但是这并不能改变法国男单式微的现状。"

一直板着脸的马丁对他露出温和的微笑："无论是你还是我，都很享受看到国旗因我们升起的感觉，对吧？我能滑的时间不长了，你要趁我退役前好好努力。"

现在亚里克斯在张珏的身上，再次看到了作为本项目最强者身上的那种担当和荣誉感。

"他不会放弃这场比赛的。"亚里克斯喃喃地道。

第二天，张珏提着包出现在场馆，仅仅热身了一小会儿，就找了把椅子坐着，然后他的队医跪坐在他前面，为他按摩膝盖和小腿。

许多人偷偷关注他，心中想，这个人伤到的地方居然不只有膝盖。

张珏灌了几口加了止痛药粉的运动饮料，摸出手机，上面是好几条鼓励的短信，有妆子和庆子的"知道你不会放弃，干巴爹"，还有妈妈发来的"好好比，顶不住就退赛，因伤退赛不丢人，这叫战略性撤退"。

她们是如此了解他，并支持着他，就在此时，一道阴影落在屏幕上，张珏抬头，就看到崔正殊走到他面前。崔正殊仔仔细细打量了他一番，嘴角上扬。

"我就知道你会坚持把自由滑比完，来，这个给你。"他这么说着，将自己比赛时一直戴着的项链从脖子上摘下，俯身为张珏戴好。

"这是我第一次赢韩国全国赛时戴的幸运物，暂时借给你，比赛结束后记得还给我。还有，美晶特意编了花环，等你滑完了，记得去接一下，她一直说你长得好看，要是在穿着自由滑的考斯腾时再戴上花环，肯定比那喀索斯还俊美，加油。"

张珏怔了怔，露出灿烂的笑脸，他用力点头："谢谢你们，放心吧，我这次也会滑得超棒的！"

张俊宝递给他一根剥好的香蕉："来，吃根香蕉补补体力，你是最后一个登场的，待会儿瓦西里、麦昆、马丁他们肯定会拼了老命滑，你小子在短节目拿到的那点优势保持不了多久，做好心理准备。"

张珏对他竖大拇指："必须的。"

41. 老将

正如张俊宝所说，这一届世锦赛的老将们真的都打算拼了。

进了自由滑最后一组的分别是张珏、马丁、瓦西里、寺冈隼人、麦昆、伊利亚。

三个小将，三个老将。

花滑本就是高伤病项目，技术练起来难，随便受个伤却能让实力大幅下滑。男单运动员巅峰的时光也就是18岁到22岁，超过这个阶段就是老将了。

本届世锦赛年纪最大的马丁今年25岁，放在其他行业是不折不扣的年轻人，放在花滑项目里他就是个中年人，他也是伤病最重的那个，比张珏还重。毕竟这哥们儿伤的是脊椎，万一运气不好，瘫痪也有可能。瓦西里和麦昆同龄，他俩24岁，同样是老伤号了。麦昆的问题是膝伤，而瓦西里的问题集中在脚踝上。

张珏只是拉伤韧带就痛得不行，但目前仅仅是医生口里的"你放弃比赛，保守治疗几年应该可以好"的程度，瓦西里的韧带损伤却到了必须手术的程度，去年他就接受了韧带修复手术。

用他自己发在推特里的话说就是，医生从他的骨头上切了一片下来将韧带扣住别再乱跑。

别人看到这条推特的时候心里是什么滋味张珏不知道，反正张珏自己摸着仓鼠看对手们的推特时，看到这一条的时候他觉得自己的脚踝也凉凉的。

别看现在年轻一辈的三位超新星气势汹汹，在几年前，他们三个也曾是让冰迷们赞为"男单后继有人"的明日之星。

现在他们年纪大了，体能开始下滑了，伤病越来越重了，离滑不动的日子越来越近了，他们能保持一线战力的时间只剩下索契周期，也就是从 2010 年到 2014 年。索契冬奥会结束，为了下半辈子不坐轮椅，他们都要退了。不管是出于为自己的国家争夺更多冬奥会名额的考量，还是想为后辈铺路，他们都打算在自由滑上尽全力。

最后一组的比赛开始前，他们会一起上冰进行六分钟练习。

张珏表现得有些疲惫，他没有进行跳跃，只是环着冰场滑行，确定自己在之后的比赛中，将要在冰场的哪个区域做哪个跳跃。

寺冈隼人和伊利亚在离他较远的地方练习跳跃，跳跃成功时就能得到粉丝们的掌声，而与张珏一样佛系的三个老选手则淡定地该干吗干吗。

他们也有过在六分钟练习时炫技的轻狂岁月，现在大家都炫不动了。

张珏是喜欢被人关注的性子，要是没伤这会儿肯定也要蹦一下。

直到练习结束，第一个上场的伊利亚留在场上，张珏下冰，扶着沈流的肩膀踢了踢右脚。

沈流问他："感觉怎么样？还行吗？"

不行的话，现在退赛也没问题，孙指导的退赛申请书早就写好了，随时可以递交给赛事主办方。

张珏说："我想坐一下。"他坐在那里，杨志远抓紧时间给他按摩。

这一届的赛事主办方商业头脑不错，比赛场馆门口还有卖周边产品的店子，售卖运动员们的标志性玩偶和包好的花束，甚至有绿色的小鳄鱼头套，因为制作精良，销量相当不错。

金发女孩贝拉就戴着一个小鳄鱼帽子，紧张地看着候场区："他看起来真的很不舒服啊，都这样了，他还没放弃比赛吗？"

同为鳄鱼粉的玛丽莎也戴着同样的头套，手里握着一把应援团扇，咬住下唇。她在心中默念着：退赛吧，退赛吧，你才15岁，现在退赛是为了更长远的未来。

但直到伊利亚的节目结束，张珏都没有表现出退赛的意思。甚至在伊利亚的分数出来的时候，他还高高兴兴地为这位朋友鼓掌，然后转头和教练组嘀咕："这场比赛结束后，我想吃炒米粉。"

前阵子他在网购鼠粮时无意间看到了新疆炒米粉的制作视频，正犯馋呢。

伊利亚对观众们挥手，看到张珏时，他对张珏握拳，用口型表示"加油！"。

由于在比赛中失误，伊利亚对自己的分数并不满意，如果其他人没有表现失常的话，他这个成绩也拿不了奖牌，但朴实的俄系太子依然祝愿自己的好友可以完成很棒的表演。

第二位上场的麦昆再次将《图兰朵》这出经典歌剧演绎得优雅壮美，别看这人在发现自己的短节目分数落后时感叹着自己老了，实际上他在早年比赛的时候，就数次从落后的位置奋起直追，最终翻盘。

意大利一哥在连续低迷了一整个赛季后，居然在世锦赛这个紧要的赛场上险些 clean 了自由滑！除了节目末尾的 3lo 落冰不好看，其他的动作他都完美完成，但他那个落冰的狼狈姿态，让不少懂行的人都皱起眉头。

张珏惊讶地看着他的身影："这个落冰的姿势怎么和我好像？"

他自创的这招自损八千的落冰技巧还蛮难的，对身体协调性的要求特别高，而且一旦失误，后果会相当严重，属于走钢丝级别的危险技巧。麦昆是怎么会这招的？！

张俊宝淡淡地回道："资质过人的天才不止你一个，麦昆的协调性也很好，而且他已经是职业生涯末期了，为了多拿一分荣誉，拼一拼也可以理解。"

麦昆的自由滑分数达到了 185.6 分，刷新了他的个人纪录，加上短节目的88.15 分，他的总分是 273.75 分。这是一个很漂亮的分数，足以争夺冠军。

当《图兰朵》的音乐停止时，有一位看起来年纪不轻的女粉丝趴在观众席最前方的栏杆上，举着一束玫瑰放声大哭，激动得就像是麦昆已经拿到了冬奥会冠军。

麦昆滑过去，接过那束玫瑰，还抛了个飞吻，坐在一边的弗兰斯·米勒露出一个嫌弃的表情。

身为张珏本赛季的短节目编舞，弗兰斯心里吐槽："这个意大利人的卖俏能力怎么比他的花滑技术还强？这么魅惑还滑什么古典歌剧？直接跳个拉丁舞不是更好吗？"

不对，如果这个意大利人真的放飞自我在赛场上大跳拉丁舞，展现成年男性的魅力的话，他家那个残血的小鳄鱼未必比得过啊！

就在此时，麦昆还乐呵呵地朝弗兰斯也抛飞吻："弗兰斯，谢谢你来看我的比赛，下个赛季我想找你编舞，待会儿我找 Jue 要你的电话号码可以吗？"

弗兰斯："快去 kiss&cry 吧你！没看到日本男孩已经在等着上场了吗？快点给他腾地方吧！"

寺冈隼人脱了刀套在冰场入口等了一会儿，麦昆才下场，用满是歉意的神情对他比了个加油的手势，他不在意地挥挥手，朝冰面中心滑去。

自从进入成年组后，许多运动员都会适当地挑战一下不同于青年组时期的风格，这不仅是强化自己的表现力，也是为了刷新裁判对自己的印象，最好是留下"这个运动员很多元化，可以驾驭各种风格"的印象，对长远发展更有利。

出于这样的考量，寺冈隼人今年的自由滑节目也是一曲展现成熟男性魅力的探戈——"Forever Tango"。

比起以舞抒情、哀而不伤的《再会诺尼诺》，寺冈隼人的编舞倾向于让他看起来更像一位舞者。探戈，欲进还退，动静有致，舞步缠绵悱恻，却又带着男女在爱情间的交锋和步步为营。而要在冰上表演舞步，最重要的就是要有扎实的滑行功夫，这一点寺冈隼人不仅做到了，还做得很好。

张珏发现这人的表现力比以前强了不少，近距离观赛时，他甚至有种寺冈隼人在演绎一部好莱坞黄金时代的爱情老电影的感觉。

要不是张珏从妆子的口中得知隼人单身至今，他差点就以为隼人在自己不知道的时候谈了段爱恨纠结的恋爱了。

张珏叹气："他的表演进步了好多。"

孙千这时回道："据我所知，他报了专业的演员表演课。"

对手在不停地变强，而且寺冈隼人的基础非常扎实，相比之下，伤病缠身、基础不牢、发育过猛的张珏的竞争力则在下滑。

老教练在心里认同了张俊宝的说法,再这样下去,除非张珏甘心止步于此,否则如果他想继续竞争世界大赛的冠军位置的话,他就必须改技术,不然他总有一天要被对手远远地甩在后面。

寺冈隼人可能是过于在意表演了,他在后半段的跳跃摔了两个,这导致他虽然刷新了表演分,但总分在麦昆之下,接下来如果运气好,也许他可以拿个铜牌,运气爆表的话,可能会拿个银牌。

瓦西里上场,直接 clean 比赛拿了第一,绝对王者的实力引起全场欢呼。

老将们用行动证明,甭管小将多么来势汹汹,老将们也还未凋零!

杨志远摇头:"可惜,寺冈隼人这下顶多拿铜牌了。"

张珏不满:"怎么能这么说呢,如果马丁 clean 比赛,那隼人只能拿第五,马丁输了那他就是第四,这次世锦赛的奖牌没他的份。"

其余人用诧异的目光看着张珏。

这么说,你小子顶着半残的血条,还觉得自己能赢过寺冈隼人?

42. 幸福

"滴滴醇香,回味悠长,××牛奶,香甜醇正,补钙首选。"穿着校服的张珏举着一盒牛奶,坐在学校操场的草坪上,对屏幕前的观众们抛了个媚眼。

老伴看着鹿教练阴沉的脸色,刻意用轻松的语气说道:"哎呀,自从看到小玉身高长得那么快,这牛奶就卖得越来越好了,这牛奶莫不是真能让人长高?"

鹿教练摇头:"不,我最初看他发育得那么猛的时候觉得不对劲,和张俊宝打了电话,他说小玉的生父以前是篮球运动员,小玉的身高和遗传是分不开的。"

鹿太太满脸疑惑:"小玉他爸不是那个特别俊俏的许大厨吗?他以前还给咱们家送过炸酥肉呢。"

鹿教练:"他是小玉的继父,你没发现他们俩长得不像吗?"

鹿太太:"不是都很好看吗?"她以前还羡慕过小玉妈妈丈夫帅气、儿子可爱呢。

过了一阵子,广告结束,电视里响起央视五台专门解说花滑的女主播赵宁的声音:"观众朋友们,现在是北京时间早上 9 点,欢迎收看中央电视台体育频道，正在直播的是 2013 年花样滑冰世锦赛男子单人滑的自由滑，比赛已经进入了白热化阶段。"

江潮升低头看了一眼："是的，今年的新秀们相继在重要的大赛中拿出了相当令人惊艳的表现，在短节目赛事中，我国小将张珏因四周跳出现了韧带拉伤。希望他能平安完成本次比赛。"

说到这里，两人颇为无奈地对视一眼。

自从知道张珏会出战时，其实国内许多冰迷都是一副兴高采烈的样子，觉得来年中国说不定可以派 3 个男单选手一起上冬奥会了，结果一看到张珏的身高，懂行的立刻心都凉了。等张珏取得短节目第一后，凉了的心终于回温，但是好家伙，张珏又受了伤，大家的心又凉了。

这么曲折，心脏不好的都吃不消，比如正在前线跟着张珏、黄莺、关临、米圆圆的孙指导，这会儿压力山大，但愿他有把救心丸随身携带。

张珏的状态是肉眼可见的低迷，这个以往热爱在六分钟练习炫技耍帅的选手，这次只是滑了滑，下场以后还找了把椅子坐着，连站都不想站了，真是让人忧心他现在的状态还能不能完成自由滑。

江潮升已经决定，就算张珏待会儿摔得很惨，他也要把舆论带得对这孩子宽容点。

本来要不是无奈，谁乐意把正处在发育关这个紧要关头的一哥派出去搏命？要不是张珏赢了内部测试赛，江潮升压根不赞成派张珏出赛。

不过就像他刚才说的，今年的小将们都挺厉害的，最后一组首次出现小将占一半人数的情况。张珏、寺冈隼人、伊利亚这三个新生代的"三剑客"战斗力果然强劲。

老将们也不甘示弱，比起仍然年轻，大赛经验不够丰富，会在关键时刻掉链子的小将们，他们的发挥更加稳定，表现力也更加成熟，裁判也更青睐他们，给他们更高的表演分。

在伊利亚和寺冈隼人都有不同程度失误的情况下，瓦西里以《圣彼得堡之春》拿下了 186.1 分，这是目前本次赛事的自由滑最高分，而他的总分则是275.5 分，位列第一。

麦昆第二，寺冈隼人第三，伊利亚第四。

赵宁继续报幕："好的，现在上场的是来自法国的马丁，他也是温哥华冬奥会的男子单人滑铜牌得主。他是一位很擅长演绎古典音乐的运动员，本次自由滑节目是《自新大陆》。"

随着马丁的登场，张珏看到沈流的神情紧张起来。

他不解地小声问道："怎么了？"

沈流摇摇头："马丁伤得很重，这个赛季开始前住过院，之前的大赛状态也不好，更像是为法国在一线赛场刷个存在感，他那个师弟还是太嫩了。按理来说，19岁已经是天赋出众的男单选手进入巅峰期的岁数，可他还是那副表演不强、跳跃不稳的样子。

"但凡亚里克斯世锦赛前表现得更好些，马丁都该退了，他那个脊椎的毛病要是真的恶化，恐怕下半辈子连轮椅都没的坐，瘫在床上都有可能，幸好亚里克斯这次滑得不错，以后马丁退役的时候也能放心点吧。"

张珏抿抿嘴："坚持参赛是马丁自己的选择。"

沈流难得打张珏一下："别说什么这是他自己的选择，我警告你，等比完赛了你必须去医院，以后我也不会再让你这么逞强。"

张珏正想吐槽一句我舅都管不了我，何况是你，然后就看到沈流露出一个让人心里发毛的笑："说实话，这个赛季让只有15岁的你打三针封闭，是我的失职，但以后再出这事，我只能动刀子了。"

"噫！"张珏惊恐地睁大眼睛。这……这人看起来斯文，没想到骨子里竟然如此凶狠。

沈流补充道："你以后不乖乖疗伤，那我就用刀顶自己脖子。"

张珏松了口气，哦，这还好，他刚才还以为沈哥是说如果自己不听话，就用刀子押着他去医院呢。等等，用刀顶自己不是同样很残忍吗？花样滑冰只是竞技运动而已，沈哥你不要这么激动！

张俊宝瞥沈流一眼："张珏之前没见你开过这种玩笑，你适可而止吧，这小子没看过你十几岁的时候是什么样子的，一直觉得你是个正经人，你胡诌他也是会信的。"

沈流微微一笑："开个玩笑活跃一下气氛嘛，免得小玉紧张。"

张珏：啥？！他算是明白了，自己周围的长辈，从张俊宝到他亲妈生父，现在还有沈流，年轻的时候恐怕都不是什么循规蹈矩的好青年。

其实之前董小龙到沈流家里做客的时候，张珏就已经发现了，董小龙不仅对他舅舅特别敬畏，在沈流面前也很小心翼翼，现在想来，那大概不是什么单纯的礼貌。

张俊宝、沈流在役时的省队主教练宋城使劲翻了个白眼，他就是这群皮猴子捣蛋时的最大受害者！

就在此时，场上响起一阵惊呼。

他们回过头，就看到马丁在旋转时突然失去平衡摔了特别重的一跤，这和跳跃时摔跤完全不同，大部分经验丰富的顶级男单选手，都不会在旋转时摔得这么狠。

许多人还在猜测马丁是受了脊椎伤病的影响，马丁就爬起来继续表演了。

沈流眼中浮现一丝担忧："脊椎受了伤，还摔得这么重，退赛算了，反正亚里克斯是倒数第二组里总分最高的，这次世锦赛起码第七，他这么拼没意义。"

摔了这一跤，马丁的自由滑得分肯定不漂亮，上领奖台的概率也不高，何必如此？

但是奇怪的是，这次摔倒后，马丁的表演中多出了一份惊人的感染力。他就像是一个旅行者跨过了崇山峻岭、广阔的海洋，历经无数苦难后抵达一片全新的大陆，看着新天地露出憧憬的笑容。

张珏看着这一幕，突然想起了这位运动员的百科介绍。

马丁·都柏特，于 1988 年出身于法国一个中产家庭，1 岁以前父母离异，他随母亲生活，但直到 3 岁他都无法流畅地说话，加上肥胖，他被周围人认为是一个笨小孩。小学期间他成绩非常差，母亲送他去了很多医生那里治疗，给他报各种兴趣班，希望将他培养成不输正常孩子的模样，却总是不成功。

直到他 7 岁的冬天，他的祖母牵着他的手走上冰场，扶着他学会了滑冰。在祖母的耐心教导下，他爱上了滑冰，并在教练和祖母的鼓励下减肥，走上儿童赛事的赛场。

在采访中，他曾说过："花样滑冰给了我自信，让我有了想要变得更好的冲动。对我来说，这是一片给予了我新生的新大陆，我将走上冰场的那一天视为人生中最幸运的一天。"

他明明之前摔得那么惨，可他的节目看起来并不悲壮，反而很愉悦。

张珏的内心生出一份尊敬。

比赛结束，马丁的总分出来了。他的自由滑得分是 173.91 分，加上短节目的 91.08 分，总分 264.99 分，排名第四。

对他来说，这次自由滑的表现实在不能说好，但张珏觉得自己被彻底地打动了。马丁看着这个分数也很高兴，他站起来，和教练击了掌，他的师弟亚里克斯冲到他身边紧紧地抱着他，眼眶通红，嘴里喊着什么。

沈流听得懂法语，他告诉张珏，亚里克斯喊的是"谢谢"。

亚里克斯已经确认是本次世锦赛的第七名，而马丁的排名是第四，再差也是第五，这代表他们的排名加起来没超过 13，法国男单在来年的冬奥会上，将有 3 个参赛名额。

张珏知道，这是马丁的最后一战，而他在最后一场世锦赛上，为自己的国家付出了一切。

此时只有一位男单选手还没有上场比赛了。

孙千看了冰场一眼："张珏。"

张珏脱下外套："知道了。"

夜之春神再次出场，张珏踩上冰面，转身，朝着张俊宝笑，张俊宝叹了口气，在他背上推了一把，小孩就刺溜刺溜地奔赴前方。

这次就连宋城都一脸肯定地对孙千说："张珏肯定又要上两个四周跳的配置了。"

以他对张珏的了解，马丁的比赛绝对把他的斗志全激发出来了。

孙千摘下眼镜，用衣角擦了擦："自从做总教练后，我常常活在这种情绪里，运动员受伤了心疼，看他们带伤上场继续心疼，有时候想拦着他们不许他们上场，但真的要行动了，又觉得孩子为了参赛付出那么多，我拦着他们才是对不起他们……"

结果他还是送了一代又一代的运动员上赛场，看他们为了梦想不顾一切地拼搏。虽然这份光芒很耀眼，但孙千也会幻想，如果这群孩子没伤没病地把金牌拿回家就好了，可惜世上从没有那样的好事。

杨志远沉声说道："张珏的韧带伤是一级，封闭只能为他止痛，但如果他继续使用那种落冰方式，一场比赛下来，恶化成二级是绝对的，韧带断裂都不是不可能。"

宋城："看他的运气吧。"他们现在只能指望运气了。

"April's Love Story"的乐声响起。

不出教练们所料，张珏的第一跳就是四周跳——一个漂亮的 4T。但是令人惊讶的是，张珏在跳完这一跳后，居然一个翻身，接了个 1lo，又连了个 3S。

4T+1lo+3S！这是世界上第一个以四周跳为第一跳的夹心跳！

许多人看到这一跳的时候都惊呆了，鲍里斯看着那一跳："他的连跳节奏很好，看来练这一招的时间不短了。"

张俊宝却看明白了张珏的策略："小算分机又在算了。"

张珏的 4S 废了，现在只能完成 4T，如果他想在本次比赛里取得好成绩，在自由滑放两个四周跳就势在必行。但是同种类的四周跳出现在节目中时，只能有一次单跳，跳第二次时就必然在后面接一个连跳才符合规则。

张珏的状态能支持他完成 4T+3T 吗？当然是不能。可是如果跳 4T+2T 的话，2T 的基础分仅有 1.3 分，跳起来并不划算。

幸好张珏的夹心跳很强，而且在连跳里接 3S 对他来说比接 3T 更轻松，毕竟 S 跳才是他的本命跳跃，想当年张珏练出来的第一个三周跳是 3S，第一个四周跳则是 4S。

所以，他在这里选择了将 4T 放入夹心跳中完成！

沈流感叹："这小子果然精明，也够冷静，在这种时候还能把分数算得这么清楚，将来他高考的时候，起码数学是不用我们操心了。"

张俊宝一脸自豪："那是，就他那个脑瓜子，要是滑完这场就退役，然后专心学习的话，考全国第一的大学说不定都没问题。"

他这么说，孙千听着也挺舒心。身为教练，其实他一直很怕自己手底下的运动员们带着伤病退役后过得不好，所以看到张珏这种不滑冰也能靠学习有好前程的娃娃就特别高兴。

而在之后的比赛中，张珏令包括他的教练们在内的所有人惊艳了。

看着电视中的少年，妆子面露欣慰："好棒的表演。"

这个节目的灵感是她和张珏一起找到的，在编舞期间，张珏也一直通过邮件和妆子进行交流。这是一个经历过无数遗憾的人在经历严冬后，于春天到来的 4 月遇到了梦想的故事，通过张珏的讲述，妆子曾想过，tama 酱是不是也经历过一些痛心的事情，就像她不得不永远离开赛场一样遗憾。

　　但是毫无疑问，以前张珏故事里的那位主角，最后在 4 月找到了新的梦想，而此刻的他给人的感觉却是，他即将与好不容易得到的新梦想诀别。他很难过，可是即使再难过，他对这份梦想的热爱还是那样热烈，像是一簇火焰在洁白的冰场上绽放。对，就像是在赛场上最后一次滑《C 小调第二钢琴协奏曲》的她一样，如此决然地释放出对花滑全部的爱意。

　　这位年轻的、身处发育关还带着伤病的运动员，在比赛中拿出了最高昂的情绪，还有最好的技术。张珏没有失误，一次也没有，甚至连步法用刃都比往日要强了一些。或许他的滑行的确有瑕疵，但张俊宝按着他练规定图形，还是补起来了一点。

　　当少年旋转时，项链从衣领里挣脱出来，在空中飞扬，与他溅开的汗水一起反射出冰面的白光。这一刻，张珏感觉隐约触摸到了什么，他仿佛与冰上的风融为一体，对身体的掌控力达到了发育以后的最高峰，以至于表演的情绪自然而然地由内往外散发。

　　在张珏自认为的人生的最后一场大赛里，他奉献了自己来到花样滑冰的世界中，最棒的一场表演！

　　原来用灵魂做燃料去完成一场表演，是这样酣畅淋漓的滋味。

　　直到比赛结束的那一刻，张珏跪坐在地上大喘气，汗水一滴一滴滑落，整个场馆的人都站了起来，掌声响亮密集得仿佛要震破鼓膜，有人在尖叫。

　　"tama 酱，你是最棒的！"

　　他转过头，看到尹美晶不顾周围人惊愕的眼神，坐在刘梦成的肩膀上，举着一个白蔷薇花环挥舞着，像是挥套马杆一样，朝他甩了过来。

　　张珏滑过去接住，在尹美晶抛飞吻的动作中，将花环戴在头上，对她露出一个笑容。

　　镜头这一刻对准少年的笑颜，但不知是不是镜头角度的缘故，有人看到这个笑得如同太阳一般的孩子眼中，竟含着晶莹的泪光。

　　下一瞬，张珏捂住眼睛，仰着头，泪珠真的顺着他的脸颊滑下。

　　每个得知自己要离开赛场的运动员，都会满心不舍，甚至为此哭泣。

　　哭不舍，哭不甘，哭后继无人，哭梦想还未起飞就要远去。

　　张珏想，今天滑得好开心，能献上这样的表演，然后大家都这么喜欢，这种感觉好幸福，我都快要不想离开这里了。

43. 赛后

也不知道杨志远打封闭的技术是和谁学的，张珏上场的时候，他的左腿比目鱼肌是完全没知觉的。

说白了，他那一块就是麻的，张珏也不知道自己咋就用这条腿点冰，然后还成功蹦了两个 4T 出来，说不定真是因为崔正殊的幸运项链有奇效吧。他的右边膝盖在滑到节目最后一分钟的时候又开始疼了，只是那时张珏的专注力全在节目上，感觉不明显，等比赛结束，他才发觉自己能把这一场好好滑完，真是各国神仙今天集体发力的结果。

下冰时，张珏一个趔趄，差点又一次跪在地上，老舅和沈流一左一右扶住他，架着他往 kiss&cry 走。

他坐在椅子上，抬着头，专注地看着大屏幕，过了一会儿，分数出来了。

自由滑得分是 182.82 分，加上短节目的 91.33 分，合计 274.15 分，仅次于瓦西里的 275.5 分。

张珏这次自由滑的所有跳跃几乎都是歪轴，没摔靠的是运气和他那种不要膝盖的落冰方式。在评分中，轴心正的跳跃肯定评分更高，这是他输给瓦西里的主因。

张珏在上场前都没料到自己可以拿到这个分数，他转头和孙千说："孙指导，我做到了。"

孙千抱了抱这个年轻人，低声说道："我看到了，你做得很好！"

这枚世锦赛奖牌不仅是中国男单选手在国际赛场上的最好成绩，也代表着中国男单将在明年的冬奥会，能前所未有地派出三人参战。

如果张珏没有受伤和发育该多好呢？

孙千内心满是遗憾与难受，这么个年纪轻轻的孩子，为了冬奥会名额付出一切，可是他很可能无法踏上冬奥会赛场了。

马丁摸了一把亚里克斯的头发，微笑着说道："没事，我是第五，咱们的排名加起来依然没有超过 13。三个名额还在。"

亚里克斯擦了把眼睛，摇头："我不是担心名额的事情，只是刚才突然觉得 Jue 和你好像。"都是孤军奋战的一哥，却愿意为自己心爱的项目付出一切，那种仿佛燃烧生命的热情，让亚里克斯无法不尊敬。

过了一阵子，赛事主办方过来问张珏需不需要拐杖。

张珏："很需要，谢谢。"

这次他没有再觉得拐杖高，扶起来不舒服，甚至反而有种恰到好处的感觉，走起来十分利索，于是上红毯去领奖的时候，他的情绪也比才比完赛那会儿好多了。

瓦西里本来还想再抱着小孩上领奖台，但他仔细一看，这孩子的个头又蹿了一大截，自己恐怕是抱不动了，遂与麦昆一起把张珏扶了上去。

麦昆调侃着说道："我又被你打败了呢。"

张珏对他抛了个媚眼："不好意思啦。"

麦昆挑眉，伸手做了个抓住的动作，放在胸口。

张珏想：这人果然如弗兰斯·米勒通过推特和他吐槽的一样，是个热爱四处释放其实并不是每个人都喜欢的男性气息的奇男子，看起来有一点傻气，但人还是个好人没错。

张珏在心里发完好人卡，站在世锦赛的领奖台上，举着银牌，对镜头露出微笑。

张珏想，这是他第一次站上世锦赛的领奖台，也是最后一次，他甚至连这场比赛的赛后表演滑都不能参加，这么说来，其实他这个赛季本来也没滑过几次表演滑，因为他总是比完就伤。

就是这么一项让他吃尽苦头的运动，即将离开的时候，他还是满心不舍。

他还没有滑够，可他已经没有下个赛季了。

张珏有个特点，就是除非真的难受到极点，否则他不会让自己的负面情绪影响到其他人，而他最难过的时候就是站在冰上哭的那会儿了，现在他已经好了不少，所以在被送上车去医院做检查的时候，张珏还能和教练们开开玩笑。

他把银牌往老舅脖子上一挂，坐着双手叉腰挺肚子，用慷慨激昂的播音腔发表赛后感言："升组第一年，本人就集齐了两枚 A 级比赛的银牌，接下来只要再拿到全锦赛、四大洲锦标赛、冬奥会的银牌，我就可以达成职业生涯银牌满贯的成就了，说不定还可以混个外号叫'收银台'，哈哈哈哈。"

接着他露出恍然大悟的表情："等会儿，我要是比国内赛的话，基本不可能拿金牌以外的奖牌，算了，我还是退出江湖吧，不然我以后的中国男单选手们怕是都没有碰全锦赛金牌的机会了。"

张俊宝一巴掌扇在他后脑勺上："别贫了。"

张珏委屈："我活跃一下气氛嘛！"

谁叫车里的成年人一个个都垮着脸，让他怪不自在的。

张珏还不知道这是因为他在冰场上哭出来了。调皮捣蛋的张小玉一哭，教练组脸上没明显的表示，心里早就慌了，这会儿正琢磨着怎么哄人呢，谁知道即将被哄的那个好像自己就调整好了，情绪的恢复速度之快，冠绝几位教练执教生涯中带过的其他孩子。

与此同时，国内花滑论坛也再次出现了潮涌般的开帖热潮。

虽然这一次，这波热潮里没几个是全然为张珏夺银感到开心的，大家都是一边有气无力地庆贺一句"恭喜张珏再次刷新我国男单在国际赛场上的战绩"，一边用又悲又丧的语调探讨一哥的伤到底严重到了啥地步。

总体气氛十分哀愁。

最上面的帖子表示没事，一哥才 15 岁，年轻人身板好、恢复力强，养养就能重返赛场了，没关系，大家不要太忧虑。而这个帖子里的网友也大多比较乐观，可以说是论坛里的太阳，丧得呼吸困难的那一批都要进去吸收一下阳光续命。

第二个帖子则是丧气派的代表，大家纷纷表示一哥世锦赛之前就有过拄拐杖领奖的情况，全锦赛那次干脆就没在颁奖仪式出场，坐轮椅的时间算算得有将近两个月，很可能是伤没好又上场，上完场又受伤，于是又要坐轮椅……这样恶性循环下来，铁打的身板都扛不住。

而且前一哥沈流就是因伤退役的，张珏的老舅兼主教练张俊宝也是因伤退役，可能这就是他们张门的不良传统呢？

本帖后方有不少冰迷厌弃"张门传统"那一段的，毕竟察罕不花、闵珊也不是没粉丝，说张门传统是因伤退役，和咒两个小朋友有什么区别？

第三个帖子就是技术大佬们的领域了。

一号大佬表示村草今年着实惨，发育关导致了重心失衡以及脚变大，脚大了就要换冰鞋，换冰鞋导致伤病，伤病导致状态越发下降。花样滑冰运动员能遇到的最糟心的事情，张珏在本赛季占了大半。

接着二号大佬解释了一番啥是发育关，以及往年折在发育关的各路天才少男少女，其中包括多位世青赛冠军、大奖赛青年组冠军、青年组世界纪录创造者，以及不少升组第一年仗着没发育的身体横扫各大比赛的女单选手。

女单是折戟发育关的重灾区，因为男孩发育还能长肌肉，进而提高力量，女孩发育时重点长脂肪，还有腰臀曲线变明显，对技术的影响最大。

张珏虽然是个绝世美少年，但本质上还是个不折不扣的硬汉（世锦赛后国内冰迷公认），从一米六〇长到一米七四，体重也暴增，对一个花样滑冰运动员来说是毁灭性的打击，能顶着这种压力在世锦赛夺得银牌的张珏是神仙无疑。

他在最艰难的境遇中创造了最好的奇迹。

三号大佬最后出来做总结：现在最好的结果是张珏在休赛季好好养伤，然后在冬奥会前复出，可能前半个赛季会因为休息太久成绩差点，但以他在世锦赛展现出来的综合素质，他肯定还是我国最好的男单一哥。

再次一点的结果，就是张珏因伤势实力大幅下滑。樊照瑛之前在青年组的时候就因伤退役过一次，好不容易回来了，状态却一直上不去，本来一棵好好的有希望出四周跳的苗子沦落了。但张珏的表演底子比樊照瑛强，还是可以的，到时候金子瑄作为替补一哥登场，张珏做二哥，也还行。

这话不是夸张，很多有过韧带拉伤的人哪怕通过手术进行复原，以后也有不小的概率遗留僵硬、不稳定、疼痛等后遗症。

最差的结果就是张珏退役，他拼死拼活赢下的 3 个冬奥会名额，自己是一个都用不上了。

看完技术大佬们的分析帖子，尤其是看到后两种假设情况的鱼苗们大多直接哇的一声哭了出来。

很快，又一个帖子被顶了上来。

"hot" 家里有亲戚在 703 住院，去探望的时候，看到一哥坐着轮椅被张教练推进医院大门。

…………

在经过了一番烦琐的检查后，柴医生看着张珏的检查结果，下了和加拿大那位医生一样的结论："封闭只是麻痹了你的感觉，带着伤在场上蹦那么多次，伤势加重是必然的。二级拉伤，算你小子命好，要是严重到三级的程度，你小子的韧带就断了。"

但到了这个程度，不上关节镜也不行了。柴医生看着检查结果陷入了沉思。

44. 农学

柴医生，一个不在花滑江湖，但治疗过国内好几位杰出花滑选手的男人。

在张珏的手术开始前，他的前病人张俊宝曾偷偷问他："张珏的脚还能恢复到上冰的程度吗？我们不在乎他要养多久，只想知道能不能养好。"

在张俊宝后，那位花滑国家队总教练也问了他这事。

张珏到底是血条半残都能刷新中国男单在国际赛场的历史的天才，而且他在比赛结束的时候，明明 clean 了比赛，却还是站在冰上捂着眼睛流泪，可见也舍不得离开赛场，但凡有一点可能，大家都不想放弃。

那时柴医生的回复是："站在医生的角度，竞技运动本来就负荷大，张珏的右脚踝距腓前韧带、右膝盖的前交叉韧带都有损伤。身为右利手，他落冰都是用右脚吧？然后跳菲利普跳（F）、勾手跳（lz）也是右脚点冰……除非他能一下子转变身体的方向，以后换左脚落冰。"

张珏这两条受伤的韧带要是放在左腿上，别说是柴医生了，连教练们都能松口气，但放在需要承担大部分压力的右腿上，大家就都心里紧了。

柴医生也没肯定地给张珏的运动生涯判死刑，但继续做花滑运动员对张珏来说负荷太大，尤其是他还在长身体。这次他必须做手术，术后起码养三个月，三个月后鬼晓得这小子有多高多重，需不需要再换一次冰鞋。

以上全是需要考虑的现实因素，张珏天赋再高，该朝现实低头的时候也不得不低头。

虽然这世上也存在马丁那种伤了脊椎还继续坚守在赛场上的人，但张俊宝是与张珏情同父子的亲舅舅，万一坚持做运动员会让伤情加重到影响张珏以后的人生的话，他是绝对舍不得的。

别看张珏在世锦赛坚持打封闭上赛场的时候，张俊宝咬着牙站在张珏那一边，其实在自由滑开始的前一天晚上，这位浑身肌肉的男子汉蒙着被子哭了半宿，最后清早起床喊沈流带俩热鸡蛋敷眼睛，才没让张珏看出异样来。

看着张俊宝离开办公室的背影，柴医生收拾着资料，宽大的脑门上带着智慧的油光。

伤势会不会留后遗症，能恢复到什么程度其实和伤者本身的恢复能力也有关系，年轻人又好得比老年人更快。张珏的恢复力在他遇到的病人里算是很好的那一类，坚持锻炼、科学饮食让他的身体基础好过百分之九十的人。

"也不是没希望。"柴医生嘀咕着。

手术开始的那一天，张珏躺着被推入了手术室。张俊宝站在门口抓紧时间安慰他："别紧张啊，只是微创手术，不疼的啊！别怕啊！"

老舅你这个声音抖的，明显你比我要紧张得多啊！

张珏嗯嗯应着："我不怕啊，沈哥你看着点，我老舅一紧张就爱找酒，不许让他喝酒。"

砰的一声，手术大门关上了，只有张珏"不许喝酒"的叮嘱回荡在走廊里。

沈流从张俊宝的背包里掏了掏，掏出两罐菠萝啤。

张俊宝："不是吧阿 sir，菠萝啤不算酒的！"

沈流面带微笑："小玉和关临的关系好，关临那狗鼻子你也知道，万一小玉把他找过来查你，然后闻到酒味的话，燕姐可还在北京呢。"

言下之意是可以收拾你的人离这儿不远，悠着点吧。

柴医生看张珏这副大大咧咧的样子也挺无语，见过大心脏的病人，但当年的张俊宝和如今的张珏绝对是大心脏群体里的佼佼者，他觉得自己这辈子都忘不了姓张的这一家子了。

手术用的是局部麻醉，张珏的意识还挺清醒，手术室里回荡着喜气洋洋的音乐，就是那种过年时超市里会播放的喜庆音乐合集，张珏就听出其中一首是《扬鞭催马运粮忙》的笛子独奏。

听着听着，他还听到那位柴医生毫不客气地骂副手的声音："你这人怎么回事，手跟脚一样，还能不能行？不行就一边去！"

副手委屈得不行，但还是尽心尽力地打下手，看他这样子，张珏就想起现在正跟着某位骨科大牛做副手的秦雪君。

手术室里可以放音乐这事张珏早从秦雪君那里听说了，于是趁柴医生骂完副手，他也跟着聊了几句。在龙飘飘的《福星高照财神到》的歌声中，张珏听到了不少手术室传闻，等民乐《金蛇狂舞》结束时，张珏被推出了手术室。

张俊宝迫不及待地迎上来，就看到他外甥无比精神的样子。

世锦赛结束后，张珏就进入了人间蒸发状态，他拒绝了所有的商演邀约，安心养伤。知道的晓得这人是住院，不知道的还以为他忙着和纱织结婚。

在关注了张珏的朋友们看来，这人不管经历了什么，推特的照片永远只有一道越来越胖的仓鼠的倩影……说句夸张点的话，只要离开冰场，唯一能占据张珏目光的无血缘异性就只有纱织了。

今天"纱织的爸爸"的推特是"初遇纱织的那一晚，我站在宠物商店的橱窗外啃着玉米，其他小仓鼠都在各自的笼子里吃晚饭，唯有纱织转身定定地看着我，那一瞬间我就知道，我要把这个小可爱带回家，于是今天又和她一起吃了水煮玉米……"。

下附纱织九宫格美照。

妆子还看到自己的妹妹用小号留言。

kei-chan：她看的不是你，是你手里的玉米。

下面一群点赞的。妆子也拿小号点了个赞，而且她还知道，这群点赞的小号里，百分之九十都是花滑选手，这群人的金牌加起来能堆满一个房间。

"嗯？刷新了。"

妆子点开这条推特一看，嘴角一抽："成功打破地鼠机的纪录？什么玩意？"

仔细算算，tama酱做完手术也有一个月了，现在就跑出医院打地鼠什么的，他是坐着轮椅打的吗？

最近半年已经和轮椅相亲相爱了差不多三个月的张珏还真就是坐着轮椅打的。打完地鼠后，他在附近的公园里逛了逛，最后停在喷泉旁。他大腿上搁着一个装仓鼠的小笼子，纱织正趴在里面以一种半梦半醒的姿态吃着鼠粮，秦雪君提着两杯饮料跑过来，递给他一杯。

"给你，热牛奶。"

"谢谢。"张珏接过，看着他手里的杯子："你喝的是咖啡？"

秦雪君往水池边一坐，点头："是，有时候看书就靠这个了。"

医学生悲惨的地方就在这儿，他们不仅要写毕业论文，工作以后评职称、涨工资，依然和论文分不开，有生之年都不能停止学习。

因为大家都坐着，张珏看了一眼秦雪君的头顶，发现他的发量保持得挺好，不由得问道："你平时用什么洗头发？"

他想问出这哥们儿的养发秘诀，回去分享给沈哥和宋教练。

秦雪君报出一个平价去屑洗发水的名字，和张珏用的居然是同款。张珏立刻就明白了，秦雪君此人虽然活得像开挂，但他真正开挂的不是他的脑子，而是他的发量。沈哥和宋教练知道他的洗发水牌子后，大概会羡慕得想打他一顿吧。

这人运气也不好，给人接骨的时候因为让一个小朋友痛得哭出来，被对方的爸爸打了一拳，眼角青了一块，这才被允许休假一天。鉴于他的朋友很少，大多身陷规培"地狱"，也只有张珏这个伤号有空陪他。

于是不想休假时也在家里看书的秦小哥，就和在医院里做题做得快发疯的张小玉一起出来溜达。

张女士虽然疼大儿子，但也不能一直陪在他身边，确认张珏两个手术都做得挺好以后她就回东北了。

等张珏恢复到可以走的程度，他也要回学校学习。

两个年轻人就这么靠着个大水池有一搭没一搭地聊天。

"明年你就要高考了吧？"

张珏应了一声："是啊，明年 6 月吧，等这个学期过完，下学期我就升高三了。"

想到这里，张珏心里叹息。

如果没退的话，他明年 2 月肯定是要去参加冬奥会的。但备战冬奥会的话，到时候还要去高原特训，整个高三上学期都要赔进去，即使张珏自认脑瓜子不错，在高三这一年不好好学习，反而将全部精力放在奥运会上的话，最后顶天拼个 985 高校，那两所顶尖的大学就别想了。

但如果退出花滑赛场，将全部精力放在学习上的话，说不定他就可以做秦雪君的学弟了。

人生总是需要有个取舍的呀，只不过伤病替他做好了选择而已。

于是他问道："水木大学有农学专业吗？"

秦雪君回想一下，很肯定地回道："没有！隔壁京大才有。"

张珏一下沉下脸。

秦雪君连忙补了一句："但我们的生物学、化学专业都不错的，你不是这两项成绩很好吗？"

张珏："不选生化环材，谢谢。"

45. 偷偷

张珏回归校园的时候距离期末考试也没多久了，高三年级更是过几天就要去高考，学校里的气氛很紧张。

张珏走进班级的时候，许多人都用一种疑惑的眼神注视着他。张珏保持镇定的神情坐到自己的位置上，过了一阵子，班主任风风火火地走进来，看到张珏也愣了一下，指着第六排。

"孟榛和第五排的刘义璇换个位置，张珏，你坐孟榛的座位。"

一米七九的人不配再坐第四排。

三个大男生迅速收拾东西换了座位，而班主任已经开始发试卷了。

一个周末不见，班主任用试卷表达了他的思念，学生们毫无怨言，拿笔就做。

在重点中学就不要指望日子过得多轻松了，一般老师们的口头禅都是"熬完高考，到了大学你们就轻松多了"，而信这些话的傻孩子在进入大学后才会发现自己被骗了，读大学也不轻松。

一天的学习下来，大家脑子都是蒙的，到了晚自习的时候，张珏也没走，应东梅女士抱着一沓试卷进来的时候，看到张珏就愣了一下："哎，张珏，你今天不去训练啊？"

她说这话的时候，眼中含着担忧，莫非张珏的伤还没痊愈吗？班里的其他鱼苗也偷偷地看过来。张珏没在下午放学时准备提包走人，大家就觉得有点不习惯了，只不过当时张珏还戴着耳机在练听力，没人去打扰他而已。

张珏有点落寞地笑笑，回答老师的问题："我以后都不会缺席晚自习了。"

他在养伤这阵子体重又疯狂增加了，现在已经 66 公斤，鞋子的码数涨到 41 码，上了冰怕是跳三周跳都吃力。而且他只是刚刚恢复走路，甚至不能跑，起码要到一个月后才能恢复常规运动。

此时已经是 6 月中旬，距离新赛季开始，也就是国内的测试赛只有将近两个月，张珏一没准备节目，二没做考斯腾，三没恢复技术，等他的身体彻底恢复，赛季早就开始了。

而且他现在走路的时候都觉得脚踝发僵，没以前那种随便蹦跶的稳定性，就算回到冰场拼命训练，能不能重新练齐三周跳都是问题。张珏擅长的高转速跳法真的对他这个身高体重不友好。

当天晚上，冰天雪地论坛就有三中的鱼苗发帖。

"情报"张珏同校鱼苗在此，他可能真的要退了。

论坛顿时哭泣并吵闹一通，没有人希望好不容易出现的紫微星离开赛场，但张珏在接下来的时间里的确是没再去训练。

这位网友每次考试都会把张珏的成绩发出去，其余冰迷则惊奇地发现张珏每次考试时的年级排名都能前进五到十名，在期末考试的时候，他已经是年级前三十名的水准了。

在学霸遍地走的三中，哪怕张珏这一届的学霸不多，这个排名和分数也已经属于保底 C9 高校的水准，再往上冲一冲有机会达到上顶尖高校的水平。

张一哥用分数表明了他不仅是中国花滑男单历代一哥里最帅最强的那个，也是成绩最好的那个。

冰迷们看着这个分数，终于认命了。他成绩都这么好了，大家还能说什么呢？还好张一哥起码家里条件不错，可以供他好好念书，一哥本人也争气，这样就算他退役了，以后也不会过得差。

许多鱼苗哭哭啼啼一阵子，认了命，甚至还有点欣慰。

不想开点也不行，从张珏宣布以后再也不缺席晚自习到现在都一个月了，足够大家想开了。本来花滑在国内目前还算是冷门项目，喜欢这个项目，进而喜欢张珏的人数量也是有限的，不可能像别的项目一样，偶像一退役，全网一片哭天喊地。

哪怕是乒乓球这种热门项目的大满贯运动员退役，一个月也够大家缓过来了。

大家这会儿擦干眼泪，开始商量着给张珏剪辑视频，就是献给退役名将的那种回顾职业生涯的纪念视频，献给这位退役前带伤拿下世锦赛银牌，带回三个冬奥会名额的最强一哥。

不论张珏的运动生涯多么短暂，他的战绩却是真的辉煌，至少对中国冰迷们来说，张珏巅峰期的技术、表现力，以及他无数次逆袭的精彩表现，都足以让他们回味许久。

张珏的世锦赛海报，也迎来了一波售卖高峰，官方重印了好几次，来购买的粉丝依然络绎不绝，还有人求购张珏大萌神时期的绝版海报。

官方也顺应"民意"，将人气最高的几张海报都多印了几万张，价格不贵还包邮。不少冰迷都买下了张珏的海报，纪念自己在青春岁月中曾深刻而短暂地爱过花样滑冰。

对于粉丝们的行动，张珏是浑然不知的，因为只要是念过高中的都知道，在临近高三的阶段，学习压力会越来越大。

期末考试结束后，张珏的进步巨大，张青燕给他发了个 1000 块的红包，还说允许他过个轻松的暑假。但张珏本人直接买了 1000 块的学习资料，每天蹲在家里埋头苦学，把争夺世界级赛事金牌的劲头放在学习上，就没有他攻克不了的科目。

在有过职业运动员的经历后，张珏的毅力和专注力比以前也强得多。

这期间张俊宝来家里看过他，询问他："柳叶明练出 3A 了，在内部测试赛成绩不错，这次拿到了一个中国站的比赛名额，你要不要去看看他的节目？"

张珏："没空，要做题。"

沈流也过来看他，留下一堆保健品，顺口说道："察罕不花和闪珊说谢谢你在百忙之中抽时间给他们剪辑比赛节目的音乐。俩孩子今年都要进青年组了，想请你去看看他们的节目，挑挑毛病，再改进一下。"

张珏："你们看就行了，我下学期高三，没空。"

是真没空还是假没空只有张珏自己知道，或许他只是看起来接受了自己退役的事实，但看到冰场还是会难受，所以对此类场景选择逃避。但是架不住张俊宝三催四请，加上张珏的确很在意自己的师弟师妹，所以他还是在某天下午，自己搭乘公交车去了省队。

张珏：我就偷偷过去看一眼，不惊动任何人，看完就回家继续做题。

46. 骗人

张珏，16 岁，一名就读于 H 市三中的学生，开学后高三，在大约四个月前，他曾是一名花样滑冰运动员。

但那只是过去的事了。现在的他，也只是一名普通的高中生而已。没有运动员的身份后，他的日常也和其他高中生没什么区别，都是为了升学忙忙碌碌。

期末考结束了，虽然假期的白天也要继续看书，但张珏晚上的时间还是自由的，够他偷偷去省队冰场。

此时距离3月底的手术已经过去近4个月，张珏恢复走路都有快一个月了，只是右膝盖还有点僵，右脚踝的情况也不稳定，张珏也分不清这到底是心理因素导致的，还是手术后遗症。在这里训练了三年，张珏早对省队的地形了如指掌，无声无息地潜进去对他来说简直太简单了。等靠近了冰场，他就像个蜘蛛侠一样扒着窗户往里面看。

柳叶明果然练了3A，而且采用了张珏推荐给他的"纯靠腿部力量完成3A"的建议，跳得挺好，周数都是足的。

周数充足、技术标准是中国花滑选手们的特色。

察罕不花的五种三周跳早在去年就全掌握了，只是连跳不行，张珏走之前，小孩只有2A+3T、3T+3T、3S+3T三个还算拿得出手的连跳，这会儿在练3F+3T。

三周跳的难度从低到高是3T→3S→3lo→3F→3lz→3A，很多人练连跳时也会按这个顺序来，先练在单跳后面接2T或者2lo，然后再接3T，最后是连3lo。但察罕不花的3lo练得一般，单跳都要悠着来，更别提放在连跳里了，所以张俊宝干脆让他跳过3lo+3T的训练，直接从3F开始。

小伙子的内刃外刃都压得十分标准，因为转速没优势，延迟转体练不成，举手只能在跳2T时用用，可他的进步是看得出来的。

闵珊就进步更快了，对女单来说，发育之前是她们身体状态最好的时候，十二三岁到发育之前就是巅峰期，闵珊这会儿正处于技术大爆发的时候，基础分在9分以上的高级连跳都有两个了。

张珏看了一阵子，觉得她要是赶在发育前，把力量练得再强点，说不定可以和换教练前的徐绰一样，冲击一把女单至高难度的单跳——3A。

如果说未发育的徐绰的天赋和生病前的白叶冢妆子相当的话，闵珊就和庆子是一个级别。她们没有自己的师姐、姐姐出色，但天赋也胜过常人许多，最重要的是，这两个女孩都很有恒心、毅力。

过了一会儿，张俊宝开始训话，大意是"柳叶明去参加中国站比赛的时候不要大意，你在中国站的表现将决定你有没有机会进入冬奥会前的高原集训营"。

还有就是察罕不花注意身体健康，劳逸结合很重要，不要仗着身子骨壮就死命练，你师兄也曾健康到能打死一头牛，现在照样被伤病打倒。

被伤病打倒的师兄一窜。老舅真是的，说话就说话，干吗提他？

最后则是闵珊，张俊宝训她的重点只有一个——去比赛的时候不许浪，别看你师兄号称比短节目从不翻车，其实他是翻过的，原因就是太浪了，珊珊不要学大师兄。

这三个孩子算是目前国内关注度较高的新生代，柳叶明的教练年纪大了，今年年初办理了退休手续，他的主教练就换成了沈流。

虽然张珏强行在世锦赛带伤出战，让张俊宝和孙千都被网友骂，但张俊宝的徒弟里除了张珏这个被发育关、换鞋等多重问题搞得很惨的倒霉蛋，也没徒弟是因为训练练坏身体的，反而都在没进青年组的时候就在全锦赛拿过不错的名次。

可见跟着张教练能滑出成绩不说，安全性也可以，而且师兄出名，同门们还可以蹭个名气，因此不少家长依然愿意把孩子往张俊宝这里送，其中甚至有那么几个认为张俊宝可以把孩子往死里练，只要出成绩就行。

不过冰迷们似乎也是被张珏吓坏了，常有人跑到张俊宝的微博底下留言，让他下手轻点，别把张珏的师弟师妹们练坏了。舍不得让孩子们节食的张俊宝偶尔也会纳闷，他在这群人眼里到底是什么蛇蝎心肠的形象？

徐绰在上赛季的世锦赛前一个月进入发育关，今年5月因为训练过度而骨折，去见了大夫。伤筋动骨一百天，现在都还没养好，能不能赶上冬奥会赛季也是个未知数。

一哥一姐一起被发育关打倒，使得现在国内花滑项目对"发育关"闻之色变，畏之如雷霆。单人滑教练们在选材时再也不找那些个子偏高的孩子，开始将目光集中在个头矮小、父母也矮的孩子身上。

个子高的男单选手可以去做双人滑的男伴，身材修长的女孩也可以考虑冰舞，练单人滑太不合适了。

曾是法国一哥的茹贝尔身高一米七九，体重是对单人滑选手来说绝对重量级的75公斤。此人在热身时衣服一脱，肌肉饱满，令人惊叹，这些扎实的肌肉与阳刚的表演风格结合起来，让茹贝尔多次斩获国际大赛的奖牌，包括一枚欧锦赛金牌。

到了张珏这儿，高个子男单选手的名声都快被他败光了……

张珏也想过解释：不是高个子男单选手不能滑，个子高但滑得好的男单选手并不少，伊利亚现在都一米七八了，寺冈隼人一米七七，可他们两个的战绩比同龄的矮个子选手强得多。张珏是因为身高增长太快，重心没调节过来，还有换冰鞋才导致出现伤病的啊！

好在察罕不花和闵册都属于发育关特别好过的类型，训练状态也都不错，有他们在，老舅在张珏之后还能继续带出好徒弟，这样张珏也放心了。

他偷偷挪着身体从窗台上轻盈地跳下去，离开了省队。

在省队附近有一个小摊的煎饼馃子特别好吃，老板人好，给的配料很足，许多年轻的上班族都爱去那里。还记得小时候，老舅下班的时候也爱给张珏顺便带一份，等张珏做了运动员，外食就再也不敢吃了。

从省队到煎饼馃子摊有 500 米，张珏往那边走了 300 米，突然一拐，去了另一边的商场。

他还是去商场里买点纱织爱吃的瓜子仁吧。

商场一楼中心有一座标准赛用冰场尺寸的商业冰场，宽 30 米，长 60 米，市内的花滑考级地点都在这里。没其他活动时，这里就开花样滑冰的初级班，成人班和儿童班都有。前者练花滑只是为了兴趣，后者天赋好的话，说不定就有几个会走上运动员的道路。

张珏从宠物店里挑好磨牙石和新的垫料、浴沙出来，靠在冰场边看了一会儿，戴好口罩，租了双冰鞋上冰。

最初回归花滑的时候，张珏系鞋带的速度慢得惊人，张俊宝都看不过去，要过来帮他系鞋带，现在他系鞋带的速度却快得能出残影，让人眼花缭乱。

时隔四个月，重新踩上冰面是一种微妙的感觉，张珏晃了几下，扶着栏杆滑了一会儿，感觉一回来，就觉着自己是回了家。

冰是没有生命的，但如果它们有生命的话，张珏一定是冰面最爱的人，就像打球的人里面有"某些人天生手感、球感强人一等"的说法，张珏的脚感也是最好的。小时候和一群小朋友一起上冰时，张珏是最快站稳的那个，也是滑得最快的那个，他只要轻轻一蹬，就可以滑出对孩子来说非常惊人的距离，等尝试跳跃时，胆大活泼的张珏也是第一个成功的。

天赋让他轻易地完成了许多动作，甚至让他在基础不稳的情况下硬生生冲上 A 级赛事的领奖台。

但这份天赋也让他有些骄傲。张珏从小就对做基础训练不耐烦，他只想去挑战更多高难度的动作，还听不得别人训斥他，上妈妈报的兴趣班时没什么恒心。要掌握一样东西对张珏来说很容易，这个兴趣不想练了，换下一个就好。

现在想想，他那时候就是个熊孩子，而张青燕面严心慈，只要张珏的考试成绩没退步，就由他去尝试各种兴趣爱好，直到张珏找到不愿放弃的那个为止。

她是个好妈妈，为张珏考虑了以后，又给了他最大的自由。即使张珏做了任性的决定，她也站在孩子身后支持他，而来自母亲的支持给了孩子最大的底气。

如果没有伤病的话，真想滑一个节目送给她。

"你还是用刃模糊。"

在站场边喝水的时候，张珏听到这么一句话，他转头一看，就看到一个满头白发、穿着红色羽绒服、胖得像个红气球的老爷爷平静地看着他，眼镜反射出一抹白光。

见张珏看过来，老爷爷继续说道："你不用执着于滑得多快，先把脚下的用刃使清楚，以前你就是速度太快，才会常常失控，最后在赛场上平地摔。"

张珏愣了一下："呃，您是？"这是谁啊？

老爷爷顿了一下，气哼哼地回道："我是鹿照升！你个臭小子！连我都不认得了？"

张珏吓得上身后仰，直接一屁股坐到地上，手颤抖地指着老爷爷："你……你骗人！鹿教练明明是个又瘦又凶的老头！"就算你是老爷爷，挺着这么大的肚子冒充我的启蒙教练也太过分了！

退役发福的鹿教练发现即使多年未见，张珏这个熊孩子依然浑身散发着欠打的气息。

但接着他又发现一件有趣的事情。

鹿教练知道张珏是易胖体质，偏偏继父许岩又是个大厨，照顾孩子时特别用心，这孩子的妈妈更是疼孩子疼到每次接孩子下课时先把孩子拉到一边，摸出一个装着骨头汤的保温杯，让张珏喝了暖身子。所以张珏在鹿教练那儿学习的时候，是个比没减肥的许德拉还胖的小肉团子，大概是屁股上肉太多了，所以摔了也不怕疼。

然而现在，已经离开赛场四个月的张珏依然保持着算得上瘦的体形，以张珏的体质来说，他绝对是控制饮食了。

这只能说明一件事。

张珏心中仍有不甘。

47. 左利

"你 3 岁半开始上冰，正式跟我上课是在 4 岁，你小子那时候特别胖，外号是大玉和大胖，上第一节课的时候和一起上课的邻居二胖用不知道哪儿来的粉笔在墙上画水冰月。"

那个水冰月丑到了所有无辜路人。

"你在 6 岁的时候完成第一个陆地 2A，但那时候我不许你在冰上练这个，你当年超重，一身肉会加大关节负荷，我怕你的骨头受不了，然后你朝我做鬼脸拍屁股，被你妈妈看见了，她把你提到冰场边揍了一顿，当时冰场里放的音乐是席琳·迪翁的《我心永恒》，你妈妈打你屁股的节奏完美契合音乐。"

张珏的手颤抖起来。

"你在 7 岁那年完成了 2lz+2T 的连跳，然后在尝试一边挖鼻孔一边跳跃时摔了一跤，下巴破了个口子，流了不少血，我抱着你去了医院，缝了五针。"

张珏永远都是训练时受伤最多的，因为天赋高和胆子大，张珏在鹿教练的印象里一直是个啥动作都敢挑战的傻大胆。鹿教练教了张珏整整 4 年，也被他气了 4 年，给他收拾烂摊子 4 年。鹿教练这么多年还忘不了张珏，这和张珏是他平生教过的最调皮的孩子也有关系。

别说鹿教练了，每个教过张珏的老师都对这熊孩子印象深刻，记性好点的还会连带记住那位挥舞晾衣架的微胖美女妈妈。

如果张珏仅仅是天赋高，鹿教练只会为张珏退出花滑而遗憾，但张珏还天天调皮捣蛋，经常闯祸，所以张珏放弃花滑的时候，鹿教练在遗憾的同时，内心也产生了一种"看来我不用少活几年了"的错觉。

沈流、张俊宝、宋城等教练要是知道鹿教练的想法，大概会握着他的手，热泪盈眶地大呼一声知己吧。

而错觉之所以是错觉，就是因为终有一天，他和张珏还是要落在彼此的手上。

张珏捂着脸："别说了别说了！我承认你是鹿教练了！"

经过一番自证，主要是鹿教练口齿清晰、条理分明地将张珏的黑历史说出来后，张珏终于承认面前这个胖爷爷是他幼时的花滑启蒙教练了。

这位张珏的童年阴影式人物，为了让张珏老老实实地练基础动作，把张珏的耳朵念麻了无数次。拥有张青燕女士授权的"他的屁股随便揍"权力的鹿教练，大名叫鹿照升，1942 年生。

鹿教练家世很不错，母亲出生于南洋华侨商人家庭，他自小就被送到美国念书，并因此接触到了跳台滑雪项目，本来前途大好，结果大二那年摔成了骨折，只好退出跳台滑雪项目，之后又进入了大学冰球队。

冰球号称冰上最彪悍的项目，彪悍之处在于别的项目打架是犯规，冰球打架却符合规则。尤其是那种非职业联赛，打起来更黑。因为肤色的关系，鹿教练一直是队里负责打架的，打到三十多岁不想打了，就干脆继承家产，回国支援祖国的体育事业。在 20 世纪 80 年代为国内培养了不少滑雪人才，临近退休的时候他自觉精力下滑，就到 H 市开了个初级滑冰班，教一些小孩子。

张俊宝、沈流、张珏的基础都是跟着这位教练打下的，前两个人进入省队时就因基础好而被教练们看好，张珏调皮了点，基础没打牢，可他的跳跃技术规范也是国际赛场公认的。

他们三个还有个共同特点，就是性格都比较倔，而且总会在某些需要打架的时刻展现出一股彪悍劲，让性子软的队友（董小龙、金子瑄）看着心里怵，这估计也是受鹿教练这位前冰球执行者[1]的影响。

别看张珏曾经捂着没有门牙的嘴和妈妈大闹不想继续练花滑，再也不来上鹿教练的课了，但那只是他 8 岁时候的事情，如今七八年过去了，张珏吃了基础不牢的亏，也懂了鹿教练当年的苦心。

这对曾经的师徒便气氛友好地聊了起来。

鹿教练和张珏感叹："你的天赋是看得着的好，所以我以前对你特别严，希望能让你有朝一日成为世界级的选手。对一个孩子来说，这份严厉的确是重了。"

---

[1] 冰球队里负责打架的人。

张珏连忙回道:"哪里哪里,您当年完全可以更严一点的,我这人的性子我自己知道,就是欠揍。"

光看当年他祸害二胖的劲头就可以知道张珏小时候真不是啥好孩子,要是没张女士提着晾衣架追着跑,凭他机灵的小脑瓜、旺盛的精力,还不晓得他能闯出多少祸。

比如小学二年级那年,要不是张女士察觉得早,张珏差点就拉着二胖去水库那边玩水了。

二胖不会游泳,拉他去水库玩水的死亡风险不是一般的高,张珏长大后回想起时都替二胖捏了把汗。就二胖那体重,他要是沉下去,张珏可拉不起来。

张珏从鹿教练那里得知他现在正在这家商业冰场做兼职,老爷子说每天待在家里过退休的日子也没什么意思,还不如出来干点活,反而精神好些。

老爷子和张珏感叹:"我年纪越来越大,每年要参加的朋友的葬礼也越来越多,日子冷清,还不如看小孩子调皮。可惜我现在跑不动了,也没法追着熊孩子跑。"

曾经被追着跑的张珏真心实意地感叹:"您多动动是对的,人啊,就是要能吃能动才有活力。"

等到第二天,张珏补完课就又上这儿来了。

他戴着口罩和帽子,在冰上主要练滑行,偶尔旋转一下。以往张珏是右利手,所以无论滑行、旋转、跳跃,其实都是逆时针转圈,如今他的右脚僵得很,干脆就换成了顺时针,也就是一个右利手硬生生在练左利手的技能。

这么玩还挺难的,张珏以往看过顺时针选手的节目,其中最厉害的一个的最高难度跳跃是3A,艺术表现力也很好,算是准一线的水平,但没强到有资格和张珏交手。

比较特别的是女单的白叶冢庆子,她练出了可以做两种方向的旋转的能力,以前张珏觉得左利手选手的战斗力也就那样,现在亲身这么玩,才发觉其中的难度。

庆子的跳跃天赋不如她姐,旋转方面的天赋却更高。

由于换了个方向,哪怕底子再好,张珏还是狼狈得像个业余选手,第一周他尝试着用顺时针去跳1A,3天才成功落冰,第二周他试着完成两周跳,这次花了5天。

在冰场的其他人看来，两周就练出两周跳绝对是天才。别看运动员们在赛场上跳 3+2 连跳都觉得技术不够难，其实业余爱好者能练出 2A，就已经是大佬了。

鹿教练在这期间指导了张珏的滑行："身为一个在一线待过的运动员，你明明滑行天赋不差，却总是能滑着滑着来个平地摔，这和很多因素有关。

"首先，你的关节灵活柔韧过头了，偏偏你的力量不足，基础滑行训练没练好，所以滑着滑着就会失去对这种灵活度过高的关节的控制；其次，你的性格太急，能滑得快你就不会选择慢；最后，你没有跳跃高度，所以为了让跳跃美观，拿到更高的 GOE，你会选择尽全力提高滑速，以此获得跳跃远度。"

三个因素加起来，就造成了张珏滑速超高，但脚下功夫马虎、常常失控的毛病，鹿教练给他的建议就是，放慢滑，跟随音乐的节奏做规定图形，用水磨工夫去磨。反正张珏已经没再比赛了，那就不必像以往一样进行高强度的跳跃训练，把时间丢给滑行正好。

张珏也有耐心按他说的做，人都到冰上来了，跳跃不能老做，可不就得往其他方向下功夫吗？至于他的旋转轴心问题，就更好解决了，在比赛中，每次换旋转姿态时二次加速是一个加分项，所以张珏在保持旋转姿态的同时必须善用离心力去加快转速，现在他也舍弃旋转的转速，专心练轴心。

鹿教练："我在你 5 岁的时候就和你说过，旋转时必须注意把自己的身体重心压在一个点上，但你没听，所以你旋转的发力方式从一开始就有毛病。既然你现在发育得原有重心也丢了，那就重新确立一个重心，慢慢练吧。"

老爷子的训练并不累人，偶尔指点张珏两句就去给其他小朋友上课了，但他每一句都能恰到好处地改善张珏的弱点。

按照鹿教练给的法子去做了一个月，张珏发现自己的旋转轴心果然稳了不少，起码不像以前一样，转着转着就偏 10 厘米以上，哪怕柔韧性再好，贝尔曼姿态做得再利索，裁判看到他的轴心也顶多给个 3 级。

张珏并不太理解鹿教练为何会指点他这个曾经的逆徒。平心而论，张珏要是有那么调皮而且最后还说退就退的徒弟，他早就懒得继续理会了。莫非随着年龄增长，鹿教练的脾气变好了？

商业冰场里也不乏调皮的小朋友，但和当年的他一比个顶个都是乖宝宝，鹿教练对他们也是慈眉善目的，仿佛一个白发佛。但鹿教练执教张珏的时候可是标准的白发魔，他一咆哮，张珏的耳膜都被震得嗡嗡响，挨完骂该调皮还是会继续调皮的。鹿教练当年那么瘦，和他对着熊孩子咆哮时消耗了太多能量应该也有关系。

等到 9 月的时候，一些 B 级赛就开始了，运动员参加比赛拿到名次可以得到积分，滑联还会在赛季末根据选手们的积分高低来排名，本赛季的积分世界第一会得到奖金。

这些 B 级赛不仅有积分拿，拿了奖牌也有奖金发，参赛门槛也低，给钱就可以去凑热闹，赛季初又有不少人会通过比赛调节状态，所以参加 B 级赛的人不少。

比如雾迪杯。

时值奥运年，大家都非常努力，与此同时也有不少 15 岁的女单选手赶着在这一年升入成年组。

发育期骨折，8 月份才宣布康复并恢复训练一个月的徐绰，便带着她的节目前往了德国的奥伯斯多夫参加雾迪杯。

今年升组的日本一姐已经发育完毕，且被看好有希望冲击索契冬奥会领奖台的白叶冢庆子同样参加了这场比赛。

德国和中国的时差是 7 小时，张珏不会凌晨看比赛，就第二天早起看粉丝的录播，他发现白叶冢庆子在短节目滑出了一个距离打破世界纪录只有 1.5 分的高分。

而徐绰是短节目的第 19 名。

她的 3lz 的刃彻底压不住了，比赛时被裁判抓了用刃模糊。连跳的第二跳周数明显不足，显然是发育导致的体重身高变化让她没有力量在连跳的第二跳转体足够 1080 度。

两个同时发育且曾在青年组不相上下的女孩子，在成年组的表现竟天差地别。

kiss&cry 之所以叫这个名字，是因为这里总是上演着运动员、教练们的喜悦与悲伤，他们在这里快乐地互相拥抱、亲吻脸颊，也会痛苦地流泪。

屏幕里的徐绰像是接受不了自己的低分，低头哭了起来。

张珏看着这一幕，也不知该说是心痛错愕还是意料之中。

这一天还是柳叶明的生日，小伙子约了教练、队友们吃晚饭。张珏提着一副作为礼物的护膝去省队的时候，发现张俊宝顶着俩黑眼圈，席间一直捧着一罐咖啡，虽然能笑，但张珏知道老舅情绪不高。

他给了沈流一个眼神。沈流低头玩手机，一条短信传到了张珏这边。

"沈哥：昨晚凌晨看雾迪杯的比赛直播，比完赛和徐绰打电话，那边她一直在哭，你老舅安慰到凌晨3点才睡，徐绰的妈妈还说要是徐绰这赛季全国赛成绩不好，选不上参加冬奥会，就让她退役专心准备中考。"

张珏：我的前师妹的妈妈到底是什么极品人物！

接着那边又补了一句。

"沈哥：赵教练也认同，不过她是觉得徐绰的骨密度比较低，容易受伤，虽然通过好吃好喝还有系统的治疗可以提升骨密度，但一旦吃得太好导致体重增加，徐绰的跳跃也废了，所以她再滑下去也前途不好。"

张珏：不是吧？徐绰的骨密度低和赵教练你、徐绰她妈一起让她在发育期使劲节食绝对脱不了干系，现在人家一发育你就说放弃？好歹学学我老舅啊！想当年哪怕我一个月长3厘米，他都能坚持带着我训练，不停地鼓励我"只要你不放弃，我就一直陪着你"。身为教练，带了人家那么久，这种时候好歹给点安慰吧！

难怪徐绰要找老舅这个前教练哭，张珏看完前因后果都理解她了，这事换谁不得找个好人哭一哭啊？就算是换了张珏也……不对，换了张珏，他才不会节食到骨头都脆了的程度。

像他这种调皮到亲舅舅、省队总教练、国家队前一哥等实力派教练一起上都管不住的熊孩子，在这种关键问题上肯定是按自己的想法行事。

这么多年了，除了鹿教练，还没别的教练能让张珏听话呢。

熊孩子张珏露出一副"我就是很厉害"的表情。

柳叶明这时候问他："张珏，吃蛋糕吗？"

张珏连忙拒绝："不了不了，现在是晚上，我是易胖体质，吃了长肉。"

一桌子的运动员，张俊宝虽然是教练，但看他一直把体脂率控制在百分之十就可以知道他是个自律的人，柳叶明都没问他。

于是最后那个八寸的蛋糕，有四分之三都进了身为前运动员所以饭量贼大，而且并不介意为了弟子的面子多吃点的沈流肚子里。

48. 理由

自从张珏进入高三，张青燕每天都回家给孩子做饭。孩子念那么多年书，就这一年最苦，她得陪孩子，让孩子感受到来自家庭的支持。

别看张女士主业是市内味道最好的饭店的老板娘，主管财务，其实她也是个烹饪爱好者。她厨艺也很好，不然张珏小时候也不至于比隔壁家二胖还胖，明明年纪更小，却有了个大胖的外号。

一个可以做饭店主厨的爸爸，一个有爸爸八成手艺的妈妈，两人还都愿意在自己的能力范围内给孩子最大限度的照顾与爱，那些爱意最后自然会化为肉长到易胖体质的娃身上。今天是周五，张珏一周里只有这一天晚上是空闲的，张女士特意做了他爱吃的煎杂粮饼卷大葱，片了鸭胸肉，炒了韭菜鸡蛋，做了京酱肉丝可以卷到饼里，还有花生酱、辣酱可以蘸着吃。

张珏只吃了两张韭菜鸡蛋馅的卷饼，没蘸酱，吃完一抹嘴，背着包出门。

"妈，我出门锻炼身体。"

张青燕应了一声，等门关上，她和许德拉对视一眼，眼里都带着了然。

张俊宝的电话准时打了过来，开口就是一句："又出去了？"

张青燕："对，又出去了。"

张俊宝瞥最小的徒弟——今年才11岁的蒋一鸿一眼。一鸿小朋友8月末和家长去商场里配眼镜，从二楼往下看一楼的商业冰场时，发现了疑似大师兄的身影，只是师兄滑行旋转时用的是顺时针，他以为看错了，没敢上前认人。

再之后，张俊宝就接到了启蒙恩师鹿教练的电话。听到张珏恢复上冰，他们并不意外，这小子养得够久了，年轻人恢复力又强，张俊宝划一道口子要两三天才愈合，张珏只要一天就能好得只剩一道痕迹，可见年龄优势还是很大的。

对张珏心里放不下花滑这事吧，他家里人也有所察觉，一个曾经出门比赛时，但凡教练没看住就能偷吃巧克力的熊孩子，现在退出花滑训练都五个月了，居然还能将体重维持在65公斤，说他没刻意控制谁信啊？

等到晚上9点，鹿教练打了个电话，淡淡地表示张珏今天把顺时针的2A练出来了，张俊宝也不惊讶……才怪！虽然早就知道这小子天赋好，老舅还是被震撼到了。

一个运动员如果可以用和习惯相反的方向完成两周跳的话，他用这种跳法完成三周跳肯定也没问题。这不是张俊宝胡说，而是白叶冢庆子在推特上说的。这姑娘属于天生左右手都蛮灵活的类型，虽然专攻逆时针的跳跃，但也能跳顺时针的2T，并且能完成逆时针、顺时针两种方向的旋转，算这方面的权威人士。

张珏是典型的右利手，左手抓勺子都不利索，能玩出这一招也算奇迹了，估计是不能做训练时太无聊憋出来的新技能。

张俊宝急急问道："他有试过左脚落冰吗？顺时针滑行和旋转有没有练？"

鹿教练淡淡地回道："练了，他前几天试过跳跃，可能是心理问题，落冰时整条左腿都是僵的，肌肉不能灵活地发力，三周跳的落冰概率不行。"

张俊宝："他之前伤得太狠了嘛！"三个月轮椅坐下来，谁能没点阴影？

沈流趴在一边追问："小玉状态怎么样？"

宋城也关切地看着张俊宝。知道张珏在商业冰场进行强度不高的训练这事的人不多，只有张珏的父母、张俊宝、沈流、宋城这几人知道。

张俊宝沉默一下，回道："也不能说恢复得好，跳跃技术没练回来，但滑行和旋转据说改得不错，还学了几种新的规定图形。"关键还在跳跃。

沈流叹气："姜还是老的辣，也就鹿教练能让张珏耐心地练这些基础了。"

如果可以，他们都是希望张珏回来的。他到现在还记得张珏站在世锦赛的冰上仰头揩眼睛的模样，那么活泼开朗的娃，那时却流了眼泪，教练们可心疼了。

那会儿还有冰迷抓拍了一张图，照片中的泪珠恰好在半空中反射冰面的光，目前已成为无数冰迷的桌面照片。白素青主任那边问过要不要出这张海报，张珏随口应了，结果海报销量最后破了96万张，成为中国冰雪周边产品销量的最高纪录。

所以为张珏退出花滑这事难过的不只有粉丝，还有领导们，在张珏之前没人有这种商业价值，在他之后大概也不会有了。

一天前金子瑄比完了美国站的分站赛，排名第六，总分256分，自由滑的表演分只有76分。

张珏以前表演分只有80分出头那会儿，老舅会吐槽分数寒酸得令人落泪，结果金子瑄那个表演分让人连眼泪都落不下来。

张珏表演分低是被压分了，这一点他的对手都认，可小金同学的表演分和他的实际水准是相符的。就算教练们觉得金子瑄的技术能凑合到担起候补一哥的重任，但习惯了张珏只要出赛便能带奖牌回家的冰迷们，现在竟都受不了新一哥连个分站赛前五都进不去的委屈了。

要不是徐绰的妈妈强逼女儿退役，并在医院门口和女儿争吵，最后扇了女儿巴掌的视频被曝光，挡掉了大部分舆论攻击，金一哥的玻璃心都快被过激冰迷骂碎了。

至于另外两个有希望被选上冬奥会的男单选手，樊照瑛在暑假期间到张俊宝这里进修了表演课，现在肢体还是有点僵，但感情流露比以前强得多，可他技术上不去啊！

石莫生更难，他的技术放在国内不错，在国际赛场上只能勉强摸到三线的边。

这三人今年的状态都不错，但他们状态好也打不过其他国家的选手，放到冬奥会的赛场更是竞争力不足。

美国站比赛结束后，推特上还有海外鱼苗录视频，疑惑今年张珏怎么连个分站赛都没参加。其他国家的冰迷认识的中国男单代表只有张珏一个。

三个能在分站赛稳进前十的孩子加起来比不过能上世锦赛领奖台的张珏，这就是现实。

运动员们自己也压力大，万一他们仨拿着张珏拼下的名额，却没能在冬奥会进前十，光冰迷的唾沫就能把他们淹死。

张俊宝左思右想，还是在晚上 9 点 30 分去了张珏家里。张珏这会儿正好没睡，趴在屋里用心看他那价值一千块的学习资料，老舅喊了一嗓子，他就开门，挂着一副黑框眼镜，满脸疑惑。

“干吗呀？”

张俊宝看着他的眼镜倒吸一口凉气：“你小子啥时候近视的？”

张珏：“啊？我这是防近视眼镜，最近用眼太多，专门买来预防近视的。”

老舅这才松了口气，说算了算了，咱们坐在沙发上唠一唠，然后开场的第一句话就把张珏震住了。

“张珏，你还想不想回来比赛？”

张珏蒙了一下，下意识地看向亲妈。张女士捧着热牛奶喝了一口，神情淡然：“你自己决定。”

张俊宝补充道:"现在是 8 月,如果你决定回来,可以用上赛季的节目,只要在 1 月前恢复 3A,赶上全锦赛,你再拿个前三是轻轻松松的,到时候 3 个名额肯定有你一个,正好赶上去高原集训,然后参加 2 月的冬奥会。"

张珏沉默许久,艰难地摇了摇头:"我不想,接下来一年我都要备战高考,如果回去的话,每天就必须维持起码 4 小时的训练,会和学习起冲突。"

张珏找了很多理由,什么技术大概恢复不了,而且高三的时间真浪费不起,最后老舅也没勉强他,只是摸摸他的头,笑呵呵地转移话题,说起察罕不花的哥哥为了让弟弟可以多吃点好的,特意买了鸡苗鸭苗回家,天天拿蔬菜稻谷喂着,这样的肉没激素,吃起来放心。

"他说要谢谢你帮察罕不花剪辑比赛音乐,改天他会杀鸡鸭送过来,问你们要不要留鸡血鸭血,炒或者煮汤都鲜嫩。"

张珏又像熊猫一样嗯嗯应着,但两个家长都看出来他心不在焉。

最后张俊宝又说:"改天你和我一起去 703 医院找柴医生复查一趟,看看你韧带好全了没有,不然你连夜跑的时候都不敢放开了跑吧?"

不仅跑步,还爬墙、扒窗户、在冰上一边挖耳朵一边跳顺时针 2S 的张珏陷入沉默。他只是右腿有点手术后遗症导致的僵硬,但也没到连跑步都不敢的程度。

等张珏恍恍惚惚地回去继续做作业,张青燕抬脚踹了老疙瘩一脚:"我这个儿子本来是冲顶尖大学的料,又被你勾得想跑了!"

张俊宝讪讪地从沙发上下来,捂着俩耳朵蹲好:"那什么,我这不是看他保底 985 高校才敢来勾他的吗?而且高考年年有,冬奥会四年才一回,错过这一回,小玉四年后还有没有这个状态就难说了,有希望赶得上就试试呗。鹿教练都说他希望很大了,看起来能适应改好的技术,力量训练的底子也好。"

四年说短不短,谁知道四年后张珏是什么状态?

最重要的是,现在除了冬奥会,张俊宝也想不出还有什么能激发张珏的心气让他去克服心理阴影了,而且他坚信错过冬奥会、放弃滑冰的话,张珏现在没感觉,未来也一定会后悔。

张青燕压低声音,狠狠说道:"要是没鹿教练作保,我今天根本不想放你进门!"

但等张俊宝走后,张青燕左思右想,偷偷地给张珏的班主任发了条短信:

"钱老师，我们张珏请一周假，下周六回来。"

有张俊宝这一出，张珏今晚大概是睡不踏实了。张青燕决定趁热打铁，她给张珏一周的时间做检查，这期间他可以好好想想接下来是回去训练，还是专心学习。

如果要冲击冬奥会的话，剩余的时间只有几个月了，张珏的时间并不宽裕，没空让他犹豫了。这么想着，张女士把机票也订了，张珏一觉睡醒，还没反应过来，就被塞了行李赶出家门。

蹲在门口的张俊宝有气无力地对他打招呼："嘿。"

张珏目瞪口呆："我这就要走了？那纱织怎么办？"

许德拉凑到他面前，严肃地回道："汝鼠，弟养之。兄长，你去吧。"

这小子最近三国评书听多了吧。

张珏哭笑不得，等到了机场才有心情吃早餐，作为曾经经常出国比赛的运动员，张珏早就习惯了坐飞机。在候机大厅，他戴上耳机，将MP3调到麦当娜的"Masterpiece"，这是妆子最近推荐给他的曲子，是麦当娜拍的电影《倾国之恋》的主题曲。

后座是浓郁的煎饼馃子香气，张珏心里馋，喝完豆浆打算去丢个垃圾，就见后座伸出一只手在他眼前晃了晃。他惊愕地转头，看到一双熟悉的灰眼睛，像西伯利亚冬季的天空。

秦雪君说："我也丢垃圾，你的给我，我一起丢。"

张珏惊讶地后仰："你怎么在这儿啊？"

秦雪君："我和教授跑飞刀①，12岁的骨肉瘤患者，教授教我如何在截干净的同时保住孩子更多的肢体，方便孩子以后装义肢。"

小秦同学从口袋里掏了掏，将一颗水果硬糖放在张珏掌心："小朋友手术结束后送我的。"

张珏看了眼自己的腿："那小朋友还挺坚强的。"

秦雪君垂下眼睑，笑了笑："总要活下去，笑着活比哭着活要好。"

张珏觉得秦小哥的情绪不太好，他感叹道："无论是医生，还是运动员，好像大家都有很烦恼的事。秦哥，你说了笑着活更好，那就笑笑呗。"

---

① 指医生在下班之后和休息时到下面的医院或者下面小城市的医院主刀。

他捏着自己的嘴角一提，做了个鬼脸，把秦雪君逗笑了。于是等上飞机的时候，朴实的秦医生硬是把张珏和张俊宝以及他自己的行李全扛了，张俊宝拦都拦不住。

49. 日出

一通检查下来，柴医生拿着检查结果瞧了瞧，对张俊宝说了句话。

"你的外甥筋骨强健，浑身上下有上百斤力气，好比当代武松，随时可以出门打虎。"

就检查结果来看，张珏各项数据都好得不像话，连运动员常见的半月板磨损的问题也比以前好多了，可见这次养得相当不错。

张俊宝："我只想知道他的韧带好了没有，武不武松无所谓，他都好几个月没练了，力气有没有以前那么大还不清楚呢。"

张珏在世锦赛前的负重深蹲极限是自重的 1.5 倍，但一般不会练那么重，怕他膝盖受不了，而且身为花滑选手不需要体积太大的肌肉群，不过这小子举个百来斤的确没问题。

柴医生面无表情地回道："在我认识的韧带二级拉伤的伤者里，张珏是恢复得最好的，别人养两年未必有他这半年康复得好。而且我目测你外甥现在体脂率不超过百分之十二，但他有 65 公斤，肌肉占多少你自己算，张珏平时没少去练肌肉吧？"

张俊宝："他在商业冰场旁边的热身室里玩器材。"

柴医生肯定地回道："那就对了，他现在的骨架比以前更大，能挂住更多肉，他又吃得好、锻炼得好，力量肯定增加了不少。"

张珏未发育的时候就能随便做俄式挺身俯卧撑，背着 5 公斤负重跑 20 公里不在话下，再远一点，小时候许德拉在学校里扭了脚，张珏就背着只比自己轻八九斤的胖弟弟从小学走回家，要不是许岩及时发现，这小子还打算背着弟弟上楼，可见张珏从小力量、体能都不差，只是骨架小，力量上限低。

这会儿他的身高起来了，按柴医生的说法，这小子怕是要力气暴增。

老舅突然觉得很惊喜。

张珏得知自己完全康复后，说心里不高兴也是骗人的，他不自觉地活动了下右脚踝，心想，这么一来，他无法落冰应该是心理因素。

老舅也没用那种巴不得他立刻回归训练的殷切眼神看他，只是说张青燕给张珏请了一周假，让张珏好好享受。这倒霉孩子暑假期间都在家里看书，辛苦得很，这一周就当是张珏迟来的休假也好，无论张珏最后选择全力冲刺高考还是去练花滑，这一周都是他最后的休闲时光。

然后张俊宝就去国家队和孙千确认柳叶明进国家队训练的事情了。那边虽没说立刻给孩子国家队队员的编制，但柳叶明的水平已经到了可以被当作种子选手培养的程度。

柳叶明，17岁，虽然只比张珏大一岁，但从小就是高个子，现在已经是一米七八的身高。骨架偏壮力量足，相当于长高版本的察罕不花，只是他的身高发育速度一直缓慢而稳定，没像张珏一样因为突然长高而丢失重心，在张俊宝的帮助下，他还是挺过了发育关。

但也是因为个头，柳叶明一度被认为潜力不大，谁也没想到小伙子居然能在临近冬奥会的时候突然杀出重围。柳叶明的心理素质比以前也强了不少，而且他的体力好，和张珏一样具备将大部分跳跃压在节目后半段的能力，他的节目还是米娅女士给编的，表演课是张俊宝带着上的，表现力也不错。

看过张珏仗着好体力、表现力拿高分的人，谁不馋耐力、表演都强的运动员？柳叶明的本事一亮出来，孙千就眼前一亮。

寺冈隼人今年的成绩也好，18岁的他在本赛季花样滑冰大奖赛第一站分站赛——美国站取得了冠军，这也是他的首个成年组分站金牌。

没人会停留在原地，他们都在往前走，变得越来越强。张珏看完美国站的比赛，可以很肯定地说一句，如果寺冈隼人能把当前的状态保持下来，哪怕是发育前的他也只能和寺冈隼人打个六四开。

巅峰张珏六，寺冈隼人四，毕竟张珏还有表演分和体力优势嘛！

可惜出于各种原因，张珏在长达半年的时间里不仅没有进步，反而退步到了三周跳都落不稳的程度，现在的他去国际上比赛就是个菜鸟。

张珏在京城有房，来这里看病休假也是住自己的屋子，秦雪君早在张珏去检查时就把房间收拾好了。

秦小哥还挺贴心，在冰箱上贴了小字条，言明他在阳台上种的菜都是安全的，张珏可以尽管摘下来吃，能吃多少吃多少，不用给他留，是朋友就别客气。

张珏真把阳台上的菜吃光了。

秦雪君被张珏的饭量震惊了，看着张珏吃饭的场面又若有所思。他自己郁闷的时候也会饭量变大。

在假期的倒数第二天，凌晨 3 点，张珏被叫醒了。"张珏，走，我带你去看好东西。"

张珏："啊？"

秦雪君蹲在床边，一本正经地说："我还你人情，走吧。"

张珏跟着下了楼，看到一楼停着辆汽车，他们连夜出了城。张珏最开始没问目的，只是看着车辆首先进入了一条隧道。

"张珏。"

"啊？"

"挑音乐。"

在秦雪君的示意下，张珏拉开手套箱，里面全是磁带，上面贴着标签，写着许多摇滚乐队的名称，磁带底下压着一张证书。

秦雪君先生，在第六届京城业余越野竞赛中荣获第一名。2012 年，8 月 13 日。

一卷邦·乔维的磁带被推入播放器，第一支歌便是 "Never Say Goodbye"。

隧道内的灯光不断掠过张珏的视野，忽明忽暗的光影仿佛没有尽头，伴随着歌声，汽车的速度似乎快了起来。

从海淀区出发，他们一路向西，直到上了京哈高速，这辆汽车的速度达到了新高，至少在张珏看来，已经快到不行了。他扶着扶手："秦……秦哥，你悠着点。"

"不怕，我的驾驶证是 B2。"以往总是没什么多余表情的秦医生笑起来，神采飞扬，带着浓烈混血风情的英俊面庞因此染上一分不羁。

他开车确实稳，张珏渐渐放松下来，秦雪君就和他聊了起来："我在去年拿过业余的越野车竞赛的冠军，当时有车队用年薪 60 万邀请我去比职业赛事。"

张珏问："那你怎么不去呢？"

秦雪君顿了顿，答非所问："张珏，其实我并不富裕，你把房子租给我的时候只要五百块的房租，但我每个月付完房租后为了省钱，还要在阳台上种菜。"

张珏挠头："怎么话题又转移到这儿了？而且你也没到会为钱发愁的时候吧？你的父母都还在工作，你也在工作啊！"

"我父母离婚时把房子卖了，两个人各出 30 万，凑到一起交给我 60 万，从此以后，我没从他们那里拿过一分钱。我爸去年还给我添了个异母妹妹，而且早在继母住进我爸的家时，我就立刻搬出来了。"

秦雪君感叹道："我手头的钱连一套 20 平方米的公寓首付都付不起，35 岁以前都不用妄想买房的事，如果去了那个车队，凭我的赛车天赋，我的人生会与现在完全不同。

"继续当医生的话，以后说不定还要继续挨打，甚至遇上更坏的事情，我对我的运气不抱希望。而且医生终身都要与考试、学习相伴，要面对生离死别的悲伤，大部分人在 30 岁前都赚不到什么钱，哪怕我的导师人很好，我每个月的薪水也只是勉强够生活，最后干脆通过种菜来减少开支。"

张珏心想，即使如此，你还是留在了这个行业，没有去做不用挨打还更赚钱的赛车手。此时音乐换成了"What Do You Got?"，张珏看着秦雪君的侧脸："这个决定听起来有点傻，你明明没什么钱，碰到赚钱的机会还放弃了，做医生对你来说就是这么重要的梦想吗？"

秦雪君干脆地回道："对，我喜欢赛车，但赛车手的梦想在做医生的梦想面前只能排第二，这是我自己选的。拒绝车队的邀请后，我偶尔会觉得遗憾，但没后悔。张珏，你的天赋很好，无论是唱歌、跳舞、学习，你都会有很好的未来，花滑未必是你最好的出路，因为这条路最苦，要不要走这条路只有你自己能决定。

"等你做好了决定，你仍然有遗憾和后悔的权利，过你想要的人生就好。"

张珏看着窗外的夜色，想了很多。

他是少年天才，一出道就备受瞩目，升组后虽然艰难险阻不少，也打败过诸多强将，但只要出赛就一定能上领奖台。

他在高处待习惯了，如果无法恢复到以往那个水平，甚至如果停留在原地，他也是迟早会被不断前进的时代淘汰的。

在巅峰期退役会让人难忘，但一个曾经辉煌的人没落到连领奖台的边都摸不到，最后狼狈退役，就是一场悲剧了。

相比之下，放弃花滑去读书，即使不能像以前那样受到世人瞩目，却安稳有保障，考上一所名校的话，还会有人夸他是学霸什么的。

离开了竞技运动以后，余生只要不出意外，也不会再有伤病了。

最开始，张珏是这么想的。

可是……

"离开花样滑冰以后，我偶尔回想起来，都会感觉意外，我怎么会热爱一件事到燃烧灵魂的地步。"

张珏：我喜欢花样滑冰，贼喜欢。

车辆奔跑了近 4 小时，他们抵达了北戴河，在天亮之前到了海边。旭日从海平面缓缓升起，海潮声不断涌入耳中。

秦雪君将一件外套扔过来，张珏套上，觉得自己像个偷穿大人衣服的孩子。

他把手揣到兜里，看着壮丽的日出，朝着海水走去。海水漫过他的凉鞋，张珏转身对秦雪君招了招手，对方不明所以地过来，被张珏泼了一身水。张珏勾了勾手指，又一次欢快地捧起海水抛了过去。

两个不满 20 岁的大男孩在海边追追打打，最后一起躺在沙滩上，浑身衣服都湿透了。

张珏轻轻喘气："我想考上农学专业最好的 985 大学，可我也想滑冰。"

秦雪君的喘气声更重："农学不好就业吧？"

张珏："不管！我崇拜袁爷爷！等哪天我滑不动了，就要去搞科研研究农学！"他仰头大喊，"人生总是要有梦想的啊！不然我和一条咸鱼有什么区别？"

六 飞翔前的助跑

50. 米勒

张珏给老舅打了个电话:"老舅,我要联系弗兰斯·米勒来中国给我编新节目。"他的声音有强烈的自信:"如果要去冬奥会的话,我就必须拿出新节目。"

老舅:"现在正处于赛季,弗兰斯应该手头没活,只要你肯包机票,他随时可以过来给你一个人服务。"

张珏:"那我就联系他了,拜拜。"

嘟,电话挂了,老舅继续和孙千说话。过了一阵子,他才猛地一拍脑袋:"嘿!张珏打算回来了!"

已经隐隐有预感,内心早已激动到不行的孙千无奈:"你才反应过来?"

张俊宝忍不住笑,握拳堵着嘴咳了一声:"嘻,您也别对他抱太大的希望,现在都9月了,全锦赛就在1月,谁知道他在那之前能捡回多少技术?"

他提前打好预防针,省得上头期望值太高,到时候张珏一个翻车,会让太多人失望。等出了办公室他才立刻高兴地给宋城打电话:"教练,咱们小玉要回来啦!"

张俊宝高高兴兴地走了,得知这个消息的柳叶明叹了口气,和石莫生、董小龙、金子瑄说:"可以争的名额只剩两个。"

身为曾经的队友,柳叶明为张珏回归训练感到由衷的高兴,他也毫不怀疑张珏能拿到一个冬奥会名额。

小柳同学知道张珏在经历了发育和伤病后丢了很多技术,现在还在改技术,但他更清楚张珏全力以赴的时候有多可怕。曾经的张珏可是在空缺4年的情况下,用不到10个月的训练就战胜了国内其他的青年组运动员,去国际赛场上拿奖牌。

现在只空了半年的张珏恢复起来一定比以前更快。

最重要的是,国内的竞争强度远远不如国际赛场,只要张珏在1月以前恢复到可以上全锦赛领奖台的程度拿到名额,接下来他就能从容地备战冬奥会了。

张珏会连全锦赛的台子都上不去吗?

在柳叶明的印象中，以张珏的表演分，只要把 3A 稳住，全锦赛的台子都是随便上的！

柳叶明叹气一声："接下来要面对的竞争对手就是金子瑄、樊照瑛、石莫生和董哥了。"他不能指望金子瑄天天抽风，哪怕这是大概率事件。稳妥起见，还是要拿出胜过另外三人的水平才行。

张俊宝知道张珏做好了决定以后心里那个高兴啊，直接买了米粉回家做煎米饼，然后他就看到张珏和秦雪君一起靠在沙发上睡着了，电视里还在放播到一半的《源氏物语》。张珏嘴里叼着旺旺雪饼，茶几上是已经凉掉的姜汤。

幸好两个年轻人体质挺好，打完水仗后把湿衣服一脱，裹着车上的毯子，如同披着皮毛的野人一样一路自驾回了京城，居然也没有感冒生病的症状。

阳台上的土槽里换了新土，张珏吃光了人家的菜，还给补种了一茬。

秦雪君在回程承认了他一开始压根没想到张珏居然可以把他的菜吃光，因为换他自己去吃的话，半个月都吃不完，最后还会有菜烂在土里。

张珏："喀喀，家里还有种子吗？我帮你把菜种回去吧。"

回家前两人经过一家二手影像店，里面有卖各种正版的电影碟片，正好日本电影在打折，张珏就去买了《源氏物语》，这是庆子今年的自由滑节目主题。

妆子退役前就说过想将民族的精粹带到更大的舞台上，现在庆子继承了姐姐的梦想，可惜张珏本赛季已经确定好滑什么了，不然中国风也是个不错的方向。

第二天，张珏因为牙疼被拉去牙科诊所，医生看了看，叹道："好久没看到蛀了这么多颗牙的年轻人了。"九颗蛀牙，这怕不是经常吃着吃着就睡着了，忘了刷牙吧。

睡前喜欢啃苹果的张珏："……"

补牙不痛，只是酸酸的，牙医告诉他，你要是不知道怎么刷干净牙齿的话，就买个电动牙刷吧，晚上少吃点。

宋城大清早搬了把椅子坐在窗边，等看到张珏从省队大门口进来的时候，他就发现这小子看着蔫头耷脑的。

宋城："这娃怎么蔫巴巴的？"

张珏：第一次用电动牙刷，把牙龈给戳肿了。

有关张珏想编新节目去冲击冬奥会这事，教练组给出了不同的反应。

宋城认为张珏是他接触过的最有主见的运动员之一，左右他的想法太难了，而且张珏往年选曲时都证明了他本身的品位十分出众，每滑一个新节目都能成就一个新经典，随他去吧。

沈流就有意见了："你能在全锦赛之前把技术恢复好就算不错了，还编新节目，你来得及吗？"

张珏又要改技术，又要恢复训练，加上编新节目和磨合的话，就必然要花费更多时间在冰上。偏偏张青燕那边要求张珏起码要专心学习到 12 月初，才允许他一口气请一个月的假备战，他怕张珏忙不过来。

张珏一手按在沈流的办公桌上，单手叉腰，自信无比："来得及，我已经给米娅老师打过电话了，她答应帮我编短节目。"

沈流："芭蕾风格？"

张珏雀跃地点头："是啊，我打算表演《巴黎的火焰》男变奏，这可是我跳得最好的一支舞了。"绝活不放到冬奥会使，还能什么时候使？

"弗兰斯·米勒也买好机票了。"

沈流翻了个白眼："我告诉你，这两个节目要是不好，你最后还得换回上赛季那个，冰迷裁判都喜欢那两套，还能加点情怀分呢。"

张珏哈哈一笑："我才 16 岁，冬奥会开始的时候离 17 岁都还有四个多月，现在就讲情怀？太早了吧，年轻人就该多尝试新的东西！"

就在这时，一直坐在椅子上沉默不语、双手放在拐杖上像是在思考什么的鹿教练发言了："你先让我看看你跳《巴黎的火焰》的样子，如果质量不行，那至少在全锦赛时，你还是沿用《再会诺尼诺》，稳着来。"

虽然老爷子是退休返聘的技术教练，但无论是主教练张俊宝、跳跃教练沈流还是省队总教练宋城都对他十分尊敬。不说别的，仅凭张珏怕他，愿意听他的话这一点，鹿照升就是教练们心中的传奇。

张珏："行吧，反正米娅老师也要看，她也怕我坐了几个月轮椅，跳舞的本事跟着花滑一起丢了。"

等米娅女士过来的时候，大家先一起去了舞蹈室。

别看张珏能跳上足尖的《艾丝美拉达》变奏，但那只是他年纪小时老师让他做的尝试。身为男性舞者，张珏本人更喜欢阳刚派的表演，这也让他一度很羡慕拥有蒙古舞功底的察罕不花。蒙古舞跳起来多帅啊！

《巴黎的火焰》是苏联现代芭蕾的代表作之一，以法国大革命为背景创作，气势恢宏，讲述的是领袖菲利普带着马赛人民一起向巴黎进军的情形，舞者们在舞蹈时必须展现出革命英雄的气概。

男舞者要表现得阳刚有力，男变奏那一段更是含有好几个高难度的炫技动作。

已经179.4厘米的张珏身材修长精瘦，流畅的肌肉均匀地覆盖在年轻的躯体上。

当张珏伴着音乐跳舞的时候，曾教过张珏跳舞的米娅女士还能保持平静，其余人则都在张珏开始的时候就保持一种目瞪口呆的表情。

几个月不见，张珏跳跃时的滞空感强得令人心惊，仿佛地心引力在他身上不起作用了，情感表达更是饱满，观者都能感受到张珏传达出来的那种激励人心的昂扬情绪。

舞蹈结束后，张珏的短节目被定了下来。

教练组：就跳这个新节目！必须跳！

米娅：编舞中。

两天后，已经晋升为一线编舞的弗兰斯·米勒在机场等接机人员。

他这赛季的生意非常好，先后为转组到加拿大跟着前冬奥会铜牌得主萨伦训练的韩一哥崔正殊、哈萨克斯坦的男单一哥哈尔哈沙、女单一姐艾米娜、冰舞一哥一姐刘梦成和尹美晶、日本一姐白叶冢庆子、中国一姐米圆圆等选手编舞。

但张珏一喊人，他立刻就屁颠屁颠地过来了。弗兰斯也不是贪那几个钱，主要是他和小鳄鱼交情深，大家朋友一场，朋友在这种关键时刻需要他，他肯定是义不容辞的。

张珏找到弗兰斯的时候，这人正坐在行李箱上喝果汁，张珏走到他面前。

"弗兰斯，你的行李都领了？就这些？"

弗兰斯抬头，瞬间瞳孔发生地震。张珏剪了头发，戴着黑色的运动头带，穿着白T恤和牛仔裤、白板鞋，一路走来收获目光无数，早就习惯在众多目光中行动自如。

他又叫了一遍："弗兰斯？"

弗兰斯很努力地认了半天，终于发现这个高个子男孩是那个小鳄鱼，不然他都不敢和这人走。

他可不懂中文，真在异国他乡走丢了，哭都没地方哭去！

等看见那辆朴实无华的破金杯车，弗兰斯的心跳才平稳下来。张珏将他的两个行李箱和背包提上后座，嘴上问着："从英国来这里有 8 小时的时差，你在飞机上睡了没有？现在困吗？现在我们带你去省队，那里有给你腾宿舍出来，你是直接睡还是吃了再睡？"

弗兰斯舒了口气："睡过了，也不饿，谢谢。"

张珏哦了一声，从口袋里掏出 MP3 递过去："这是我想请你编的曲子，已经剪辑成 4 分 30 秒的长度，目前暂定是前半段三个单跳、一组二连跳，后半段两个单跳和一组二连跳、一组夹心跳，旋转你自己看怎么安放比较合适。"

说到工作，弗兰斯正经起来："连跳更耗体力，把两组连跳都放在后半段的话，你恢复过来了吗？"

张珏竖起大拇指："唯独我的体力永远不需要被担心！对了，我还在里面放了《傲慢与偏见》的曲子，你看看能不能编个表演滑给我。"

弗兰斯戴好耳机，"Rain, in Your Black Eyes"（《雨落在你的黑眼睛中》）的钢琴声涌入他的耳朵。

张珏将安全带系好，往椅背上一靠，扭了扭右肩。张俊宝笑着看他一眼："运动员就是和艰苦分不开，对吧？"

张珏自嘲："可不是吗？都不知道自己图的是什么。"

好好一个学霸不去学习，跑回来练容易摔跤的花样滑冰，半边身子都摔青了，睡觉都怕压着伤处，真疼啊！

老舅安慰他："现在苦点也不是坏事，你从一周跳两周跳这样的基础开始重新练，相当于把基础重新夯实一遍，对长远发展有好处。"

张珏应道："是是，我要悄悄改变技术，让所有人惊艳。"

51. 冲奥

早在鹿教练被返聘之前，张珏就是整个 H 省省队教练团队最豪华的运动员了，出门比赛时两个教练和一个队医跟着，他啥事都不操心，只要好好比赛就行了，有时候宋城和孙千也会跟去。冷门项目的独苗总是格外金贵。

柳叶明去国家队短训后，张珏就进入了省队里所有重量级教练都以他为中心的状态。

主教练张俊宝负责带他做力量训练，沈教练和鹿教练一起改正他的跳跃技术，鹿教练除了纠正他的跳跃，还要改善他的旋转和滑行。

被教练们围着转这种事听起来似乎很美好，真体会起来就不是一般的苦了。

起码在张珏的师弟师妹们看来，大师兄一旦出现失误，教练们都要先商量一下谁去骂。

太惨了，被这么多教练骂，想想都压力山大。

砰的一声，张珏又摔了一跤，鹿教练穿着一身厚厚的军大衣，站在场边用拐杖戳地："张珏，起跳的时候立刻收紧身体！再跳一组！"

张珏立刻爬起来去训练，鹿教练转头和沈教练说话："这小子的延迟转体技术排个世界前几没问题，但他现在比以前重了，再用这项技巧会很吃力。"

沈教练赞同地回道："对，先让他放弃使用延迟转体的习惯，好在他的骨架相对这个身高来说够纤细，跳跃轴心也细，转速优势保留了下来，他现在最大的问题是跳起来以后轴心会歪。"

鹿教练："俊宝，给他加大核心力量训练。"

张教练低头在笔记上写了一行字："小玉每天早上会跑 10 公里，算把有氧运动练完了，晚上来省队可以直接上器械。我有时候在想，我们给他排的训练表是不是强度太大了。"

那小子之前可是坐了好久的轮椅，给他上大强度训练，教练组也是悬着心的。

杨志远坐在边上："米娅老师说了，她会让秦老爷子每天都来这里给张珏做一次药灸。"

为了让这小子可以安心冲击冬奥会而出山的老家伙不仅是鹿教练，曾在国家队治疗过许多一哥一姐的秦堂老爷子也复出了。

改技术对运动员来说一直是很痛苦的事，他们必须放弃以往已经练成身体本能的动作，建立新的习惯，这势必会让运动员经历一个艰苦的适应期。张珏现在就很不适应，在冰场上老是摔，右肩背青了一大块。

要是张俊宝来给他改技术的话，张珏还能偶尔耍个赖皮，撒个娇，到时改技术说不定要拉长到一年，由鹿教练来负责这件事的话，张珏就只有乖巧听话一条路可走了。

老舅发火顶多拿报纸卷起来抽张珏屁股，一点都不疼，张珏被老舅抽屁股时都是嬉皮笑脸的。鹿老爷子发火就可怕了，虽然他现在发福，没法像十多年前一样追着张珏跑，但老爷子会拿拐杖抽张珏的屁股，抽得张珏嗷嗷叫，让他的师弟师妹们看得心里发怵。可怕的是鹿教练也会把他们技术里的瑕疵挑出来说一遍，然后俩小孩就要瑟瑟发抖地把他说过的地方练习一遍又一遍。

闵珊和察罕不花今年进了青年组，时不时要被沈教练带着出国参加大奖赛青年组的分站赛，成绩都不错，而且经常遇到国外的选手询问张珏的状态。

比如去日本站的时候，白叶家姐妹都过来询问张珏恢复训练进行得怎么样。

两个小朋友露出心疼的表情。

察罕不花："师兄非常辛苦。"

有时候他们都分不清师兄的臀肌腿肌越来越饱满是因为练得好，还是被拐杖抽多了。

妆子也跟着露出心疼的表情，摸出一盒生巧克力递过来："那请你们把这个带给 tama 酱吧，他喜欢吃甜食，训练越苦，越不能在吃的方面亏待自己啊！"

闵珊："他吃得还是蛮好的。"

H 省队的食堂阿姨一直是出了名的厉害，而且有营养学的博士学位。张师兄又为了修炼力量型跳法使劲增肌，需要摄入大量的蛋白质，他现在是张门吃得最多的男人。

庆子也递过来一个小盒子："这是我亲手剥的瓜子仁，请替我转交给纱织。"

拿着两个漂亮姐姐给的礼物，闵珊和察罕不花对视一眼。

察罕不花面带羡慕："如果是师兄的话，将来脱单一定很轻松。"

闵珊："但他不是说过不会找外国人做对象的吗？"

察罕不花恍然："哦，对。他外语天赋不好，学英语都头痛，更别提日语了。"

当他们去俄罗斯的圣彼得堡参加分站赛时，伊利亚和谢尔盖、瓦西里都送了两个小朋友套娃，摸着他们的脑袋让他们好好滑，说期待在成年组的赛场上看到他们。这应该也是看在师兄的面子上而给的特别照顾吧。

有了张珏的面子，两个小朋友去哪里比赛都没受委屈，回国时怀里还揣着人家送的土特产。

两站分站赛比完，小朋友们都进入了总决赛，在教练们的督促下进一步打磨技术，准备在进入青年组的第一年就冲击领奖台。

宋城看着他们训练的身影，露出欣慰的神情。就在几年前，省队还窘迫到没有一个运动员可以打入国际赛场，但现在他们已经有了三个可以冲击大赛领奖台的孩子了——张珏、察罕不花、闵珊。

他瞥张俊宝一眼："大宝不仅带出了外甥，其他孩子也有出息，等张珏高考完，他肯定要入职国家队了吧。"

孩子们迟早要去更高处的，宋城也快 60 岁了，等把这些孩子送走，他就可以走下总教练的位置，安心享受退休生活了。

正好鹿教练被返聘后，市中心那个商业冰场就没有人坐镇了，宋城琢磨着自己去应聘的话，别人应该挺乐意要他的。

他对滑行教练明嘉说道："小明啊，等我退休了，这位置应该要交给你了。"

明嘉愣了一下："啊？宋总教练，不好意思，我刚才看手机呢，你说要把位置丢给我？"

宋城点头，又疑惑地道："你看到什么了？这表情怪怪的。"

明嘉犹豫一瞬，将手机递过去："国家队那边打算把徐绰退回省队来，她妈妈想让她退役，但她不想放弃，就和父亲约好，只要她可以考上好高中，就让她继续在役。"

宋城也愣住了："她真打算摆脱她那个妈？不对！她还打算继续坚持啊？"

明嘉点头："对，骨密度是可以通过科学的治疗与调养恢复的，她说等回来后会搬到爸爸那边住，现在也每天自己去买菜做饭，打算把身体养回来。"

…………

在鹿教练的督促下，张珏改技术和恢复跳跃的进度也快了起来。

11 月，张珏成功把五种三周跳捡了回来，连跳技术也重新上线，只是由于轴心还不够稳定，暂时办不到在连跳的第二跳连 3lo，3A 的单跳训练也提上了日程。

用张珏的话来说就是，他已经成功和大部分三周跳复合，现在只差 3A 了。

张珏的高三上学期期中考试的成绩也出来了，成绩从全年级前 30 名，落到了第 54 名。张珏脑子是聪明，可为了训练，他又开始上不上早晚自习，做题的时间也减少了。三中的其他学霸又不是木头人，张珏没拼命学，他们拼了，被甩下多正常啊。

张青燕女士出乎意料地没生气，只是提醒张珏："你之前和我说了，从 12 月开始要请一个月的假专心训练，这事我应了，你自己也悠着点。哪怕到时候不上课，该学习也要学习，你亲口和我说过，不会让冲击奥运会耽误你考上 985 大学。"

张女士心还比较宽，她要求孩子必须考个好大学，是因为她希望张珏以后哪怕滑不了冰了，也有在社会上立足的本事。

张珏的底子好，尤其是到了高三阶段，该上的课老师们早就上完了，学生们主要进行考前复习，所以张珏参加完 2 月的冬奥会后，再用剩下的 4 个月冲刺一下也来得及。

张女士对自己的儿子能冲进冬奥会这件事也充满信心。

张珏的成绩单出来的时候，其他人都紧张得要死，生怕张珏要被妈妈的晾衣架抽一顿，张女士却平静地给张珏写好请假条。

第二天，张珏捧着请假条，带着受宠若惊的表情在亲妈的陪同下去老师那里请了个长假，提着冰鞋去了省队。

他进入场馆的时候，弗兰斯正在场地边劈叉，看到他时弗兰斯眼前一亮。

"Jue，你来了，快热身，然后把新节目完完整整地滑一次，我看看还有什么需要改的。"

张珏应道："来了。"

他将外套一脱，扔到了椅子上，伸了个懒腰。不知不觉间，新的征程又要开始了。

52. 吃饭

12 月 5 日，被称为冬奥赛季的奥运前哨站的大奖赛总决赛在日本福冈举行。

今年的总决赛成年组男单六人分别是：瓦西里（俄）、谢尔盖（俄）、寺冈隼人（日）、麦昆（意）、大卫（比）、伊利亚（俄）。

总决赛成年组女单六人分别是：白叶冢庆子（日）、达莉娅（俄）、海伦娜（意）、克拉拉（美）、赛丽娜（俄）、艾米娜（哈）。

如果没有因为发育关、应力性骨折而沉湖的话，徐绰知道，她本可以加入这场盛会。但现在，她不过是一个因为技术下滑太严重，连三周跳都快保不住而被国家队退回省队的女单选手罢了。

女孩拉着行李箱走出火车站，父亲早就等候在那里，伸手道："箱子和包给我，吃了午饭没有？"

徐绰抽了抽鼻子，沉默地摇头。从小就被母亲包办一切的她其实和父亲并不亲近，尤其是母亲为了送她去京城训练，不仅把房子卖了，还把她的学籍从原来的市重点中学转到京城一所普通的私立学校，父母在那之后就彻底闹掰了，去年离了婚。

她没想到当自己向父亲求助时，他会那么干脆地答应，然后给她转学，买车票，顶住母亲那边的压力。一切事情都由父亲一手办好，自己只要坐车回 H 市就行。

徐爸爸从怀里摸出一盒牛奶递过来："垫垫肚子，你是运动员，我也不敢给你买外面的肉吃，怕有瘦肉精，待会儿送你去省队报到，中午就在那边的食堂解决啊。"

牛奶摸起来还是热的。

徐绰没离开省队时都是和大师兄张珏一起吃食堂阿姨的小灶，现在她肯定享受不了这些了。竞技运动也是现实的，有本事的王牌运动员才有资格让领导们批准吃小灶。

但这些徐绰都不在乎了，她也知道自己这种做法会让母亲对她大喊"你太让我失望了"，而回到省队后，有没有教练收她也是未知的。

但她不想放弃花滑，被骂厚脸皮也好，她不要就此退出。

父亲发动汽车前，突然说道："你身上终于有那股劲了。"

徐绰不解地回头："什么劲？"

"运动员应有的狠劲，我以前觉得你滑不出来，是因为你一直被你妈妈推着走。你张师兄和你不一样，他有冲劲和狠劲，哪怕教练们心疼他的伤病，不愿意他上场比赛，他自己也要去拼，这种主动去拼搏的人才能在竞技项目里出头，你以前太软了。"

徐绰苦笑："是啊，我以前的心态的确不合格，现在心态转变过来了，身体的潜力又被消耗光了。"骨密度过低对一个花滑运动员来说是致命的，所以赵教练才会放弃她。

徐爸爸平静地道："医生不是说骨密度可以补回去吗？在身体痊愈前，你好好学习，考个好高中。"

徐绰面露失落："我大概率是考不上三中的。"

徐爸爸："本来也没指望你在空了那么久以后还能考上三中，能进高中就够了。我只要你答应我，将来起码能考上一本大学，这样哪天滑不动了也能自己养活自己，别的我都不求。"

徐绰终于笑起来："我不仅要养自己，还要给您养老呢。"

徐爸爸直接翻白眼，对这句话十分不屑："我有养老金，等退休了还可以住养老院，和几个老朋友一起下下棋，用不着你个小丫头来养。"

到省队报到后，徐家父女都有些忐忑。在宋教练把徐绰的档案放进文件柜里后，徐爸爸更是不停地点头鞠躬，嘴上说着"我们小绰麻烦教练照顾了"。

宋城拍拍徐绰的肩膀，和蔼地笑着："不麻烦，应该的。"

无论是徐绰还是徐爸爸都没说要回到张俊宝门下，宋城就把徐绰交给了明嘉，虽然明嘉是滑行教练，但他带跳跃的水平也算国内一流。徐绰的潜力不差，好好带至少可以拿全锦赛的奖牌，如果明嘉要继承省队总教练的位置的话，给他安排个拿得出手的运动员带着也好。

至于张俊宝，在张珏进国家队前，他肯定都会留在省队，看到徐绰这副样子，他也是没法不管的。

宋城看着徐绰："长高了不少。"

徐绰有些忐忑，又听宋城说："高个子也是能滑冰的，这年头孩子营养都好，咱们北方的娃块头又大，只要适应过来就行了。小绰，你张师兄现在也回来训练啦，他可有一米七九呢。"

徐绰是知道大师兄恢复训练的，师兄的学校里有他的冰迷，他一请长假，冰迷就立刻把消息发到论坛上了。

在和母亲吵架，挨了那一巴掌后，徐绰也算是清醒了，她偷偷把被没收的手机拿了回来，平时也会上冰天雪地论坛还有花滑微博超话看看冰迷们的发言。

从张珏开始不上早晚自习的时候起，国内不少冰迷就知道张珏恢复训练了。

直到宋城领着她走入冰场，徐绰看着冰上那高挑的侧影，整个人都呆住了。

带着健康光泽的浓密黑短发，自带高级感的完美侧颜，鬓若刀裁，剑眉星目，精致的五官缀在线条流畅的脸上，如同一幅水墨画，古典韵味十足，简直像小说中容颜绝美、气度威严的上古仙尊从故事里走了出来……

这是什么仙侠小说男主角的长相啊！我那个娇小玲珑、活泼可爱的师兄是彻底成为历史了吗？

张俊宝先看到了徐绰，他笑着招招手，自然而熟稔地说道："回来了啊。"

徐绰连忙小跑过去，嗫嚅着："教练……"

张俊宝和徐爸爸对视一眼，徐爸爸又是鞠躬："小绰以后跟我，她妈妈管不到她了，孩子以前不懂事……"

张俊宝挥挥手："都是过去的事了，我和食堂阿姨打了招呼。你们明天把徐绰的身体检查结果发过来，她会针对徐绰的情况做营养餐。在她的骨密度恢复之前，我会禁止她做跳跃训练，着重加强她的表演和滑行、旋转。"

说着，老舅拿出一个半旧的牛皮笔记本，上面贴了一张小字条，写的是徐绰的名字，他和明嘉教练对视一眼，明嘉教练做了个谢谢的手势。

这是徐绰以前的训练笔记，张俊宝只来得及写满三分之一的纸页，这姑娘就走了，现在她回来了，张俊宝就继续用这个。

徐绰心想，教练还留着我的训练笔记，而且他知道我要回来，就提前把我之后的训练单做好了。她连忙低声说道："教练，对不起，我妈妈之前抹黑你，我想辩解的，可是她没收了我的手机，我那时候不敢和她抢。"

小姑娘低下头，眼圈发红："教练，我还想滑冰！"

张俊宝：你这话，张珏好像也对鹿教练说过啊，你们都被三井寿附身了吗？

女孩又羞又愧，说着说着便哭了起来。张珏做完一组规定图形训练，看着那边，默默地瞅鹿教练一眼。

鹿教练："去吧，休息 5 分钟。"

张珏嗖一下滑走。沈流带着察罕不花、闵珊、蒋一鸿练着连跳，也往那边看一眼，眼中含着忍俊不禁。

"天不怕地不怕的张小玉居然有这么听话的时候。"

沈流这下是真好奇鹿教练在张珏小时候，到底是怎么管教他的了。

张珏滑到挡板边，也和徐绰打招呼："骨折伤养好了没？"

徐绰流眼泪的部位差点从眼睛换到嘴角，她别开眼："好……好了。"

张珏比画："你现在有一米六八了？看来要花不短的时间重新找重心，有不懂的可以问我。"

徐绰的眼神又飘到张教练身上，连忙移开："好……好的。"

她这个表现连徐爸爸都没眼看，其他人却一副习以为常的样子。

等到中午，张珏努力吃饭，身为一个才 16 岁，还天天进行高强度训练的男生，张珏饭量特别大，他吃东西都狼吞虎咽的，有一种恨不得嚼都不嚼，直接往嗓子眼里倒的气势。

也是在这个时候，徐绰才发现她的师兄真没节食，因为在他的面前有 2 斤鸡胸肉，3 个水煮蛋，2 坨紫薯泥，还有被掰开一个口子的 3 个荞麦馒头，里面夹了满满当当的青椒牛肉丝、土豆丝、香菇，以及各式蔬菜 1 斤，餐后还有一升猕猴桃果汁让他慢慢喝。

他的食物都没加什么油盐，没滋没味的，张珏吃起来完全没有享用美食的感觉，就是例行公事地给身体补充营养。旁边吃着同样的营养餐，只是分量没张珏那么多的察罕不花、闵珊、蒋一鸿也愁眉苦脸的。

张珏一顿饭够节食期的徐绰吃三天。张俊宝还说考虑到张珏的易胖体质，特意给他减过分量，像隔壁游泳队的王牌，一天摄入的食物都是一万卡路里起步。

鹿教练提醒他们："张珏现在增肌，给他狠吃是没什么，等他力量够了，就适当给他减个重。"

路过的食堂阿姨竖大拇指："放心，我到时候给他安排个全素饮食。"

张珏立刻抗议："全素饮食太惨了，你们要是这么折磨我，当心我厌食！"

厌食症可是在需要减肥的花滑项目里常见的职业病！

但他没想到的是，听到他这句话，包括弗兰斯在内的所有人都笑了起来。

张珏会讨厌吃饭？哈哈哈哈哈！以前在比赛前偷吃巧克力饼干被教练发现，然后被教练当着镜头抽屁股的人是谁啊？

砰，一份相当于张珏一半分量的营养餐被摆在徐绰面前。食堂阿姨叮嘱徐绰："你之前节食了挺久，一口气吃太多怕你受不了，咱们慢慢加量，要吃完啊。"

徐绰笑不出来了。提高骨密度和长肌肉的秘诀是什么？适当锻炼，死命吃饭！

53. 熟人

为了把身体状态调回到竞技水平，张珏专门做了张时间表。

每天早上 5 点起床，吃饭，去游泳馆游上 10 000 米才出来，然后上冰练滑行、旋转等基本功 90 分钟，接着又是 90 分钟的跳跃训练，然后是一小时的按摩与药灸。

吃完午饭以后，他要午睡两小时，再爬起来练舞、磨合新节目。尤其是练舞的时候，张珏习惯只穿贴身的黑色背心和五分裤，锁骨、蝴蝶骨、肌肉线条全都能看到。

他练舞的时候，全省队的女性都会有意无意地路过一下，包括张珏的两个师妹，要不是米娅女士拦着，这些姑娘大概还要掏手机拍照发微博。

接着再做一次按摩和药灸，吃完晚饭后去器材室锻炼，最后回家写作业和睡觉。

一天24小时被他细致地安排好并严格执行，张珏觉得自己所有的自制力都体现在这张表上了。

为了训练，他连喂纱织的光荣任务也不得不转交给许德拉，一想起纱织和他同住一个屋檐下，他却连摸摸爱宠的时间都没有，张珏就满腹委屈。

好在为梦想付出努力总是值得的，在平安夜这一天，张珏双手上举，在冰上跳出60厘米的高度，转体三周半后稳稳地落冰。

这一跳实在太过完美，高、飘、远三大要素俱全，周数充足，轴心正，连严厉的鹿教练都忍不住鼓起掌来。

张珏终于将自发育后一度失去的举手3A练了出来。

宋城高兴不已，也跟着鼓掌，嘴上说道："今年的全锦赛在J省C市，我已经买好车票了，鹿哥，你去吗？"

鹿教练用拐杖戳了戳地："去，我是张珏的教练，肯定要陪他坐在候分区。"

闵珊提醒他们："走之前记得去我爸那边拿表演服。"

张珏在事关自己表演造型的事情上总是吹毛求疵，要求一大堆，偏偏时间还紧，于是闵珊就隆重搬出了她的爸爸——做布料服装生意的朝鲜族土豪，闵小帅，闵老板。

服装设计图是央美一位老教授给画的，闵老板手下则有七位月薪过十万、拿过劳动模范的裁缝阿姨，手艺好，速度快。与此同时，闵老板手上还有一批日本进口的上万日元一尺的布料，叫作"天女的羽衣"，柔滑飘逸，行动间泛着水波般的光泽。

张珏摸着存折犹豫了好久，才舍得做一套以"天女的羽衣"为主材料的考斯腾，另外两套还是以氨纶、涤纶、雪纺为主要布料，加起来总共花出去十万。水钻、珠子之类的装饰也没少放，短节目、自由滑、表演滑三套考斯腾都亮闪闪的。

奥运赛季嘛，这个时候肯定要表演最好的节目，穿最好看的考斯腾啦。

提着新冰鞋，背着三套崭新的考斯腾，张珏和要参加青年组比赛的察罕不花、闵珊，还有教练们、鹿教练的太太、队医杨志远与秦爷爷、编舞米娅女士、弗兰斯·米勒一起登上了去 C 市的火车。

队伍里有五个老年人，在上下车的时候，张珏主动去扶鹿教练，杨志远扶鹿太太，张俊宝扶秦爷爷，沈流扶宋教练。

鹿教练和鹿太太感情很深，加上两口子的独女为了梦想在大山里扶贫，一年到头都难得回家一次，鹿教练就把老妻也带着出门了。

鹿太太年轻时是护士，张珏小时候调皮受了伤都是她给处理。看到张珏时，鹿太太亲热地过来掐住他的脸蛋。她用带着闽南味的普通话开开心心地说道："大胖，你瘦了好多啊，阿嬷给你做了旗子，上面画了老大一条鳄鱼，等你比赛阿嬷就给你摇旗子喊加油，还给你做面线糊吃。你琪琪姐姐寄了山里的萝卜干过来，也给你吃。"

在阿嬷的记忆里，张小玉是个特能吃的孩子，有时阿嬷带鸡蛋糕过去看孩子们的时候，张珏不仅能吃光自己的份，还要再从二胖那里抢走一块。

张珏含混不清地回道："谢谢阿嬷。"

鹿教练："老婆，别掐大胖脸了，上车啊。"

师弟师妹们一起扭过头憋笑。

唯有米娅女士性子要强，谁想扶她，她就会甩过去一个冷飕飕的眼神，再昂着头如同一只高傲的天鹅轻盈地踩上车梯。用秦爷爷的话来说就是，寻遍方圆五百里，都再也找不到像米娅女士这么美丽又傲慢的老太太了。

12月上旬会是花滑赛季前半段的高潮时间，因为重量级的大奖赛总决赛就会在此时举行，而12月下旬则是各国国内赛的时候。关注花滑的爱好者们这几天就会格外关注俄锦赛和日锦赛。

俄锦赛高手如云，日锦赛有赏心悦目的滑行表演，要不是张珏疑似因发育关、伤病而退役的话，许多国外的冰迷也会看中国的全锦赛。

董小龙、金子瑄、石莫生、樊照瑛这批男单选手平时都是在国家队训练的，最近还加上一个柳叶明。而米圆圆、陆晓蓉、黄莺和关临也是国家队的，所以他们就一起订了机票飞往 C 市，光运动员、教练就占了半个机舱。

从顺义机场到龙嘉机场，只需要 2 小时不到的时间。

柳叶明打算趁此时翻翻书，他也是高三的学生，为了退役以后的生活，柳叶明想努力一把，起码考个二本大学。

金子瑄偷偷戳他一下："你紧不紧张？"

柳叶明："啊？"

金子瑄："全锦赛的名次会决定谁参加冬奥会啊，如果这次落选的话，就要等四年后了，谁知道我们四年后是什么样子？"

柳叶明沉默一下，很坚定地回道："得之我幸，失之我命，这次不行，我就拼下次。"

樊照瑛回头问道："张珏真的要回来了？"

柳叶明："你们去微博的花滑超话里逛一圈，最上面那个榛子树发的动态里就有张珏请长假的消息。"

在高三这个紧要关头突然不上课了，不是为了冲击冬奥会还能是为了什么？

另一边，米圆圆看起来一直闷闷不乐，陆晓蓉小声地开导着她："网上胡乱指责他人的人一大堆，正能量视频底下都有人骂创作者为什么只知道发正能量，不懂何为人间真实，你和这种人计较有什么意义呢？"

"竞技体育就是谁滑得好谁拿高分，谁分数高谁上领奖台，徐绰运气不好，栽在了发育关上，这并不代表你没资格坐上现在的位置。"

谁赢比赛谁做一姐，竞技体育的世界就是胜者为王啊！

米圆圆苦笑："我不是为了这个难过，我是为我的身体难过。"

她往后看了看，确认赵教练在和陈竹说话，这才悄悄和陆晓蓉说道："我的腿你也知道，毛病一堆，还不知道能撑几年。原本徐绰能滑出来的话，我就可以安心回去读书了。"

陆晓蓉最高难度的连跳只有 3F+3T，脚踝出现过伤病，3lz 的刃是平的，在赛场上被抓了不知道多少次，实在扛不起一姐的重任。徐绰这一沉湖，米圆圆就退不了了。为了保持跳跃，米圆圆的体脂很低，所以月经紊乱，两三个月才来一次，这比腿上的伤病还让她忧心。

她继续说道："我腰也不好，贝尔曼旋转都拉不起来了。"

陆晓蓉忍不住摇头："徐绰走了未尝不是好事，张教练是全国最好的单人滑教练之一，只是为了张珏才留在省队那边，就是不知道他还愿不愿意接受徐绰。"

就算人们常说"人往高处走"，不少省队的运动员都想进国家队，但徐绰的妈妈不干好事，把女儿的退路都堵死了。

260

陆晓蓉扪心自问，换她尽心尽力培养了一个徒弟，这徒弟换教练后，徒弟的妈妈成天在网上抹黑自己，她能不气？

米圆圆小声赞同："论单人滑的师资队伍，H省队是不挂名的全国第一，张教练带人做力量训练和提升表现力是一绝，沈教练可以同时教转速型跳法和力量型跳法，而且会调节运动员的心理状态。"如果那些教练愿意重新接纳徐绰，就算她回不到曾经的高度，至少健康回归赛场是可以的。

前排的孙千则正和江潮升探讨挖宋城墙脚的事情。

孙千："如果张俊宝真能把一个从一米六发育成一米八的男单选手从谷底带回巅峰的话，以后甭管舆论怎么说，他就是有资格坐国内单人滑教练的头把交椅！所有想走单人滑这条路的孩子都会想拜他为师。"

一旦教练的名声打出来了，好苗子就会不断拥上门，而他把这些好苗子再培养起来的话，就会进入一个良性循环，最后成为一代名教练。

鹿哥也被请回来给张珏改技术了吧？张珏、徐绰要是一起从谷底爬出来，鹿哥和张俊宝得一起封神，那个食堂老妹也脸上有光。

孙千拍着大腿："我现在就等张珏高考完了，好把他们张门全体都拉到国家队来！"

江潮升："您就庆幸宋教练脾气好吧。"

换别人被这么挖墙脚，早和孙千打起来了。

京城火车站，兰润抱着贝斯坐在候车室，一米九八的大个子，无论什么椅子都显得有些逼仄，总有种一双大长腿不知道怎么放的感觉。

他身边坐着个面容冷峻的男人，戴一副金丝边眼镜，穿着西装皮鞋、呢子大衣，一米八的身高，看起来就像某部言情小说里的主角走进现实。

见兰润拿出烟盒，男人拦住他，摸出一根棒棒糖。

"咽炎才好没几天呢，别抽烟了。"

兰润仰头："为什么今年的花样滑冰全国赛是在J省办？在京城办不好吗？省得我跑这一趟。"

万泽叹气："毕竟是你堂弟的复出之战，亲人去现场加油是应该的。叔叔他们不敢去，就只能你去了。正好，你堂弟长那么高，成绩那么好，好多家长都愿意买他代言的牛奶，我妈手底下有款蛋白粉也想找他代言。"

万泽："我妈最开始只打算给200万的代言费，但我说小玉那么好看，吸引少女粉，而且万一他在索契拿块奖牌回来，身价肯定还能涨，她就说提到 250 万。我说二百五不好听，她就提到 300 万了，税前 300 万。"

兰润嘴角一抽："老板，虽然我很感谢你的帮忙，但还是别太大手大脚了，给你爸妈省点钱吧。"

万泽双手合十："我现在就祈祷张珏真值我出的价格了，不然我爸妈肯定要打我。"

作为一个离家创业的富二代，万老板十分希望自己的每笔投资都物有所值。

C 市冰上训练基地，马教练看着自己手下最小的一对双人滑组合进行螺旋线训练。

这对小朋友是黄莺和关临的师弟师妹。

男伴姜秀凌，17 岁，身高一米七五，身高不算出众，但骨架大，肌肉结实。他本是单人滑选手，在发现自己跳不出 3lz 以上的单跳后，就转练双人滑，滑行基础非常好，加上性格温柔、情感细腻，技术和表现力都是同期双人滑男伴中的佼佼者。

女伴洛宓原来也是单人滑选手，她的最高难度单跳是 3lo，个子没寻常的双人滑女伴那么娇小，但也纤瘦美丽。和姜秀凌在转到双人滑前，两人已经在一个古典舞教室里做了三年同学，都有托举舞的底子。

在马教练看来，这一对组合的条件可谓得天独厚，论潜力不比黄莺、关临那一对差。虽然他们本赛季才进入青年组，肯定赶不上索契冬奥会，但四年后的平昌冬奥会将会是他们崛起的好时机。

就在此时，姜秀凌打了个喷嚏，整个人差点脸朝下栽到冰上。洛宓连忙架住他，面带担忧地问道："二胖哥，你不舒服吗？"

姜秀凌摇了摇头："没事。"

他只是突然浑身发寒而已。

奇怪，这种全身汗毛一起竖起来、心脏扑通扑通跳的感觉是怎么回事？

明明上次出现这种感觉，还是大胖又骗他说鹿教练每天中午都会午睡，这时候去他办公室门口脱裤子放屁再关好门，就可以熏那个魔鬼教练一中午，最后被鹿教练逮住的时候啊！

火车上，张珏啃着苹果，鹿教练慢吞吞地给妻子剥着橘子，此时距离他们抵达 C 市还有两小时。

54. 抽签

12 月 27 日，全锦赛开始前一天，参赛运动员都已入住赛事主办方指定的酒店。

知道张珏恢复训练的人不少，H 省队也确实来了一大群人，其中有好几个精神抖擞的老爷爷老奶奶，时不时出门。老奶奶靠着街头的电线杆子，迎风举起一条丝巾，飘逸美丽，爷爷抱着相机蹲在地上大喊"说茄子"。

察罕不花、闵珊这两员张门小将当然也来了，甚至连徐绰都跟着来参赛，虽说她还沉在湖底，但重在参与嘛！

今年的比赛格局是国家队聚集着单人滑、双人滑的成年组高手，而 J 省称雄青年组的双人滑，H 省的青年组单人滑实力最强。

冰舞总是被忽视，不少人看到并肩进入酒店，一看就知道是搭档的一男一女的组合时，也会习惯性地以为那是双人组合。

冰舞：其实我们也是男女搭配的项目，只是存在感比较低。

但花滑好歹也是冬季运动这个冷门项目里还算有点人气的项目，哪怕是最冷的冰舞，也有那么一点点粉丝关注，比如今年最被看好的冰舞组合，就是京城队的"梅花组合"。女伴梅春果 16 岁，男伴花泰狮 19 岁，两人从青年组开始在国内冰舞大赛称雄，又在去年升组，也就是说，他们和张珏是同届，只不过他们没在国际赛场上取得好成绩，所以人气远远不如张珏。

但在今年上半年，"梅花组合"便前往加拿大安大略省的科腾俱乐部外训，如今实力大增，在大奖赛分站赛期间，积分首次排到了前十名，只是没到前六，还是无缘总决赛。

这个成绩放在国际上还是很弱的，但放在亚洲已经是仅次于亚洲之光尹美晶、刘梦成组合的水准了。

科腾俱乐部。在张珏的记忆里，曾经的冬奥会铜牌获得者萨伦如今执教这家俱乐部，而崔正殊如今正在才转型为教练的萨伦手下做大弟子。

梅春果玩着手机："东北鳄神复出了？真的假的？"

花泰狮："我还南海鳄神呢，我看比赛场地附近好多拿着鳄鱼团扇的女孩子，有的人都直接把应援旗提前挂到场馆里了，这些粉丝的消息有时比业内传出来的还准。"

梅春果啧啧道："到底是一哥，休赛季完全不露面，缺席了半个赛季，人气还是这么高。可我们去场馆合乐的时候都没见到他，吃饭的时候也看不到他，你说他上哪儿去了？"

花泰狮瞟女伴一眼："你找他干吗？"

"家里亲戚要签名。"梅春果嘿嘿一笑，从背包里摸出两卷 B5 大小的小鳄鱼挺肚子的海报，"我也想要他的签名。"

花泰狮：你们就这么拿着人家的黑历史去要签名，真的不怕被打吗？

张珏的个子这么高了，直接转去学双人滑更有前途吧？亚洲之前最高的男单选手是一米七七的寺冈隼人，张珏一口气把老对手给超了，崛起之路恐怕会艰难无比。

而梅春果还兴致勃勃地说要去酒店四处逛一下，看看能不能偶遇张珏。

她振振有词："等到比赛的时候再去找他要签名，万一影响到他比赛怎么办？赛后再找人又怕他比完赛就走了，能先看到他人就好了。"

花泰狮无奈，只能先去餐厅，而 H 省队的成员早就坐在了位置上，包括那几个爷爷奶奶。其中一个特别黑的小弟弟快速吃完，拿了饭盒往里面夹菜，应该是要给谁送饭吧。

半小时后，梅春果悻悻地回来了。

她抱怨道："现在是饭点，走廊里不是端菜的阿姨，就是赶着去吃饭的人，我从 18 楼找到 12 楼，只遇到一个蹲在楼梯间附近神经兮兮地打电话的大个子，其他地方都没人了。"

坐在他们这里叙旧的前京城队成员，现任中国女单一姐米圆圆疑惑地问道："什么人神经兮兮啊？"

梅春果道："就是一个穿着好厚好厚的军大衣的大个子。他面对着墙蹲着，拿着电话用一种超级肉麻的语气说：'纱织，想不想爸爸啊？妈你要照顾好纱织，按时催她吃饭，但不要喂多了，还有记得让她洗澡……'"

说着说着，冰舞一姐打了个寒战："怕不是哪家才当了爸爸的双人滑男伴吧？"

米圆圆微微一笑："听你这么说，他应该是个好爸爸。对了，果果，你说的想找张珏要签名那个事啊，今年领导们要求抽签会选手必须本人到场，你下午去抽签厅应该能碰上他。"

另一边，察罕不花塞满了 5 个饭盒，鹿教练又往一个饭盒里塞了核桃包："核桃补脑，他天天学习应该挺辛苦的。"

察罕不花露出个憨实的笑："毕竟师兄比完全锦赛就要回去期末考了嘛，现在苦点也没法子。"

张珏的年级排名要真跌出 150 名开外，青燕阿姨的晾衣架子就要举起来了。

虽然提前两天抵达目的地，但张珏硬是在屋子里做题做到 27 号中午，才在吃饭的时候被察罕不花提醒，想起自己来 C 市是为了参加花滑比赛的。

察罕不花："师兄，抽签会在两点开始，你记得定个闹钟，别睡过头了……算了，我俩一间，到时候我叫你。咱们先说好，你不可以再赖床。"

他只有一米五八的身高，拉不动一米八的师兄，更不可能像满身肌肉的张教练一样掀张珏的被子，连带着把人也掀到床底下。察罕不花也没那个胆子。

张珏嗯嗯应着，找出电动牙刷去刷牙。自从一口气长了 9 颗蛀牙后，张珏再也不敢轻忽口腔卫生，每日三餐过后都要漱漱口。

下午 1 点 40 分，大部分运动员都陆陆续续抵达了抽签厅，梅春果也在其中。等到了 1 点 50 分左右，人已经来了七七八八。

直到 1 点 58 分，黑乎乎的察罕不花拉着一个高挑的少年走进大门。

那人穿着一身 H 省队的制服，乌黑的短发散乱，脸颊皮肤发红，像是起床的时候随便拿毛巾用力擦了几下，却自带仙气飘飘的气质。

自他走进来开始，厅里就陷入了一种诡异的安静。

张珏落座，靠着张教练昏昏欲睡，鹿教练拿拐杖敲了他脑门一下，张珏才终于清醒过来。

米圆圆张大嘴，声音颤抖："发育原来等于整容吗？"那为什么她发育的时候颜值没有大幅提升呢？

黄莺眼珠子差点瞪出去："他拿钙片当饭吃吧？为什么比我临哥还高？"

关临露出悲伤的笑容："莺子，别说了，我本来就是一线双人滑里面最矮的男伴。"

可能是张珏太帅了吧，黄莺、关临的师弟姜秀凌突然从椅子上跌了下去。

一位女士这时站起来，拿着话筒一个个喊名字，运动员们纷纷上前，把手伸进一个箱子里摸数字球。等她喊到"H 省，张珏"这个名字时，张珏起身小跑过去，轻轻一跃就上了一米高的台子，手往箱子里一掏。

女士看着他手里的球，忍俊不禁："张珏，19号，第四组第一位。"

许多人突然松了口气，互相交换着眼神，窃窃私语。

"是张珏本人没错。"

"真的是他。"

不管外表怎么变，张珏的手气是永恒的。

张珏路过国家队那一排男单选手时，停住脚步，对他们挥了挥手："嘿，想我了没有？"

天地良心，张珏这么说话，完全就是想来个赛前挑衅，激发一下同国选手的斗志，尤其是金一哥的斗志，是一种看似挑衅实则好意的举动。

但是这群小男孩看天看地就是不看他，唯一一个回应他的只有柳叶明。

柳叶明眼神飘忽，说出来的话连自己都分不清是啥意思。

"一个月没见，的确是有点想了，看你脸蛋白里透红，气色绝佳，毛发柔亮，食堂阿姨把你照顾得很好啊！"

张珏：啥？

55. 变质

自从看到张珏的变化后，许多人都理解了他为什么缺席了赛季前半段的所有赛事。

这人不仅是在养伤，发育带来的技术下滑也是原因之一。

好家伙，一米八的单人滑选手，这在中国都是首例吧。明明亚洲男单选手的平均身高是一米六八，硬生生被张珏和寺冈隼人这两个人给拉高了平均值。

全锦赛第一天的比赛顺序是上午比青年组的女单、男单、双人滑的短节目，下午比成年组的短节目。男单短节目开始前冰场上的成年组女单选手们已经比起来了，掌声和音乐也传进了热身室。

金一哥本赛季前半段发挥平平，好歹也没跌破沈流当年的最差战绩，中国冰协内部的领导们还算满意，但很多冰迷看着他的成绩都需要努力调节心理落差，金子瑄也背了不小的压力。

但不知道为啥，等知道张珏回归后，金子瑄的心理状态居然又恢复了。他独自扛住风雨时总是忐忑不安，生怕自己做得不够好，但张珏一直表现得过于可靠，所以他现在就有种"个子最高的回来了，冰迷们都关注他，不会盯着我，那我只要滑好自己的比赛就行了"的想法。

金子瑄最怕的居然已经不是滑不好，而是赛后网友们的不友好言论，可见这半个赛季真被批评得不轻。

但这想法听起来也挺没出息的，乔教练听完弟子的心路历程后直接黑着脸，但只要这小子全锦赛不崩盘，就先随他，等他上完全锦赛的台子，把冬奥会名额拿到手后再骂也不迟。

所以金子瑄今年并没有出现去年那种因为张珏热身时给人的压力太大，导致自身心态失常的问题，他只是和其他人一起看张珏的热身方式看呆了而已。

张珏今年的短节目可是《巴黎的火焰》男变奏，也就是芭蕾男舞者们大炫技术和感染力的高难度节目，而他的热身就是在陆地上将《巴黎的火焰》跳一遍，那种跳跃时的力量感、滞空感看得人目瞪口呆。

石莫生嘀咕："这得是吃了多少苦啊！"

张珏在热身时只穿了一件黑色小背心，等他跳完，张俊宝连忙翻出考斯腾递过去："快换上。"

张珏就地将背心一脱，当着一群人的面就把考斯腾套上了，毕竟是大老爷们，这里也没镜头，他露个上身有啥不行的？

不少身高仅有一米六五，骨架小的男单选手看着张一哥，露出羡慕的神情。大家都知道矮小的身材更适合跳跃，但张珏这种富有力量感又不笨重的身材才更符合大众审美。

孙千看张珏跳完《巴黎的火焰》后，心里的兴奋就甭提了，他过来问："张珏要不要拿发胶把头发搞一搞啊？"

张珏随便把头发抓了抓："跳《巴黎的火焰》这种革命背景的曲子，搞太多装饰反而没那种味道了。"

《巴黎的火焰》的考斯腾造型简单，就是白色的短袖棉麻衫，袖子还被挽起，露出结实的胳膊，往那里一站，就知道节目风格脱不开阳刚二字。张珏把运动头带摘下，套上外套走了出去，和他同一组出场的男单选手们面面相觑，也跟了上去。

这次全锦赛的观众不如去年多，但现场也来了不少人，其中起码一半人都同时带了鳄鱼团扇以及"欢迎光临"组合的应援海报。国内的冰迷大多都是双担①，单人滑看张珏，双人滑看黄莺、关临。

一个圆润可爱的鱼苗推推同来看比赛的男闺密："男单最后一组要开始六分钟练习了。"

同伴连忙高举春神海报："明白。"他个子高，海报一举，格外显眼，这就是为什么他明明是关临的粉丝，却被拉来举小鳄鱼海报。

然后大家就看到了一个高挑的帅哥踏上冰面，嗖一下滑出去老远。

在他之后是石莫生、樊照瑛、金子瑄、柳叶明，还有一位 C 省本地的男单选手。

小鳄鱼人呢？

大家将目光投注到第一个进场的帅哥身上，这人气势也足，上场跳了个举手 3lz。明明是全场最高的男单选手，跳跃却是全场最干净利落的，有种一气呵成的感觉。

完成几个跳跃，帅哥滑到挡板边，从张俊宝手里接过运动饮料仰头灌了几口，甩甩头。

张珏："要剪刘海了。"

说着，他将外套一脱，立刻有尖叫声响起。张珏看向发出叫声的地方，见那边有人举着他小时候的海报，翘起嘴角，凤眼微微上挑，竖起食指放到唇边。

公共场所，大家都还在做赛前练习，不要尖叫。女孩捂住嘴，满脸通红地对他点头。

一米八五的万泽对兰润感叹道："你堂弟虽然矮了点，却比你还帅，进娱乐圈肯定能火。"

一米九八的兰润坚定地回道："他做运动员比进娱乐圈合适，你可不能打他的主意。"

张珏将外套袖子翻过来递给沈流。

《巴黎的火焰》的编舞米娅女士上前抓住张珏一只手，叮嘱道："比赛要开始了，把情绪调动起来，想象自己是一团火，展现你的男性气概，这时候就不要收着了。"

鹿教练握住他另一只手，言简意赅："认真滑。"

---

① 网络用语，指同时有两个偶像，此处指冰迷同时关注两个项目。

张珏认真地点头："好。"

他朝冰场中央滑去。有鱼苗好奇地看着两位场边的老人，心中好奇，互相询问着。

"那两个爷爷奶奶是小鳄鱼的新教练吗？"

"那个奶奶我知道，是珏哥的芭蕾老师和编舞，另一个不认识啊！"

"爷爷看起来好像安西教练哈哈哈。"

姜秀凌听着周围人的聊天内容，瑟瑟发抖但又满是好奇地盯着场上。大胖在他的印象里一直是个很有勇气的人，这次为了爬出谷底，居然把鹿魔头都请出山了，他也很好奇这位童年小伙伴在复出后能拿出什么表现。

《巴黎的火焰》男变奏的音乐响起。

备受瞩目的退隐了半年的张一哥抬脚就来了个大跳，落冰后双臂一展，感染力就出来了。

《巴黎的火焰》的背景是 1792 年的法国大革命，在芭蕾界素有苏联芭蕾的样板戏之称，是红色芭蕾的代表作之一。男变奏的主角在故事中是一位革命军官，他的舞姿必须阳刚有力，拥有感染人心的力量。而这恰恰就是张珏擅长的事情，他一直被公认为具有沛丰的肢体感染力，以及令人心动的灵气。

少年肢体展开，就像火焰一样带着热力，这份热力恰到好处，能够感染人，却不会给人用力过猛的感觉。

米娅女士皱眉，又缓缓舒展，这是一个磨合不久的芭蕾舞改编的节目，张珏的情感投入明显还不够，作为舞者的表演只勉强上了及格线，好在肢体美感与阳刚的气质已经出来了。

最重要的是，张珏及格线以上的表演对其他选手完全可以形成碾轧式打击。

她和弗兰斯、鹿教练三个人一起打磨了张珏节目中的每个细节，包括步法难度、旋转的安排，张珏的表演分不会低。

直到音乐进行到芭蕾舞中男舞者要进行空转的节点，张珏抬脚往前一跳。

宋城一挥拳，开始鼓掌："漂亮！"

鹿教练沉默地与同事、观众们一起为这个高飘远的举手 3A 鼓掌。

接着又是 3F、3lz+3T。张珏的优势在于心态稳，只要没伤病拖着，他的失误率在整个花滑项目是很低的。三个跳跃结束后，少年进入了步法表演，旁观的孙千和江潮升眼前一亮。

江潮升扶了扶眼镜："他这是把跳跃、滑行的技术通通改了一遍吗？"

不仅跳跃的高远度更出色了，滑行的缺点也变少了，虽没有像以前一样依赖高速，用刃却清楚利落起来。

孙千点头："不止，张珏的旋转轴心也变好了，位移有明显的减少，鹿哥宝刀未老。"

他看向 H 省队的教练组，就发现鹿教练双手背在身后，用一种大胖二胖看着都汗毛竖起的眼神盯着张珏的脚下动作。

孙千又感叹道："张珏的技术改进这么多，得是被拐杖打了多少回啊！"

果不其然，当张珏赢得满堂喝彩下冰的时候，沈流才给他披上衣服，鹿教练就开始有条有理地挑毛病："你做步法的时候还是急了，有一次差点把自己绊倒，你腿多长自己心里没数？身为进了全国赛的运动员，你要是真来一出腿打结平地摔，羞不羞啊？"

本来还有点得意，觉得自己才复出就 clean 短节目的张珏立刻耷拉着脑袋，尾巴没翘就先垂下了："对不起，我错了，我只是怕跳跃的时候摔跤，所以步法就赶着做，这样万一摔跤也能有更多时间爬起来，短节目才两分三十秒，时间紧。"

米娅女士拿手提包打他一下："编舞的时候就考虑过这种情况，我不是在步法末尾编了一段你可以随时去掉的部分吗？着什么急啊？"

张珏厚着脸皮露出讨好的笑，扶着老爷子去了 kiss&cry，鹿教练和米娅女士一左一右地坐他身边，张俊宝就站在边上给老爷子递茶杯，沈流给米娅女士递咖啡。

挨揍了不少，也只是教练组内部对张珏严厉。张珏深知没有两位老人的高标准、严要求，他能不能赶在全锦赛前把节目磨合到出赛的程度都是未知的，所以挨完骂他还能笑呵呵的。

而裁判组、观众们对一哥的复出表现则是满心惊喜。

过了一阵子，分数出来了。

技术分：48.95

表演分：40.6

最终得分：89.55

掌声响起，张珏跟着鼓了鼓掌。在全锦赛，这个分数算是稳住短节目第一的位置了。

就在离开候分区的时候，张珏转头看着观众席上摇晃的应援团扇、旗子，尤其是前排一个举着红红的、画着绿色 Q 版鳄鱼的旗子，突然绅士地行了个礼。

鱼苗们沉默一下，下一瞬，她们激动地叫起来。

"张珏，欢迎回来！"

"加油！我买好冬奥会的票了，咱们索契见！"

"珏哥！等你上冬奥会！"

弗兰斯看着这一幕，微微一笑，低头将张珏在陆地上跳《巴黎的火焰》男变奏的视频发到了自己新注册的微博账号上。

当晚，冰天雪地论坛出现无数的张珏赛场美图，张一哥复出让鱼苗们高兴不已，而弗兰斯·米勒的微博号涨粉 80 万，视频点赞转发过百万。

花样滑冰天才少年回归赛场，在冰迷们的喜悦中，这条新闻悄悄上了热搜榜的末尾。

有路人点开他们转发的视频，满心疑惑："央视五台的花滑全国锦标赛视频？哇！摄影师为啥开场就对着人家的脸拍？"

借着冬奥会的关注度，张珏终于脱离了只有冰雪项目爱好者才喜欢的阶段，在舞拖把事件之后，第二次达成了出圈成就。

等到第三天，花滑男单自由滑比赛开始的时候，央视五台有工作人员惊讶地发现，他们的收视率貌似涨了 1.5 个百分点。

因为花滑在国内比较冷门，所以全锦赛的门票其实是免费的，于是这一天张珏进场的时候，愕然地发现会场上座率从百分之六十，上升到了百分之九十。

56. 商业

冰天雪地 - 八卦灌水

"hot"扒一扒鳄神的新教练

89L

小鳄鱼在短节目结束后接受记者采访时，很明确地说他是有改技术的，帮他完成这件事的就是启蒙教练鹿照升。

90L

之前已经觉得一哥是天才，要不是他也会被伤病和发育打倒的话，我险些以为他手里拿着男主角的剧本，没想到他居然比我想象的还要厉害。

启蒙教练是20世纪海归的南洋爱国商人之后是什么小说男主角人设啊！

91L

楼上的，教练才是男主角吧。

92L

出身大富之家，差点成为全美跳台滑雪冠军，打冰球时战遍赛场无敌手，年轻时还那么帅，可惜晚年发福变成安西教练。

…………

逛完论坛，陈思佳叹了口气，满心遗憾自己没空去现场看张珏的花滑比赛，好在弗兰斯·米勒开通了微博，大家也开始有不少关于张珏的视频可以看。

就在此时，电话响起，陈思佳低头一看，发现居然是张珏的前同桌侯天丰的电话。

她接起来："喂？怎么了？"

侯天丰语气兴奋地说道："快开电视，J省电视台在播放一期花滑选手的访谈节目，张珏也在里面！"

在自由滑比赛开始的前一天晚上，在孙千的安排下，张珏、米圆圆、黄莺、关临、梅春果和花泰狮到了一间布置得简洁明亮的房间。

总共有两排位置，后排的是高脚凳，前排则是一条长沙发。

沈流和弗兰斯拿着话筒，对他们进行氛围轻松愉快、带点娱乐性质的提问。

明眼人都看得出来，被拉到这里采访的是花滑四项的一哥一姐，尤其是张珏，哪怕退隐半年，上头依然默认他才是头号种子，而这场访谈之后会被放到中国冰协的官网微博上，为索契冬奥会进行预热。

在采访开始前，小朋友都看了看主持人的台本，沈流和他们说："让你们瞧瞧我们会问什么问题，心里做个准备，如果有什么问题不想回答的话，提前和我们说。"

其余小朋友都很羞涩地摇头说没有问题，张珏拿过台本翻了翻："我不想回答有关伤病时期在哪里养伤的问题，也不想说我的学习排名，更不想提我的家人。"

沈流挑眉："有关隐私的问题通通不答？那就只剩下创作新节目的心路历程了，你在过发育关时进行训练的那个商场里的冰场可以提吗？"

张珏："我去问问鹿教练，你等会儿，我打电话问，很快的。"

不能说张珏事多，而是他仅仅是运动员，他的义务只有比好赛、做好人两项，这是一种自我保护的方式。

年少成名与出色的外貌能给一个人带来很多东西，也会让很多人想从他身上获利。张珏从13岁到现在不是没接到过赚更多钱的橄榄枝，但出于谨慎，除了作为主教练的舅舅，张珏从不和别人谈家人的事，真正发生活动态的社交账号只有隐藏真实身份的小号。

张珏毕竟不是孤家寡人，他骨子里是个有责任心的男孩，在做任何事情时，他都会优先考虑这件事是否会对自己的家庭造成影响，他周围的人愿不愿意出现在媒体面前也不是张珏能决定的，他得去问他们。

张一哥起身去打电话了，其余人面面相觑，过了一会儿，黄莺怯怯地问："我可以打电话问问我叔叔有关他开的冰场能不能提吗？"

沈流点头："去吧。"

小孩们陆陆续续地去问大人的话，孙千和江潮升感叹："张珏考虑得还是比较周全的。"

一哥一姐是一个项目的旗帜，不光要成绩好看，为人也需谨慎、正派，树立良好的公众形象，像乱搞男女关系、成名后与教练团队闹翻、赛场上有不礼貌的行为这些事情是坚决不能有的。

张珏的责任心、道德感都非常强，性格坚毅要强却不失豁达，关键时刻扛得住，从不掉链子，还能和其他国家的运动员建立友好关系，这让国外的冰迷也对中国花滑有了"这个国家的运动员技术好、为人正"的印象。

仅从心性方面来看，国内没有比张珏更适合坐一哥位置的男单选手了。

江潮升赞同："是啊，虽然他有时候说话比较直，但我从不用担心他犯原则性错误。"

张一哥说话直起来真是非同一般，13岁当着镜头表示"受害者有罪论是错误的"，力挺尹美晶和刘梦成这事就让他出圈了一回，全世界的冰迷都知道这个小朋友说话很直了。

近两年，张珏还吐槽过某对手的 3lz 和 3F 都是平刃，一刃两用让他分不清，后来又说另一个对手的 3+3 连跳的第二跳周数不足，顶多算 3+2。

这小子之所以一直没被报复，主要是因为他那时候看起来太萌了，又有年纪小做护盾，最后导致技术不干净的人压根都不敢在张珏面前做跳跃，怕被他抓毛病。

孙千和江潮升想到这里又一起叹气："早知道他的英语说顺溜以后是这个样子，还不如别让沈流给他补课呢。"

孩子们重新坐好已经是 15 分钟后了。

张珏依然是最落落大方的那个，他是全场唯一没有保持礼貌性微笑的人，看主持人的神情却很认真，说话前思考几秒，再用自然轻松的口吻回答问题。

他还主动吐槽自己："其实在 14 岁以前我不是很喜欢《巴黎的火焰》，因为自从我能跳《巴黎的火焰》男变奏后，老师就总是让我跳，跳多了就烦。"

沈流："为什么老师喜欢让你跳这个节目呢？"

张珏耸肩："因为我跳这个跳得最好，后来想想，可能是我的性格特质就和这个节目最合得来。然后到今年，经历过三个月不能跳舞滑冰的日子，我想了不少事，最后发现，其实我有很多事情都没有做到完美。

"我以前只是仗着本身的天赋，把《巴黎的火焰》跳到及格的水准，可我并没有深入挖掘舞蹈背后的故事，也没有投入足够的情感。我没有成功诠释过属于我自己的《巴黎的火焰》，连全锦赛这次的发挥也不能让我和编舞老师满意。"

他说这话的时候，坐在旁边的其余的小朋友都露出一种"你都滑那么好了居然还不满意？"的表情。

张珏用一种坚定的语气说道："我很高兴能够重回赛场，也感激上天让我战胜伤病和发育关，之后我会继续保持永不满足的心态，不断寻求进步，将更好的节目呈现给大家。"

沈流察觉到张珏在这次访谈中一句客套话都没说过。他是很认真、很诚恳地表达了自己作为一名运动员，想要去往更高处的进取之心，而且语气里有一种觉得自己真能做到的自信。

有世界级的天赋，又有这么好的心态，真是张珏不夺冠谁夺冠。

不知道是长得好看的缘故，还是张珏在访谈里表现得很好的缘故，全锦赛男单自由滑开始前，他那个动态不超过 10 条的微博涨粉 88 万，是同期参加采访的其他运动员的 5 倍以上。他也是在中国无比冷门的花滑项目中，首位微博粉丝突破 200 万大关的人。

负责冰上运动中心商务洽谈的白素青主任在清早接到了好几个电话，发现这群人全是想找张珏谈代言拍广告的。

白素青："这帮人全是来押宝的吧。"

当年田径跨栏项目的飞人在参加雅典奥运会前，三家国际品牌以低价签下他，等飞人在奥运会夺冠后，这三家品牌纷纷大赚，成为奥运会前成功押对运动员的经典案例。

据说在这位飞人参赛前，这三家就已经做好了方案，无论飞人拿的是金牌、银牌还是铜牌，他们都有对应的营销手法，而飞人最后跑出了最好的成绩。

张珏被发育关和伤病折磨得隐退了半年，在全锦赛短节目里也只上了 3A，这才从谷底爬出来不到一半呢，其实并不是最适合押宝的那类运动员。

然而他还有个优势，就是脸。在可能去冬奥会的选手中，张珏是最帅的。

而且张珏在跌入谷底之前，赢过数位世界冠军级的对手，包括被张珏赢了两回的麦昆。冰天雪地论坛的粉丝们比较花滑运动员的战力时，只要有人喊麦昆最强，下一秒就有人把张珏拉出来。

万一这小子赶在冬奥会前完全恢复了，那他就值得很多人押上重注。冬奥会人气再比夏季奥运会低，那也是奥运会，花滑则有冬奥会皇冠上的明珠的称谓，品牌商们并非不关注。

等张珏热身的时候，不少商业品牌的工作人员也抱着相机在现场拍摄，观察他的人气和能力。

等张珏真的出场时，场上又有冰迷尖叫起来："弟弟我爱你啊！"

张珏回头，用一种严厉的眼神看过去，做了个嘘声的手势。冰迷虽然被迷得心口一跳，心里还是生出一种对这人瞪观众的不满，旁边的女粉丝立刻拽了拽她，塞过去一张纸。

"现在场上还有运动员在比赛，请遵守赛场礼仪！"

小冰迷低头一瞧，发现纸张上是打印好的花样滑冰赛场礼仪。

等倒数第二组的自由滑结束，张珏把外套一脱，冰迷们再尖叫起来，某品牌的工作人员就发现这名运动员没再警告粉丝，反而对那边了挥了挥手，然后蹦了个很漂亮的举手3A。这人在笔记上记下："这个运动员不错，不轻狂，懂事，但也会宠粉。"

六分钟练习结束，选手们纷纷离开冰场，留下短节目第六，在自由滑最后一组中首个出场的董小龙。

他是老将，浑身伤病，除了稳定没有别的优势，长得也不是最出众的，冰迷们反应略平淡。张珏看了看宋城，发现他眼中含着忧虑，似是担忧这位自己带过的徒弟，便立刻深吸一口气，气沉丹田，双手放在嘴边喊了一嗓子。

"董哥，加油！"

张珏是有一定歌剧底子，气息使用得非常好的那种人，如有必要，他可以做到在不用麦克风的情况下，在学校的礼堂里唱完一首歌，并保证所有人都听得到他的声音。

他来这么一下，半个场馆的人都听见了。下一瞬，冰迷们纷纷鼓起掌来，加油之声不绝于耳。

董小龙忍不住笑了一下，做好起始姿势。

3个冬奥会名额，张珏拿走一个，还有两个，他滑了这么多年，还是第一次碰上有这么多名额让他竞争的时候。再不抓住这个机会，就没有下次了。

曾在花滑男单成年组断档时撑起场面的代理一哥露出坚毅的神情。

虽是老将，但这颗向往奥运会的心还没到老死的时候！

57. 问号

各国举办国内赛的时间是差不多的，所以12月下旬，就是很多资深冰迷算着时差追比赛的时候。

妆子看完日锦赛的女单自由滑，面带微笑地看着妹妹站上冠军领奖台，又回到酒店开电脑看中国的男单比赛，并把tama酱的短节目剪辑好放到网上，评论区一群冰迷熟练地打着"ice酱阿里嘎多"。

ice是妆子的小号名称，在网络上是著名的小鳄鱼、庆子、寺冈隼人的忠实粉丝，总能第一时间发出他们的比赛视频，或剪辑出精彩的视频，加上还会分解节目里的技术并详细说明，目前她是油管上花样滑冰的圈子里粉丝最多的博主之一，差不多是油管花滑第一流量弗兰斯的一半。

弗兰斯的粉丝有不少是被美妆视频吸引过来的，偶尔 tama 酱会作为他的缪斯、模特出镜，一年只有两三次，但只要出镜，都会让评论区涌现一批粉丝。

妆子喃喃道："不知道 tama 酱这次是第几个登场呢？"

张珏：最后一组最后一个。

复出的张珏不仅能震惊冰迷，也能震惊他的老友们。妆子看到张珏登场的时候，就保持着一种诡异的仿佛是愣住了的沉默，节目本身的质量极高，虽然跳跃难度不如从前，但妆子敏锐地看出了关键。"跳法改了，力量感和滞空感都强了很多，但还是看起来很轻盈，这代表他的力量大幅度增强，滑行和旋转也看起来更好了。"

如果说张珏以前的滑行和旋转是看起来面上光的样子货，裁判意思意思给个 3 级，心情不好会被打成 2 级的话，现在他的滑行旋转就是有扎扎实实的技术撑起来，拿到赛场上怎么都不会被打成 2 级的水平。

只一个休赛季和半个赛季没见，就把技术改到这种程度，真不愧是小鳄鱼。

妆子把视频发出去后还特意多逛了逛评论区，发现被 tama 酱惊住的人果然不只是自己。

庆子还拿小号在评论区发言："tama 酱好棒！"

现在许多冰迷的感觉就像养猫一样，最开始带回家的幼猫是萌萌的，成年猫也美丽无比，但在这两个阶段中间的猫咪会处于一种没长开的状态，而这个时期会被称为尴尬期。

张珏就是那种尴尬期依然美美的，长开以后让大家无比惊喜的类型，在日本冰迷的嘴里还成了"帝国的冰之王子殿下"。称号让人有点不好意思，好在张珏本人不知情。

自由滑张珏最后一位上场，这会儿认真地看着董小龙的节目。

身为老将，董小龙的综合水准是除张珏、金子瑄之外最强的。和随着伤病、年龄增长而下滑的跳跃能力不同，滑行和表演等很多地方是可以通过经年锻炼越来越强的，但发挥如何要看他的腿给不给力。

今天董哥的腿就状态挺好，所有技术动作通通完成，加上短节目第三到第六名的这四个人的分差本来也不大，董小龙的总分立刻冲到第一位，242 分。

别觉得这个分数低，在沈流还在役那会儿，全锦赛通常是他拿 250 分以上的总分，其余人的总分能超过 210 分都算超常发挥。董小龙拿到 240 分以上的总分，已经是赛季最佳了。

樊照瑛、石莫生、柳叶明三个小朋友看到这个分数都有些紧张，金子瑄还算稳得住，而张珏虽然鼓掌鼓得欢实，内心却一点波澜都没有。他保持着一种活泼友善的情绪看着其余人上场，不管他们是否滑出了赛季最高分，甚至是突破个人纪录，他都高高兴兴的。

金子瑄摔了一跤，最后拿了 248.6 分，看到分数的时候，他突然想到，张珏一直鼓掌是不是也是一种蔑视呢？张珏给了他们面对对手时应有的尊重，却从来不怕他们，看他的站姿放松，就好像不是来比赛的。金子瑄是该羡慕这种大心脏好呢，还是为自己再次没能威胁到他而遗憾？

这还真不是金子瑄想得多，或者是张珏轻视了对手，而是张珏性格偏自我，越是重要的关头，越是只关注自己的情况如何。

张珏轻快地上冰，刺溜就滑出去老远，深蓝色的"天女的羽衣"包裹着修长的身躯，泛着波光的羽翼缠绕着手臂，就像是倒映着夜空的湖水。

其实在做这件考斯腾的时候，张珏希望使用黑色为主色调，但弗兰斯、沈流等参加过冬奥会的选手坚决反对，并搬出了一个很迷信的理由——在奥运赛季穿蓝色才更有机会夺冠。

张珏倒霉的时候太多了，于是在这个玄学问题上，所有人，包括鹿教练都坚定地站在弗兰斯和沈流那一边，张珏只能选择接近夜色的深蓝。

金子瑄发现从上冰开始，张珏身上的喜悦就彻底消失了，一种含着锋芒的冷峻若隐若现，使张珏看起来极具攻击性。

和《巴黎的火焰》一样，张珏的自由滑"Rain, in Your Black Eyes"同样是没磨合好的状态。张珏还不能很好地将感情投注到这个节目之中，所以他干脆选择另一种取巧的演绎方式先把全锦赛对付过去，而这种方式，就是耍帅。

本来就是仙气飘飘的美男子，再带着冷峻的神情去滑一个节目，营造一种神秘感，虽然节目的内核可能会有点空洞，但好看肯定是好看的。

少年的臂展超过身高许多，四肢修长、舞蹈带来的肢体柔软度都能进一步增添动作美感，从节目开始，许多冰迷就陷入了一种不敢大声说话的氛围中。

伴随着淅淅沥沥的雨声，少年左脚点冰先来了个 4T，点冰声清脆，而少年落冰时腿抬起打开，像绽开的冰花，接着他冰刃一滑，整个人差点摔跤。

这一跤真摔下去，GOE 就要扣完，外加摔跤时必须扣 1 分，所以张珏宁肯失误，不能摔倒。张珏把左脚也放下来，两只脚一起站稳了。

张俊宝捂脸："好不容易跳个足周的4T，双足落冰，又失误了。"

腿太长带来的重心偏高问题会导致跳跃轴心不稳定，而这只能通过死命强化核心力量来弥补。张珏的核心力量训练一直没落下，但时间不够，差至少一个月的时间来补上最后一口气。

好在他也就失误了这一次，之后张珏就像是一个完美的机械，将所有技术精密地执行下来，做步法时更是有意地展现舞姿，将一个节目演绎得精彩绝伦。

作为一名表演者，张珏最擅长的地方之一就是抠细节，但米娅女士看得直翻白眼："匠气太重了。"

这不是一个表演者的节目，而是一个舞者通过精妙的技术与优异的身体条件，上演了一场视觉盛宴，偏偏缺失了最关键的情感部分，好看归好看，却没法打动人心。

弗兰斯喃喃道："不一定，纯粹的美同样动人。"

美这种东西，本来就是每个人都会有不同的解读，他们觉得空洞，可观众们说不定能解读出感动的东西。

米娅摇头："张珏不会满意的，他吃了那么多苦回来，不是为了做一个舞蹈机器。"

她看着张珏的身影，这是她在晚年收下的得意弟子，虽没走上芭蕾舞者的道路，却在拥有冰上芭蕾之称的花样滑冰赛场上展现出了世界级选手的能力。

此时他单膝跪地，上身后仰，双手交叠着，手背如云纱轻轻地落在冰上，就像是神话中的舞神走到现实。乐声停止，许多冰迷迫不及待地提着玩偶冲到前排，朝着冰面上用力一抛。雨一般落下的玩偶，还有表演者起身行礼时粉丝们发出的热烈呼喊，都体现着他的惊人人气。

但他绝对在压抑对自己的不满。

米娅舒了口气，嘴角缓缓上扬。知道不甘，就有继续进步的余地，离冬奥会还有两个月，足够让张珏去将自己的缺口补好。

当天，中国冰协在官网上发布了今年被派往索契冬奥会参赛的运动员名单。

在男单的那一列，第一位赫然是张珏的名字。

男子单人滑：张珏、金子瑄、董小龙。

与此同时，宋城接到了上头的通知。

"让你们家的王牌教练、食堂阿姨、运动员都收拾行李，后天就去山城集合，大家一起去高原训练。"

宋城脑子里浮现出一个问号。

高原训练可以提升血液的携氧能力，大幅度加强人体的运动能力，因此也被运动界称为合法兴奋剂。进行一段持续到赛前两周以内的高原训练，可以对提升运动员成绩起到巨大帮助。如今是冬奥会即将开始的节骨眼，送运动员去高原上再强化一次是好事，张珏的四周跳恢复进度已然只差最后那么一点，去高原突破正好。道理他都懂，可为什么要把他的食堂老妹也带走？

58. 相逢

去高原最重要的事情是什么？防晒。

张珏抵达山城的第一件事就是找商场买防晒霜，回到酒店的时候，他就看到张俊宝和一位颇有名气的速滑老将在酒店大堂高兴地聊天。

他俩同岁，年轻的时候打过架，打完以后成了朋友，只是老舅早早因伤退役了，而这位老将还活跃在赛场上，现在还准备参加第四次冬奥会。

花滑的伤病率，尤其是单人滑的伤病率是真高，毕竟四周跳的进步全是单人滑拼出来的，而四周跳就是个致伤大户，和张珏算是同期但比他大两岁的伊利亚、寺冈隼人都因为四周跳受过伤、打过封闭。

张珏去年在成年组的国际赛场上硬是没见过 28 岁以上的一线男单选手，而在其他项目中，30 来岁尚且是个能继续拼一拼的岁数。他自己也是单人滑选手，虽然 16 岁就参加了第一届冬奥会，但身上已经有了三针封闭，不知道能不能挺到 2022 年那一届。

张珏现在已经完全有了运动员的心态，便不由自主地惦记起家门口的那届奥运会，要是到时候身体还行的话，他是很愿意上第三次冬奥会的。

这次来参加高原集训的人不少，就连察罕不花、闵珊这两个赢了国内青年组比赛，即将参加世青赛的娃子也过来了。男单未来惨淡，女单未来更惨淡，女单在陈竹之后就没崛起过。

独苗一哥肩膀发沉。张珏不露痕迹地向两个娃子投去期盼的眼神，等师兄滑不动了，就该你们上了。

女单运动员一般 15 岁进入巅峰期，退役也更早。闵珊比张珏小 3 岁，但如果她将来伤病多一点的话，说不定退得比张珏还早。

国家队那边似乎想招揽老舅和沈哥挺久了，鹿教练又是帮张珏改技术的关键人物，在确定鹿教练身体没问题后，教练组就和张珏一起走。

唯一让人疑惑不解的就是为什么食堂阿姨也跟着过来了，但这不重要，张珏对食堂阿姨的手艺一直是满意的，味道怎么样不重要，食堂阿姨的饭既能喂饱他，还不让他发胖，对运动员来说就是最好的伙食了。

进藏当然要坐飞机，张珏进了机舱才发现里头坐满了运动员。张珏才坐下，前排的米圆圆就和他打招呼，接着一群女孩子递过来海报，说是要张珏签名。

张珏还没被这么多女孩子围着过呢，他腼腆地拿出签名笔，就在此时，他听到一声巨响，转头一看，就见到有人连人带杯子摔在地上，而鹿教练站在他身前。

察罕不花回头："怎么了？"

闵珊关切地问道："发生什么事了？"

事关鹿教练，张珏起身："我去看看。"

走近了以后，张珏才发现趴在地上的那位少年有一张看着就脾气很好的俊秀的脸，眼睛瞪得老大，像是受到了什么惊吓。

这张脸怎么有点眼熟呢？张珏盯着那张脸两秒，脸上浮现出惊喜的表情，他一拍手，激动地叫道："二胖，是你吗？"

旁边座位上的女孩愕然："你怎么知道二胖哥的外号？"

张一哥不是单人滑大佬吗？怎么认识他们 J 省的青年组双人滑小男伴啊？

她一出声，姜秀凌就知道自己跑不掉了。他的脸色越发苍白，但还是握住张珏伸出的手，被扶着站起来。

张珏和他是一个大胖，一个二胖，但这个一二的区分和年龄没关系，主要是张珏小时候比姜秀凌更胖，如同一个行走的肉团子，这才让姜秀凌屈居二胖。

姜秀凌的实际年龄比张珏还大一岁，这会儿他发现，堪称他童年阴影的这位帅哥居然比身为双人滑男伴的自己还高上 5 厘米左右，内心也是一阵感叹，不愧是胖成球也能在很小的年纪练出陆地 2A 的天才，明明一口气长高那么多，居然还真让这家伙恢复了。

大概是童年经历的关系，姜秀凌也属于心理比较坚强的类型，他勉强露出一丝笑意，打着招呼："鹿教练，张珏，好久不见。"

鹿教练嗯了一声："你们教练在哪儿，我去和他叙叙旧。"

姜秀凌指了个方向，鹿教练就直接离开了。他又看着张珏，发现对方一点离开的意思都没有，还主动和他右手边的冰舞男伴花泰狮提出要换座位，似乎是准备正儿八经地和他聊天的样子。

他眼巴巴地看着花泰狮干脆地应下，提包走人。张珏高兴地坐下，拍着他的大腿："你小子瘦了好多啊，我刚才差点没认出你。"

洛宓好奇地看着男伴与张一哥，疑惑地问道："你们认识？"

姜秀凌面如死灰，张珏红光满面，异口同声地回道："认识。"

张珏："我们两岁就在一起玩了，后来还一起在鹿教练那里上滑冰的初级班呢，那时候我们是最要好的朋友！"

张珏的朋友一直很多，能被他称上一句"最要好的朋友"，也就是放在挚友这个位置上的人却极少，白叶冢妆子算一个，如今又有一个平平无奇、没什么名气的双人滑小男伴被冠上这个头衔，不少人都好奇起来。

女单一姐米圆圆、双人滑一哥一姐关临和黄莺一起凑了过来，男单的金子瑄、董小龙、柳叶明正好坐前排，连带着张珏的师弟师妹们，以及周围花滑项目的运动员都将目光投向这边。

一时之间，姜秀凌被迫成为人群视线的中心。

金子瑄趴在椅背上，好奇地问道："你们两个是怎么成为朋友的？"

张珏："啊？那是两岁时候的事了，我怎么可能还记得？"

姜秀凌用一种悲伤的语气回道："我那时候三岁，坐在门口吃冬瓜糖，然后一个穿着鳄鱼连体睡衣、看起来特别漂亮的胖妹妹就站在我面前吃手指，好像我不分一口给她就是犯罪一样，然后我就给了她一块冬瓜糖。后来我才知道，从我这里拿糖吃的不是漂亮妹妹。"

在 1999 年的秋末，20 世纪即将结束之时，姜秀凌因为一块冬瓜糖，遇到了一个世界级的熊孩子。这个开端就仿佛预示着他在未来几年里会被这个看起来甜美可爱的肉团子各种坑，但当时的他还不知道。

张珏得意扬扬："我是吃了你的糖，但我后来也对你很好啊，我那时候做什么事都想着你，在你之后，我再也没有对其他朋友这么在意过了。"

在张珏欢快的语调，以及姜秀凌平淡的语调交织中，一段尴尬的童年回忆就此展开。

张珏追忆:"我现在还记得,我第一次打群架的时候是在 4 岁,当时我用一个板凳把隔壁樱桃班的二牙子还有他的狐朋狗友一起打了,而二胖是我唯一的战友。"

姜秀凌补充:"那时他突然把一个拖鞋塞到我手里,说要带我去打仗,然后等这场玉米班和樱桃班的跨班级战争结束后,只穿了一只鞋的园长出现了。"

张珏尴尬一秒:"啊?我那时候拿的是园长的拖鞋吗?我还以为是米老师的拖鞋。"

他们念的是玉米班,主班老师就姓米。算了,拖鞋是谁的已经不重要了,张珏继续回忆:"我忘了是哪一年了,我们班主任被叫去开防疫的会议,我写完作业觉得无聊,就带着班上的同学一起打粉笔仗,二胖是主攻,我是军师和总指挥,当时还画了一个猪猪侠在黑板上,作为我们这一队的图腾标记呢。"

姜秀凌语气死气沉沉:"后来被校长看到了,然后我们一起被叫了家长。他妈在走廊上用晾衣架子抽他,我妈出发前没想到我闯祸闯到校长跟前,没来得及带家伙,只能临时找老师借了把尺子。"

张珏尴尬两秒。"一起挨过揍也算是难得的童年回忆嘛!"他咳了一声,"再说了,你头一次牙齿松动的时候,成天嚷嚷难受,又不敢去看牙医,最后还是我特意想办法,让你鼓起了勇气。"

姜秀凌绝望地闭上眼睛:"而你的办法是让鹿教练带我上去牙医诊所的公交车,还骗我说要带我去看特别厉害的东西。"

张珏讪讪地道:"牙医不就是很厉害吗?"

二胖愤怒地反驳:"牙医又不是东西!"

众人:"你的重点是这个吗?"

黄莺是个情感丰富、敏感的女孩,又是二胖的师姐,这会儿特别心疼他,她握着姜秀凌的手摇了摇:"我的胖儿啊,我以后再也不抢你的大白兔奶糖了!"

关临赞同:"有张珏这种童年友人,实在是太不容易了。"

张珏:"喂,我以前明明对他很好的好吗?你们不要一副我是他的童年阴影的样子。"

众人:"你难道不是吗?"

59. 思念

等飞机降落在藏区机场，张珏终于在大家的鄙视中，意识到自己小时候是个恶霸。

如果张珏的大胖名号来自贪吃的话，姜秀凌的二胖名号就来自心宽体胖，所以哪怕小时候被坑无数次，他还是能继续跟在张珏后头跑。

姜秀凌承认和大胖在一起玩耍的时光很有趣，每天都有新鲜事，所以大胖的确是他小时候最要好的朋友。

张珏感动了："二胖！"

姜秀凌摸出一块冬瓜糖："你吃吗？"

张珏正要伸手，有人拍了他一下，路过的食堂阿姨笑呵呵的："张珏，不许偷吃糖。"

张珏心想，失策了。

奥运会前进行高原训练从来不是中国专属，根据花滑选手自述，曾经拿过两次冬奥会金牌的俄系双人滑传奇 GP 组合，在参加他们的第一次冬奥会前，也就是 1987 年，便去了亚美尼亚的萨什卡德佐尔训练。

各国滑联都会在奥运赛季尽可能地为自家的种子选手提供最好的环境，包括能拉过来的精英教练，最好的营养师，品质优良的食材……

很多运动员一辈子身体状态处于巅峰的时期，就是他们即将参加奥运会的时候，来自多方的支持让他们只需要在人体承受范围内使劲练就行了。有些比较拼的，甚至会在这个时期进行超量训练，为的就是在奥运会上展现最好的竞技水平。

张珏也是这样，他现在就是为了冬奥会努力再努力，吃喝锻炼只为了让身板更结实。

人体的肩背一般会随着年龄增长越来越厚，这就是为什么很多人健身的时候会希望把肩背练薄，因为这样会看起来更年轻。许多男明星也会保持这种带有少年感的瘦，然而作为一个需要足够强的肌肉力量的运动员，张珏虽然主要练臀部、腿部的肌肉，但其他地方也不能忽略。

浑身上下都要练，顶多练的程度不同而已，但适当的肌肉也会让人看起来更加健美匀称。

不过增肌对张珏来说已经是过去了，现在他的力量已经足以支撑他完成四周跳，教练组便开始让他减脂。

从1月到冬奥会开始为止，张珏不能吃糖，奶制品的量降到了一天只喝一杯180毫升的低脂牛奶。平时以水煮鸡胸肉、牛肉为主食，搭配蛋白粉、维生素来补充人体所需，少量补充荞麦面、全麦面包、紫薯，油脂只补充人体所需的量，而且只有橄榄油，盐味也少。

没有猪肉和零食，在张珏退役之前，他都没有吃猪肉的机会。等体脂重回百分之十以下，张珏的身材就更好看了。

打磨节目时，张珏又要自虐般地挖掘自己的情感，抠节目里的每个细节，只为了让节目看起来更能打动人心。短节目两分三十秒，自由滑四分三十秒，张珏把每一秒要做什么动作，以及这个动作代表什么意义，要如何传达情感，都用一个本子记了下来。

按张俊宝的说法，这和演员在开戏前写几万字的人物小传差不多，张珏写的字数没那么多，但他在加起来7分钟的两部戏上投注的心血不比演员少。

在训练基地还有个大黑板，有工作人员每天都去那里写"距离冬奥会还有××天"，让所有人看了便紧迫感十足。

就这么练了大半个月，张珏连4T+3T都练回来了。

金子瑄可羡慕了："张教练把你练得真好。"

张珏耸了耸肩，肌肉群随呼吸、动作起伏。他在背心外套一件紧身的黑色短袖运动衣，形状分明的腹肌被盖住，接着又是长袖运动衣，最后穿外套。

他随口回道："你也不错啊！"

金子瑄害羞地笑笑："宁阿姨的饭虽然不好吃，效果却挺好的，我这个月重了4斤，体脂却没增加，练了这么多年，头一回长肌肉这么快。"

有句话叫三分练七分吃，可见饮食的重要性。NBA有大牌球员每年花数百万美元保养身体，坚持低糖低碳水饮食十几二十年，这么做的结果就是他成功打到37岁依然活跃在赛场上。

领导们也是识货人，张珏半年长高20厘米都能从谷底爬出来，他的营养师绝对功不可没。果不其然，食堂阿姨到藏区训练基地就职后，起初运动员们不约而同地抱怨饭难吃，但结合严格的训练和休息，效果立马就显现了。

难以想象，张珏在来基地之前就吃了那么久这么难吃的饭，难怪体质这么好，明明 13 岁就开始练号称致伤大户的四周跳，伤病却比同水平的运动员少得多。

伤病满身的董小龙也特别羡慕张珏。

为了及时掌握运动员们的身体状态，他们每天都要体检，时不时还要抽血。

同项目的人还要一起参加老舅准备好的体能训练，教练们会计时并排名，张珏身高腿长，爆发力和体力都强，短跑长跑都第一。他跑 100 米、800 米、10 000 米都能摸到一级运动员的边。许多教练看到张珏的身体数据都羡慕得不行，纷纷找上张俊宝询问这娃到底是怎么练的。

这别说做花样滑冰运动员了，放去练田径也是好材料啊！和出成绩早的花滑不同，16 岁放在田径那边还是正儿八经的小朋友，20 岁以后才逐渐步入巅峰期，张珏这要趁年纪小换个项目好好练，指不定也有搞头。

张俊宝："根据孩子的天赋特征给他们量身制订训练计划吧，毕竟每个人情况都不一样。"

张珏属于长肉比较容易的那类人，长肥肉快，长肌肉也快，所以练肌肉的时候要算准量，真让他练成个大块头也不利于跳跃。

痛苦的训练持续数日，张珏再次错过了这一年的四大洲锦标赛。

今年的四大洲锦标赛在台湾地区的小巨蛋举行，时间是 1 月 20 日至 1 月 25 日。张珏和教练组一直认为他正处于全身心冲击冬奥会的阶段，这个时期出去对他没用，还不如继续留在这里训练。

金子瑄出去了一趟，再次被寺冈隼人压着揍了一通，回来的时候捧着银牌眼眶通红，一块四大洲锦标赛奖牌都没有的张珏还安慰他："没事，知耻而后勇，今年输了，明年就赢回来。"

金子瑄："可是我去年也输了啊！"

张珏面露同情："哎呀，你怎么能输给寺冈隼人两次呢？"

金子瑄更加抑郁了。

此时一条新闻把花滑圈，主要是人气最高的女单项目砸了个人仰马翻——公认的俄罗斯女单一姐，索契冬奥会的热门冠军人选达莉娅，因为节食过度患上厌食症。

女单选手节食节出病在花滑项目中并不罕见，但赶在冬奥会之前出事就太倒霉了，达莉娅并没有为此退出冬奥会的意思，反而是请了医生跟在自己身边，继续在训练场上坚持，但索契冬奥会女单的局面也因此变得扑朔迷离。

又过了没几天，瓦西里被传出腰部旧伤复发，他的师弟伊利亚在训练中扭了下脚。

一时之间，在俄系花滑中显赫非常的鲍里斯教练的弟子们胜率大降，拿到了索契冬奥会男单第三个名额的瓦季姆人气开始上涨。

俄罗斯男单二哥谢尔盖今年练新跳跃的时候伤到了腰椎，才做完手术没两个月，压根没法参加俄锦赛，不然还轮不着瓦季姆捡这个便宜。

孙教练将花滑四项的所有运动员叫到了会议厅，他严肃地说道："今年冬奥会的花滑增加了一项团体赛，这在往年是没有过的，但中国这边也有参赛的机会。"

孙千先说了一下团体赛的赛制。

"团体赛是积分制，先是男单、女单、双人滑、冰舞上场比短节目，根据你们在短节目中的排名算积分，积分前五的团体进入决赛。之后大家再比自由滑，通过自由滑排名积分来看这个团体的成绩。"

所以个人的分数不重要，只要比别的国家排名高，就有机会晋级。

孙千："你们都是大孩子了，我也不瞒你们，要是换往届冬奥会，我们都不敢奢求团体赛能拿什么奖牌，毕竟我们除了双人滑，其他项目都只有一个比赛名额。"

像那种动辄有两三个名额参赛的国家，完全可以做到短节目用一个选手，自由滑再换一个，这样比赛行程不紧张，而能满名额参赛的国家实力也都挺强的。

要是中国参加团体赛的话，难免出现一个运动员比完团体的短节目、自由滑再去个人赛继续拼的情况，光身体的损耗就够大的，还不如团体赛随便滑，个人赛再尽力呢。

今年的情况就不一样了，中国的双人滑、男单都是满名额参赛的，冰舞和女单差了点，可他们也有能进世界前15名的选手，这就让很多事情有了可操作的余地。

孙千咳了一声："上级的意思是，你们能进决赛就可以了，短节目努努力，争取排名前五，能上团体赛领奖台更好，这算冰舞唯一拿奖牌的机会了。"

从未拿过冬奥会奖牌的冰舞选手们差点被这句话说得掉眼泪。

女单的米圆圆抬头望天，心想就她这个水平，想在冬奥会上拿奖牌，似乎也只能指望团体赛，毕竟这个比赛还有队友，个人赛就……算了不说了。

张珏对团体赛不感兴趣，谁知孙千这时候叫了他的名字。

"张珏，你做团体赛的队长。"

张珏愕然，他指着自己："我啊？"

孙千指着他："对，你。队长要在确认进入决赛的10分钟内把参加自由滑的队员名单确定下来，交给组委会。只有你们拼到短节目排名前五，队长的存在才有意义。"

中国能不能进团体决赛，一看队员表现，二看对手失不失误，算玄学问题。团队里有个张珏，孙千也不指望中国团体赛的运气有多好了，让张珏做队长只是觉得他大赛成绩最好，国际知名度最高，个头最高，长得好看，看起来能撑场面而已。

听完孙千的解释，张珏有点忧伤："您说得我好像只是个面子货。"

孙千："把好像去掉。"

你就是面子货！

大家都哈哈笑了起来，会议厅内变成了洋溢着笑声的海洋。

张珏就这么成了冬奥会首届花滑团体赛中国队的队长。

接着孙千拍板："索契冬奥会的开幕式在2月7日，但团体赛的第一场，也就是男单短节目，在2月6日就要开始了，孩子们，你们要提前出发去索契了。"

孙千咳了一声："那么现在，由白主任和大家说几句。有些思想课本来是打算一起出发时给你们上大课讲的，但既然花样滑冰这边要先走，白主任就提前给你们上课了。"

一个张珏看起来莫名眼熟的男人走到前面站着，他敲着桌子，开始上课。

在外要注意形象，你们出去代表的是国家，所以违法乱纪的行为是绝对不能有的……

张珏给这位白主任的话做了总结：敢乱来的话，你们就死定了。

2014年2月3日，过了春节没几天，张珏穿着中国代表团的队服，在机场跟小伙伴们等着上飞机。附近有路人拍照，兴奋地指着他们说："是要去参加冬奥会的运动员！"

本届冬奥会的中国队服是红彤彤的棉服，只有衣领子是黄色的，看起来就像番茄包着鸡蛋，特衬气色，张珏穿上这身衣服以后红光满面。

张俊宝同样红光满面地坐在旁边，怀里还抱着一箱泡面，这是沈流告诉他们的，去外国比赛未必能吃到好吃的，也不能确保食材的安全，所以像日本的味之素公司就专门在奥运村附近建立应援站，为运动员们提供安全美味的伙食。

中国这边，有参加奥运会经验的运动员会自己带泡面或者其他方便快餐，乒乓球那边甚至有曾经是奥运会冠军的教练给现役运动员做后勤。当运动员比赛归来，这群金牌多得吓死人的教练就会捧着自己做的拍黄瓜、番茄蛋汤之类的犒劳运动员。

不仅是张俊宝带吃的，连鹿教练都背了不少压缩饼干，沈流背包里有一半都是榨菜。

明明都是年纪不小的大男人了，他们却兴奋得不行。

沈流："没想到啊，我有生之年居然还有第二次去冬奥会的机会，还是以教练的身份去的。"

张俊宝拍着大腿："可不是吗？几年前从没想过我有一天也能带学生去冬奥会。"

鹿教练难得带着笑脸："我不也是？做运动员、教练这么多年了，我从来没去过冬奥会现场，现在都七十多岁了，居然拿到了冬奥会门票。"

听着他们的对话，张珏眼中闪过一丝笑意。

他想起才决定参加花滑比赛的时候，自己对花样滑冰的兴趣并不浓烈，只是他想把老舅带到更高的赛场，让世人看到他作为教练的才华，结果到现在，他们即将去最高的赛场拼搏。

他在心里说道："奥林匹克，我来了。"

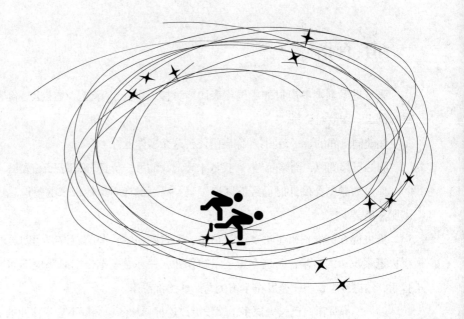

七　双王之战

6Ⅱ. 食指

张珏进了索契冬奥村的中国代表团宿舍楼，拉开了背包，往床上一倒，哗啦啦倒出一堆复习资料。

和他同房间的金子瑄问："你出门还带这么多作业？"

张珏挺起胸膛，面露骄傲："我从未忘记我的另一个身份是高三在读生。"

你以为冬奥会倒计时已经够紧迫了吗？高三倒计时给他带来的紧迫感一点不比冬奥会少！

当央视五台的拍摄组进奥运村拍摄，记者站在镜头前笑着说"运动员们携手去逛索契"的时候，张珏在屋子里写作业，只在金子瑄出门时头也不回地挥挥手，给摄制组留下一个发奋学习的背影，脸都没露。

领导们都觉得自己长见识了，就没见过这种参加冬奥会都不忘带作业的。

直到抽签的时候，张珏终于想起自己还是团体赛的队长，当即把作业一收，去洗手洗脸准备抽签，被队友们一起拦了下来。

黄莺笑嘻嘻地说道："个人赛的签您自个儿抽那是没办法，团体赛的签还是我们来吧。"

黄莺、关临与另外两对双人滑选手，还有米圆圆，冰舞的梅春果、花泰狮，男单的董小龙、金子瑄商量了一下，最先开始的团体赛项目是男单短节目，去抽签的也得是这一项的人。

张珏被排除，就剩下另外三人，他们先是用手心手背淘汰一人，再通过石头剪刀布进行决战，金子瑄获胜。这家伙玻璃心，运气却特好，比赛抽签时都能抽到好签，众人对他十分放心。

全世界有资格参加团体赛的只有上赛季四项花滑赛事的积分加在一起达到世界前十的国家，抽签厅的人不多。

张珏上赛季全勤除四大洲锦标赛以外的所有赛事，但凡出战一定能拿奖牌，和双人滑的黄莺、关临一起为中国拿到团体赛名额立下了汗马功劳。

瓦西里有伤病，不参加团体赛，也没来抽签现场，伊利亚起身走到张珏面前，用一种微妙的神情叫道："小鳄鱼？"

张珏："嗯，是我。"张珏直接掐着这人的腰往上一举，在许多人惊愕的目光中又将伊利亚好好放下，伸出拳头，绽开一个笑脸："真高兴在冬奥会和你见面。"

伊利亚像个好脾气的熊，被举了也不恼，反而跟着笑起来，和张珏对了一拳："我也是，真高兴看到你回来。"

日本队的位置也在这一排，寺冈隼人一直看着他俩，此时温和地说道："为了确保能进决赛，我会参加短节目，你们呢？"

张珏干脆地回道："我也是。"

伊利亚叹气："我一样。"

新生代男单三巨头，张珏、伊利亚、寺冈隼人，他们都是"95后"，都是高挑而英俊的模样，凑在一起聊天的时候，频频有人将目光放到他们身上。

在短节目中就派上本国最强的选手，是所有参加团体赛的国家的共识。虽然不是每个国家的花滑四项都很强，但冲进决赛的梦想谁都有。

原本瓦西里会参加团体赛短节目，而伊利亚上自由滑，他们两个加起来，起码男单这边不用操心，但瓦西里一走，为了确保俄罗斯花滑能在主场争取到团体赛金牌，他恐怕要出勤团体赛的两次战斗。

他这么说的时候完全没顾及队友瓦季姆的面子，摆明了瞧不上对方的实力。

寺冈隼人还好一点，日本代表团的双人滑、冰舞项目都是弱势，他和庆子干脆放弃了团体赛，都只打算上短节目，然后把全部精力放在个人赛上。

张珏："我也只上短节目，自由滑是金子瑄上。"他可是有队友的人。

寺冈隼人看了眼在台上抽签的金子瑄："他水平不错。"

摸了个很好的出场位次的金子瑄正好这时候回来，便听到张珏对寺冈隼人、伊利亚说道："我老舅给我看手相，说我是个命里带冬奥会金牌的人，你们看，我这次的出场顺序多好啊，可见是运气集中在冬奥会爆发了。"

金子瑄：这签不是我给你抽的吗？

2月6日，索契时间晚上8点10分，冰山滑冰宫中坐满了人。

热身室地板是灰色的，张珏把蓝色的瑜伽垫铺在上面，做了一组猫式伸展，不断有沸腾的人声传到这里。第一次参加冬奥会的选手很容易在这种大场面中心生怯怵，进而失去从容平稳的心态。张珏在冬奥会上延续了自己大心脏的特质，热身时完全自顾自的，压根没把外界的声响放在心里，抗干扰能力强得可怕。

鹿教练坐在一个瑜伽球上，双眼微合，张俊宝站着，而沈流站在张珏边上，在他需要辅助拉伸的时候过去搭把手。

团体赛男单短节目参赛人员共有 10 人，分两组，张珏的出场位次是第二组第二位。

他们这一组的出场人员与顺序是：麦昆（意）、张珏（中）、亚里克斯（法）、寺冈隼人（日）、伊利亚（俄）。

除了麦昆，另外几个都是小将，男单这边的新生代质量很高，许多人都以为他们要到平昌周期才会发光，没想到在索契周期就崛起了。

张珏进入会场时，现场已人声鼎沸，场边有一排座位，是十个参加团体赛国家的队员的休息区。队友比赛的时候，他们就会在那里加油助威。

中国队的座位正好对着冰场的入口，张珏在候场区等着六分钟练习开始的时候，队友们就朝着他使劲挥手，黄莺特意戴了个猪猪侠的帽子，手里举了个小鳄鱼舞拖把的团扇。

不远处的哈萨克斯坦区，索契冬奥会夺牌热门的尹美晶、刘梦成，以及男单的哈尔哈沙、女单的艾米娜也朝他们挥手："嘿，小鳄鱼，嘿！"

关临手里举着红旗，见张珏冲他们笑，大声喊道："张珏，你是咱们队第一个上的，开个好头！"

张珏对他露出个张扬的笑，右手一举，食指竖起。

此时国内是午夜 1 点 10 分，有冰迷打开电视，调到央视五台，正好看到张珏对队友们说道："我会拿到短节目第一。"少年英姿飒爽，眼中带着浓烈的自信，哪怕说着轻狂的话语，也令人下意识地觉得他真能做到。

有观众情不自禁地道："小帅哥真够狂的。"

沈流凑到张俊宝耳边，小声问道："他还是准备上最难的那套构成？"

张俊宝："上面给他的指标是团体赛保前五争领奖台，这小子就说上最难的，万一成了就赚了，砸了基础分也摆在那里，保个前五没问题。团体赛就先试个水，老爷子也准他这么干。"张俊宝口中的老爷子正是鹿教练。

沈流眯起眼睛:"那套构成太难了,他的完成度还不够,要是能成,打破世界纪录不是问题,他这是要赌啊!"

看来他的得意弟子的目标,比上头给的指标还要高。

61.WR

"中央电视台,中央电视台,这里是索契冬奥会团体赛男子单人滑短节目的比赛现场,我们正处于索契冰山滑冰宫。现在比赛进行了一半,十位参加团体赛短节目的男单选手,已经有一半完成了自己的比赛,目前排名第一位的是加拿大的克尔森。"

"是的,这位才升组的小将是今年的加拿大国内赛的男单冠军,他在短节目完成了四周跳,很遗憾的是他的 3A 失误了,阿克塞尔跳似乎是这位小将的克星。"

"排名第二的是美国的布兰斯,他是去年四大洲锦标赛的铜牌得主,第三名是哈萨克斯坦的哈尔哈沙,都是很出色的年轻人。"

很多老将都把精力倾注在个人赛上,团体赛项目就成了小将的天地,后来许多冰迷都发现在平昌周期发光的运动员,大多在索契周期就已经在冬奥会的赛场上拼搏。

张珏上冰的时候,眉头一皱。这冰好像不够硬?

身为花滑选手,张珏对冰面有自己的一套理解,在湿滑的冰面上玩需要协调性的刃跳容易翻车,所以要是碰上这种质量不好的冰面,他会临时改跳跃构成,增加点冰跳数量。

相应地,太硬的冰面做点冰跳会脚尖疼,那么他也会视情况调节刃跳和点冰跳的比例。

不是每个冰场都能冻得软硬适中,最合运动员的脚,适应不同场地也是功课。老将在这方面的经验更丰富,所以赛场上经常会出现小将明明技术优势不小,却出于各种原因摔跤失误,而老将稳稳当当轻松获胜的情况。

稳定性对花样滑冰运动员来说非常重要,这会影响裁判对他们的印象,也是一个技术顶尖的选手能否拿到自己应有成绩的关键。所以在花滑项目里,爱赌的人很少,不是不知天高地厚的傻大胆,就是偶尔胡来的大心脏。

六分钟练习时,伊利亚完成一个四周跳后,场馆内的观众们立刻开始拍着手叫他的名字。主场作战就这点好，观众超级给力，光气势就把别人比下去了。

寺冈隼人八风不动，专注自我，张珏则淡定地抬脚来了个举手3A，一边滑一边手指隔空点着冰面，默默确认着自己起跳的地点。

麦昆失笑，张珏的心态一如既往地稳。

寺冈隼人去年的表现非常出色，虽然没有国籍优势，但麦昆看得分明，寺冈隼人的滑行、表演胜伊利亚一筹，稳定性也更高，而且这个年轻人似乎也正在攻克第二种四周跳。

张珏的技术缺陷不小，但据说有改技术，而他的表现力在新生代三巨头中最强，所以只要他把四周跳练回来，威胁性也不小。

麦昆所属的国家同样不是四项俱强的花滑强国，男单是他撑着，女单是海伦娜撑着，双人和冰舞没有竞争力，这么大的缺陷注定他们上不了领奖台，也就能试试冲进决赛罢了，所以麦昆也只上短节目，就当为个人赛热个身，自由滑交给同国的后辈。

他今年的短节目选曲来自电影《谍影重重》，穿着一身黑色的考斯腾，肩部、腰部绑着枪套样式的皮带，看起来就像从大片里走出来的男主角。

就在今年的欧锦赛，麦昆再次拿到了冠军，短节目分数非常接近他在巅峰期创下的世界纪录94.5分。外人称麦昆是老将，但他今年也才25岁而已。

沈流说："听说他的伤病已经很严重了，只是为了给意大利争一块奖牌，他要硬扛着滑完这届才退。"

麦昆在跳3F+3T连跳时跟跄了一下，落冰明显不稳，最终以89.96分拿到了第一。当分数出来时，这位老将背后的队友们都高兴地跳了起来，海伦娜举着意大利的国旗摇晃着。

鹿教练接过张珏的刀套，低声说道："别留力，狠话放出去了，你就得实现。"

张珏："明白。"

他和张俊宝、沈流握手，仰着头深呼吸。

开始了！

选手从上冰到比赛开始有30秒的准备时间，张珏绕场滑了二十几米，双手举起向观众致意。

在现场解说的赵宁用轻快的语调说道："好的，现在上场的是我国选手张珏，他是一名离满17岁还差4个多月的小将，曾连续两届拿下世青赛冠军，升成年组后，他夺得了去年的大奖赛总决赛银牌、世锦赛银牌，是我国当前最好的男子单人滑选手。他的短节目是《巴黎的火焰》，编舞是米娅·罗西巴耶娃。这个节目非常契合张珏本人的性格特质，张珏在上赛季世锦赛受了很严重的伤，这个赛季的前半段完全没有出赛，不过在全锦赛复出第一战就拿下了冠军。"

赵宁这么说，一是表明一哥有伤在身，给某些期待过高的冰迷打预防针；二就是说明一下一哥的伤病应该养得不错，大家也不要太忧心，他下限还是很高的，起码不会表现得太差，可谓一片苦心。

张珏直立于冰上，眼睛看着左上方，下巴扬起，在音乐响起的那一刻，他就以一个高度惊人的大跳作为开场。

少年右掌扶心，左臂一振，脸上带着鼓舞人心的笑意，一位身处1792年法国大革命时期、热血沸腾的男军官的形象瞬间鲜活起来。

正如央视五台解说员的评价，这个节目与张珏的性格无比契合，因此节目在冬奥会上初次亮相，就立刻吸引了观众们的目光。

《巴黎的火焰》是苏联的红色芭蕾，这里是俄罗斯的索契，本土观众们自然能欣赏和理解这套节目。

伴随着激昂的音乐，少年的第一组技术动作是一组跳跃接燕式旋转、甜甜圈旋转。

鹿教练流露出满意之色："可以，燕式姿态已经没位移了。"

技术组的裁判不乏以前就给张珏打过分的，这次还以为又得给小伙子评个3级，但看到他的表现，裁判们面面相觑。

旋转姿态保持良好、一组动作旋转超过八圈都是提级的技术要素，这孩子做得很好。

等屏幕上亮起这组技术的打分时，人们赫然发现，张珏居然拿了个4级，哪怕GOE低了点，只有0.8，那也是4级了。

在这组旋转后，少年滑速加快，上身柔软地后仰，展现了一段横跨一半冰场长度的下腰鲍步，接着抬脚一跳，一个举手的3A被漂亮地完成。

"好！"

张俊宝用力地鼓掌，沈流不语，紧紧地盯着弟子的身影。

第二组旋转了，张珏，稳住啊！

张珏的第二组旋转是蹲踞旋转，接着变为抱腿蹲转，最后右手手背往跟腱部位一搭，滑足直立，浮足一抬，变成直立旋转中的 Y 字转。

轴心又偏了一点，好在转速和旋转姿态很好，最后评为 3 级，GOE+1。

场上的运动员自然是不知道自己这会儿的 GOE 评分能有多少的，张珏把全部心思都放在表演中，情绪已经跟着音乐昂扬起来。

热力在他体内奔涌，他的一举一动都充斥着革命者的英雄气概，以及浓烈的男性气息。一段流畅华丽的步法之后，节目进入后半段，张珏再次起跳，3lz+3lo，举手的 4T。

两组滞空感强烈的跳跃看得人目瞪口呆，看起来分明是炫技式的动作，又有着强烈的感染力。

少年只穿了一身朴素的白衣，身材修长偏瘦，相比起那些雄壮的冰球、举重运动员，他似乎太过纤瘦，可张珏通过这支冰上的舞蹈成功地将一名战士应有的大气、慷慨、勇武展现得淋漓尽致。

张珏从不惧怕在比赛里展现肢体的柔韧性，并凭此做出一些其他男单选手无法完成的旋转动作，比如 Y 字转和贝尔曼旋转。有人认为这让他看起来阴柔、娘娘腔，可事实是，真正的阳刚不会被优秀的柔韧性掩盖。

《巴黎的火焰》初次登上顶级的大赛舞台，便博得了满场喝彩，当张珏 clean 了短节目时，场上的掌声热烈得让许多人心惊。这不是张珏的主场，可他只用了一个节目，就把观众们的热情都提起来了，这种感染力简直太可怕了。

鹿教练："旋转还是要继续改。"

张珏举着自家的红旗开心地摇着："好啊好啊。"

鹿教练：算了，看他这么开心，等领完小分表再给他做赛后复盘吧。

分数出来了。

技术分：53.58

表演分：41.57

短节目得分：95.15（WR）

WR，是 World Record（世界纪录）的缩写。

赵宁一拍桌子："令人震惊，是 95.15 分，16 岁的张珏在第一次踏上冬奥会赛场的情况下，就拿出了如此好的状态，不愧是他！"

她边上的陈竹说道："这是张珏养好伤复出后的第一场国际大赛，没想到他能奉献一场如此高水准的比赛，非常出色。"

黄莺左手拿着小旗子，右手拿着小鳄鱼团扇，兴奋地叫道："珏哥！牛×！"

关临大力拍着他的肩膀："厉害，珏哥！"

张俊宝看得一挥拳："第一名稳了！"

沈流搂着张珏哈哈大笑："看来养伤那阵子，你也被憋坏了。"

张珏本人看到分数也很吃惊，他认为在瓦西里不参战的情况下，只要自己发挥稳定，拿个团体赛短节目第一不成问题，在赛场滑的时候也自我感觉不错，但他没想到自己居然可以在这里打破自己的第一个成年组世界纪录。

惊喜来得猝不及防，张珏激动地一把抱住胖胖的鹿教练："教练，谢谢你！"

他是真要好好感谢鹿教练，95.15 分也就比麦昆的 94.5 分高出 0.65 分，论跳跃 GOE 和难度，他和巅峰期的麦昆持平，这高出来的分数明显是来自他进步的旋转和滑行，这可不就是鹿教练的功劳吗？

鹿教练心里也高兴，但他脸上依然严肃："放开！"

小鳄鱼嗖一下缩回去。

62. 换人

张珏在冬奥会赛场的初战打得漂亮，一个 95.15 分同时刷新了世界纪录、奥林匹克赛场纪录、个人最佳纪录等。

瓦西里凝视着他的身影，告诉鲍里斯："他会是我最大的对手。"

鲍里斯颔首："这孩子的成功是整个教练团队的功劳，他的教练也很有水平。"

对运动员来说，改技术是一个大难题，很多运动员哪怕技术里有瑕疵，但这个瑕疵很可能直到退役都没法改过来，张珏能在冬奥会前把技术改到这种程度，他自己吃的苦，还有教练组付出的心血是常人难以想象的。

鲍里斯心想，在上赛季，张珏的技术分明已经濒临崩溃了，这都能救，简直是神仙。

记者们也询问了张珏的技术改进问题，小伙子果断指着鹿教练："这是我的启蒙教练鹿爷爷，为了纠正我技术里的缺陷，我们省队特意将他请了回来。他是一个帮人改技术的高手，我一位师妹的勾手跳的外刃总是压不下去，也被他改过来了。"

勾手跳的用刃出岔子是许多女单选手都有的问题，但用刃难改也是公认的事实，记者是个懂行的，闻言立刻肃然起敬。

鹿教练，在 H 市默默无闻扫了几十年的地，于 72 岁这年猝不及防地事业回春。

第二日，索契时间 2 月 7 日晚上 8 点 14 分，索契冬奥会的开幕式正式开始，已经比过一场的张珏换上代表团队服，跟着队友们一起走入会场。

今年的中国代表团总共有 67 名运动员，这 67 人的参赛名额，来源于不同冰雪项目运动员的努力与拼搏。

上头给这个代表团的指标是至少带 10 枚奖牌回家，且其中至少有 2 枚金牌。

张珏作为男单这边的夺牌点，主要任务是上领奖台，奖牌颜色领导们没什么要求。一哥才 16 岁，这届冬奥会的压力并不大，而黄莺、关临同样是双人滑那边的夺牌点，也许要到下一届冬奥会，他们才能成长为被上头倚重的夺金点。

夺金压力主要压在短道速滑、速度滑冰那边，尤其是短道速滑的一姐因伤退役，可以拿回家的金牌数量比原定的要少起码一半，这也是今年指标变低的原因。

张珏走在代表团中间，一手拿俄罗斯国旗，一手拿中国国旗，除中国以外，还有日本的代表团也是人手两面旗帜，代表着他们的友好。

今年参加索契冬奥会的国家共有 87 个，其中不乏只有 1 到 3 名运动员参赛的小国，可当他们举着国旗走入会场时，脸上灿烂的笑容总是令人感动。

不论世事如何变化，这一刻，张珏真实地感受到了奥林匹克精神。

张珏站在运动员方阵中，有镜头过来拍摄，他回头对镜头露出一个灿烂的笑，在胸前比了个心，用口音很重的俄语说道："晚上好，俄罗斯。"

镜头后方的摄影师立刻回道："晚上好，欢迎来到俄罗斯，希望你们喜欢这里。"

张珏转为英语说道："我已经喜欢这里了。"

说着，他从口袋里摸出一个熊摇了摇。索契冬奥会的吉祥物是熊、雪豹、兔子，而这个吉祥物玩偶是昨天的团体赛结束后，伊利亚送给他的礼物，中国代表团人手一个。

战斗民族不仅民风彪悍，他们对艺术与美的感知以及在这方面的成就同样相当出色，索契冬奥会的开幕式演出就很好看。

2月7日，团体赛双人滑短节目在晚上开赛，黄莺与关临携手拿下第二名，连续两天拿下高分，让中国队的积分暂时排在第一。

黄莺喘了口气，跟队友们说道："俄罗斯那对组合太强了，我和临哥没留力气，也只能勉强把加拿大那对压住，明天冰舞，后天女单，你们也要加油啊！"

冰舞的梅春果与花泰狮对视一眼，对她竖起大拇指："你就瞧好吧，我们外训那么久，也不是光在玩的，绝不拖后腿。"

他们的教练严肃地说道："不要大意，这次北美两对冰舞组合都很强。"

尤其是美国队的那组冰舞组合，堪称美国花滑四项里的王牌，虽然年纪大了点，上一届冬奥会还输给了加拿大的朱林与斯蒂芬妮，可索契这一届是他们能参加的最后一届冬奥会，所以这对冰舞组合把老命都拼上了。本赛季的自由舞更是他们职业生涯的巅峰之作，从这个赛季开始他们就凭这套节目不断刷新世界纪录，无人可撄其锋芒。

女单独苗米圆圆瑟瑟发抖。

2月8日，鹿教练见没自己的事，就在张俊宝和沈流的搀扶下去看跳台滑雪的比赛了。老爷子心情还蛮好，看比赛的时候指着赛场和俩学生回忆从前："要是当年我没摔得骨折，也能代表国家出征冬奥会呢。"

至于张珏，作为团体赛的队长，无论教练们去哪里玩，他本人都必须在冰山滑冰宫给队友们喊加油。

等看到冰舞比赛，队友们一起收拾东西回奥运村时，张珏和他们打了声招呼。

"我要去买须后水，你们有要我带东西的吗？"

梅春果用一种惊异的眼神打量他："你刮胡子吗？"

张珏纳闷："我刮啊，有什么不对吗？"他一个已经发育长大的男人刮胡子很正常啊！

众人纷纷摇头："没有没有。"

张珏长得太有仙气了，大家看着他的脸，就没法将他和刮胡子、上厕所之类的事情联系起来。

张珏脱离大部队独自行动，同行的教练也只叮嘱了一句让他注意安全，买完东西就回去，其实大家心里对这孩子挺放心的。

张珏可是个出门比冬奥会都不忘记带作业的娃，长辈们都相信他的品性。

但张珏还真就遇到问题了——俄罗斯除了机场、地铁等公共交通场所，很少有地方拥有那种带英语的指示牌，包括超市，所以在里面买须后水，他需要看着标牌猜。

在原地站了一阵子，有人站在他背后问道："你要买什么？"

张珏回头，发现来人居然是瓦西里。他戴着口罩，只有一双灰蓝的眼睛露出来，头发被帽子遮得严严实实，手里提着个购物篮，里面装着列巴、红菜头、胡萝卜等食材。

张珏："须后水。"

瓦西里对他招招手，带着他去了另一个购物架，将一瓶须后水装进自己的篮子里，拉着张珏去付账。他没为张珏付钱，但在张珏付账的时候，特意问了小孩有没有带卢布，举动间有一种照顾孩子的绅士感，对张珏不算亲热，却也好好地把张珏送到公交车站，告诉他坐什么车回去。

张珏问："你不住奥运村吗？"

瓦西里："那里太吵了，我住自己的公寓，我在索契有房产。"

花滑在俄罗斯是人气很高的运动，运动员们退役后还能上电视演综艺做主持，只要滑得好就不愁没钱，大多有了钱也会做些投资。

瓦西里眼中含着笑意："你是好孩子，很高兴看到你回归赛场。"

他拍拍张珏的肩膀，带着鼓励的意味。

很奇妙，明明他们是隶属不同国家的运动员，张珏也自信自己的表现足以让瓦西里产生被威胁到的感觉，可瓦西里一直对他很友善，甚至对他抱有期待。

这种来自前辈的友好态度，也是张珏对花样滑冰好感越来越高的原因，就张珏自己的感觉来看，如果他碰上那种实力很强的后辈的话，可能他的态度就是"小崽子，有种你就来和爷爷打一场，看看谁更强"，反正绝做不到瓦西里、麦昆这种地步。

但受他们的影响，可能将来他自己变成前辈的时候，面对后来者也会温和许多。

"传承……"他品味着这个词。

爬上公交车，有小冰迷认出了他，直到快下车的时候，冰迷才犹豫着过来，用磕磕巴巴的英语表示想要一个签名。

张珏没带笔，对方的妈妈就从化妆包里翻出眉笔："请用这个吧，这是我的便笺本，我女儿的名字是拉伊莎，我们是圣彼得堡人，拉伊莎也在滑冰，她很喜欢你的跳跃。"

张珏认认真真写好自己的名字，蹲着对小姑娘说："谢谢你的喜欢。"

拉伊莎用蓝蓝的眼睛打量他："你真好看。"

张珏笑着回道："谢谢，等你长大，一定会比我更好看。"

拉伊莎摸摸自己的金发："以后我也会比赛的，等在赛场上再见面的时候，我的头发会长得像个公主，那时候我就和你一样好看了。"

第二日，瓦西里到达团体赛现场，一哥的出场让队员们都振奋起来。

鲍里斯一边走一边叮嘱弟子："准备一下，如果达莉娅拿不到第一的话，仅凭伊利亚，我们的积分不能稳拿团体赛金牌，上面希望你能上团体自由滑，把金牌稳稳地带回来。"

瓦西里郑重地点头。

俄系一姐达莉娅的最大劲敌白叶冢庆子淡定地摸出唇釉给自己补妆，她穿着紫色的短款振袖和服，眉眼转动，带着猫一般的灵气，以及胜券在握的气定神闲。

她回头看着观众席，对上一双与自己相似的眼眸，小姑娘对那边抛了个飞吻。

"姐姐，我会将我们一起编排的《源氏物语》在冬奥会的赛场上完美地表演出来。"

孙千表情严肃地叮嘱米圆圆："争取滑到前七名，这样我们不仅能进决赛，还有希望冲上领奖台。圆圆，如果你想带块奖牌回去的话，现在就拼起来。"

米圆圆站得笔直："明白！放心，我打了封闭上的，今天就让你们看看我拿出全力的样子。"

小姑娘雄起起气昂昂地上了，关临用胳膊肘捅张珏一下："队长，听见没？你的队友要拼了。"

也许是因为今天就决定哪五个国家能进决赛，现场气氛十分紧张，达莉娅的状态明显不算好，哪怕有主场优势，却架不住正处于巅峰期的庆子气势如虹。

等到女单短节目结束，孙千叫道："张珏。"

张珏拿出那份团体赛队长要上交给赛事主办方的自由滑名单晃了晃："既然圆圆姐能滑到第六，要我上自由滑也不是不行，子瑄，不介意我抢你的出场机会吧？"

金子瑄原本在喝水，突然被张珏喊了名字，便被呛得咳起来，他连连摆手："不介意不介意，你上更有希望让团队拿奖牌。"

索契的花滑赛程很紧，女单短节目结束后，双人滑的团体自由滑比赛也会在当晚开始，黄莺和关临已经在孙千的示意下，随教练前往热身室了，而团体赛的男单自由滑、女单自由滑、冰舞自由舞会在明天，也就是 2 月 10 日开始。

如果原本没希望赢团体赛也就算了，现在希望近在眼前，是个运动员都会想要拼上一次，中国的双人滑一哥一姐心里很清楚，他们想要在索契就赢下俄罗斯、加拿大的两组劲敌并不现实，本来他们的实力就不如人，何况国籍也不占优势。

既然如此，还不如在力争个人赛上领奖台的同时，在团体赛也拼一次。

加拿大、俄罗斯队的双人滑王牌未上自由滑，这就是他们的机会！

张珏拿着笔，将金子瑄的名单去掉，填上自己的名字，拿着名单向工作人员走去。瓦西里站在那里："看来我们要提前交手了。"

已经输给张珏三次的麦昆是前短节目世界纪录 94.5 分的创造者。

而瓦西里，则是当前的自由滑世界纪录 189.67 分、总分世界纪录 281.02 分的创造者。张珏先后与他对上过两次，分别是上赛季的大奖赛总决赛、世锦赛，从未赢过一次。

张珏认为在瓦西里退役前，他总要把场子找回来一次。

旧王未老，新王已跃跃欲试。

63. 夜雨

2 月 10 日的比赛很多，冰壶、冰球、高山滑雪、冬季两项等项目全部开赛，鹿教练一整个白天都在冰球场馆里看比赛。

老爷子还很严肃地评价了当代冰球运动员的战斗力："球技很强，可惜打架没我当年下手黑。"

此话听得和他一起观赛的孙千一头冷汗，实在不敢想象鹿教练当年和人打架时到底多黑，只是不自觉想起被鹿教练启蒙的张俊宝、沈流、张珏都不是什么善茬，看来张门作风彪悍的源头就在这个胖老头身上了。

他不由得看向周围，疑惑道："张珏呢？"

张珏上午在场馆里合乐，下午应该没事才对。

沈流为进球的球员鼓掌，嘴上回道："他在写作业。"

孙千："高三生真不容易。"

他现在还记得张珏在高原集训中途突然请了几天假回去参加期末考试，回来的时候脸黑得和锅底似的，时不时还揉一下屁股，据说是因为成绩下滑到第110名，被亲妈揍了。

话是这么说，能在H市三中拿到前200名的成绩，进一本、211高校乃至于985高校应该都是稳妥的。张青燕女士意思意思揍了儿子，还亲自把人送回来，又和教练们客客气气地打招呼，谢谢他们照顾自家小孩，走之前还给张珏塞了张卡，让他在外比赛的时候不要委屈自己，该买就买，该玩就玩。

可能这就是父母心吧，出生在这样的家庭，难怪张珏长成教养良好、性格讨人喜欢的孩子。

不过看张珏来索契后除了比赛就是在屋子里写作业的劲头，张女士给的那张卡怕是没怎么动过。

张珏这大心脏也够厉害，快和瓦西里正面对决了，他居然还有心情写作业。幸好他们把金子瑄换下来了，换了小金同学和世界第一的瓦西里对上，怕是得全身颤抖着上场。

瓦西里，上赛季积分世界排名第一的俄罗斯男单王牌，今年25岁，比张珏大9岁，为俄系单人滑教父鲍里斯的弟子，师兄师姐里不乏手握大把金牌的大佬。

张门放在中国算厉害的，和鲍里斯一派比起来只能算小巫见大巫，人家光奥运冠军都带出来6个，拿过的奥运奖牌超过12枚，要是瓦西里这次能拿金牌，鲍里斯就是七金教练了。

八年前的都灵冬奥会，只有17岁的瓦西里参加了自己的第一届冬奥会，彼时俄罗斯的一哥实力强劲，旋转之王等强势选手也没退役，还是新手的他拿了个第五名回家，对一个小选手来说，这份成绩已算辉煌。

等到温哥华冬奥会，技术达到巅峰期，本身健康状态也还行的他本是最有希望夺冠的，架不住当时滑联规则更注重节目完成度，对四周跳反而没那么重视，加上赛场还在北美，于是北美一哥夺冠，瓦西里满心不甘地拿了银牌。

直至现在，其实瓦西里的技术已经只剩巅峰期的百分之九十了，伤病严重拖累了他的实力，但他的表现力比四年前又强了一些。

在上个赛季，连张珏这样的小将都可以去挑战瓦西里的地位，其实那时候的张珏技术里满是瑕疵，旋转和滑行经不起裁判下狠手抓，轴心不正的跳跃导致他的 GOE 总是不如高飘远、轴心正的跳跃高。

直到今年，张珏才成了全面发展的真正强者。

其实瓦西里也倒霉，该拿冠军的时候没拿，等到了索契，老对手们都因伤病不是实力大退便是技术不稳，他总该稳了吧？张珏又冒了出来。

这人就没稳拿金牌过。

张珏更倒霉，他连主场优势都没有，对手同样一大堆。同龄的寺冈隼人原来练的是 4T，可他在团体赛短节目里使的四周单跳却是 4S，虽然落冰时扶冰了一下，但人家已经能足周，足见练成第二个四周跳只是时间问题。

后辈里有加拿大的滑行天才克尔森、挪威的阿伦·海尔格、美国力捧的天才亚瑟·科恩、哈萨克斯坦的哈尔哈沙……这群小孩都在使劲攻克四周跳，到了下一届冬奥会都是正值巅峰的岁数。

一想到自家一哥以后要孤零零地和这群人竞争，孙千也挺心疼他的，念叨着："我们这边的后备力量还是太薄弱了，俊宝啊，你家察罕不花、蒋一鸿都练得咋样了？"

小金那个心态是指望不上了，其他孩子技术不够强，上不了一线。

张俊宝捏鼻梁："不花练好了五种三周跳，但他的三周半还不足周。一鸿的连跳能力不错，身材和小玉没发育那会儿挺像的，柔韧好，能做提刀燕式旋转和甜甜圈姿态，转体也快，但力量不足，五种三周跳还差一个 3lz。"

他手底下只有张珏是柔韧超好，力量也在发育后跟着提升的，另外两个男徒弟都偏科，不是骨架宽大力量强但柔韧性差，就是柔韧性好但力量差。

只要这两孩子坚持练，张俊宝有信心把他们带到准一线的位置，能不能上一线就看他们自己了，有些突破只能靠运动员自己。

索契时间 2 月 10 日晚上 7 点，中国时间 2 月 10 日晚上 12 点，团体赛的最后一天，男单自由滑大战正式开启。

这次进入团体赛决赛的国家有俄、加、美、中、日。

其中俄罗斯、加拿大最全面，金牌领奖台就是他们在争。美国的冰舞最强，女单、男单都只是准一线，双人滑没有存在感。中国的男单、双人滑都是顶级，冰舞准一线，女单一般。日本的男单和女单强，另外两项都没啥存在感。所以铜牌是中、美相争，为了稳住这块奖牌，上头才临时决定把张珏换上来。

这也是上头考虑到藏区训练时的检查显示这三人状态良好，尤其是张珏，健康到能打老虎，这会儿把他派出去和瓦西里提前斗一场，说不定还能有效消耗对方，增加个人赛胜率，属于一举两得的战术。

张珏站在候场区看寺冈隼人先上。寺冈隼人今年成绩很好，不仅进了总决赛，还完成了四大洲锦标赛二连冠，第二种四周跳已经练了八成，就连做连跳的第二跳时举手的技术也完成了。

而且他不像张珏那样空过四年，技术里没啥瑕疵，伤病也养好了，是本次冬奥会男单的夺奖牌的热门人物。

他的自由滑节目是《风林火山》。

沈流评价道："很日式的节目，俄系主场不怎么喜欢这套风格，不如张珏的《巴黎的火焰》讨喜，但个人特色很浓烈，表演分不会打到顶级，但也低不了。"

至于技术，寺冈隼人今年的失误率都很低，个人状态一直在提升。

"他会是张珏未来最主要的对手之一。"张俊宝说，"要是张珏没起来，平昌周期很可能是寺冈隼人、伊利亚的双雄争霸。"

现在是三足鼎立，竞争就更激烈了。

可惜寺冈隼人这一场滑得保守，以他的能力，本可以让节目中的滑行衔接更多，步法更精彩，但他为了保证稳定性，主动减去部分复杂步法，延长跳跃前的等待时机，这就导致节目的观赏性降低了。

鹿教练："双足滑行和压步太多了，这孩子性子太稳，大胖又赌性太重，他俩中和一下多好。"

张珏回头朝教练做鬼脸，调皮的样子差点让鹿教练下意识地去摸拐杖，那表情分明就是我知道我浪，但我不改！

寺冈隼人的自由滑有两个四周跳，分别是4T、4T+2T，最终拿下184.6分，刷新个人纪录。明眼人都看得出这套安排还有进步的余地，因为寺冈隼人是会4T+3T的，如果他再加强步法，届时光是基础分就能再高至少5分。

这人是留着劲给个人赛呢。

张珏踩上冰面，手像转笔一样转了转刀套，张俊宝伸手："别玩了，给我。"张珏笑嘻嘻地递给他，提起运动饮料，仰头灌了一口，喉结动着，让老舅心里感叹，真是个大男生了。

赵宁也在此时扶着麦克风说道："即将上场的是我国小将张珏，他是本次团体赛的中国队队长，为了冲上团体赛领奖台，被临时换上场比男单自由滑。"

江潮升："他的自由滑节目是 'Rain, in Your Black Eyes'，原曲是一首 11 分 04 秒的曲子，张珏在养伤期间将其剪辑成适合花样滑冰的时长。按照赛前采访，张珏说这个节目的乐声对他来说就是落在琴键上的雨声，这个说法很浪漫。"

张珏的自由滑分三段，第一段是细雨。

钢琴声响起，如同天空阴沉时，一滴一滴落在地上，留下圆形痕迹的雨滴，这是漫长雨夜的开端，雨声并不急促。

很多人最初都没想到，张珏居然没在重要的冬奥会上选择快节奏、更能高效带动观众情绪的音乐，反而选了这样一首钢琴曲。

但在他的表演开始后，许多疑惑又被解开——张珏选这首曲子，是因为这样的曲子留白多，有更多的部分来填充情感。

冰上的少年以连续两个前葫芦步作为开场，双臂打开，又一个旋转，手臂向上方一抓，似是坠入悬崖的人要抓住一根绳索，却最终失手与之错过。

在一组逆时针的莫霍克步—转三—莫霍克步作为跳跃前的步法后，张珏双足呈八字起跳，一层冰屑因冰刀滑过冰面而溅起，少年高高跳起，落冰时上身往前倾了倾，最终还是稳定了下来。

"萨霍夫四周跳（4S）。"

这是张珏在度过发育关后，首次在赛场上展现第二种四周跳。

一看他的进入步法，寺冈隼人就看出了不对。张珏进入跳跃的等待时间明显减少了，这是选手的跳跃技术更加完善、滑行等多种基础更加扎实的象征，但增加跳跃前的进入步法，便是为了增加跳跃 GOE。

以往张珏加 GOE 都是靠举手和延迟转体，靠步法加 GOE 本是寺冈隼人的强项。

很快，张珏又完成了第二跳，一个举手的 4T，两个光基础分就有 10.3 分、10.5 分的跳跃在节目开场就为张珏拿下了总共 20.8 分的技术分。

弗兰斯·米勒坐在现场，看着张珏的表现，陶醉起来，这是他编舞生涯的巅峰之作。

果然，在冰上的你才是最耀眼的。

"他的第三跳是……"

3F。

张珏稳定地落冰，在三组单跳结束后，少年抬腿一跃，进入一组燕式旋转，又转为蹲转。

在细碎的雨声般的琴声中，运动员的肢体优雅地挥动，动作精细到指尖，每一瞬都优美得像一幅画。

台4. 骤雨

"Rain, in Your Black Eyes"是弗兰斯·米勒为张珏量身打造的冲奥之作，他配合音乐，以及张珏本身的仙气长相，竭力将节目编排得精彩绝伦，呈现出的效果也非常惊人。

在节目最初，音乐节奏并不快的时候，张珏就成功地牢牢抓住了观众们的视线。

那种纯粹的美已足以令人沉醉其中。

随着音乐的节奏略微加快了一些，雨声便进入第二个段落，雨幕。

这是一段非常流畅的接续步，张珏分明在冰上滑冰，可他表现得就像是一个在海底跳舞的舞者。他的上肢非常柔软，却仿佛被重重压力挤压着，窒息与坚韧并存，直到步法的尾声，正在看直播的许多国内冰迷纷纷在屏幕上看到一行字——前方高能。

没看过全锦赛的观众不明所以，接着他们就看见张珏下蹲，上身后仰，手指尖直接触碰到冰面。这竟是一个极其考验核心力量的蟹步！

伴随着如淅沥雨声的掌声，张珏起身，进入躬身转加贝尔曼旋转，在提刀上举时，他暗暗咬牙，直接将腿拉直。

节目从此时进入后半段，跳跃基础分在之后都会乘以1.1，而张珏还有两个单跳、两个二连跳、一组三连跳没有完成。

少年双手向下摊开，如同表演者在致礼，压抑感在此刻消失，就像苦难也终于结束，而征程才刚刚开始。

从一个3lz开始，跳跃的骤雨从此刻开始。

先是4T+1lo+3S，接着是3A+2T、3F+3T，最后是3lo单跳，一连串的跳跃全部完成得干干净净，每一跳都正好落到音乐的节奏上，带来的冲击力难以言喻。

他彻底进入了状态，每一个动作完成质量都很高，像暴风席卷赛场，眼睛明亮得仿佛栖息着星辰。

从回到冰上开始，张珏就知道，只要继续坚持四周跳，坚持在赛场上待下去，他终有一天会变得像其他前辈一样满身伤病，每一秒健康的时间都是宝贵的，正是因为能这样绽放光芒的时间有限，所以才更要珍惜当下的时光。

他的本赛季自由滑节目仅有前半段是压抑的，后半段哪怕是疾风骤雨，也要像雨中跳舞的舞者一样，享受雨水如同享受苦难，并在其中成长。

直至最后，在一段急促的乐声中，少年进入抱腿蹲转，接着是小跳接侧身蹲转，最后双手交握着举过头顶，进入高速的直立旋转。他转得极快，身体都出现残影，然后双臂打开，右手上举，眼睛看着场馆上方的奥林匹克标志。

明明只是团体赛男单自由滑的第二场，观众们却已经迫不及待地站起来，为他献上花滑赛场的最高礼节——standing ovation。

难以置信，一名才16岁的小将，在初次登上冬奥会赛场的情况下，就在赛场上clean了一个前所未有的、拥有三个四周跳的节目，且表演精湛，打动人心！

张珏从表演情绪里挣脱出来，双手扶着腰大喘气，额上满是汗水，感觉自己已经被雨淋了一遍。他朝观众席挥手、行礼，捡起一个鳄鱼玩偶下冰，俯身和老舅抱了一下。

沈流将刀套递过来，张珏接过戴上，和他们说："三个四周跳的配置太累了，感觉像是一口气跑完一场负重10公里。"

沈流笑呵呵的："你现在69公斤，又是团体赛男单选手里最高的，还要上四周跳，能不费劲吗？"

幸好这小子体力好，三个四周跳的配置也撑下来了，而且他的极限明明是负重跑20公里，可见还有余力，连4T+1lo+3S这样的夹心跳都可以塞四周跳，只要他再把一个二连跳换成4T+3T，四个四周跳的配置不就出来了吗？

一想到这儿，稍微懂行的都心惊，不过哪怕再加一个四周跳，就算是张珏，失误率也会直线升高。

瓦西里、寺冈隼人、伊利亚、麦昆等运动员纷纷握紧双拳，神情凝重起来。

寺冈隼人喃喃道："这到底是什么体力怪啊！"

自由滑也就八组跳跃，五个单跳，三个连跳，张珏在节目前半段只意思意思放 3 个单跳，其余跳跃，包括连跳都压到后半段，简直就是变态！

但教练组对张珏还是能挑刺的，他有好几个跳跃落冰时都上身严重前倾，说明落得其实不太稳，轴心也没保持好，才必须用这样的姿态去调节重心。

鹿教练一边给孩子披衣服，一边念念有词："你最后那个直立旋转还是轴心偏移严重了，我和你说过，别着急，先稳着来，刚才是不是情绪一上来又忘了控制自己了？"

张珏不好意思："嗯，滑兴奋以后不自觉就想转快点，忘了轴心的事了。"

鹿教练继续训："还有你的步法，那个蟹步的持续时间又长，舞蹈步法的最后一段是不是时间不够，只能截掉了？我是和你说过用刃清晰重要，但也不能慢到连做完动作的时间都不够吧？"

张珏低头："对不起，我下次注意。"

教练组看得分明，张珏从 9 月恢复上冰到现在也才过去半年不到，这么短的时间就可以撑起这样的配置，这具发育以后的身躯有太多潜力值得他们继续挖，他还有很大的提升空间，想到这里，大家心里都轻松了些。

张珏表现得好，坐在 kiss&cry 擦汗的时候，他的队友们就在后头举着红旗不断地摇。张珏本人不断地抽纸巾抹脸、抹脖颈，要不是有镜头对着，他恨不得把衣服脱了抖一抖，等他用掉 6 张纸，分数终于出来了。

技术分：104.28

表演分：90.61

自由滑得分：194.89（WR）

原先的自由滑世界纪录是 189.67 分，张珏现在的自由滑分数一出，直接把世界纪录往上拉了 5 分有余！

加上短节目的 95.15 分，张珏在团体赛的总分是 290.04 分，顺带着把总分世界纪录 281.02 分往上拉了 9 分多！

场内响起一片惊呼声。

赵宁激动地大喊："张珏在继刷新短节目世界纪录之后，再次刷新了自由滑纪录和总分纪录！

"花样滑冰是惊险的艺术，在以往的比赛中，选手们很少同时在同场比里，同时打破短节目和自由滑的纪录，可能短节目成了，自由滑失误了，自由滑完成了，短节目却有缺憾，可张珏状态绝佳，他做到了常人难以想象的事！

"这个分数好高，不知道到了个人赛他还能不能有这个状态。"

张珏觉得俄系裁判但凡还想捧自家一哥，自己在个人赛的局势就会变得相当不妙。

教练组却异口同声地回了一句："你在个人赛的状态肯定也好！"

孙千瞪着眼睛："你小子给我稳住了，平时学小金抽风都可以，到了冬奥会绝不能抽！"

站在边上的小金受伤地捂住心口。

"嗯嗯，我知道了。"张珏嘴角一抽，又去摸水瓶："我还得药检呢，多给我几瓶水。"

看他这副气定神闲的样子，越来越多的对手握紧双拳，心中不甘，觉得这小子怕不是觉得自己赢定了，才一副完全不紧张的样子，而且他们也意识到了，要是到了个人赛不拼命的话，张珏还真就赢定了。

一个强劲的、技术与艺术表现力都很强的新生代小将连破纪录，对老一辈选手的刺激是很大的。

麦昆直接对教练说道："我都最后一届冬奥会了，比完这一届就退役，那么在比赛时拼命也没问题吧？"

教练翻着白眼："你把命留到个人赛拼吧。"团体赛已经没有你拼的份了。

寺冈隼人黑着脸："我还是要启用那套最难的配置。"哪怕还不稳定，也不能让那个小鳄鱼太得意，能做三个四周跳配置的人可不止他一个。

瓦西里也沉得住气，也和教练提了一句："用保守的方案已经拿不了金牌了，这次必须加强个人赛配置，抱歉，我不会在团体赛用全力。"

鲍里斯沉声回道："个人赛金牌比团体赛金牌更有价值，就按你说的办。"

张珏带来的压力几乎压垮了所有人，包括中国的自己人。米圆圆整个人都在颤抖，总觉得轮到自己的比赛时一旦失误，就对不起一哥打破纪录的拼劲，更对不起队友们。

好想现在再去打一针封闭，给她的破膝盖再上个保险，但是现在已经来不及了。

在接下来的赛事中，美国的亚瑟·科恩登场。他的自由滑音乐来自阿汤哥主演的电影《壮志凌云》，这是一首非常激昂的电影主题音乐，许多看过这部电影的人立刻就能想起 F14 从航母甲板上弹射起飞的场景。

亚瑟·科恩也是个有拼劲的小伙子，他上了两个 3A，只是尝试跳 4T 时身体很僵，最后 4T 空成了 2T，让不少人面露遗憾。升组第一年就来参加冬奥会，然后还要上四周跳，对他来说这些担子也太重了。

亚瑟不慎翻车，在他之后的加拿大一哥克尔森却表现得不是太惨，因为比起 3A，人家反而更擅长 4T，所以克尔森的 4T 成了，但 3A 摔了。

都是从青年组升上来就被本国滑联迫不及待地推到奥运赛场面对大场面的孩子，他们的表现已足够优秀，只是与仅比他们大 1 岁的张珏比起来，就显得不那么亮眼了而已。

10 日的赛程很紧，晚上 7 点比男单自由滑，晚上 8 点 05 分比女单自由滑，晚上 9 点 10 分比冰舞自由舞，所以团体赛的最终成绩一定会在今天决出。

张珏完成自己的任务后便一直安静地坐着等待队友们的成绩。米圆圆虽然因为天赋、伤病的关系，一直只是国际二线选手，但她有一个特征，就是稳定，所以她一上场，滑了个第五名，不是她没 clean 自己的节目，而是上限就那么高，真干不过别人了。

好在日本的冰舞不太行，属于被队友寺冈隼人、白叶冢庆子硬生生拉进决赛的那种，所以冰舞的梅春果、花泰狮组合居然又压过他们拿了个第四名。

经过一番角逐，索契冬奥会花样滑冰团体赛的最终成绩出来了，中国队在积分榜上排名第三！

可能是因为单人滑有两位老将留了力气，让张珏稳稳地占据第一位，拿了最高积分的关系，所以张珏心里也隐隐有点预感，觉得中国这枚团体赛铜牌应当是稳的，但看到成绩出来的那一刻，张珏还有点身处梦幻之中的感觉。

啊？真的赢了？所以他现在可以收拾收拾上领奖台了是吗？

他要上冬奥会的领奖台啦！张珏高兴地蹦起来，先搂住鹿教练亲了一口，又左手搂沈流，右手搂老舅，就连拿了团体赛金牌的瓦西里都没他那么兴奋。

但他只是个 16 岁的孩子，所以大家对这个年轻人都回以宽容友善的笑容，直到张珏把同队的双人滑男伴关临举了起来。

突然视野变得更高、更宽广的关临满脸惊恐："张珏你快把我放下来！"

一米八了不起啊？一米八就可以随便举只有一米七二的队友了吗？

此举伤害性不大，但对国际一线赛场上最矮的双人滑男伴关临来说，侮辱性极强。张珏成功达成"痛击我方队友"成就，引起笑声一片。

笑声最大的是黄莺。

65. 未来

竞技运动是竞争最激烈的行当之一，可能两年前一个分数还是顶级选手才能去打破的世界级高分，再过两年，所有一线选手都能拿到这个分数了。

业内有句俗语，叫如果想要稳拿冠军，就必须拿出足以突破当前世界极限的水准，也就是直接把世界纪录当目标。如果对手足够强的话，可能就算你拿出能刷新纪录的水平都不一定稳拿冠军，因为一个时代是可能同时出现好几个能刷新纪录的运动员的。

人体的极限说是难打破，但几十亿人里总有那么几个绝世天才，万一他们在同时代凑到一起，这个项目立马就能打成修罗场。

掀起新版修罗场的罪魁祸首和伙伴们手拉手上了索契花滑团体赛的领奖台，拿到了他的第一枚冬奥会奖牌，哪怕是铜的，也够大家高兴了。

瓦西里和达莉娅都拿下了团体赛金牌，站在台上露出灿烂的笑容，伊利亚正好在队伍的最右边，旁边就是张珏。

他对张珏伸拳头，满身熊熊燃烧的斗志："个人赛在 13 日，那时候就轮到我们正面对决了。"

张珏和他对了个拳。

11 日和 12 日是双人滑短节目，在此期间张珏不是光窝在屋子里写作业，也受麦昆他们的邀请出去参加了一次男单选手们的聚会。

聚会的发起人是麦昆，参加的人有张珏、寺冈隼人、伊利亚、瓦西里、大卫·卡酥莱。

不出意外，他们也会是男单的最后一组。除了他们，继承马丁法国一哥位置的亚里克斯、捷克一哥尤文图斯、在北美训练的韩国一哥崔正殊、西班牙一哥罗哈斯、挪威一哥阿伦·海尔格也来了。

北美的男单选手没来，据说他们都要去单板滑雪赛场喊加油，因为外号"飞翔的番茄"、已经拿过两届冬奥会金牌的美国单板滑雪名将肖恩·怀特也来到索契参加自己的第三届冬奥会。

别看张珏克服伤病和发育关归来在很多人看来非常了不起，肖恩·怀特比张珏还猛。此人先天心脏畸形，得这种病的人能活到成年的仅有百分之十，在经历几次大手术后，肖恩不仅战胜了死神，还在堪称极限运动的单板滑雪上拥有了卓越成就。

大家都自己带了饮料和零食，算是杜绝任何阴招，也让正在减肥的运动员方便许多。就算只带两瓶清水过去，别人也不会嘲笑他，都是练花滑的，谁不要控制体重啊？

他们找了个窗明几净的餐厅坐着聊天，英语和法语交织，像瓦西里、麦昆这种有自己商演品牌的，还邀请关系好的选手在赛季结束后参加他们的商演。

张珏是受邀最多的，他的外形优越，放在花滑商演里是最受欢迎的类型。不过张珏没擅自答应，他很不好意思地道："抱歉，我是高三的学生，今年6月就要高考了，能不能去商演玩，还要看我妈答不答应。"

大家对此表示理解，大卫·卡酥莱拍拍他的肩膀："一边备考一边准备冬奥会，居然还能把技术恢复得那么好，你也挺了不起的，我记得你成绩不错吧？"外国鱼苗们曾经说过，张珏是那种成绩很好的学生。

张珏尴尬地道："还好啦。"为了冬奥会，他的成绩已经下滑不少了。

大卫羡慕地说："有书读是好事。"他父母都没了，练花滑又烧钱，大学那边也只能休学，幸好这赛季他接了个不错的比利时本土零食品牌的代言，下半年也要回大学继续念书，一度失学的他无比珍惜这个机会。

接着大家又聊起花滑男单的未来。坐在这里的运动员们，分别代表着花样滑冰的过去、现在和未来，他们的想法也能在某种意义上决定花滑男单未来的走向。

伊利亚眼神坚定："四周跳是男单未来的方向，是男人就要上四周跳，所以在未来几年，大概会有选手陆续攻克新的四周跳，比赛里的四周跳数量也会越来越多。"

之前顶级男单选手在自由滑节目里通常是放两个四周跳，但是现场就有一个人打破了这项约定俗成的"潜规则"，其他人肯定想要跟上。竞技运动的难度总是在不断发展的，想要不被时代抛下的话，就必须练出更多四周跳。

麦昆补充："但裁判更青睐稳定的运动员，如果你的稳定性不够，哪怕你有能力往节目里塞五个甚至六个四周跳，也比不上能 clean 三个四周跳配置的选手。"

寺冈隼人："花样滑冰是冰上的艺术，不管技术如何发展，我们不能忽视表演的重要性，而滑行以及上肢、表情的控制只要过关，表现力就不会差到哪里去。"

四周跳、稳定性、艺术性，对这些眼高于顶的顶级运动员来说，如果这个时代必须出一个可以统治赛场、让他们心服口服的霸主级运动员的话，就必须满足他们提出的要素，否则那家伙就算不得王。

上一个时代算是瓦西里、麦昆双王争霸，他们的综合能力都不差，只是一个更擅长技术，一个更擅长艺术表现，外加马丁和谢尔盖时不时也爆发一下。

下一个时代的话，新生代里完美契合他们提出的期盼的人不止一个。大家不露痕迹地瞥正在教伊利亚玩打手游戏的张珏一眼，又看看捧起自带大麦茶的寺冈隼人，这三个人在赛场上谁也不让谁，赛场下的关系却好得不行。

瓦西里还记得自己年轻时和麦昆可是针尖对麦芒，各自去对方的主场比赛时都会听到嘘声，也就是现在都成了老将，他们才握手言和。

唯一让人忧虑的就是这三个人都有因伤病休赛的经历。有句老话说得对，运动员最大的敌人从来都是伤病，这三个人到最后，除了实力，还要拼身板。

伊利亚推推张珏："tama酱，你觉得作为一个男单选手，最重要的是什么？"

张珏想了想："当然是不断进取的心。不管当前时代的顶级运动员是什么水平，作为后来者，我们绝对要展现比前人更强的实力，就像我们的后辈也必须比我们强。如果后来者实力不足，只是因为老一辈的运动员年老体衰才能取得胜利的话，那老将也只是败给了岁月而已。纯爷们就是要硬碰硬，用实力分高下啊！"

他们不仅要赢，还要赢得漂亮，不断追逐新高，提升这个项目的极限，让花样滑冰一直精彩下去。

通过他们的表现，前辈们心中各有思量。出身战斗民族的伊利亚反而是性格最宽厚的，出身鲍里斯门下的他属于温厚的太子爷。

寺冈隼人是教练含辛茹苦培养出来的日本男单希望，看似温和，实则凌厉。

张珏则是整个花滑圈亲眼看着从小小一个长到现在这么大的孩子，敢拼敢闯，攻击性最强，天赋可能也是最高的。

除此以外，还有坚韧的大卫、继承马丁意志的亚里克斯、北美的两个天才……有他们在，花样滑冰的未来真是让人期待啊！

之后他们用一个喝了一半的水瓶转圈圈，玩了一场真心话大冒险。

张珏倒了大霉。他先是选真心话，然后不得不曝光自己被教练揍的次数——多到记不清。有没有喜欢的人——好孩子不早恋。

之后玩大冒险，张珏不得不去拥抱了走出门后遇到的第一个人，正好看完单板滑雪比赛回来的亚瑟·柯恩陷入狂喜。

他还站在桌子上大唱"Memory"，吸引全场人的目光。唱了三分之一他就挺不住了，捂着脸从桌子上爬下来。

还是崔正殊把他的幸运项链借给张珏，张珏才逃过接下来的霉运，但崔正殊又不小心中招，不得不打电话给通讯录最上方的人，大喊"I love you"三声。

张珏是个不迷信的男人，但崔正殊那条项链太神奇了，张珏很不好意思地请崔正殊帮他个忙，让他戴着这条项链去抽签。

"我发誓，等抽完签，我就立刻把项链还你。"张珏双手紧紧握着崔正殊的手，眼神诚恳地看着他。

崔正殊："好好好，我答应你了，你松手，我的手快被捏断了。"

这熊孩子到底知不知道在身高差足有17厘米的情况下，被他这么看着真的很有压迫感。

张珏举起双手欢呼一声，又抱了崔正殊一下，娇小的韩国男子汉面红耳赤，露出宠溺的笑脸。算了，小鳄鱼开心就好。

第二天，张珏抽中了最后一组第三位出场。

他真抽到了一枚好签！

白白. 鸡血

"中央电视台，中央电视台，观众朋友们晚上好，这里是索契的冰山滑冰官，正在进行的是双人滑的自由滑决赛，正在登场的是我国的双人滑组合罗兰和孟风，他们是短节目的第七名，自由滑节目是《惊情四百年》。"

"下面登场的是中国双人滑组合——黄莺、关临，他们在短节目里用《爱的罗曼史》取得了第二名，自由滑节目是《西雅图夜未眠》。"

"下面登场的是俄罗斯双人滑王牌组合——薇卡诺娃和瓦斯列夫，他们是短节目第一名，自由滑节目是《摇滚莫扎特》。"

男单短节目正式开始前比的是双人滑的自由滑，个人赛参赛人数更多，所以后几组男单的短节目要挪到第二天才开始。

张珏就是那个被挪到第二天的，他现在来到冰山滑冰宫并非为了比赛，而是关心队友。

这次中国不仅男单满名额参战，双人滑也是三组人一起来索契。黄莺、关临这对组合在上赛季的世锦赛取得了银牌，但他们当时赢得其实很惊险。

当前世界上有三组双人滑组合处于顶峰，黄莺和关临他们因年龄小、女伴单跳不稳等因素排名第三。

排名第一的双人滑组合属于俄罗斯，他们拥有稳定的抛四周捻转，缺陷则是年龄大了，伤病多。排名第二的则是加拿大的王牌，他们的单跳最高难度是3F，缺陷是表现力不佳，而且男伴肩部伤病严重，上赛季住院，缺席世锦赛，才让黄莺和关临有了拿下银牌的机会。

黄莺和关临的抛跳虽是目前世界最高难度的抛3F，但他们最高难度的单跳只有3S，其中黄莺的单跳特别不稳，抛四周捻转则在黄莺发育后就丢了，现在依然没练回来。

他们的师弟师妹洛宓、姜秀凌的单跳难度是3lo，仍然比不了加拿大那对，而且那两个年纪还小，洛宓还没进发育关，很多事都不好说。

黄莺和关临身陷苦战，张珏坐在座位上，手里的红旗摇着，心都差点从嗓子眼里跳出来。这不同于他自己的比赛，自己上场，滑成什么样心里有数，看别人比赛可就惊险刺激多了。

张珏看得出，论表现力，其实外号"欢迎光临"组合的黄莺与关临是全场最好的，默契和同步率全场第一，技术难度能和俄罗斯的双人滑王牌打平，差就差在了不稳定。

为了夺金，黄莺与关临上了最高难度，可他们一共失误两次，而俄罗斯王牌在他们失误后果断降低自己的节目难度，以稳定性拿下了更高的节目完成分，最后以0.8分险胜。

孙千看得血压飙升："但凡那两个失误能减掉一个，这个金牌他们都拿到手了。"

张珏沉吟："不一定，如果他们失误得少一点，俄罗斯那对也会上抛四捻转，鹿死谁手仍未可知。"

马教练在 kiss&cry 安慰痛哭的黄莺，关临抱住女伴安慰着她。这两个人都还很年轻，黄莺和张珏同岁，而且同样是过完发育关来索契的，他们的职业生涯还很长，只要养好身体，在技艺方面更进一步是迟早的事。

张珏肯定地说："下一届冬奥会冠军属于他们。"

弗兰斯·米勒捧着爆米花坐在张珏另一边，嘟嘟囔囔："我早说过，莺莺年纪太小，现在就滑《西雅图夜未眠》这种浪漫爱情的节目还太早，应该给他们弄个更有活力的，结果你们不听。"

那情深缱绻的缠绵，哪里是连情爱滋味都没品味过的年轻人能演绎的？就连公认表现力顶级的张珏出道至今都没滑过爱情主题，因为他心里明白这不合适，黄莺和关临选题没选准也是失败的原因之一。

这话就是个马后炮，但作为一个正在揽生意的编舞，其话术是成功的。孙千还真就被他说动了，两人当场交换了联系方式，张珏提醒道："你都胖了，别吃了。"

"什么，我胖了吗？"弗兰斯面露惊恐，捧着爆米花吃也不是，扔又舍不得，最后去拍沈流的肩膀："Shen，你吃不吃爆米花？"

张俊宝是天天吃健身餐的，油盐重、糖分高的食物一概不碰，找他消灭爆米花肯定不行，只能找沈流了。

沈流摸摸好不容易练回来的腹肌，在张俊宝的斜视中讪讪一笑："不好意思，弗兰斯，我也在控制身材。"

师兄有句话说得对，他还不到 30 岁，本来发际线就危险了，再发胖的话，可不就是提早进入中年期？做个张小玉的教练，实在不用付出这么大的代价。

弗兰斯：你们都好自觉啊！

就在这时候，张珏还嫌弃地推了推弗兰斯："你离我远点，刚才我就想说了，你捧着爆米花又不吃，真的很让我为难。"不知道他是个易胖体质的馋鬼吗？快走快走，别在这儿引诱他了。

弗兰斯：你就仗着自己是我的缪斯，可劲地欺负我吧。

双人滑看似是场悲剧，实则也算完成了上头给的指标——领导要求运动员们带 10 块奖牌回家，银牌、铜牌也是奖牌啊！

双人滑自由滑结束后就是男单前几组的短节目比赛，董小龙、金子瑄纷纷上场。

就像张珏今年在选曲时，决定用《巴黎的火焰》这种俄式红色样板芭蕾来做短节目，好提升裁判好感度一样，董小龙今年的短节目选曲也是俄系风格，那是一个名为 Bel Suono 的俄国组合弹奏的钢琴曲 "Разлука"。

流利的琴声连绵不断地敲打着心扉，如同心弦为了生活而轻颤，清新而美好，生机勃勃，又像走在秋季的街头，一片枫叶从天而降，落在掌心。

在运动员温暖细腻的演绎下，这个节目获得了阵阵掌声。或许董小龙不是技术最好的，但他在冬奥会上刷新了自己的短节目纪录，他的编舞也是为黄莺、关临编节目的那位。

弗兰斯感叹："人在离开前总是想要留下最好的自己，那个编舞还是有点东西的。"虽然同行相轻，但人家能成为一个国家队的御用编舞，弗兰斯也不得不承认这家伙水平很高。

相比之下，金子瑄的表现力就还需要继续进步了，小伙子的肢体没上赛季那么僵硬，感情投入却还不足，但只要他不抽风，孙千别无所求。

大家对金子瑄没啥别的指望，争金夺银的压力都在张珏那边，金子瑄别表现得太差，大家都 OK。

这一天的比赛对很多冰迷来说也只是热身，真正的好戏在明天，最强的那几个都被安排到最后一组了，各国一哥也都进了倒数第二组，加起来 12 个人。

这一届冬奥会男单比赛之所以被称为修罗场，便是因为到了最后两组，所有人都曾在正式赛场上完成过至少一次四周跳。相比上一届冬奥会，索契在技术方面做到了全面超越，而这些四周跳选手里，有接近一半都是不足 20 岁的小将，甚至有才升组就被赶鸭子上架送到奥运赛场的，但小将们也不是善茬，最猛的新生代三剑客都冲进了最后一组。

倒数第二组的比赛结束时，大卫·卡酥莱暂列第一，加拿大的克尔森暂列第二，而最后一组的第一人也来到候场区。

他是一个金发蓝眼的美男子，打扮得像个中世纪的贵族少年，神情清冷，五官俊美。

"接下来上场的是东道主选手伊利亚·萨夫申科，今年 18 岁，他的短节目是《暮光之城》。"

从电影里选赛用音乐一直是花样滑冰的常见做法，单人滑、双人滑、冰舞都这么干，虽不如滑古典乐更容易得到一些老派裁判的好感，但因为有电影的剧情作为参考，演绎起来会更加轻松。

伊利亚的赛用音乐是将电影里的好几段配乐剪辑到了一起，整个节目分为两段。

张珏一听就觉出不对来："这个音乐不能说不好，但不同的音乐段落衔接太生硬了吧？"换了他来，他会直接去掉其中一段，然后用单纯的琴声来将两段音乐连起来。

音乐的不完美不耽误伊利亚完美展现自己的技术，他拥有目前世界上最高的跳跃高度，做四周跳时能有72厘米，而且他在节目最初放入了4T、3A、3lz+3T，完美的跳跃让本土观众看得喝彩连连。

第二位登场的寺冈隼人则再次表演了一个日式节目，尺八的声音悠悠回荡在场馆内，悠扬而幽深，有着浓烈的古典风情。寺冈隼人同样上了四周跳，且完美clean，他们都很年轻，节目的完成度却令人惊讶。

赵宁毫不吝啬赞美之词："令人惊叹，伊利亚和寺冈的表演放在上一届的温哥华冬奥会都是足以夺冠的，是当之无愧的冠军级表演！在以前的比赛中，人们总是说，瓦西里和麦昆针尖对麦芒，只有他们有资格对冠军的宝座发起冲击，但看到这两位年轻人的表演，我可以说，他们已经有资格参与这场对金牌的争夺战！"

张珏纳闷，一边脱外套一边嘀咕："这群人怎么回事？今天一个个的都把短节目clean了，是打了鸡血？"

这个满脸疑惑的人在场上滑了个99.33分，再度刷新自己的世界纪录。《巴黎的火焰》可谓刷新纪录的利器，张珏带着这套节目上冬奥会，滑一次破一次纪录，看得所有人目瞪口呆。

弗兰斯知道，从这个节目开始，罗西巴耶娃的身价恐怕会暴涨，以后无论是谁来，都不能将她从一线编舞的位置上赶下去了。对编舞来说，这种不断刷新世界纪录的节目，就是够吃一辈子的雄厚资本。

鲍里斯接过大徒弟的外套，低沉地叫他的昵称："瓦先卡。"

瓦西里应了一声："我知道，短节目之王不是浪得虚名，他的确很有本事。"

但他的《利鲁之歌》也不是会被轻易比下去的。

67. 修罗

如果一个项目像足球一样崩盘，愿意赶着找虐的球迷就成了少数，这是之前中国的冰雪项目人气不行的主要原因——战斗力不够强，吸粉能力有限。

双人滑人气比别的项目高些，还是因为有金梦和姚岚这一对世界顶级选手撑场面。

现在男单也是如此，从 13 岁到现在，张珏的败绩极少，但凡出赛就一定能带着一块奖牌回家，这种稳中有升的态势不仅让许多业内人士看好，也吸引了不少喜欢实力派运动员的冰迷。

当张珏在索契冬奥会连续刷新世界纪录的时候，许多关注冬奥会的媒体都开始报道"我国小将在索契花滑团体赛连续三次刷新世界纪录"的新闻，各路体育大 V，哪怕是先前不关注花滑的都很愿意顺手转发一下。

人家的分数实打实地放在那里，就是个正儿八经振奋人心的好事，谁还不乐意给自家的运动健儿点个赞？某些看不得自家人好的网友或者是嫉妒张珏太帅的人除外，但那些不友善的言论只要忽视就好。

张珏再上热搜，这次，他的微博粉丝直接冲破五百万。虽然他的动态还是只有寥寥几条，导致大批粉丝都在下面吐槽"你倒是多发几张自拍啊哥"，但大家也能理解为啥张珏没用微博，人还在奥运赛场上拼着呢，哪有空玩手机？

等张珏上个人赛的时候，熬夜在电视机前蹲守的粉丝比之以前翻了几倍，此时他已经成为本届冬奥会人气上涨最快的运动员。过往的成绩、照片乃至事迹都被冰迷做了长文各种转发，包括他的伤病、他的发育关，还有他的萌神系列海报。张珏人在索契，但他的鳄鱼团扇销量已经创下新高。

陈思佳的爸爸喊道："佳佳，你同学要上场了！别窝在被子里看手机，对眼睛不好，直接过来看电视！"

砰的一声，陈思佳的卧室门被她自己推开，小姑娘冲出来坐在沙发上，激动兴奋地看着屏幕，时不时又瞧一眼手上的屏幕，手指飞快地打字。

冰天雪地论坛，某直播帖。

佳佳："比赛就要开始了！"

猴子喝酒："珏哥一定是第一，你们看到他在六分钟练习时跳的那个连跳没有？我敢打包票，他的连跳技术储备绝对是世界上最强的！"

夏冰雹："4T+3T+3lo+1lo+3S+3T……这种火星难度的连跳居然都练得出来，鳄神是真牛，原本看他在全锦赛的状态，还以为这次冬奥会能得到奖牌就是万幸呢。"

云间有人："根据沈教练的微博，鳄神全锦赛那会儿还没恢复好，他是开始高原训练后才把四周跳稳下来的，而且在抵达索契后，他的状态还在持续上升，我珏哥没伤病拖着的时候就是无敌的！"

夏冰雹："瓦西里也有两种四周跳储备，而且老鲍门下的运动员都很稳定，他要是没伤，鳄神在他面前未必牛得起来。"

佳佳："大家不要把期望放得太高，别忘了张珏才过完发育关没多久，而且只有16岁。我在这儿提前打个招呼，虽然张珏的名气没当年跨栏那位飞人的高，但还是希望大家能理解运动员。"

…………

《巴黎的火焰》算是被张珏滑成神作了，连曾经跳过这支男变奏的几位男首席都为张珏的表演视频点了赞，称赞他是出色的舞者。教练组内部也知道张珏只要没伤病困扰，就是行走的刷新纪录的机器，不了解花样滑冰的粉丝看到张珏上场时的精气神，都知道他状态绝佳。

果不其然，张珏在成年组的第四次世界纪录到手，这种刷新纪录和喝水一样轻松的姿态，引得观众席上举小红旗的中国留学生、粉丝团都高兴不已。

张俊宝一握拳："99.33分，不出意料的话，你短节目第一的位置稳了。"

张珏又起身对观众席行礼，他总是把礼数做得很足。"自由滑不好比，上三个四周跳配置的人不会少。"张珏可以肯定，麦昆、瓦西里这种滑完索契冬奥会就要退役的老将会在这次比赛上拼尽全力。

鹿教练嗯了一声，算赞同张珏的判断。他扶着拐杖起身，被张珏顺手扶住胳膊，老爷子抬起眼皮，面无表情但心情不错地被扶着离开kiss&cry。

新指标已经被转告给了孙千——他们希望花样滑冰在本届比赛中，除了一枚双人滑的银牌，还可以带回去一枚男单的金牌。保银争金，这是张珏的新任务。

鹿教练一边走一边对学生说道："指标能完成自然好，完不成也影响不大，你的实力摆在这里，没人能亏待你，放松去滑就行。"

张珏连连点头，鹿教练补了一句："也别太放松，你的毛病就是经常浪，浪不说，还喜欢浪翻车。"

张珏咳了一声："我保证，在冬奥会的赛场上我不会浪的，你看我在自由滑里都没放第四个四周跳。"

张珏掌握的四周跳种类只有两种，想加第四个四周跳，就必然要放在 4+3 的连跳里，但他的 4S 才练回来，根本没法做连跳，4T+3T 的成功率又只有百分之四十。

在奥运赛场最重要的就是稳，宁肯不上最大难度，也要保证节目完成度。

沈流："你心里明白就好。"

男单短节目排名出来。

张珏：99.33

瓦西里：97.17

伊利亚：95.96

寺冈隼人：94.75

麦昆：92.5

大卫：89.61

明眼人都看得出来，其实伊利亚和寺冈隼人差距不大，两人差的那几分原因不在实力上，而在国籍。伊利亚是俄系太子，在索契主场，他就是打分待遇更好。

而瓦西里拿到的 97.17 分，却是真正符合他本身实力的分数。在团体赛的时候，瓦西里的自由滑虽然每个跳跃都成功落冰，但落冰的质量真的不好，完全是凭着技术强行落冰，和张珏起跳轴心正、落冰滑出顺滑的跳跃完全不是一个档次。

但是到了个人赛的时候，瓦西里的跳跃质量就回来了。

张珏猜测这人之前技术下滑是因为腿部伤病的影响，至于现在，瓦西里绝对打了封闭，而且不止一针。

老舅看着外甥发呆的表情，问道："张珏，在想什么？"

张珏："我在想，瓦西里会很难对付。"

对手技术好，表现力也令人吃惊，不知道这人到底在哪里打的鸡血，到自由滑的时候，恐怕会更难对付。张珏觉得自己的霉运可能也是没治了，原本以为自己能稳赢瓦西里的，谁知道这人都伤到那个地步了，还能再爆发一次。

但是，也只有这样的比赛才配称作精彩啊！

沈流的一句话让他的心情立刻好了起来，那句话是："张珏，你知道吗？现在网上很多人都将这届索契冬奥会的男单比赛，和1998年那一届冬奥会的冰舞比赛相提并论了。"

1998年冬奥会的冰舞号称史诗级修罗场，前四名的节目放在以往任何一届都足以夺冠，最后还是GP组合拿出经典《安魂曲》才夺得冠军。

现在人们如此评价索契冬奥会男单比赛，何尝不是认为这批男单选手都是有资格坐上冠军宝座的？无论谁赢，都不是冷门。

然而张珏料到了瓦西里会爆发，却没料到当自由滑的比赛开始时，先爆发的居然是麦昆。

他的自由滑节目是《波莱罗舞曲》。

这位同样处于职业生涯末期的老将穿着黑色的半透明考斯腾，站在冰上，双手如同蛇一般。在节目开场，他便对镜头露出标志性的帅气笑容，接着，他clean了这套双四周跳的节目，一举将总分追到了第一位。

他的总分是285.23分，在自由滑难度配置有限的情况下，他已经做到了最好。

虽然麦昆是俄罗斯人最不喜欢的外国男单选手之一，但欧洲一哥的身份，还是让他拿到了不错的打分待遇。

鲍里斯瞥那边一眼，发现麦昆正和自己的教练拥抱，便说道："这小子要是在温哥华滑成这个水平，也不至于最后连个领奖台都没上，让马丁捡了便宜。"

瓦西里摇头："有时候状态爆发是需要周边环境去逼的。"没被逼到某种程度，肾上腺也不会高效运作。

麦昆这一次爆发，让许多现场的记者纷纷点头，这场比赛果然成了修罗场。谁知道这个判断下了不到5分钟，赛场局势就变得让人看不懂了。

寺冈隼人上场，开头就摔4T，在他之后伊利亚登场，然后伊利亚在节目里做两个3A时都摔了，两个年轻人雄赳赳气昂昂地登场，又像霜打的茄子一样蔫巴巴地下场。

张俊宝都觉得不忍心看，他扭头和张珏嘀咕："你上场的时候可别像他们一样。"

张珏："这个我也不能保证。"

老舅："啥？"

张珏吐槽："六分钟练习的时候，我就觉得今天的冰质量不好，不知道是不是制冷效果的问题，反正冰面有点湿，经验不足的上去脚打滑。"早就听说索契冰面不行，亲身体验过后，张珏也不由得心里七上八下。

他说："原本还想今天试试把 4+3 连跳也加入节目的，现在看来，我还是用三个四周跳的配置算了。"

张俊宝和沈流异口同声："不用三个四周跳的配置，你还打算用什么？！"

好家伙，之前这小子嘴上嗯嗯啊啊应着，会稳稳当当地把比赛比完，原来心里还打着浪的主意呢！要不是冰面差，他怕是真要这么干了！

68. 双王

热身时一直在关注张珏对手们的比赛的沈流告诉他："瓦西里这套的 clean 概率其实不高，而且他的性子其实属于那种内敛慢热的类型，没你那么外向，所以表现力比你、麦昆略逊一筹。"

瓦西里没法彻底放开自己，所以前几年输给麦昆的时候，一般输的不是技术，而是表演和稳定性。

张珏活动着脚踝关节，轻轻拍打左边小腿，摇头："但他不会甘心于此，瓦西里本质上应该是个和我一样的人，他近几年一直在表演方面使劲，艺术和技术两方面的成就都不错。"

他们都有着很典型的运动员性格，一旦在某个时段不再进步的话，就会迷茫、不安、焦躁，而且越是这个时候越要和自己较劲，直到再次出现在人前时，他们会给人一种"这家伙好像脱了一层皮"一样的蜕变感。

瓦西里也是如此，张珏有预感，这个打了鸡血的家伙，就是他在本届冬奥会最大的对手，因为来到花滑的赛场那么久，只有瓦西里常给张珏一种错觉——他就像是另一个自己，一个遍体鳞伤，性格更加沉默的自己。无论天赋，还是内在的要强，他们都很像。

就在此时，鹿教练起身，跪坐在张珏面前，提起他的左脚，捏了捏他的比目鱼肌："痛吗？"

张珏摇头："不疼。"他之前养得久，旧伤对比赛的影响不大。

比赛开始前，大家普遍认为金银牌是瓦西里和张珏的，而铜牌会由寺冈隼人和伊利亚的其中之一拿下，这两人一翻车，铜牌应该就是由目前总分排名第一的麦昆拿了。没人觉得麦昆能拿冠军，毕竟麦昆只能往自由滑里塞两个四周跳，瓦西里和张珏却能塞三个。

而对东道主来说，本土选手在人气最高的比赛中是必须拿到好成绩的，所以伊利亚一翻车，瓦西里的压力顿时就更大了。如果他再不能 clean 这场比赛的话，这事恐怕不好收场，好在他早就不是扛不住压力的年轻人。

鲍里斯已经是带出过很多奥运冠军的老教练了，他对这种局面习以为常，老教练伸手："瓦先卡，走了。"

瓦西里脱下外套，露出里面灰红相间的考斯腾，嘴角翘起微小的弧度，总是冷漠的脸柔和起来。

这一刻，鲍里斯莫名想起在十年前，还只是孩子的瓦西里捧着一束花，越过风雪，敲响他的冰场大门，对他说："我希望成为您的学生，做您手下的下一个奥运冠军。"

这位风雪中走来的少年，他的眼神从那时到今天，从未变过，而他的天赋也是鲍里斯见过的最好的。

现在，那个少年重新回到了他的面前。

瓦西里说："咱们走吧。"

瓦西里动了动右腿，感觉没以往那么敏捷，但疼痛感也接近于无，到了不会影响他发挥的程度。他轻声说道："我好久没这么轻松过了，难怪那么多运动员都需要打封闭，疼痛感对运动员的发挥影响太大了。"

瓦西里的两个膝盖半月板都磨得差不多了，髋骨也有磨损，脚踝、膝盖的韧带就没有没受过伤的，伤得最严重的却是右腿的比目鱼肌。

他在 17 岁之前也受过其他伤，但在养好后就又仗着年轻继续浪，巅峰时期甚至在商演时跳了 4T+3T+3lo+3T 这样的超高难度连跳。

张珏在短节目六分钟练习时的连跳震惊全场，可瓦西里在巅峰期也不见得会输，直到数次伤病后，瓦西里的跳跃能力开始陷入瓶颈，原本他还以为自己能接着攻克 4F、4lz 的，可他做不到了，他的腿不行了。

伤病到来之前，谁不是潜力无限？瓦西里承认张珏的存在让他对花样滑冰的未来充满期待，但他现在还不想输，他要和张珏拼到底，他想赢。瓦西里认为这就是自己对那个孩子最大的尊重，想要从他手里接过王位，就和他正面对决一场！

电视里，赵宁解说道："接下来登场的是短节目排名第二的俄罗斯男单王牌瓦西里·塞尔杰科夫，他是世界上第一个同时在正式比赛中完成后外点冰四周跳（4T）、萨霍夫四周跳（4S）的单人滑选手，外号跳跃机器。他的自由滑是《辛德勒的名单》，他在本赛季凭这个节目拿到了大奖赛总决赛、俄锦赛的冠军。"

一米七六左右的青年容颜俊美，他的手臂上缠着红色的丝线，腰上有一条灰色的腰带，看起来比以往的任何一个赛季都消瘦。

小时候的瓦西里曾被称为"焦糖玫瑰"，不仅外貌精致，还长得很甜美。长大后五官、脸型都变得棱角分明，才成了现在气质清冷的美男子，而且和披着仙子皮肤的暴脾气小鳄鱼不同，他是真的性格偏沉默冷淡，又带着倔强。

他的神态很内敛，却有种从容赴死的悲凉。

张珏意识到这个人已经进入表演状态了。

忧伤的小提琴声回荡在场馆中，瓦西里回头看向场外，和张珏对视。

下一刻，钢琴声也响起，金发青年在冰上滑行，如丝般顺滑的滑行，使他的滑行轨迹就像水上的涟漪。张珏睁大眼睛，不可思议，在那样的冰上，居然也能做到这种水平的滑行。

伴随着清脆的点冰声，瓦西里完成了一个质量极高的 4T，接着又是举手的3T。

4T+3T

BV（基础分）：14.6　GOE（执行分）+3

CURRENT（当前选手技术分）：17.6【俄】

LEADER（目前领先技术分）：97.23【意】

这个 GOE 一出来，许多人都露出惊讶的神情。

以往哪怕选手表现得再好，裁判也不会轻易给出 +3 的 GOE，但瓦西里的确配得上这个分数。

那就鼓掌好了。张珏鼓掌了。

瓦西里的第二组跳跃是 3A+1lo+3S，同样精彩的跳跃，拿到了 +2.67 的高 GOE。

中国代表团看着这个 GOE 心里都在发紧，瓦西里当然配这样的 GOE，裁判根本没捧他，只要给他正常的分数就可以了，可是待会儿张珏还能有这个待遇吗？谁也不知道。

张珏是唯一一个心中没有忧虑的人，他面无表情地看着瓦西里的身影，在他成功完成技术动作的时候没有欣喜，也没有不悦，仅仅是站在那里。

他明白，这会是一场经典演出，因为他的存在，瓦西里才能做到这一步，如果谢幕演出能是这样的程度，想必现在正在表演的瓦西里心里也是高兴的。

没有华丽的炫技式编排，没有外放的明显悲伤的情绪，一切花里胡哨的东西都被摒弃，张珏的对手完全将自己沉浸在《辛德勒的名单》的世界中，几乎忘记了外部世界，来了一场经典的表演。他像在向上帝微笑，笑中有贪婪，有自省，有忏悔，也有救赎。

在这场自由滑中，瓦西里在节目里总共完成了 3 个四周跳，其中包括 4T 在内的 3 个单跳放在节目后半程，而且作为一名腰伤严重的 25 岁老将，他还做了一组拥有"半贝尔曼"之称的提刀燕式旋转。这个人不顾往后的健康，不顾一切，在职业生涯末期，奉献了足以铭刻于花滑殿堂的杰作。

结束时，全场观众都站起来鼓掌，而瓦西里跪坐在冰上，俯身吻了吻冰面，然后站起身，用力一挥拳。

　　技术分：103.9

　　表演分：97.18

　　自由滑得分：201.08（WR）

加上短节目的 97.17 分，瓦西里的总分是 298.25 分。

今天仿佛注定是一场花滑盛宴，瓦西里的绝佳成绩没有影响张珏的上场，他在上冰时打滑了一下，又很快站稳。这一场不好比，所有人心里都是明白的，沈流想再鼓励他几句，却在看到张珏眼神的那一瞬怔住了。

张珏现在的眼神，和他去年在世锦赛上的眼神一样……那时张珏 clean 了自由滑，完成了自出道以来极为出色的一场表演。虽然这孩子已经用在团体赛中的自由滑超越了那一场，但是那种所有的情绪都压在灵魂之中，下一秒就要燃烧起来的处于静谧与爆发之间的状态，再也没有被唤醒过。

直到现在。

张珏撤下少年独有的轻狂与慵懒，一边滑向冰面中心，一边举起右手看着自己的掌心，看似漫不经心，黑眼却十分深沉，如同夜沉淀在他的眸底，淡漠的神情若即若离，黑暗的过往变成燃料，灼烧着他的灵魂，提供无尽的热力。

如果说平时的张珏是沉浸在新生活里幸福的小鳄鱼，那么现在的张珏才掀开表皮，露出真实的自我。

瓦西里的演出是终末之曲，张珏的表演却是他攀爬巅峰、不断挑战人类极限的曲目，少年如同冰上的暴风眼，总是席卷一切，可他本身是平静的。

同样是 4T，瓦西里的跳跃高，而张珏的 4T 则更远，轻轻一点就横跨了 3.2 米。

4T
BV（基础分）：10.3　GOE（执行分）+1.05
CURRENT（当前选手技术分）：11.35【中】
LEADER（目前领先技术分）：103.9【俄】

在以往的比赛里，张珏真正完全沉浸在音乐里的次数并不多。他是个会临场算分的孩子，万一不小心哪个跳跃没做好，他需要立刻改配置，酌情将某个跳跃挪到后半段，或者直接提升跳跃难度，以保证技术分，相应地，他也总需要分出一点心神去计算。

但今天张珏有一种很奇妙的预感，那就是他可以尽管放心地全身心去跳，因为不会失误的。虽然冰面很湿滑，但如果只是三个四周跳的配置，那么在这种状态下的他不可能失误。

所以他将一切抛诸脑后，观众的期待，教练组的紧张与压力，通通被抛到脑后，留给自己的只有音乐。

不管面对的是什么逆境，张珏一直是个喜欢看着上方的人。在深渊里，他仰望天空；在平地上，他看着山峰；在绝望中，他也会不断地伸手去抓住希望。

此时此刻也是这样，人类想要更加接近天穹的梦想总会不期而至，让他不断地向上伸手，朝那里走去，在有限的生命中燃烧自己，即使雨水不断地落下，也不能阻碍他发光，这就是张珏想要表达的东西。

瓦西里怔怔地看着这一幕，嘴角翘起。这真是一个好节目，在最后还能和小鳄鱼完成这样棒的一场比赛，作为一个热爱花样滑冰的追梦者，简直是上天的厚爱了。

团体赛的张珏够好吗？当然够好，他连世界纪录都打破了，可是这一场的张珏成功做到了更好。

他没有加强技术方面的难度，情绪的演绎却更加精湛，明明《辛德勒的名单》才让全场观众起立鼓掌，观众们的情绪应该疲惫了，可是张珏的"Rain, in Your Black Eyes"在节目前半段让所有人的情绪都镇静下来，然后在后半段用他的感染力渲染了目之所及的世界。

在节目结束的那一刻，雨声停止，张珏停驻于冰面，闭上了眼睛，露出享受的笑容。

对死亡露出微笑的《辛德勒的名单》，雨中火焰般的"Rain, in Your Black Eyes"。

两位运动员在同一块冰场上，演绎出了属于他们自己的经典节目。

张珏看向场外，和瓦西里对视。瓦西里左手背负身后，右手扶住心口，绅士地行礼。张珏则双手打开，右手横置于胸前，对他行了一个花滑表演者结束时献于观众的礼。

撇开分数，撇开胜负，两位花滑王者都向对方致以最崇高的敬意。

曾拍下小鳄鱼飞高高、大萌神吃芥末等名场面的小村记者下意识地举起相机，将这一幕也记录了下来。

后来，有人将索契冬奥会男单自由滑的瓦西里、张珏的对决，称为双王对决。

旧王与新王在最高等级的赛场上正面对决，而且都拿出了经典的作品，极致的演绎，他们那种神一样的状态，是由彼此激发的。

69. 最佳

所有人都站起来了，包括裁判、各国教练、运动员，他们不约而同地鼓着掌，这掌声不仅献给两大经典级的节目，更献给演绎出这两个节目的运动员。

他们对彼此的欣赏、尊敬，有着触动人心的力量，置身于赛场中，很难不被他们感动。

寺冈隼人和伊利亚都看着那里，眼中有着相同的向往。如果有一天，他们也能在这样的赛场上和惺惺相惜的对手完成这样的表演，想必也是人生一大乐事。

寺冈隼人叹息一声，转头看伊利亚，发现对方也看过来。

哼！两个从青年组斗到成年组的少年互相翻了个白眼，扭过头。

双方教练：你们还是小孩吗？瓦西里和张珏互相尊敬的运动精神那么感人，你们给我学习一下啊！

张珏下冰时才发现自己已经接近虚脱了，肾上腺素消退后，身体的疲惫让张珏恨不得立刻躺下休息。

老舅抹抹被感动出来的眼泪，和眼眶通红的沈流一人一边架着张珏走到kiss&cry坐好。张珏扯了好几张纸擦汗，低着头大口喘气，喘气声重得连隔着镜头的观众都仿佛听得到。鹿教练顺着男孩单薄的背，一摸就是一手的汗。

张珏努力调整呼吸，断断续续地说道："我尽力了。"

他是真的尽力了，接下来能不能赢看命，反正他这人别的优点没有，就是想得开，只要身体保养得好，他说不定还能再参加两届冬奥会，而且索契打分是什么情况，他一开始就清楚，这也是他为何在察觉冰面湿滑前动了上四个四周跳的念头。

他真的很想赢。

但是瓦西里的《辛德勒的名单》也超越了他的想象，如果输给这样一个节目的话，张珏愿意认。他输得起！

沈流和张俊宝对视一眼，一起点头："是是，你已经完成冠军级的表演了。"

孩子都滑出这个水准了，不说前无古人，后无来者，但既然来观赛的领导都在擦眼角，可见这小子真的做到了无可挑剔。无论最后拿的是金牌还是银牌，张珏都将刷新中国男单在冬奥会上的最好成绩。

沈流暗暗叹气，明明是同等级的跳跃质量，可张珏的 GOE 只能打 1.5 到 2 分，人家是 2.5 到 2.9 分，八组跳跃下来，就已经差了五六分，表演分再做点手脚，这里扣点节目内容分，那里扣点滑行分，这样还能赢才是有鬼了。

花滑、艺术体操这样的打分项目之所以有水分，甚至出现过无数"艺术水母"，就是因为裁判可以做的手脚太多。张珏这孩子自出道以来从未输给过自己，也很少输给对手，这一次，他也只是输给了裁判。

鹿教练提醒他们："分数出来了。"

几人一起抬头，看到屏幕上出现张珏的自由滑得分。

技术分：107.87

表演分：90.05

自由滑得分：197.92

张珏的最终得分是 297.25 分，比瓦西里的 298.25 低 1 分，就是这 1 分之差，决定了张珏的首届冬奥会之旅，以一银一铜为结局。

冰天雪地论坛看到这个分数，全都激动起来。

猴子喝酒：我 &% ￥#……之前看比赛打分的时候，就觉得那个 GOE 不对劲了！1 号和 4 号裁判都是俄系的，看到咱一哥跳完立刻打 0.5 分或者 0 分。眼睛有病就该治，别在这儿祸害别人！结果我没想到差距在表演分那里，居然差了 7 分啊我去！

迷彩天空：醉了醉了，两个顶级运动员完成了本世纪以来花滑男单最伟大的对决，把运动精神展现得淋漓尽致，我才哭完了，一看分数，好家伙，结果瓦西里表演分 97.18 分，张珏表演分 90.05 分！

9527：最有意思的是哪怕使劲压 GOE，鳄神的技术分还是比瓦西里高了近 4 分，他把跳跃压后半段拿的基础分加成太牛了，加上还有短节目优势，俄系裁判想保自家一哥金牌，可不就只能从表演分那边下手吗？

风靡：中国一哥赢了发育关，赢了伤病，顶着高考冲击冬奥会，甚至只用了几个月就把技术改到现在这种程度，血泪汗一样没少流，却终究赢不了国籍优势。

佳佳：1分之差，便是天堑。

8848镶钻平板：你们看俄罗斯一哥的脸色都不对了，一看张珏的分数立马黑着脸，指着大屏幕和他教练吵起来了。得，裁判这一搞，连俄罗斯一哥自己都看不下去了！

…………

瓦西里指着屏幕瞪着眼睛吐出一段话，然后被鲍里斯一巴掌扇在后脑勺上："臭小子，老老实实去领奖，你这时候闹事，信不信滑联的官员能把金牌塞你嘴里？"难道他看着这个分数心里就爽吗？

鲍里斯老教练都带出过那么多金牌弟子了，银牌弟子也不少，江湖地位稳如泰山，早就能淡然地接受弟子的成绩了。现在是这样的结果，他也觉得脸上无光，瓦西里觉得自己坑了张珏，鲍里斯也觉得自己坑了张俊宝、沈流、鹿老头……那小子的教练真多！

但俄罗斯举办这届冬奥会花了不少心思，花滑作为冬奥会人气最高的项目之一，本国的运动员能否夺金更是吸引了无数本土冰迷的关注。这种时候瓦西里是赢也得赢，不赢也得赢，哪怕是为了场面好看，瓦西里都得笑着去把金牌领下来。

有些事硌硬人，但区区运动员和老得半只脚进土的教练真没法反抗。

张珏喘完气，终于撑着腿慢吞吞地站起来，朝瓦西里走去。他这一动，镜头也跟着动了。记者是世界上最好事的群体，张珏的分数出来后，懂行的一片哗然，这会儿看到张珏的举动，都觉得他怕不是要去和瓦西里打上一架。

话说瓦西里伤得都坐轮椅了，刚才站起来给张珏行礼都是靠意志力强撑，恐怕干不过这个身高一米八的壮小伙。

谁知张珏却在众目睽睽之下蹲在瓦西里面前，把手放在对方的膝盖上面："痛吗？"

瓦西里顿了顿，回道："很痛。"

张珏仰着头笑起来，对他伸出手："我们完成了一场很棒的比赛呢，瓦西里，能遇到你这样的对手真是太好了。"

瓦西里不说话，但也顺从地和小鳄鱼握了手。

"瓦西里，这应该是我们最后一次站在同一个领奖台上了，下一届冬奥会，我就见不到你了。"张珏很遗憾地拍拍瓦西里的膝盖："退役后要好好养伤啊！"

瓦西里忍不住说道："你小子非要在这时候摆出这么懂事的样子吗？你这样的态度，让我觉得你在怜悯我。"

张珏笑起来，站起身，瓦西里惊讶地发现这个曾经娇小可爱的孩子，已经变成了他需要仰视的高挑青年，对方俯身抱了抱他。

"我并不认为我输了，就像我也不觉得你输了一样。瓦西里，你配得上金牌，所以我们一起好好把奖领了，让这场比赛有一个没有遗憾的收尾吧。还有，像你这样的强者没什么值得我怜悯的地方。"

索契冬奥会男单个人赛的结果在情理之中，张珏却成了几乎所有人的意料之外。

他精湛的表演、高超的技术，让中国滑联在分数出来的第一时间就联系了索契冬奥会组委会，并提出了抗议，但组委会给出的回应是"裁判打分公正，符合赛事规则"。

在一片暗流涌动中，这场比赛的结果到底是确定了下来。

索契男单的打分很快在网上掀起轩然大波，俄罗斯一哥、中国一哥的粉丝几乎是瞬间就战成一团，而花滑业内人士也分为两派吵得不可开交。

这样的结果简直太让人纠结了。如果瓦西里真是靠裁判帮忙的，大家还能说他才是银牌得主，但瓦西里还真就拿出了冠军的水准，他和小鳄鱼之间无论谁拿冠军似乎都没问题。

但等张珏真的屈居银牌的时候，大家又觉得这倒霉孩子太惨了，输给瓦西里没毛病，比赛本就有输有赢，输给裁判就太冤枉了。

争来争去，这几方终于达成一致——裁判不是东西，不干人事，两个运动员都好难，明明他们交情挺好，结果一个拿了冠军都不痛快，一个被黑了金牌，真怕他们的友谊被裁判的操作影响啊！

颁奖仪式开始时，瓦西里挂着拐杖冷着脸上场，他这会儿冷脸大家都很能理解，毕竟腿都这样了，恐怕人都疼得不行了吧，笑不出来多正常啊！

了解瓦西里性格的人纷纷摇头，有的人觉得瓦西里不识趣，既然金牌到手，高高兴兴地去领奖就行了啊，摆出这副表情给谁看？还有的人则觉得这位一哥性格过于正直，也不知道鲍里斯那个老狐狸怎么教出这种直脾气的徒弟。

冠军黑着脸，而许多人认为被黑了金牌的那位银牌得主反而保持着得体的神情。等瓦西里走到红毯尽头，张珏从台子上蹦下来，把瓦西里的拐杖抢走塞到麦昆手里，然后双手掐着瓦西里的腰，把人举上领奖台。

观众席传来一阵笑声，张珏长腿一迈，重新站回领奖台，眼睛往场外一瞟，正好看到小村记者放下相机，对他比了个 OK 的手势。

张珏心中满意，转头对瓦西里眨眨眼睛。瓦西里则凝视着他，在张珏不解地歪头时，他又把头扭回去。

在升旗仪式结束，三位运动员披着国旗绕场滑行时，因为伤病只能站在红毯上的瓦西里突然对张珏挥挥手，张珏不明所以地滑过去，这位即将退役的王者便突然抓着他的手高高举起。

隆重喜庆的氛围因为他的举动凝滞了一瞬。

瓦西里认真地说道："这一届冬奥会，你因为很多原因，只能做无冕之王，但是下一届冬奥会，你一定会把金牌拿下来！我等着那一天。"

张珏用坚定的语气回道："当然，下一届的冠军一定是我！"

他们看着对方，瓦西里再次抱住了张珏，少年高挑、清瘦的身躯暖暖的，瓦西里拥抱张珏时发现自己的头顶才到对方的耳侧。

小鳄鱼，以后你还会面对很多这样的事情，看到你这么坚强的样子，身为前辈虽然心中敬佩，但也没法不担心你。

无论你是怎样的天才，终究只是肉体凡胎，要顶住那么多风雨和黑暗去攀爬山峰，你以后一定会吃很多苦。但我相信，这样的你一定能攀上心中的峰顶，只是可惜，我已经无法继续在赛场上支撑，所以那时候站在你对面的对手，应该是其他同样优秀的孩子。

如果可以，我真的很想继续在役，继续做你的对手。

当晚，不怎么玩社交账号的瓦西里更新了一条推特。

他发了一张照片，照片里是他与首次参加大奖赛青年组总决赛的张珏的合影。他穿着白色西装一样的表演滑考斯腾，而张珏穿着小鳄鱼连体睡衣，两人站在一起，对镜头露出灿烂的笑容。

这张照片下面只配了一句话。

你终有一天会成为 GOAT（Greatest of All Times，历史最佳）。

八　无冕之王

70. 求婚

等升旗仪式结束后，一群人跑过来找张珏合影，张珏这才意识到自己在花滑圈交的朋友似乎真的很多，同国的队友都算了，外国的也不少。

同是男单这边，拿了铜牌的麦昆、第四名的大卫、第五名的伊利亚、第六名的寺冈隼人、第十六名的哈尔哈沙、第十七名的崔正殊，从第一到第二十四，进了自由滑的所有人他居然都认识。

这帮人英语的口音还不一样，张珏又是个外语天赋平平的，在多种口音英语的围攻下，他很快就开始迷糊了。

弹舌音的英语，还有那个会把 r 念成 l 的日式英语，以及不知道什么风味的英语一起涌入大脑，他根本没法分辨其中的意思，听不懂的时候，微笑就好了。张珏不记得自己到底和多少人合了多少次影，只记得自己的脸快笑僵了。

他人气太高，沈流站在人群外围硬是钻不进去，张俊宝一直守在大外甥身边，但他这会儿人气也不低，不知什么时候就被别的教练拉走合影，接着鹿教练和沈流也没有被放过，硬是被鲍里斯拽过去拍照片。

最后，张珏被刘梦成扛着，尹美晶高高举着自拍杆，露出微笑。

"Smile！"

大家一起露出微笑。

张珏：我无论如何都没想到，刘梦成在发育成一米八六的高个子的几年后，居然又慢吞吞地长了两厘米，变成了一米八八。

身为一个需要控制体重的单人滑选手，张珏怎么也不敢真把自己增肌到 70 公斤以上，免得将来跳不动四周跳。反举刘梦成是不可能了，他只能继续被这家伙举着。被刘梦成放下的时候，张珏脚下又打滑了一下，小孩往前一栽，被刘梦成扶住，手碰到对方的外套口袋。

咦，怎么感觉里面装了个方方的盒子？小鳄鱼疑惑地抬头，刘梦成连忙对他比了个嘘的手势。张珏秒懂，回了个"了解"的小眼神。

比赛告一段落，张珏也算松了口气。他背着包，一边伸手揉太阳穴，一边慢吞吞地和教练组离开，路过俄罗斯那边的时候，鲍里斯对他喊了一声："小鳄鱼。"

张珏停住脚步，转头，就见俄罗斯单人滑教头用一种很复杂的神情看着他："谢谢你。"

孙千上前拦在他们中间："没什么好谢的，这次我们没有申诉成功，但是仅此一次，以后绝不会再有类似的事情发生！"

等上车，张珏靠着椅子眯起眼睛，张俊宝主动挪开位置，让孙千坐到他旁边。老教练和他说："看到那个分数的时候，我真怕你跳起来发火，这个分数是让人恼火，但你能控制住情绪是对的。"

他们在外的表现会间接影响到中国的国际形象，就算对手不做人，他们也必须摆出大气而不失礼的模样。运动员好好比赛，不能惹事，万一遭遇不公也不能失态，而是将事情交给上头去处理。

这事说来是为难这些年轻气盛的人，但张珏做得很好，在这场打分黑幕事件中，张珏是表现得最得体的那个人，孙千替这孩子委屈，便想开解他一番。

张珏捂着眼睛："我没认命。"

"什么？"

"以后，我不会再让任何人有机会黑掉我的金牌了。"张珏放下手掌，脸上没有一丝笑意，"我会强大到可以击碎任何黑幕，不管他们用什么手段，我都不会再让金牌从我手边溜走了。"

孙千愣了一下，不知为何，心里松了口气："原来你心里有火气啊！"

张珏莫名其妙，遇到这种事情怎么可能心里没火？他只是学会了如何在面对不公时保持冷静，然后在明白闹也没用的情况下默默地积蓄力量，等待击碎这些不公的时机。

张俊宝伸手，沈流默默地给了他一百块钱，嘀咕着："不对劲啊，他表现得那么好，我还以为他对瓦西里挺服气的呢。"

老舅呵呵一笑："他对瓦西里那叫尊重，尊重和胜负可没关系。你是不知道，他看到分数的那个表情让他妈瞧见，立刻就能明白这小子想去把裁判打一顿，只是他忍住了而已。"

张俊宝还能不知道自家孩子是什么脾气吗？张珏那种极端好胜的性子决定

了他这辈子都不可能甘心面对失败。

只是张珏不知道从什么时候开始，性格中就有了相当理性的一部分。他绝不会让任何情绪纠缠自己太久，允许自己难过，但等难过时间结束，张珏就会让这件事在自己心里成为过去式，然后开始琢磨如何改变这种现状。这小子最后得出的答案是"绝对实力"，张俊宝预计，等回去以后，这小子又会主动要求加训了。

沈流忍不住摇头一笑："照你这么一说，他还挺温柔的，都气得想打人了，还能把情绪控制得那么好，不让任何人为难。"

鹿教练突然出声："那是他把事情看得很透。"这种面对非常糟糕的处境都能保持冷静，并让自己、周边的人都保持体面的人，大多都经受过许多挫折，所以对很多事情都看得特别透。

鹿教练以前见过这样的人，但那些人大多都年纪不小了，张珏如此年轻就有这样的心态，在鹿教练看来也是件很不可思议的事情。胖墩墩的教练摸出一块巧克力往前面一扔，张珏抬手接住，撕开包装纸吃了起来。

鹿教练眼中闪过一抹怅然，他小声和沈流、张俊宝说："他小时候不是这个性子的，几年不见，没想到变化大成这样。其实看到分数出来的时候，我倒愿意他还是小时候的暴躁脾气，当场发火都好，反正有人兜着。"

张珏现在看似调皮，实则理性，为了大局甚至能压抑自己去接受不公，对一个少年来说太过老成了，他有那么多疼爱他的师长，本可以更任性些。

生而知事的人只在传说中，像忍耐、理性、伪装、体贴、周全等需要人类压抑自己的性格品质，其实都是艰险世事击打一个人时留下的伤疤。

回到奥运村，离开所有教练的目光，张珏从包里拿出那块银牌，随意地放到桌子上，仰头倒在床上闭上眼睛。

过了一阵，《猪猪侠》主题曲在室内响起，张珏拿起手机："喂。"

秦雪君小心翼翼："我猜你现在心情不好？"

张珏翻身趴着："不仅心情不好，腿脚也不好，团体赛和个人赛两场比下来，我快累死了。"

秦雪君："等你回来，我给你捏脚吧？"

水木大学博士学位的医科大佬给捏脚？那岂不是身心双重享受？张珏客气了一下："那怎么好意思？"

秦雪君："捏不捏？"

张珏："捏！谢谢你专门打电话安慰我。"

秦雪君翻着书："谁叫你是我房东呢？有房的是老大啊，我还指望你让我在这儿住到 35 岁呢。"秦医生坚定地认为自己在 35 岁前绝对买不起属于自己的房子。

张珏立刻应道："你尽管住，住到 45 岁都没问题，秦医生万岁！"

瓦西里当晚发了个推特，直接就把张珏推到了无冕之王的位置上。突然，一直自认为是冷门项目新手的张珏就发现无论自己走到哪里，都有人能认出他是来自中国的小鳄鱼。

依然没有人能准确地叫出他的名字，所有人都管他叫小鳄鱼，这大概和瓦西里发在推特上的那张合照里张珏穿着鳄鱼连体睡衣有关吧。

也是在这个时候，中国冰雪中心赫然发现，张珏的海报里卖得最好的除了冬奥会的自由滑预售海报，就是他青年组时期的鳄鱼连体睡衣海报，尤其是那张挺肚子的，都已经加印 15 次了，还有冰迷持续在官网求购。

白素青主任对此十分不解，现在大家不是都喜欢花美男吗？为什么小鳄鱼挺肚子的销量还能反超原先销量第一的四月春神？就连猪猪侠帽子的销量都因为这是鱼苗团体的标志而翻了好几倍，也是让人不理解了。

其他销售量高的就是大萌神被各种举的黑历史，以及他长大后花样找场子的复仇史名场面了。白小珍瞅一眼父亲的工作文件，发自内心地吐槽："爸，这个张珏简直就是咱们中国花滑的摇钱树啊，你可一定要好好培养他。"

不仅长得好看，本人还有世界冠军级的实力，是个就读于 H 市三中的学霸，而且看他走到哪里都很受欢迎的样子，情商应该也不低，还拥有运动员的光环护体，在舆论上比娱乐圈出身的偶像更有优势。

白小珍认为，如果给他一个这么好的苗子，他们经纪公司不出一年就能有个新顶流①，可惜白小珍要是敢去和国家队抢人，他爸就能先用砂锅敲破他的头。

男单自由滑的比赛是 15 日结束的，16 日，冰舞比赛正式开始，这时候就没张珏什么事了，他只要老老实实窝在房间里写作业，队友比赛的时候坐在观众席摇小红旗就行。

---

① 顶流，顶级流量的简称，指极出名的人物、事物或内容。

梅春果和花泰狮的冰舞水平是亚洲排名第二，仅次于哈萨克斯坦的"美梦成真"组合，但放在世界上，却只能排进前十五名左右，挤进前十都有点困难，竞争领奖台就更别想了。

和男单的双王争霸、双人滑的三足鼎立不同，这一届的冰舞比赛被中国冰迷戏称为"又一次长野重现"。1998 年的长野冬奥会有四组顶级冰舞组合参赛，且都拿出了堪称经典的好节目，大赛的竞争激烈程度之高，至今仍然让无数冰迷津津乐道。索契男单自由滑开场前，大家也说这又是个堪比长野冰舞的修罗场。

只是后来伊利亚和寺冈隼人一起在湿滑的冰上翻车，新生代小将里只有张珏表现稳定，于是这场比赛就成了新旧两代王者争锋。

索契冬奥会的冰舞大赛中最被看好的自然是俄罗斯本土的冰舞组合，其次是温哥华冬奥会冠军——加拿大组合斯蒂芬妮和朱林，排在第三位的是今年来势汹汹的美国队老将，最后则是哈萨克斯坦的"美梦成真"组合，他们也是年纪最小的一对。

张珏也看得懂冰舞，在进行滑行训练时，鹿教练对他的要求就是"以一线冰舞选手为目标努力"，平时没少跟同队的冰舞组合一起练习。

他特别羡慕冰舞的一点，就是他们在比赛的时候可以使用带有人声的音乐，而花滑四项的其余项目直至今日节目里都不可以有人声。

张珏：像音乐剧啊，摇滚啊，流行乐啊，只有他们冰舞的人能滑，哼！

冰舞的比赛持续三天，从 16 日到 18 日，18 日决出冠军。强强对决总是格外精彩，张珏看比赛看得津津有味。张珏过来观赛，不仅是为自家队友喊加油，更是为了看刘梦成到底啥时候有所行动，在碰到那个盒子后，张珏就明白这会是个名场面。

张珏：如果错过的话，我会遗憾终生的。

美晶已经过了哈萨克斯坦的合法婚龄，而这世上还有比冬奥会赛场更好的求婚地点吗？对运动员来说，这里就是圣地！

张珏看得出来，美晶和梦成今年不管是节目还是技术都到了一个鼎盛时期，节目的编排也不乏巧思，甚至有一段托举动作是女举男……也不知道一米七的美晶是怎么扛住一个比自己高 18 厘米的大块头还能继续滑行的。

他们的四肢修长、容貌美丽，仅从外表来看都赢了，但美国队那一对冰舞组合在今年宛若天神附体，节目《天方夜谭》的编排之精妙，运动员演绎之出彩，连他们自己的冰迷都惊喜坏了。

《加勒比海盗》毫无疑问是精品，《天方夜谭》却足以称为经典，这就好比美晶、梦成带着两把绝世好剑登上赛场，对面却直接架起了大炮。这对大众看好的年轻组合最后只能屈居第二，第三名则是俄罗斯冰舞组合。

在颁奖典礼上，刘梦成一直表现得有些不安，他左看右看，手一会儿插口袋，一会儿搂尹美晶，张珏看得都替他着急。不远处的小村记者正举着相机进行拍摄，崔正殊坐在张珏旁边，嘴里念叨："他怎么还不行动呢？我都等好久了！"

哈萨克斯坦的国家队教练阿雅拉看着那边，拳头握紧，满脸焦急，似乎刘梦成再不行动，她就要上去踹他的屁股："上啊！别怕！"

哈尔哈沙咽了下口水，也暗暗给队友鼓劲："梦成，加油！"

看来不仅是冰迷们会追那些关系暧昧的双人滑组合、冰舞组合的 CP，在花滑内部追 CP 的人也不少。和那些在役时暧昧退役就分开的假 CP 不同，"美梦成真"这艘爱情大船好像就要驶向终点了，这让一群人怎能不激动？

等银牌被挂到刘梦成的脖子上，他抓着奖牌，闭上眼睛深呼吸，带着决然的表情跳下领奖台，转身单膝跪下。

他从口袋里摸出一个方方的小盒子打开，天鹅绒饰面上躺着一枚闪亮的钻戒。

美晶立刻捂住嘴压住尖叫，然后蹦到刘梦成身前一把抱住他。

"可算等到你小子了！"张珏捧着一束玫瑰百合跳起来，冲下观众席。

关临在路口候着，他伸手嚷道："给我给我！我臂力大！扔得准！"于是玫瑰到了中国双人滑一哥手上。关临低喝一声，朝着那边扔了过去，正中噘着嘴要亲女朋友的刘梦成的头。

在满场的欢笑声中，美晶捡起花束挡住她和刘梦成的脸侧，仰头，踮起脚尖。

71. 前方

庆子坐在 kiss&cry，低着头，眼泪一滴一滴落在裙摆上。之前为妆子姐姐启蒙，又带着庆子来到奥运赛场的森树美教练搂住自己的学生。

如果她的短节目没有失误的话，这次就能赢了，可她短节目的 3lz+3lo 的第二跳空成 2lo，光自由滑 clean 又有什么用？

"对亚洲选手来说，能拿银牌就不错了啊，裁判显然要力捧自家选手，男单那边 clean 的那位不也只能是无冕之王？庆子，别难过，能从短节目第七追到银牌已经是最好的结果了。"

白叶家庆子低着头沉默了几秒，擦干净眼泪，抬起头，努力笑出来，和森树美教练抱了抱："树美姐，谢谢你带我来到这里，一直以来真的麻烦了你很多，以后也请继续多多关照。"

小姑娘的眼中满是斗志："下一届冬奥会，我也会继续加油的！"

看到她笑出来，戴着口罩、围巾坐在观众席上的妆子也松了口气。

"你看起来很担心她嘛，不过她还蛮坚强的，尽管放心吧。"

妆子被吓了一跳，回头一看，发现自己身后竟坐着一个戴着红色毛线帽，穿着绿色军大衣，把毛领竖起遮住下半张脸的怪人。但哪怕是这样土气的装扮，也遮不住他逼人的帅气。

妆子抚着胸口喘气："你吓死我了，什么时候坐到这里来的啊？"

张珏无奈："我从女单比赛开始就一直坐这里了啊，我们都前后座三天了，你居然都没察觉到我的存在吗？"

妆子指着场馆对面："可是你看冰舞比赛的时候明明就坐在那里的！我还看到你冲下台给美晶他们扔花。"

张珏："首先，我要纠正你一点，花是关临扔的；其次，坐那里很容易被粉丝包围，所以我就换座位了。"

旁边的崔正殊举手："票是我托萨伦弄到的。"

妆子又被他吓了一跳："原来你也在这里啊！"

崔正殊："是啊！"

三个年轻人面面相觑，干脆约了个饭。妆子带着他们到自己住的酒店旁边的餐厅里，把菜单往张珏手里一推："你点吧，这家餐厅的东西都不错。"

张珏闻了闻："这家餐厅是不是才装修过啊？味道好重。"

妆子不明所以地点头，然后张珏就拉着她和崔正殊起身，表示要换家餐厅："我说你也长点心吧，才装修过的环境里苯含量高，如果慢性苯中毒的话，造血系统也会受影响，前白血病患者好歹注意一下吧？"

张珏训了妆子几句，带着她去了另一家餐厅，点了以菌菇、蔬菜、海产品为主的菜式。这些食材不仅作为在役运动员的张珏和崔正殊能吃，而且菌类食品含有丰富的抗肿瘤成分，蔬菜里含有对前白血病患者有益的维生素，海藻类食物内含的海藻酸钠可以与放射性锶结合并排出体外，妆子接受过放疗，吃这个也对身体好。

点菜的时候，张珏没刻意说这些菜适合妆子吃，但妆子在家里也是被这么照顾的，自然看出了他的心思。她双手托腮，笑眯眯地说："说起来，女单比赛也结束后，花滑的索契周期就算结束了，平昌周期即将开始，据我所知，男单的巅峰期在18到23岁，所以你的巅峰期就会在这个周期到来。"

2014年索契冬奥会结束了，在2018年平昌冬奥会加上这届冬奥会开始前的四年就是平昌周期。

张珏不明所以："我是觉得我的技术正在上升，身体随着成长正更加有力，所以呢？"

"只是想表达一下，我很期待你的表现而已啊，虽然网上说你是本届冬奥会的无冕之王，不过到了下届冬奥会，你是打算把这个头衔摘掉的吧？"妆子弯弯眼睛，"tama酱，隼人和伊利亚的巅峰期也在平昌周期，就算你在索契称王，也不能疏忽大意啊！"

竞技运动只会不断发展，总会有更多强势的新人出现，张珏的后辈中有挪威的阿伦·海尔格、加拿大的克尔森、美国的亚瑟·柯恩、哈萨克斯坦的哈尔哈沙……同辈里还有隼人和伊利亚。

身为张珏的好友，她想提醒对方不要大意，接下来还要不断前进，而且如果是小鳄鱼的话，只要他坚定地前进，花样滑冰也一定会出现更多经典节目。妆子是前花滑运动员，也是冰迷，她真的很期待张珏能为这个项目带来更多惊喜。

张珏："我才不小瞧别人呢，等索契冬奥会结束，我就立刻请教练帮我做新的训练计划。快吃吧，你不饿吗？"

妆子心想：也是，小鳄鱼一直思虑周全，说不定在我提醒他之前，他就在琢磨如何备战下一届冬奥会了。

她拿起叉子，叉起一个焗蘑菇塞到嘴里，忍不住皱眉，她果然还是讨厌蘑菇的味道！但因为对面的小鳄鱼的吃相太香了，在经历过白血病后食量下降的妆子也难得胃口大开了一回，将除蘑菇以外的食物都吃了。

第二日，张珏努力看复习资料的时候，赛事组委会的工作人员上门拜访：

"什么？让我做表演滑群舞的单人滑领舞？"

张珏指着自己："伊利亚和达莉娅不能上吗？"

官员有点尴尬："萨夫申科没有奖牌，哪怕他是东道主选手，也暂时不能担任领舞。塞尔杰科夫的腿伤太严重了，到时候只能去冰上站着讲几句话，闭幕式后就要回莫斯科做手术了。"

达莉娅因厌食症精神不振，拿完女单冠军后就变成了一副死气沉沉的样子，主办方光是哄她参加表演滑彩排就不容易了。

他们也不是没找过伊利亚，但那小子说没奖牌就没脸做领舞，死活不肯配合，而瓦季姆又真的拿不出手。作为冠军的瓦西里真的伤重到没法滑冰，23 日的花滑四项表演滑中的男单领舞就只能由亚军张珏上了。

这事还是鲍里斯老先生提议的："现在瓦西里肯定不能上了，如果你们不愿意小鳄鱼做领舞，难道要让麦昆上吗？"

麦昆是瓦西里的劲敌，每次到俄罗斯比赛都要被俄罗斯冰迷嘘一通，如果真让他去领舞，工作人员宁肯去和熊打架。

最后他们还是厚着脸皮找到了张珏。

张珏唉声叹气地合上作业，本来他就要参加彩排的，现在还要去做领舞，看来他是注定没法继续安心写作业了。

2 月 23 日，索契冬奥会花滑的表演滑正式开始。

花滑四项前六名的运动员都会被邀请参加表演滑，大家只要上去把自己准备的表演滑节目表演好，然后在末尾一起跳群舞就行了。

表演滑分为前半场和后半场，各 50 分钟。张珏被排在后半场，他的表演滑音乐来自《傲慢与偏见》2005 年电影版，此次也是这个节目的首次亮相，不知是巧合还是刻意，张珏无论是出场的次序，还是观众们的关注度，各种待遇都和冠军差不多。

孙千看了都忍不住说："这小子除了没那块金牌，其他地方都和冠军没差了。"

张俊宝给张珏理了下头发："没拿到那块奖牌总是不一样的。行了，享受表演，去吧。"

张珏穿着白色的蚕丝长袖衬衫，略宽的袖管在滑行时微微鼓起，看似只有白色一种颜色，实则款式、剪裁、材质，以及上面的碎钻和珠子等细节，都表明这套衣物造价不菲。

少年静立于冰上，在"Liz on Top of the World"的乐声响起时，他也睁开眼睛，看着场馆上方露出微笑，就像是站在整个世界中心的小王子。

张俊宝靠着挡板，沈流站在他身后："新周期开始了，张珏说想攻克更多的四周跳，昨天就和我商量攻克哪个四周跳更好了，我只是跳跃教练，运动员的训练单出来以后还要你把控，你怎么想？"

张俊宝伸出手，握拳。"既然他想攀高峰，那就让他去，不管他要到什么高度，我们作为教练的职责，就是托他上去！"

此时背景音乐分明优美而缠绵，但斗志也在教练们的眼中燃起。

表演滑末尾，所有参与表演滑的运动员都来到冰上，组成男女两个方阵站在冰面一侧，随着"Love Story"的音乐响起，达莉娅带着所有女孩滑向冰面另一侧，回身做出邀舞的姿态。

张珏站在男子方阵的领头位置，带着男子方阵朝前滑去。

当他们会合时，张珏对达莉娅微微躬身，伸手，达莉娅笑着将手放在他的掌心，与其他找好舞伴的运动员共舞。斯拉夫人对艺术有着独到的感知，这场群舞让运动员们看起来像是冰上的精灵。

群舞前半段结束，红色的灯光打在他们身上形成一个心形，后半段随之开启，音乐激昂起来，花滑四项的运动员们再次分成四个团体，分别在冰上完成了单跳、旋转、托举等动作。

最后，崔正殊滑到一块有着韩国国旗的屏幕前，其余运动员向他伸出手。

音乐戛然而止，许多还不打算退役的运动员都笑起来。

下一届冬奥会，在平昌！

72. 高考

5月，处于高纬度地区的东北也多了一份暖意，早自习开始前，陈思佳看到班主任拿着粉笔和黑板擦，将黑板上的"距离高考还有36天"里的36改成35。

张珏背着单肩书包走进教室。他穿着一件紧身的黑色短袖衬衫，看起来是训练服，外面套了件很轻薄的白色外套，袖子撸到手肘处，露出结实的小臂，左手腕上戴了个运动手环，额头上还有薄汗，覆盖着匀称肌肉的修长身躯散发着活力，如同运动剧集中走出的男主角，气质清爽、活力十足。

运动系校草什么的，真是越近距离接触，越觉得他那股男性气息让人抵挡不住。

根据沈流教练的微博视频，张珏每天 4 点 30 分就会起床进行 1 小时的体能训练，接着吃早饭、背书、跑步到学校，他老舅会骑着电动车载着书包跟着，等把人送到校门口再离开。

这是一个天天都会看到凌晨 4 点多的 H 市的勤奋的人，身负索契冬奥会银牌、2014 年世锦赛男单银牌等诸多荣誉的他是中国在国际花滑赛场的一面旗帜。

为了备战高考，张珏推掉了这个休赛季所有的商演邀约，连广告代言也只增加了三个。只有一周前，索契冬奥会冰舞银牌得主——尹美晶和刘梦成在 5 月去登记结婚并举办了婚礼，张珏才请假前往哈萨克斯坦做这对新人的伴郎。

据说白叶冢妆子也出席了这场婚礼，作为伴娘，这是她退役后第一次露面。两位新人不想引起媒体太多关注，只有某位休假时路过的本地记者拍到他们去登记处的画面，那位记者想再拍别的，却被张珏发现了。

张珏低着头说"行了，到此为止"，然后用手掌挡住镜头的视频后来被那位记者连同那张照片发上 Instagram。许多人最开始都没反应过来这是哈萨克斯坦的冰雪项目王牌结婚，而是先纷纷询问这位气势强硬的亚裔小帅哥是谁。

后来还是美晶在网上解释了一下，大家才知道这一对在 5 月把婚礼给办了。

参加完婚礼回国的张珏不仅背着书包，手里还提了个袋子，他从里面拿出小包的马肉干分发给同学们。每个人都拿到了，包括老师，见者有份，不偏不倚，高中的环境本就单纯，加上礼物也不算贵重，同学们也只是笑着说谢谢。

马肉干还挺好吃，可惜张珏自己不吃。

分礼物只花了张珏不到 5 分钟，接着他在第六排坐下，摸出一本厚厚的笔记，低声念着上面的英语文章，侧脸沉静，眉目干净。他后座的男孩把笔盖盖好，再拿笔戳了张珏的后背一下，张珏回头，男孩说问个题目。

张珏转身，耐心地给那男孩讲题。

陈思佳发现一件事，那就是总有很多人愿意和张珏说话，男孩、女孩，以及已经是成人的老师们……张珏没有同龄男生常见的轻率，他很尊重人，有教养和礼貌，会站在别人的立场上思考，最重要的一点就是他看待事物的理念一点也不极端。在念高中的岁数，张珏就已经理解世界不是非黑即白，有些事情处于灰色之中，需要用更圆融的方式去处理。

他身上有一种被风雨打磨过、特别扛得住事情的靠谱感觉，偶尔调皮，但其实很成熟，说话直了点但没坏心，相处起来很舒服，本人又帅气、成绩好，有世界冠军的光环围绕。

他已经是个很迷人的大男孩了。

古伶丽悄悄和陈思佳说："张珏又从屉子里翻出情书了。"

女孩们嘻嘻哈哈地评价："就算在信里留名字，张珏也不会公布啊，他从来不拿这个到处炫耀，给他写情书都好安心。"

"在毕业前，不少人都想鼓起勇气和他表白一次，所以他最近挺忙的。"

话是这么说，其实大家都知道张珏没空去谈恋爱，他要备考，要训练以保持自身的运动能力。临近赛季，还要准备新节目，但总有人想试试，看看自己是不是那个幸运儿。

张珏：最爱的女人只有妈妈。

学业繁重，很多学生中午都去食堂吃，但还有家长会跑到学校来送饭，学生只要去校门口拿就行了。张珏也是有人送饭的，不过给他送饭的是老舅，有时候大家还会看到一个胖老头开着辆特狂野的越野吉普车停在校门口，看到张珏跑过去，那人就慢吞吞地拄着拐杖下车，把饭盒交到少年手里。

全是陪张珏在奥运赛场上亮过相的教练。

张珏的饭盒是别人饭盒的三倍大，打开来却发现里面没什么油水，以素菜为主，还有作为蛋白质主力军的豆制品，鸡蛋里的蛋黄都给抠了，还有一瓶泡好的蛋白粉。

只要看张珏的饮食，大家就知道他在减重，这还是食堂阿姨趁着张珏比冬奥会时去美国进修学来的。休赛期适当减重，保持饮食规律，可以更好地延长职业寿命，NBA的詹姆斯就是这么干的。

张珏就这么过了一段低碳少糖的日子，临近高考才被允许每天多吃一块巧克力，餐盘里也多出一些高糖水果。参加世锦赛、索契冬奥会那会儿，张珏的体重是69公斤，被食堂阿姨这么一搞，加上教练组加大了他训练菜单里的有氧训练比例，张珏一下就掉到了64公斤。

他体脂都没掉，因为有氧运动太多会导致肌肉量下降，要不是张珏发现自己的跳跃能力没有因此下降，他早就站在食堂中央的桌子上举着双手高呼"我

348

要吃肉"了。

真这么干的话，肯定是要写检讨的。

没劲是不可能的，食堂阿姨的食谱为张珏补充了足以支撑学习和训练的能量，张珏只是吃素久了全身心馋肉而已。

就这么保持着规律的饮食习惯，每天努力学习，张珏终于再次来到了人生中最重要的关卡之一——高考。

张珏考得头昏脑涨，被作文搞得汗流浃背，到底是哪个奇才出的主意，让他们以禁止给野生动物喂食为材料写作文啊？明明之前老师给他们押题都是偏社科人文方向的！结果考官让他们写环境保护？

张珏咬开笔盖，愁眉苦脸地写作文。身为一个理科生，在题海战术的磨炼下，他觉得自己已经无敌了，现在他明白了，其实他还是有弱点的，作文就是他的阿喀琉斯之踵。

考最后一门的那一天，张珏选择了提前交卷，然后恍恍惚惚地走出考场。同一时间走出考场的还有陈思佳，她看到张珏的模样，想过去打个招呼，却看到张珏一路小跑到父母面前，没骨头一样地趴在他爸爸的肩上，似乎是在……撒娇？

张珏呜呜地撒娇："爸，我尽力了！可还是有两道题拿不准。"

张青燕拍拍大儿子的腰："你之前为参加冬奥会花了太多时间，能在兼顾学习和训练的情况下还把年级名次从第120名追到前50名，妈妈知道你真的尽力了。"

三中前50名是稳进985高校的，张女士对此很满意，她挽着张珏的胳膊，说了张珏这时候特别爱听的话："走吧，咱们回家，你舅舅给你从食堂提了只鸡，咱们回去吃饭，今天允许你吃白米饭。"

贴心的二德小朋友这会儿也从口袋里摸出一根棒棒糖塞到哥哥手里："哥，你肯定能上好学校！"

他们走了，陈思佳站在原地，内心涌上一阵淡淡的惆怅。等高考结束后，她和张珏的联系也会断掉吧，张珏是已经确认不参加毕业典礼的，等高考一结束，他就要去准备新赛季了。

张珏是受到全世界冰迷瞩目的天才少年，未来还会拿下好多冠军，而她只是个书念得还行的普通女孩。

　　陈思佳打算去五角场学医，如无意外，以后四年都会在魔都生活，而张珏肯定是要去京城的。早就清楚会在某天变成陌生人，但是如果她知道时间流逝得这么快的话，以前应该多和他说说话的。

　　陈思佳说不清自己对这个男孩的心思，只觉得那是一种模模糊糊的感觉，像是敬佩和崇拜，但应该也有友谊的成分，最后混成一种略酸涩的情感。

　　她很认真地喜欢张珏，所以没法轻率地像别人一样去告白，但这份感情的重量也不足以让她去期待和张珏发展更深的关系。就她所知，学校里有那么几个女生是为了张珏才报了京城的大学，但陈思佳一开始就打算去魔都，从没打算为谁改变主意。

　　所以这只是一场如同夏季轻风般无疾而终的暗恋罢了。

　　夏季，树木已经生出郁郁葱葱的翠绿叶片，阳光透过枝叶洒在地上，落下一地细碎的金光，风吹过，发出簌簌的声响。

　　少女看着张珏的背影，叹息一声，分明想说很多话，最后却只是摸出手机，发了一条短信："也不知道还有多少见面的机会，希望你以后少受伤，一直健健康康地滑冰。"

　　张珏的手机叮叮咚咚地响着，打开一看，发现是七八条同年级同学还有学弟学妹们发来的信息。

　　张珏有给一些同学自己的联系方式，就是平时办公事用的号码，亲友们和他联系都是用另一个号。但大家的交情也算超过普通同学的层次，偶尔参加个校运动会，还有别的班级的同学对他喊加油呢，张珏觉得自己人缘不错。

　　给张珏发信息的这几个有男生也有女生，比如隔壁的副班长，还有楼上9班的班草、田径队的铅球少女、同班的学习委员陈思佳。

　　铅球少女发的是告白短信，把张珏吓了一跳，但看短信内容又不像是需要他回应的，就是告知一下"姐对你心动过，但高中结束了，我对你的爱情也结束了，以后还是朋友"。

　　其他人发的就都是道别和祝福短信了。

　　不知不觉间，他又走过了一段青春，虽然这次的青春很忙碌，花样滑冰占据了他大部分的时间和精力，但这段时光依然不失美好与精彩。

73. 憧憬

今年的 7 月,对中国花滑界来说是一个特别的 7 月,因为花滑国家队总教头孙千,终于达成了他一直以来的心愿——把张门连锅端到国家队,从教练、运动员,一个都不放过。

孙千急切到什么地步呢?他连张珏高考的成绩都没等,就催促着张珏到京城办理入队手续,开始在国家队进行训练。

孙总教练说得冠冕堂皇的:"赛季 9 月份就要开始了,你之前备战高考花了那么多时间,现在可不得多努力,把缺掉的训练补回来吗?"

不仅是张珏的主教练张俊宝、副教练兼跳跃教练沈流、滑行与旋转教练鹿教练三位教练,察罕不花、闵珊、蒋一鸿这三个小朋友也没跑掉。

运动员只要成绩好,进国家队就是迟早的事。察罕不花和闵珊上赛季成绩都不错,都在赛季前半段进了大奖赛青年组总决赛不说,还上了领奖台,世青赛更是分别拿了一银一铜。蒋一鸿在全锦赛的时候是男单这边的第十名,以他的年纪来说也算不错了。

所以孙千大手一挥,这些人他全要。

察罕不花的妈妈和白音哥哥见自家小孩能进国家队也高兴,他们高高兴兴地给孩子收拾了行李,又在领导的帮助下把察罕不花的学籍转移到京城。

闵珊和蒋一鸿也是如此,能在这么小的年纪就进国家队,固然有托了教练和大师兄的福的缘故,但他们自身的能力也是重要原因。国家队的资源总比省队好,去那里更有希望滑出头,以后哪怕退役了,走出去也可以说一句"我当年在国家队",是一份难得的资历。

张门唯一跑掉的也就是今年退休的宋城,但那不是问题,跑了个宋城,孙千还捞了一个食堂老妹。

宁阿姨作为省队的营养师,今年 54 岁,本来明年就能退休了,但架不住之前孙千主动提出送她去美国进修,接着又是一番劝说。

"宁妹子啊,你看你又是考了博士学位,又是去美国进修的,这期间耗费的精力、钱财也不少,55 岁就退休你能甘心?不如来国家队继续喂养小玉,把孩子喂到退役呗?你看鹿老哥 73 岁的人了,这不也还在工作吗?"

宁阿姨被说服了,她告别了儿子儿媳,牵着老伴的手,收拾包裹就跟着来了京城。

这么一群人来京城时，其实还愁过住处的问题。闵珊小姑娘还好，她家在京城有三套居住用房，一栋写字楼，怎么都不会没地方落脚；蒋一鸿家只是普通中产家庭，父母都是私企高管，努努力也可以凑出一笔在京城买房的首付，正好当投资。

相比之下，蔡罕不花家的条件就很平庸，鹿教练和鹿太太、宁阿姨和老伴都需要地方安置。

孙千早有准备，运动员可以住宿舍，教练、营养师这边，队里会给他们在训练场地附近的小区里租房，不要他们出一分钱。

花滑队今年有钱啦！别看他们在索契没人拿金牌，但张珏那枚银牌拿得比金牌还声势浩大。先是连续刷新四次世界纪录，接着是张珏的美丽容颜引爆舆论狂潮，之后是双王互相致敬，最后是打分黑幕，算下来一共上了 9 次热搜，在赛季末尾，他还拿了个世锦赛金牌，又是两次热搜。

这一切都让张珏的周边产品销量翻了好几倍，张珏本人的代言费也水涨船高，哪怕他新接的代言不多，但也赚了不少，冰雪中心这边也有抽成赚。

前阵子张珏查到分数时，以 645 分考进 985 名校的他也上了一次热搜。体育项目里不乏被特招的，但一是国内的花滑项目从来不在各大名校特招的行列里，二来靠自己考进重点大学和被特招也是完全不一样的。

双人滑的黄莺、关临也是极有水平的运动员，索契冬奥会之后同样给冰雪中心带来不少效益。

孙千活了这么多年，终于感受到了手里有王牌运动员的快乐。

国内的花滑在索契冬奥会前一直不温不火，直到张珏横空出世，直接让项目人气翻了几番，练单人滑的孩子也跟着多了起来。

董小龙比完索契冬奥会之后心满意足，觉得自己的竞技生涯也算没有遗憾了，所以他成了索契冬奥会结束后的退役浪潮中的一员，然后花半年写出一篇关于花滑的论文，成功在中体大毕业，被京城的云上星俱乐部聘请去做了跳跃教练。

他也是受张门老祖鹿教练启蒙的一员，师门光环笼罩，自己也是进过冬奥会的运动员，一进单位就拿了不错的工资，有不少有志于让孩子滑出成绩的家长指名要找他来带自家小孩。

8月，经过俱乐部上层和国家队的联系和沟通，云上星俱乐部暑假夏令营的小朋友们将会和教练们一起前往首钢体育馆，并在那里被国家队教练教导两天。

董小龙以教练的身份第一次来到这里，他怀念地看着首钢体育馆的大门，眼中带着欣慰。项目人气兴盛果然是好事，连门前的牌子都跟着亮了起来。

他现在主带女单，身边围着好几个娇小纤瘦、容貌可爱的女孩，其中一个穿鹅黄色衣服的小姑娘胆子大些，直接抓住他的胳膊摇晃着。

"董教练，我们今天看得到珏哥吗？"

董小龙温柔和气地道："看得到的，他现在还在放暑假，加上赛季即将开始，应该一直在这边训练的。"

女孩们都高兴起来，走路也蹦蹦跳跳的，不远处带冰舞的教练则在训话。

"赛澎，别欺负妹妹！"

"赛琼，别哭了啊！我教训过你哥哥了。"

一群人热热闹闹地进了首钢体育馆，推开大门，走廊的墙上挂着中国国家队历代重要人物的照片，包括作为总教头以及双人滑的教父、改进了中国双人滑抛跳技术的孙千，以及中国第一位世锦赛金牌得主、前女单一姐陈竹，双人滑前一哥一姐金梦和姚岚。

除此以外，中国的第一位大奖赛青年组总决赛金牌、世青赛金牌、大奖赛成年组总决赛银牌、世锦赛银牌、冬奥会银牌得主——男单一哥张珏的照片也被挂在上面，正是他在索契滑完自由滑，往外行礼的那一幕。

黄莺、关临的照片自然也被挂在上面，他们也是少有的现役时期就被挂上墙的花滑运动员。

赛澎牵着妹妹跟在教练后面，细长的眼睛里是不解。

"怎么上面没冰舞的照片？"

"因为国内还没有在国际赛场上取得漂亮成绩的冰舞组合，而能被挂出来做招牌的都是有成绩的。"

大伙闻言，转头一看，发现来人正是国家队滑行教练江潮升，他是国内冰迷在看花滑比赛时最熟悉的解说员之一，更是ISU认证的国际花滑裁判，看着不显山不露水，实则是国内花滑项目的重量级人物。

国内能在A级赛事上做裁判的只有5人，江潮升是其中之一，而且是资历最老的那个。

他笑呵呵地招手:"来,我带你们去冰场。"

穿过走廊,在靠近冰场时,孩子们已经可以感受到冰面特有的冰凉气息,周边温度也低了起来。

当他们走进场馆时,孩子们正好看到察罕不花被沈流用吊杆吊着跳了个3A,不远处双人滑正在进行螺旋线训练,而蒋一鸿、闵珊正被鹿教练带着做滑行训练。

董小龙的女学生们心心念念想要看到的张珏哥哥正站在场边,有几个看起来四十来岁的阿姨围着他,用尺子量着他的手臂、肩膀、腰、腿,弗兰斯·米勒站在旁边,兴致勃勃地说着什么。

对学习单人滑的孩子们来说,张珏就是他们最崇拜的人。

江潮升介绍道:"张珏才和弗兰斯一起完成本赛季三个节目的编舞,那边几个阿姨是负责制作考斯腾的,现在正给他量尺寸呢。"

他微微屈膝,俯身做出一个神秘的表情:"叔叔告诉你们一个小秘密,弗兰斯今年其实只编了张珏的短节目,张珏的自由滑是自己编的。"

自己编舞?孩子们纷纷露出惊讶的表情。

花滑项目中也有过自己编舞的运动员,但冰舞项目居多,很多著名编舞在役时就是冰舞项目的运动员。单人滑的运动员大多岁数偏小,有时候连选曲的权力都没有,张珏今年才17岁,不仅一直自己决定滑什么曲子,现在都可以自己编舞了,不愧是张珏,果然牛×!

另一边,张珏皱着眉说道:"我不想要绿色的考斯腾,我滑'April's Love Story'的时候就做了一套绿色的,这才隔了一年,又做一套同色系的,这会让我觉得和过去的自己撞衫。"

为首的阿姨点头:"那就换成蓝色的如何?用塔夫绸。"

"塔夫绸?"张珏好奇地眨巴眼睛,"我能看看这种材料的样子吗?"

"当然可以,我带了样品过来,这是蚕丝织物,很轻,而且质感很好,看起来像是能反光的光滑贝壳。"裁缝阿姨从背包里摸出一块布料。

弗兰斯眼前一亮:"Jue,这个布料十分光滑,如果做出褶皱的效果,感觉就像是人鱼的尾巴,又或者是海洋的波浪,和你的自由滑音乐超契合!"

张珏摸了摸布料,露出满意的神情:"就用这个。"

裁缝阿姨:"用这个布料的话,你今年的自由滑考斯腾制作费用又要超过队里给你的预算了。"

张珏心痛一下，还是坚定地表示："我会补上超出预算的那部分钱，请给我用这种材料吧，对了，还有一件事。"

裁缝阿姨很懂地应道："多缝闪亮亮的碎钻和珠子上去对吧？"

张珏想：你怎么知道我要说的是这个？

74. 偶像

一项运动要发展起来，适当的商业化是不可避免的，冰上运动在索契冬奥会后逐渐兴盛起来，许多滑冰俱乐部便如雨后春笋般在中华大地上冒出头。他们举办俱乐部联赛，邀请有潜力的小选手参赛，而在联赛里拿到前几名的孩子，才有机会参加这次的国家队两日行。

在联赛的冰舞赛事中取得冠军的赛家兄妹便是如此，赛澎和赛琼是一对相差4岁的兄妹，哥哥18岁，妹妹14岁，已确定要代表中国参加今年所有青年组的国际冰舞赛事，他们也是云上星俱乐部的成员。

云上星俱乐部的实力是目前国内各大俱乐部中最强的，去年俱乐部联赛中，冰舞、女单的冠军都出自云上星，双人的冠军则在J省，男单冠军出自魔都的陈竹门下。

小朋友们这次来到国家队，为的是得到国家队的教练们的指导。

教练和运动员是互相成就的，如果一个教练手里有个天天琢磨着如何完成新技术、冲击世界纪录的王牌，那么他对花样滑冰最前沿的技术、最高难度的技巧定然也有所涉猎，甚至会因此成为在这方面了解最深的人。

张珏的教练就是这种情况，本来就水平高，在带张珏的过程中，教练们通过不断钻研，掌握了如何教授四周跳，如何让孩子更好地减少高难度跳跃的冲击力，如何让孩子拥有世界顶级滑行等新技能。

全国最擅长教四周跳的教练是沈流，最擅长改技术、教基础的教练是鹿照升，最擅长帮单人滑运动员设计体能、进行力量训练、改善表演的教练是张俊宝。

三位教练各有所长，还通过张珏知道了如何帮运动员过发育关，对孩子们来说，这就是非常珍贵的东西。

董小龙就看到云上星俱乐部一位双人滑教练找上了张俊宝，他手下有个女孩正在发育，一下从一米四一长到了一米五，体重增加了 15 斤，单跳重心完全丢失。他们还不敢给孩子节食，前一姐徐绰发育期过度节食，结果沉湖到现在都没爬出来。

孙千已经准备让那对小组合进入国家队二队，所以是可以长期在国家队训练的，希望张教练多多指教。

鹿教练出乎意料地还很擅长教孩子们滑行和旋转，什么瑕疵都逃不过他那双锐利的眼睛，有个想改自己勾手跳错刃毛病的小选手就成天跟在他后面，说话的语调都甜了十个百分点。

在索契冬奥会之后，这几位教练的名头也响亮起来。

董小龙看得出来，在场所有的单人滑小选手在张门教练来做指导时都会非常卖力，谁还不想做张珏的下一个师弟或者师妹呢？唯一让人遗憾的是他们的训练课程和张珏并不重合。

张珏在场地这边和沈流练四周跳的时候，孩子们就被张俊宝拉走去练体能和力量，等张珏去器材室做器械锻炼了，他们又被鹿教练提到冰上做滑行训练。

张珏哪个教练有空就会去带孩子，孩子们和张珏碰面的时间反而因此不多，也就是吃饭的时候能看到张珏的脸，而张珏的饭菜是全队最寡淡无味的。随着赛季开始，他的训练量变大，饭菜的分量也跟着增加，光看他面前两小盆食物就能让一些人看饱了。

吃饭的时候，他会随口和教练们聊训练的问题。他不仅是被指导者，还是能影响到自己训练内容的参与者。

赛澎和赛琼就坐在他们后面，正好能听到他们的对话。

张珏："前阵子减重时是掉了一些肌肉，但我的四周跳能力没有下滑，现在重新开始增肌，感觉跳跃时就轻松了一些。"

鹿教练点头："这就是我和俊宝、小流、小宁一致决定给你减重的原因，你以前的跳跃技术还不够纯熟，必须有更大的力量支撑。随着减重，你必须让自己的跳跃技术、发力技巧变得更加精湛，这样才能维持四周跳的能力，这样等你重新把力量练回来，自然会变得游刃有余。"

沈流："谁叫你骨架太小，没不花那么壮，超过 70 公斤的话，你在做四周跳时对关节的压迫力就大了，但你要挑战新四周跳的话，就必然要使出比跳

4T、4S 时更大的力气，我们只能暂时用这种法子给你调节。"

张珏了然："这个法子很有效，我能感觉到自己对身体的控制力在变强，以前我没法控制自己四周跳的高度，但现在跳 4T 的话，我可以确保刚好跳到 60 到 62 厘米的高度，跳跃成功率也在上升。"

坐在赛澎旁边的一位小男单选手被噎住了，能练出四周跳就已经是世界级男单选手了，跳的时候还能控制高度啊！

张俊宝建议道："你的核心力量不是变强了不少吗？位移的毛病基本没了，试试在新赛季中，让节目里的所有旋转都拿到 4 级怎么样？"

张珏："我试试。"

旁听众人：哇，4 级评价那么难拿，他居然真敢应。

鹿教练："你的接续步之前都没怎么拿过 4 级，这赛季拼一拼。"

张珏："我尽力。"

不管教练们对他怎么提要求，张珏都敢应，教练们提要求时也是一副相信张珏做得到的样子。赛澎不着痕迹地回头看了一眼，正好看见张珏的后背，此时正值夏天，京城热得和蒸炉似的，张珏只穿了一件紧身黑色短袖，可以清晰地看见他不算夸张却流畅的背部肌肉线条。

赛澎忍不住想：张珏的上肢肌肉看起来比我的还鼓，但我可是需要托举女伴的冰舞男伴，而且我比张珏还大一岁呢。

这种程度的肌肉，还有偶然一瞥时看到的可怕训练量，以及对方在器材室扒掉被汗水浸湿的衣服时，肩背上的数十张膏药，甚至在理疗室中，对方趴着时，从肩背到腰部、腿部的大量电针，紫到发黑的罐印……大家都说张珏是天才，但天才背后的汗水与血泪又有谁知道？

身为瓦西里退役后，当前世界上最强的男单运动员，张珏的实力都是建立在极端艰苦的训练之上的。他还有一群魔鬼教练在盯着他，赛澎的教练手下有四对冰舞组合，他只是其中之一，偶尔被老师点名时也会觉得背脊发凉，张珏那边却是三个教练盯他一个。

赛澎看得出来，张珏是师门的绝对重心，教练们没偏心，但所有人都默认张珏应该拿最好的资源，与此同时，最被大众看好、被寄予了最多期望的也是他。

这人的心理压力得有多大啊！但看他无论什么时候都面色平静，果然是目前国际公认的抗压能力最强的运动员之一。

考虑到他们大多是还在发育，甚至是没有开始发育的孩子，小运动员们在夏令营的训练量并不大，下午 2 点到 4 点还会有文化课老师来给他们补课，还会上音乐赏析、文学等课程，给孩子们补补脑子，提高艺术素养，好间接提升他们的表现力。

下午 2 点后，孩子们被像赶鸭子一样带到了舞蹈室。舞房中，悠扬的钢琴声响起，一位满头华发、看起来是外国人的女士坐在钢琴前，张珏正跟着她的琴声进行芭蕾训练。

他跳的是《马勒第五交响曲》柔板，极富生命力的表演看呆了所有小孩。

琴声结束，米娅语调冷淡："我还是认为你在新赛季应该编一支芭蕾风的短节目，这支舞很适合你。"

张珏扶着钢琴，和她聊着："您的想法和弗兰斯相反，不过我还是坚持该每个赛季都拿出新的东西，今年我不想再滑芭蕾了。"

带队的董小龙对孩子们说道："教室里的是米娅·罗西巴耶娃，大家应该知道，张珏在上个赛季的短节目《巴黎的火焰》便是她的作品，她也是张珏的舞蹈老师，今天你们需要和她以及张珏上两小时的舞蹈课。"

听到董小龙的声音，张珏回头看了他们一眼，脚步轻快地走到教室一角，拿起毛巾擦了擦汗，又将一件黑色背心套在身上。他的体脂太低，行走时才经历过大量运动的肌肉群起伏，能隐隐看到青筋。

赛澎跟着队伍进入教室时，觉得有好几个人压根就不敢去看张珏，张珏却完全没感觉到大家的害羞，明明也没比他们大多少，却摆出一副大哥哥的样子，自然地带着他们练舞，还会帮小朋友们纠正动作。这一天舞蹈课上失误的人特别多，也不知道是看张一哥看呆了，还是故意失误的。

大概两者皆有吧。

当晚，赛澎玩手机时，发现张珏居然难得地发了条微博动态，只见美少年站在一个满是布料的工作室里，旁边是个穿着显然是未完成品的考斯腾的塑胶模特，那个来过场馆的裁缝阿姨站在他身边微笑。

张珏 Gary："新赛季的衣服正在制作中，吴女士的制衣水准超棒，期待。闽丰服装高端订制工作室。"

照片里的张珏穿着很潮的白色休闲服，看起来落落大方，完全看不出训练时累得满身是汗，还有练四周跳时摔跤时的各种狼狈模样。

在为期两天的国家队之行结束后，云上星俱乐部的小朋友们就默默地加大了训练量，其中有个傻大胆直接把训练量加到接近张珏的程度，结果因劳累过度被送进了医务室。

医务室的阿姨拍着傻大胆的脑袋，毫不留情地批评道："学习偶像也要适可而止！你以为谁都可以和张珏那样练啊？他能那么练是他发力的技巧够精妙，而且有国内最好的营养师养着，就算这样他还一身的膏药呢！"

张珏的身板比同水准的运动员强健，是水平极高的队医、营养师一起努力的结果，教练更是一对一地关注他，一发现不对立刻让他停下来。

没有这些人的努力，世界级运动员的训练量是完全可以把普通人练废的，而目前还只能混混俱乐部联赛的新人，相较于张珏就是普通人，身体基础、发力技巧、运动经验还有训练条件都不如人家，像张珏那么练就是找死。

傻大胆苦着脸："我这不是太想出四周跳了吗？"他趴在床上，叹了口气，满脸失落："我真的很想进国家队，在离他更近的地方跟他一起训练。"

现在国内青年组的男单选手甚至是女单选手，谁不是以追到张珏所在的赛场，与他同场竞技、并肩作战为目标的呢？他已经是中国花滑项目的孩子们的偶像了。

75. 新车

这次中国花滑总共在索契收获了两枚银牌以及团体赛铜牌，外加张珏还在世锦赛夺金，这一切都让花样滑冰项目的人气高涨，连带着张珏本人的代言费也跟着涨。不知不觉，他的存款就又到了可以买房的程度。

张珏数了一下户头里的零，在奥林匹克森林公园附近找到一个小区，附近学校、医院等配备齐全，靠近两条地铁线，邻近鸟巢、水立方、科技馆，连带着规划中的速滑场、滑雪场都会建在这边。

小区内有一套四室两厅外加一个 40 平方米的商铺出售，加起来总共 1260 万，他全款买了下来，又花了八十来万请装修公司把水电、装修都重新搞了一遍，换了全新的名牌家具，然后他把这两套房产全挂到了老舅名下。

张俊宝最开始是不愿意接受这笔珍贵的资产的，他坚定地认为本来已经远离花滑的张珏是因为他才重回赛场。张珏已经为比赛吃了太多的苦头，每次看到孩子满身的膏药，老舅都很心疼，但作为张珏的主教练，他又的确因为张珏的存在而声名鹊起。

要是张珏没在国际赛场上打出那么响亮的名头，谁又知道他张俊宝是谁啊？他不过就是个在役期间没啥名气，世界排名连前 20 都没有的退役老男单选手而已，偶尔找到个好苗子都守不住，孩子们练好基础就要飞向其他名教头的怀抱，没有张珏，他能收到察罕不花、徐绰、闵珊、蒋一鸿这样的良才吗？

张珏的存在让他作为教练的职业生涯走向了辉煌，他已经因为这个孩子得到了太多，不想再从张珏那里得到什么，只希望带着外甥开心健康地滑冰。

虽然可以拍着胸脯说一声"我作为教练对所有学生一视同仁"，但身为舅舅的他在这个世上最疼爱的孩子的确是张珏，二德都没法比。

张珏多懂老舅的性子啊，他撒娇耍赖、好话连篇、连哄带骗，说以后还想再买不止一套房，而京城有限购条款，所以想找老舅帮忙。

张俊宝被哄得晕乎乎的，最开始还能坚持一下："不对啊，这个忙你让你爸妈帮不是更好吗？"

张珏张嘴就是七分假三分真的忽悠人的言语："在京城购房是要资格的啊，要么有户口，要么连续五年在这边缴纳社保或者个税，他们又不满足这个条件。"

老舅以前是国家队队员，现在又是国家队教练，张珏找孙千一打听，发现他还真有购房资格。

张俊宝被张珏忽悠瘸了。

他深深地觉得自己做教练做得挺好，而且爹妈就他一个儿子，老家的那套院子、宅基地、几百亩果园迟早是要由他继承的，所以他是个不缺房不缺地还不缺事业的男人，怎么也不会坑自己外甥，而如此可靠的自己就是最应该帮外甥的人，不然外甥可能就要找别人帮忙了，那别人哪有老舅值得信赖啊？

这套房子的实质主人还是张珏，张俊宝自认就是个工具人，后来工具人老舅又被外甥委托了"请老舅和沈教练一起住在这套房子里，让房子多点人气，别荒了"，以及"请老舅帮我管理那套商铺，我平时训练学习太忙，实在没空去处理出租房屋和收租的事"。

连张青燕女士知道这件事后都没二话，只和张珏嘀咕："你老舅年纪也大了，今年参加过五次相亲，每次都说对人家姑娘不来电，一心扑在事业上，万一他将来打一辈子光棍，你就要多孝敬他一下，他拿你当儿子看呢。"

这是真话，张俊宝的父母逢年过节就催他找对象，老舅却总找不到心仪的对象。偏偏今年体检的时候他可能是熬夜熬多了，肝有点慢性炎症，为了防止病情发展到肝硬化的程度，全家人天天盯着他吃药和调整作息。

在查出这点问题后，老舅就默默地立了遗嘱，言明以后如果有个万一，他的个人财产留给父母，万一父母比他走得还早，那就给张珏，这可不就是亲儿子待遇吗？

于是张珏的心头宝老舅住在了奥林匹克森林公园附近，他自己却住在位于海淀公主坟的那套两室一厅的房子里，和秦雪君做了室友。

张珏也没忘记爸妈和弟弟，只是张女士和爸爸许岩不肯要他一分钱，时不时还要往他这里贴一点，二德又年纪太小，张女士严厉地警告过张珏不许给弟弟太多零花钱。

张家给孩子的基础零花钱就是一个月三百块。年级排名进前一百，加一百；进前五十，加两百；进前三十，加五百。

张珏觉得自己太难了，他只是想做个孝子而已，张女士和爸爸许岩却都没老舅那么好忽悠，他唯一能给父母做的事情，就是多打电话回家，多关心父母长辈，还有按时带他们去医院体检。

老舅手里还有其他徒弟，所以开学那天，张珏选择不要家长陪，而是自己去学校报到。出门之前，才值完夜班、睡了不到五小时就爬起来的秦雪君被鸡蛋与油脂亲密接触时散发的香气唤醒。

他走到客厅，就看到张珏在用橄榄油、低热量的胡椒盐炒蛋，阳台上的生菜被摘得只剩一把，其余的都在只有开水的锅里沉沉浮浮。然后张珏又开了三个牛油果，热了一块全麦面包，这就是他的早饭，清淡无味。

看到秦雪君过来，张珏捞出生菜："雪君醒啦？吃面不？我煮面给你吃啊？"

秦雪君叼着牙刷含糊地回道："吃啊。"

张珏将一把面条丢进还在沸腾的开水里："那我给你弄个凉拌面吧，加黄瓜丝、蒜泥和昨天没吃完的黑胡椒牛肉可以不？你去换一下纱织的水。"

秦医生去卫生间，直到给仓鼠换水的时候才猛地清醒过来，他意识到了一点——那小子不是昨天还只管我叫秦哥、佩佳的吗，咋现在直接喊上名字了？

我和他有熟到互相这么叫吗？

好像还真有，我平时都管他叫小玉的。

成为舍友后，两人也有摩擦的时候，秦雪君偶尔不快时会直接喊张珏大胖，接着两人打打闹闹一阵子，很快又能愉快地一起涮火锅了。

那没事了，随便他叫吧。

张珏是真会做饭而且手艺不错的，大概是因为小时候有不短的时间，他都是靠煮面条搞定自己和许德拉的晚饭，所以他煮面的水平也强。人头大的海碗里装了近半斤面条，秦雪君没停顿一下就全部吃进了肚子里，吃完以后撑得慌，爽也是真的爽。

张珏收拾着书包："秦哥，碗放进洗碗机啊，我上午去学校报到，下午去训练，晚上不回家吃饭。"

秦雪君捧着碗："你打算怎么去？地铁？公交？"

张珏："公交吧，从这儿到五道口的路，还有从这儿到首钢体育馆的路我都挺熟的。"他抱怨着："就是不知道从五道口到首钢要怎么走了。"

老舅说过可以来接他，但张珏都 17 岁了，不想再做让大人接送的小孩子。

秦雪君："我去接你？"

张珏面露惊喜："真的啊？"

秦雪君："嗯，正好我今天放假。"

张珏乐呵呵的："那敢情好，你用我的车吧。"

虽然还没到考驾照的年纪，但张珏可是早早就买好了车，连车牌都请老舅帮忙上好了。

然而秦雪君怎么也没想到，等他开着红彤彤的、车头有着猪猪侠彩绘的奇瑞 QQ 到学校门口的时候，张珏手里不仅有书，还有一袋不知道从哪儿弄到的营养土，装土的袋子还是那种蛇皮袋。他把土往肩上一扛，迈着菜农般朴实坚定的步伐，将土运到后备厢里，爬上了副驾驶座。

这人还和秦雪君说："咱家不是有两个阳台吗？不如把空间都利用起来，我弄了营养土可以种菜，屋子里再试试种水培空心菜，你要是不介意，我明天再搬个鸡笼回来……"

运动员不容易啊，想吃口安全的食物除了吃队里的食堂，就是自己来种。张珏琢磨着既然他成了"吃饭大学"的一员，也该为自己的饭桌努力起来。

秦雪君："我不介意，只要你不怕鸡的味道冲。"他爷爷那一辈是农村出身，也不是没回乡下老家待过，鸡屎味道可大了。

张珏豪迈地挥手："不怕啊，用发酵床做垫料可以避免异味，养两只母鸡，年轻时下蛋，等年纪大了还可以炖汤啊，老母鸡汤很滋补的。"

他姥姥姥爷是养猪的，老舅的父母也就是他的二姥爷和二姥姥承包果园，家里也养鸡养鸭养鹅，张珏在这方面有祖宗遗传的天赋，所以他可有自信了。

秦医生欲言又止：你出门比赛的时候，纱织、鸡、菜，不都得我来照顾吗？

然而在父母离婚后，他已经失去这种热闹的生活很久了，一时也说不出拒绝的话来。

张珏还说："对了，咱们两个的车都是单号车牌，我准备再弄个SUV，然后搞个双号，那车还宽敞。"

张珏抬头敲敲车顶，秦雪君愣了一下：小玉，莫非你想要我一直给你当司机吗？

76. 人气

每个世界级的运动员在赛季即将开始时需要考虑的最重要的问题往往因人而异。

有的人要考虑身体状况，看是不是赛季前段收点力，到了关键时刻再上全力，免得体力消耗得太多；还有的人则琢磨着要不要把才练出来的技术冒险放在赛季前半段，直接用比赛催熟自己的技术，又怕新技术会让自己失误过多，最后翻车。

在张珏这里，他首先需要考虑的是自己能参加哪几场比赛。运动员是有世界排名这东西的，国际滑联规定排名看积分，积分则需要通过参赛、获取名次来获得，在赛季末，积分排名世界第一的还会获得滑联奖励的奖金。

很遗憾的是，虽然张珏目前顶着男单无冕之王的头衔，但由于他上赛季只参加了赛季后半段的比赛，所以只排到世界第七，上赛季全勤且成绩不错的寺冈隼人才是积分排名世界第一的男单选手。

张俊宝和鹿教练、沈流对视一眼，默契地去找队医杨志远要了张珏的体检报告，发现这小子壮得能打死头牛。哪怕是为了证明好不容易挖过来的张珏在国家队待得挺好，孙指导也盼着他今年能比出漂亮的成绩，拿到符合他实力的世界排名，既然如此……"张珏，今年除了 A 级赛事中的两站大奖赛分站赛、总决赛，四大洲锦标赛，世锦赛，你还得再参加一项 B 级赛事，争取这赛季可以拿到积分榜第一。"

张珏才做完一组四周跳训练，正在擤鼻涕，闻言将纸团投到垃圾桶中，爽快地答应。

孙千："B 级赛比 A 级赛举办得早，要不让他参加加拿大的秋季杯？"

张俊宝连连摇头："那里可去不得啊，北美和咱们这儿时差太大了，张珏最不擅长倒时差了。"十几小时的时差砸下来，张珏除非是提前 5 天过去，不然肯定翻车。

孙千："他都比了好几年的赛了，倒时差的功夫还没练好吗？"

沈流："他天生不擅长这个！还是让他就近找个不需要怎么倒时差的 B 级赛吧。"

扯来扯去，鹿教练拍了板："挑战者系列的比赛都是 B 级，咱们不一定要参加国外的，今年山城不是也要举办吗？就让张珏参加那个。俊宝，今年的大奖赛分站赛的比赛顺序出来没有？"

张俊宝掏出笔记本："出来了，今年比赛的时间偏晚，第一站要到 10 月 24 日才开始。"

第一站在美国，第二站在加拿大，第三站在中国，第四站在俄罗斯，第五站在法国，第六站在日本。

孙千立刻插话："张珏今年必须参加一次中国站，国内的冰迷都聚在官网请愿了。"

张珏在青年组时期就成了国内男单一哥，但他在国内比赛的时间少之又少，很多国内冰迷都没见过他的比赛现场。今年 6 月就有几千个冰迷聚到中国冰协的官网留言，算是花滑项目难得的大动静。张珏那时候忙着高考不知道，教练们却是把这事全程跟进下来的。

定下中国站，张俊宝又问："张珏不喜欢倒时差，北美那边不能去，那他第二站去法国还是日本？"

鹿教练："法国冰场的质量出了名的不行，让他参加日本站吧，那边冰雪运动的人气高，商演也多，冰场质量都挺好的。"

根据教练组安排的行程，9 月 20 日，张珏要参加挑战者系列的中国挑战杯赛，届时要前往山城。10 月 1 日，他去芬兰参加雾迪杯，这两项比赛都是 B 级赛，给钱就能参加，水准也不高，张珏去了肯定能夺冠，作为赛季初的热身赛事正好。

11 月 7 日，张珏要去魔都参加大奖赛的中国分站赛，11 月 28 日去日本大阪参加日本分站赛，如无意外的话，他还会在 12 月 11 日在西班牙的巴塞罗那参加总决赛。

教练们做好决定，又去询问运动员本人的想法，如果张珏嫌 B 级赛多余，教练们也会为他改变赛程。

张珏表示："教练们说去哪儿我就去哪儿。"说完这事，他转头去问金子瑄："子瑄啊，你那个跳跃的落冰时机还是没和音乐的点合上，要不要我把节奏再放慢一点？"

新车的车号都是请金子瑄帮忙摇的，张珏对他无比感激，主动提出要免费帮金子瑄剪辑今年的比赛音乐。

金子瑄现在只要是磨合节目，都会尽可能地请张珏去帮忙观察合乐情况，挑挑毛病，他好改进。

当晚，秦雪君一边给张珏按摩脚，一边看电视里播放的《父母爱情》。张珏捧着专业书念念有词，纱织蹲在茶几上从容地嗑着瓜子。过了一阵，张珏放下书，捧起纱织一下下摸着："佩佳，我的新赛季要开始了。"

秦雪君回道："路上小心，我会看好纱织，照顾好大红、二红，按时给发酵床洒水保持湿度，省得鸡味太重打扰到邻居。你弄的智能洒水系统很好用，我会通过手机软件操控洒水器按时运作，保证家里的菜都好好生长。"

张珏想：你把话都说完了，我还说什么？

明明秦雪君和伊利亚没有一点相似之处，但张珏老觉得他的表情和伊利亚有那么一点神似。他们都挺懂张珏的，只是伊利亚的懂通常和张珏想的不是一回事，比如小时候张珏只是想和他来个拥抱，他直接就把张珏举高高了，秦雪君却是真能懂张珏是什么意思。

他们都是那种脸很好看但性格有点惹的，仿佛体内住着一个熊的灵魂，不过灰眼睛东北熊比那头蓝眼睛的北极熊更聪明。

张珏没忍住，试探着问："我二姥爷家里的果园住进去两窝蜜蜂，他请人把蜂窝掏了，送了两瓶野蜂蜜过来，我打算做蜂蜜蛋糕，你吃不吃？"

秦雪君眼睛亮了起来："吃啊！"

果然是熊！

他突然唑了一声："哎哟，有点酸酸麻麻的。"

秦雪君："那就是我按对穴位了，行了，换脚，把你左脚给我。"

张珏："你11月有没有空啊？我送你一张中国站的票，请你去魔都玩啊！"

包吃包住包来往行程。

秦雪君犹豫："纱织呢？"

张珏："交给我弟弟，他要来参加小提琴比赛。"

14岁的许德拉今年上半年抽条，成了个身高一米七三的清瘦少年，一下就从小胖子变成了小帅哥。自幼学习小提琴的他气质优雅，如今技艺小成，便要去国内最大的青少年赛事上小试牛刀。

而张俊宝则开始给张珏报名B级赛，并给分站赛递交张珏的比赛申请。大奖赛赛制特殊，运动员和分站之间会互相选择，像张珏这种实力和名气一样不缺的，只要打申请，滑联都会许可，被申请的分站也会很高兴，这种明星运动员向来是有力的卖票保障。

但是很多人没有想到张珏的人气不仅在A级赛管用，在B级赛也威力不减。他的比赛行程才被沈流放到微博上，山城挑战赛的票就在10分钟内被抢光了。主办方吓了一跳，当晚中国冰协官网上的中国站门票就只能通过摇号购买了。

张珏乘飞机抵达山城，歇了一天不到，连当地的特色服务掏耳朵都没来得及体验，就被送上赛场，两天把比赛比完，滑出两个接近世界纪录的分数。由于冰迷过于热情，他在进赛场的时候还被堵了20分钟。等到了参加雾迪杯的时候，张珏又想去圣诞老人的故乡逛逛，结果又被狂热的冰迷追着跑了两条街，不得不待在酒店里。

他觉得自己整个人都不好了，和老舅嘀咕："我需要有人来打理我的出行问题，老是这么被堵着，其他运动员也会被我们妨碍的。"

张俊宝认真点头，转头就去找了负责商务接洽的白素青。

当天下午，白素青领着一个长得眉清目秀的大男生走到张珏面前："这是我儿子白小珍。"

77. 玉米

　　白小珍确实是个有两把刷子的人，不仅能管出行问题，还能帮张珏对接商务合作。在张珏比完雾迪杯回国不到一周的时候，他就兴冲冲地跑过来告诉张珏："小玉，我给你拉了个不错的新代言，虽然没什么钱拿，但那广告最后能上央视，整整 30 秒！你下周一上完课记得在学校门口等我，我拉你去见导演。"

　　张珏用同样兴奋的语气问："白哥，是什么代言啊？"

　　白小珍神神秘秘地回道："你到时候就知道了，放心，是那种知名度很高的商品，家家户户都会买，比你的那个牛奶品牌普及更广！"

　　张珏乐呵呵地应了，周一准时和白小珍去见导演。导演是一个穿着吊带牛仔裤的大胖子，从胸口到大腿都是兜，大家叫他兜导演。他迈着鸭子步走过来，用一口纯熟的山东腔和张珏解说广告怎么拍。

　　原来这是一个扶贫项目的广告，某贫困县一直以来平均收入远低于小康水准，扶贫干部过去了以后经过调研，发现那里的田地居然很适合种农大武教授研究的水果玉米，张珏要代言的就是他们家的玉米。这个玉米也有名字，叫甜滋滋 1 号。

　　得知张珏即将代言这个产品的时候，武教授不仅知情，还乐呵呵地说这是缘分，毕竟数遍知名公众人士，还有比张珏这个农大学子更适合代言这个产品的人吗？

　　张珏恍恍惚惚：是啊，咱们真有缘分，我还想以后申请武教授的研究生，跟他一起为甜滋滋 2 号的诞生奉献力量呢。

　　甜滋滋 1 号是脆玉米，吃起来又甜又嫩水分又足，而甜滋滋 2 号虽然水分没那么多，却是糯玉米，其实可以算作两种产品了，而贫困县土地就很适合养甜滋滋 1 号。

　　广告拍起来不难，基本没需要特效的地方，张珏只要乘车去玉米的产地，和当地的小朋友一起在青山绿水中奔跑，最后站在农田里啃玉米，啃完竖个大拇指，广告词则是"纯天然有机甜玉米，口感不是一般的好"。

　　张珏：果然是比那款牛奶普及更广的可以走入千家万户的产品。

　　娱乐圈的粉丝都是通过打榜、投票、刷唱片销量、刷电影票房来支持自家爱豆，张珏的冰迷就划算多了，他们可以买牛奶、买玉米、买奥利奥、买猪猪侠的帽子手套，健身爱好者还可以买蛋白粉。与其说是支持偶像，还不如说是购买日常用品。拿出一张国内花滑赛事的票根，还能从中国冰协官网那里申请张珏代言商品的打折卡，折扣力度很大。

白小珍说完这些神奇的操作，又告诉张珏："你这次代言甜滋滋1号算帮忙扶贫了，老乡们要送你两箱玉米，我琢磨你自己也是农学生，想吃可以自己种或者自己买，这两箱玉米不如给我，我拿去中国冰协的微博上抽奖做福利。"

张珏："……随你。还有，不是农学生就一定会种玉米的。"

他真的要纠正外人对他们农学生的误解，真不是进了农学专业就一定会种田！

白小珍疑惑："你不会种玉米吗？"

张珏仰头，长长一叹："我会。"

这下解释不清了，有一阵子畜牧专业的师兄师姐们麾下的各种动物的屎特有人气，张珏便是因为长得帅，讨屎效率极高，就被一位在甜滋滋玉米研究组的大师兄拉去帮忙。

张珏拍完广告在10月下旬，等到11月3日，张珏和同样参加中国站的金子瑄、柳叶明一起乘上前往魔都的飞机，秦雪君就坐在他隔壁。

纱织和大红、二红，被张珏托付给了到京城的二德。说起鸡，张珏有些忧虑地和秦雪君说："大红和二红是8月出生的鸡，到咱们家就有30天了，现在已经出生120天，指不定什么时候就要下蛋，我这一出门，说不定就吃不到鸡下的第一个蛋了。"

秦雪君伸出手握住张珏的手，一脸感同身受："是啊，养了那么久的鸡，万一第一个蛋不是我们吃的，那该多遗憾。"

周围人都不是很懂这两人的想法，唯有张俊宝不自觉地想起那位读着畜牧专业，在自己家养了头猪的白音小哥，为了让弟弟吃上安全的猪肘子，人家多拼啊！

今年参加中国站的知名男单运动员有谢尔盖（俄）、大卫（比）、尤文图斯（捷）、克尔森（加），女单这边则有白叶冢庆子，俄罗斯新晋一姐赛丽娜、二姐卡捷琳娜。

来比赛的俄系选手都是老鲍里斯的弟子，卡捷琳娜是老鲍里斯的小徒弟，也是瓦西里退役成为教练后的第一位学生。她本赛季才升组，据说在测试赛里拿到了仅次于俄罗斯新晋一姐赛丽娜的分数，可惜这次瓦西里为了帮伊利亚练跳跃，没一起过来。

张珏在抽签的时候就见到了这些熟人。

赛丽娜是和张珏在索契表演滑群舞里一起表演过的，她熟稔地凑过来打招呼："嘿，tama 酱，你看起来比上个赛季更英俊了，我看了你之前的两场比赛，都很精彩。"

她身边跟着一个栗发蓝眼的漂亮女孩，身材纤瘦娇小，等张珏和赛丽娜客套完，她立刻拿出一个便笺本递过来："Jue，我很喜欢你的节目，你能给我一个签名吗？"

张珏签好名递过去："谢谢你的喜欢，祝你在比赛里获得好成绩。"

卡捷琳娜自信地回道："当然，我会在总决赛与你再见面的。"

庆子的声音此时正好在张珏背后响起。

"tama 酱，好久不见。"张珏转身，庆子小跑到他身边："我姐姐也来魔都了，她说想尝尝老鸭粉丝汤，但不知道怎么走，你知道吗？"

他立刻应道："我带你去。"庆子笑嘻嘻的，帮他扯好袖子上的褶皱，直接把他拉去和张俊宝说要外出。老舅对年轻人出门这种事是向来乐意的，年轻人的生命里怎么能只有训练？该和朋友一起乐和的时候也该乐和嘛，他大手一挥，干脆放行。

看着他们离开的身影，克尔森感叹道："他这个异性缘也是绝了啊！"

然而谁又能看出张大帅哥在三年前还是个娇小的萌娃呢？发育真奇妙。

四个年轻人坐到老鸭粉丝汤的店里，一张四四方方的桌子，张珏坐在正对大门的位置，秦雪君坐在他左边，庆子坐在他右边，妆子在他对面。

最初妆子双手托腮和张珏聊着比赛新节目的事，等粉丝汤上来了，妆子终于停住，低头开始享用美食。张珏和庆子是运动员，只端着清水，吃点蔬菜。

庆子用柔软可爱的语气抱怨自己对节目的情感处理不到位，被教练训了好几次，张珏便好心给她提建议，气氛越发热火朝天。秦雪君全程都没插上话，只能埋头吃粉丝，只有饮料上来的时候，他主动给张珏开了一瓶豆浆，然后推到张珏手边。

妆子双手托腮："新招练得怎么样？"

张珏自信满满地回道："等合乐的时候跳给你看。"

赛前合乐就是给选手们熟悉场地的，主办方会轮流播放选手的赛用音乐，选手可以借着这个时间练习自己的节目，通常会在比赛开始的前两天内举行。因为没有比赛，所以观众们这个时候通常不会专门来看合乐，但会场也并不禁止他们提前入场观看自己喜欢的运动员滑冰，结果这一天来看合乐的粉丝比很多人想象的要多。

在没有播放张珏的节目音乐的时候，他会习惯性地做一套鹿教练传授的滑行动作热身，包括燕式滑行的那种。燕式滑行虽是女单那边的常见动作，但张珏的燕式滑行的美感在目前的花滑选手里，也是排得进前几名的。

当他开始做燕式滑行时，现场就响起一阵"哇——"的声音。

白小珍跟在来拍摄的舒峰记者的身后，念念有词："淑芬，家父一直说和你搭档的摄影师水准很高，所以能不能麻烦您同事待会儿分享给我一段张珏的热身视频呢？我想发到网上与网友们分享……"

张珏在冰上行云流水地滑行，风吹过发梢，又扬起白红相间的外套。

舒峰被缠得不胜其烦："我叫舒峰！这是我们自己拍的素材，小珍，不是哥哥不体贴你，但这个真的不行。"他可是打算通过这段视频，好好夸一通张珏今年的滑行进步巨大的，让白小珍拿去当福利算什么事？

就在此时，场内响起一阵掌声，白小珍不明所以地回头一看，就发现张珏在跳了一个举手的 4S 后，接了个 3T。

接着他听到舒峰惊喜的声音："张珏把这组连跳也练回来啦？这样一来，再加上 4T+1lo+3S 和 4T、4S 的单跳，他完全可以使出更高难度的自由滑配置了！"

这还没完，张珏跳 4S 时的双足姿势是呈八字的，接下来他又进行了一段助滑，然后双足交叉起跳。从他起跳的高度来看，这是一个四周跳，张珏转足了四周，落冰时摔了个四仰八叉，可他并没有沮丧，而是单手撑冰坐起来，拍着冰面露出懊恼的神情。

这坐姿其实很有少女感，双腿交叠着，一只手撑冰面，但在张珏这里是满满的率真。

有很多人在惊呼。

"是新跳跃！"

"乖乖，他该不会要成为世界上第一个完成这种跳跃的人吧？"

各种人声进入白小珍的耳中，他们激烈地讨论着有关新的跳跃，哪怕看起来是纯颜粉的女孩都会和周围人询问那个跳跃意味着什么，他们对张珏新技术的关注，远远超过了对他的外表的关注。

白小珍怔了怔。

是啊，张珏是运动员，实力才是一切。上一届世界第一的男单运动员瓦西里曾给他最大的期盼，而他能作为男单的无冕之王，那名头可不是炒作出来的，和粉丝的数量也没什么关系，只是因为他很强，强到连瓦西里这样的前王者都坚信他会成为GOAT，所以他就有了王冠，成了目前坐在王座上的人。

而且他还在上升期，白小珍完全不用担心这个孩子不能走到更高的地方，摘取更高的荣誉，获得更多他应得的东西。像这样的人，根本不需要靠脸来赚得粉丝，只要让大家知道他的强大就行了，因为好看的人在娱乐圈遍地都是，但冠军只有一个。

当晚，一个话题爬上百度、微博、贴吧的热搜。

"名将张珏挑战新四周跳4lo。"根据视频慢放，他已经足周，这个消息瞬间点燃了国内冰迷的热情，大家兴奋地讨论着张珏练这个新跳跃多久了，以及他为何会选择第一个练4lo，而不是练更适合力量型男单选手的4F和4lz。虽然一哥不擅长菲利普跳（F），但他的勾手跳（lz）一直都很强啊，既标准又高、飘、远。

最后还是一个追了张珏四年的资深冰迷提起一件事："你们忘了吗？张珏之所以上个赛季以点冰跳作为主要得分手段，是因为他那时候才过完发育关没多久，协调性还没恢复好，但在发育之前他可是'刃跳bug'啊！"

现在人都过完发育关一年了，刃跳可不得捡回来了吗？

哪怕是本来不了解滑冰的人，在这个冰迷们踊跃探讨的环境里，也知道了自家有个世界上最擅长刃跳的花滑名将，他还有个特别牛的启蒙教练，好像是个姓鹿的胖老头，连他的主教练、跳跃教练等其他教练，全是这老头的弟子。

鹿教练天天都在事业回春。

78. 风情

比赛开始的当天，有记者架着长枪短炮在选手进入场馆的通道门口蹲守，一个又一个知名运动员走了进来。

"是斯蒂芬妮，她可真是个美人，今天居然不是和朱林手牵手进来的。"

"看，是白叶冢庆子！"

"是萨兰娜！前俄罗斯的花滑教母，北美、俄系至少有 20 位顶级选手是在她的指导下拿的奥运金牌，而且单人滑、冰舞她都能带，可惜这位老太太好像已经不带学生了，这次被请过来做裁判。"

"张珏过来了！"

张珏拉着装有冰鞋的拖箱和教练走入通道，金子瑄、黄莺、关临就在他身后跟着，他走路时目不斜视，脸上没什么表情，看起来极有气势。

大家都知道，人气最高、期待值最高的项目一般总是在最后开始，在其他地方都是女单压轴，因为在花滑四项中女单的综合人气最高，但今年中国站的比赛是女单开场，其次冰舞，最后双人滑、男单，明眼人心里都明白，男单的人气算是被张珏以一己之力拉上去的。

金二哥虽有四周跳，但在别人以为他行的时候，他抽了，在大家以为他不行的时候，他又行了，所以看他的比赛需要佛系，别抱有太多期待就是善待自己的心脏了。三哥柳叶明现在最高配置只有双 3A，四哥樊照瑛伤病缠身，五哥石莫生技术难度上不去，加上他们的家庭条件都挺好，滑不出成绩也没啥，难免显得拼劲不足，只是快乐滑冰，在关键时刻扛不起大旗。

好在再佛系，以上几位在赛季前半段上一个分站赛还是没问题的，有没有第二站就看命，柳叶明今年在测试赛中拿了第三名，因此中国冰协在给张珏申请日本站时，顺手把他的名字也报了过去，两站参赛机会已经到手。

实力不强的二三线选手能多上一场比赛就是好事，而张珏那种实力强劲的则是别人请他去比赛了。别看他这次只申请了中国站和日本站两站，其实另外四站也是给他发过邀请的，只是滑联会根据上个赛季的积分排名，将明星运动员分散到不同的分站，省得他们一开始就撞上。

身为张珏进入国家队后的新任 H 省队成员，H 省新的总教头明嘉的学生，柳叶明关切地看着先自己一步开始参赛的师妹徐绰。徐绰在今年的测试赛上拿了第一，成为继张珏后又一个爬出谷底的高个子单人滑运动员，这件事一度震惊了所有人。

柳叶明问："怎么样？"

徐绰做了一段交叉步，微微喘气："嗯，各方面状态都比上赛季要好了。"

经过一年好吃好喝好睡，以及医生给的帮助，她的月经已经恢复正常，骨密度也到了及格线上。主管她的明嘉教练是冰舞出身，原来也主教滑行，跟随他的时候，徐绰甚至做好了以后要靠自己练跳跃的心理准备，没想到明嘉居然连跳跃也教得不错，一年下来，硬是让徐绰找回了五种三周跳，连带着 3S+3T、3T+3T、2A+3T 三种连跳也练了回来。

可惜骨架太大，高级 3+3 连跳这种高难度技术，徐绰只是勉强能跳，却很难足周，想回到巅峰已经不可能了。徐绰看着在不远处热身的白叶冢庆子，心想，或许她这一生都无法再与对方竞争，但花样滑冰并不是只有跳跃一个看点，她还有滑行，还有表演。

现在她的长期目标是参加平昌冬奥会，而短期目标就是保证中国女单在国际上的存在感，至少要让每个赛季仅有一个的四大洲锦标赛、世锦赛名额从 1 个变成 2 个。瘦死的骆驼比马大，丢再多技术，徐绰觉得自己要拼个世界前十还是没问题的。

她是第三组第二位出场，在准备出去的时候，有人用生涩的发音叫住她："Xu 桑。"庆子跑过来对徐绰伸出手："很高兴看到你回来。"相较于已经发育到需要抬头才能看到的老对手，只有一米五四的庆子就显得很是娇小。

徐绰怔了怔，和她握手，转身快步离开。她的眼圈发热，如果当初过发育关的时候，她没有节食到骨骼出问题，以至于到现在都没法上高强度训练的话就好了，这样在面对曾经的对手满眼的期待时，她也不用狼狈地逃避。

明嘉看出学生的难过，在赛前拉住她："放松，拿出在测试赛中的状态就行了，你很棒，徐绰，你很棒。"

随着俄罗斯著名歌曲《黑眼睛》响起，张珏看向场边："好明显的米娅老师的风格。"

沈流探头一看："米娅老师现在的编舞是七千美元起步吧，换算成人民币就是四万多元了。"

弗兰斯·米勒给人编舞的时候就是八千美元起步，上不封顶，而且他的食宿费、差旅费全部要报销，另外他面对张珏的时候都不会打折，不过他会把张珏接下来整个赛季的妆容也设计好。因为他和米娅都编出过经典节目，所以从上上个赛季开始，他们就是每赛季起码要编 10 个节目，生意好的时候要编近 20 个节目的状态了。

他们的崛起直接导致想和张珏合作的编舞越来越多，上赛季张珏才在世锦赛夺金没多久，那位有俄花滑教母之称、已经七十岁高龄的萨兰娜女士就在赛后 banquet 和张珏聊了聊，推荐他一定要听一听威廉·乔瑟夫演奏的"Stella's Theme"。哪怕是看在她花滑界名宿的身份，张珏也愿意卖她一个面子，加上老太太品位确实挺好，歌很好听，张珏干脆就将老太太推荐的这首曲子定为自己新赛季的表演滑曲目。

今年的中国站女单选手没什么强手，短节目比赛结束后，庆子排名第一，徐绰第二，两人一起去拿了小奖牌。

接下来的双人滑也比得漂亮，冰舞……他们只拿了第四名，不算高，却恰好比隔壁韩国和日本队要强，所以从教练到冰迷都表现得十分高兴。

比赛开始之前，鹿教练和张珏说过话："张珏，你知道为什么我一定让你选中国站吗？"

张珏一边压腿一边用迷惑的语气回道："因为我不用倒时差了？"

鹿教练："这个赛季的世锦赛也在魔都举办，也是在这个会场，我们希望你能提早适应这个场地。小马让莺莺和小临选这一站的理由也是这个。"

张珏："原来如此。"

鹿教练见他不紧张的样子，忍不住在小孩的脑袋上扇了一下："别忘了，你现在担着'无冕之王'这么大的名头，万一这届世锦赛比崩了，你小子绝对要成笑柄。"

"无冕之王"是荣誉头衔，也是压力的来源，万一张珏表现得不符合这个名头，某些心理阴暗的人绝对会掀起指责他的狂潮。

偏偏张珏的强敌还不少，有一个算一个，全都想做冠军。张珏也不能说稳赢，只能说胜算比较大，但他在进步的时候，他的对手们也没闲着，所以作为教练，鹿教练必须为张珏争取每一个胜利的机会。

伊利亚可是在美国站的短节目比赛中上了两个四周跳，将短节目纪录刷新到了 101 分！

4T、4T+2T、3A，这是伊利亚打破世界纪录时的配置。不过明眼人都看得出来，他那个 2T 原本是 3T，只是他跳空了，一旦让他 clean 这套配置，分数是可以更高的。

张珏叹了口气，将汗湿的头发往后一拨，他似乎终于意识到了自己扛着什么，但又好像早有准备，所以倒不如说这个年轻人选择用一种从容的姿态去面对命运给予的考验。

沈流提醒他："该认真了啊，张珏。"

张珏："是——"

六分钟练习时，场上吵吵嚷嚷，每当有运动员完成一个难度不低的跳跃时，观众们都会很给面子地发出欢呼。

张珏没有跳跃，只是冷静地把外套脱下，将袖子翻好交给鹿教练，准备比赛。紫黑色为主色的考斯腾在行动间时不时反射出光芒，可见这件衣服上绣了多少碎钻和珠子。肩部是很轻盈的露肩设计，从肩膀到手肘、背部都有流苏，紫色的天鹅绒手套从手肘包裹到指尖。

观众举着小鳄鱼团扇，认真地看着张珏的身影，发现张珏的气场变得魅惑起来，眼角出现一种可以称之为性感的风情。

报幕声响起："Representing China, Jue Zhang。"

赵宁解说道："接下来登场的是我国名将张珏，他的短节目是《红磨坊》，也是这位选手的又一支探戈。"

各国解说员也激动起来。

"各位，我们的新王来了，在 15 天前，伊利亚·萨夫申科打破了 Jue 保持的短节目世界纪录，让我们看看他是否打算将这个纪录夺回来。"

"天哪，他很明显长大了。"

79. 习惯

张珏这人美且自知，他清楚自己的外表优势，在该利用这些优势的时候也丝毫不含糊。少年没有刻意地张扬性感，但从他流转的眼波，还有妆容与考斯腾的搭配，观者都感到有什么勾得自己心痒痒的东西，当他从下往上看时，攻击性立刻就出来了。

弗兰斯·米勒满意了。

《红磨坊》是花滑经典曲目之一，从 2002 赛季到现在十多年了，滑过这首曲子的人不知道有多少，最初知道张珏决定滑这首曲子的时候，弗兰斯也有过"看来张珏这个赛季要和别人撞曲"的忧虑。

结果赛季开始，好嘛，冰舞那里一对《红磨坊》，双人滑一对，女单一个，男单这边有张珏，撞得那叫一个惨烈。

而且从本赛季开始，滑联改变了规则，除冰舞以外的其他花滑项目也被允许在比赛中使用带人声的节目，所以除了张珏这一版的《红磨坊》，其他《红磨坊》都是带人声的。

但目前为止本赛季最受好评的《红磨坊》还是张珏这一版，因为他的节目探戈味最浓。

不论是芭蕾、探戈还是蹦迪，只要是加入了舞蹈元素的节目，张珏的演绎起码不会出错或者风格不合适，和表现力无关，纯粹是运动员本身具备出色的舞蹈素养。

音乐的最开始是一段节拍，少年腰部发力，流苏随着他的旋转扬起，戴着长手套的手臂抬起，手掌缓缓握紧，背景乐分明没有人在歌唱，可当看到少年的神态时，又似乎只要是人都会明白，他在魅惑一个人，但那个人不是你。

清脆的点冰声响起。

顶级男单选手的跳跃能力本就惊人，这一组 4T+3T 的高远度让场边的小村记者都惊讶了："难以置信，他在跳那个 4T 的时候，远度横跨了接近 9 个座位，至少视觉上是这样的，真是太震撼了。"

张珏的连跳质量太高了，裁判席上绝对有人给他打出了 +3 的 GOE，小村记者心里嘀咕着，既想要低头检查自己是否抓拍到这一幕，又舍不得将目光从张珏身上挪开。

在逐渐拉升的小提琴音中，探戈的节奏响起，张珏的眼神带上了明晃晃的挑逗。

只是一个休赛季不见，这个曾经以清新、擅长抒情著称的少年就像是整个人蜕变了，他的神情中不见羞怯，而是一种"我知道我很美，而我也知道你一定会被我迷住"的自信。

探戈本就是带有诱惑调情意味的舞蹈，当舞者有意用舞姿展现自己的性感时，简直能把人的魂魄都勾走。

事实上这还是张珏收着演的结果，他的重点是如何用探戈的舞蹈姿态来展现一种诱惑之美，要成功做到性感而不低俗。

而在之后的时间里，除了实在是坚定的技术党，没人在意张珏什么时候完成了一组被裁判给了 4 级评价的蹲转，接着又完成了一个举手的 4S。

花滑运动员们毕竟是在很大的冰场上表演，除非镜头对着脸拍，否则就连裁判都未必看得清运动员的表情，他们只能依靠肢体展现表现力。而上肢是否柔软灵活，能否在高速滑行、旋转、跳跃时搭配着做出相应的手势，挥动能否压在音乐的节奏上都是关键。

张珏如同于黑夜中行走在灯红酒绿中的舞者，连指尖都是撩人的挑逗，直到音乐的尾声，那种挑逗的意味才结束。

他完成最后一组旋转，背对着裁判席，蓦然回首，神情依然是魅惑且带有攻击性的，眉眼间却有着复杂情感的疲惫，表演瞬间就被这个眼神从单纯的诱惑之舞升华成了一个引人探索的故事。

喜欢靠近脸拍的某电视台记者低低叹了一声："维纳斯该有多爱他，才给了他这样一双眼睛。"那张脸就是那种天生适合展现层次丰富的情感的脸，运动员本身的表演也经得起细品和琢磨，放到大荧屏上也很合适。

这是真正的老天爷赏饭吃的脸啊！

结尾的眼神让看到这一幕的观众都陷入了寂静中，秦雪君屏住呼吸，他并不是不关注冰上项目，花样滑冰、速滑他都有看，但像张珏这种水平的表演，他从未在其他人身上看到过。

这是足以震撼人心的表演，秦雪君觉得自己被张珏的实力折服。

他想起张珏身上从没少过的伤痕，家里膏药、绷带的巨大消耗量，永远围绕着张珏的药味。想要在台上成角儿，就必须在台下吃苦，张珏能有今天，又是吃了多少苦呢？秦雪君想，如果张珏用这样的劲头去学医，成就绝对比他高。

一直十分青睐张珏的意大利体育台王牌解说员大声喊道："各位喜欢 Jue 的冰迷们，我们又一次见证了历史，有一个运动员，他在完成了世界上最高质量的冰上表演的同时，还展现出了最高等级的难度！他今年才 17 岁！"

张珏闭上眼睛，深呼吸，再睁开眼睛时，诱惑人心的舞者已经消失，他落落大方地向裁判席、观众席行礼，变回阳光的小鳄鱼。

众人如同才从梦中清醒，早有准备的冰迷们立刻提着鳄鱼玩偶、花束冲到第一排，其他观众也毫不吝啬掌声与欢呼。有个准头特好的女生直接把鳄鱼玩偶扔到张珏的脑门上，他吓了一跳，接住这个落到自己怀里的鳄鱼玩偶，忍俊不禁地看向那边。

他挥挥手，朝那边笑了一下，看起来脾气很好。

张珏今年的短节目衣服薄，露肩，腰部则只有缠着绣有珠子的流苏，其余全是肉色的半透明氨纶，看起来就很薄，加上才运动完，衣服就贴在身上，让他特不舒服，张俊宝连忙给他罩上外套。

沈流则关心地问道："我看你做贝尔曼旋转的时候重心有点不稳，是不是腰不舒服？"

教练完全不在乎这个自己看着长大的小鳄鱼方才在赛场上多么嚣张肆意、性感迷人，只关注他的身体健康。

张珏一一回答教练们的话："麻烦把毛巾给我，我擦一下，汗水快进我眼里了。腰没有伤到，是进入的时候发力不对，轴心没找稳。"他戴好刀套，走到 kiss&cry 坐好，抓起毛巾往脸上用力擦。

弗兰斯·米勒都快看不下去了，他扭头和一个包得严严实实的女生吐槽："小鳄鱼再被他这几个教练带下去，迟早有一天也会变成不修边幅的大叔的。"

妆子专注地看着张珏的身影："他不会的，前阵子他还托我帮他代购一些好用的护肤品呢，你没发现他的教练们的胡子都刮得很干净，形象也很好吗？tama 酱不仅注意自己的形象，偶尔还会打理教练们的仪容呢。"

弗兰斯惊讶起来："咦——他不是那种超级直爽的人吗？"

妆子大睿："直爽也不妨碍注意形象啊，你难道不知道越帅的人越在意自己的脸吗？"

他们才聊完，就正好看到张珏把才擦完脸的毛巾往脚下伸，原来张珏正在用擦脸的毛巾去擦冰鞋鞋帮上的冰屑，然后就被教练打了脑袋。

妆子捂脸，擦脸的东西怎么能拿去擦脚呢？

就在此时，张珏的分数出来了。

技术分：58.65

表演分：47.31

短节目得分：105.96（WR）

赵宁激动地说道："是 105.96 分！各位观众朋友，就在此时此刻，我国名将张珏刷新了花样滑冰男子单人滑的短节目世界纪录，他也是世界上第一位在短节目中同时完成了后外点冰四周跳（4T）、萨霍夫四周跳（4S）的花滑运动员！不愧是张珏，他真的太棒了！"

大家都在欢呼，唯有张珏本人很淡定地和教练们击掌，教练们也都是并不激动的样子。不是不喜悦，这事第一次、第二次发生的时候他们还能惊喜一下，但张珏破纪录的次数太多了，他本人的状态还在继续提升，以后还能破更多的纪录，他们已经习惯了。

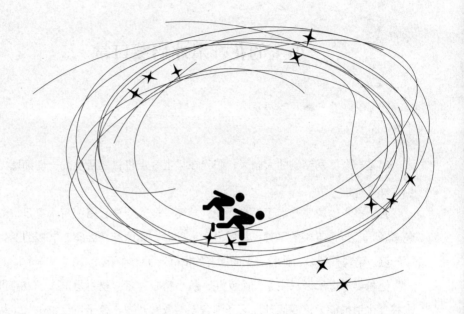

番外

小玉的花样滑冰启蒙日常

那是一个冬季罕见的大晴天，阳光在早上 8 点将目之所及的一切都照得多出一分暖意。

五十多岁的鹿照升泡了两杯奶粉，与妻子一人一杯，搭配着水煮蛋、酸菜包子，吃了一顿丰盛的早餐。趁着妻子洗碗时，鹿照升将卧室、书房的卫生搞了一遍，清理书架时，他看着上面摆着的相框发了一阵子呆。

他和妻子这辈子只生了一个女儿，从小精心养着，要不是怕孩子被养得失去独立生活的能力，鹿照升连家务都舍不得教女儿做。孩子自己也争气，从小学到大学念的都是重点名校。

鹿照升常常觉得，他年轻时做运动员，后来做教练都没有什么出色的成绩，唯有女儿是他最大的骄傲。

谁知正是他的教育太成功，让女儿不仅聪慧美丽，还有着极强的责任感和奉献精神。女儿大学毕业后就为了梦想去山里扶贫，他和妻子在半年前去那边看了女儿一趟，在家养得精致的女孩变得黑瘦，皮肤粗糙了，一看就知经常受风吹日晒，但看孩子说话做事都干练许多，他又是心疼，又为女儿高兴。

能为梦想献身的人总会有更加精彩的人生，他女儿做着如此有意义的工作，老鹿走出门都觉得腰板更硬几分。

只是孩子不在身边，老人难免寂寞。在这种情绪的驱使下，鹿教练默默地将更多心思投入工作之中。他是 H 市的一名不起眼的花样滑冰教练，主要教启蒙班，孩子们从他这里学到花样滑冰的基础后会被更上一级的教练挑中，有些也滑出了不错的成绩。

在他的学生里，最出色的有两个，一个是国家队男子单人滑项目的选手张俊宝，还有一个就是也进了国家队的小徒弟沈流。这两人一个擅长表演，一个跳跃天赋出色，鹿照升对他们抱有很大的期待。

妻子玉蓉退休前是护士长，在鹿教练工作时，她就抱着医药箱坐在场边，如果有孩子在冰上摔了，她便过来帮忙处理伤口。出发前，妻子从蒸锅里拿出一盘金黄的鸡蛋糕，小心翼翼地放入饭盒里，这是鹿照升最喜欢的甜点，吃了几十年，从没腻过。

事实上，当年轻的鹿照升第一次吃到女孩递过来的鸡蛋糕时，他就下定决心，要想个法子和这姑娘过一辈子。他成功了。

带着满满一个饭盒抵达冰场的鹿照升，正好看见他的得意弟子张俊宝抱着一个红色的大号布包站在门口。那布包应该沉得很，他时不时就要托一托。鹿照升再仔细一看，那似乎是个穿着红色棉袄的小孩子，小脸又白又圆，喜庆又可爱，属于老一辈最喜欢的胖娃娃。

小孩嘴巴一动一动的，嘴角还有芝麻，鹿教练判断他刚才在吃芝麻饼，而能让向来爱干净的张俊宝这么抱着，任由其在自己身上吃东西的孩子，想来和张俊宝关系也不一般。

看到鹿教练过来，张俊宝眼前一亮，他晃了晃怀里的娃："小玉，这是你教练。"

红布包闻言剧烈地挣扎起来："我要下去！"

张俊宝有点手忙脚乱，那红布包里的孩子看着不是个有耐心的。他急着下地，先是扭，接着打挺。张俊宝个子不高，身形偏瘦，想控制这么个有劲的小胖子显然艰难得很，最后那孩子骨碌碌从张俊宝怀里滚下来，一屁股坐在地上。

小孩也不喊疼，爬起来拍拍裤子，一本正经地说："老舅，我不会再拿手去下水道里摸死老鼠的尾巴，也不会冬天玩水枪了，你让我自己走吧。"

通过小孩的话，鹿教练听明白了，这是张俊宝的外甥，之前有过抓老鼠尾巴、冬天玩水枪等劣迹，这才让张俊宝这么紧张地抱着。

那小屁孩看着身上肉不少，穿得又多，一眼看去就是个球，走路却一蹦一蹦的。他蹦到鹿教练面前，甜甜一笑："大兄弟，我是打福泰路隔壁芙蓉小区来的，你叫我玉老大就行了，你贵姓啊？"

张俊宝冲过来给了小孩后脑勺一下，对鹿教练讪讪一笑："老师，这是我青燕姐姐的大儿子，叫张珏，您叫他小玉就成。"

一看张珏打招呼的调皮样子，鹿教练就知道这孩子是个熊孩子。听张俊宝说，张珏上周体检时超重了 10 斤，身高却只是勉强达到平均值，他的家长怕太胖影响孩子健康，才特意将张珏送过来滑冰减肥。一般来说，像鹿教练执教的商业冰场是只要交钱就收学生的，不存在什么入门前考察的说法。孩子的妈妈一口气交了两年的学费，加上张俊宝双手合十求，鹿教练也就干脆把人收下了。

等带着张青燕和张俊宝交完费用，顺带和张青燕了解完孩子的性格后，鹿教练回到冰场的第一眼就看到张珏坐在他老婆旁边，吃光了他的鸡蛋糕。那一刻，他算是对张青燕和张俊宝口中的"这孩子不太好带"有了清晰的认知。

东北有娃，其名为珏，昵称小玉，肤白眼大，身材丰满，精力充沛，行动力强，十分嘴馋，擅长利用外表从女性长辈手中骗来食物。

从张珏加入鹿教练的冰场开始，老爷子每天的鸡蛋糕就有三分之二进了张珏的肚子，他还调皮，带着同期进冰场的邻居好友二胖一起捣蛋，一周不到就成了冰场里最让教练们头痛的小孩。但老话怎么说来着？越馋嘴的狗狗学会握手的速度越快，人也是这样，只要诱惑给得够，再调皮的孩子也能爆发出巨大的能量。

某天，鹿教练抱着哄孩子的心态对张珏说："你好好练，什么时候练出第一个跳跃，我今天的鸡蛋糕都归你。"那天张珏练的是 1S，鹿教练那天的鸡蛋糕全进了张珏的肚子。

都说在竞技运动里看见什么天才都不用惊讶，因为这个行当就是突破人类极限的，但鹿教练还是被张珏的天赋吓得险些闪到自己的老腰。

老爷子虽然是跳台滑雪出身，但后来做花滑教练做了二十多年，但数遍他这五十几年的时光，鹿照升再没见过天赋比张珏还好的。

张珏的天赋还是多方面的，他不仅平衡能力好、力量出色、柔韧度好，还有着相当可怕的耐力，所以才进冰场没多久，他就能承受比真正的新人高数倍强度的训练量。鹿照升试探了一下，张珏可以在进行约等于同龄人三倍的训练量时才露出疲态。

这小子是一个天生的运动员，鹿教练立刻意识到了这一点。

出色的天赋让张珏轻松掌握了所有一周跳，除了 1A 多练了一阵子，其他跳跃他掌握起来和玩似的，尤其是强大的身体协调能力，让他在练刃跳时如鱼得水。

当其他孩子还在扶着栏杆一下一下地摔着的时候，张珏已经适应了在冰面上滑行；当其他人开始学滑行的时候，张珏已经学会了旋转和一个步法动作；当其他人开始练步法时，张珏的一周跳都练全了。

这是一个真正具备冲击世界顶级赛场天赋的孩子，说句玄乎点的话，张珏这样的孩子，命里就闪着金牌的光辉，让眼神好的教练们一见着他便心痒难耐。

鹿教练已经甘于平庸太久了，他是美国著名大学毕业的硕士，早年的毕业论文上的是业内第一的期刊，这么多年都没有放弃学习，论执教的业务水准不说顶尖，也自认不差，起码他是真给国家队输送了两个优秀男单选手。可他也对自己可能一辈子都没法跟着运动员去奥运会有了心理准备，毕竟事业这玩意不仅看能力，有时候也避不开一个"运"字，他就是碰不上好苗子，他能怎么办？所以他安慰自己，自己已经有了世界上最好的妻子，有一个了不起的女儿，这辈子也挺美满。

张珏的出现，让鹿教练将那些自我安慰的话语全部抛到脑后，他如同一个顽强的斗士，以让张俊宝、张青燕等张珏的家长看了都惊叹的意志力，顶住了这小孩的胡闹。

要知道张珏小时候调皮得连他自己的亲妈都受不了，张青燕女士在生孩子前也是美丽的花朵，张珏能说会跑后，这位女士就熟练掌握了晾衣架子、鸡毛掸子的使用方法。

拎着不知道哪里摸来的蟑螂、蜘蛛放到文具盒里当宠物养对张珏来说只是日常，有时他兴致上来了，还趁教练午睡偷穿教练的外套、裤子、戴着帽子、叼着牙签假装自己是马龙·白兰度饰演的教父。

问题在于，他把教练的裤子穿走了，教练穿什么呢？

这是一个好问题，鹿教练在全身上下只有衬衫、花裤衩两件衣服的时候，暴怒地追着张珏跑了半座训练馆，最后将熊孩子提到办公室打屁股的场景也成了永恒的经典，起码和张珏同期上课的那些孩子恐怕永远都忘不了了。

张珏不好教，他天赋好，却主见强、性子倔，光是对他来硬的，他就会和人对着干。他天不怕地不怕，完全不懂畏惧大人，所以对付他得软硬兼施。

鹿教练也是个倔老头，所以他一口气看完了《发展心理学》《天生棒小孩》《与孩子的天性合作》等三十多本教育相关的书籍，还订了两年的教育刊物。

执教张珏因此成了一件痛并快乐着的事，鹿照升想尽办法让张珏听话，让张珏接受他给予的训练，和捣蛋的张珏斗智斗勇。看着这个孩子一天比一天强大，又在张珏得意地翘尾巴时泼冷水让他冷静一下。

渐渐地，鹿教练在这场斗争中占据上风，成为世上少有的能让张珏感到畏惧并听话的教练。张珏的父母均十分惊喜，每年春节都要带着亲手包的饺子上鹿教练家拜年。

可鹿照升终究是忘了，张珏是一个性格还不成熟的孩子，压得太紧的话，孩子是会跑的。

要让一个孩子去学习某样东西，最重要的不是让孩子一口气冲上陡峭的高峰，而是先让他对这座山峰顶端的景色产生好奇和兴趣，而高压教育却将张珏也许会有的对花滑的兴趣消耗光了。

然而那时的鹿照升只看到了张珏成功后，他可以带张珏一起去全锦赛、四大洲锦标赛、世锦赛，去冬奥会，他认为张珏拥有在那些大赛上夺奖牌的潜力。一旦张珏被培养出来，他这辈子也值了。

后来张珏在八岁时练出了 3T 和 3S 两种三周跳，但他选择在这一年放弃花样滑冰，转去学习芭蕾。

这是鹿教练在六十岁以前最大的憾事，他为此难受了许久，心里又是自责又是悔恨，他认为自己毁掉了张珏的花滑生涯，也毁掉了一个中国男单在世界舞台上崛起的机会。

他不是一个合格的教练，他居然让功利心压过了一切，遗忘了一名老师最该做的事情。

老教练在这事上纠结了很多年，从五十多岁纠结到六十多岁，在年近七十时，鹿照升还是没能放下这件事。

那会儿中国男单项目也发展得不好，张俊宝伤退了，沈流虽然练出了四周跳，顶上了新任一哥的位置，可他心态不行，在重要赛事上频频失误，比完赛后总要和主教练抱头痛哭。随着年龄的增长，职业运动员高强度训练带来的伤病也让他的能力出现下滑。

索契周期的最初，很多人都以为男单要断档了，可就在 2011—2012 赛季的青年组国际赛名单上，鹿照升看到了那个熟悉的名字。

张珏，这个曾被他寄予了希望，又带着倔强而委屈的神情离开冰场的孩子，居然在空了四年后重新走上了赛场。

不论推动他做出这个决定的原因是什么，鹿教练只觉得压在心里的某块大石终于落下了。

空了四年对运动员的影响非常大，张珏固然天资绝顶，可谁也不知道他如今能在赛场上拿出怎样的表现。然而鹿教练这会儿也不在乎张珏的成绩了，他只是在张珏比赛开始的前十分钟便满怀期待地坐在电脑前，不熟练地操作着电脑打开这孩子的比赛直播。

他的内心只有一个念头。四年过去了，张珏，现在你愿意重新享受滑冰了吗？

老教练想要知道的，也只有这个问题的答案而已。

张珏在国际赛场上的第一个节目是《黑天鹅》，雄厚的芭蕾底子让他在艺术表演方面远超同龄人，天生出色的乐感搭配柴可夫斯基的《天鹅湖》，让他奇迹般地在青年组第一战便吸引了无数冰迷的目光。

鹿教练很高兴。他不是为张珏拿下奖牌而高兴，而是高兴于张珏滑冰时如同一只振翅欲飞的鸟，自由而欢畅。

瓦西里与希望

医生指着 X 光片，上面是瓦西里的膝盖状况。

"瓦西里，为了你的健康，我们必须为你打钢钉。"

瓦西里安静地看了医生一阵，弯弯眼睛："好啊，我是该做手术，但在那之前，我希望能完成最后一场表演。"

每个运动员都有退役的一天，这没什么，瓦西里心里很难过，内心又有种微妙的解脱感。滑了这么多年，他什么赛事的金牌都拿过，该滑够了。

鲍里斯看着最疼爱的弟子，心甘情愿地开始忙忙碌碌，为他准备退役演出，时间定在世锦赛结束的一周后。世锦赛距离才结束的索契冬奥会也只差了一个月，瓦西里已经无法再承担竞技体育的强度，干脆放弃了参赛。

鲍里斯问他："你不去现场看看那个你最看好的后辈吗？"

索契冬奥会结束后，全世界的人都知道瓦西里欣赏张珏。

瓦西里轻轻摇头："我在家里看电视就行了。"花样滑冰在俄罗斯的人气很高，肯定会有实时直播的。2014 年的世锦赛在日本崎玉举办，和俄罗斯是 5 小时的时差，那边在比赛时，俄罗斯这边还在中午或下午。

说完这件事，瓦西里就像是没了精气神似的，去冰协那里办了退役手续。所有人都对他这个新任奥运冠军很是客气，而瓦西里却迅速颓废了。他不刮胡子，六天没洗头发，身上有股酸臭味，回家后的第一件事就是用伏特加将自己灌醉，他饲养的鹦鹉在大叫，瓦西里躺在地板上渐渐失去了知觉。

唤醒他的是一通电话，他一开始不想接，电话那头的人却很执着，铃声不断在耳边响，让瓦西里烦得不行，他将自己的第一个节目《四季》的曲目定为铃声，现在他却开始讨厌这支曲子了。

然而良好的教养让瓦西里做不出砸手机这种事，他故意慢慢拿起手机，又慢慢打开，拖着时间要让对面的人久等。许久电话才接通，带着轻微口音的英语响起，是他熟悉的声音。

"瓦西里，听说你要办退役演出，为什么不请我呢？"是小鳄鱼的声音。

瓦西里皱紧眉头："谁告诉你我要退役的？我不退役！"他大吼："我才不要退役！"

电话那边没了声音，瓦西里以为张珏被他吓到了，但很快，他听到了连绵不断的笑声，快活，带着股爽利的味道。张珏和他开玩笑："伊利亚说他经常闯祸，但从没把你气到咆哮，这是不是你从新年到现在第一次这么大声说话？"

张珏一点也不恼，还问他："怎么样？喊完以后心情好点了吗？"

小鳄鱼总有让人心情愉快的能力，瓦西里想了想："是好了一点。"

张珏唯恐天下不乱地建议他："你以后可以多这么喊，我的教练天天吼我，但我看他们精神可好了，偶尔我还会在他们打我的时候跑掉，然后他们就要在后头追，沈教练靠着我减了 10 斤了。"

瓦西里："……请不要再和我说你家教练的血泪史了。"他开始对教练这个职业抱有恐惧了。

张珏对自己吓得瓦西里差点远离教练行业分毫不知，他又问："我不能去参加你的退役演出吗？"

瓦西里拒绝了他，他的演出与世锦赛离得太近了，张珏才进行完一次高强度比赛，再舟车劳顿地跑过来演出，也太劳累人家了，何况张珏才在俄罗斯丢了枚奥运金牌，再让人家到伤心地又是何必？他淡淡地拒绝："我请本国的选手就够了，我连认识的时间比你更长的麦昆都没请，你过来干什么？"

张珏正要反驳"麦昆和你又不对付"，瓦西里就挂了电话。以瓦西里对这孩子的了解，张珏情商高，教养好，喜欢他的朋友也多，恐怕他是第一次被人这么拒绝。

但瓦西里其实是希望张珏来的，唯一不请对方的理由大概只有他不想看到一个正当盛年的王者来到自己在花滑国度仅剩的领土上，哪怕他连这最后的领土也要失去了，而就是这个理由击败了他对张珏的欣赏和对张珏节目的喜爱。

他喜欢《巴黎的火焰》，还想再看《雨》，但……瓦西里也很犹豫。但等这通拒绝张珏的电话结束后，他也没法反悔了。

时间很快到了世锦赛，有些已经撑不下去的老将，如瓦西里这样的，早已宣布退役，还有的却强撑着去参加最后一届世锦赛，像是要抓紧在冰上的每分每秒一般，比如麦昆。

麦昆在短节目中的表现很差，伤病让他连连失误，一场比完，连85分都没拿到，他坐在kiss&cry连连苦笑，却又对着镜头抛了飞吻。

与麦昆相反的是张珏如同要发泄在索契失败的郁气一般，将《巴黎的火焰》演绎得像是真正的火，燃烧了现场的所有人，连电视机前的观众都看得心潮澎湃。他太过出色，瓦西里看着看着，又忍不住羡慕起来。

张珏会是这一届世锦赛的冠军，这是毋庸置疑的事，但这届世锦赛最引人注目的事情不是在赛场上发生的——当麦昆开始进行自由滑表演的时候，几乎所有电视台的镜头都转移到了观众席。

在观众席上，张珏、寺冈隼人、伊利亚、亚当、克尔森、亚里克斯等几个年轻的运动员拉开一条横幅，上面是麦昆穿着第一个赛季的考斯腾做旋转的画面，还有用中文、英文、日文、俄文、意大利文写着的"麦昆是最棒的"，周围围着一群手里举着狮子王辛巴玩偶的冰迷，那是麦昆最喜欢的动漫角色。

瓦西里拿自己过去一年摄入的所有酒精发誓，麦昆要哭了。

可惜伤病不是眼泪能战胜的东西，麦昆终究没能奉献出完美的散场演出，他摔掉了最后一个跳跃，可所有人都知道他尽力了。

张珏拿到了冠军，而麦昆是第四名，他没能登上领奖台，但所有人都为这名老将献上了敬意。赛场就是这样的，有些人只看得到冠军，但还有些人，他们能看到运动员身上的运动精神，并被他打动，那么为打动自己的优秀运动员献上掌声又有何不可呢？

不是冠军也能发光。

瓦西里看着张珏一如既往活力满满地跳上领奖台的身影，莫名想起那个初见时还不到他胸口高的小孩子。小鳄鱼长大了，他已经成为花样滑冰赛场上最明亮的光，以后也会越来越耀眼。

如果他现在就在现场就好了，那样他就可以给这个年轻人一个拥抱，拍拍他的肩膀，对他说："小子，你以后的路还难走得很呢，别以为现在就可以放松了。"

瓦西里自己的演出在圣彼得堡一家室内滑冰场举行，场地偏大，比标准的赛用冰场还多 200 平方米，足以容纳一群运动员在上面跳舞了，但受邀来此的只有鲍里斯的学生，也就是瓦西里的同门。

他们有的人直接来揉瓦西里的头发："可算轮到你小子退役了。"

还有的人热情地邀请他："表演结束后请你去吃烤肉，控制饮食这么多年，是时候放纵了！"

可惜瓦西里没他们想得开，他勉强笑笑，还要说什么，伊利亚突然很懂事地扑出来，将那位揉着瓦西里的师兄撞出去好几米远，又扯着瓦西里："该你出场了，快去换衣服吧！"瓦西里没能看到他屁股上的鞋印，只当这呆子真长了眼色，学会了救师兄于危难之中。

他的退役节目是《四季》和《辛德勒的名单》的拼接，前一个节目是他作为运动员的初战，而后一个是他的结局。

他真的要对冰面道别了。

按照流程，在节目结束后，瓦西里要拿着麦克风对到场的冰迷说些煽情的话作为感谢，再吸引最后一波眼泪，让冰迷们觉得物有所值，但事实是在节目结束的一秒后，场上就响起了充满童趣的音乐。

然后一只等身棕熊玩偶跑上冰面，瓦西里一看就知道那不是普通的棕熊，因为正经棕熊是绝对不会做燕式滑行的。

自从滑联取消这个动作在节目里的必要性，现在连女单选手里都很少有人能做出质量这么好的燕式滑行了，用刃深而清晰，速度快，冰面覆盖率高得吓人，足够痴迷燕式滑行的冰迷将其剪辑到《世界十大最好燕式滑行》里面做教科书供后人瞻仰。

这个燕式滑行结束后，此熊还跳了个 2A……瓦西里总算把人认出来了，这种 A 跳结束后立刻连续捻转做衔接步法的奇才在他认识的人里只有一个。

场边的鲍里斯教练也露出疑惑的表情："Jue 怎么跑这儿来了？"

伊利亚则拉着自己的同门兴奋地介绍场上的熊："我给 Jue 打了电话，他立刻就答应过来了！"

小棕熊滑完冰，开开心心地摘了头套，跑到瓦西里面前狠狠抱了他一下，身上带着年轻人特有的热情。

张珏笑得明亮："瓦西里，祝你前程似锦，退役以后也能天天上冰，等七老八十的时候还能完成跳跃。"

这祝福听着没头没脑，对花滑运动员来说却很真诚。瓦西里忍不住心中的感动，回抱了他一下："谢谢你。"

这一刻，瓦西里决定继续待在冰上，他要做教练。瓦西里闭上眼睛，对张珏说："以后我们还会在赛场上见的，我的学生会替我在这条路上继续走下去。"

张珏听懂了他的意思，回道："那太好啦，伊利亚早就不想鲍里斯上冰了，他说只要老头上冰，他就怕鲍里斯摔跤，都没法认真练习了。"

鲍里斯教练恰好走过来，他闻言露出一个微妙的表情，冷飕飕的眼神往还不明所以的伊利亚身上飘去。

瓦西里才不带伊利亚训练呢，给伊利亚做教练的话，他的下场比给张珏做教练的那几个人又能好到哪里去？他打算专教女单，根据人生经验，女单里面出熊孩子的概率比男单低很多，他希望得到愉快的退役生涯，而不是天天追着臭小子发火的退役生涯。

张珏在走之前还送了瓦西里一份礼物，那是一张电热毯。张珏殷勤叮嘱他："我舅舅说过，腿受伤后需要格外注意保暖，不然上了年纪以后会很难受。这是我的过冬神器，愿它能帮到你，但你要记住一件事，就是决不能在上面尿床，或者把水淋在上面，不然容易触电……"

瓦西里看着盒子上两个老年代言人和蔼的笑容，下定决心以后绝不带男单。

图书在版编目（CIP）数据

花滑.2 / 菌行著 . -- 长沙：湖南文艺出版社，2022.4

ISBN 978-7-5404-9777-4

Ⅰ . ①花… Ⅱ . ①菌… Ⅲ . ①长篇小说－中国－当代
Ⅳ . ① I247.5

中国版本图书馆 CIP 数据核字（2022）第 031705 号

上架建议：畅销·青春文学

HUA HUA. 2

花滑.2

作　　者：菌　行
出 版 人：曾赛丰
责任编辑：吕苗莉
监　　制：邢越超
策划编辑：郭妙霞
特约编辑：万江寒
营销支持：文刀刀　周　茜
封面设计：商块三
版式设计：潘雪琴
插图绘制：凌家阿空　拆信狐
内文排版：百朗文化
出　　版：湖南文艺出版社
　　　　　（长沙市雨花区东二环一段 508 号　邮编：410014）
网　　址：www.hnwy.net
印　　刷：北京中科印刷有限公司
经　　销：新华书店
开　　本：680mm×955mm　1/16
字　　数：426 千字
印　　张：25
版　　次：2022 年 4 月第 1 版
印　　次：2022 年 4 月第 1 次印刷
书　　号：ISBN 978-7-5404-9777-4
定　　价：52.80 元

若有质量问题，请致电质量监督电话：010-59096394
团购电话：010-59320018